诺贝尔文学奖作家文集·路易斯卷

阿罗史密斯

[美]辛克莱·路易斯／著
顾 奎／译

Arrowsmith

漓江出版社

辛克莱·路易斯

（Sinclair Lewis，1885—1951）

↑辛克莱·路易斯和妻子汤普森、儿子迈克尔·路易斯合影（1935）

↑在 1943 年的巡回演讲中，辛克莱·路易斯审读路易斯·布朗的新小说

↑路易斯童年时代的家，现为博物馆，位于明尼苏达州索克中心辛克莱·路易斯大街 812 号

↑路易斯在华盛顿的住宅

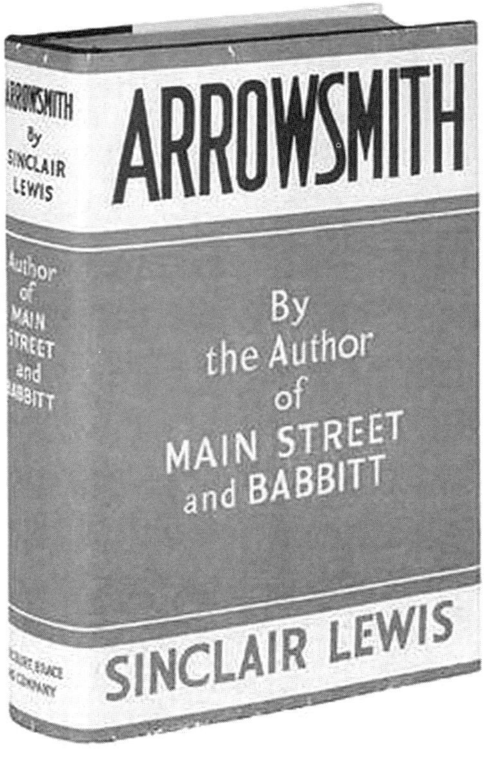

英文版《阿罗史密斯》（1925）

作家·作品

《阿罗史密斯》平息了长期以来批评路易斯缺乏“精神的禀赋”的声音。在美国和英国的批评家都一致判断，《阿罗史密斯》是路易斯最好的小说。几乎所有的评论家都注意到这部小说比《大街》和《巴比特》有更强有力的和更深刻的审美。例如，《文学评论》说“小说所体现的人性比科学更闪亮”，《大西洋书鉴》宣称路易斯“不再是最高级的爵士乐的作曲家了。他已经显示出是一位艺术家，忠诚的、强大的和有克制力的”。

——詹姆斯·M. 赫切森《辛克莱·路易斯的崛起：1920—1930》

先前也有写医生的小说，在罗伯特·赫里克的小说《治病的人》和《生活之网》中，就写到了动摇于开业赚钱和讲求职业诚实正直之间的医生。可是，马丁·阿罗史密斯从一开始就主要不是一个医生，而是一个为他那与众不同的诚实正直而斗争的科研战士，除了在路易斯 1920 年未写成的《去萨嘎普斯的第七个人》这个故事里有一个次要角色与这类似外，在以前的小说里几乎找不到这样的人物。马丁·阿罗史密斯是个新的主人公，科学理想主义是个新主题，科学个人主义是一种新的（但相当不科学的）观点。于是，一部新的路易斯的小说再一次占据了领先地位。

——马克·斯高勒，纽约版《〈阿罗史密斯〉后记》

弥漫于社会的妥协空气驱赶阿罗史密斯最后离开他的妻子、孩子和纽约的实验室，他对社会及其要求的拒绝并不就是像有些批评家所说的“长不大的浪漫主义”，而是路易斯想要描述其伟大性而认为其存在于美国社会的不可能性所导致的合乎逻辑的结果。

——查尔斯·E.罗森博格《马丁·阿罗史密斯：英雄科学家》

美国人生活中的骗子、挥霍者和伪善者，把人从最好的最纯洁的工作中赶走，他的唯一救赎是退却。

——马丁·赖特《面对浪漫的矛盾心理》

目　录

译 序

辛克莱·路易斯（Sinclair Lewis，1885—1951）是著名作家，美国第一个诺贝尔文学奖获得者。他擅长以其刚健有力却又略带幽默的笔法，将20世纪早期的美国社会刻画到他的作品中，并加以无情地讽刺。主要作品有《大街》《巴比特》，以及本书《阿罗史密斯》。

《阿罗史密斯》于1925年问世。书中描写的美国社会处在一种不良状态：玩弄权术、追名逐利、不求真理，却以在科学中投机取巧带来的名誉为垫脚石，谋求更高的社会地位及影响力。那是一个物欲横流、精神匮乏的社会，人与人之间只剩下露骨的利益关系，而真正献身科学的人却屡屡惨遭挫折。这正反映了20世纪初期美国结束了一战，而后的金融危机正在孕育，社会呈现出一种浮华而又权势当道的现实情况。同为当时美国作家的菲茨杰拉德称："这是一个奇迹的时代，一个艺术的时代，一个挥金如土的时代，也是一个充满嘲讽的时代。"

在这样的社会背景下，我们的作者辛克莱·路易斯塑造了马丁·阿罗史密斯这样一个不会曲意逢迎的、正直的、一心献身科学的医生形象。可想而知，马丁必然会在这样的社会中跌跌撞撞地经历他人生中的起起落落，就像一个身处街道中心拥挤人流中的迷路的孩子一样，大睁着双眼看着这个他本不属于的世界，他无奈、无助、无辜，心慌意乱，手足无措。马丁生命中遭遇的种种伤痛在作者眼中或许是注定的，正是由于一个对真理孜孜渴求的如同孩子般的人在这样的环境下必然会遭受的种种，导致了马丁带有悲剧色彩的人生，也正是马丁生命中的种种悲剧对其所身处的环境提出了严厉的谴责。

《阿罗史密斯》曾获1926年普利策文学奖，但他拒绝受奖，以抗议保守派以前对《大街》的非难。他在给颁奖委员会的信中写道：

> 我也希望能接受我的小说《阿罗史密斯》获得普利策奖，但我不得不拒绝领奖。我有必要解释一下原因，否则我的拒绝便毫无意义了。
>
> 和所有的头衔一样，所有的奖项都是危险的。那些驱逐奖项的人不辞辛苦为的不是内在的优秀，而是外在的奖励；他们可能会热衷于写这个，或者耻于写那个，为的就是迎合不负责任的委员会的偏爱。普利策小说奖特别令人反感，因为它的条件一直让人匪夷所思。
>
> 条件是这样规定的，该奖项应颁给“出版当年最能展现美国生活健康氛围、美国行为和雄性气概最高境界的美国小说”。如果说这个条件有任何意义的话，它的意思可能就是，对小说的评价依据不是它们的实际文学价值，而是那些在当年恰好深受欢迎的良好形态的准则。

一、《阿罗史密斯》的主要内容

作者辛克莱·路易斯用几十万字的篇幅向我们介绍了马丁·阿罗史密斯坎坷的一生。马丁从小热爱医学，自幼跟随温尼麦克州埃尔克米尔斯村的唯一一位乡村医生——维克森医生学习，成了医生的助手。虽说是助手，却只是做着一些不起眼的工作。温尼麦克州有着自己著名的学府——温尼麦克大学，马丁后来就就读于温尼麦克大学医学院。在这里，他认识了使他受益终身的人，医学院的细菌学教授麦克斯·戈特利布博士，也认识了温尼麦克医学院的院长席尔瓦博士，而在医学院所结识的几个同学，都对马丁之后的人生产生了或多或少的影响。马丁原本以为温尼麦克医学院是一个高尚纯洁、能够专心致志学习医学的地方，可是，渐渐地，他发现他的同学对医学并没有发自内心的热爱，而是将学好医学作为以后走上成名之路的准备。一些教授也在暗地里玩弄权术，唯一一位令他尊敬的教授戈特利布博士，却因为马丁的耿直而一气之下宣布将马丁赶出自己的实验室。在温尼麦克医学院开始实习的时候，马丁认识了对他一生都产生了重要影响的人——利奥拉。因为她，马丁甘愿被医学院休学，且不远万里去见她；也是因为她，倔强的马丁放下高傲的性格，重新回到医学院，完成学业。

在马丁结束了医学院的学习生涯后，他去了温尼麦克州的泽尼斯综合医院当实习医生，在结束了实习期后马丁同利奥拉一起去了北达科他州的利奥拉的家乡——惠西法尼亚。起初，马丁尽情享受这乡村世界带来的淳朴和无忧无虑，也在那里开了第一家属于自己的诊所。可是，当天花即将流行的时候，有先见之明的马丁因为落后乡村村民的愚昧而不得不终止自己的计划。最后，他离开了那儿，去了诺梯拉斯市，并在当地的卫生局任职。

在诺梯拉斯市，卫生局局长皮克博医生是一个能说会道却又不学无术、热衷于政治的人。由于马丁严格执行卫生法令，关闭了不卫生的牛奶场，焚毁了肺结核菌蔓延的住宅，同时，他又主张扩大免费的医疗机构，触犯了当地一些权贵富商的利益，从而成了众矢之的。辞职后，马丁辗转去了芝加哥的朗斯菲尔德诊所。可是，朗斯菲尔德诊所是一家设备完备、卫生干净却又毫无医道可言的诊所，在这里，一切只以盈利为目的。起初，马丁似乎要迷失于这种只追求利益的生活中，然而，当他的一篇研究报告被报道后，朗斯菲尔德和马丁的医学院同学安格斯的恭维态度，与马丁最敬重的此时处在麦格克生物研究所的戈特利布博士的态度形成了鲜明对比。这种对比让马丁找到了自己，明确了自己的方向。最后，马丁决定离开朗斯菲尔德诊所，前往纽约的麦格克生物研究所，在那里，他希望能够真正地从事医学工作。

麦格克生物研究所是美国第一流的研究中心，在那里，马丁在戈特利布博士的指导下，继续从事抗毒素的研究工作。在研究所，戈特利布博士依旧像以前那样指导马丁进行医学研究，并告诉马丁他还需要学习的地方。戈特利布博士对马丁的谆谆教诲令马丁心生感激，当马丁在麦格克生物研究所看到自己的实验室时，他那像上帝所道出来的一个科学家的心愿，无疑向我们最真实地展示出他作为一名科学家最真实的内心。

“上帝，请赐予我一双洞察一切的慧眼和从容不迫的自由。上帝，请让我内心深处痛恨一切装腔作势、自命不凡的行为，憎恨一切工作懈怠、半途而废的恶习。上帝，当我的观察结果和计算结果不符时，或者当我尚未满心欢喜地发现和批判自己的错误时，就让我惶惶不可终日，既不能安然入睡，也不能接受赞美。上帝，请赐予我力量，使我不要依靠上帝！”这向上帝的祈祷，也从另一方面显露出了马丁对这现实的厌倦和无奈。在研究所，马丁专心从事噬菌体的研究工作，本以为研究所是一个最理想的从事科学工作的地方，可是逐渐地，他发现，这所学者名流云集的研究所也是一个充斥着利益纠纷的地方。所长塔布斯博士具有很多头衔，可是不学无术，而研究室主任霍拉伯德更是一个追名逐利的伪君子。在马丁成功地发现噬菌体后，戈特利布博士并没有让马丁第一时间就去发表他的成果，而是对马丁的工作提出了更多问题，戈特利布那对科学严谨的精神使得马丁没有半点喘息的机会。然而，所长塔布斯博士在得知这一消息后，对马丁的态度大为转变，并声称要为马丁成立一间属于他自己的研究室，而对于公布结果，研究室主任霍拉伯德展示出了他那虚伪的一面，当马丁执意要做好最全面的打算时，霍拉伯德的一番话确实值得人们深思。

“胡说八道！那种态度已经过时了。这个时代不再是一个目光狭隘的时代，而是一个充满竞争的时代，在艺术和科学的领域如同在商业领域里一样——和自己的团队要合作，而和团队之外的人则要拼个你死我活！至于彻底堵塞漏洞，以后可以再做呀，我们可不能让别人偷偷地抢在我们前面喽。记住，你要让自己出名才行。出名的办法就是同我合作——为最多的人谋取最大的利益。”这番话，无疑将那些只追求名利的科学家的本质展露无遗，没有了作为一名科学工作者该有的严谨态度，而是为了名利，不在乎结果的正确与否，这也反映了当时科学界的一种时代现象。

而当马丁知道有人于自己之前发表报告时，戈特利布博士的一番话又将一位科学工作者所该有的态度展示出来：“那就是科学：专心工作，如果别人得到了荣誉，也不要计较……”

在马丁成功发现噬菌体的时候，西印度群岛暴发了鼠疫，人们处于水深火热之中，马丁偕同妻子利奥拉和好友桑德利厄斯前往。终于，在马丁的努力下，鼠疫被控制住了，而马丁的妻子利奥拉和好友桑德利厄斯却为此献出了生命。当马丁满载荣誉回到纽约的麦格克生物研究所后发现，戈特利布博士已经卧床不起，而那个心狠手辣、不学无术的霍拉伯德也已经当上了研究所所长。马丁越来越觉得这里并不是他理想的从事科学工作的地方。最终，他和好友威克特一起，离开麦格克研究所，在佛蒙特山区继续从事他们的研究工作。

二、《阿罗史密斯》中的讽刺

小说通过对人物形象的刻画，从多个方面对当时的社会环境进行了严厉的谴责。

马丁、特里、戈特利布等崇尚科学、献身科学却无奈于周围玩弄权谋、不学无术的各色人等的追名逐利而屡遭挫折的人物形象；皮克博、霍拉伯德、塔布斯等没有科研精神、没有真才实学却身居要职，四处阿谀奉承，招摇撞骗的人物形象；社会中的只会参加宴会，享受奢靡生活，虚情假意的先生太太们的形象。这些人物之间存在着各种矛盾，而作者却将他们联系起来，这就衍生出不同的结果，作者正是以此进行讽刺。

笔者一直认为对马丁形象最贴切的比喻就是孩子，这一点在之前也有所提及。首先是他感情上的真实和毫不矫饰，不管是面对塔布斯、霍拉伯德等人还是奥契德、兰扬，他表现出的都是孩子式的天真。而在自己的研究工作上，他又表现出孩子面对未知事物时会有的专注和热诚。他是一个优秀的科研工作者，一个天生的科学家。相比之下，皮克博等人却恰恰相反，他们将科学挂在嘴边，却将名誉、地位握在手心。马丁的周围都是这样的人，所以他必然会受到各种各样的干扰。

小说最后，主人公马丁和好友特里一起归隐田园，建了一间简陋的实验室开始科学研究。这反映了作者想要建立一个乌托邦式的科学研究理想王国的幻想，但是同时也说明，在美国当时那样的社会中，一个正直不阿的科学家总是会到处碰壁，这是对社会现实的嘲讽。

马丁和利奥拉的生活一直都相当简单，甚至可以说单调乏味。他们在一起的娱乐无非就是出去看场电影或是吃顿简单的饭，但其中自有真情流露。相比之下，他们曾经参加过的几次宴会，或者某位显贵的豪宅则像是另一个世界，奢华却空洞。利奥拉一直是一个不会打扮的人，在宴会上也只是到处找吃的，而马丁同样不懂得像霍拉伯德一样左右逢源，他们与这个世界格格不入，他们只属于他们的那个狭小、单调却温暖的世界。这一切都是作者对当时社会中的浮华和虚伪的讽刺。

小说对当时美国各个地区、各个阶层的各色人物进行了描写，从开始的医学院到惠西法尼亚再到诺梯拉斯和朗斯菲尔德诊所以及最后的麦格克研究所。作者借马丁的工作地点和内容的变化带我们尽情观赏了一幅美国社会全景图。这里面既有喜剧也有悲剧，喜的是各色人物如小丑般粉墨登场，在作者搭建的舞台上丑态百出，好不滑稽。悲的是我们的主人公以及我们喜欢的角色却总是受尽小丑的欺压，最后也还是以悲剧告终。这样的写作方式与我国讽刺小说《儒林外史》或《官场现形记》有很多相似之处。

按照作者的安排，我们在看完了一幕幕悲喜剧后，小说迎来了高潮，鼠疫终于还是暴发了。这像是突如其来又好似如期而至。马丁的好友和妻子在鼠疫中丧生，这留给了我们无限的惋惜和哀痛。

虽说最后主人公放弃了金钱、名利，选择和好友一道隐居山区，安心于科学研究，展示了一种避世的态度，但更深层次的，却是坚持内心正直、不愿与世俗同流合污的科学家对于现实世界的无奈。在小说结尾，作者向读者勾勒出了几幅截然不同的画面：皮克博依旧在努力着他的政治生活；霍拉伯德正在进行着一个所谓的科学演讲；而马丁的小舅子伯特·托泽依旧重复着日复一日的生活；马丁的恩师戈特利布独自坐在一所高居于喧嚣鼎沸的城市街道之上的小黑屋子里……而马丁，则和他的好友一起，享受远离世俗的宁静祥和。这显示出了正直不阿在那个时代的美国社会中的必然结果，也引发了读者的无限思考。主人公身上那对科学的真诚、严谨的精神，同样值得读者深思。

《阿罗史密斯》是一部杰出的讽刺小说，但是它又不仅仅是一部讽刺小说。小说中除了对 20 世纪早期美国社会的辛辣讽刺以外，还描绘了一大批有血有肉的人，他们的情感往往能够将我们的心牢牢抓住。站在天际的巨人戈特利布，他对科学的尊崇与坚持、他对理想的科学环境的向往、他的孤独的奋斗都让我们感慨万千；粗鲁、热诚的特里，他对塔布斯之流的蔑视、他与马丁的友谊同样让我们感动；马丁与利奥拉在生活中的点点滴滴、他们的相濡以沫、他们的悲剧命运无不紧紧揪住读者的心。所以，千万不要将本书当作一本揭露社会现实的简单的讽刺小说而忽略了它在其他方面的艺术价值。这是一本需要也值得细细品味的小说，它的魅力会在你的阅读过程中慢慢展现，所以它到底会带来怎样的收获还是要留待读者自行去探索。

感谢漓江出版社编辑、作家、翻译家沈东子先生的信任，感谢李定坤、李习俭、郑克司前辈译家的辛勤付出，感谢美国辛克莱·路易斯协会的执行董事萨莉·帕里（Sally Parry）女士的热情协助，同时感谢各位同学为译稿试读付出的艰辛努力。在各方的支持和帮助下，译者历经一年的字斟句酌方才有了这个译本，译文如有疏漏之处还请各位方家批评指正。

2017 年 3 月于安徽大学

阿罗史密斯

第一章

一

一辆四轮运货马车摇摇晃晃地穿过俄亥俄州荒原的森林和沼泽地，赶车的是一个衣衫褴褛的十四岁女孩。她的母亲刚刚被安葬在莫农格希拉河[①]河畔。在那条拥有优美名字的河流边上，这个小女孩亲手在她母亲的坟墓上堆满了碎裂的草皮。她的父亲躺在马车车厢底板上，因为发烧而蜷缩成一团。在她父亲身边，她的几个弟弟和妹妹正在玩耍。他们全都是蓬头垢面的小孩，穿着破烂的小孩，欢闹的小孩。

她在杂草丛生的道路岔口停了下来。她那生病的父亲颤抖着声音说："艾米，你还是往辛辛那提的方向拐弯吧。要是我们能够找到你的埃德叔叔，我想他会收留我们的。"

"没有人会收留我们，"她说，"我们要一直往前走，能走多远就走多远。到西部去！那儿有好多新鲜事物呢。我一定要去看看！"

她做了晚饭，打发弟弟妹妹上了床，然后在炉火旁坐了下来，孤零零的一个人。

这就是马丁·阿罗史密斯的曾祖母。

---

① 莫农格希拉河：弗吉尼亚州西北及宾夕法尼亚州西南部的一条河流，与阿勒格尼河在匹兹堡汇合而成俄亥俄河。

二

在维克森医生诊所的诊察椅上，盘腿坐着一个小男孩，他正在看《格雷氏解剖学》①。他的名字叫马丁·阿罗史密斯，是温尼麦克州②埃尔克米尔斯村人。

那是1897年，埃尔克米尔斯还是一个小村庄，遍地都是老式的红砖房子，闻起来有一股苹果的清香味道。村民们怀疑，这把可调节的棕色皮椅最初只不过是一把理发椅而已，现在却被维克森医生用来给人做小手术，偶尔用来给人拔拔牙，多数时候则是用来打打盹。还有一种看法是，这把椅子的主人以前一定是一个叫维克森医生的人，只不过多年来人们只叫他医生罢了。他的皮屑比这把椅子的皮屑多得多，而他却远没有这把椅子灵活。

马丁是纽约服装商店的老板阿罗史密斯的儿子。完全是因为马丁脸皮够厚，又有一股犟劲，他才在十四岁时成了医生非正式的助手，无疑也是没有薪水的助手。医生到乡下出诊的时候，他就负责看家——不过，究竟有什么需要看管的，一向没有人能弄清楚。马丁是个身材纤细的小伙子，个头不是很高。他的头发和那双滴溜溜转的眼睛都是黑色的，但皮肤却异常白净，这种强烈的反差使他显得性情暴躁而又

---

① 《格雷氏解剖学》：全称《亨利·格雷氏人体解剖学》，是一部人体解剖学经典著作。作者是亨利·格雷。原先发表书名是《格雷氏解剖学：描述与外科》，1858年出版于英国，并于次年在美国发行。

② 温尼麦克州：作者虚构的一个州名。

变化无常。他方正的头颅和宽阔匀称的肩膀，使他看上去没有丝毫的柔弱相，或者那种被风雅的年轻绅士们称为“神经过敏”的哀怨怯懦相。他抬起头来倾听的时候，比左眉稍高一点的右眉就扬了起来，一颤一颤的。这是展现他的活力和独立精神的特有表情，是他可以战斗的一种迹象，也是他因为曾经惹恼老师和主日学校校长而为人所知的那种无礼探究的神态。

跟斯拉夫——意大利外来移民之前的多数埃尔克米尔斯居民一样，马丁是一个典型的纯盎格鲁－撒克逊血统的美国人，这意味着他是德国人、法国人、苏格兰人和爱尔兰人的结合体，也许还有一点西班牙人的血统。可以想象，他其实只有一点点犹太人的那种混合血统，大部分还是英国人的血统，而英国人本身也是原始的大不列颠人、凯尔特人、腓尼基人、罗马人、日耳曼人、丹麦人和瑞典人的结合体。

马丁跟维克森医生学医，并不是说他完全甘心受控于一种想要成为一名神医的强烈愿望。他为他的哥们儿包扎足底石伤，解剖松鼠给他们看，还跟他们讲解生理学背后有待发现的那些惊人的秘事，这些确实让他们对他充满敬畏。不过，他并不能完全摆脱内心的一种强烈愿望，这种愿望使他迫切想要享有他们身上呈现出来的那种荣耀，而那种荣耀跟圣公会牧师的儿子因为抽完一整支雪茄而不感到难受时所享有的荣耀是一样的。但今天下午，他一直在看淋巴系统这一节。他嗡嗡地咕哝着那些冗长而又让人费解的字眼，这让灰尘厚积的房间更加令人昏昏欲睡。

这个房间是维克森医生居住的三间房子的中间一间，在纽约服装商店的上面，面朝大街。这个房间的一边是肮脏的候诊室，另一边是医生的卧室。他是一个上了年纪的鳏夫，对那些他称之为“异性摆设”的女性视而不见；而那间卧室，连同里面那个摇摇欲坠的衣柜和那张铺着肮脏的毛毯的轻便小床，只是在偶尔的卫生突击检查时才由马丁打扫一下。

中间这个房间，既是财务室、会诊室、手术观摩室、起居室、棋牌室，又是存放猎枪和钓具的仓库。背靠一堵棕色灰泥墙的，是一个存放动物标本和罕见病例的柜子。柜子的旁边有一个镶着一颗可怕的金牙的骨骼标本，这是埃尔克米尔斯的男孩子所熟知的一件最恐怖但又最迷人的东西。晚上医生不在家的时候，马丁就把他们带到这无法形容的黑暗中，在那个骨骼标本的下颌上擦燃一根硫黄火柴。这样一来，他就在那一群被吓得发抖的小伙伴中获得了威望。

墙上挂着一块自家油漆的木板，木板上粘着一个自己剥制的小梭鱼标本。在一个锈迹斑斑的炉子旁边，有一块沾满烂泥、破烂不堪的油布，布上摆了一个锯屑盒痰盂。在一张老掉牙的桌子上，有一堆欠条。医生老是发誓说他“马上就去找那些欠债的人讨账”，可是他任何时候都不会有任何可能从任何一个欠债的人那里讨到账。一两年，一二十年，一两个世纪，对于生活在这个闹哄哄的小镇上的这位埋头苦干的医生来说，结果都是一样的。

那个最不干净的角落里只放了一个铁质洗涤槽。多数情况下，这个洗涤槽只是用来洗刷那些椭圆形的早餐盘子，而不是用来清洗那些消毒器械。在这个角落的壁架上，放着一支破裂的试管，一个折断的鱼钩，一个没有贴标签的被遗忘了的丸药瓶子，一个钉满钉子的鞋后跟，一个散口的雪茄烟头，还有一把插在土豆上的生锈的柳叶刀。

这个房间破烂不堪的样子正是维克森医生的灵魂写照和象征。它比纽约商店里那一堆表面平整的鞋盒还让人兴奋，它吸引着马丁·阿罗史密斯去大胆探询。

三

马丁抬起头来，挑起他那好奇的眉毛。楼梯上传来维克森医生笨重的脚步声。医生没有喝醉！马丁不必去扶他上床。

不过，医生竟然穿过过道，先去了卧室，这可不是个好兆头。马丁侧耳细听。他听见医生打开盥洗台下面的柜门，那是他存放牙买加朗姆酒的地方。在咕嘟咕嘟喝了一大口之后，这位没有露面的医生就把酒瓶收了起来，然后用力踢了一脚，柜门就关上了。还好，只喝了一口。要是他马上就到会诊室来，他还不会出什么差错。可是，他还在卧室里站着一动不动。马丁听到盥洗台的柜门又被匆忙打开了，紧接着就听到咕嘟一声，随后又听到咕嘟一声，马丁不由得叹了口气。

这时，医生的脚步轻快多了，他朦胧地出现在办公室里。这个男人身上穿着一堆灰色的衣服，嘴上长着一团灰色的小胡子，宛若一个巨大、缥缈、模糊的人影，又像是一团暂时呈现人形的阴云。这位医生一边摇摇晃晃地朝他的办公椅走去，一边像一个想要逃避别人议论他罪行的人那样，用低沉的声音尖刻地指责道：

“你在这儿干什么哪，小家伙？你在这儿干什么哪？我知道，要不是我把门锁上，小猫肯定会把什么东西拉进来的。”他有点喘不过气来，然后微微一笑，表示他在耍幽默——不过，这位医生的幽默一直被人误解。

他越说越严肃，偶尔甚至忘记自己在说些什么。

“在读格雷的那本破书啊？这就对了。医生的书房只需要三本书：《格雷氏解剖学》《圣经》和《莎士比亚》。学习吧。你可能会成为一个了不起的医生。在泽尼斯居住下来，一年赚个五千美元——跟美国参议员差不多了！制定一个崇高的目标。不要顺其自然。要接受训练。先上个大学，然后再上个医学院。好好学习。化学啦，拉丁文啦。学习知识！我就是个没用的医生——没有女人，也没有孩子——无名小卒——老酒鬼。但是你——首屈一指的医生。一年能赚五千美元。

“默里的女人得了心内膜炎。我帮不了她什么忙。要有人握住她的手。那条路真他妈的丢人现眼。涵洞都露在外头，到小树林那边。丢人现眼。

“心内膜炎，而且——

“训练，这是你必须接受的东西。基础知识。要懂化学，还有生物学。我从来就不懂这些。琼斯牧师太太认为她得了胃溃疡，想进城去做个手术。溃疡，见鬼！她和牧师都吃得太多了。

“他们为啥不修那个涵洞——不要像我一样成为酒鬼。好好学你的基础医学。我会讲解的。”

虽然马丁是个普通的乡村小孩，喜欢向小猫扔扔石头，喜欢玩玩捉人的游戏，可是当维克森医生竭力向他传授自己对学识的骄傲、生物学的普遍意义、化学的卓著的精确性的看法时，这孩子也有几分寻找宝藏似的陶醉。虽然医生是个卑鄙龌龊、品行不端的胖老头，他的语法不通，用词也不雅，他在谈到竞争对手良医尼达姆时更是恶意中伤，但是他让马丁依稀看到了使化学药品爆炸发出巨响和臭味的情景，使马丁想象着自己看到了埃尔克米尔斯的男孩子从未看过的那些微生物。

医生的声音越来越模糊，他一屁股坐在椅子上，醉眼蒙眬，嘴巴松弛。马丁恳求他去睡觉，但医生坚持说：

“不需要打盹儿。不需要。嗳，你听着。你不理解，不过——现在是个老头子了。把我学到的都教给你。给你看看收藏吧。这是全县唯一的博物馆，科学的先驱。”

马丁曾经上百次乖乖地去看放在油漆光亮的棕色书柜里的那些标本：甲虫和云母块，一只双头小牛的胚胎，从一位有身份的女士身上切除下来的胆石。医生向所有的参观者说过这位女士的姓名，言语之中流露出满腔热情。医生站在书柜前面，晃动着粗大但却发抖的食指。

“看看那只蝴蝶。名字叫黄毒蛾[①]。尼达姆医生无法告诉你这个！他不知道蝴蝶的名称。他不在乎你是不是受过训练。现在记住这个名称了吗？”他对马丁发火道，“你在注意听吗？你感兴趣吗？嗯！哎哟，见鬼！没有人想了解我的博物馆——一个人也没有。县里就这一个，不过——我是个失败的老头子。”

马丁坚定地说：“说实在的，这博物馆是一流的！”

“喂！喂！看见那个了吗？瓶子里的。那是阑尾。是这一带割下来的第一根阑尾。是我割的！老维克森医生，他是这个地区第一个做阑尾切除手术的人，真的！而且这是第一个博物馆。这个博物馆不

---

① 黄毒蛾：原文为拉丁语 porthesia chrysorrhoea。

是……那么大，但它是个开端。我没有像尼达姆医生那样把钱攒起来，不过开始了第一批标本收集——我创办了这个博物馆！”

他瘫倒在椅子上，哼哼着说：“你说得对，该睡觉了。累得要死。”不过，当马丁扶他站起来的时候，他却挣脱开，在他的桌子上乱扒一通，还疑惑地回头看看。“想给你一点东西——开始你的训练。记住这个老头子。谁会记住一个老头子呀？”

他拿着多年以来研究植物用的那个心爱的放大镜。他看着马丁把透镜塞进口袋里。他叹了一口气，极力想要说点别的，却又默默地、缓慢而吃力地进了卧室。

第二章

一

温尼麦克州与密歇根州、俄亥俄州、伊利诺伊州以及印第安纳州接壤。和这些州一样，温尼麦克州一半是东部风味，一半是中西部风味。它那砖房林立和梧桐遮蔽的村庄、稳固的工业，以及可以追溯到革命战争[①]时期的传统，都给人一种新英格兰的感觉。泽尼斯是这个州最大的城市，于1792年建立。不过，温尼麦克州的玉米地和麦田、红色的谷仓和筒仓，又赋予了它中西部的风味。尽管温尼麦克州有泽尼斯这样一个古色古香的城市，但是很多县直到1860年才有人定居下来。

温尼麦克大学坐落在摩哈利斯，离泽尼斯十五英里，在校学生一万两千人。和这所非凡的大学相比，牛津大学只不过是一所小小的神学院，哈佛大学也只不过是一所专供年轻绅士们读书的学院罢了。温大[②]拥有一个玻璃屋顶的室内棒球场，学校的建筑物面积以英里计

① 革命战争：也叫美国独立战争（1775—1783），是大英帝国和其北美十三州殖民地的革命者，以及几个欧洲强国之间的一场战争。

② 温大：原文为The University，即The University of Winnemac的简称。按照汉语简称的习惯，译为“温大”。下文不再逐一说明。

算，聘请了数百名拥有哲学博士学位的年轻学者，速成讲授梵语、航海学、会计学、眼镜装配方法、卫生工程学、普罗旺斯诗歌、海关税则、芜菁甘蓝栽培、汽车设计、沃罗涅日[①]历史、马修·阿诺德[②]文体、麻痹性肌营养障碍诊断方法，以及百货商店广告学。校长是美国最能干的资金筹集人和最健谈的饭后演讲人。温尼麦克大学也是世界上第一所借助无线电广播开设函授课程的学校。

它不是一所专供有钱人消闲胡闹的势利大学。它是全州人民共有的财产，全州人民所需要的，或者说他们被告知自己所需要的，是一个制造男男女女的工厂。这些男女过着品行端正的生活，打桥牌，开好车，有事业心，偶尔谈谈书本，虽然并不指望他们能有时间读书。它就是一个福特汽车制造厂，即便它的产品有点儿咔嗒咔嗒响，但这些产品还是十分符合标准，所有零件都有可互换的配件。温尼麦克大学的规模和影响时刻在增长。可以预期，到 1950 年，它将创造出一种全新的世界文明，一种更广博、更繁荣、更纯正的文明。

二

1904 年，马丁·阿罗史密斯还是艺术与科学班的一个大三学生，正在为考入医学院做准备。当时温尼麦克大学只有五千名学生，但它已经很兴旺了。

---

① 沃罗涅日：俄罗斯联邦西南部城市，位于顿河中游。

② 马修·阿诺德（Matthew Arnold，1822—1888）：19 世纪英国著名诗人、文学和社会评论家。

马丁那时二十一岁。他看起来还是那么苍白无力，与他那头乌黑柔顺的头发形成鲜明对比。不过，他是一名令人尊敬的赛跑运动员，一名相当优秀的篮球中锋，还是一名凶猛的曲棍球运动员。同校的那些女生悄悄地说他“看起来好浪漫哦”。不过，那时候性解放还没有开始，不拘礼仪的社交集会时代尚未来临，她们只是在远处谈论他而已，他并不知道自己竟然会成为桃色事件中的男主人公。除了有些固执，他还有些羞涩。他并非完全不懂得爱抚，只是没把这当回事罢了。他总是和那些把抽肮脏的玉米穗轴制作的烟斗和穿肮脏的运动衫视为男人的骄傲的男生厮混在一起。

温大已经成了他的世界。对他来说，埃尔克米尔斯已经不复存在。维克森医生已经撒手人寰，入土为安，被人淡忘。他的父母也已不在人世，只留给他足够读文科和医学课程的钱。他的人生目标就是化学、物理学和下一学年将要开设的生物学。

他的偶像就是化学系主任爱德华·爱德华兹教授，大家都称其为“再来一个”。爱德华兹的化学史知识极其渊博。他能看懂阿拉伯文，他坚称他们的那些研究早就被阿拉伯人预料到了，这让他的化学家同仁十分恼火。爱德华兹教授自己从来不搞研究。他喜欢坐在火炉边，抚摸他那只柯利牧羊犬[①]，暗自发笑。

今天晚上，“再来一个”正在举行一个颇受欢迎的小型家宴。他懒洋洋地躺在一把罩有棕色灯芯绒椅套的莫里斯安乐椅里，为了取悦马丁和其他六个狂热的青年化学家，他一会儿假装文静幽默，一会儿

① 柯利牧羊犬：原产于苏格兰，体大，毛长，头尖瘦。

又逗弄英语讲师诺曼·布鲁菲特博士。整个房间洋溢着热诚的气氛，充斥着啤酒的气味，还夹杂着布鲁菲特的声音。

在每个大学的教师队伍中，总有那么一个让人激动、让满堂听众惊愕的“狂人”。即使在温尼麦克这样一个充满活力、高尚公正的机构里，也有这么一个“狂人”，此人就是诺曼·布鲁菲特。只要大家普遍认为他还是个纯洁的人，是长老会教徒，是共和党人，他就会口无遮拦地说自己伤风败俗，信奉不可知论，支持社会主义。今天晚上，布鲁菲特博士兴致很高。他声称，一个人无论何时表现出天赋，都可以证明他有犹太血统。和温尼麦克大学有关犹太民族的所有讨论一样，他的这番言论引得大家说起医学院细菌学教授麦克斯·戈特利布来了。

戈特利布教授是温大的神秘人物。大家都知道他是个犹太人，在德国出生，并在那里接受教育，还知道他在免疫学方面的工作使他在东方和欧洲享有盛誉。除了重返实验室，他很少离开他那间杂草丛生的阴暗小屋。除了他自己班上的学生，几乎没有学生认得他，但是大家都知道他身高体瘦、皮肤微黑、超然离群。关于他的传说可谓千奇百怪。人们认为他是一位德国王子的儿子，拥有大量的财产，他之所以像其他教授一样生活贫困，是因为他正在进行各种可怕的、耗资巨大的、很可能和活人献祭有关的实验。据说，他能在实验室里创造出生命，并且能和注射过疫苗的猴子交流；据说，他当年是作为一个魔鬼崇拜者或无政府主义者被赶出德国的；据说，他每天晚上进餐的时候都要偷喝真正的香槟酒。

按照惯例，教职员工不会和学生讨论自己的同事，但麦克斯·戈特利布谁的同事都不算。他这个人一点人情味都没有，就像寒冷的东北风一样。布鲁菲特博士喋喋不休地说：

“我敢说，对于科学的要求来说，我这个人已经够开明的了，但和戈特利布那样的人一起——我愿意相信他对物质力量了如指掌，但让我震惊的是，这样一个人竟然对创造其他一切东西的生命力量视而不见。他说，除非用一行行数字加以证明，否则知识毫无价值。唔，如果你们这些科学骗子能取下本·琼生[①]这号人物的智慧，然后用码尺量一量的话，那我就承认我们这些搞文学的家伙对于美、对于忠诚、对于梦境的信念确实荒谬，所以脱离正轨、走错路子了！”

马丁·阿罗史密斯不太明白这是什么意思，但他并不在意，满腔热情地听着。让他如释重负的是，这时胡子拉碴、吞云吐雾的爱德华兹教授发出一声酷似“哎哟，见鬼”的怪声，把布鲁菲特的话给岔开了。要是往常，“再来一个”肯定会善意地反对说，戈特利布就是个“悲观的人”，时间都浪费到摧毁别人的理论上去了，向来不花费时间去创造属于他自己的新理论。但今天晚上，出于对布鲁菲特这样的文学界花花公子的厌恶，他却极力称赞戈特利布为合成抗毒素所付出的长期寂寞，以及背负着失败的努力，还称赞他像驳倒埃尔利希[②]或阿尔姆罗斯·赖特爵士[③]的论点一样驳倒自己的论点时的那股邪恶的快意。他谈到了戈特利布的巨著《免疫学》，在这个世界上有可能读懂这部巨著的人当中，有九分之七的人已经读过它了——但是能够读懂它的

① 本·琼生（Ben Jonson，1572—1637）：英国抒情诗人与剧作家，代表作为《狐狸》等。
② 埃尔利希（Paul Ehrlich，1854—1915）：德国细菌学家及免疫学家，1908年的诺贝尔生理学或医学奖得主。
③ 阿尔姆罗斯·赖特爵士（Sir Almroth Edward Wright，1861—1947）：英国细菌学家及免疫学家。

人暂时只有九个。

宴会以爱德华兹太太有名的甜甜圈结束。在朦胧的春夜中，马丁拖着沉重的脚步，朝他的寄宿公寓走去。有关戈特利布的议论让他莫名地兴奋。他想象着戈特利布无视学术成就和备受欢迎的课堂，夜间独自在实验室专注工作的情景。他自己从未见过这个人，但他知道戈特利布的实验室就在医学院主楼里。他慢慢地往远处的医学院校园走去。他在路上零星遇到几个人，因为夜间胆怯，都是行色匆匆的。他走进了解剖大楼的阴影中，那儿就像兵营一样阴森，就像躺在解剖室里的那些死尸一样寂静。他的前面是医学院主楼的角塔，粗陋模糊的一大片。在漆黑的墙壁高处，有一盏孤灯。他吓了一跳。灯光突然熄灭了，好像有一个烦躁不安的守夜人正在设法躲避他似的。

两分钟之后，在弧光灯的下方，医学院主楼的石阶上出现了一个高高的身影，像个苦行僧一样，沉默不语，只身独行。他的双颊黝黑瘦削，他的鼻梁又高又薄。他不慌不忙地走着，不像那些天黑时赶路的恋家的人。他对世间的一切熟视无睹。他看了马丁一眼，上下打量了马丁一番，然后就走开了，一边走一边还喃喃自语。他伛偻着，两只瘦长的手背在背后。他消失在那片阴影之中，他自己也变成了一个影子。

他身上穿的是一件穷教授穿的那种破旧的轻薄大衣，但他留给马丁的记忆却是身上裹着一件黑色的天鹅绒披风，胸前还傲然佩戴着一枚银星奖章。

三

来到医学院的第一天，马丁·阿罗史密斯就有一种高度的优越感。作为一名医科学生，他比其他学生更加引人注目，因为大家都知道医科学生知晓各种秘而不宣、令人毛骨悚然的事，以及各种令人精神振奋的邪恶的事。其他院系的男生都去他们的寝室瞻仰他们的书本。此外，他还是个大学毕业生，受过基础科学训练，自我感觉比他的医科同学都要优秀，因为他的医科同学大多只有一张高中文凭，甚至只是在玉米地里一所仅有十间教室的路德教会学院读过一年书而已。

尽管马丁很自负，但他还是有些紧张。他想到了外科手术，想到开错一刀就会致人死命。他又想到了解剖室和那犹如铁石般冷酷无情的解剖大楼，内心充满了一种更加直接、更加可怕的恐惧。他曾经听到年长一点的医科学生低声议论解剖大楼里的种种恐怖情景，说那些尸体挂在钩子上，像一排排令人毛骨悚然的水果一样，就在阴暗的地下室里一个令人作呕的盐水池子里浸泡着；还说到了门卫亨利，说他把那些尸体从盐水中拖出来，然后把铅丹注入他们的血管中，一边在送菜升降台上把他们剥制成标本，一边还训斥他们。

秋日里，迎面有一股大草原的清凉，但马丁并没有留意。他匆忙走进医学院主楼的暗蓝色大厅，然后踏上宽阔的楼梯，直奔麦克斯·戈特利布的办公室。他没有注意看来来往往的学生，无意中撞到他们的时候，就咕哝着向他们赔不是，不知如何是好。这是一个非同寻常的时刻。他就要专攻细菌学了，他就要发现一些迷人的新细菌了。戈特利布教授很快就会承认他是个天才，让他担任助手，还会为他做出预言。他在戈特利布的私人实验室里停了下来。这是一个整洁的小套间，工作台上摆着一排排试管架，试管架上放着一支支塞有棉花的试管。除了那个有着巧妙设计的温度计和电灯泡的恒温浴器之外，这个地方并没有给人留下什么特别的印象，也没有什么迷人的魅力。这时，另外一个学生——一个结结巴巴的书呆子正在和戈特利布谈话，而皮肤微黑、身体消瘦的戈特利布面无表情地坐在这间狭小办公室的办公桌旁。马丁就站在那儿等着，直到他们谈完他才慌忙进去。

如果说，在那个薄雾笼罩的四月的夜晚，戈特利布曾经像一个披着斗篷的骑士一样富于浪漫色彩的话，那么如今的他只不过是一个性情暴躁的中年人罢了。马丁站在他的跟前，可以清晰地看见他那双鹰眼旁边的皱纹。此时，戈特利布已经转身面向他的办公桌。桌子上堆满了破旧不堪的笔记本，一张张写着各种计算结果的纸片，还有一张极其精确的图表。图表上绘有红色和绿色的曲线，一直向下延伸到零的位置才消失。那些计算都很周密，也很精确，格外清楚。这位科学家细瘦的双手在这一堆纸片当中显得非常灵巧。他抬起头来，说话略带德国口音。他的话与其说发音错误太多，倒不如说带有一种新奇的暖色。

“唔，啥事儿？”

“哦，戈特利布教授，我叫阿罗史密斯，我是一名医科新生，温尼麦克大学的文学士。我很想今年秋季就上细菌学课，不想等到明年。我学过很多化学——”

“不行。你还没到上这门课的时候。”

“老实说，我知道我现在可以上这门课。”

“上帝赐予我的学生有两种。一种就像倒在我身上的一大堆土豆一样。我不喜欢土豆，而这些土豆，他们似乎也不怎么喜欢我，但我还是收下了他们，然后教他们杀死病人。另一种——他们寥寥无几，我根本不知道是什么原因，他们似乎有点儿想成为科学家，想和那些病菌打交道，想犯各种错误。这些人，哎呀，就是这些人，我抓住他们，我痛斥他们，我马上给他们上科学基础课，这就是等待与怀疑。对于那些土豆，我什么要求都没有；对于像你这样以为能从我这儿学到东西的傻瓜，我会有各种各样的要求。不行。你太年轻了。明年再来吧。”

“可是，老实说，以我的化学——”

“你学过物理化学吗？”

“没有，先生，但我有机化学学得很好。”

“有机化学！莫名其妙的化学！臭气冲天的化学！杂货店的化学！物理化学才是力量。它才是精确性，才是生命。可是有机化学——那是刷锅的家伙干的事儿。不行。你太年轻了。一年后再来吧。”

戈特利布很专制。他挥舞着魔爪示意马丁出去，于是这孩子就赶紧出去了，根本不敢争辩。他偷偷地溜走了，非常痛苦。在校园里，他遇到了那位快乐的化学史学家“再来一个”·爱德华兹，于是恳求说：“哎呀，教授，你告诉我，对一个医生来说，有机化学有什么价值吗？”

“价值？啊哟，它可是探索减轻痛苦的药物的啊！它制造那种能把你的房子刷得漂漂亮亮的油漆，它给你心上人的衣服染上颜色——也许，在那些堕落的日子里，它还给她的樱桃小嘴涂上口红呢！哪个该死的在诋毁我的有机化学呀？”

“谁也没有。我只是在想……”马丁抱怨说。他不知不觉来到了医学院的小饭店。他感觉受到了伤害，情绪非常低落。他一边狼吞虎咽地吃着一大份香蕉圣代和一块杏仁巧克力，一边沉思道：

“我要上细菌学课。我要彻底研究这种致病的东西。我要学习一些物理化学。我要让戈特利布那个老家伙瞧瞧——该死的老头子！总有一天我会发现癌菌什么的，那时候他可就要当面丢丑啰！……哎哟，天哪！但愿我不要呕吐，第一次进入解剖室……我要上细菌学课，现在就上！”

他回想起戈特利布冷嘲热讽的脸。他能感受到戈特利布那种深仇大恨的品性，也很害怕这种品性。然后，他想起了那些皱纹。他认为，麦克斯·戈特利布并不是一个天才，而是一个麻烦事不断的人，一个又苦又累的人，一个能受人爱戴的人。

“我不知道‘再来一个’·爱德华兹是不是像我以前认为的那样知识渊博。到底什么才是真理？”他百思不得其解。

四

上解剖课的第一天，马丁心惊肉跳的。木台上躺着很多枯瘦苍白的死尸，一张张面孔既阴沉又僵硬。他根本不敢去直视。不过，他们这些死去的老兄非常冷漠，两天后他也就像其他医科学生一样，叫他们“比利”“艾克”或者“牧师”了，对待他们就像对待生物实验室里的动物一样。解剖室本身就没有人情味：坚硬的水泥地面，夹丝玻璃窗之间坚硬的灰泥墙。马丁厌恶甲醛的臭味。这种臭味和另外一种依稀可辨的难闻气味，似乎在他离开解剖室之后还附着在他的身上。不过，他连抽了几根烟，借此想要忘掉这种气味。一个星期以后，他就怀着年轻人那种丝毫也不觉得神圣的喜悦心情去探索动脉的奥秘了。

他的解剖搭档是艾拉·欣克利牧师，但全班人都用谐音叫他。

艾拉打算做一个医学传教士。他是个二十九岁的小伙子，是波茨堡基督教学院和圣化圣经与传教学校的一名毕业生。他曾经踢过足球。他像一头小公牛一样强壮，也差不多有小公牛那么大，但没有哪头小公牛比他叫得更使劲。他是一个聪明而又愉快的基督徒，一个用笑声驱除罪恶和疑惑的嬉戏喧闹的乐天派。他还是一个快乐的清教徒，用讨厌的男子气概宣讲他那个小宗派圣化兄弟会的教义，还说建立一个漂亮的教堂跟玩纸牌游戏的腐化堕落几乎一样，应该受到诅咒。

他们解剖的尸体叫比利，是一个小老头，比一般人矮小，全身都是斑点，僵硬的牛犊脸上还长着一小撮可怕的红胡子。马丁发现，在他看来比利就是一部机器，令人神往、错综复杂、不可思议，但也只是一部机器而已。马丁本来就不太相信人的神性和不朽，现在这一信念被完全打破了。他本来可以把他的这些疑团藏在心里，一边从血肉模糊的上臂切割神经纤维，一边慢慢地反复思考这些疑团，可是艾拉·欣克利不许他这样。艾拉相信，他甚至能把医科学生带进天堂。在艾拉看来，这跟在圣化兄弟会的一个小教堂里诵唱那些冗长而又庸俗的赞美歌是一样的。

“马特，我的孩子，”他大声说道，“你知道吗？在这方面，有人可能说这是一份肮脏的工作，其实我们是在学习许多东西，这些东西使我们能够治愈无数不幸遭难的人的肉体，安慰他们的灵魂。”

“哼！灵魂。我在老比利身上还没发现什么灵魂。老实说，你相信那种鬼话吗？”

艾拉握紧拳头，阴沉着脸，然后突然放声大笑，痛苦地拍了拍马丁的背，叫嚷着说：“老兄，你最好不要激怒艾拉！你以为你有一堆奇特的新式疑问啊。你根本就没有——你不过是消化不良罢了。你需要的是锻炼和信仰。赶紧到基督教青年会[①]来吧，我带你去游游泳，和你一起做做祷告。啊哟，你这个骨瘦如柴、可怜巴巴的小不可知论者，这样你就有机会看到上帝亲手创造的东西了，你的收获就是你会有一种自己确实聪明能干的感觉。打起精神，年轻的阿罗史密斯。你不知道，在一个有明确信仰的人看来，你有多滑稽呀！”

艾拉轻轻地拍了拍马丁的肋部，又用力拍了拍马丁的脑袋，然后就愉快地继续工作了。这把在旁边台子上工作的班级逗乐小丑克利夫·克劳森逗得心花怒放，却把马丁气得直跺脚。

五

在大学里，马丁一向是个“粗野”的学生——他一直没有加入一个叫“希腊字母”的秘密社团。有人争取他加入，但他讨厌那些来自大城市的学生那种高高在上的傲慢态度。现在，他的文科同学大都已经离校，去了保险公司、法学院和银行。他有点孤独，就对医科大学生联谊会伽玛活字协会的邀请萌生了兴趣。

伽玛活字协会位于一个充满活力的寄宿公寓内，里面有一个台球

---

① 基督教青年会：1844 年创立于英国伦敦，1851 年传到美国后，逐渐从单纯以宗教活动为号召的青年职工团体，发展成以“德、智、体、群”四育为宗旨的社会活动机构。

桌，收费低廉。尽管在晚上，里面时常传出粗野而又亲切的喧闹声，和“死了不要埋我”的嗡嗡的歌声，但伽玛活字协会的成员还是连续三年摘得毕业生的告别演说奖和实验外科学的休·路易佐奖章。今年秋季，伽玛活字协会推选的是艾拉·欣克利，因为他们现在享有放纵行乐的恶名，说他们深更半夜偷偷带女生进来，但只要有欣克利牧师先生在场，院长就不会认为聚会伤风败俗，如果他们想要继续行乐放荡下去，这可是个有利条件。

马丁一向珍视他那个独居房间的独立性。在大学生联谊会里，所有的网球拍都是共用的，裤子都是共穿的，就连观点都是共同的。当艾拉发现马丁还在犹豫的时候，他就坚持不懈地说：“哎哟，赶快加入吧！伽玛需要你。你学习的确很用功——这一点我会为你做证的。你想想，这样你就能永远影响那些家伙了，这是多好的机会啊。”

（在一切场合，艾拉都称他的同班同学为“家伙”，还经常在基督教青年会的祈祷会上使用这个词语。）

“我不想影响任何人。我只想学习医生的手艺，一年赚个六千美元。”

“我的老兄，你这样玩世不恭，知道自己听起来有多愚蠢吗？等你到我这把年纪的时候，你就会明白，作为一名医生的光荣其实就是，在你减轻人们饱受折磨的躯体的痛苦的同时，还能向他们传授崇高的理想。”

“假如他们不想要我这个牌子的崇高理想呢？”

“马特，我要不要停下来，和你一起祈祷一下？”

“不要！别胡说八道！老实说，欣克利，在我遇到的所有基督徒当中，你算是最会利用人的大坏蛋了。你能征服班上任何一个人。不过，你成为传教士以后一定会欺负那些可怜的异教徒，逼迫那些小孩子穿上开裆裤，拆散那些幸福的恋人，让他们和不爱的人结婚，一想到这些我就想破口大骂！”

离开自己的安乐窝去接受欣克利牧师的庇护，这种前景是马丁无法忍受的。直到安格斯·杜尔接受伽玛活字协会的推选，马丁才加入进来。

杜尔是马丁以前学术课程班的同学，是少数几个和他一起考入温尼麦克医学院的同班同学之一。杜尔曾经是致告别词的毕业生代表。他沉默寡言，脸庞瘦削，头发卷曲，是个相当英俊的年轻人。他从不浪费时间，也不轻易冲动。他在生物学和化学上非常出色，芝加哥一位外科医生已经承诺在自己的诊所里给他留一个位置。马丁把安格斯·杜尔比作一月早晨的剃须刀片。马丁讨厌安格斯·杜尔，和他在一起感觉很不舒服，还很嫉妒他。马丁知道，在生物学上，杜尔一直忙于应付各种考试，根本没有时间深入思考，对生物学也就没有一个完整的概念。他知道，杜尔是个诡计多端的化学学生，干净利索地完成课程要求的各种实验，却从不冒险尝试那些具有独创性的实验，这种把他引入混乱的疑惑境界的实验，可能给他带来荣誉，也可能给他带来灾难。他确信，杜尔培养这种雷厉风行的作风是为了给指导教师留下深刻印象。尽管这样，这个年轻人还是从一堆学生中间脱颖而出，因为那些学生既不能完成他们的实验，又不能深入思考，什么事都不会做，只知道抽烟斗，看人练足球。马丁在讨厌他的同时，又很喜欢他，于是就跟着他加入了伽玛活字协会，几乎没有任何抵触情绪。

马丁、艾拉·欣克利、安格斯·杜尔、胖乎乎的班级逗乐小丑克利夫·克劳森和胖子普法福是一起被介绍加入伽玛活字协会的。那场演出非常喧闹，令人十分痛苦，其中一个环节是闻阿魏树脂的气味。马丁觉得无聊透顶，可是胖子普法福却吓得尖声怪叫，连滚带爬的，透不过气来。

在所有的大学新生候选人当中，胖子是对伽玛活字协会最有用的一个人。他天生就是一个笑柄。他看上去就像一只被吹鼓起来的热水袋；他极其愚笨；他什么都信，什么都不知道，什么都记不住；他很快就能原谅那些拿他开涮消磨时间的人。他们使他相信芥末硬膏是医治伤风感冒的良药，他们关切地聚集在他的周围，把一张大膏药贴在他的后背上，过后又温柔地把它撕下来。有一次他去泽尼斯一位表妹家吃主日晚餐，他们把一具死尸的耳朵包在他那个漂亮干净的新胸袋巾里……用餐的时候，他还手舞足蹈地把胸袋巾展示给大家看呢。

每天晚上睡觉之前，胖子都得把那群别出心裁的室友塞在他床单里的一堆东西——肥皂、闹钟和鱼肉，从他的床上拿走。他是大家兜售无用的东西的理想对象。克利夫·克劳森一边和他开着玩笑，一边热情地向他叫卖，把自己那本用两美元买来的旧书《医学史》以四美元的价格卖给了胖子。虽然胖子从未看过这本书，也从未想过要看它，但是有了这本厚厚的红色书让他觉得自己特别有学问。胖子对伽玛活字协会的最大用处是他对唯灵论的信仰。他无论走到哪里都怕鬼，他晚上总是看见那些鬼从解剖室的窗户里出来。他的同班同学也力争让他看到许许多多的鬼在联谊会的门厅里来回游荡。

六

伽玛活字协会位于1885年扩张时期建造的一个住宅里。起居室里就像刚刚刮过一阵旋风似的，满屋子都是刀痕累累的桌子、支离破碎的莫里斯安乐椅和破烂不堪的小地毯，遍地都是没有书背的书、曲棍球鞋、棒球帽和烟头。在楼上，一间卧室住了四个人，床是双层铁架床，就像客轮的统舱一样。

伽玛活字协会的会员用锯开的头盖骨做烟灰缸，卧室的墙壁上挂着几张解剖图，以便大家一边穿衣服一边学习。在马丁的房间里，有一个完整的骨骼标本。这是他和他的几位室友听信泽尼斯外科用品供应站一个推销员的话，深信不疑地从他的手上买下来的。那个推销员很亲切，也很有同情心。他给他们雪茄抽，给他们讲泌尿生殖系统的故事，还说他们都会成为富裕的医生。他们感激涕零地买下了这个骨骼标本，用的还是分期付款的方式。……随后，那个推销员就没有那么亲切了。

马丁和克利夫·克劳森、胖子普法福，以及一个名叫欧文·沃特斯的认真好学的二年级医科学生同住一个房间。

对于任何一个心理学家来说，想要物色一个完全正常的人做示范之用，最好的做法就是聘用欧文·沃特斯。他总是显出一副谨小慎微的愚钝样子，一副面带微笑、从容不迫、值得信任的愚钝样子。如果还有什么陈词滥调是他没有用过的话，那是因为他还没有听说过。他相信道德——星期六晚上除外；他信奉美国新教圣公会——但不信奉高教会派；他相信宪法、达尔文主义、健身房里的系统训练和大学校长的天赋。

在他们之中，马丁最喜欢克利夫·克劳森。克利夫是这个联谊会宿舍中的小丑，他喜欢放声大笑，跳木屐舞，唱一些毫无意义的歌曲，他甚至还练习吹奏短号。但不管怎样，这家伙人还不错，也很可靠。而且，因为马丁憎恶艾拉·欣克利，畏惧安格斯·杜尔，同情胖子普法福，厌恶欧文·沃特斯可爱的愚钝样子，所以他只好和喧闹的克利夫亲近一点，就像他亲近某种有生命力的、乐于尝试的东西那样。至少，克利夫这个人很实在，像一块翻耕过的田地一样实在，像一个冒着热气的粪堆一样实在。愿意和他一起练拳击的是克利夫，能够听从劝说和他一起走五英里路的也是克利夫，尽管克利夫喜欢一连坐上几个小时，抽抽烟，发发牢骚，恣意地消磨时间。

而且，在艾拉笨拙而又仁厚地矫正他人的时候，冒死向正在享用晚餐的艾拉·欣克利牧师扔烘豆的还是克利夫。

在解剖室里，艾拉对马丁在波茨堡基督教学院时没有被接受的种种思想狂笑不止，但在联谊会宿舍里，他却是一个讨厌的道德说教者。他总是设法阻止他们说脏话。在一个穷乡僻壤的足球队待了三年之后，他仍然拥有百折不挠的乐观精神，他相信自己可以通过严厉斥责、借助主日学校女教师的嘶叫和犹如大象撞人时的精确性，来给年轻人消毒。

艾拉还有很多和健康生活有关的统计数字。

他一肚子的统计数字。对他来说，从哪里弄到这些统计数字并不重要。各种日报上的统计数字，人口普查报告上的统计数字，或者

《圣化先驱报》综合专栏里的统计数字，同样有效。他在餐桌前宣布说：“克利夫，我真是百思不得其解，像你这么聪明的一个家伙，怎么还在抽那个肮脏的旧烟斗啊。你知不知道，在所有那些走上手术台的女人当中，百分之六十七点九的女人的丈夫都有抽烟的恶习呀？”

“他们抽的是什么鬼烟啊？”克利夫追问道。

“你是从什么鬼地方弄到这些数字的啊？”马丁问道。

“这是1902年在费城召开的一次医学会议公布的数字啊，”艾拉摆出一副高高在上的样子说，“当然，我想这些数字对于你们这样一群聪明的蠢货来说并没有任何影响。总有一天你们会娶到一个又漂亮又聪明的小妇人，然后用你们的恶习来摧毁她的一生。这是肯定的，继续抽吧——勇敢的男子汉们！像我这样一个可怜孱弱的传教士，根本就不敢做抽烟斗这类勇敢的事情！”

他得意扬扬地离开了他们。马丁哼道：“听艾拉这么一说，我真想离开医学界，去做一个老老实实造马具的工匠。”

“啊，哎呀，马特，”胖子普法福抱怨说，“你不该怪艾拉，他这个人就是实诚。”

“实诚？见鬼去吧！蟑螂也实诚啊！”

他们就这样闲聊着，安格斯·杜尔则在一旁默默地傲视他们，这让马丁极度不安。在学习他终身期待的这份职业的过程中，他不仅看到了安详的智慧，也看到了恼怒和空虚。他看到的不是通向唯一真理的一条畅通无阻的道路，而是一千条通往一千种遥不可及的、令人生疑的真理的道路。

第三章

一

医学院生理学教授约翰·A. 罗伯肖，即约翰·奥尔丁顿·罗伯肖，患有严重耳聋。在温尼麦克大学，他是唯一一个仍然留着羊排式连鬓胡子的教师。他来自后湾区[①]，并对此深感自豪，逢人就说。他和另外三位文人雅士一起在摩哈利斯组成了一个象征着阳刚之美与阴柔之智的波士顿聚居区。不论在什么场合，他都会提起："我和路德维希[②]一起在德国学习的时候——"他过分关注自己的正确性，而忽略了个别学生。克利夫·克劳森和其他一些在学术上以"捣蛋鬼"著称的年轻人都很期待他的生理学讲座。

讲座都是在一个阶梯教室里举行的。一排排座位呈梯形排列，向两边延伸得很远，以至于讲课的人一眼望不到两端。罗伯肖博士一边用单调低沉的声音继续讲解血液循环，一边注视着教室的右边，想要弄清到底是谁在制造汽车喇叭一样的怪声。而在教室的最左边，克利夫·克劳森却站起来模仿他，像拉大锯似的挥舞着手臂，抚摸着假想

① 后湾区：波士顿的上层社会住宅区。
② 路德维希（Emil Ludwig，1881—1948）：德国作家，以撰写通俗传记而享有国际声誉，代表作有《拿破仑》《俾斯麦》《歌德》《林肯》《贝多芬》《奥瑟罗》等。

中的连鬓胡子。还有一次，就在罗伯肖博士快要达到一年一度的讲课高潮，开始讲解黄铜带对膝跳反射强度的影响的时候，克利夫竟然把一块砖头扔进了讲台旁边的洗涤槽里，这种杰作也就他能干得出来。

在讲座上，马丁一直在看麦克斯·戈特利布的科学论文——他尽可能多地去看这些论文，包括其中一堆艰深难懂的数学符号——这些论文让他深信，实验应该是这么一回事——它和生命与死亡的基本原理有关，和细菌感染的性质有关，也和身体反应的化学过程有关。在罗伯肖嘁嘁喳喳地讲述那些需要特别注意的小实验、标准实验和初次实验的时候，马丁突然变得特别焦躁不安。在上大学预科的时候，他曾经认为韵律学和拉丁复合构词法毫无用处，一直渴望学习医学，像是在渴盼光明一样。现如今，他发现自己同样蔑视罗伯肖的经验法则，同样蔑视大部分解剖工作。他这种不合常理的情绪，让他忧心忡忡、焦虑不安。

解剖学教授奥利弗·O. 斯托特博士本人就是一部解剖学，一幅解剖图，一簇由薄皮包裹着的神经、血管和骨骼。斯托特拥有精细而又广博的知识，他能用干巴巴的声音重述各种有关左小脚趾的知识，你根本想不到还有谁会想要这么细致地学习和左小脚趾有关的这些知识。

在伽玛活字协会的晚餐桌旁，他们不停地争辩着作为一名医生的价值问题，一名衣食无忧、不愁在医学学会上宣读论文，也不愁记忆解剖学名词的体面的普通医生的价值问题，没有哪个讨论比这更激烈的了。但是，不管他们想的是什么，他们一个个还是在苦下功夫背诵大串大串的医学名词，因为这些医学名词能让他们勉强通过各种考试，从而成为一个有文化教养的人，拥有每小时五美元的市场价值。一些默默无闻的圣贤创作了很多使他们能够记住的韵文。晚餐的时候，这三十个海盗似的伽玛活字协会会员围坐在一张斑斑点点的长方形桌子边上，狼吞虎咽地吃着蛤肉杂烩、豆荚、鳕鱼丸子和香蕉夹心蛋糕，只听大一的学生跟在一个大四的学生后面认真地重复道：

On old Olympus' topmost top
A fat-eared German viewed a hop. ①

如此一来，通过联想这些单词的首字母，他们就掌握住了这十二对头部神经：嗅觉神经（olfactory），视觉神经（optic），动眼神经（oculomotor），滑车神经（trochlear），等等。在伽玛活字协会的会员看来，这可谓是世界上最华丽的诗歌了。在他们成为执业医师多年以后，已经把这些神经的名称忘得一干二净的时候，却依然记得这首诗歌。

二

在斯托特博士的解剖学课上并没有什么骚乱，但在他的解剖室里却发生过许多有趣的事情。其中最温和的一件趣事就是，他们往两个

① 这两行诗，由十二个单词组成，每个单词的首字母与一对头部神经名称的首字母相同，所以记住这两行诗，有助于记忆头部神经的名称。这两行诗的大意是：在古老的奥林匹斯山的顶峰上，一个肥头大耳的德国人在观看舞蹈。

纯洁无瑕但愁容满面的女同学解剖的那具尸体里塞了一个爆竹。大一这一年，真正引起骚动的是克利夫·克劳森和胰腺这个事件。

克利夫已经当选为班长，任期一年，因为他总是见人就打招呼。在医学院主楼的大厅里，他只要见到同班同学就会大声招呼说："今儿早上你的阑尾功能怎么样呀？"或者说："虱子精，鄙人向你致以崇高的敬意。"他主持班级会议时端庄得体（愤怒地公开指责并提出让农科学生使用北边网球场），但在私生活方面他可就没有那么讲究礼貌了。

在董事会巡视校园的时候，可怕的事情发生了。那些董事是这所大学的最高统治者。他们都是银行家、工厂主或者大教堂的牧师。和他们相比，就连温大的校长都是低下的。对于他们来说，没有什么东西比医学院的解剖室更有趣、更刺激的了。那些传教士满口仁义道德地谈论着饮酒对穷人的影响，而那些银行家则谈起了储蓄存款账户不受尊重的情况，还说这种情况在那些坚持要做供解剖用的尸体的人身上随处可见。巡视期间，在斯托特博士和手撑雨伞的温大秘书的引领下，那群银行家当中最肥胖最有教养的那个银行家在克利夫·克劳森的解剖台附近停了下来，毕恭毕敬地托着他那顶德比帽在身后放着，没想到克利夫却往那顶帽子里面丢了一个胰腺。

在帽子里发现胰腺这种湿漉漉的东西显然会令人作呕，所以当这位银行家真的发现他的帽子里有一个胰腺的时候，他就一把把帽子扔到了地上，说温尼麦克大学的学生已经无药可救了。斯托特博士和那位秘书连忙安慰他。他们把常礼帽擦拭干净，然后信誓旦旦地向他保证说，竟然有人胆敢把胰腺放在银行家的帽子里，这件事一定会严肃处理的。

斯托特博士叫来身为一年级年级长的克利夫。克利夫对此也很痛心。他把全班同学召集到一起，痛惜温尼麦克大学竟然有人把胰腺放在银行家的帽子里。他还请求这个罪犯好汉做事好汉当，站出来承认错误。

不幸的是，当时坐在马丁和安格斯·杜尔之间的艾拉·欣克利牧师看到了克利夫丢胰腺的一幕。他怒气冲冲地说："这简直是无法无天！虽说克劳森是我的联谊会兄弟，但我还是要揭发他。"

马丁抗议说："闭嘴。你不是想让学校开除他吧？"

"他活该！"

安格斯·杜尔从座位上转过身来，看着艾拉，提议说："请你闭上嘴巴行吗？"然后，艾拉就平静下来了。这时，马丁觉得，安格斯比以往任何时候都更加令人钦佩，但也更加可恨。

三

马丁不知道自己为什么要来这里，为什么要听一位叫罗伯肖的教授讲课，为什么要背诵和肥头大耳的德国人有关的诗句，为什么要像胖子普法福或欧文·沃特斯一样学习医学行业。每当他因为这些事情而感到沮丧的时候，他就会去干一些自己认为是堕落的事情，然后就会如释重负。其实，那些所谓堕落的事情根本不值一提，无非就是在邻近的泽尼斯城里喝得烂醉如泥，或者去肮脏的后街一睹某位招摇过市的工厂女工的笑容。不过，在马丁看来，这些堕落的事情后来似乎都很悲剧，因为紧张的精神力量才是让他自豪的事情，头脑清晰才是让他快乐的根源。

他最可靠的朋友当属克利夫·克劳森。不管克利夫喝多少劣质啤酒，他都能保持常态，从来就没有喝醉过。克利夫的轻松心情让马丁的情绪低落或高涨，而马丁的投机心理也让克利夫的情绪高涨或低落。他们在一间里屋坐了下来，坐在一张啤酒杯光圈闪耀的餐桌的旁边，克利夫摇晃着他的手指头，含糊不清地说："马特，只有你才明白我的心思。你知道吗，对于像艾拉·欣克利一样傲慢的家伙，虽然我忍不住破口大骂，又给他们扣上营利主义的帽子，但我其实和你一样，也很厌恶营利主义这样的鬼话。"

"当然。你说的没错，"马丁酒兴冲冲地表示赞同，"你跟我真的很像。喔哟，你知道吗——像欧文·沃特斯那样的两面派，或是像安格斯·杜尔那样无情的野心家，还有该死的戈特利布！研究工作的典范！从不满足于那些看似真实的东西！孤孤单单，他妈的啥都不在乎，就像船桥上的船长一样古板，彻夜工作，追根究底！"

"那些东西。那也是我的想法。咱们再来一杯啤酒吧。喝得你找不着北！"克利夫·克劳森说。

泽尼斯这个地方有各种各样的酒吧，离摩哈利斯和温尼麦克大学有十五英里，乘坐轰隆隆的大型钢轨城际电车半个小时就可到达，所以医科学生经常去泽尼斯扫荡。要说有人"昨晚进城去了"，那可是一件让大家挤眉弄眼的事儿。不过，和安格斯·杜尔在一起，马丁却发现了一个全新的泽尼斯。

吃晚餐的时候，杜尔突然说："跟我进城去吧，听一场音乐会。"

虽然马丁认为自己比同班同学优秀，但其实他对文学、绘画和音乐一无所知。冷酷无情而又孜孜以求的安格斯·杜尔竟然浪费时间听人拉小提琴，这着实把他吓了一跳。他发现，杜尔热爱两个作曲家，一个叫巴赫，一个叫贝多芬，大概都是德国人吧。他还发现，他自己还不了解人间百态。在城际电车上，杜尔一改往日的严肃，大声嚷嚷说：“伙计，如果我不是天生注定要把那些内脏切成块，我早就成为一名伟大的音乐家了！今晚我就把你领到天国里去！”

马丁发现他自己此时已身处一片混乱之中：几把小椅子，几个巨大的金色拱门，几位膝盖上放着节目单的看似优雅斯文但却吹毛求疵的女士，还有几位在台下制造刺耳噪声的平庸乐师；最后就是那些自然美，为他勾勒出了一幅幅深山密林的画面，刚开始很令人费解，然后又忽然变得冗长不堪，真是让人头疼。他欣喜若狂地说：“这一切我都会有的——麦克斯·戈特利布的名气——我指的是他的才能——还有优美的音乐和漂亮的女人——啊！我要干出一番大事业。我要见世面。……这首曲子会一直弹下去吗？”

四

他是在音乐会之后的一个星期重新发现玛德琳·福克斯的。

玛德琳是一个眉清目秀、面色红润、精力充沛、刚愎自用的女孩，马丁在上大学预科的时候就已经认识她了。她继续留在学校，表面上是为了上一门英语专业的研究生课程，实际上是为了避免回家。她认为自己是一名优秀的网球运动员。她打球很猛，横冲直撞，乱打一通。

她还认为自己是一名文学鉴赏家。她认可的幸运作家有哈代、梅瑞狄斯、豪威尔斯和萨克雷，她有五年没有看过他们的作品了。她经常指责马丁不欣赏豪威尔斯，责备他穿法兰绒衬衫，谴责他不能像小说中的男主人公那样扶她下有轨电车。在上大学预科的时候，他们一起去参加过很多舞会。不过，作为一名舞者，马丁虽然精神很饱满，但步法却很不标准，有时他的舞伴很难断定他在跳什么舞步。他喜欢玛德琳的高挑清秀和她的活力。他认为，凭借她充满活力的修养，从某种角度来说，她还是“配得上他的”。这一整年，他很少见到她。夜深人静的时候，他经常想起她，很想打个电话给她，但并没有打。可是，他现在已经开始对医学产生怀疑，他渴望得到她的同情。于是，在春季的一个星期天下午，他就带她沿着查鲁沙河散步去了。

大草原从河崖向两边伸展开去，形成了蜿蜒起伏、郁郁葱葱的丘陵。在长长的大麦地里，在崎岖不平的牧场上，在矮小的橡树林和鲜艳的白桦林之间，有一种边疆冒险的意味。他们沿着河崖漫步，彼此交谈着征服世界的打算，与年轻的平原居民无异。

他抱怨说：“那些该死的医科学生——”

“哎呀，马丁，你认为‘该死的’是个文雅的词吗？”玛德琳说。

他的确认为这真的是个非常文雅的词，对一个工作很忙的人来说非常有用，可她的笑容又让他很开心。

“唔——那些该死的学生，他们不是在努力学习科学，他们只是在学习一门手艺。他们只想得到那些能够让他们赚钱的知识。他们不谈治病救人，只谈‘未能保住病人的性命’——损失了钱财！如果一个手术能引起轰动，能为他们做做广告，就算是未能保住病人的性命，他们也不会在乎！他们真让我恶心！你觉得他们当中有多少人会对埃尔利希在德国干的工作感兴趣——是的，或者对麦克斯·戈特利布此时此地正在干的工作感兴趣！戈特利布刚刚还因为赖特的调理素理论栽了个大跟头呢。”

“他栽了个大跟头呀，真的吗？”

“真的！我想他真的栽了个大跟头！你能让哪个医科学生因为这个事情激动吗？你不能！他们说：‘哎哟，当然了，科学本身并无对错，都是帮助医生治疗病人的嘛。’然后他们就开始争论起来：如果他们在大城市或镇上安置下来，是不是能赚更多的钱呢？对一个青年医生来说，是行善积德、做一个和蔼可亲的人好呢，还是加入教会、假装真诚好呢？你应该听听欧文·沃特斯的高见。他只有一种观点：在医学上获得成功的人，就是懂病理学的人吗？哎哟，不是。一个成功的人应该是这样一个人，他在离有轨电车交叉路口不远处的东北角有一个诊所，他还有一个容易让病人记住的电话号码！的确，他就是这么说的！我保证，等我毕业以后，我相信我一定会成为一名船医的。如果我以这种方式去见世面，那么至少我不用在船上来回跑吧，不用与在另一层甲板上开诊所的人竞争，想方设法把病人拉过来吧。”

“是的，我知道。人们没有工作理想，这种情况是很可怕的。好多英语研究生只想教书赚钱，而不是像我这样喜欢学问。”

她似乎竟然认为自己和他本人一样优秀，这让马丁深感不安，但让他更加不安的是，她竟然滔滔不绝地说：

“同时，马丁，人还得注重实际，可不是嘛！想想看，一个功成名就的医生比一个整日鬼混、不谙世事的科学家有钱多了——不，我的意思是说，有更高的社会地位和更大的权力去做好事。看看像洛伊佐博士这样的外科医生吧，身穿制服的司机开着漂亮的专车把他送到医院跟前，所有的病人都对他顶礼膜拜；再看看你们的麦克斯·戈特利布——几天前有人把他指给我看，他竟然穿着一身令人作呕的旧衣服，而且我想他总该有理发的钱吧。”

马丁转而对她大发雷霆，用一堆数字反驳她，对她进行辱骂，像个狂热的教徒一样，胡乱比喻一通。他们在一道弯弯曲曲的老式栅栏上坐了下来，鲜艳的车前草沐浴在阳光中，春天的早虫正在草上低吟浅唱。在马丁暴风雨般的狂怒咆哮中，她也失去了她那矫揉造作的修养，尖声叫道：“是的，我现在明白了，我明白了。”但没有说出她明白了什么。“嘀，你头脑是很清晰，但你也太——太正直了。”

“真的吗？你认为我正直？”

“哎哟，我真的这么认为，我敢肯定，你一定会有个美好的未来。我很高兴，你跟其他人不一样，你不是营利主义者。不要在意他们说的话！”

他注意到，玛德琳不仅是一个罕见的、善解人意的天使，而且还是一个格外让人神往的女子——鲜嫩的肤色，温柔的双眼，以及从肩膀到腰部那迷人的线条。在他们往回走的时候，他才意识到原来玛德琳才是最适合他的配偶，真是令人难以置信。在他的训练下，她一定会认识到模糊的“理想”与确凿的科学定性之间的区别。他们在河崖边停了下来，俯视着浑浊的查鲁沙河——一条春天里漂满树枝、波涛汹涌的西部河流。他渴望得到她，但又对学生身上这种随意而为的风流韵事深感遗憾，于是立志要做一个心地纯洁、极其勤奋的青年，其实是要“配得上她”。

“唉，玛德琳，”他忧伤地说，“你真漂亮！”

她羞怯地瞥了他一眼。

他握着她的手，心中涌起一股强烈的冲动，他试图去吻她。但他做得很不好。他好不容易才吻到她的下巴尖，尽管她挣扎着恳求说：“哎呀，不要这样！”他们慢步回到了摩哈利斯，虽然他们对刚才发生的小插曲都闭口不提，但他们的声音里却有了一股柔情。现在，她听到他谴责罗伯肖教授像一部留声机的时候，也不再那么不耐烦了；而他听到她说那位生气勃勃的英语讲师诺曼·布鲁菲特博士肤浅和庸俗的时候，也能注意倾听了。在她的寄宿公寓前，她叹了口气说：“我本想请你进去的，可是马上就到晚饭时间了——你改天打电话给我好吗？”

“当然，我一定打！”马丁依照温尼麦克大学的恋爱话语准则说道。

他满心欢喜地跑回了家。午夜时分，他躺在窄小的双层床的上铺，仿佛看到了她的眼睛，时而显得傲慢，时而显得刁难，时而又因为对他的信任而显得温情脉脉。“我爱她！我真的爱她！我要打电话给她——明天早上八点就给她打电话，不知道我敢不敢那么早就打呀？”

不过，第二天早上八点的时候，他研究泪器忙得不可开交，根本没有时间去想女人的眼睛。在他一头扎进繁忙的学习准备年终期末考试之前，他只跟玛德琳见过一次面，而且是在公开场合，就在她的寄宿公寓的门廊里，满眼都是女同学、红色坐垫和果汁软糖。

五

考试期间，对于那些迫切追求知识的人来说，伽玛活字协会大学生联谊会就显示出了它的价值。一代又一代的伽玛活字协会会员收集了各种各样的试题，然后把它们保存在神圣的《测验手册》里。那些仔细的才子已经把这个试卷册从头到尾分析了一遍，并用红色铅笔对历年考试中最常见的难题做了标记。在伽玛活字协会的起居室里，大一学生在艾拉·欣克利的身边蹲成一圈，艾拉则把他们最有可能碰到的那些问题大声朗读出来。那些学生扭动着他们的身体，抓挠他们的头发，揉搓他们的下巴，啃咬他们的指头，敲打他们的太阳穴，力图在安格斯·杜尔把课本里的答案读给他们听之前给出正确的答案。

在他们的苦难中，他们还得和胖子普法福一起苦干。

胖子期中解剖学考试没有及格，所以他必须通过一次特殊测验才能参加期末考试。在伽玛活字协会里，大家对他有一种特定的喜爱，说胖子软弱、胖子迷信、胖子低能。不过，他们对他是那种恼怒的喜爱，就像他们对一辆二手车或者一条沾满烂泥的狗的喜爱一样。他们都在他身上下过功夫；他们企图把他抬起来，像硬把他推过一道活动门一样帮他通过考试。在这场苦干中，他们累得气喘吁吁，怨声载道，牢骚满腹，胖子也累得气喘吁吁，和他们一起抱怨。

在他参加特殊考试的前一天晚上，他们借用湿毛巾、浓咖啡、祷告和谩骂，才使他坚持到凌晨两点。他们把一串又一串名词术语重复给他听；他们在他那张悲伤发红的圆脸面前挥舞着拳头，咆哮着说：

"该死的，二尖瓣和左房室瓣是同一个东西，它不是另外一种东西，你能记住吗?"他们在房间里来回踱步，高举他们的手，哀号着说:"他不会什么东西都记不住吧？"紧接着又猛然转过身去，假装平静而又愉快地低声说道:"胖子，现在着急也没有用。放松一点。你听听这个，仔细听啊。你能不能试着，"耐心地哄着他，"真的试着去记住一个问题，无论如何要记住!"

他们小心翼翼地把他领到床上。他的脑子里塞了那么多东西，稍微推一下就会让它们溢出来。

他早上七点醒来的时候，两眼发红，双唇发抖，学过的东西已经忘得一干二净了。

"没辙了，"伽玛活字协会的主席说，"他得带个字条才行，至于会不会被抓到，就看他的运气了。我早就这么想了。我昨天就替他抄好一个字条了。绝对一流。字条上面的问题够多的了，所以他会考及格的。"

因为艾拉·欣克利牧师目睹了头天深夜的恐怖情形，所以就连他对这种事也是睁一只眼闭一只眼。倒是胖子本人提出了抗议，说："哎呀，我不喜欢作弊。我觉得根本就不该允许一个考试不及格的家伙行医。这是我爸说的。"

他们又给他灌了很多咖啡，还按照克利夫·克劳森的建议喂他吃了一片溴化钾药片，至于这种药片的效果如何，克利夫自己也不太确定，但他愿意以观后效。伽玛活字协会主席紧紧地抓住胖子，咆哮着说:"我这就把字条塞进你的口袋里——瞧，就在你的胸前口袋里，在你手帕的后面。"

“我不会用它的。就算考不及格我也不在乎。”胖子呜咽着说。

“没关系，不过你就把它放在那儿吧。也许你能通过你的肺部从中吸收到一点知识呢，鬼知道——”主席紧紧地抓住他的头发。他提高了嗓门，声音里流露出夜间守护、黑色顿服剂和绝望的退却带来的悲凉。“——鬼知道你会不会通过你的头部把它吸收进去啊！”

他们拍掉胖子身上的灰尘，把他扶起来站好，推他出了那道门，然后把他往解剖大楼推去。他们看着他走去，像是一只两条腿的气球，又像是一根套着灯芯绒裤子的香肠。

“他有没有可能真的要做一个诚实的人啊？”克利夫·克劳森非常惊讶地说。

“咳，他要是真这样，我们最好还是上楼给他收拾行李箱吧。我们这个破大学生联谊会再也不要胖子这样的蠢货了。”主席伤心地说。

他们看见胖子停下来，拿出他的手帕，悲伤地擤了一下鼻子——然后发现了那张细长的字条。他们看见他对字条皱了皱眉头，用它轻轻敲了敲指关节，开始看那上面的东西，又把它塞回自己的口袋里，然后迈着更加坚定的步伐继续往前走。

他们手拉着手，在大学生联谊会的起居室里跳起舞来了，一边跳一边虔诚地安慰彼此说：“他会用它的——行啦——他会及格的，不然死定了！”

他及格了。

六

伽玛活字协会的烦恼，与其说是因为胖子的白痴、克利夫·克劳森的喧闹、安格斯·杜尔的刺耳，或者艾拉·欣克利牧师的唠叨，还不如说是因为马丁永无休止的怀疑。

在为了迎接考试而紧张学习的这段时间里，马丁特别让人恼火，因为他说："贮存最佳质量的医学名词就像贮存最佳质量的消毒器一样——不是为了使用，而是为了给病人留下深刻的印象。"伽玛活字协会的会员异口同声地提议说："哎呀，如果你不喜欢我们学习医学的方法，我们非常乐意去募集一笔捐款，然后把你送回埃尔克米尔斯去，到了那里你就不会被我们这些缺乏文化素养的人和营利主义者打扰了。听我说！我们没有教训你应该怎样工作。你是从哪儿弄来的这种想法，非要教训我们不可呀？哎哟，歇火吧，好不好！"

安格斯·杜尔笑里藏刀地说："我们承认，我们只是一群木匠，而你是一个伟大的研究人员。不过，在你完成科学研究之后，你可以着手去干的也就那么几件事。你了解建筑学吗？你的法语动词学得怎么样？你看过几本伟大的小说？奥匈帝国的首相是谁？"

马丁竭力反驳说："我没有假装什么都懂啊——不过，我真的知道像麦克斯·戈特利布那样的人是什么样的人嘛。他有正确的方法，至于其他那些蹩脚的教授，他们简直就是巫医。欣克利，你以为戈特利布不信教啊。啊哟，他整天待在实验室里也是一种祈祷嘛。这里有一个像他这样创造生命新观念的人意味着什么，难道你们这些白痴都没意识到吗？难道你们——”

克利夫·克劳森打了一个大呵欠，推测说：“在实验室里祈祷啊！我敢打赌，要是戈特利布老头发现我在做实验的时候祈祷，上细菌学课的时候非把裤子从我身上扒下来不可！”

“该死的，听着！”马丁哀号着说，“我敢说，你们这些家伙不会取得任何医学进步，只能维持医学的猜测诊断水平，而这里你们有一个人——”

他们使出吃奶的劲死记硬背一些东西之后，就这样展开了辩论，一辩就是几个小时。

其他人都去睡了，房间里扔了一堆脏衣服，疲倦的小伙子们已经在铁架床上打起了呼噜，马丁坐在那张已经开裂的长方形松木书桌前，独自发愁。安格斯·杜尔悄悄地溜了进来，问道：“听我说，老兄。我们大家都不喜欢听你抱怨。如果你认为医学腐败，认为我们学习医学的方法不好，如果你真的这么正直，你为啥不离开这儿呢？”

他让马丁痛苦不堪。“他说得对。我必须住口，否则就离开。我真的打算离开吗？我究竟想要什么？我该怎么办呢？”

七

安格斯·杜尔勤奋好学，懂礼貌守规矩，这让克利夫很不舒服。同样的，克利夫唱淫猥的歌曲，说话的时候又吼又叫，喜欢往别人的汤里丢东西，可悲的是他竟然连自己的手都不知道洗，这些也让杜尔很不舒服。尽管杜尔表面沉着稳健，但在紧张的考试期间，他却和马丁一样紧张不安。一天吃晚饭的时候，克利夫大喊大叫，杜尔便厉声地说：“你能行行好不要制造这么多噪音吗？”

“我他妈的就要制造这么多噪音，我他妈的乐意！”克利夫坚持说，于是就发生了一场争吵。

从那以后，克利夫特别吵闹，就连他自己都快讨厌自己了。他在起居室里吵闹；他在浴室里吵闹；他甚至不惜牺牲，躺在床上不睡，假装打呼噜。尽管杜尔很安静，专心看书，但他一点也不胆怯；他用地方法官的眼神正视克利夫，吓唬他。克利夫私下向马丁抱怨说：“该死的东西！他简直不把我放在眼里。要么他离开伽玛活字协会，要么我离开伽玛活字协会，这是毋庸置疑的事情，但那个离开的人不会是我！”

他为这件事吵得又凶又猛，结果竟然是他离开了。他说，伽玛活字协会的会员都是“一群蹩脚的文体分子，连一局像样的扑克牌游戏都玩不起来”，但实际上，他是要逃避安格斯·杜尔的冷酷无情的目光。马丁和他一起退出了大学生联谊会，准备在即将到来的这个秋天和他住在一个房间。

克利夫的大吵大闹也惹怒了马丁，正如他曾经惹怒杜尔一样。克利夫没有沉默不语的时候。他不是讲一些污秽不堪的故事，就是问：“你这双鞋到底花了多少钱——一定以为你是范德比尔特[①]哩！”或者问：“我不是看见你和玛德琳·福克斯那个女人一起散过步嘛——你到底想干啥呀？”不过，马丁和伽玛活字协会那些文明、勤奋、文雅的

---

① 范德比尔特（Cornelius Vanderbilt，1794—1877）：美国资本家，航运、铁路、金融巨头。

年轻人也不和。从那些年轻人的脸上，他已经能够看到各类处方、光亮洁白的消毒器、漂亮的封闭式汽车和镶有最漂亮的镀金大字的玻璃诊所招牌。他宁愿选择野蛮人的孤独，因为下一年他将和麦克斯·戈特利布一起工作了，所以他不能被别人打扰。

那个夏天，他去了蒙大拿州，和一个工作队一起安装电话线。

他是架线队里的一个架线工。他的工作就是戴上脚扣，把脚扣的靴刺扣在松软的银色松木电线杆上，然后攀爬电线杆子，把电线带到上面去，再把电线捆扎在玻璃绝缘体上，然后爬下来，再去爬另外一根电线杆。

他们每天大概架五英里的电线。到了晚上，他们就驱车到那些东倒西歪的木屋小镇上过夜。他们的就寝很简单——脱掉鞋子，然后把身体裹在马毯里。马丁穿着一条工装裤和一件法兰绒衬衫。他看上去就像个农业工人。由于整天爬电线杆，他呼吸深长，两眼无忧。有一天，他体验到一种不可思议的感受。

他爬到一根电线杆的顶端，不知什么原因，他突然眼睛一睁，就像刚刚醒来一样，看到眼前的大草原一眼望不到边；他看到和煦的阳光沐浴着粗硬的牧草和即将成熟的小麦，沐浴着一群无忧无虑、臀部宽阔、其乐融融的老马，沐浴着他那些面红耳赤、幽默诙谐的同伴；他看到草原上的百灵鸟在欢唱，黑鹂在小水池边上啄洗羽毛，生机盎然的太阳使一切生命都充满了活力。让安格斯·杜尔和欧文·沃特斯那样的人当吝啬的商人去吧。有什么了不起的呀？“我就在这儿！”他心满意足地注视着。

架线队工人都像西风一样健康和纯朴。他们一点都不狂妄。虽然他们掌控着电力装备，但是他们并不像医科学生那样，学了一堆混乱不堪的医学术语，就在农民面前自称是科学家。他们笑得很爽朗，对自己也很满意。和他们在一起，马丁甘愿忘记自己有多高贵。他对他们有一种感情，这种感情他对温大的人都没有过，除了麦克斯·戈特利布。

他的袋子里装着一本书——戈特利布的《免疫学》。他经常看完半页《免疫学》，然后才一头扎进化学式中。偶尔，在星期天或下雨天，他也很想看看这本书，并且非常向往实验室；偶尔，他会想起玛德琳·福克斯，并且越来越确定因为想她而倍感孤独。不过，工作日却渐渐变成了无忧无虑和充满活力的日子。每天他在马厩里一觉醒来，就会闻到干草的芳香和马群的气味，闻到几乎蔓延到棚屋小镇中心、百灵鸟歌声萦绕的大草原的气息，这时他所关心的只是这一天的工作，这一天的徒步跋涉，朝着西方，直到日落。

他们就这样稀稀拉拉地穿过蒙大拿州的小麦地——这一片灿烂的原野上一望无际的小麦地——然后他们又穿过牛群四散的牧场和山艾散布的荒漠。忽然，马丁凝视着一团久不消散的云彩，他这才意识到在自己面前的已经是崇山峻岭。

然后，他就踏上了火车；架线队的同伴们已经被他遗忘了；他现在满脑子都是玛德琳·福克斯、克利夫·克劳森、安格斯·杜尔和麦克斯·戈特利布。

第四章

一

麦克斯·戈特利布教授正打算杀死一只携带炭疽病菌的豚鼠，上细菌学课的学生都有些紧张。

他们学过细菌的形态，用过皮氏培养皿和铂环，还很自豪地在土豆片上培植过无害的灵杆菌红色培养菌。现在，他们开始研究病原菌，并练习在活体动物身上注射突发性病菌。那两只目光锐利的豚鼠在一个电池瓶里吱吱地叫个不停，再过两天就要僵硬而死了。

马丁有点激动，又不免有点焦虑。他觉得这很可笑，他带着一种专业人员的蔑视感回想起那些到实验室参观的外行多么愚蠢，他们竟然以为嗜血的细菌会从神秘的离心机上、从那些长凳上、从空气里跳到他们的身上。但他知道，那只摆放在演示台上的器械浴器和二氯化物大口瓶之间的插有棉塞的试管里，有成千上万只致命的炭疽病菌。

全班学生都很恭敬，站得也不是太近。戈特利布博士很有技术天分，他用精准快速的手法把助手手里捧着的一只豚鼠腹部上的毛剪个精光，这让他两只手轻快的动作显得格外高雅。他晃了一下刷子，把肥皂涂在豚鼠的腹部，然后剃掉上面的毛，再搽上碘酒。

（与此同时，麦克斯·戈特利布一直在回想他第一批学生的热情，那时他刚刚从科赫[①]和巴斯德[②]那儿完成工作归来，对那里的超大啤酒杯、大学生联谊会的会友以及激烈的辩论都还记忆犹新。真是热情奔放的美好日子！真是一生中的黄金时代！在美国皇后城学院，他的第一批学生曾经对他在细菌学上的惊人发现敬畏不已；他们毕恭毕敬地围在他的身边；他们渴望学习知识。现在的这个班却是一群乌合之众。他看看他们——胖子普法福坐在前排，他的脸就像门上的把手一样毫无表情；那些女生情绪激动，吓得要命；只有马丁·阿罗史密斯和安格斯·杜尔显得聪明一点。他在记忆里搜索着在慕尼黑时的一个淡蓝色的黄昏，一座桥和一位翘首期盼的姑娘，以及音乐的声音。）

他在二氯化物溶液里蘸了蘸手，然后又甩了一下——甩得很快，指头朝下，就像在琴键上移动的钢琴家的手指一样。他从器械浴器中拿起一支皮下注射器，然后举起试管。他说话慢条斯理的，声音里夹杂着许多德语元音和模糊不清的 W 音：

“先生们，这是……是……一个培养了二十四小时的炭疽杆菌。你们会注意到，我相信你们已经注意到，在这个平底玻璃杯的底部，放着一些棉花，好让试管不破裂。我不建议你们打破炭疽病菌试管，然后把手放进培养菌当中去。那样你很可能会生炭疽疔疮。”

班上一阵战栗。

戈特利布用小拇指把棉塞拧了出来，动作干净利索，就连那些埋怨“细菌学就是垃圾，尿分析和验血才是我们需要知道的实验内容”

① 科赫（Robert Koch，1843—1910）：德国医生和细菌学家，是世界病原细菌学的奠基人和开拓者。

② 巴斯德（Louis Pasteur，1822—1895）：法国微生物学家、化学家。

的医科学生，现在都对他有了几分敬意，就像他们有点敬重一个会玩纸牌魔术的人或者能够在七分钟之内把阑尾切除的人一样。他把试管口在本生灯上晃了几下，用单调低沉的声音说："大家每次从试管上把塞子取下来的时候，都要用火焰把试管口烧一下。要把这定为一条规则。这是技术的必然要求，而技术，先生们，是一切科学的开始。这也是……是……科学上最鲜为人知的事。"

班上的学生开始不耐烦了。他为何不继续下去，不进入到给豚鼠注射细菌这种令人害怕却又引人入胜的时刻呢？

（麦克斯·戈特利布扫了一眼关在电池瓶里的另一只豚鼠，暗自思忖道："无辜的可怜虫！我为啥要杀害它去教那些蠢货呢？还不如用那个胖乎乎的小伙子做实验呢。"）

他把注射器插进试管中，又用食指灵巧地推回活塞，然后讲道：

"抽半 C. C. 的培养菌。有两种医学博士——一种，对他们来说，C. C. 就是立方厘米；而另一种，对他们来说，C. C. 就是复方泻药。这第二种人更加成功一些。"

（不过，谁也无法把他讲话的特色表达出来：气息微弱的、慢吞吞拉长调子的说话方式，挖苦而又亲切的态度，带嘶嘶声的 S 音，把 D 音变成生硬而又具有挑战性的 T 音。）

助手紧紧地抱着那只豚鼠，戈特利布捏起它的肚皮，然后拿皮下注射器快速往下一戳，针头就戳进去了。豚鼠微微地抽搐了一下，吱吱地轻叫了一声，把那些女学生吓得直哆嗦。戈特利布审慎的手指知道针头什么时候戳到腹膜壁。他这一针刚好打中部位。他平静地说："这只可怜的小动物很快就会像摩西一样死去。"全班学生心神不安地互相看了一眼。“你们当中有些人认为这无关紧要；有些人则像萧伯纳一样，认为我是个刽子手，甚至比刽子手还可怕，因为我对此无动于衷；还有一些人根本就没有想过这个问题。这种人生观的分歧正是使人生有趣的东西。”

助手在这只豚鼠的耳朵上挂了一块圆锡片作为标记，然后又把它放回到电池瓶里，戈特利布则在笔记本上记下它的重量、注射病菌的时间，以及细菌培养的阶段。他一边用他那过分讲究的笔迹把那些笔记重新抄写在黑板上，一边喃喃道：“先生们，生活最重要的部分不是生活本身，而是对生活的思考。同样，实验最重要的部分不是做实验，而是做笔记，非常准确的量化笔记——用墨水写的。有人告诉我，很多聪明人认为他们能把笔记保存在他们的头脑里。让人高兴的是，我经常注意到，这样的人根本就没有保存他们笔记的头脑。这样很好，因为如此一来，世界上的人就永远都不会看到他们的成果了，科学也不会被他们阻碍了。我现在应该给第二只豚鼠注射细菌的，不过马上就要下课了。在下次上实验课之前，如果你们能够看看佩特[1]的小说《伊比鸠鲁的信徒马利乌斯》，并且能够从中学会实验技能的秘诀——镇定，我会很高兴的。”

二

在他们匆匆忙忙走过门厅的时候，安格斯·杜尔对伽玛活字协会

---

① 佩特（Walter Pater，1839—1894）：英国散文家、文学评论家，著有论文集《文艺复兴史研究》、小说《伊比鸠鲁的信徒马利乌斯》等。

的一个会友说："戈特利布是实验室里一个无用的老家伙；他一点想象力都没有；他就赖在这里，不出去见世面，也不享受战斗的乐趣。不过，他的手确实很敏捷。他的技术特别好。他本来可以做一名优秀的外科医生，每年赚他个五万美元。实际上，我想他每年的收入绝不会超过四千美元！"

艾拉·欣克利独自走着，一副心事重重的样子。他是个特别和蔼的人，这个体积庞大、笨手笨脚的牧师。他总是毕恭毕敬地接受他那些医学老师告诉他的一切，不管这一切与其他的一切有多么矛盾，但这样杀害动物——他厌恶这种行为。由于他的某种模糊的联想，他想起了上个星期天，在他学医期间常去讲道的那个贫民区小教堂里，他曾经赞扬过殉道者的献身精神，他们歌颂过耶稣基督的血，也歌颂过浸染着从以马内利[①]血管里流淌出来的血液的圣泉。不过，他还沉浸在这种冥想中，在沉思悲悯的迷雾中，他吃力地朝伽玛活字协会慢慢走去。

克利夫·克劳森一边和胖子普法福一起走着，一边大声说道："哎呀，戈特利布老头一针戳进去的时候，那只老豚鼠的的确确抽搐了一下！"胖子恳求说："别说了！拜托！"

不过，马丁·阿罗史密斯却想象着他自己在做同样一个实验，当他想起戈特利布准确无误的手指的时候，他也模仿着把两只手弯曲起来。

---

① 以马内利：基督教《圣经》中先知以赛亚及圣徒马太等对耶稣基督的别称，意思是上帝与我们同在。

三

那些豚鼠变得越来越倦怠。两天之后，它们翻来滚去，两腿痉挛乱踢，然后就死了。全班学生满怀激动人心的期待，重新集合起来去进行尸体剖检。在演示台上，有一只木质托盘，由于多年来尸体都钉在上面，所以到处都是大头钉留下的疤痕。那些豚鼠都装在一只玻璃罐中，身体僵硬，毛发凌乱。全班同学极力回忆这些豚鼠以前啃咬东西、活蹦乱跳的情景。助手用几根揿钉把一只豚鼠绷直钉好。戈特利布用一小团在来苏液中浸过的棉球擦洗它的腹部，然后从腹部到颈部把它剖开，再用一把炽热的药刀烧灼它的心脏——班上的学生听到豚鼠的肉烧得咝咝作响，全都吓得直哆嗦。戈特利布像一个主持残忍的圣餐礼的牧师似的，用一根吸液管把变黑的血液抽了出来。助手用那些已经膨胀的肺脏、脾脏、肾脏和肝脏，在载玻片上涂上波浪形的涂片，染上颜色，供全班学生检查。那些已经学会无须闭上一只眼睛就能通过显微镜进行观察的学生感觉十分自豪，显得非常内行。他们旋动黄铜指旋螺丝对准焦点，眼前载玻片上的细胞也由模糊不清变得十分清晰，于是所有同学都在谈论辨认出芽孢杆菌时的美妙感受。不过，他们很不自在，因为戈特利布那天一直寸步不离，在他们身后悄悄地跟着，一声不响，一直注视着他们，观察他们对那些豚鼠残尸的处理。与此同时，从一个工作台到另一个工作台，大家都在议论着令人紧张不安的谣传，说以前有一个学生在实验室里感染炭疽死了。

四

这些日子，对马丁来说，有一种令人心满意足的显赫，有一种酣畅淋漓的曲棍球比赛般的热情、一种大草原般的明朗、一种美妙乐曲般迷惑人的力量，还有一种创世的感觉。他醒得很早，乐滋滋地思考着一天的事情。然后，他匆忙赶去工作，虔诚但却迷茫。

细菌实验室里的混乱让他心醉神迷——那些学生穿着衬衣，有的正在过滤明胶，手指因为沾了皱巴巴的胶叶变得黏糊糊的；有的正在把培养基放在一个形如银色榴弹炮的高压消毒锅里加热。干热灭菌箱下面的本生灯呼呼地燃烧着，阿诺德杀菌器噗噗地冒着热气，缓缓升到屋顶的椽木上，把窗户都熏得雾蒙蒙的，这让马丁感到了一股生机和活力。在他看来，世界上最光芒四射的东西，就是这一排排装满稀释的血清和用烤成咖啡色的棉球塞着的试管，是一个斜放在一只光亮的试杯里面的精制铂环，是那些和瓶瓶罐罐莫名连着的一大排篱笆似的高玻璃管，或者是一只装满龙胆紫染色液的瓶子。

也许是在朝气蓬勃地效法戈特利布吧，他已经开始夜间在实验室里独自工作了……要不是因为他那个显微镜后面的煤气灯白炽罩，那个长长的房间就太黑了，伸手不见五指。当他弯下身子在目镜上观察的时候，锥形灯光在亮闪闪的铜管上投射一道光亮，也给他那乌黑的头发添了一层光泽。他正在研究一只老鼠身上的锥体虫——这是一种有八个分支的瓣形体，染上了彩色的亚甲蓝，其紫色的细胞核、浅蓝色的细胞和纤细的鞭毛，宛如一簇娇若水仙的微生物。他很激动，又有点自豪。他把细菌染得特别漂亮，其实给瓣形体染色却不破坏它的花瓣体形态很不容易。黑暗中，传来了一个人的脚步声，那是麦克斯·戈特利布疲乏的脚步声，然后就有一只手放到了马丁的肩膀上。马丁默默地抬起头来，把显微镜推给他。戈特利布弯下身子，嘴里叼着一个烟头——烟雾简直能把人的眼睛熏瞎——凝视着这个标本。

他把煤气灯旋转了四分之一英寸，若有所思地说："好极了！你手艺不错。嗬，科学里有一种艺术——只是对少数人才有。你们美国人，你们当中有好多人——满脑子都是想法，但你们对这种美妙而又单调的长期努力没有耐性。我已经看到——我以前在实验室里就注意过你——也许你可以尝试一下引起昏睡病的锥体虫。这种虫非常非常有趣，也非常非常难对付。这是一种非常讨厌的病。在非洲的一些村庄里，百分之五十的人患有这种病，总是那么致命。是的，我想，你可以对付这种虫子。"

对马丁来说，这是在调动他的大部队加入战斗。

"我应该会吃，"戈特利布说，"一点三明治，就在我的房间里，半夜的时候。如果你碰巧工作到这么晚，要是你愿意过来吃一口的话，我会很高兴的。"

半夜的时候，马丁胆怯地穿过门厅，来到了戈特利布那间洁净的实验室。在工作台上，有一些咖啡和三明治，都是一些小得出奇的上等三明治，和马丁在食堂吃的三明治完全不是一个味道。

戈特利布谈个不停，一直谈到克利夫似乎已经不复存在，安格斯·杜尔似乎也只是一个滑稽可笑的野心家。戈特利布扯到了伦敦的实验室、斯德哥尔摩寒冷夜晚的宴会、平乔公园上的散步和圣彼得大教堂圆屋顶后面的落日，还扯到了在马赛的一次流行病中被排泄物弄脏衣服时的惊心动魄和极度恶心。他渐渐地不再有所保留，于是他谈到了他自己，谈到了他的家庭，好像马丁就是他的同龄人似的。

他谈到了在乌拉圭当上校的那个表亲，以及在莫斯科的一次大屠杀中受到严刑拷打的那个犹太教教士表亲。他还谈到了他患病的妻子——她患的可能是癌症。然后他又谈到了他的三个孩子——最小的女儿叫米里亚姆，是个出色的音乐家；但是他的儿子，那个十四岁的儿子，是个让人头痛的孩子，莽撞无礼，不肯学习。然后又说起了他自己，说他多年来一直在研究抗体的合成；他目前走投无路，在摩哈利斯没有人对他感兴趣，没有人能激励他奋发向上，但他现在日子过得也很愉快，正在彻底批驳调理素理论呢，这倒是让他十分振奋。

“不，我除了讨厌那些要求过多的人之外，什么事也没有做过，不过我一直梦想将来有一天能有真正的发现。而且——不，在过去的五年中，我是遇到过一些既懂得技艺，又懂得精确性，也许还具有某种对假说的巨大想象力的学生，但不会超过五次。我想，也许你可能拥有这些品质。要是我能帮助你——就这样吧！

“我认为你将来不会成为一个好医生。好医生是很优秀的——他们往往都是艺术家——不过他们的职业，并不适合我们这些与世隔绝、在实验室苦干的人去做。从前，我也有过医学博士的称号。那还是在海德堡的时候——戈特先生，早在1875年！那时我不可能对包扎腿和看舌头有很大兴趣。我是亥姆霍兹[1]的信徒——一个多么放荡不羁、

① 亥姆霍兹（Helmholtz，1821—1894）：德国物理学家、生理学家。

胡言乱语的年轻人啊！我试图在声音的物理现象方面做一些研究——但什么也没研究出来，简直令人难以置信，但我知道，在这个悲惨的世界上，除了定量的方法之外，根本没有确定无疑的东西。而我是一个化学家——一个善于制造臭气的人。因此，我就开始研究生物学，并且遇到了许多麻烦。情况一直都还好。我已经发现了一两样东西。如果说有时候我有背井离乡的感觉，我就会觉得心寒——有一次，我不得不离开德国，因为我拒绝唱《守卫莱茵》[①] 这首歌，又试图杀死一个骑兵上尉——他是一个健壮的家伙——我不得不把他掐死——你以为我在吹牛，可三十年前我也是条生气勃勃的汉子啊！嗳！的确如此！

“富有哲理的细菌学家只有一个麻烦问题。我们为什么要毁灭这些可爱的病原菌？哎哟，这些极其丑陋的青年学生参加基督教青年会，唱着叮当之歌，戴着印有姓名首字母的礼帽，我们还这么关心他们，保护他们不受生理功能完美的伤寒杆菌及其可爱的鞭毛的侵袭，我们真的确定这样做值得吗？你知道，我曾经问过席尔瓦院长，如果我们把世界上的病原菌都放出去，从而解决一切经济问题，这样不是更好吗？但是，他并不喜欢我的想法。哎哟，唔，他是比我年龄大些。我听说，他还举办过几次宴会呢，连一些主教和法官都出席了，一个个都穿着漂亮的衣服。他比一个热爱尼采前辈、叔本华前辈（可是该死，他有目的论的思想！）、科赫前辈、巴斯德前辈、雅克·洛布[②] 老兄

---

① 原文为德语 *Die Wacht am Rhein*，是一首德国爱国颂歌，流行于普法战争和第一次世界大战期间，歌词内容根植于历史上的法德敌意。

② 雅克·洛布（Jacques Loeb，1859—1924）：德国出生的美国动物学家和心理学家。

和阿伦尼乌斯[1]老兄的德国犹太人知道得都多一些。是呀[2]！我净说些傻话。咱们去看看你的载玻片吧！那么，晚安喽。”

当马丁把戈特利布一个人扔在他那个乏味的棕色小屋的时候，戈特利布一脸的沉默，好像这个午夜的晚餐和那些漫无边际的谈话从未发生过似的。然后，马丁跑回了家，完全陶醉了。

① 阿伦尼乌斯（Arrhenius，1859—1927）：瑞典化学家，因创立电离学说而获1903年诺贝尔化学奖。

② 是呀：原文为德语Ja。

第五章

一

现在，虽然学习细菌学成了马丁的全部生活，但温大有着这样的传统规矩，学习细菌学的学生同时还得学习病理学、卫生学、外科解剖学以及其他一些足以把一个天才彻底击败的科目。

克利夫·克劳森和他一起住在一个贴有印花墙纸的大房间里，里面放着成堆的脏衣服、几张铁床和几个痰盂。他们自己做早餐；他们在旅行者快餐流动服务车上或者露珠饭馆吃大杂烩。克利夫偶尔让人很恼火；他不喜欢开着窗户；他谈论肮脏的短袜；马丁学习的时候，他就唱《有些人死于糖尿病》；任何事情他都不会直截了当地说出来。他一定要装出一副幽默的样子。他说：“你的意思是说我们现在可以给这几张老面孔弄点吃的了吗？”或者说：“吞它几个卡路里咋样？”不过，对于马丁来说，他有一种魅力，这种魅力不单单在于他的快乐、机智和模糊的勇气上。克利夫的整体远远超过他的各个部分的总和。

由于沉浸在实验室工作的乐趣中，马丁很少想起他在伽玛活字协会的那些新同伴。他会偶尔断言说，艾拉·欣克利牧师就是个乡村警察，欧文·沃特斯也就算个管道工[①]，安格斯·杜尔则会踩着他奶奶的头走向成功。他还说，像胖子普法福那样的白痴拿那些无助的病人练手是罪恶的行为。不过，多数情况下，他并不理睬他们，也不再做一个让人讨厌的人了。当马丁在细菌学方面取得了初步成就，并发现自己不知道的东西还相当多的时候，他就变得有点儿谦逊了。

如果说，对于他的同班同学，他不再那么令人讨厌的话，那么他在教室里则无比地令人讨厌。他从戈特利布那里学会了使用“对照物”这个词的窍门，用它指代在实验中没有处理过的人体、动物或化学药品，作为一个比较标准。没有哪个窍门比这更让人恼火的了。当某个内科医生夸耀自己在这种药物或那种电控箱上的成就时，戈特利布总是哼着鼻子说：“你的对照物在哪儿呀？你有多少相同条件下的病例啊？这当中又有多少病例没有得到治疗呢？”现在，马丁也开始装腔作势地说这个词了——对照物、对照物、对照物，你的对照物在哪儿呢？你的对照物在哪儿呢？——说得他的大多数同学和一些教师巴不得对他处以私刑。

他在上药物学课的时候尤其让人厌烦。

药物学教授劳埃德·戴维森博士本来可以成为一名杰出的店主的。他非常受人欢迎。从他那儿，一个未来的医生能够学到一切事情中最重要的东西，比如开给病人的适当药物，特别是当你搞不清楚这个病人得了什么病的时候。他班上的学生热情洋溢地听他讲课，然后背诵他那神圣不可侵犯、备受其推崇的一百五十种处方。（他很自豪，因

① 管道工（plumber）：在美国口语中，“plumber”指调查和防止政府人员泄密的堵漏人员。

为这比他的前辈所要求的还要多五十种。）

不过，马丁不好对付。他质疑说，而且是公开的质疑：“戴维森博士，他们怎么知道鱼石脂对丹毒有效的呢？它不就是腐烂的鱼化石吗？——他们以前经常给病人用木乃伊粉末和小狗耳朵，难道说它和这些东西有啥不一样吗？”

“他们怎么知道的呀？啊哟，我这吹毛求疵的年轻朋友嗳，这是因为多年以来成千上万的医生一直在用这种药物啊，而且发现他们的病人病情有所好转啊，他们就是这样知道的嘛！”

“但说实话，博士，不管怎样，病人不都是有可能会好转的吗？这也许很像‘因为如此，所以如此’，不是吗？他们拿大量的病人一起做过实验吗，有对照物的那种？”

“大概没有吧——除非像你这样的天才，阿罗史密斯，能把几百个病情完全相同的丹毒病人聚集在一起，否则这种实验可能永远都做不了！与此同时，我相信，你们当中的其他先生，也许并没有阿罗史密斯先生那种深厚的科学素养和运用‘对照物’这种好用的技术名词的能力，所以还是按照我的愚见，继续使用鱼石脂吧！”

但是，马丁还是不依不饶地说：“请问，戴维森博士，不管怎么说，背诵这些处方有什么用呢？大部分处方我们都会忘掉的呀，更何况，这些处方我们随时可以在书中查到啊。”

戴维森紧紧地闭着双唇，然后说道：

“阿罗史密斯，对于一个像你这样年龄的人，我不想像回答一个三岁小孩那样来回答你。可是，显而易见，我必须这样做。因此，你必须学会药物的性能和处方的内容，因为是我告诉你要这样做！如果我不惜浪费班上其他同学的时间，我会设法让你相信，我所说的话是可以接受的，这并不是因为我的卑微的权威，而是因为这些话都是智者——比你聪明一些，或者说当然比你年纪大一些的人——历经几代得出的结论。不过，我并不想滥用华丽的辞藻和雄辩的艺术，我只想说，你必须接受，你必须学习，而且你必须记住，因为是我告诉你要这样做！”

马丁想过放弃医学课程，专攻细菌学。他试图向克利夫倾诉他的想法，但克利夫早就对他的苦恼变得不耐烦了，所以他又去求助那个精力充沛、身材苗条的玛德琳·福克斯了。

二

玛德琳既富有同情心，又很通情达理。为何不先学完他的医学课程，然后再去领会他想做什么呢？

他们一起徒步旅行，一起溜冰，一起滑雪，一起去温大戏剧社观看演出。玛德琳的寡母早就过来和她住在一起了，她们在一幢极小的公寓的顶层租了一个套间，那些小巧的公寓逐渐取代了摩哈利斯那些宽敞的老式木屋。她们租住的那个套间里摆满了文学作品和装饰品：一尊来自芝加哥的青铜佛像，一本莎士比亚墓志铭的拓印件，一套法朗士作品的译本，一幅科隆大教堂[①]的照片，一个柳条茶几和一个温大所有学生都不会使用的俄式茶壶，还有一册纪念明信片集。玛德琳

① 科隆大教堂：位于德国西部北莱茵－威斯特法伦州，于1248年始建，1880年完工，是中世纪哥特式建筑的代表作。

的母亲是小城镇一位公爵的遗孀。她仪表庄严，白发苍苍，但她去卫理公会教堂。在摩哈利斯，学生们的喋喋不休让她紧张不安，她渴望回到自己的家乡去，渴望家乡的教会联谊会和妇女俱乐部的集会——他们今年正在研究教育，而且她憎恨自己这次失去了和大学有关的所有信息。

有了家和陪护，玛德琳开始“款待客人”了：在每次晚上八点的聚会上都会备有咖啡、巧克力蛋糕、鸡肉沙拉和文字游戏。她邀请过马丁，但他很珍惜他的夜晚，那些可以开展研究工作的美丽的夜晚。她引诱他参加的第一件事是她在一月份举行的盛大新年晚会。他们玩“做广告”的游戏——猜测表现广告图片的静态画面；他们伴着留声机里的音乐翩翩起舞；他们不仅吃了淡饮晚餐，而且还在那些小桌子上摆了许多的小垫布。

马丁不习惯这种高雅格调。虽然他怀着闷闷不乐的心情来赴会，但他还是对这次晚餐和年轻女性的衣着留下了深刻的印象。他意识到，他对跳舞已经生疏了，他很羡慕那个能跳新华尔兹舞“波士顿舞”的大四学生。力、美、智，这三个才能一旦被马丁意识到，进入他的吸收层，就没有哪个是他不去执着追求的。如果说他对财富只是有一点点贪恋的话，那么他对各种技能可算是如饥似渴地追求了。

他对其他人的那种心不甘情不愿的惊叹，被他对玛德琳的爱慕完全淹没了。他以前只知道她是一个喜欢穿着短外套往户外跑的女孩，但眼前的她却是一个正在进行室内活动的高雅的玛德琳，身着黄绸，身材修长。当她逼得那些客人勉强露出愉快的表情的时候，在马丁看来，她简直就是机智练达和从容自如的奇迹。她需要机智练达，因为诺曼·布鲁菲特博士也在那里，而且那是布鲁菲特博士别出心裁和欢乐闹腾的夜晚之一。他假装去亲吻玛德琳的母亲，弄得这位可怜的老太太很不舒服；他唱了一首极不合适的黑人歌曲，歌词竟然含有“混蛋”这个字眼；他坚持对一群女研究生说，鉴于天才人物的一些影响，乔治·桑的那些风流韵事也许在某种程度上可以认为是正当的；这些女生一脸的惊愕，他却把头微微一抬，一副神气活现的样子，就连他戴的眼镜都闪闪发光。

玛德琳过来制止他了。她颤声说：“布鲁菲特博士，您是个非常有学问的人，或者怎么说都行吧。有时候上英语课的时候，我简直被您吓得要死。但在其他时候，您只不过是个顽皮的小孩子罢了，可我也不能让您老是逗弄这些女孩子呀。您可以帮我把冰冻果子露拿进来，这可是您力所能及的事哦。”

马丁很喜欢她。他讨厌布鲁菲特，因为他竟然享有特权，可以和玛德琳一起进入这间公寓里的那个像壁橱一样的厨房。玛德琳！她可是唯一一个理解他的人啊！但在这里，大家都想得到她，布鲁菲特博士对她眉开眼笑，简直就像丈夫对妻子的爱意那样。她是个宝贝，是他必须占有的东西。

马丁借口帮她一起摆餐具，总算和她单独待了一会儿，于是低声说道：“天哪，你实在太漂亮了！”

“好开心哦，你觉得我还有点儿漂亮。”她，这个全世界最美丽、最可爱的姑娘，对他以心相许了。

“我明天晚上可以过来看你吗？”

“唔，我——也许吧。”

三

在这个年轻人的传记里，他绝不是个英雄人物，他认为自己是个追求真理的人，但在他的一生中，他却屡次犯错，一再倒退，就算遇到显而易见的泥淖也会深陷其中。所以，我们不能说马丁对玛德琳·福克斯的意图是“光彩”的。他不是唐璜，而是一个贫穷的医科学生，还得再等很多年才有能力谋生。当然，他也没有想过要求婚。他只是渴望——就像这种情况下的大多数贫穷但却热情的年轻人一样，他只是渴望得到他能得到的一切。

他向她那个公寓跑去，心中满怀对冒险的期待。他想象着她的温柔；他好像感觉到她的手顺着他的脸颊滑了下来。同时他又告诫自己：“别当傻瓜了！也许什么都不会发生呢。不要这么激动，不然会大失所望的。她也许会因为你在聚会上做了错事把你骂出来呢。她也许正昏昏欲睡，根本就不希望你来呢。什么也不会发生！”不过，他一刻也不相信会是这样。

他按了一下门铃，看着她把门打开，便跟着她进了简陋的门厅，他很想去拉她的手。他走进那间亮得刺眼的起居室——他发现，她的母亲一脸的严肃，像个金字塔一样，脸上的表情一成不变，就像阴暗的冬天一样。

但当然，母亲应该会开恩离开，让他赢得爱情。

母亲并没有离开。

在摩哈利斯，年轻小伙子去女孩家里玩，晚上十点之前离开是合适的。不过，从八点到十一点一刻这段时间，马丁确实是在和福克斯太太作战。他用两种语言和她交谈，一种是听得见的闲谈，一种是沉默但愤怒的抗议。玛德琳呢——她也在场，她就坐在旁边，显得很漂亮。福克斯太太一直用同样沉默的语言回答他，直到房间里弥漫着他们之间的敌意，尽管他们表面上是在谈论天气、温大以及开往泽尼斯的电车服务。

“是的，当然，我想总有一天他们会每隔二十分钟就发一班车的。”他沉重地说。

（“她真该死，她为啥还不去睡觉呀？太好啦！她在收拾她针织的东西了。不，该死的！她在取另一团毛线。”）

“哎哟，是的，我相信，他们以后肯定会改善服务。”福克斯太太说。

（“年轻人，我虽然对你了解不多，但我认为，你并不是和玛德琳恋爱的合适人选。不管怎样，你该回家了。”）

“噢，是的，当然，你说的没错。大大地改善服务。”

（“我知道我待得太久了，我也知道你心知肚明，但我不在乎啊！”）

福克斯太太竟能容忍他那不动声色的固执，这似乎不太可能。他使用了思维形式、意志品质和催眠术，可是当他站起来认输的时候，她依然坐在那里，极其平静。他们不冷不热地互道再见。玛德琳把他送到门口；他和她单独在一起只有这令人兴奋的半分钟。

“我很想——我想和你说话话！”

“我知道。很抱歉。改天吧！”她低声说。

他吻了她一下。那是一个暴风雨般的热吻，非常甜蜜。

四

玛德琳一头扎进一个狂欢行乐但又格外令人厌倦的娱乐世界里——糖果会、溜冰会、乘雪橇会，还有为了款待在泽尼斯《倡导时报》负责社会版面的一位女记者而举办的文学聚会。马丁跟着她到处跑，表面上非常顺从，可心里却憋着闷火。她似乎很难请到足够多的男子来参加活动，于是马丁就把气哼哼的克利夫·克劳森也拽来参加文学晚会了。克利夫嘟囔着说："我从来没在这么糟糕的麻雀动物园混过时间。"不过，他得了个宝贝——他听见玛德琳用她心仪的名字"马蒂金斯"称呼马丁。这真是如获至宝。克利夫叫他马蒂金斯。克利夫告诉别人也叫他马蒂金斯。胖子普法福和欧文·沃特斯都叫他马蒂金斯。当马丁想去睡觉的时候，克利夫用低沉而又沙哑的声音说：

"哟，你有可能会娶她吧。她可是个神枪手。她在九十步以外都能射中一个精明的年轻医学博士。哎哟，等这位姑娘把你定在扁桃体摘除的工作上之后，你会拥有一段美妙的青春时光去继续你的科学研究……她可是这里的一个女文人哦。她什么文学知识都知道，可能就是不知道怎样阅读……现在，她的长相还不是太难看。但她以后会发胖的，像她妈妈那样。"

马丁说了一番言不由衷的话，然后他得出结论说："她是研究生院里唯一一个充满活力的女生。其他人只是坐在一起闲聊，而她却组织了各种各样最棒的聚会——"

"有接吻的聚会吗？"

“嗳，你说话注意点！我会生气的，你得知道这一点！你我都是粗鲁的人，可是玛德琳·福克斯——在某些方面，她很像安格斯·杜尔。我知道，我们缺乏很多东西：音乐和文学，嗯，还有像样的衣服——穿得好一点也没啥害处嘛——”

“这正是我刚才要对你说的啊！她会让你穿上长襟大礼服和硬胸衬衫，把你打扮得漂漂亮亮的，把一切病症都诊断为富寡妇炎。你怎么能上这样一个骗子的当呢——你的自制力去哪儿了？”

克利夫的反对反倒激起了他对玛德琳的兴趣。这已经不只是一种偷偷摸摸、贪得无厌的兴趣，而是一种渴望和她结婚的那种激动人心的信念。

五

时间一久，没有几个女人能忍得住不去“改进”她们的情人，但“改进”就意味着要把一个人从原来的样子——不管他们原来是什么样子——改变成另外一个样子。像玛德琳·福克斯这样的女孩，这样一些爱好艺术但又不从事艺术的年轻女子，在一定时期内，能够忍住不去“改进”情人的时间不会超过一天。迫不及待的马丁刚刚表明自己被她的魅力所打动，她就开始用一种前所未有的、屈尊俯就的气势来批评他的衣服——他的灯芯绒裤子，软衣领和旧式古怪的灰色毡帽，批评他的用词和他对小说的欣赏能力。她说：“啊哟，当然啦，每个人都知道爱默生是最伟大的思想家。”这种粗浅的言论，与戈特利布沉闷的耐性相比，更加让他恼怒。

“哎哟，让我单独静静！”他愤慨地对她说，“你在没有脱离你熟悉的东西的时候，你是上帝创造的最美的人儿，可是当你突然对政治和化学疗法发表高见的时候——该死的，别吓唬我了！我想，关于俚语的问题，你说得没错。我会丢掉诸如‘大吃一顿’之类的粗话。可是，我是不会穿硬领衬衣的！我不会的！”

要不是在屋顶的那个春夜，他也许永远不会向她求婚的。

她把她那个公寓的屋顶平台用作花园。她摆了一盆天竺葵和一条墓地里常见的那种铸铁长凳；她还挂起了两个日本灯笼——两个灯笼破烂不堪，挂得歪歪斜斜。她轻蔑地说起这个公寓的其他住户，说他们“太平凡，太传统，所以他们从来不到这个可爱的隐蔽地方来”。她把她这个隐蔽处比作摩尔人[①]宫殿的屋顶，比作西班牙人的露台，比作日本人的花园，比作“古普罗旺斯人的游乐园”。但在马丁看来，它看着更像一个普通的屋顶。他仿佛已经准备好大吵一架了，因为在四月的那个晚上，他去看望玛德琳，她的母亲不屑一顾地对他说，可以在屋顶上找到她。

“讨厌的日本灯笼。还不如去看肝脏切片。”他一边艰难地上那弯弯曲曲的楼梯，一边嘟囔着说。

玛德琳正坐在那条阴森的铁凳上，双手捧着下巴。就这一次，她没有使用华丽的辞藻，也没有很激动地问候他，只是含含糊糊地说了声“嗨”。她看上去无精打采的。他为自己的嘲讽而感到内疚。他突

① 摩尔人：英语文献中指摩洛哥人，过去亦指在11—17世纪创造了阿拉伯安达卢西亚文化、随后在北非作为难民定居下来的西班牙穆斯林居民或阿拉伯人，是西班牙人及柏柏尔人的混血后代。

然从她的矫揉造作中看到了一种凄美，于是这一片沥青纸和板条搭板也就变成了一个五彩缤纷的花园。他在她的身边坐了下来，然后尖声尖气地说："哎呀，你铺了一条好漂亮的新席子呀。"

"一点也不漂亮！脏死人了！"她转身面向他。她痛哭流涕地说："哎哟，马特，我太讨厌自己了，就是今晚。我总是试图让人以为我是个大人物。其实我不是。我就是个虚张声势的人。"

"怎么了，亲爱的？"

"唉，说不清。都怪布鲁菲特博士，绞死他——只有他是对的——他几乎等于告诉我，如果我再不努力一点，我就得从研究生院滚出去了。他说，我什么事都不干，而且如果我拿不到哲学博士学位，那我就不能在一所一流的学校弄到一份教英语的好工作，但我最好还是弄到一份好工作，因为对可怜的玛德琳来说，好像不会有人愿意和她结婚。"

他伸出手臂搂着她，高声地说："我非常清楚谁——"

"不，我不想探听是谁。今晚我就跟你说实话吧。马特，我一点儿也不好。我跟人说我如何聪明。我想他们根本就不相信。也许他们会离开我，嘲笑我！"

"他们不会的！如果他们真的——我倒想看看是哪个家伙想要嘲笑你——"

"你真是又亲切又可爱，可是我不值得你这样做。富有诗意的玛德琳。还有她那优雅的词汇！我是一个……我是一个……马丁，我就是一个自吹自擂、受人愚弄的笑柄！我就是你的朋友克利夫眼中的那种人。唉，你不必告诉我。我知道他是怎么想的。而且——我以后只能跟妈妈一起回老家了，我受不了了，亲爱的，我受不了了！我不想回去！那个小镇！绝对不行！那些多嘴多舌的老女人，还有那些可恶的老头子，总是说着同样的老笑话。我不要回去！”

她的头依偎在他的臂弯里；她还在哭，泪流不止；他抚摸着她的头发，现在不是贪婪地抚摸，而是温柔地抚摸了，他低声低语地说：

“亲爱的！我好像觉得我又有勇气爱你了。你会和我结婚的，不过——我还得再花两年时间完成我的医学课程，然后再花两年时间待在医院里，然后我们就结婚吧，还有——真的，有你帮助我，我一定会登上事业的顶峰，做一个大名鼎鼎的外科医生！我们一切都会有的！”

“最亲爱的，千万别犯糊涂。我可不想让你离开你的科学工作——”

“哎哟，好吧。唔，我希望继续搞一些研究工作。不过说真的，我也不是一个只知道待在实验室里的人。我也在和生活斗争。披荆斩棘往前进。在真正的男性斗争中同真正的男子汉竞争。如果我做不到这一点，或者不能做一些科学研究工作，我就毫无价值。当然，趁我现在还和戈特利布在一起，我要好好利用这个机会，至于以后——哦，玛德琳！”

然后，他所有的理智都在和她的缠绵中消失了。

六

他害怕与福克斯太太见面；他肯定她会问：“年轻人，你打算怎样养活我的玛蒂？而且你爱说脏话。”可是，她却拉着他的手，忧伤地说：“我希望你和我的女儿能够幸福。她是个可爱的好女孩，即使她有时候有点轻浮，但我知道你很出色，也很善良，又很勤奋。我会祈祷你们幸福的——啊，我会拼命祈祷的！你们年轻人似乎不太重视祈祷，但是如果你们知道祈祷对我有多大帮助的话——啊，我要为你们美好的幸福祈祷！”

她祈祷哭了；她用老太太那种干枯、柔和、亲切的吻，吻了一下马丁的额头，他几乎也跟着她哭起来了。

分别的时候，玛德琳低声说：“亲爱的，我本人一点儿也不在意，可是，如果我们陪妈妈一起去教堂的话，她会很喜欢的。你真的认为你不能去吗，就一次？”

马丁身上穿着熨得亮光闪闪的衣服，戴了一个讨厌的亚麻布衣领，还系了一条费力打起来的领带，陪同福克斯太太和高雅健谈的玛德琳来到摩哈利斯的卫理公会教堂，去听牧师迈伦·施瓦布博士讲道，主题是“通向正义的唯一途径”。这一景象让不信宗教的克利夫·克劳森愕然，让周围所有的人大吃一惊。

他们经过艾拉·欣克利牧师身边的时候，艾拉以圣洁的眼神扬扬得意地望着马丁被俘虏的神情，一副心满意足的样子。

七

尽管马丁十分崇拜麦克斯·戈特利布对人类理智所持的悲观看法，但他还是相信进步这样的东西的确存在，相信任何事情都有其一定的意义，相信人们都能学到一些东西，相信玛德琳一旦认识到她自己只是一个普通的年轻女子，偶尔也会失败，那么她就有救了。她开始比以往更加装腔作势地“改进”他，而他却被弄得不知所措。她埋怨他粗俗，埋怨他像她断言的那样志向不够坚定。“你以为你有优越感就很了不起啊。有时候我怀疑这是否就是懒惰。你喜欢待在实验室里做白日梦。你为什么就不去背诵药物学之类的东西呢？其他所有的人都必须背诵。不，我不会吻你的。我想让你成熟起来，听从理智。”

他一方面对她的纠缠不休感到愤怒，一方面又渴望得到她的双唇和宽恕的微笑，就这样晕头转向地到了期终。

在考试前的一个星期，他很想每天花二十四小时向她求爱，花二十四小时为考试加紧用功，花二十四小时在细菌学实验室。他答应克利夫这个暑假和他一起过，到一家加拿大旅馆里去当服务员。那天晚上，他见了玛德琳，和她一起在农业实验站场地上的樱桃园里漫步。

“你知道，我对你讨厌的那个克利夫·克劳森有意见，”她抱怨说，“但我想，你根本就不在意听我对他有什么意见。”

“我已经听到你的意见了，我亲爱的。”马丁听起来成熟了一些，但也不是那么令人愉快。

“唔，我现在就告诉你，你要去当服务员这事还没有征求我的意见呢！就是要了我的命我也不明白，你为啥假期里不找一个有绅士风度一点的工作，非得要去卖力刷那些脏兮兮的餐具。你为啥不能在报业工作呢？在那里你势必要穿得体面一些，还能和一些正派的人打交道。”

“当然能。我可以编辑报纸。不过，既然你这么说，我这个夏天干脆就不工作了。不管怎么说，总得干点蠢事吧。我要到新港[1]去打高尔夫球，每天晚上都穿着燕尾服。”

“它对你是不会有任何害处！我确实尊重诚实的劳动。就像彭斯[2]说的那样。但是，你要在餐桌旁边伺候进餐啊！哎哟，马特，你为啥对做一个粗人这么引以为荣呀？不要自作聪明了，消停一会儿。听听这个夜间的声音。闻闻这些樱花的清香。……也许，像你这样的一个伟大的科学家，一副比普通人高高在上的样子，樱花根本就配不上你！”

“唔，你说得完全正确，只是你忘了樱花都已经凋谢几个星期了。”

“哎哟，樱花已经凋谢了。已经凋谢了啊，樱花！樱花可能凋谢了，但是——请你告诉我上面那一块淡白色的东西是什么，好吗？”

“好的。依我看像是一个农场雇工的衬衣。”

“马丁·阿罗史密斯，如果你稍微想一下我将要嫁给一个粗俗、粗野、自私、喂养细菌的、自作聪明的人——”

“如果你想一想我将要娶一个一天到晚对着我唠唠叨叨、嘀嘀咕咕的女人——”

他们相互伤害；他们以此为乐；他们永远分手了，他们永远分手了两次，第二次分手非常粗暴，是在一个联谊会会堂附近，当时学生们正在那里伴着班卓琴演唱令人心碎的夏日之歌。

然后他就没有见过她了。十天后，他就和克利夫一起去了北方林

---

① 新港：美国东北部罗得岛州东南方向的一个港口城市，避暑胜地。

② 彭斯（Robert Burns，1759—1796）：苏格兰农民诗人。他的诗歌富有音乐性，充满了激进的民主、自由的思想。代表作品有《友谊地久天长》《往昔的时光》等。

区。他因为失去她而感到伤心，他渴望着她柔软的肉体，渴望着她心甘情愿地听命于他，这时他也只是有一点点兴奋而已，因为他本该是细菌学课上的班长，因为麦克斯·戈特利布本该任命他担任来年的本科生助手。

第六章

一

在安大略的松树林中，有一个诺科米斯山庄，里面的服务员全部都是大学生。这些大学生是不可以出现在山庄的舞会上的——他们只是到场，然后从那帮身穿白色法兰绒衣服、又年老又挑剔的求婚者的手中，把那些最漂亮的女孩带走。他们每天只需要工作七个小时。在其余的时间里，他们就钓钓鱼，游游泳，在那些幽暗的小径散散步。马丁平静地回到了摩哈利斯——和玛德琳轰轰烈烈地爱着。

他们曾经给对方写过信，开始很客气，深表歉意，每两个星期写一封；后来就很热情，每天一封。这个夏天，她也被拖回到了她的故乡，那是温尼麦克州靠近俄亥俄州边界的一个小镇，比马丁的故乡埃尔克米尔斯大一些，但也更加烈日炎炎，更加荒芜，只有一些小工厂。她叹了口气，用粗大而松散的笔迹一气呵成写了满满的一页：

也许，我们彼此再也无缘相见，但我真的很想让你知道，其实我很珍视我们一起谈心的日子，科学、理想和教育等等无所不谈——我当然很欣赏我们的谈话。在这个地方，我整天听那些落后保守的人谈论他们的汽车，谈论他们必须付给他们的用人多少工资，等等，等等。

哎哟，真是可恶至极。你给了我很多很多，但我也确实给了你一些，不是吗？我不可能总是有错的一方，是吧？

“亲爱的，我的小丫头！”他悲伤地写道，“你不可能总是错的一方！你这个可怜的小丫头，你这可怜的、亲爱的小丫头！”

到仲夏的时候，他们就坚决地重新订婚了，虽然他被那个出纳员——一个裸脚穿鞋的、年轻的、喜欢咯咯笑的威斯康星州的学校教师——弄得有点心理失常，但他还是非常想念玛德琳，想得都睡不着觉，甚至想要放弃他的工作，投身到她的爱抚中去——有一次他醒着躺在床上沉思了好几分钟。

归来的火车慢得让人受不了，他终于在摩哈利斯下了车，对玛德琳的憧憬让他激动不已。二十分钟以后，在她那个安静的起居室里，他们紧紧地拥抱在了一起。果不其然，过了二十分钟，她又在嘲笑克利夫·克劳森，嘲笑钓鱼，嘲笑所有的教师了。不过，他一动怒，她就眼泪汪汪地屈从了。

二

他大三这一年忙得团团转。上午要上物理诊断课、外科学课、神经病学课、产科学课和妇科学课，下午还要上医院示范课；要替戈特利布监督培养基的制作和玻璃器皿的消毒；要指导一个新的班级使用显微镜、过滤器和高压消毒锅；时不时地读一页科技德语或法语；还要经常去看玛德琳；为了完成这一切事情，他迫使自己忙得发狂。

就在这最让他忙得头昏眼花的时候，他开始了自己的第一次原创性研究——这是他的第一首抒情诗，是他第一次登上未勘探过的高山。

他给兔子做了伤寒的免疫处理，所以他相信，如果他把从这些有免疫力的动物身上取来的血清和伤寒病菌混合在一起，这些伤寒病菌就会死亡。可悲的是——他觉得——这些细菌长势很旺。他很苦恼；他确信他的技术一直都很笨拙；他把他的实验做了一次又一次，一直工作到半夜，拂晓时分又醒来反复思考他的笔记。（虽然在写给玛德琳的那些信里，他的笔迹很潦草，前后也不一致，但在他的实验室笔记中，他的笔迹却是一丝不苟的。）他确信，自然界在执着地做一些她不应该做的事情，于是他很内疚地去见戈特利布，断言说："这些该死的细菌应该在这种有免疫力的血清中死掉，可是它们没有死。这些理论有问题。"

"年轻人，你是把自己放在与科学对立的位置上了吧？"戈特利布咬着牙齿说，"嘿，你认为你有资格抨击免疫学上的定论吗？"

"对不起，先生。我无法左右定论是什么。这是我做的原始记录。老实说，我已经反复检查过这份材料，都得出同样的结果，这一点您是可以看到的。我只知道我观察到的是什么。"

戈特利布笑了。"我的老兄，我向你致以主教派的祝福！这样做才对！观察你所观察的，如果它有悖一切精密正确的科学观点——这些观点就过时啦！马丁，我非常高兴。不过，现在要找出原因，找出更深层的原因。"

通常情况下，戈特利布叫他"阿罗史密斯"或者"你"或者"嗯哼"。但在怒不可遏的时候，他就叫他或任何其他学生"医生"。只是在非常重要的时刻他才尊称他为“马丁”。马丁开心地快步离开了，试图去找出造成这一切情况的原因，但他永远也不会找出的。

三

戈特利布派他去了泽尼斯，到了那个庞大的泽尼斯综合医院，去从一个有趣的病人身上获取脑膜炎球菌的菌株。那个接待员真招人烦——只想得到病人的姓名、工作地址和宗教信仰，根本不在乎谁死了，或者谁把痰吐在蓝白相间的漂亮亚麻油毡上，或者谁去采集脑膜炎球菌，只要地址填写正确就行——傲慢地叫他上楼到 D 病房去。马丁穿过一些长长的过道，经过无数的房间，发现房间里那些面黄肌瘦、穿着绒布睡衣的老妇人正坐在床上向外张望，他悠闲地往前走着，装作很了不起的样子，希望别人会把他当作一个医生，结果也只是感到格外尴尬而已。

他匆匆地从几个护士身边经过，朝她们微微点了点头，那神态就像（或者他自以为像）一个马上就要去做手术的技艺高超的年轻外科医生一样。他是那样一心一意地想装作一个有本领的年轻外科医生，结果完全迷失了方向，发现自己到了一个满是私人套间的侧厅。已经晚了，他没有时间继续给人以深刻印象了。和所有的男人一样，他不喜欢承认自己无知而找人问路，但他还是在一个寝室的门口勉强停了下来，一个实习护士正在里面擦地板。

她是一个体形矮小，身材苗条的实习护士，裹着一件蓝色的粗斜纹棉布外衣，系着一条宽大的白围裙，头上顶着一条用松紧带扎紧的头巾——那身制服和她那桶擦洗地板的水一样邋遢。她抬头凝视着，像松鼠一样机警而又冒失。

“护士，”他说，“我想找 D 病房。”

她懒洋洋地说：“是吗？”

“是的！如果我可以打断你的工作的话——”

“没有关系。该死的护士长让我擦地板，我们本来不该擦地板的，只是因为我抽烟被她抓到了。她这个老家伙很讨厌。如果她发现你这样的孩子在这儿闲逛，她会揪着你的耳朵把你拎出去的。”

“我亲爱的小姑娘，也许你有兴趣想知道——”

“哎哟！‘我亲爱的小姑娘，你也许——’这话听起来真像我们学院老教授的口气。”

她懒洋洋地逗趣，她对待他的态度好像他们就是一对在火车站互相拌嘴的孩子似的，这让戈特利布教授这位热诚的年轻助手非常生气。

“我是阿罗史密斯医生，”他哼着鼻子说，“据我所知，即使是实习护士，也该知道站着和医生说话是护士的第一职责！我想找到 D 病房，去取一株——你也许会有兴趣知道的！一株非常危险的细菌，如果你愿意告诉我怎么走的话——”

“啊，哎呀，我又无礼啦。我好像不大适应这种军事纪律。好吧，我就站起来吧。”她真站起来了。她的每一个动作都像猫的跑动一样敏捷灵巧。“你往回走，然后往右拐，然后再往左拐。对不起，我刚才很无礼。不过，你见过护士看见那些老笨蛋医生还那么温顺的吗——老实说，医生——如果你真是一个医生的话——”

“我认为根本没有必要让你确信！”他一边怒气冲冲地说着，一边扬长而去。在去往D病房的路上，他对她那隐而不露的嘲笑简直怒不可遏。他是一个杰出的科学家，竟然不得不忍受一个实习护士的无礼行为，而且还是一个异常粗俗的实习护士，一个身材瘦小、满口俚语的年轻女人，一看就是从西部来的，这实在令人无法容忍。他一遍又一遍地重复着他的指责："我认为我没有必要让你确信。"他为自己的高傲而感到自豪。他想象着自己把这件事情告诉玛德琳时的情景，总结说："我只是平心静气地对她说'我亲爱的小姑娘，我不知道你就是我必须在这里对其解释我的使命的那个人'，我说完这话，然后她就蔫掉了。"

不过，等他找到那个应该帮他忙的住院实习医生，拿到脊髓液的时候，她的形象还没有蔫掉。她刚才那副挑衅的样子仿佛还在他面前，挥之不去。他不得不再去见她，然后使她确信——"捉弄一个比她善良的男人，比我见到过的人都要善良的男人，羞辱我一顿就想逃掉啊！"这位谦虚的年轻科学家说。

他快步回到了她的房间，他们彼此对看了一会儿，然后他才突然想到，他还没有想出打算要说什么话来压倒对方。她不再擦洗，站了起来。她摘下头巾，她的头发像丝一般光滑，蜂蜜一般的颜色；她的眼睛碧蓝如空；她的脸颊显得很稚嫩。她身上完全没有女佣的痕迹。他可以想象出她跑下山坡，爬上一袋稻草的情景。

"哎呀，"她严肃地说，"我当时并不是有意无礼，我只是——擦洗让我脾气很坏。我觉得你非常好，真对不起，我伤了你的感情，可是你看着真的太年轻了，不像医生。"

"我不是医生，我是个医科学生。我当时是在炫耀。"

“我也是！”

他对她油然而生出一种完美的友谊感。在这种关系中，完全没有对付玛德琳时的那种巧辩和装腔作势。他知道，这个姑娘和自己是一类人。如果说她粗俗、爱开玩笑、不含蓄的话，那也可以说她豪迈勇敢，她对那些骗人的东西充满了欢声笑语，她能表现出一种过于随便和自然但又看似并不豪壮的忠诚。他的声音充满活力，但言辞却很简单：

“我觉得，这种护理培训太辛苦了。”

“没那么可怕，这和农家女佣一样富于浪漫色彩——我们在达科他州就是这样称呼她们的。”

“你是达科他州人呀？”

“我是惠西法尼亚人。那个小镇有三百六十二个居民，是全北达科他州最有创业精神的小镇了。你是温大医学院的吗？”

对于一个路过的护士来说，这两个年轻人似乎是在聚精会神地讨论医院的事情。马丁站在门口，而她则站在擦洗水桶的旁边。她已经重新戴好了头巾；松垂的头巾遮住了她那闪亮的秀发。

“是呀，我是摩哈利斯一个大三的医科学生。不过——我不知道。我不是一个很出色的医科学生。我喜欢实验室方面的工作。我想，我以后可能会做一个细菌学家吧，给免疫学的一些愚蠢理论一点颜色瞧瞧。我不太喜欢医生对病人的态度。”

“我很高兴你不喜欢医生对病人的态度。你在这里很清楚这一点。你应该听听某些医生是怎么跟病人说话的，声音就像最讨人喜欢的老猫咪一样甜，再听听他们又是怎样大声训斥护士的。不过，实验室——那些地方倒是有几分实在。我想，你总不会去吓唬一个——怎么说的来着？——细菌吧？”

“不，它们是——他们叫你什么名字来着？”

“我呀？哎哟，就是一个白痴的名字——利奥拉·托泽。”

“利奥拉怎么啦？很好啊。”

成双成对的小鸟的叫声，春天花瓣从宁静的空中飘落的声音，还有困倦的狗在深更半夜的叫声，谁会把这些声音记录下来但又不让它们显得平庸呢？在这热情奔放的半个小时里，马丁和利奥拉之间的谈话，就像这些古老的声音一样自然、普通、富于青春活力却又略显粗俗、永远美好而又真实可靠。在这热情奔放的半个小时里，他们彼此都从对方身上发现了和自己相同的部分，平时总是依稀觉得这些部分被忽略了，现在却又被发现了，真是令人惊喜。他们喋喋不休地说个不停，时而像伤感故事中的男女主人公，时而像血汗工厂里的技工，时而像体格健壮的乡下人，时而像王子与公主。一句一句地听，他们的话只是一些不合逻辑的傻话；可是连在一起听，这些话却又像奔腾的潮水或者萧萧的风声一样睿智和重要。

他告诉她：他钦佩麦克斯·戈特利布，他曾经乘坐火车穿越她的北达科他州，他是一个优秀的曲棍球运动员。她告诉他：她“喜爱”歌舞杂耍表演，她的父亲安德鲁·杰克逊·托泽出生在东部（她指的是伊利诺伊州），她并不是特别喜欢护士工作。她没有明确的个人志向，她来这里只是因为她喜欢冒险。她喜忧参半地暗示说护士长不太喜欢她；她本想好好表现的，可不知怎么的，她总是和午夜谎言或者私奔有关的造反事件牵扯在一起。在她的叙述中，并没有英勇的事迹，但她平静的叙述方式却给他留下了一个快乐勇敢的印象。

他迫不及待地打断说："你几点可以离开医院去吃饭？今天晚上？"

"啊哟——"

"拜托！"

"好吧。"

"我几点可以过来接你？"

"你觉得我应该——唔，七点吧。"

回摩哈利斯的一路上，他一会儿火冒三丈，一会儿又欣喜若狂。他对自己说，走这么远的路去泽尼斯，一天两趟，简直就是个傻瓜；他又想起了他已经和一个名叫玛德琳·福克斯的女孩订了婚；他很担心不忠的问题；他坚持认为，利奥拉·托泽只不过是个冒牌护士，像厨房少妇一样无知，又像报童一样粗鲁；他暗下决心，他已经下了几次决心，想要给她打个电话，好让自己摆脱这次约会。

他在七点差一刻的时候到了医院。

他只好在一间像殡仪员的接待室一样的房间里等了二十分钟。他有点恐慌。他来这儿干什么呀？在漫长的进餐过程中，她也许会沉闷得让人苦不堪言。再说了，她要是穿上便装，他还能认出她吗？然后，他突然站了起来。她已经在门口了。她那身阴沉的蓝色制服已经不见了；她穿着一件公主裙，苗条而又轻盈，显得很单纯，从高高的领口到柔软的少女胸部再到双脚简直就是一条直线。他们离开医院的时候，她伸手挎起他的手臂，显得十分自然。她走在他的身边，步履轻盈。现在，比起她在工作中的那份端庄，她多了几分娇羞，但还是满怀信心地仰起头来看着他。

“我来你开心吗？”他问道。

她想了想。她有一个对明显的问题进行认真思考的习惯；然后严肃地（不过是以一个小孩的那种严肃，不是一个政治家或者一个业务经理的那种沉闷的严肃）承认说：“是的，我很开心。我当时以为你会因为我太过无礼生气走开呢，我本来想向你道歉的——我喜欢你对你的细菌学着迷的样子。我想我现在也有点着迷了。这里的实习医生——他们老是打扰别人，不过他们真的有点儿——有点儿无精打采的，整天带着他们的新听诊器，满脸都是刚刚学来的那种威严。啊——”她极为严肃地说：“啊，哎呀，你来我真开心。……我这样说是不是有点像个傻子呀？”

“你这样说挺可爱的啊。”他有点对她神魂颠倒。他用胳臂紧紧地夹着她的手。

“你不会以为我会让每一个医科学生和医生把我带走吧，对吗？”

“利奥拉！你不会认为我会想尽办法把我遇见的每一个漂亮女孩都带走吧？我当时就想——不知怎么的，我就觉得我们俩会成为好朋友。不是吗？不是吗？”

“我不知道。我们处处看吧。我们这是要去哪儿吃饭呀？”

“大饭店。”

“我们不要去了吧！那个地方太贵了。除非你很有钱。你不是很有钱，是吧？”

“是的，我不是很有钱。刚好够读完医学院的。可是我想——”

“咱们去小巧餐馆吧。那是个好地方，东西也不贵。”

他记得玛德琳·福克斯经常向他暗示说，去大饭店才有趣呢，那可是泽尼斯最华丽的饭店，不过这是他那天晚上最后一次想到玛德琳。他的心思都在利奥拉身上。他发现利奥拉很随便，没有偏见，也很直率，安德鲁·杰克逊·托泽的这个女儿真是让人惊讶。她很有女人味，但要求并不高；她从来不去“改进”别人，也很少大惊小怪的；她既不轻浮，也不冷淡。她确实是他有生以来可以畅所欲言的第一个女孩。他不确定利奥拉本人是否有机会说点什么，因为他在倾诉自己作为戈特利布的门徒所知道的一切秘密。在玛德琳看来，戈特利布是一个邪恶的老头，取笑婚姻和复活节百合花的圣洁；在克利夫看来，戈特利布是一个让人讨厌的人；可是利奥拉，当马丁敲着桌子引述他偶像的这段话时，她的脸上却焕发出了容光，他引述说：“直到目前，甚至在埃尔利希的工作中，多数研究工作主要还是一个不断实验的事情，这是经验主义的方法，这种方法是和科学方法相对立的。通过这种科学方法，人们力图确立一个支配一批现象的普遍规律，这样就能预测将要发生的事了。”

他恭敬地吟诵着这段话，目不转睛地望着坐在餐桌对面的她，几乎是在瞪着眼睛看她。他坚持说：“你知道他把这些在粪堆上嗡嗡乱叫、死钻牛角尖、机械刻板的研究人员都摆在什么位置吗，就像他对待那些营利主义的医生一样？你明白他的意思吗？你明白吗？”

“是的，我想我明白吧。不管怎样，我明白你对他的满腔热情。可是请不要这样吓唬我嘛！”

“我在吓唬你吗？我可没想吓唬你。只不过，我一想到这些该死的教授大多连他自己在做什么都不知道——”

马丁欲言又止。虽然利奥拉完全不懂抗体合成和阿瑞尼厄斯的工作之间的关系，但她可以舒适快乐地倾听他的满腔热情，完全没有玛德琳·福克斯那种温和的矫正和指责。

她不得不提醒他十点钟以前自己必须回到医院。

“我说得太多了！天哪，希望我没有让你厌烦。”他脱口而出。

“我很喜欢你的谈话。”

“可我讲话太专业化了，也太聒噪了——哎呀，我真是个笨蛋！”

“我喜欢你这样信任我。我不是很‘认真’，而且我这个人没有一点儿头脑。不过，当和我说话的男人认为我很聪明，能够倾听他们的真实想法的时候，我确实非常喜欢——晚安！”

在两个星期的时间里，他们在一起吃过两次饭；而在这段时间里，马丁也只去看过他那个忠实的未婚妻玛德琳两次，尽管她给他打了电话。

他终于知道了利奥拉的全部背景。她有个卧床不起的姑奶奶在泽尼斯，这是她从那么远的地方来这里接受医院培训的理由。北达科他州有个惠西法尼亚小村庄，村里只有一条街道，街道的两旁是一些简陋的小棚屋，街道的尽头是一些装有升降机的红色粮仓。他的父亲叫作安德鲁·杰克逊·托泽，有时大家也叫他杰克斯·托泽，拥有一家银行、一家乳脂制造厂和一个粮仓，因此是镇上的首要人物；他在星期三晚上的祈祷会上很虔诚，他给利奥拉或者她母亲的每一分钱都要唠叨唠叨。她的哥哥叫作伯特·托泽，长着一口松鼠牙，耳朵上挂着一条金眼镜链，在他父亲那家只有一间房的银行里担任出纳，并兼管全体职员的一切事务。有提供鸡肉色拉和咖啡晚餐的联合兄弟会教会[1]；有唱着古老的日耳曼语赞美诗的德国路德教会的农民；还有荷兰人，波希米亚人和波兰人。村庄的四周全是茁壮成长的小麦，大片大片的云彩在上空形成一个穹窿。他看见利奥拉这个始终“古怪的孩子”非常顺从地做着那些单调的家务劳动，但内心深处却怀着这样一个信念：总有一天她会找到一个小伙子，不管遇到什么危险，也不管有多贫穷，她都会和他一起去领略这个五彩缤纷的世界。

她吞吞吐吐地让他了解了她的童年，在谈话结束的时候他大声说：“亲爱的，你不必跟我说你的情况了。我一直都很懂你。不管怎样，我都不会让你离开我的。你会嫁给我的——”

在那个喧闹的餐馆里，他们紧紧地握着对方的手，眉目传情，说了这番话。她最先说的话是：

“我想叫你‘桑迪’[2]，我为什么要这样叫呢？我不知道为什么。你这个人十分可靠，一点儿也不像‘流沙’，可是不知怎么的，对我来说，‘桑迪’就是你，而且——哎哟，亲爱的，我真的很喜欢你！”

马丁回家了，同时和两个女孩订了婚。

四

他已经答应第二天早晨去看望玛德琳了。

就任何高尚行为的准则来说，他都该感到自己像一条下贱的狗。他自己也清楚地感觉到自己像一条下贱的狗，但他不能把这种感觉流

① 联合兄弟会教会：美国的一个清教徒教派，成立于1800年。
② 桑迪（Sandy）：男子名，sandy的另外一层意思是，流沙似的、不稳固的。

露出来。他想起了玛德琳那些让他心潮澎湃的动人之处：她那“普罗旺斯人的游乐园”，她用温柔的指尖轻轻抚弄的软皮封面诗卷，她为他买的那条领带，他把头发梳得像杂志插图里穿着黑色漆皮衣服的英雄一样时她的扬扬得意。他痛恨自己违背了爱情的忠贞。不过，他的这份不安由于他和利奥拉牢固的结合而减弱了。利奥拉的陪伴减轻了他心灵上的痛苦。作为玛德琳的辩护者，即使他为她辩护说，利奥拉只是一个平凡的少女，她私下里可能会嚼口香糖，而且她当众肯定不会在意她的指甲，所以对于他身上的那种平凡来说，她的这种平凡尤为宝贵，就像雄心或者威望一样无可非议，这是她天真快乐的现实基础，正如他的那种平凡也是他强烈的科学好奇心的现实基础一样。

第二天是决定命运的一天，他在实验室里一直心不在焉。戈特利布不得不一再问他有没有把这批新的培养基准备好。戈特利布是一个独断专行的人，与对一般的学生的态度相比，他对自己心仪的学生更加严厉。他咆哮着说：“阿罗史密斯，你这个怪胎！我的天哪！我难道要和一个笨蛋过完一生吗？马丁，我不能总是单枪匹马作战！你要让我失望吗？到现在都两三天了，你对工作一直都没有热情。”

马丁离开了，喃喃地说：“我爱这个人！”他怀着错综复杂的心情列举了玛德琳的虚情假意，她的唠唠叨叨，她的自私自利，以及她的极端无知。他逐渐让自己达到了一种道德境界，在这种道德境界中，他很清楚自己必须抛弃玛德琳，把她作为一个阻碍彻底抛弃。晚上的时候，他去了她那儿，准备在她开口抱怨的时候对她大发雷霆，最后还是原谅了她，但要解除他们的婚约，并坚决要让生活回归简单。

她没有抱怨。

她向他跑来。“亲爱的，你太累了——你的眼睛显得很疲倦。你一直都在拼命用功吗？这个星期你不能过来，我一直感到很遗憾。亲爱的，你千万不要把自己累坏了。想想以后的日子吧，你有好多辉煌的事情要做呢。不，你不要说话。我要让你休息。妈妈去看电影了。坐到这儿来。瞧，我要把这几个枕头给你垫上，这样你就舒服多了。身子向后靠就行了——你要是想睡，你就睡吧——我来给你念《金罐》。你会喜欢它的。”

他决心不去喜欢这本书，而且因为他可能也没有什么幽默感，所以他是否有这个欣赏能力还是个疑问，可是这本书的与众不同激起了他的兴趣。虽然，和利奥拉懒洋洋的柔声细语相比，玛德琳的声音显得尖厉而又粗犷，但是她念得极其热心，让他为自己存心要伤害她而感到恶心、惭愧。他知道，尽管玛德琳矫揉造作，但她还是个孩子；利奥拉超然脱俗，大胆无畏，成熟稳重，她才是一个真实世界的女子。他原本打算用来打压她的那些责备之词突然消失得无影无踪。

突然，她来到了他的身边，恳求说：“因为想你，我都寂寞死了，整整一个星期啊！”

就这样，他对两个女人都不忠贞。曾经让他激动得无法忍受的是利奥拉，所以他现在爱抚的实际上是利奥拉，可是玛德琳又把他的渴望吸引到了自己身上，她抽泣着说“你乐意来我这儿，我真是太高兴了”，他竟然无言以对。他想谈论利奥拉，大声谈论利奥拉，为他心爱的女人利奥拉欢欣鼓舞。但他只挤出了几句不痛不痒的恭维话，他说玛德琳是个漂亮的少女，是个有鉴别力的英文学者。他不冷不热的态度让玛德琳大失所望，让她打起了呵欠，于是他就起身离开了，刚好十点钟。他最后的的确确感到自己就像一条下贱的狗。

他急忙去找克利夫·克劳森。

他没有跟克利夫说起利奥拉的事。他讨厌克利夫可能对他的嘲笑。他平静地走进他们的房间，认为自己能这样平静很了不起。克利夫后背靠着一个小东西坐在那儿，赤裸的双脚翘在书桌上，正在看一本福尔摩斯小说，小说就放在他原来考虑要读的那本大部头《奥斯勒[1]内科学》的上面。

“克利夫！想喝口酒。真累。咱们偷偷溜到巴尼商店去吧，看看我们能不能搞到一瓶。”

“听口气好像长了几个舌头似的，你的后脑里面放了脱氧麻黄碱啊，它可是由小脑和延髓构成的哦。”

“哎哟，不要装腔作势了！我心情不好。”

“呀，小帅哥和他贞洁的小玛德琳吵架了呀！她让小马蒂金斯讨厌了啊？好吧。我不闹了。走吧。抓紧喝酒去喽。”

一路上，他讲了三个和罗伯肖教授有关的新故事，都很庸俗下流，而且大部分都不真实，他差点儿就把马丁哄开心了。巴尼商店既是个弹子房，又是个烟草店。而且，因为摩哈利斯根据当地人民的选择实施了禁酒，所以巴尼商店又是一个令人羡慕的非法酒店。克利夫和满手汗毛的巴尼相互打着招呼，态度高傲却又相宜：

“向您致以晚间的祝福，巴尼。祝您血液循环畅通无阻，特别是尺骨动脉的背侧腕骨支脉，就这一点而论，我和同伴、教授、医生、

---

① 奥斯勒，即威廉·奥斯勒爵士（Sir Willian Osler，1849—1919）：加拿大临床医学家，医学教育家，医学活动家，被认为是现代医学之父。

上校、埃格伯特·阿罗史密斯很愿意再来一瓶那种有名的草莓啤酒喝着玩儿。”

“天啊，克利夫，你一定听过一流的饶舌音乐。等你当了医生，如果我需要截掉一只手臂的话，我就去找你，让你把它给唠叨掉。先生们，草莓啤酒？”

巴尼商店前面的房间宛如一幅印象派油画，里面堆满了乱七八糟的东西——一个弹子台，一堆堆的香烟，一块块的巧克力糖，扑克牌，还有庸俗的赌博广告宣传单。后面的那个房间相对简单一些：几箱香甜清淡的苏打水，一个大冰箱，两张小餐桌，还有几把破椅子。巴尼拿起一个清楚地标明是“姜汁啤酒”的瓶子，倒了两杯味道浓烈但质量低劣的纯威士忌，克利夫和马丁端起酒杯，在角落里的那张桌子旁边坐了下来。真是立竿见影。马丁不再莫名地痛苦，立刻乐观起来。他对克利夫说，他打算写一本揭露理想主义的书，但他真正的意思是，他打算巧妙地处理脚踩两只船的事。他早就想好了！他打算邀请利奥拉和玛德琳一起用餐，把实情告诉她们，然后看看她俩谁更喜欢他。他大声喊了一声，又要了一瓶威士忌。他对克利夫说他是个好伙伴，又对巴尼说他是公众的恩人。然后，他摇摇晃晃地走到电话机旁，电话机装在一个小房间里，关上门外面就听不到了。

他接通了泽尼斯综合医院的夜班值班长的电话，但这个夜班值班长是个冷若冰霜、疑心很重的人。“这不是给实习护士打电话的时间！十一点半了！你到底是谁？”

马丁的自然反应是：“我他妈的很快就会告诉你我是谁！”但他忍住了没说。他解释说，他是代利奥拉有病的姑奶奶打的这个电话，说这位可怜的老太太现在情绪很低落，问这个夜班值班长是否愿意承担杀害一位无辜的女士的责任——

利奥拉接过电话的时候，他说得很快，而且很冷静，感觉自己好像刚刚摆脱一群蜂拥而至的陌生人的威胁，进入了有她在场的安全区一样：

“利奥拉吗？我是桑迪。明天来大饭店大厅见我，十二点半。一定要来！有要事！不管怎样都要记住——你的姑奶奶病了。”

“好的，亲爱的。晚安。”她就说了这些。

他打了很长时间才接通玛德琳公寓的电话，然后就听到了福克斯太太困倦、发颤的声音：

“喂，喂？”

“我是马丁。”

“你是谁？你是谁？有什么事？你是打给福克斯家的吗？”

“是的，是的！福克斯太太，我是马丁·阿罗史密斯。”

“哦，哦，亲爱的！我睡得正香被电话吵醒了，一时还弄不清楚你在说什么。可把我吓坏了。我以为也许是电报什么的呢。我以为也许马迪[①]的哥哥出了什么事呢。亲爱的，什么事呀？哎哟，我真希望没出什么事情啊！”

这个老太太背井离乡，在他乡漂泊，她对他的信任，还有对他的慈爱，把他征服了。他完全没有了威士忌酒催生出来的那种感觉，不再认为自己是个聪明的小伙子，而是再次感到了生活的沉重。他惆

---

① 马迪：玛德琳的昵称。

怅地叹了口气说，没有，什么事都没有，他只是有点事忘了和玛德琳说——非常抱——非常抱歉这么晚还打电话——希望能和马迪聊一会儿——

随后，玛德琳兴致勃勃地说："啊哟，亲爱的马蒂[①]，什么事儿呀？我真希望没出什么事情！啊哟，亲爱的，你刚离开这儿——"

"听着，亲——亲爱的。刚才忘了告诉你。有一个——我在泽尼斯有一个非常要好的朋友，我想让你们见见面——"

"他是谁呀？"

"明天你就知道了。听着，我希望你明天过来见见——午餐的时候过来见见面。打算，"他生硬地打趣说，"打算请你们大家在大饭店大吃一顿——"

"嗬，太棒了！"

"——所以，我希望你乘坐十一点四十的市际交通车过来和我会合，就在学院广场。可以吗？"

电话那端含含糊糊的。"哎呀，我倒是想去，不过——我十一点有课，我可不想逃课，而且我还答应梅·哈蒙和她一起去买东西呢——她想去买双鞋，既能和她那件粉色的中国绉纱搭配，又能穿着走远路——我们还有点儿想，或许我们会在学院餐馆吃午饭呢——另外，我还在考虑和她或别的什么人一起去看场电影哩，妈妈说有一部新上映的阿拉斯加电影非常好看，她今晚刚看过。我想，在他们更换影片之前，我也许会去看看。不过，天知道呢，我应该会直接回家吧，好

① 马蒂：马蒂金斯的简称，是玛德琳对马丁的昵称。

好学习，哪儿都不去——”

“嗳，听着！事情很重要。难道你不相信？你来还是不来？”

“啊哟，我当然相信你，亲爱的。好吧。我尽量去吧。十一点四十那趟车吗？”

“是的。”

“在学院广场吗？还是在布拉思曼书店呢？”

“在学院广场！”

他冲出那间令人窒息的小房间，回到了克利夫的身边，她那声轻柔的“我相信你”和她那声恶心的“我尽量去吧”仍然在他耳朵里打仗。

“啥事这么伤心啊？”克利夫感到奇怪，“妻子去世了啊？或者说巨人队在第九场获胜了？巴尼，咱们的流浪儿今晚看上去就像行尸走肉一样。再塞给他一瓶草莓啤酒吧，快点儿。哎呀，医生，我觉得呀，你最好还是去找个医生看看。”

“哎呀，闭嘴。”马丁只能这么说，而且说的时候毫无底气。在打电话之前，他还一直挺开心的，他称赞克利夫弹子打得好，称巴尼为“温带老臭虫”；可是现在，满怀深情的克利夫设法安慰他，他却坐在那儿冥思苦想，只是（再次自鸣得意地）嘟囔着说：“你要是知道我那些烦恼事儿——一个家伙可能会陷入的他妈的困境——你也会垂头丧气的！”

克利夫大吃一惊。“喂，老兄。要是你欠了债，我可以筹集现金，想尽一切办法。是不是——和玛德琳的关系有点疏远了？”

“你真让我恶心！你这人思想真肮脏。我根本就不配碰玛德琳的手。我对她一点想法都没有，只有尊重。”

“鬼才相信你这样呢！不过，如果你这样说，那也没有关系。天哪，但愿我能为你做点什么就好了。哎呀！再干一杯！巴尼！快点过来！”

几杯酒下肚之后，马丁浑身燥热，进入了一种如坠云里、无所顾忌的状态。他很想和三个身材高大的大二学生打一架，克利夫有点担心，就把他拖回去了。不过，第二天早上醒来的时候，他感觉脑壳像要爆裂一样，并且意识到午餐的时候要面对利奥拉和玛德琳。

五

他和玛德琳一起前往泽尼斯的这半个小时的旅程，像是一团看得见的、让人感到压抑的东西，就像一团管状云一样。他不单要一分钟一分钟地煎熬过去，而且这整个的可怕的三十分钟就像是同时来临一样。他在练习两分钟以后要说的机智言论的时候，仍然能够听到两分钟之前自己说过的蠢话。他努力把她的注意力从他们要见的“那位非常要好的朋友”身上转移开去。他傻笑着讲述了在巴尼商店的那个夜晚。不管他怎样努力逗笑，一次都没有成功过。直到玛德琳告诫他酒的害处以及与道德败坏的人交往的害处，他才算松了口气。不过，他还是无法转移她的话题。

“我们要见的这个男人是谁呀？你这么神秘干什么嘛？哎呀，马丁，不会是个玩笑吧？我们谁也不会见的吧？你只是想躲开妈妈一会儿，这样我们就可以一起去大饭店欢宴一番了，是吗？啊，太有趣了！我一直想去大饭店吃顿午餐。当然，我确实觉得这个餐厅有点儿太华丽了，但它还是那么令人难忘，而且——亲爱的，我猜对了吗？”

“不对，还有一个人——哎哟，我们确实要见一个人。行了！”

“那你为什么不告诉我他是谁呀？老实说，马特，你把我弄得不耐烦了。”

“好吧，我告诉你吧。不是‘他’，而是‘她’。”

“啊！”

“是这样的——你知道的，因为工作的原因，我经常去一些医院，泽尼斯综合医院的一些护士给了我很大的帮助。”他不停地喘粗气。他的两只眼睛隐隐作痛。既然即将到来的午餐的折磨回避不了，他不知道自己为何还要继续想方设法抗拒对他的惩罚。“特别是那里有一个护士，她简直就是个奇才。她已经掌握了许多护理病人的知识，她让我做出了许多不同寻常的事情。她似乎是个好女孩——托泽小姐，这是她的姓——我猜，她的名字叫李或者与这类似的什么名字——而且她是那么——她的父亲是北达科他州的一个大人物——非常有钱——大银行家——我猜，她从事护理这行只是为了在这个世界的事务中尽她的一份职责吧。”他已经达到了玛德琳的那种诗意盎然、意气风发的腔调。“我想，你们两个或许愿意相互认识。你还记得吧，你以前总是说，在摩哈利斯就没有几个女孩真正懂得——懂得理想。”

“是——是的。”玛德琳凝视着远方的什么东西，不管那是什么东西，她都不喜欢。“当然，我会乐意去见她。你的任何朋友——哎呀，马特！我真的希望你不要去拈花惹草，我希望你不要和这些护士交往过深。当然，我对这种事也是一无所知，但我一直听说好多护士都是勾引男人的老手。”

“唔，我现在就告诉你，利奥拉不是那种人！”

“她不是，我相信，但是——哎哟，马蒂金斯，你不会这么傻，让这些护士逗你取乐吧？我的意思是，这是为你好。她们有这样的便利条件。可怜的玛德琳，她是不会让自己到那些男人的房间里游来荡去学习——什么知识的。再说了，你以为你很了解人的心理啊，马特，但老实说，任何一个漂亮的女人都能把你玩得团团转。”

“唔，我想，我自己会注意的！”

“哎哟，我的意思是——我的意思不是——可是，我真的希望托泽这个人——如果你喜欢她的话，我相信我也会喜欢她的，可是——我才是你的真爱呀，不是吗？一直都是啊！”

她，这位真正的爱人，紧紧地抓住他的手，完全无视其他乘客。她的声音里充满了惊恐，她对利奥拉的看法本来让马丁很生气，现在却只让他感到痛苦。偶然地，她的大拇指挖进他的手背，把他弄得很痛。他努力装出温柔体贴的样子，抗议说：“当然——当然——天啊，老实说，马迪，注意点儿。过道那边的那个老笨蛋正盯着我们看呢。”

不管他做过什么对她不忠的事情，在他们到达大饭店之前，他都已经受到了足够的惩罚。

在 1907 年的时候，大饭店是泽尼斯最好的饭店。在旅行推销员的眼里，它可以和帕克旅馆、帕尔默旅馆以及西方旅馆[①] 相提并论。但从那以后，它就被规模巨大的索恩利饭店其目空一切的质朴比了下去。它那用小块大理石铺设的地板现在很脏，原来金光闪闪的部分也

① 这几家旅馆都是当时的豪华酒店。

已经黯然失色。它那些笨重的皮椅已经裂开了线，上面沾满了廉价雪茄的烟灰，坐在上面的是一些马贩子。不过，在它的全盛时期，它却是芝加哥和匹兹堡之间最让人引以为荣的旅馆；是一座东方的宫殿，入口处有二十个砖砌摩尔式的拱门，大厅高高耸起，从黑白花纹的大理石地板，向上经过一些镀金的铁架阳台，一直到比七层楼还高的由翠绿、粉红、珍珠、琥珀等色彩相间的天窗。

他们在大厅里发现了利奥拉，在一个环绕厅柱建造的巨大沙发椅上，她显得尤为矮小。她目不转睛地看着玛德琳，静静地等待着。马丁觉得利奥拉异常邋遢——他自己的话。他看见，她那蜜色的头发就那么胡乱地塞在她那顶黑色帽子的下面，一顶毫无特色的小蘑菇似的帽子下面，这倒也罢了。可是，他看到她里面穿着一件仿男式女衬衫，第三颗纽扣还不见了，外面还套了一件难看的亮棕色短夹克，下身却穿着一条印有花纹的方格裙子，这和玛德琳那身阔气时髦的藏青哔叽衣服形成鲜明的对比，确实让他心生厌恶。但这种厌恶不是针对利奥拉的。他审视着（不是像那种又挑剔又高傲的男子那样傲慢地看，而是焦急不安地看）她们俩，比任何时候都更生玛德琳的气。比任何时候都使他感到更为恼火。她竟然会打扮得比利奥拉漂亮，这显然是有意当众侮辱。他的柔情突然转向了利奥拉，他要保卫她，把她掩护起来，好好保护她。

与此同时，他结结巴巴地说：

“——我想你们两个女孩应该相互认识一下——福克斯小姐，想让你和托泽小姐认识认识——小小的庆祝——幸运儿拥有两位示巴女王[1]——”

然后又自言自语地说：“哎哟，见鬼！”

她们小声寒暄了一下，然后他就把她们带进了大饭店有名的餐厅。餐厅里到处都是镀金的枝形吊灯、红色的豪华座椅、沉甸甸的银器，还有很多身穿金色和绿色相间的马甲的年老的黑人侍从。四周的墙壁上悬挂着精挑细选的庞贝、威尼斯、科莫湖和凡尔赛等地的风景画。

“好漂亮的餐厅啊！”利奥拉喊喊喳喳地说。

玛德琳本来好像想长篇大论一番表述相同的意思，但她重新打量了一下那些壁画，然后解释说：“唔，很大——”

他在点菜，一脸的痛苦。他为这次欢宴，严格地说，包括小费在内，拨出了四美元。他的美食标准是，他必须把这四美元全部花掉。他还在纳闷“圣杰曼果泥”是什么东西，服务生还站在他的身后厌恶地注视着他，这时玛德琳开始攻击了。她用令人毛骨悚然的优雅单调地说：

“阿罗史密斯先生跟我说，你是一位护士，托泽——小姐。”

“是呀，差不多吧。”

“你觉得这份工作有趣吗？”

“唔——是的——是的，我觉得这份工作很有趣呢。”

“我想，能减轻别人的痛苦感觉一定好极了吧。当然，我的工作是——我正在攻读英语哲学博士学位——”她说这话的样子好像她就要取得伯爵爵位似的——“相当枯燥无味。我必须掌握语言的发展，

---

① 示巴女王：是圣经记载的第一位女王。主耶稣称她为南方女王，因示巴在迦南的南部，阿拉伯的一个国家，传说即伊索比亚。《旧约·列王纪上》载示巴女王带了许多香料、宝石和黄金去觐见所罗门王，用难题考验所罗门的智慧。

等等，等等。我想，你在实习培训的时候，也会觉得相当乏味吧。”

“是呀，那一定是——不，那一定是非常有趣的。”

“你是泽尼斯人吧，托泽——小姐？”

“不，我是——只是一个小镇上的而已。唔，实际上不是小镇……北达科他。”

“啊！北达科他啊！”

“是的……远在西部呢。”

“哎哟，是啊……你打算在东部待一段时间吗？”这恰恰是玛德琳在纽约的一个非常可恨的表亲曾经对她说过的话。

“唔，我不——是的，我想，我可能要在这儿待很长一段时间吧。”

“你觉得，呃，你觉得你喜欢这儿吗？”

“嗬，是的，这儿相当不错。这些大城市——可看的东西太多啦。”

“‘大’？唔，我想，那要看你怎么看了吧，不是吗？我一直觉得纽约很大，可是——当然——你觉得这和北达科他比起来有趣吗？”

“唔，当然，不一样的。”

“跟我说说北达科他是什么样子。我一直都想了解西部这些州的情况。”这是玛德琳从她表亲那里剽窃来的第二句话，“它给你的总体印象是什么？”

“我想，我不明白你的意思。”

“我的意思是，总体感受是什么？总体——印象。”

“唔，那里有很多，很多瑞典人。”

“但我的意思是——我想，和我们东部的人相比，你们西部人都很有男子汉的气概，精力都很旺盛。”

“我不——唔，是的，也许吧。”

“你在泽尼斯认识了很多人吗？”

“不是特别多吧。”

“哦，你见过伯查尔医生吗，就是在你们医院给人做手术的？他这个人特别好，不仅是个好外科医生，而且非常有才能。他唱歌好听极了，他的家庭出身也非常好。”

“没有，我想，我还没有见过他吧。”利奥拉颤声说道。

“哎哟，你一定要见见他。他打得一手一流的——最漂亮的网球。他经常参加在皇家岭举行的各种百万富翁聚会。非常潇洒。”

马丁现在第一次插话。“潇洒？就他？他一点头脑都没有。”

“我亲爱的小宝贝，我说的‘潇洒’不是那个意思！”然后她再次转向利奥拉，更加直截了当地询问起利奥拉来，是否认识这个公司法律顾问的儿子和那个初次登台的著名女演员啦，是否知道这个帽店和那个俱乐部啦，马丁只好独自坐在那儿，一副无能为力的样子。她如数家珍地说起泽尼斯社交界公认的领袖人物，说起每天在《倡导时报》社会栏出现的那些名流，说起考克斯一家、范·安特列姆一家和多兹沃思一家。马丁被她的耳熟能详惊呆了。他记得她曾经参加过在泽尼斯举行的一次慈善舞会，但他并不知道她和那些贵族如此熟悉。当然，利奥拉的确从来没有听说过这些大人物，甚至也从来没有参加过那些音乐会、演讲会、独唱会，而在这些场合的夜晚玛德琳显然十分艳丽夺目。

玛德琳耸了耸肩膀，接着说：“唔——当然啦，和那些迷人的医生以及你在医院里认识的每一个人在一起，我想你可能会觉得听讲演非常单调乏味。唔——”她把利奥拉丢在一边，傲慢地看着马丁，说：“你还在计划用兔子再做一些关于那个什么的研究吗？”

马丁一脸的严肃。如果他想迅速结束这件事情，那么现在他就可以这么做了。“玛德琳！把你们两个带到一起，是因为——不知道你们是不是互有好感，但我希望你们能够这样，因为我已经——我不是在为自己做任何辩解。我实在没有办法。我和你们两个都订了婚约，我想知道——”

玛德琳霍地一下站了起来。她从来没有这么骄傲和锐利。她睁大眼睛看了他们一眼，然后就走开了，一句话都没有说。随后，她又回来了，轻轻地拍了拍利奥拉的肩膀，然后平和地吻了她一下，说：“亲爱的，我真替你难过。你有活儿干了！你这个可怜的孩子！”然后，她挺起胸膛，大步流星地走开了。

马丁缩成一团，吓得要命，不敢去看利奥拉。

他感到她的手放在了他的手上。他抬起头来看看。她面带微笑，从容不迫，略带嘲笑之意。“桑迪，我警告你，我永远都不会抛弃你。我想，你的确有她说的那么坏；我想，我有点傻——我是个贱女人。可是，你是我的！我警告你，就算你以后再跟别人订婚，那也一点用处都没有。我会把她的眼珠子挖出来！你别以为自己很了不起！我想，你这个人相当自私。可是，我不在乎。你是我的！”

他断断续续地说了许多他们共性的溢美之词。

她沉思着说：“我确实认为我们在一起比你和她在一起更亲密一些。也许你喜欢我多一点，因为你可以欺负我——因为我跟在你后面跑，而她绝对不会这样。而且我知道，对你来说，你的工作比我重要，也许比你自己还重要。可是，我很愚笨，也很普通，而她却不是这样。我就是非常钦佩你（天知道是什么原因，但我确实钦佩你），而她却有足够的智慧让你钦佩她，跟在她后面跑。”

“不！我发誓，不是因为我可以欺负你，利奥拉——我发誓不是——我认为不是。最亲爱的，不要，不要认为她比你聪明。她虽然能言善辩，但是——哎哟，咱们别再说了！我终于找到你了！我的人生已经开始了！”

第七章

一

马丁和玛德琳的关系与他和利奥拉的关系，就像激烈的抗争与平静的友谊一样，迥然不同。从他们相见的第一个夜晚开始，利奥拉和他就非常信赖对方的忠诚和爱好，而且他生活中的某些东西就永远定型了。不过，他对她的专注并没有停滞不前。当她用手中的香烟吐出一圈圈烟圈，脸上露出平静笑容的时候，她那神秘的小脑袋里总是会冒出一些对生活的观察，而她的这些观察又总是逃不过马丁的眼睛。他渴望得到利奥拉这个女孩；她让他心荡神驰，并对他报以欢快坦率的热情。不过，他在和另一面毫不性感的利奥拉谈话的时候，也比他和戈特利布或者焦虑不安的自我谈话的时候更加坦率一些，而她却只是像个男孩子一样点点头，或者偶尔说句话，鼓励他对自己日益变大的雄心和蔑视充满信心。

二

伽玛活字协会大学生联谊会要举办一场舞会。据了解，医科学生都在私下焦急地议论说，温尼麦克大学越来越具有世界性了，所以他们应该穿上象征着他们体面身份的、被称为“燕尾服”的服装。在一个倍感孤独但又让人兴奋的场合，马丁就穿过从潘托里姆校队租来的燕尾服。现在他既然打算把利奥拉作为他的骄傲和花朵推向世界，他就必须拥有这种衣服。就像两个相濡以沫的普通老人，在他们感情疏远的孩子所处的城市，在陌生而又冷漠的大街上胆怯地探索一样，马丁和利奥拉慢慢挤进了泽尼斯最高级的百货商店——装饰华丽的本森－汉利－科赫联合商店。她被光亮的桃花心木窗框和厚玻璃板吓到了，也被那些折叠式大礼帽、光泽鲜艳的围巾和淡黄色的马裤吓到了。他试穿了一套晚宴礼服，然后出来征求她的同意，在那件低领晚礼服马甲的映衬下，他那条咖啡色的长领带和软领衬衣显得有点土气，于是在售货员去取硬领的时候，她哀号着说：

“该死的，桑迪，在我看来，你简直太完美了。我就是不喜欢过分讲究自己的服装，现在你把自己打扮得这么漂亮，我没有机会和你在一起了。”

他差点就吻到她了。

售货员转过身来，用悦耳的颤音说：“夫人，我想，你会发现你的丈夫配上这种燕子领确实非常帅气。”

然后，趁售货员去找领带的时候，他真的吻了她，可她却叹息说：

“嗬，哎呀，你也成了一个成功人士啦。我还从没想过要和一个穿燕尾服、戴硬高领的男人相配。哎哟，好吧，我也跟你学！”

三

为了伽玛活字协会的舞会，温大军械库彻底装饰了一番。砖墙上挂满了让人眼花缭乱的彩旗，散缀着纸菊花，还有一些石膏头骨和十英尺长的木制解剖刀。

虽然这种互相拥抱的高雅的呵痒是男女同校大学里的主要乐事，但在摩哈利斯的六年中，马丁去过的舞会还不到二十次。当他和身穿普通款式的蓝色中国绉纱、既胆怯又勇敢的利奥拉来到军械库的时候，他根本不在乎自己跳的是不是一场两步舞，但他确实非常渴望那些男同学蜂拥而至，邀请利奥拉跳舞，对她赞不绝口，向她表示欢迎。但是，他又太骄傲了，不愿意把她介绍给大家，以免看着像是在恳求大家和她跳舞一样。他们孤零零地站在楼厅下面，闷闷不乐地看着宽阔的舞池，络绎不绝的舞者在他们面前一晃而过，舞姿优美、令人惊叹、令人向往。他和利奥拉曾经相互确认，对于学生事务来说，无尾礼服和黑马甲就可以了，本森－汉利－科赫联合商店的男子的正确着装图中就是这么说的。可是，当他看见有人穿着性感的白马甲的时候，他就开始痛苦了。当那个崭露头角的著名外科医生安格斯·杜尔，傲慢得像条灰狗一样，把白色的手套（那是世界上最白的，白得目空一切的东西）往上一拉，从他身边走过的时候，马丁这才发觉自己是个笨手笨脚的小伙子。

“来吧，咱俩跳吧。”他说，好像这是对安格斯·杜尔之流的一种挑战。

他非常想回家去。

他不喜欢这个舞会，尽管她的华尔兹舞跳得从容自在，他自己跳得也不是很差。他甚至不喜欢把她搂在怀里。他无法相信她就在他的怀里。在他们旋转的时候，他看见杜尔加入到了著名的医学院院长席尔瓦博士身边那群漂亮的女孩和容貌出众的妇女之中。安格斯就像在自己家里一样舒适自在，他和那个最漂亮的女孩跳起了华尔兹舞，滑步自如，扭腰摆臀，灵巧娴熟。马丁很想把他当作一个傻瓜来憎恶，但又想起昨天安格斯刚被选进光荣的西格玛赛[①]协会。

他和利奥拉悄悄地回到了楼厅下面，站在他们原来站的那个地方，回到了他们的安乐窝，他们的一个安全避难所。他一边竭力装作若无其事的样子，大谈特谈自己的新衣服，一边咒骂着眼前的那些男人，他们和女孩们说说笑笑从他身边经过，却完全无视他的利奥拉。

“这会儿人还不多，”他嘀咕说，“很快他们就会过来的，那时候就有很多人找你跳舞了。”

“哎呀，我根本不在乎。”

（“天啊，难道没有人过来邀请这个可怜的小姑娘吗？”）

他为自己在医学院跳舞的男生中没有名气而烦恼。他很希望克利夫·克劳森在场——克利夫喜欢各种各样的集会，但是他买不起正式的服装。然后，他看见了欧文·沃特斯，高兴得像是看见了最爱的人一样，这个职业标准的模范正在向他们走来，可是沃特斯径直走了过去，只是对他点了点头。马丁希望了三次，又失望了三次，现在他的

---

① 西格玛赛：美国的一个科学研究协会，是一个非营利性的荣誉协会，于1886年在康奈尔大学成立。

骄傲荡然无存。只要利奥拉能够开心——

“就算她爱上整个温大最健谈的花花公子，整个晚上对我不理不睬，我也毫不在乎。只要能让她玩得开心！如果我能把杜尔哄过来——不，这事我可受不了：拜倒在那个卑鄙的势利小人脚下——我愿意！”

胖子普法福刚到，便从容不迫地走了上来。马丁亲切地向他扑过去。“喂，老胖！你今晚没带舞伴啊？这是我的朋友托泽小姐。”

胖子鼓凸的眼睛流露出对利奥拉的脸颊和琥珀色头发的赞许。他气喘吁吁地说：“很高兴认识你——跳舞开始了——可以赏光吗？”他的态度真是讨人喜欢，马丁差点就去亲他了。

他没有想到，整场舞他竟然一个人从头站到尾。他靠在一根柱子上，心满意足地注视着。他觉得自己非常无私……他也没有想到，那些没有舞伴的女孩竟然就坐在他的身边，等着被别人邀请。

他看见，胖子把利奥拉介绍给了两个风度翩翩的伽玛活字协会会员，其中一个还请求和她跳下一支舞。此后，邀请她的人越来越多，多得让她应接不暇。马丁不再那么激动。在他看来，她和舞伴贴得太近了，她跟随他们的脚步也太热切了。在第五支舞结束以后，他开始烦躁不安了。“当然！她正在兴头上呢！根本没有时间注意到我就站在这儿——果然，岂有此理，竟然抓住她的围巾不放！当然！她也没意见。实际上，我自己可能也喜欢跳点儿舞——瞧她那样儿，对那个笨蛋布林德尔·摩根又是咧嘴笑又是直瞪瞪地注视，那个——那个——那个该死的——哎哟，我得和你谈谈，你个小女人！那些卑鄙的家伙竟然想把她从我手里抢走——她可是我唯一喜欢的人啊！只是因为他们跳得比我好，喋喋不休地说着一堆蠢话——还有那个该死的管弦乐队，老是演奏那些该死的火辣音乐——而她又迷恋他们那些该死的低级恭维话，另外——我会和你达成一点谅解的！”

当她再次回到他身边的时候，身边还跟着三个蹦蹦跳跳的医科学生，他咕哝着对她说：“哎哟，你不用理我！”

“你想跳这支舞吗？当然，你该跳这支舞！”她转过身，正面对着他；她和玛德琳不一样，完全没有非要做样子给旁观者看的意思。他瞪眼看着她，紧张不安地等了好大一会儿之后，她喋喋不休地谈起了舞池，谈起了那个房间的大小，还有她那些“一流的舞伴”。音乐刚一响起，他就伸出了双臂。

“不，”她说，“我要和你谈一谈。”她把他拉到一个角落里，狠狠地数落他说：“桑迪，这是我最后一次容忍你这副嫉妒相。哎呀，我知道！听着！如果我们打算粘在一起——我们是这样打算的！——我想和多少男人跳舞，就和多少男人跳舞。我想和他们一起疯，就和他们一起疯。晚宴啦，诸如此类的吧——我想，我会永远混蛋下去。没得商量。但是，我喜欢跳舞，我就是要做自己想做的事儿。要是你还长点儿脑子的话，你就会知道，除了你，我谁都不在乎。我是你的！毫无疑问。不管你干出什么样的蠢事——你可能会干出很多蠢事。所以，如果你以后再为我吃醋的话，你就偷偷溜到一边去，然后克服这种情绪。难道你不为自己感到羞愧吗！”

“我不是吃醋——是的，我是吃醋。哎呀，我情不自禁嘛！我太爱你了啊。如果我永远不再吃醋，我会是个很好的情人，不是吗？”

“好吧。只要你别再吃醋。嗳，咱们把这支舞跳完吧。”

他对她唯命是从。

四

在温尼麦克大学，深更半夜跳舞是不道德的。在那个时间，客人全都拥进了帝国自助餐馆。这个餐馆通常是在八点钟打烊，可是今晚一直营业到凌晨一点，还洋溢着一种近乎淫荡的欢乐气氛。胖子普法福跳了一支吉格舞[①]，另一个幽默的学生把一张餐巾搭在手臂上，装扮成一个服务生的样子，还有一个女孩抽了一支烟，不过大家都不喜欢她。

克利夫·克劳森正在门口等候马丁和利奥拉。他身上穿着他那套发亮的普通灰色西装，里面配了一件蓝色的法兰绒衬衫。

克利夫想当然地认为自己就是权威，马丁所有的朋友都得让他评头论足。他没有见过利奥拉。马丁曾经承认了他的双重婚约！他曾经解释说，利奥拉无疑是这个世界上最有魅力的少女。不过，在玛德琳的问题上，马丁已经把他所有的溢美之词都用光了，也把克利夫的耐心都耗尽了，所以克利夫不愿意再听他的，认为她只不过是另一个假装正经的妖女罢了，根本就没打算喜欢她。

现在，克利夫看着她，眼神里流露出一股盛气凌人的敌意。他背着利奥拉用低沉沙哑的声音对马丁说："挺漂亮的小妞呀，这就是我对她的评价——她怎么了？"他们从那个长长的吧台上各自取了三明治、咖啡和嵌花蛋糕，然后克利夫粗声粗气地说：

---

① 吉格舞：一种轻快的三拍快步舞。16 世纪起源于英格兰，后迅速传遍欧洲大陆，并导致了巴洛克舞蹈组曲的终结。

“唔，来到这个衣冠楚楚的社交界，和你们这对身穿燕尾服的情侣一起祸害一番，实在是太棒了。哎呀，讨厌死了，我只好放弃安格斯·杜尔那帮高贵的朋友，痛失一个晚上的高级娱乐活动，只能在这儿玩一局低级的扑克游戏——在这局扑克游戏中，上帝巧妙地让他从早早聚在一起的流浪汉和蠢货手里一共赢走了六点一美元。唔，利奥里[①]，我猜，你和马蒂金斯现在已经推论到马球和，呃，蒙特卡洛[②]之类的所有这些问题上去了吧。”

她有一种看穿人们心思的非凡能力。在克利夫一边等着她回答，一边斜眼看她的时候，她只是平静地品尝着一个鸡肉三明治的馅料，赞不绝口地说：“嗯——哼。”

“好家伙！我原以为你会借用马特那句攻击我的废话，说什么‘如果你是个无赖，我不明白，对于这个事实，为啥你还非要自我吹嘘不可’。”

克利夫变成了一个快乐而又（对他来说）异常安静的伙伴……他以前做过农场工人、图书代理商、机械修理工，可他依然没什么钱，可是他又急不可耐地想要摆阔，所以只好以贫穷为荣，以无礼为傲，聊以自慰。现在，当利奥拉好像看穿他在自吹自擂的时候，他很快就喜欢上了她，就像当初马丁那么快就喜欢上她一样。于是，他们就喊喊喳喳地闲聊起来。这种闲聊激起了马丁对人类的仁爱，包括对安格斯·杜尔的仁爱，虽然安格斯·杜尔现在远在房间的另一端，和席尔瓦院长以及他那些银光闪闪的女人坐在一张桌子旁边。马丁忽然跳了

---

① 利奥里：利奥拉的昵称。
② 蒙特卡洛：摩纳哥公国城市，世界著名赌城。

起来，跑到房间的另一端。他伸出手，大声嚷道：

“安格斯，老朋友，祝贺你进了西格玛赛协会。太棒了。”

杜尔觉得，这只伸出来的手很像他以前见过的一种工具，但他又记不太清它的用途。他拿起这只手，勉强地握了一下。虽然他没有把脸转向一边，但他简直粗鲁透顶——他看着特别沉着。

“唔，祝你好运。”马丁有点儿扫兴，犹犹豫豫地说。

“谢谢你的祝贺。多谢。”

马丁回到利奥拉和克利夫的身边，把这件事当作天大的悲剧告诉他们。他们一致认为，安格斯·杜尔应该被枪毙。就在他们议论这事的时候，杜尔跟在席尔瓦院长那帮人的后面，从他们面前走了过去，朝马丁点了点头。马丁瞪了他一眼，感觉自己又高贵又成熟。

分别的时候，克利夫握着利奥拉的手，迫切地说：“亲爱的，我觉得马特这人非常不错。有段时间，我还担心这小子会和那伙人一起鬼混呢，怕他们会把他变成一个社交能手。我自己就是个社交能手。我是没有罗伯肖教授的医学知识丰富。可是我这个笨蛋对他还是有点儿良心的，他玩弄一个良家少女，我还一个劲地为他高兴呢，而且——哎哟，你就乖乖听我的，拜倒在我这双笨脚下！不过，我的意思只是，我希望你不要介意克利夫大叔对天发誓说他真的很喜欢你！”

马丁把利奥拉送回家，然后返回宿舍，瘫倒在床上，这时几乎快到四点钟了。他无法入睡。安格斯·杜尔的冷淡让他痛苦，这就像是对他的一种侮辱，从某种角度来说又像是对利奥拉的一种暗中侮辱，可是他那孩子般的愤怒又变成了一种更为忧闷的烦恼。杜尔这个人谄上欺下、知识浅薄，但是他身上就没有自己需要的品质吗？克利夫这个人像讨人喜欢的小狗一样故作幽默，说话像个搞歌舞杂耍表演的农民似的，又怀疑姿态优雅是装腔作势，难道不是过于玩世不恭吗？杜尔不是懂得如何控制和驾驭他那冷酷无情的小心眼儿吗？是不是像实验技术一样，行为举止也是有技术的呢？……戈特利布干净利落的解剖技术和艾拉·欣克利那双笨拙肥胖的手恰好形成对比……或者说，所有这些质问都是一种背叛？都是对杜尔自己那套矫揉造作的标准的一种屈服？

他实在太疲倦了，闭上眼皮之后有种眼冒金星的感觉。他混乱的大脑还在回放那天晚上自己说过的或听到的每一句话，直到他那弯曲的身体四周充满了激昂的呐喊。

五

第二天，当他闷闷不乐地穿过医学院校园的时候，他没想到竟然会遇到安格斯，顿时觉得又内疚又尴尬，就像一个人对待借了钱但可能不会归还的人那样。他刚想机械地脱口而出“你好”，却又戛然而止，阴沉着脸，继续跌跌撞撞地往前走了。

“哎哟，马特。”安格斯喊道。他非常沉静。“还记得昨天晚上跟我说话的事吗？我出去的时候你那气鼓鼓的样子，让我挺难受的。我当时在想，你是不是认为我粗鲁无礼啊。如果是这样，我很抱歉。事实上，我当时头痛得要命。瞧。我这儿有四张《随心所欲》的票，在泽尼斯上演的，下个星期五晚上——演员都是在纽约上演时的原班人马！想去看吗？在舞会上的时候，我还注意到你和一个漂亮女孩在一起哩。我想，她可能想和我们一起去吧，她和她的某个朋友？”

“啊哟——天哪——我这就打电话给她——你太好啦，还邀请我们——”

在令人忧郁的黄昏时分，利奥拉接受了邀请并答应带上一个名叫内莉·拜尔斯的实习护士一起去，这时马丁才开始考虑：

“不知道他昨天晚上是不是真的头痛？

“不知道这些戏票是不是别人给他的？

“他为什么不邀请席尔瓦老头的女儿和我们一起去呢？他以为利奥拉是我随便结识的一个轻薄女子吗？

“当然，他从来没有和任何人真正吵过架——想要和我们大家都和睦相处罢了，这样一来，他日我们要是乡下的普通医生，而他却是一名独一无二的名医，我们就会给他送去很多外科病人了嘛。

“我为啥这样卑躬屈膝地巴结他呀？

“我不在乎啊！只要利奥拉喜欢——就我个人来说，我对这种到处乱逛的事情一点都不在乎——不过，当然了，看一看衣着华丽的漂亮女人，自己也穿得跟别人一样风光——哎哟，我真不知道！”

六

在稍偏中西部的泽尼斯城，“由纽约的原班人马演出”的一出戏是一件大事。（至于是什么戏，这倒不是很重要。）多兹沃思剧院由于有很多来自皇家岭那些名门豪宅的贵族而赫赫有名。利奥拉和内莉·拜尔斯非常羡慕那些贵族门第——耶鲁、哈佛和普林斯顿的大学毕业生，律师和银行家，汽车制造商和房地产继承人，高尔夫球能手，以及纽约的常客——他们和他们那些声音尖厉、一身珠光宝气的女人占据了前面几排座位。拜尔斯小姐把多兹沃思一家指给大家看，《城市主题》报上经常提到这家人。

看到剧中的男主人公拒绝总督职位的时候，利奥拉和拜尔斯小姐不禁钦佩得跳了起来。马丁很苦恼，因为剧中的女主人公比利奥拉漂亮多了。安格斯·杜尔这辈子看过的戏不超过六部，却显出一副戏剧通的样子。他承认，“杰克·范杜增在阿迪朗达克山脉的野营：第二天的日落”这场戏的布景确实非常漂亮。

马丁决意要款待他们。他打算请他们吃晚饭，但也仅此而已。拜尔斯小姐解释说，她们在十一点一刻以前必须回到医院，但利奥拉却慢慢吞吞地说：“哎哟，我才不在乎哩。我可以爬窗户溜进去呀。只要你清早在医院里面，那个‘臭老太婆’就不能证明你回来迟了嘛。”对于撒谎这种邪恶的事，拜尔斯小姐直摇脑袋，飞快地跑上了一辆电车；而利奥拉、安格斯和马丁则慢慢溜达，来到了爱泼斯坦的阿尔特纽伦堡餐馆，喝了啤酒，吃了瑞士乳酪三明治，还看到了很多德国饮酒警句和纸质盔甲，可谓别有一番风味。

安格斯端详着利奥拉，然后把目光从她身上转移到马丁的身上，注视着他们之间的眉目传情。一个聪明的年轻小伙子，竟然与一个不能提高他社会地位的女孩结成伴侣，竟然还有马丁与利奥拉之间的这种男女爱情，在他看来这也许是不可思议的。他断定她是个容易被引诱、意志薄弱的女孩。他不怀好意地朝马丁递了个眼色，决心要得到她为自己所享用。

"我希望你喜欢这出戏。"他放下架子对她说。

"哦，是的——"

"天啊，我好羡慕你们俩。当然，我明白为什么那些女孩子都迷恋马丁，因为他有一双多情的眼睛。可是像我这样一个埋头苦干的人，没有一个人同情我，我只能一直工作下去。哎呀，唔，我活该这样，是我应得的报应，因为我一看到女人就害羞。"

不料利奥拉公然对抗说："无论谁说出这种话，都意味着他并不害羞，而且瞧不起女人。"

"瞧不起她们？啊哟，丫头，说实在的，我真想做一个唐璜。不过，我不知道怎么去做。你不能给我上一课吗？"安格斯原本枯燥无味、一本正经的声音变得轻柔起来，他聚精会神地看着利奥拉，像是在聚精会神地解剖一只豚鼠一样。利奥拉不时地朝马丁微微一笑，像是要说："不要吃醋，傻瓜。我对这个自以为是的催眠师一点都不感兴趣。"可是，安格斯花言巧语的表白，他对她的观察力、智慧和沉默表现出来的敬意，却又让她意乱情迷。

马丁妒忌得面部抽搐。他直言不讳地说他们得走了——利奥拉确实非回去不可——半夜以后电车稀少，于是他们就穿过那些空旷有回响的街道走到医院。安格斯和利奥拉一直异常兴奋地聊着，马丁则在他们旁边昂首阔步地走着，沉默不语，郁郁不乐，以阴沉为荣。他们轻快地穿过一条汽车修理厂林立的小巷，出来就到了泽尼斯综合医院的主楼，那是一座很长的大楼，有五层楼那么高，毫无遮掩的窗子里依稀透出几点微弱的灯光。周围一个人都没有。一楼离地面只有五英尺高，他们把利奥拉举到走廊里一个半开半掩的窗户的石灰石窗沿上。

她悄悄地溜了进去，低声低语地说了声“晚安！谢谢！”

马丁觉得很空虚，很不高兴。这个夜晚充满了一种沮丧和悲凄。忽然，他们头顶上方的一扇窗里亮起了灯光，一个女人歇斯底里地大叫一声，但这叫声随即就变成了长长的悲叹。他感受到了这种离别的悲痛——在短暂的生命中，他岂能和她有片刻的分离。

“我要跟她一起进去；确保她安全回到房间。”他说。

冰冷的石窗边沿刺痛了他的双手，但他一纵身，把膝盖往窗台上一顶，就慌忙从窗户爬了进去。在他的前面，软木地板的门厅里只有一只小电灯泡亮着，利奥拉正踮着脚尖蹑手蹑脚地朝楼梯走去。他也踮着脚尖，跟在她身后追了过去。他伸手抓住她的胳臂，吓得她吱吱叫。

“我们得好好地道晚安，不能像刚才那样！”他咕哝着说，“和那个该死的杜尔在一起——”

“嘘——！要是他们发现你在这儿，他们会要了我的小命的。你想让我被开除呀？”

“要是因为我的原因，你会在乎吗？”

“会的——不会的——唔——不过，他们也许会把你从医学院开除的，老兄。如果——”他爱抚的双手可以感觉到她因为担心而颤抖。她目不转睛地望着走廊，而他那丰富的想象力却让他觉得有许多鬼鬼祟祟的人影，一双双眼睛正从门口往外偷看。她叹了口气，然后，毅然决然地说：“我们不能在这儿说，我们可以偷偷地溜到我的房间里去——这个星期我的室友都不在。你站在那儿，站在阴暗的地方。如果楼上没有人，我就回来叫你。”

他跟着她到了楼上，来到一扇白色的门前，然后溜了进去，气都不敢喘。他关上房门，看到这个狭窄的藏身处所，心中为之一动，里面有几张行军床，几张从家里带来的照片，还有一条又软又皱的亚麻床单。他紧紧地抱着她，可她却用一只手推挡他的胸部，禁止他这样做，然后哀伤地说：

“你刚才又吃醋了！你怎么能这么不相信我呢？和那个傻瓜在一起！女人都不喜欢他吧？他们根本没有机会！他那么自恋。然后你还吃醋！”

“我没有——是的，我吃醋了，可是我不敢！我想和你说话，想亲吻你，却只能坐在那儿，像一条鬣狗一样咧着嘴笑，让他隔在我们中间。好吧！也许我会一直吃醋。倒是你必须信任我。我可不是随随便便的人，永远都不是。哎哟，相信我——”

他们热烈地深吻着，慢慢忘掉了和安格斯在一起的那个沉闷无趣的时刻。他们忘了护士长可能会突然闯进来；他们忘了安格斯还在外面等着。马丁两眼微闭，没有了压抑已久的孤寂，唯一的想法就是：“哎呀，可恶的安格斯——让他滚回家去吧！”

“晚安，亲爱的——永远爱你。”他高兴地说。

他走在阴森寂静的过道里，想着安格斯肯定早就气急败坏地走开了，不禁笑了起来。可是从窗户往外看，他发现安格斯正蜷缩在石阶上，已经睡着了。他快碰到地面的时候，吹了声口哨，但又突然停止。因为，他看见从阴暗处蹿出一个彪形大汉，好像穿着守门人的制服，只听那人大叫说：

“我已经逮到你了！你给我回到医院里面来，我们倒要看看你都干了些什么！”

他们扭打起来。马丁身体很结实，但是看守人把他抱得死死的，让他透不过气来。他闻到一股脏工装裤的臭气，和一股没有洗澡的身体的汗臭味。马丁用脚踢他的胫骨，用拳头打他那张大圆石似的红脸，力图拧断他的胳臂。不过，他挣脱开了，开始逃跑，但又停了下来。这场搏斗，和利奥拉令人怜爱的柔情完全不同，让他大为恼火。他面向看守人，满腔怒火。

安格斯被吵醒了，突然出现在他的身边，用微弱的声音厌恶地说：“哎哟，赶紧走吧！咱们赶紧离开这个鬼地方。你为啥要让他这样的人渣脏了你的双手呀？”

看守人大声喝道：“嗬，我是人渣，是吗？我让你看看我的厉害！”

他抓住安格斯的领口，掴了他一个耳光。

在那盏令人昏昏欲睡的街灯下，马丁看见一个男人发了狂。睁大眼睛盯着看守人的不再是那个无情的安格斯·杜尔，简直就是一个杀人凶手，他的眼睛就像杀人凶手的眼睛一样可怕，传达着一种死亡的讯息，连最没有经验的人都看得出来。他一个劲地喘着气说：“他竟敢碰我！”他手里不知从哪儿弄到一把小刀，于是他朝那个看守人猛扑过去，巴不得现在就割断他的喉咙。

就在马丁努力阻止他们的时候，他听到了警察的警棍在人行道上的急促敲击声。马丁虽然纤细，但他曾经叉过干草，架过电话线。他急中生智，在看守人的左耳旁边猛击一拳，然后抓住安格斯的手腕，把他拉走了。他们跑过一条胡同，然后跨过一个院子。他们来到一条大道，一辆深夜行驶的电车正闪着灯光，嘎啦嘎啦地驶过拐角处。他们和电车并行跑了一会儿，纵身一跃跳上踏板，这才安然脱险。

安格斯站在后平台上，呜咽着说：“我的天啊，我要是宰了他就好了！他竟然拿他的脏手打我！马丁！抓住我这儿。我原以为我不会再干那种事了。小时候，我曾经试图宰了一个家伙——天哪，我要是割断那头脏猪的喉咙就好了！”

电车驶入城市中心，马丁连哄带劝地说：“奥柏林大道有一家通宵营业的快餐店，我们可以去那儿喝杯私酿酒。赶紧的！它会让你好起来的。”

安格斯犹犹豫豫，踉踉跄跄——这才是那个谨小慎微的安格斯。马丁把他带到那家快餐店，里面到处都是番茄酱瓶子，他们用花岗岩咖啡杯喝着没有掺水的威士忌。安格斯把头靠在胳膊上，呜呜地哭着，完全不顾别人的目光，直到把自己灌得酩酊大醉，马丁这才把他领回家。然后，马丁回到自己那间带有家具的房间，发现克利夫已经打起了呼噜，他这才觉得这个夜晚非常荒谬，而且没有什么东西比安格斯·杜尔更荒谬的了。“唔，他现在要成为我的一个好朋友了，永远的好朋友。太好了！”

第二天早上，在解剖大楼的门厅里，他看到了安格斯，匆忙向他跑了过去。可安格斯却恶狠狠地说：“阿罗史密斯，昨天晚上你喝得烂醉如泥。如果你没有酒量喝那么多烈酒的话，你最好还是彻底戒了它吧。”

他继续往前走，目光炯炯，从容不迫。

第八章

一

马丁的工作一成不变地进行着——协助麦克斯·戈特利布，指导细菌学的学生，听各类课程，观看医院示范教学——每天不惜花费十六个小时。他偶尔偷用几个晚上进行独创性的研究，或者到法国和德国细菌学刊物中窥视那些激动人心的领域；他偶尔也得意扬扬地到戈特利布的小屋去，因为在被雨水弄脏的褐色的墙纸上，挂着几幅布莱克的画和一张科赫的签名照片。不过，其他晚上可就很伤脑筋了。

要读神经学、产科学、内科学、物理诊断学；他埋头苦读，每次都是还差几页没有读完，就趴在他那张摇摇晃晃的书桌上睡着了。

背诵妇科学、背诵眼科学，直到他的脑袋像火烧一样刺痛。

在医院示范教学那些单调沉闷的下午，他和那些笨手笨脚的学生一起，挨那些疲惫不堪的临床教授的呵斥。

他还要给狗做要求严格的富有竞争性的外科手术，在这方面，安格斯·杜尔以极其精湛的技术对他们作威作福。

马丁很钦佩内科学教授 T. J. H. 席尔瓦，大家都叫他席尔瓦“老头”，他也是医学系的主任。他是一个圆滚滚的小胖子，留着一撮月牙形的小胡子。他的偶像是威廉·奥斯勒爵士[①]，他追求的目标是交感治疗的艺术，他的爱国主义是准确的物理诊断。他就像埃尔克米尔斯的维克森医生一样，但比他更精明，更稳重，也更可靠。不过，马丁对席尔瓦主任的尊敬，和他对耳鼻喉科教授罗斯科·吉克博士的憎恶，不相上下。

罗斯科·吉克是一个商贩。他如果做石油股票生意应该会干得很好。作为一名耳鼻喉科医生，他认为，造物主把扁桃体安置在人体组织内，是为了给专科医生提供专用汽车。他觉得，如果一个医生把扁桃体留在病人体内，那他就是道德败坏、不学无术，是在忽视他未来的兴旺和清福——这位医生未来的兴旺和清福。在鼻中隔的问题上，他的真实感受是，将它部分切除绝对不会对任何病人造成伤害；如果不是病人抽烟过多，即使最有效的检查也查不出病人的鼻子和喉咙有什么毛病，尽管如此，不管怎样，手术后的强制性休息对他还是有好处的。吉克公然抨击“顺其自然”这句口头禅。啊哟，一般的有钱人都很感谢别人的关心！除非他的专科医生时常给他做做手术——就做一点小小的而又不太痛苦的手术，否则他真的不会认为他们有多了不起。吉克做过一个经典的年度演讲，在这次演讲中，他远远地超出了耳鼻喉科的范围，对一切医学都做出了估价，并向欧文·沃特斯那样一些备受欢迎的医生讲解了收取适当费用的方法：

“虽然知识是医学界最好的东西，可是，如果你不能把它卖出去，它就一点用处都没有，而要把知识卖出去，你就必须首先让那些有钱

---

① 见第 91 页注释。

人对你的存在有一个深刻的印象。不管这个病人是新朋友还是老朋友，你都必须一直对他使用‘推销术’。你要向他，同时也要向他饱受折磨、担惊受怕的家属，解释你在为他的病症所付出的辛劳和心血，因而让他感受到你已经为他做了好事，或者打算为他做好事，而你做的这种好事比你打算收取的费用重要多了。这样，当他拿到你的账单的时候，他就不会误解或抱怨了。”

二

到目前为止，在马丁的身上，还没有心胸宁静广博的迹象。毫无疑问，他只是个忙乱的年轻人，而且相当没有节制。当他意识到自己和整个世界有关系的时候——如果他真的认识到除了他自己还有一个很大的世界的话——他就没有过情绪高涨的时刻。他的朋友克利夫举止粗鲁；他心爱的利奥拉，不管衣着有多华丽，终究还是土气了点儿；他自己也在狂热的忙乱和对单调生活的惊讶中耗尽了精力。但是，即使他还没有成熟，但因为他脚踏实地，他还是会讨厌矫揉造作，他还是会运用自己的双手，而且他还是会怀着一颗无法抑制的好奇心去探索残酷的现实。

偶尔，他也能认识到人生的喜庆，远离那种令仰慕他的人厌倦的极度紧张，好好地休息一段时间。圣诞假期前夕，也就是罗斯科·吉克飞黄腾达的时候，就是这样的时刻。

《温尼麦克每日消息》宣布，吉克博士已经辞去耳鼻喉科教授的职位，担任强大的泽西市新思想医疗器械和设备公司副董事长。为了庆祝，他给医学院全院学生做了一场告别演讲，主题是“医生办公室的装备艺术与科学”。

吉克这个人衣着整洁，戴副眼镜，满腔热情，热爱他人。他面带微笑看着他那些心爱的学生，然后大声说：

“先生们，这是很多医生都会遇到的问题，即使是那些杰出的老前辈、经验丰富的老手，不顾道路泥泞和狂风暴雨，不顾冬日的严寒和八月的酷暑，为世界上最卑微的人们带去欢乐，解除他们的痛苦，也会遇到这个问题，而且即使这些贤明的长辈经常墨守成规并且永远不能自拔。我在这个领域工作了很长一段时间，而且非常愉快，既然现在我即将离开这个领域，我就想要求你们每一个人，在你们开业行医之前，不但要读读罗斯诺、豪厄尔和格雷等人的著作，而且，为了准备做一个所有好公民都必须做的那种人，也就是说，做那种脚踏实地的人，还要读一本非常有价值的现代心理学小手册，就是格罗斯夫纳·A. 毕比编著的《如何让推销术充满活力》。因为，先生们，请不要忘记，这是我最后给你们的忠告——一个有价值的人，不仅是一个处世乐观的人，而且要是一个受过哲学训练，受过实用哲学训练的人。这样一来，他就不会想入非非，一天到晚大谈特谈‘伦理道德’了，虽然‘伦理道德’充满光辉；也不会大谈特谈‘慈善事业’，尽管‘慈善事业’堪称高尚美德；而且他也绝不会忘记，不幸的是，这个世界是根据一个人能够积蓄多少可观的现金来评价他的。哈德·诺克斯大学[①] 毕业的学生评价一个医生的标准，和他们评价一个商人的标准一

① 哈德·诺克斯大学：美国著名出版家阿尔伯特·哈伯德 1902 年在一篇自传小文中杜撰的，意思是通过负面体验完成学业的大学，与正规大学相对应。

样，不但要看他提出的‘崇高理想’，而且也要看他为实现这些理想并从中获利所投入的力量。从科学的观点出发，请不要忽视这一事实，那就是在拥有新心理学的当今世界，你给病人留下一个印象，让他认为你具有得到适当报酬的才干，这和你给他服用的药物或他让你得逞做的手术同等重要。他在看到别人赏识你的技术并给你报酬的那一刻，一定也开始能够感受到你的力量，因此他的病也就会好起来了。

“在鼓励病人方面，最重要的莫过于有这样一间诊所，病人刚一进门，你就已经向他灌输了一种思想，让他觉得自己的病已经完全治愈了。我不在乎一个医生是不是在德国慕尼黑、巴尔的摩和罗切斯特学习过。我也不在乎他是不是掌握了一切科学知识，是不是能够对疑难杂症立即做出相当准确的诊断，是不是有梅奥[①]、克莱尔[②]、布莱克、奥克斯纳[③]和库欣[④]等名医的那种外科技术。如果一个医生的诊所又脏又破，里面只有几把别人用过的旧椅子和一些二手杂志，那么病人就不会对他有信心，就会抵制治疗——这个医生就很难被接受，也就很难收到适当的诊疗费。

“透过这个问题的表面，深挖医生诊所装备的基本哲学和美学，我们发现如今有两个互相对立的学派：织锦派和无菌派。恕我冒昧，

---

① 梅奥（William Worrall Mayo，1819—1911）：英裔美籍医生，于1864年在罗切斯特建立自己的私人诊所，后发展为梅奥医学中心。

② 克莱尔（George Washington Crile，1864—1943）：美国外科学专家，以静脉输血和颈清扫术著称，1921年与同事一起创建克利夫兰诊所，担任首席外科医师。

③ 奥克斯纳(Alton Ochsner, Sr.，1896—1981)：美国外科医生，以心脏移植手术著称，成立了著名的奥克斯纳诊所，即如今奥克斯纳慈善医院的前身。

④ 库欣（Harvey Williams Cushing，1869—1939）：美国神经外科医生，被称为“现代神经外科之父”。

这样称呼他们，以便加以区别。这两派各有优点。织锦派声称，几把供候诊病人坐的豪华座椅、几幅漂亮的手绘画、一个装满世界最佳文学精装作品集的书柜，再加上几个雕花玻璃花瓶和几盆棕榈树，就能产生一种只有真正的才能和知识才能营造出来的富裕印象。另一方面，灭菌派坚持认为，病人想要的是那种一丝不苟的卫生外观，而要营造这种外观，只有把外面的候诊室和里面的诊疗室用白漆桌椅布置起来，而且灰色的墙壁上只能挂一幅日本版画。

“但是，先生们，理想的接待室就是这两派的结合。这一点我很清楚，非常清楚，但我不明白以前为什么没有人提出来！你们要有盆栽棕榈树和漂亮的图画——对于讲究实际的医生来说，这些东西就像消毒器和波美液体比重计一样，是他工作设备的一个必不可少的部分。不过，尽可能把一切东西都变成白色，看上去卫生一些——还要考虑你能想到的配色方案，或者你贤惠的妻子给你的配色方案，当然前提是你妻子得有艺术鉴赏能力！在漆得洁白的莫里斯安乐椅上，铺上艳丽的金色或红色坐垫！再铺上白色的地板，带有精致的玫瑰花边的那种！还要在一张白色的桌子上摆放一些新出版的、洁净无污的昂贵杂志，有美术封面的那种！先生们，这就是我想要给你们留下的富有想象力的推销术概念；这就是我希望到我的新工作领域泽西市新思想医疗器械公司去传播的福音。我随时欢迎你们大家过去，和你们握手叙旧。”

三

在圣诞节紧张备战各科考试期间，马丁特别需要利奥拉。她已经被家里叫回达科他了，大概要过几个月吧，理由是她的母亲病了。他必须，或者说他认为他必须每天都要看到她。他每天晚上睡眠时间肯定不到四个小时。他坐在市际交通车上，埋头苦读迎接考试，随车奔向她的家中。他一想到她在医院遇到的那些充满活力的实习医生和男性病人，立刻眉头紧锁，嘲笑自己太单纯，又开始担心起来。要真正看到她，他得在门廊里等几个小时，或者在外面的雪地里踱来踱去，直到她有机会溜到窗前向外窥视。他们见到面的时候，就忘掉了周围的一切。她有坦率表达爱意的天赋；她逗弄他，吊他胃口，不过她很温柔，也不害怕。

在联邦车站送别她的时候，他觉得特别孤独。

他的考卷难度不大，可是，除了细菌学和内科学之外，他答得都很粗浅。他茫然地回到实验室，打算在那儿度过他的假期。

迄今为止，他在他的小小的原创性研究方面与其说有所成就，还不如说流露出了某种真情。戈特利布很有耐心。“这种教育制度，是一种很好的制度。我们灌输给学生的那些东西，不都是科赫和两个实验室助手能够学到的。不用担心研究。这个研究我们还是要做的。”但是，他又期望马丁在这两个星期的假期里，能够创造出一两个奇迹，可是马丁却没有兴趣去想这件事情。他在实验室里玩耍，把时间用在擦玻璃器皿上。他对兔子进行细菌培养移植的时候，做的笔记也不完整。

戈特利布立即严厉起来了。“这是什么鬼东西？你把这些东西叫作笔记吗？我在称赞一个人的时候，他就得停止工作吗？你以为你是西奥博尔德·史密斯[①]，还是诺维[②]，可以坐在那里冥思苦想呀？你有普法福那种才能啊！”

只有这一次，马丁没有悔意。当戈特利布像大公爵一样重步走出去的时候，他咕咕哝哝地自言自语说：“胡说八道，我也得喘口气吧。天啊，大多数同学，啊哟，他们都回到舒适的家里过寒假去了，参加各种舞会，和父母团聚，想干啥干啥。要是利奥拉在这儿的话，今晚我们就去看演出了。”

他恶狠狠地抓起他的帽子（一件湿漉漉的不成形的东西），就去找克利夫·克劳森了。寒假里，克利夫不是在宿舍睡觉，就是在巴尼店里打扑克。马丁拟定了一个进城喝酒的计划。这个计划执行得非常成功。寒假期间，只要他一想起即将到来的刻板乏味、如同服苦役一般的工作，只要他一意识到是戈特利布和利奥拉把他困在这儿，他就会进城痛饮一番。假期过后，到了一月下旬的时候，他发现，威士忌消除了他对工作的狂躁，也消除了他对寂寞的恐惧——然后又背叛了他，让他更加厌烦，更加寂寞。他感觉突然变老了；他提醒自己说，他现在才二十四岁，还是个在校学生，他真正的事业还没有开始呢。克利夫就是他的庇护所；克利夫钦佩利奥拉，愿意听他喋喋不休地谈

① 西奥博尔德·史密斯（Theobald Smith，1859—1934）：美国流行病学创始人、病理学家，被普遍认为是美国第一位享有国际声誉的医学研究科学家。
② 诺维（Frederick George Novy，1864—1957）：美国细菌学创始人。

论她。

不过，在创始人纪念日那天，克利夫和马丁遇到了麻烦。

四

一月三十日，是温尼麦克大学医学系创始人、已故的沃伯顿·斯通尼奇博士的诞辰。每年这一天，都要举办一场友谊洋溢的宴会，会上演讲的人很多，但酒却很少。全体教师都把他们最正确的言论留在这个宴会上发表，全体学生也都务必出席。

今年，宴会是在温大基督教青年会的一个大厅里举行的。那是一个符合道德准则的房间，墙上贴有红色的墙纸，挂着一些在国外当传教士的长胡子校友的画像；房间里还有几个又长又薄的松木箱子，加工得就像裸露的栎木房梁一样。教师们聚集在几个有名的客人身边——来自芝加哥的外科医生朗斯菲尔德博士，来自奥马哈的一位糖尿病专家，还有来自匹兹堡的一位内科医生。教师们极力做出喜庆欢乐的样子，但是经过四个月的教学，他们已经疲惫不堪，心烦意乱。他们满脸皱纹，眼神倦怠。他们全都穿着职业套装，但大多没有熨平。他们听起来很有科学知识的样子，也似乎对科学很感兴趣。他们使用动静脉扩张和肝胆管接口术及肠造口术之类的大词，并且问客人道：“这么说来，你刚刚去过罗切斯特喽？呃，查理和威尔在矫形术方面有何进展吗？”但实际上，他们早已饥肠辘辘，情绪也很低落。已经七点半了，而且他们平常不是七点钟用餐，而是六点半就用餐了。

在这个无精打采的喜庆时刻，进来一个气宇轩昂的人。这人是个黑胡子大个子，衬襟白净华丽，眉毛粗大浓黑，眼睛凶光毕露，也许是才华横溢，也许是神经错乱。他的声音大得惊人，带有一点德国口音。他问了声席尔瓦博士在哪，就大摇大摆地走进院长那帮人中间去了，就像一艘护卫舰驶入一群小渔船中间似的。

“这到底是谁呀？”马丁很纳闷。

“咱们挤进去，看个究竟。”克利夫说，于是他们就紧紧地跟在迅速聚集在席尔瓦院长和那位神秘人物身边的人群后面。席尔瓦院长向大家介绍说，他就是药理学家贝诺尼·卡尔博士。

他们听到，卡尔博士正在对那些没出过校门、满脸敬佩的助理教授，亲切地大谈他在德国和斯米德堡一起研究二羟基五亚甲基二胺的分离，大谈化学疗法的种种可能性，大谈昏睡病的及时治疗，大谈科学治疗的时代。“虽然我生在美国，但我有从小就讲德语这样一个有利条件，所以也许我能更好地理解我亲爱的朋友埃尔利希的工作。我曾经亲眼看见他接受德国恺撒殿下授予他的勋章。亲爱的老埃尔利希，他简直就像个孩子！”

在这一时期，教师当中有一个很活跃的亲德派（但奇怪的是，它在1914—1915年间就变了）。他们都拜倒在这股博学的旋风面前。安格斯·杜尔忘记了自己是安格斯·杜尔；马丁激动而又兴奋地倾听着。贝诺尼·卡尔具有戈特利布的全部个性，像他一样藐视那些机械的教师，和他一样具有上流社会的风度，使得摩哈利斯人都像乡巴佬，但没有戈特利布那种神经质的狂躁。马丁很希望戈特利布也在场，他很想知道这两个巨人会不会发生冲突。

卡尔博士被安排在发言人的席位上，离院长很近。马丁惊愕地看到，这位著名的药理学家，震惊地看了一眼筵席上的主菜酸味仔鸡和胡乱制作的色拉，然后拿起一只巨大的银瓶往他的水杯里倒了些什么——而且不时地往自己杯里倒那种东西。卡尔开始侃侃而谈。他斜过身子隔着两个人拍了一下愤怒的院长的肩膀；他不同意院长旁边那些人的观点；他唱了一节《我准备到荒芜的密苏里去》。

在这个宴会上，很少有东西像贝诺尼·卡尔博士的行为举止这样引起学生们如此密切的观察。

装模作样地欢庆了一个小时之后，席尔瓦院长站起来宣布演讲人的名单，不料卡尔砰的一声站了起来，大叫一声说："我们不要做什么演讲了吧。只有傻瓜才会做什么演讲。聪明的人都是唱歌。嗬！哎哟，真无聊；哎哟，真无聊，哎哟，真无聊，像个女人一样！你们这些教授们全都是空谈家！"

大家看到，席尔瓦院长恳求他不要说了，然后在两名教授的帮助下，用了橄榄球里的一个擒抱动作，把他弄出了大厅。在一阵欢喜而又恐怖的寂静中，克利夫咕哝着对马丁说：

"这下该我倒霉了！这个该死的蠢货答应不会喝醉的！"

"嗯？"

"我早该知道他会喝醉说漏嘴的。哎哟，也许院长不会为难我吧！"

他解释起来。贝诺尼·卡尔博士本来叫作贝诺·卡考斯基。他毕业于一个两年就授予学位的医学院。他博览群书，但从未到过欧洲。他做过医药展览的商业宣传员、手足病医生、招魂术巫师、秘传教师，以及女神经病患者娱乐疗养院的院长。克利夫是在泽尼斯和他偶然相遇的，当时他们俩都喝得酩酊大醉。是克利夫跟席尔瓦院长说的，说这位著名的药理学家刚从欧洲回来，要在泽尼斯逗留几天，也许会接受邀请——

院长曾经热烈地向克利夫表示过感谢。

宴会散得很早，大家对朗斯菲尔德博士关于肠线消毒这个有价值的演讲重视不够。

克利夫坐在那儿发愁，他承认马丁的几点看法都是事实。第二天，他盘问了院长的女秘书（只要他屈尊不怕麻烦，他对女人还是有一套的），然后知道了他的命运。已经开过一次教师委员会的会议；贝诺尼·卡尔引起群情激愤的责任在于克利夫；但凡克利夫能想到的话院长都说了，还有一些他本人想都想不到。不过，院长并没打算马上召唤他；他打算让他再等等，折磨折磨他，然后再当众处理他。

“再见，该死的医学博士学位！卑鄙无耻之徒，我从没觉得医生这个行当有多了不起。也许我会做一个证券推销员吧。”克利夫对马丁说道。然后他就溜达走了。他到了院长那儿，然后说：

“哎哟，席尔瓦院长，我只是顺便过来跟您说一声，我已经决定从医学院退学了。在，嗯，在芝加哥找了一个好工作。总之，我认为你的办学方法不咋样。死记硬背的东西太多，真正的科学精神太少。祝您好运，博士。再见。”

“再——”席尔瓦院长说。

克利夫搬到了泽尼斯，只剩下马丁一个人。他退掉寄宿公寓前面的那个双人房间，搬进了后面的一间厅室。在那个狭小的房间里，他独自一人坐在那儿，唉声叹气，非常凄凉。他朝外面望去，看见一片空地上有一个倾斜的广告牌，上面有一张关于猪肉和豆类的破烂广告，正在哗啦哗啦地来回飘动。他仿佛看见了利奥拉的眼睛，听到了克利夫惬意的嘲笑。四周一片寂静，简直让他无法忍受。

第九章

一

二月的一个傍晚，汽车喇叭连续不断的鸣笛声，把马丁吸引到了实验室的窗前。他向下面望去，看见一辆令人吃惊的单排座敞篷汽车，全身呈流线型，漆成奶白色，还有两个大前灯。他看了半天才看清，那个身穿咖啡色宽松司机服、头戴潮红色方格花纹帽、颈上围着鲜艳领饰的年轻司机，就是克利夫·克劳森，而且那个克利夫正在向他招手示意呢。

他急忙下去，克利夫大声说：

“嗬，老兄！你觉得这辆大汽车咋样啊？你诊断得出这身衣服的布料了吗？苏格兰毛呢——老实说！克利夫大叔搞到了一个每星期二十五美元的工作，还有佣金哩，销售汽车。老兄，以前我在你们这个破医学院失败了。现在我可以向任何人销售任何东西。一年之后，我每个星期能赚八十美元呐。赶紧上车吧，小子。我要带你到城里大饭店去，请你这只瘦猴子吃一顿你这辈子都没吃过的最丰盛的大餐。”

克利夫以每小时三十八英里的速度驱车进了泽尼斯城。在1908年，这可是令人胆战心惊的速度。马丁发现克利夫完全变了。他还和以前一样大嚷大叫，但是比过去更加自信了，由于有了马上赚大钱的种种规划而显得容光焕发。过去，他前边的头发乱蓬蓬、油腻腻的，后边的头发总是乱七八糟地翘起来；现在，他的头发油光发亮。他的脸色就像按摩后那样红润。他在奢华的大饭店前嘎的一声刹住了车。下车之前，他脱下那副开车用的亮黄色长手套，换上一副带有黑色刺绣的灰色手套。他昂首阔步穿过大厅的时候，又立即把手套脱下来。他称看管衣帽的姑娘为“宝贝”。到了餐厅门口，他对饭店领班说：

“啊，格斯，老兄最近怎么样呀？老兄今晚感觉咋样呀？你这位大名鼎鼎的领班还好吗？格斯，我想让你认识一下阿罗史密斯医生。不管什么时候这位医生到这儿来，我都希望你能赶紧把那些有名的菜肴拿出来招待他。老兄，他想要什么你就给他什么，要是他身无分文的话，你就把账记在我的名下。嗳，格斯，我要一张供两人进餐的漂亮的小餐桌，还要一个停车间，再来一些热水和冷水。格斯塔夫斯，牡蛎啦、海蟹啦，还有一顿丰盛宴席需要的其他可口饭菜啦，我也十分乐意听听你的意见。”

“好的，先生，请这边走，克劳森先生。”领班低声细语地说。

克利夫低声对马丁说：“我用了两个星期就把他变成这个样子了！见识到我的本事了吧！”

克利夫点菜的时候，一个人在他们的桌子旁边停了下来。他很像每个星期六晚上都喜欢回到自己郊区别墅去的一位热心的旅行推销员。他开始有点秃顶，也有点发胖。他那圆润光滑的脸上架着一副无框眼镜，这让他显得有些天真。他向四周打量着，像是想找一个人和他一起吃饭似的。克利夫连忙跑上去，拍了一下那个人的肘部，大声说：

“啊，是你呀，巴布斯基，老伙计。和谁一起吃饭吗？加入我们这个体育绅士协会来吧。”

“好吧，非常高兴。老婆不在城里。”那个人说。

“来和阿罗史密斯医生握个手。马特，来和乔治· F. 巴比特认识一下，他可是大名鼎鼎的泽尼斯房地产大王。巴比特先生刚刚过完他的三十四岁生日，还从你永远的忠实者我这儿买了他的第一辆小货车哩。”

至少对克利夫和巴比特先生来说，这是一次欢快的聚会。马丁和他们一起喝着鸡尾酒、圣路易斯啤酒和掺了姜汁啤酒的威士忌，他发现克利夫简直就是当今最慷慨的人，而乔治·福·巴比特先生则是一个有魅力的伙伴。

克利夫解释说他肯定会成为一家汽车厂的总经理，显然这和他卓越的医学训练有关，巴比特先生则吐露说：

“你们这些小伙子比我年轻多啦，比我小八到十岁吧，你们还没有像我这样体会到，巨大的快乐来自理想、服务和一项公共事业之中。现在，只在你我之间私下说说，我的时尚并不在于房地产，而在于演讲术。实际上，我曾经打算学习法律，然后直接从政。只在我们之间私下说说，我不想让这件事到处传，我最近一直在结交一些很好的社会关系——会见一些崭露头角的年轻共和党政治家。当然了，一个人必须以谦虚为本，但是我可以说，私下地[①]，我期望在明年秋天竞选市政议员。从这个位置到市长，然后到州长，这实际上只不过是一步之遥。如果我觉得这项事业适合我干，没有理由说在十年或十二年之

① 原文为意大利语 sotto voce。

后，比如说，在1918年或者1920年，我不能荣幸地代表温尼麦克这个伟大的州进入华盛顿哥伦比亚特区呢！”

在拿破仑似的克利夫和格莱斯顿似的乔治·F.巴比特面前，马丁发现自己缺乏权力和业务技能。他回到摩哈利斯之后，感到非常不安。关于他的贫困，他以前很少想过，可是现在，和克利夫的闲适相比，他自己那身寒酸的衣服和他那间窄小的房间似乎让他很丢脸。

二

利奥拉寄来一封长信，暗示说她也许不能返回泽尼斯了，这让他感到更加孤独。似乎没有什么事情值得去做了。在上基础细菌学示范教学课的时候，戈特利布让他到地下室去逮六只雄兔上来进行细菌移植，他却无精打采地在实验室里到处闲荡。戈特利布每天工作十八个小时，进行一些新的实验；他这个人神经过敏，性情暴躁；他发号施令的时候就像侮辱人一样。马丁晕晕乎乎地逮了六只雌兔而不是雄兔回来，戈特利布冲着他尖叫说：“你简直就是这个实验室有史以来最笨的笨蛋！”

那些不识时务的二年级学生，不是没注意到马丁受了责骂，但还是像一些小动物一样哧哧地笑，这让马丁十分恼火。“唔，我没明白你说什么。再说了，我还是第一次栽跟头呢。我不能容忍你这样跟我说话！”

“你会容忍我说的每一个字的！笨手笨脚的！你可以拿上你的帽子滚出去！”

"你的意思是说，我的助手职务被解除了吗？"

"我很高兴，你还不至于笨到听不懂这一点，尽管我说话很不好听！"

马丁愤然离去。戈特利布突然显得有些不知所措，朝着马丁远去的背影迈了一步。但是这班学生，这群咯咯笑的动物，他们却站在那儿穷开心，希望多看一点热闹。不过，戈特利布耸了耸肩，瞪了他们一眼，把他们吓得要死。戈特利布又派了他们当中相对不笨的一个人去逮兔子，然后继续上示范教学课，实验室里鸦雀无声。

而马丁呢，则在巴尼的下等酒吧间独自狂饮头等威士忌酒，结果让他整个晚上都神志不清。每喝一口，他都承认自己极有可能成为一个酒鬼；每喝一口，他都夸口说他不在乎。要是利奥拉不在一千两百英里之外的惠西法尼亚那么远的地方的话，他早就逃到她那儿求救去了。第二天早上，他还是东倒西歪的，而且他又喝了一些酒，这样在他接到席尔瓦院长的通知，吩咐他立刻去办公室汇报的时候，他才有可能熬过这一上午。

院长训诫说：

"阿罗史密斯，你的情况最近已经教授委员会反复讨论多次了。除了一两门课程之外——就我自己的这门课来说，我挑不出你什么毛病——你一直都很马虎。你的分数一直都还好，不过你还可以做得更好一些。最近，你还经常喝酒。有人看见你出现在一些名声很坏的地方，而且你一直跟一个人关系很亲密，那个人竟敢来侮辱我、侮辱学院创始人、侮辱我们的客人，还侮辱温大。很多教师抱怨你态度傲慢——在课堂上公然取笑我们的课程！不过，戈特利布博士一直都在热情地为你辩护。他坚持认为你有调查科学的真正天赋。可是，昨天晚上，他承认你最近对他没有礼貌。现在，除非你立即改过自新，小伙子，否则我将不得不勒令你今年休学。如果这样还不行的话，我就得要求你退学了。我想，这也许是件好事，会让你谦逊一点——小伙子，你简直狂妄到了极点！——这或许是个好主意，你去见见戈特利布博士，洗心革面，向他道个歉——”

似乎是威士忌在说话，而不是马丁在说话：

“死活我都不去！见他的鬼去吧！我已经把我的命运交给他了，他竟然还说我的坏话——”

“这对戈特利布博士绝对不公平。他只不过——”

“当然。他只不过让我失望罢了。既然我已经对他那样了，我死都不会向他道歉的。至于克利夫·克劳森，你刚才暗示说——说他‘竟敢侮辱谁来着’？他只是开了个玩笑而已，你竟然向他报复。他就该那样，真是大快人心！”

然后，马丁等待着那些将要断送他科学生涯的话。

这个小男人，这个面色红润、矮矮胖胖、心地善良的小个子男人，盯着马丁，哼了一声，然后柔和地说：

“阿罗史密斯，我可以立即开除你，毫无疑问，但我认为你身上还是有良好品质的。我不会让你走掉。当然，你已被暂令休学，至少要休到你恢复理智，向我和戈特利布道歉为止。”他就像慈父一样，几乎都让马丁悔悟了，但他最后说，“至于克劳森，他关于贝诺尼·卡尔这个人的‘玩笑’——我也不知道我为什么没有去调查这个家伙，我想我当时太忙了——他的这个‘玩笑’，照你的说法，要么是白痴的行为，要么是恶棍的行为。在你能够明白这个事实之前，我想你是不会准备回到我们这里的。”

“确实。”马丁说，然后就离开了办公室。

他为自己感到非常难过。他觉得，真正的悲剧是，虽然戈特利布出卖了他，断送了他的事业，消除了他掌握科学和与利奥拉结婚的可能性，但是他依旧崇拜这个人。

除了他的女房东之外，他没有和摩哈利斯的任何人道别。他收拾好行李，其实那只是一个简单的行李包。他把他的书籍、笔记本、一套破旧的西装、寥寥几件亚麻衣服，以及一件值得夸耀的东西——晚礼服，都塞进了他那个笨重的人造革旅行包里。他还未酒醒，回想起购买这套晚礼服的时刻，不禁热泪盈眶。

马丁的钱，来自他父亲的一点小财产，由埃尔克米尔斯银行隔月开出一张支票邮寄过来。他现在只有六美元了。

到了泽尼斯，他先把旅行包存放在市际电车站，然后就去找克利夫了。他发现克利夫正在巧舌如簧地推销一辆漂亮的蓝灰色灵柩车，一个喝饱了啤酒的殡仪员对它很感兴趣。马丁弓着背，蜷缩着身子，在一辆豪华轿车的钢制踏脚板上坐下，在那儿等着。他憎恨其他销售员和女速记员凝视他的目光，但是他又没有精力去大动肝火。

克利夫赶忙冲过来，妄自尊大地说：“唔，唔，老兄怎么啦？出去喝——喝点儿酒吧。”

“我能喝一瓶。”

马丁知道，克利夫正在盯着他看。他们走进大饭店的酒吧间，里面挂着几幅漂亮但却神情恍惚的女人的油画，装了几面镜子，桃花心木吧台边上还有一排粗实的大理石栏杆。然后，马丁脱口而出说：

“唔，我也倒霉了。席尔瓦老头把我开除了，说我笨拙。我打算到处溜达溜达，然后随便找个工作。天啊，不过我很累，也很不安！喂，你能借给我一点钱吗？”

“当然可以。全借给你都行。你要多少？”

“我想，我可能需要一百美元吧。可能要漂泊相当一段时间。”

“天呀，我没有那么多，不过或许我能在营业所筹到这么多钱。过来，坐在这张桌子旁边，等我回来。”

克利夫一直没有说明他是如何筹到这一百美元的。不过，一刻钟以后他就带着这笔钱回来了。然后，他们一起去吃饭，马丁灌了太多的威士忌酒。克利夫把他带到他自己的寄宿公寓——这个寄宿公寓显然没有克利夫的衣服所彰显的那份阔气——坚决给他洗了个冷水澡，让他清醒清醒，然后把他放到床上。第二天早晨，克利夫主动提出替他找份工作，但是马丁拒绝了。中午时分，他搭乘北上的火车，离开了泽尼斯。

在美国，从开拓者的时代开始，就一直保持着一个由衣衫褴褛的男青年组成的快乐的流浪阶层。他们在流浪癖的驱使下，无缘无故地从一个州流浪到另一个州，从一帮人中窜到另一帮人中。他们身穿黑色的锦缎衬衫，背着包袱。他们并不永远都是流浪汉。他们有自己的家乡，可以回到那里，在工厂或者铁路工段养路班悄悄地工作一年——一个星期——然后又悄无声息地消失。他们挤在吸烟车厢过夜；他们默默地坐在肮脏车站的长凳上；他们对整个国土一清二楚，却又对整个国家一无所知，因为在上百个城市中，他们只看到了职业介绍所、通宵营业的快餐店、非法卖酒的商店，以及粗俗的寄宿公寓。马丁就消失在了这样一个游民的世界之中。他不断地喝酒，喝得半醉半醒，不知道自己要去哪里，也不知道自己想干什么；利奥拉的倩影、克利夫的样貌和戈特利布敏捷的双手，在他脑中挥之不去，让他心生羞愧；他逃离泽尼斯，来到斯巴达城，横穿俄亥俄州，北上密歇根州，然后西至伊利诺伊州。他心乱如麻。后来，他简直记不清楚自己去过哪些地方。但有一点很清楚，他曾经在一家明尼马干蒂克杂货店做过冷饮小卖部的售货员。他以前肯定也在一家臭气熏天的低级餐馆里洗过一个星期的碗。他到处漂泊，有时搭乘货运列车，有时搭乘铁路上的铁闷子车，有时又徒步行走。他在和他一起闯荡江湖的伙伴中以“瘦猴子”闻名，是他们当中脾气最坏的人，也是最不安分的人。

过了一段时间，在他疯狂的漂泊中，开始出现了方向感。这种方向感本能地把他往西方引领，引到西方，引向大草原的长天暮色，利奥拉正在那儿翘首企盼。他已经有一两天的时间没有喝酒了。他醒了，感觉自己不再像那个被人叫作“瘦猴子”的令人作呕的流浪汉，而像马丁·阿罗史密斯了。随着头脑越来越清醒，他开始沉思说：“我为什么不回去呢？也许这对我来说没有那么糟糕。我以前太辛苦了，特别容易激动，于是就发脾气了。想去，嗯——不知道我的兔子咋样了？……他们还会让我继续做研究吗？”

不过，他还没有见到利奥拉，现在不可能回温大。他需要她，简直如痴如醉，这让世界上其他的一切都显得荒唐可笑、毫无价值。他隐约要了一点诡计，把克利夫借给他的那一百美元大都省了下来；他靠自己沿途挣来的一点钱过活，日子非常艰难，吃的是一些油腻腻的炖菜和散发着苏打气味的面包。突然，在一个普通的日子里，在威斯康星州的一个普通小镇上，他昂首阔步走到火车站，买了一张前往北达科他州惠西法尼亚的车票，然后给利奥拉发了一份电报："明天，星期三，2:43到站。桑迪。"

三

他越过宽阔的密西西比河，来到了明尼苏达州。他在圣保罗换了火车。他随着列车驶入大风呼啸、被围栏铁丝的细线分割的茫茫雪地。他感觉浑身舒畅，终于从温尼麦克州和俄亥俄州狭小的田野里解放了出来，从深夜学习和深夜醉酒导致的神经衰弱的状态中解脱了出来。他想起了自己在蒙大拿州架设电线的那些日子，重新获得了那种无忧无虑的平静。夕阳宛如一层绯红的海浪。到了夜间，他走出令人窒息的火车车厢，拖着沉重的脚步在索克中心车站的月台上来回走动。他尽情地呼吸着冰凉的空气，仰望着浩瀚而又孤寂的冬夜寒星。扇形的北极光俨然给夜空蒙上了一层诡谲的色彩。他带着这块勇敢的土地赋予他的活力回到了车厢。在短暂迷糊的睡梦中，他时而点头，时而咯咯发笑；他伸开四肢横躺在座位上，和那些友好的流浪伙伴闲谈；他在一家车站餐馆里喝了苦味咖啡，饱餐了一顿荞麦蛋糕；然后，他在一些叫不出名字的城镇转了车，终于来到了那片低矮的窝棚，看见了两个小麦仓库、一个牛圈、一个油罐，以及一个火车站的红色岗亭和泥泞的月台，这些构成了惠西法尼亚的市郊。利奥拉背对着车站站着，身上穿着一件肥大的浣熊皮上衣，显得十分滑稽。他站在火车的连廊里凝视着她，寒风让他瑟瑟发抖，他的样子肯定有点痴傻。她张开双手向他挥手示意，两只红色的连指手套显得很幼稚。他跑下火车，把他那笨重的旅行包往月台上一丢。然后，他们便忘我地亲吻起来，根本没有注意到那些身穿皮衣的农民目瞪口呆的样子。

很多年过去了，在一个酷热的正午，他还回想起她那被风吹得冰凉的双颊带给他的清凉感觉。

火车开动了，轰轰隆隆地驶出了狭小的火车站。它本来像一堵黑色的墙一样矗立在月台的旁边，保护着他们。可是现在，雪地里的光亮映照在他们的身上，让他们暴露无遗，非常难为情。

“怎么——怎么了？”她焦急地说，“一封信也不写，可把我吓坏了。”

“四处漂泊。院长让我休学了——因为对那些教授无礼。你介意吗？”

“当然不，如果你想——”

“我是来和你结婚的。”

“我不知道我们怎样才能结成婚，最亲爱的，不过——好吧。那就和爸爸吵一架吧。”她开口大笑，“只要是他计划之外的事情发生，他都会很吃惊，也会很受伤。真是太好了，争吵的时候有你在我身边，因为你当然不会知道他打算为大家计划好一切，而且——哎哟，桑迪，因为想你，我都要寂寞死了！妈妈其实没啥大病，压根就没病，但他们还是坚持把我困在这儿。我想，大概有人暗示过爸爸，说乡亲们都在议论，如果他亲爱的小女儿只能离家去学护理，那他一定是破产了。他一直在为这事担心，现在还没想到解决办法呢——安德鲁·杰克逊·托泽解决任何问题都需要一年左右的时间。哎哟，桑迪！你总算来了！”

相比火车上的嘈杂和拥挤，这个村子显得很空旷。他本来只要十分钟就能绕惠西法尼亚的外围走一圈。也许，在利奥拉看来，一个建筑物和另一个建筑物各不相同——她好像在说明诺布洛姆百货商店和弗雷泽－兰姆百货商店之间的区别——但在马丁看来，那些两层高的简陋木屋散落在宽阔的大街两侧，毫无特点，毫无美感。然后，他们转过饲料和工具店的街角，利奥拉说：“那就是我家的房子，下一个街区的最后一家。”马丁突然感觉有些尴尬，想要暂停一会儿。他仿佛看到了即将到来的一场暴风雨：托泽先生指责他是一个失败者，想要毁掉利奥拉，托泽太太则在一边哭泣。

“喂——喂——喂——你跟他们说过我吗？”他结结巴巴地说。

“嗯。说过一点。我说，你是医学院的一个天才，可能等你实习结束我们就会结婚。后来，你的电报就来了，他们想知道你为什么要来这里，你为什么从威斯康星发电报，你发这封电报的时候打的是什么颜色的领带。我无法让他们了解连我自己都不知道的事情。他们就议论起来了。议论来议论去的。他们确实喜欢议论事情。议论了一顿晚餐的时间。很严肃。哎呀，桑迪，他们吃饭的时候一直骂骂咧咧的。”

他有点害怕。她的父母，以前只是故事中的有趣人物，现在他既然看到了那个宽大的、带有走廊的褐色房子，他们也就成了令人窒息的现实了。在她家房子的墙上，新开了一个很大的窗户，装的是厚玻璃板，镶有彩色的边沿，算是繁荣的标志。另外，车库也是新的，而且很气派。

他紧紧地跟着利奥拉，预料风暴就要到来。托泽太太打开门，哀怨地凝视着他——她是一个瘦削、憔悴、缺乏幽默感的女人。她点了点头，好像他并不是不受欢迎，而是令人费解，令人困惑。

“奥利，是你带阿罗史密斯先生去看他的房间，还是我带他去？”她尖声细气地说。

那是这样一种房子，里面有一架大留声机，可是没有书籍。如果说有什么画的话——没指望一定有画——马丁也记不住了。他房间里的那张床虽然凹凸不平，但是铺了一床素花床单，被子上用红线绣着羔羊、青蛙、睡莲，以及一句虔奉宗教的格言，上面还搁了一只绚丽的大水罐和一只碗。

他磨磨蹭蹭地打开那些无须打开的行李，然后才犹犹豫豫地下了楼。客厅里有一股炉子的热气和一股香脂靠垫的香味，但是没有人。过了一会儿，托泽太太不知道从哪个旮旯里冒了出来，一副很担心他的样子，试图找点客气话说说。

“你坐火车不累吧？”

“哦，不累，火车很——唔，火车很挤。”

“哦，挤吗？”

“嗯，有很多旅行的人。”

“很多吗？我想——是的。每天都看到好多人东奔西走，有时候我就在想，这些人能去哪儿呀。你——双城很冷吗？——明尼阿波利斯和圣保罗？”

“嗯，非常冷。”

“哦，冷吗？”

托泽太太非常平静，非常优雅，也非常忧虑。他觉得自己就像个窃贼，却被当作了客人。他一个劲地纳闷，利奥拉会去哪儿了呢？她平静地走了进来，一手端着咖啡，一手捧着一个硕大的瑞典咖啡圆盘，盘子里盛着鲜美的葡萄干和亮晶晶的红砂糖。她任由他们闲聊，可以说无拘无束，聊冬天的寒冷，聊福特汽车的价格。就在他们相谈甚欢的时候，安德鲁·杰克逊·托泽先生悄悄地进来了，于是他们的谈兴又低了下来，开始彬彬有礼起来。

托泽先生和他的妻子一样，身形瘦削，相貌平凡，晒斑累累；他也和她一样，目光凝滞，沉默寡言，烦躁不安。他对这个世界上与他的粮仓、乳脂制造厂、他的小银行、联合教友会，以及和奥弗兰汽车审慎经营无关的一切事情，都很惊奇。他本来差点儿就成了富翁，这并不奇怪，因为凡是在安德鲁·杰克逊·托泽看来不自然和不合适的事情，他都不会同意。

他暗示说，他想知道马丁是不是“嗜酒”，他有多富裕，以及他怎么可能离开温尼麦克的城市生活一路来到了这里。（托泽一家虽然都在伊利诺伊州出生，但他们从小就来达科他州了。在他们眼里，威斯康星州简直就是东部地平线上最遥远、最危险的边界。）他们如此缺乏思想，如此客气，这样马丁才能回避勒令休学之类的一些不愉快的话题。他极力想给他们这样一种印象：他是一个认真的年轻医科学生，他很快就能赚到相当可观的一笔钱养活他们的利奥拉。可是，就在他往身下的椅背上靠的时候，利奥拉的哥哥出现了，让他露出了马脚。

伯特·托泽，即艾伯特·R. 托泽，是惠西法尼亚州立银行的出纳员兼副总经理、托泽粮食和贮藏公司的审计员兼副总经理，以及明星乳脂制造厂的财务主管兼副总经理，丝毫没有因为他的父母听得半信半疑而威风扫地。伯迪[①]是个特别能说会道的现代企业家。他一口龅牙，他的夹鼻眼镜上有一根金链子，一直连到他左耳后面的一个精致的挂钩上。他主张城镇助推，支持有组织的汽车旅游、童子军、棒球运动，赞成对世界产业工人组织的成员处以绞刑；最让他伤心遗憾的是，惠西法尼亚实在太小了——迄今为止——还没有基督教青年会，也没有商业俱乐部。这时，他的未婚妻艾达·奎斯特小姐突然出现在他的身边。她是饲料和工具店老板的女儿。她的鼻子很尖利，但没有她的声音尖厉，也没有她对马丁的猜疑尖利。

“这就是阿罗史密斯吗？”伯特查问说，“嘿！唔，我想，到咱们这个乡村天堂来，你很高兴吧！”

“是的，这儿挺美的——”

“东部那些州的问题在于，他们没有无用的人，也没有地方种植作物。你应该来看看达科他州真正的大丰收嘛！喂，你怎么在这个时候离开学校了呢？”

“啊哟——”

“我对学期了如指掌。我以前在大福克斯的商业学院上过学。你怎么能在现在这个时候离开学校呢？”

“我只是稍微休息。”

“利奥拉说你和她正在考虑结婚。”

---

① 伯迪：伯特的昵称。

“我们——”

“除了学习费用，你还有别的钱吗？”

“我没有！”

“早料到了！你怎能指望靠它养活老婆呢？”

“我想，总有一天我会开业行医的。”

“总有一天！既然你无能养活老婆，谈论订婚有什么用啊？”

“这，”伯特的情人艾达·奎斯特小姐插嘴说，“这正是我刚才说的，奥利！”她似乎说话的时候尖鼻子和噘嘴巴共用。“如果我和伯特能等，我想其他人也能等！”

托泽太太呜咽着说：“伯迪，不要太为难阿罗史密斯先生了。我相信他想好好做事。”

“我没有刁难谁！我很通情达理。要是您和爸爸能把事情料理好，而不是在一边干着急，我也没必要插手。我不主张干涉别人的事情，也不允许任何人干涉我的事情。互不相扰，不管闲事，这是我的格言。前几天，我在亚历克·英格布拉德那儿刮胡子，他看到我们有这么多抵押契据，试图对我不敬，我也是这么对他说的。不过，如果我对一个家伙一无所知，又没有发现他有什么前途，却允许他来打我妹妹的主意，那我才真要挨批评呢！”

利奥拉低声哼道：“伯迪，宝贝儿，你又过分了。”

“是的，还有你，奥利，”伯特尖声叫道，“要不是因为我，你早就和萨姆·佩契克结婚了，两年前就结了！”

伯特进一步说，列了好多例子和事实，说她轻浮，至于护理——护理！

利奥拉说，伯特就是这个样子，然后试图向马丁解释萨姆·佩契克这事儿。（不过，这事始终没有解释清楚。）

艾达·奎斯特说，利奥拉就算伤了她亲爱的父母的心，毁了伯特的事业，也不会在乎的。

马丁说：“喂，我——”但没有再说下去了。

托泽先生和托泽太太都说，大家都要冷静一点，当然伯特并不是说——但实际上，这也是事实；大家都得理智一点，阿罗史密斯先生怎么能指望养活老婆——

会议一直持续到九点半。托泽先生指出，大家都该睡觉了。除了用五分钟时间讨论艾达·奎斯特小姐要不要留下来吃晚饭，又争论了一会儿最后一瓶罐头碎牛肉的咸淡之外，他们一再询问马丁和利奥拉是否已经私订终身。所有利害关系人，显然不包括马丁和利奥拉，都断定他们没有私订终身。伯特把马丁带上楼。他要确保这对情人没有机会晚安吻别；他坐在马丁的床上，嘲弄地看着他那件破破烂烂的行李，并且询问他的父母、宗教、政治等详细情况，以及他对打牌和跳舞这类可恶的事情的态度，尽量让自己显得和蔼可亲一些，直到十点七分，托泽先生在楼下客厅里喊：“伯特，你打算熬夜，唠叨通宵吗？”他才离开那里。

吃早饭的时候，他们都希望马丁在他们家再住一晚——家里有的是空余地方。

伯特表示，马丁十点钟可以到镇中心去，他可以带他参观银行、乳脂制造厂和麦仓。

可是，十点的时候，马丁和利奥拉已经踏上了东去的火车。他们在县政府所在地利奥波利斯下了车。这是一个拥有四千人口和一幢三层高楼的大城市。当天下午一点钟，在德国路德教牧师的主持下，他们喜结连理。牧师的事务室是一个空荡荡的房间，中间摆着一个锈迹斑斑的木材炉子。证婚人有牧师的妻子和一个负责清扫人行道的德国老人。他们坐在木柴箱上，一副昏昏欲睡的样子。直到踏上开往惠西法尼亚的下午火车，马丁和利奥拉才从缠绕他们一天的精神恐惧中解脱出来。在臭气熏天的火车上，他们紧紧地依偎在一起，十指紧扣，完全没有庄严的婚礼有时在情人之间造成的那份疏远。他们叹息说："我们现在怎么办——我们究竟该怎么办呢？"

在惠西法尼亚火车站，他们见到了利奥拉怒不可遏的家人。

伯特怀疑过他们会私奔。他通过长途电话搜寻了六个市镇，但接通县书记官电话的时候，他们刚刚领完结婚证书。县书记官说，如果马丁和利奥拉都已成年，他也无能为力，他才"不在乎通电话的是谁——这个办公室我说了算"。这番话并没有把伯特的情绪缓和下来。

伯特早就到了火车站，决定好好教训马丁一顿，使他有所改变，甚至像伯特·托泽一样完美，而且立刻这样做。

在托泽的宅邸，这一晚特别可怕。

托泽先生啰啰嗦嗦地说，马丁得承担责任。

托泽太太呜咽着说，她希望奥利不是因为某些原因不得不结婚的——

伯特说，如果情况真是这样，他会杀了马丁——

艾达·奎斯特说，奥利现在能明白整天夸耀自己离家去她的破泽尼斯是什么后果了——

托泽先生说，不管怎样，这件事也有好的一面：奥利自己会明白，他们不能让她再回到护士学校去了，免得陷入更大的困境——

马丁也不时地插几句，表明他是个好青年，是个出色的细菌学家，能够照顾好他的妻子。不过，除了利奥拉，没有人听他啰嗦。

伯特的父亲尖声叫道：“好了，不要太刁难这孩子了。”然而，伯特还是不依不饶地提议说，不知道马丁是不是认为，既然他已经闯进了这个不请自来的家，那么他就可以从托泽家分得一杯羹，哪怕他这样的想法只有一秒。他，伯特，想要知道他的想法，就是这样，他当然想知道他的想法！

利奥拉就注视着他们，歪着她的小脑袋，一会儿看看这个，一会儿看看那个。有一次，她走过来用力按了一下马丁的手。在这场暴风雨最猛烈的时候，马丁也开始气得直瞪眼。利奥拉不知从哪个口袋里掏出一盒非常糟糕的香烟，点燃了一支。托泽家里没有人发现过她抽烟。不管他们对她的性道德、她对联合教友会的背信和她的一般痴呆有什么想法，他们从未怀疑过她竟然会干出抽烟这样的下流事。他们一齐指责她，把马丁气得喘不过气来。

不知怎么的，在这阵严词谴责中，托泽先生已经打定主意。有时，他会抢在伯特之前说话。他认为伯特十分有用，但有点轻率，不能够领会“一美元的全部价值”。（托泽先生估计它值一美元九十美分，但富于进取的伯特却估计它几乎不会超过一美元五十美分。）托泽先生温和地命令说：

他们不能再“争吵不休”了。他们没有证据表明马丁就一定配不上奥利。他们要以观后效。马丁要立刻返回医学院，做一个好学生，尽快完成学业，并且开始赚钱。奥利继续留在家里，好好做人——她肯定不能再像个坏女人那样了。同时，马丁和她不能发生，呃，关系。（托泽太太显得很尴尬，正听得津津有味的艾达·奎斯特却竭力装作害羞的样子。）他们可以一个星期给对方写一封信，仅此而已。他们绝不可以，呃，像已婚夫妻那样行事，除非有他的许可。

“唔？”他问道。

毫无疑问，马丁本来可以不顾他们的阻拦，抱着他的新娘去欢度良宵。不过，好像要不了多久就要毕业了，就可以开业行医了。现在，他已经拥有了利奥拉，永远拥有。为了她，他必须理智。他要回去工作，要注重实际。戈特利布的科学理想？实验室？科学研究？糟糕！

“好吧。”他说。

他没有想到他们对爱的节制从今晚开始。他向利奥拉伸出双手，微微一笑，表明已经决定谨慎行事，彰显了他的男子汉的风度，但却听到托泽先生嘀咕说：“奥利，你现在上楼去睡觉——睡你自己的房间！”这时他才明白。

这就是他的新婚之夜，在他的床上辗转反侧，离她只有十码远。

有一次，他听到了开门的声音，以为是她来了，激动不已。他等待着，十分紧张。她没有来。他向外窥视，决定去找她的房间。他内心深处对他内兄的恨意突然增加了。伯特正在厅里巡逻，严密警戒。如果伯特更可怕一些，马丁也许早就杀了他，可是他无法面对他龇着龅牙窃笑的正义。他躺了下来，决定第二天早晨把他们大骂一顿，然后和利奥拉一起离开。可是，随着凌晨三点人体机能降低时刻的到来，他开始意识到，和他在一起，她也许会挨饿，他自己也会丢脸，难保不会变成一个酒鬼。

“可怜的小东西，我不能毁了她的一生。天呀，我是真的爱她呀！我要回去，我要回去拼命工作——这事我能受得了吗？”

这就是他的新婚之夜，和随之而来的沉闷无趣的黎明。

三天以后，他走进了温尼麦克医学院院长席尔瓦博士的办公室。

第十章

一

席尔瓦院长的秘书高兴地抬起头来，满怀期待地倾听着。不料，马丁却温顺地说："请问，我能见见院长吗？"然后，他就坐在道森·亨齐克药物一览表下面的一排栎木椅子上，温顺地等着。

他神情严肃地穿过那扇磨砂玻璃门，来到院长的办公室，发现席尔瓦博士正阴沉着脸。因为坐着，这位小个子男人略显高大，他的头很圆，他那一圈小胡子也很浓密。

"唔，先生！"

马丁恳切地说："如果您让我回来的话，我愿意回来。老实说，我真的是在向您道歉，我也要去找戈特利布博士，向他道歉——不过，老实说，我不能向克利夫·克劳森低头——"

席尔瓦博士霍地从椅子上跳了起来，毛发直竖。马丁打起精神。他不受欢迎了吗？他不管在哪儿都没有家了吗？他不能再斗了。他再也没有勇气了。在这次枯燥无味的旅行之后，在抑制住自己没有对托泽全家发火之后，他感觉很累。他太累了！他眼巴巴地望着院长。

这个小个子男人咯咯地笑着说："不要紧，孩子。没有关系！你回来我们很高兴。不用道歉那么麻烦！我只想让你做一些能让你振作起来的事情。你能回来真是太好了！我信任你，不过当时我还以为也许我们会失去你呢。真是老糊涂了！”

马丁呜呜地哭了起来。他太脆弱了，无法控制自己。他太孤独了，太衰弱了。席尔瓦博士安慰说：“咱们把事情回顾一下，看看问题出在哪里。我能做点什么呢？你明白吧，马丁，我这辈子最想做的事情就是，为这个世界多培养一些好医生，伟大的医生，尽我所能。什么事情让你紧张？你去哪儿了？”

马丁就谈到了利奥拉，谈到了他的婚姻，席尔瓦咕噜咕噜地说：“我很高兴！她似乎是个了不起的姑娘。唔，一年以后，我们一定想方设法安排你去泽尼斯综合医院实习，让你能够给她一个体面的生活。”

马丁记得，曾有多少次，又有多么严酷，戈特利布嘲笑说“这些快乐的婚礼或者牢房的钟声”。他离开了院长办公室，成了席尔瓦的信徒。他去疯狂学习了。麦克斯·戈特利布那位才华横溢但精神错乱的天才，从他的信仰中消失了。

二

利奥拉来信说，她因为长期缺课和结婚已经被护士学校开除了。她怀疑是她父亲告诉医院当局的。后来，她好像偷偷找人买了本速记书。她假装去帮伯特的忙，用银行里的打字机写的信，希望明年秋季能和马丁团圆，做一个速记员自谋生活。

有一次，他提出放弃医学，去找一份他能做的工作干，然后派人把她接过来。她拒绝了。

虽然，为了对得起利奥拉和他的新上帝席尔瓦院长，他已经变得很简朴，不再喝酒，逐页疯狂研读医学书籍，但他无时无刻不在思念她，常常一路小跑穿过最后一个街区回到自己的寄宿公寓，看看有没有她的来信。忽然，他想到了一个计划。既然他已经品尝过受辱的滋味——这最后一次耻辱也就无所谓了。复活节放假的时候，他就溜到她那里去；他要迫使托泽支付她在泽尼斯学习速记期间的费用；他要让她在他大学最后一年都待在自己的身边。他收到从埃尔克米尔斯隔月寄来的支票后，偿还了他从克利夫那儿借来的一百美元，然后对他的每一分钱进行了精打细算。不过，他只有不买那套他迫切需要的衣服，才能勉强维持生活。后来，有一个多月的时间，他每天只吃两餐，其中一餐还是黄油面包和咖啡。他在浴盆里洗濯自己的衣服，除了偶尔特别高兴的时候破破例之外，他也不抽烟了。

他这次重返惠西法尼亚，就和他第一次出逃的情况一样，只是和同行的流浪者交谈少了。一路上，除了偶尔在客车红色绒布座位上心神不安地打打盹之外，他都在啃那些厚厚的妇科学和内科学。他已经在信中向利奥拉交代好了。他在惠西法尼亚的边界和她见了面，然后他们聊了一会儿，果断地接了个吻。

消息在惠西法尼亚很快传开。人们对别人的事情总是很感兴趣。很多居民马丁都不认识，但自从他来到以后，这些人的眼睛就一直盯着他。当这两个犯人来到托泽这家食人妖魔的尸骨遍地的城堡时，利奥拉的父亲和哥哥已经在那儿等着了，一副怒气冲冲的样子。老安德鲁·杰克逊对他们大吼大叫。他说，可以想象，马丁“上次从学校里逃出来”也许不是精神失常，“但是回到学校以后又偷偷溜回来，这一次肯定彻底疯了”。他一阵痛骂，马丁和利奥拉却面带微笑，一副信心满满的样子。

伯特则说：“天哪，先生，这太过分了吧！”伯特那段时间一直在看小说。“我反对使用亵渎的语言，可是你一再来骚扰我的妹妹，我只能说，天哪，先生，这也太他妈的过分了吧！”

马丁若有所思地望着窗外。他注意到有三个人正在泥泞的街上闲荡。他们都饶有兴味地看着托泽家，期待着好戏的上演。然后，他坚定地说：

“托泽先生，我一直在努力学习。一切都很好。不过，我已经决定了，我不想再和我的妻子分开生活。我是来接她回去的。从法律上讲，您不能阻止我。我承认，毫无异议，如果我继续留在温大，我还是养活不了她。她打算去学速记。过几个月她就能养活自己了。在此期间，我希望您大方一点，给她寄些钱。”

“这也太过分了吧。”托泽说。然后，伯特接过话茬说：“这个家伙不但彻底毁了一个女孩，而且竟然还来要求我们替他养活她！”

“好吧。那就如你所愿。从长期来看，如果我读完医学院，并且有了自己的职业，这对她、对我、对你们大家都会好一些，可是，如果你们不愿意照顾她，我就辍学，我就去工作。嗬，我来养活她，没有问题！只是你们再也见不到她了。如果你们继续愚蠢下去，我和她就坐今晚的火车离开这里，去西海岸，结局就是这样。”在他和托泽一家数以百计的争论中，他第一次做出这种戏剧性的惊人之举。他在伯特的鼻子底下挥舞着拳头。“还有，如果你敢阻止我们离开，那就祈求上帝保佑你吧！看看全镇的人怎么嘲笑你！……利奥拉，你觉得怎么样？你准备好跟我走了吗——永远？”

“嗯。”她说。

他们还在争论，非常激烈。托泽和伯特摆出各种防守的姿势。他们说，谁都不能欺负他们。还说，马丁就是个投机商人，利奥拉怎么知道他不是在打算靠他们寄给她的钱维持生活啊？最后，他们还是服了软。他们断定，这个新的、成熟的马丁和这个新的、目光坚定的利奥拉，已经准备为了对方而抛弃一切了。

托泽先生发了一通牢骚，然后承诺每月寄给她七十美元，一直到她可以胜任办公室工作为止。

在惠西法尼亚火车站，马丁从火车窗口往外望去，发现这位目光焦虑、嘴唇噘起的安德鲁·杰克逊·托泽确实疼爱他的女儿，也确实为她的离开而痛心。

三

他在泽尼斯凌乱的北部边缘地区给利奥拉找了一个房间。这里离摩哈利斯和温大比她原来所在的医院近了几英里。这是一间蓝白相间的四四方方的房子，里面放了几把满是污渍的靠背椅。房间的外面是一片微风轻拂、残株莽莽的荒原，一直延伸到远处闪闪发光的铁路轨道边。房东是个圆滚滚的德国女人，对风流韵事一眼望穿。至于她有没有相信他们已婚，这还不能确定。她是个善良的女人。

利奥拉的旅行箱已经到了。她那些速记书整整齐齐地摆在她的小桌子上，她那双粉红色的毡制拖鞋则放在白色的铁床下。马丁和她站在窗户旁边，为拥有这样一个家而欣喜若狂。突然，他感觉浑身无力，疲惫不堪，把一个个细胞结合在一起的神秘接合剂好像突然溶化了一样，他觉得自己就要崩溃了。但是，他拼命把双膝挺直，把头往后仰，紧紧地咬着双唇，他挺住了，大叫说：“我们的第一个家！”

他能跟她在一起，安安静静，没有纷扰，这已经很令人陶醉了。

这个普通的房间闪耀着奇光异彩；荒原上生机勃勃的野草和高低不平的草地，在四月的阳光下放射着耀眼的光芒，一群麻雀也叽叽喳喳地叫个不停。

“是的。”利奥拉说，话音还未落，如饥似渴的双唇就凑了上来。

四

利奥拉上的是泽尼斯商业管理和财政大学，这个校名表明，这是一所很大但却相当糟糕的学校，专门为速记员、簿记员和那些甚至连州立大学也上不了的泽尼斯啤酒制造商和政客的儿子们所开设。每天，她都穿得整整齐齐，一副孩子气的模样，拿着几本笔记本和几根削得尖尖的铅笔，快步走向电车站，然后消失在一大群学生中间。她整整学了六个月的速记，才在一家保险公司谋到一个职位。

马丁毕业以前，他们一直住在这个房间里。这就是他们的家，他们也越来越亲密。谁也没有这两只候鸟这么居家。每个星期至少有两个晚上，马丁要匆匆忙忙地从摩哈利斯赶回来，在她这里学习。她有一种不妨碍他的天赋，有一种不要求被别人关注的天赋。所以，当他一头扎进书本中的时候，他就会隐约感觉到她的存在，心里暖暖的。

以前合住的时候，克利夫总是窸窣作响，嘟嘟哝哝，胡乱吐痰，他从来没有像现在这样专心学习过。有时，午夜时分，他刚有饥饿的感觉，就发现无声的魔法已经让一盘三明治出现在他的手边。他虽然没做评论，但深情不减。她让他安心。她把曾经给他重击的世界挡在了外面。

他们散步的时候，吃饭的时候，他向她解释他的工作；早餐前，他们坐在床沿上，身上裹着被子，嘴里叼着一支不可宽恕的香烟，在这放荡而又挥霍的一刻钟里，他也向她解释他的工作。她在完成自己的学习之后，也会随便拿起一本他暂时不用的书试图阅读。虽然她对医学的实际细节一无所知，也从来没有学到很多，但她懂得——也许比安格斯·杜尔还懂——马丁的人生哲学和他的工作基础。即使他已经放弃了对戈特利布的崇拜，也不再像渴望圣殿一样渴望实验室；即使他已经决定要做一名讲究实际、谋求财富的医生，但他仍然保留着戈特利布的某种精神。他想透过那些细节和醒目的技术术语表找出一些事情的原因，找出一般规则，这或许会把异样的和矛盾的症状引起的混乱转变为化学般的条理性。

星期六晚上，他们一本正经地看了场电影——由牛仔影星比利安德森和一个后来以玛丽·碧克馥著称的女孩主演的一两卷短片——在回家的路上，他们严肃地讨论着那些子虚乌有的情节，没有意识到街上还有别的人。不过，有一个星期天，他们来到了乡村（他那几个磨破的口袋里装了四个三明治和一瓶姜汁汽水），他追着她嬉戏，一会儿追到山顶，一会儿又追到溪谷，把他们平日的严肃抛到了九霄云外，完全沉浸在孩子般的欢乐之中。晚上，他来到她的房间，打算乘坐开往摩哈利斯的夜班电车，以便第二天早上醒来时上班近一些。对于这一点，他一直都很坚定，她也钦佩他的效率，但他从来没有坐过夜班电车。早上六点钟那班市际电车上的乘务员，经常看见一个面色苍白、行动敏捷的青年，弓着背坐在后排的座位上，一边如饥似渴地读着那些硕大的红书，一边心不在焉地啃着一个糟糕透顶的甜甜圈。不过，在这个年轻人的身上，完全没有沉重的痕迹，不像那些天刚亮就从床上爬起来开始又一天灰暗而又无用劳动的工人。他显得非常坚决，非常满意。

一切都比以前惬意。马丁已经部分摆脱了戈特利布主义的强横诚实，摆脱了那种逐层深入、似乎离最低原则渐行渐远的、对事业坚持不懈的探求，摆脱了日渐意识到自己知识贫乏的那种忍无可忍的紧张感。逃离戈特利布的冰箱，进入席尔瓦院长的友好世界，这让他很激动。

他在校园里时常看到戈特利布。他们总是尴尬地点点头，然后就急忙走开。

五

在他大三和大四之间，似乎没有间隙。因为他失去了一些时间，所以他整个暑假只好留在摩哈利斯。

从结婚到毕业的这一年半时间，简直就是一团忙乱，不分春夏秋冬，没有四时八节。

正如人们所说的那样，在他“不再胡闹，埋头工作”之后，他赢得了席尔瓦博士和所有优秀学生，特别是安格斯·杜尔和艾拉·欣克利牧师的赞赏。马丁以前总说自己不在乎他们的赞许，也不在乎他们对这些碌碌无为、单调乏味的工作的称赞，但既然他得到了这种赞许，他也就非常珍惜它。不管他多么藐视，当他被安格斯视为同样优秀的学生的时候，他还是很高兴的。那年夏天，安格斯是泽尼斯综合医院的非住院医生，已经获得了一个成功的青年外科医生的那种高不可攀的尊严。

整个炎热的夏季，马丁和利奥拉都在埋头苦读，累得气喘吁吁。他们安坐在她的房间，一边看书，一边喝着一罐烈性啤酒，无论是他们的服装，还是他们的语言，都没有一对献身于科学和高尚事业的浪漫夫妻应有的那种端庄和稳重。他们不是很端庄。利奥拉开始漫不经心地使用一些词语，使用一些古老的盎格鲁－撒克逊单音节词，这很可能会让安格斯或伯特·托泽大失所望。晚上不学习的时候，他们就去一个仿造的科尼岛游玩，又经济又实惠。这个岛就在一个满是浮渣、臭气冲天的湖的旁边。他们吃的是热狗，表情严肃而又愉悦；他们坐的是观光小火车，非常辛苦。

他们主要的开胃品是克利夫·克劳森。除非克利夫睡着了，否则他决不愿意一个人独处或者沉默不语。他在汽车销售方面很成功，这大概完全是因为他喜欢和别人海侃神聊的缘故，当然这似乎也是这种职业的需要。他对马丁和利奥拉的关心有多少是出于友谊，又有多少是因为他害怕独处，都还不能确定。但他确实请他们吃过饭，让他们心花怒放。马丁态度粗暴，不太愿意搭理他，他好像也从未生过气。因为这个原因，有时马丁反倒不好意思和他打招呼。

他时常开着一辆拆掉消音器的汽车，轰轰隆隆地一直开到他们家门口。他经常对着他们的窗户大声喊道：“快点儿，伙伴们！出来吧！

赶紧的！咱们出去兜兜风，凉快凉快，然后我再请你们吃一顿。”

马丁必须工作，这一点克利夫始终不能理解。马丁心情不好时，偶尔显得有些粗暴，这本来没有什么理由。但既然他对利奥拉感到很知足，对别人对他的可能迫切的需求毫不在意；既然他已经习惯了千篇一律的工作和令人满意的伴侣，那么他对克利夫一成不变的黑色幽默也就感到腻味了。倒是利奥拉很有礼貌。虽然她经常听克利夫讲他那七个笑话，那些大同小异、构成他全部幽默和人生哲学的笑话，但是当克利夫吹嘘自己精明会卖的时候，她还是可以一连坐上几个钟头听他说，一副讨人喜欢的样子。她总是以坚定的口吻提醒马丁说，他们不会再有比克利夫更忠诚、更慷慨的朋友。

不过，克利夫去了纽约，到一家新的汽车经销处去了，马丁和利奥拉也就比过去更加相依为命了，完完全全，快快乐乐。

他们最后的一点焦虑，也被托泽先生的自满消除了。如今，他在每一封信中言辞都很恳切，他每次给他们邮寄支票都要数落他们一番，不管他那种家长式的忠告让他们有多恼火。

六

大四这年活动繁多——神经学和儿科学啦，产科学实习啦，医院的病历记录啦，手术护理啦，包扎伤口啦，还要学会在慈善团体的病人称你为“医生”时不要感到难为情——但没有哪个活动有讨论“我们毕业以后应该干什么”这个问题重要。

有必要做一年多的实习医生吗？我们是要做一辈子的全科医生，

还是要努力成为专科医生呢？哪些专业最好——也就是说，薪酬最高呢？我们要在农村定居，还是在城市定居呢？到西部去如何？陆军医疗部队怎么样呢？有人敬礼吗？有长筒靴吗？有漂亮女人吗？可以到处旅行吗？

这个话题，他们不厌其烦地讨论，在医学院主楼的走廊里，在医院里，在学校食堂里。马丁回到家的时候，又把它从头到尾向利奥拉重复了一遍，非常深入，非常细致。几乎每天晚上，他都会“做出一个决定”，可是到了第二天早上决定又作废了。

有一次，外科学教授洛伊佐博士在一个临诊讲习班做手术，这个讲习班还有几位著名访问医生——在这些访问医生的注视下，这个身穿白大褂的矮小身影，在生死之间奔忙不停，就像著名演员谢幕时一样引人注目——马丁离开时已经决定将来就干外科。当时，他很认同刚刚荣获休·洛伊佐实验外科奖章的安格斯·杜尔的观点：执刀医生就是医生中的狮子、雄鹰和战士。安格斯是那些深知自己将来要做什么的为数不多的学生之一：他实习结束以后，就加入以杰出的胸腔外科医生朗斯菲尔德博士为首的、著名的芝加哥诊所。他直截了当地说，作为一名外科医生，不出五年，他一年就能赚两万美元。

马丁一一解释给利奥拉听：外科学、戏剧性情景、无畏的精神、崇敬的助手、拯救生命，以及发明新技术的科学。赚钱——当然，不以获利为目的，而是要给利奥拉提供舒适的生活。去欧洲——他们两个人一起——灰蒙蒙的伦敦。还有维也纳的咖啡馆。在他滔滔不绝地说起这些的时候，利奥拉对他很有用处。她温柔地表示赞同；第二天晚上，当他力图证明外科学都是些废话，而大多数外科医生不过是能工巧匠的时候，她还是表示赞同，比以往更讨人喜欢。

除了安格斯和未来的医学传教士艾拉·欣克利，胖子普法福是第一个知道自己将来要干什么的人。他打算成为一名产科医生——或者，用医科学生的行话来说，一名“婴儿绑匪”。胖子拥有一颗助产士的心灵；他同情临盆前阵痛的女人，真心同情，差点掉下眼泪，而且他非常善于静静地坐着，喝着茶，等待着。他第一次接生的时候，和一个大学生心神不宁地守在产床边，产房难忍的凄楚让他们忐忑不安，那个大学生一个劲地紧张，胖子也被吓坏了。他渴望安慰眼前这个面色灰白、痛得痉挛的陌生女人，渴望把她的痛苦转嫁到自己身上，在他软弱而又忧思的一生中，他还从未渴望过任何东西。

其他同学都陆续进入了他们各自的阶层，有的纯属偶然，有的通过亲友帮忙，可马丁却始终犹豫不决。他很赞赏席尔瓦院长的极力主张，认为医生应该立即为人类服务，可他又不能忘记实验室里那段平静苦行的时光。在大四生活快要结束的时候，他不得不做出决定。他对席尔瓦院长的一番话深有感触。在一场演说中，席尔瓦院长谴责了专业过分细化的做法，还向大家描绘了一位优秀的乡村老医生，乡亲们的牧师和神父，光明磊落，安详克己。除此之外，托泽先生来了几封挂号信，恳请马丁到惠西法尼亚安家。

显然，托泽爱他的女儿，或多或少也还喜欢马丁，他希望他们能够留在他的身边。他说惠西法尼亚是个“好地方”，有家境殷实的斯堪的纳维亚农民、荷兰农民、德国农民和波希米亚农民，都会支付医药费。离得最近的医生是赫赛林克，他在格罗宁根，离这儿有九英里半，而且赫赛林克一个人看不完那么多病人。要是他们能够过来，他愿意帮助马丁购置医疗设备；他甚至愿意在为期两年的医院实习期里，隔三岔五给马丁寄去支票。实际上，马丁的资金已经用完了。他和安格斯·杜尔都收到了泽尼斯综合医院的任命。在这家医院，他将接受无与伦比的培训。但是，在实习期的第一年，泽尼斯综合医院只给实习医生提供食宿，其他什么都没有，所以他一直担心自己不能接受这项任命。托泽的提议让他激动不已。他和利奥拉彻夜未眠，心中涌起了对西部自由的热情，对开拓者的慈善之心和友谊之手的热情，对乡村医生的英雄品质和实用价值的热情。这一次，他们做出了一个决定，再也不会变了。

他们要去惠西法尼亚安家。

即使他对医学研究和戈特利布的非凡的求知欲还有些许不舍——唔，他会成为一个像罗伯特·科赫一样的乡村医生的！他不会堕落为一个整日玩桥牌、打野鸭的寄生虫的。他还会有一个自己的小实验室。这一年就这样结束了。他毕业了，头戴方帽，身穿长袍，看上去相当紧张。安格斯位列全班之首，马丁位列第七。他很悲伤，喝了很多啤酒，向大家道了别；他在医院附近给利奥拉找了个房间；他摇身一变成了医学博士马丁·L.阿罗史密斯，泽尼斯综合医院的住院内科医生。

第十一章

一

博德曼制箱厂着火了。低垂的烟雾上炫目的火光，烧焦了的木材的焦煳味，飞速行驶的消防车的可怕的铃声，把泽尼斯整个南城搅得人心惶惶。工厂西边绵延数英里的小木屋都受到了大火的威胁，那些披着披肩的女人，还有把睡衣塞在裤子里的头发蓬乱的男人，连滚带爬地下了床，穿过夜寒笼罩的街道，噼里啪啦地向这边奔跑过来。

头戴安全帽的消防队员，以一种职业的镇静，正在给湿淋淋的发动机添加燃料。警察们踏着沉重的脚步，在蜂拥而来的人群面前来回走动，挥舞着他们手中的警棍，大声叫喊道："退回去，你们全都退回去！"火灾现场的警戒线是神圣的。只有工厂主和新闻记者可以进去。一个满眼恐慌的工人被一名警官拦了下来。

"我的工具在那里面！"工人尖叫说。

"那也不行，"高视阔步的警官大声嚷道，"谁都不能通过这里！"

不过，有个人通过了。他们听到了一辆疾驰而来的救护车响个不停的、急促的、蔑视一切的当啷——当啷——当啷的铃声。不用号令，人群让出了一条道，那辆巨大的灰色轿车从人群中急速穿过，差点就擦到了他们。在车子的后排，身穿白色制服、趾高气扬、若无其事地端坐在一个窄小座位上的，就是医生——马丁·阿罗史密斯。

人们都敬仰他，警察都拥上去迎接他。

“受伤的消防员在哪里？”他急促地问。

“在那边那个棚屋里。”警官跟着救护车一边跑一边大声说道。

“再靠近一点。不要怕浓烟！”马丁朝司机大声吼道。

消防队的一个中尉把他带到一堆锯末边上，一个不省人事的年轻人蜷在上面缩成一团，面无血色，脸上汗涔涔的。

“他被那堆湿木材喷出的一股浓烟呛到了，然后就晕倒了。多好的孩子呀。他没救了吗？”中尉恳切地问。

马丁跪在那个人的身边，摸摸他的脉搏，又听听他的呼吸。马丁急忙打开一个黑色提包，给他注射了一针士的宁[1]，然后拿出一小瓶阿摩尼亚放在他的鼻子底下。“他会醒过来的。喂，你们两个，把他抬到救护车上去——赶紧的！”

警官和新来的见习巡警赶紧过来，一起含糊地说：“好的，医生！”

《倡导时报》的首席记者来到了马丁面前。就年龄来说，这位记者只有二十九岁，但他却是这个世界上最老练、也许还是最愤世嫉俗的人。他采访过很多参议员，他还发现一些慈善协会、甚至职业拳击比赛中的贪污受贿行为。他的眼角有细细的皱纹，他不停地转动布尔达勒姆香烟，他对男人的荣誉和女人的贞操评价都很低。然而，对马丁，或者至少对医生，他却很客气。

“医生，他会脱离危险吗？”他带着鼻音问。

---

① 士的宁：又名番木鳖碱，是由马钱子中提取的一种生物碱，能选择性兴奋脊髓，增强骨骼肌的紧张度，临床用于轻瘫或弱视的治疗。

“当然，我想会的。窒息了。心脏还在跳动。”

当救护车颠簸着通过工厂的院子，穿过呛人的浓烟，朝着向后退缩的人群前进的时候，马丁站在救护车尾部的踏板上叫喊着说出了最后这几个字。他拥有并控制着这座城市，他和司机。他们无视交通规则，他们蔑视那些从剧院和电影院出来的人，这些人稀稀落落地走在街上，灰色的救护车从他们身边疾驰而过。叫他们让开！在契卡索和第二十街交叉口值勤的交通警察听到救护车正往这边开来，像午夜快车一样在奔驰——呜——当啷——当啷——当啷——当啷——通过了这个熙熙攘攘的街角。人们被挤到了路缘上，差点被那些扬起前蹄的马匹和倒退的汽车伤到，救护车从他们身边疾驰而过，当啷——当啷——当啷——当啷，医生抓着一个顶棚拉手，坐在他那个危险的座位上悠闲地摇晃着。

到了医院，门房大叫说：“医生，凉亭有枪伤病人。”

“好的。等一会儿，我先溜进去喝口水。”马丁平静地说。

在返回自己房间的途中，他刚好从医院实验室敞开的大门门口经过，看到了里面那张刀痕累累的工作台，还有那一排排死气沉沉的烧瓶和试管。

“嗬！那些东西！在实验室里瞎混！现在这种生活才是实实在在的真实生活。”他感到由衷的高兴。他不允许自己去想象麦克斯·戈特利布在那儿等待的情景，那么憔悴，那么疲倦，那么有耐心。

二

泽尼斯综合医院的六个实习医生，包括马丁和安格斯·杜尔，都住在一个又长又暗的房间里，里面有六张行军床，还有六个衣柜，衣柜上贴了很多花花绿绿的照片，里面还放了一些五颜六色的领带和脱了线的短袜。他们经常在床上一坐就是几个小时，争论着外科学与内科学的问题，计划着他们在休假的晚上希望享受的美餐，还逐一向马丁这位唯一已婚的男子讲述他们心仪护士的优点。

马丁觉得医院里的日常工作稍微有些单调。虽然他养成了实习医生走路的姿态——把听诊器插在衣袋里引人注目，在走廊里快步行走——但是他没有，他也不可能养成医生对病人关怀同情的态度。他很同情那些头青脸肿、面色蜡黄、受苦受难的病人。就个体来说，这些病人在不断地变换；但作为一种单调的痛苦，它却从未变过。不过，一个伤口包扎三遍以后，他就会感到厌烦。他想去进行新的体验。不过，医院外面的救护工作一直都在激励着他的自豪感。

在叫作“凉亭”的贫民窟，晚上的时候，医生，只有医生是安全的。他的黑色提包就是通行证。警察向他敬礼，妓女毕恭毕敬地向他鞠躬，酒吧老板大声招呼说：“医生，晚上好！”就连那些拦路抢劫的家伙都退到门廊里让他过去。马丁有了权力，一生中第一次拥有明显的权力。可是，他也被带进了接连不断的惊险场面之中。

他曾经把一个银行总裁从一个下流夜总会拉了出来，帮助这个家庭隐瞒了这桩丢脸的事，还愤怒地拒绝了他们的贿赂，后来想到要是用这笔钱和利奥拉好好吃一顿也不错，就又后悔没有接受贿赂。他曾经冲进煤气弥漫的酒店客房，救活了那些企图自杀的房客。他曾经和一个主张禁酒的国会议员一起喝过特立尼达朗姆酒。他曾经给一个被一群罢工工人群殴的警察治过病，也给一个被一群警察围殴的罢工工人治过病。他在凌晨三点协助做过一次腹部急诊手术。那个手术室——洁白的瓷砖墙面，光洁的瓷砖地板，闪闪发光的毛玻璃天窗——好像铺了一层被火光照亮的薄冰一样，一盏盏巨大的白炽灯把那些玻璃器械箱和残酷无情的小刀照得闪闪发亮。那个外科医生，身穿白色长衫，头戴白色无檐帽，手戴一副浅橙色橡皮手套，迅速切开裸露在两条毛巾之间的那块方形的淡黄色的肉，然后再往深处切开一层层的脂肪。当第一股鲜血顺着切口汹涌而出的时候，马丁就在旁边看着，一副无动于衷的样子。一个月以后，在查鲁沙河泛滥期间，他一连工作七十六个小时，只是间或在救护车上或者在警察局的桌子上小睡半个小时。

他坐着一只小船登上一个分租合住的经济公寓的二楼，然后到顶楼接生了一个婴儿。他还为一大排男人包扎了头部和手臂。不过，真正让他感到光荣的，是他和洪水奋勇搏斗的壮举，他拼命地游，救下了五个坐在一把漂浮在水中的教堂靠背长凳上、孤立无援、惊恐万分的孩子。各大报纸以大幅醒目的标题报道了他的事迹。他回到家里以后，吻了一下利奥拉，然后睡了十二个小时。醒来后，他躺在床上，思考着研究工作，有点鄙视自己，但又为自己开脱。

“戈特利布，那个可怜巴巴、不切实际、小题大做的老头子！我倒想看他游过那条急流呢！”阿罗史密斯医生这样讥笑马丁。

但是，在他一个人独自值夜班的时候，他又不得不正视自己一直害怕揭示的自我。他怀念实验室，怀念各种未知发现的激动，向往更深更远的探索，憧憬对基本规律的探求。科学家——不管他使用怎样亵渎神明的言语和使用怎样通俗的话语进行描述——总是把对基本规律的探求凌驾在暂时治愈之上，就像宗教信徒总是把未受天恩的罪人状态和上帝的无上光荣凌驾在令人愉悦的日常美德之上一样。因为这种忧伤的情绪，他的心中萌生了一丝妒意：他竟然被世事排除在外，别人竟然走在他的前面，在技术上更有把握，对各种生物化学现象有更加全面的了解，还敢于从更加深入的层面解释先驱们只是摸索过和暗示过的那些规律。

在他担任实习医生的第二年，火灾、水灾和凶杀等令人毛骨悚然的情况，就像记账一样显然已经变成了他日常工作的一部分。他已经见识了人类图谋伤害自己和互相屠杀的几种罕见方法，每天不得不摆着医生的架子彻底让他厌倦。现在，马丁想通过自愿在医院实验室里摸索，通过找出恶性贫血同血球计数之间的相互关系，试图满足抑或扼杀他愧对的科学欲望。他把研究当作麻醉剂的儿戏行为非常危险。在忙碌的手术间隙，他开始想象实验室那种迷人的平静。“我最好不要这样想了，”他对利奥拉说，“如果我打算去惠西法尼亚安家落户，在那里开业谋生——天哪，我就是这样打算的啊！”

席尔瓦院长经常来医院会诊。有一天傍晚，他经过门厅的时候，利奥拉刚从自己担任速记员的事务所回来，正准备和马丁一起去吃晚饭。马丁给他们做了介绍。这个小个子男人握着利奥拉的手，不怀好意地和她寒暄了几句，然后尖声说道：“孩子们，我想带你们出去吃个饭，能赏个脸吗？我的妻子已经把我抛弃了。我现在可是孤家寡人一个。”

他在他们中间快步走着，圆滚滚的样子，心情十分愉快。马丁和他不再是学生和老师的关系，而是并肩前行的两个医生，因为席尔瓦院长是一个爱卖弄学问的老师，对不在自己门下求学的学生可能仍然很感兴趣。他很狡猾，把这两个饥肠辘辘的人领到一个小饭馆，在一个由高背长椅围成的小隔间里，请他们吃了一只烤鹅，灌了几大杯麦芽酒。

他的注意力集中在利奥拉身上，但他的谈话内容都和马丁有关：

“你丈夫一定要成为一名技术精湛的医生，不要像那些搞实验的人一样，只知道抓一些琐碎的事情。”

“可是，戈特利布不是一个只知道抓琐碎事情的人呀。”马丁坚持说。

“不——可是，和他在一起——区别在于各人崇拜的对象不同。戈特利布崇拜的是那些玩世不恭的人，那些搞破坏的人——用俗话说就是‘破坏王’：狄德罗、伏尔泰和埃尔塞；他们都是伟人，都是奇迹的创造者，但他们不太乐于创造自己的理论，倒是对摧毁别人的理论乐此不疲。可我现在崇拜的人，却把戈特利布所崇拜的人的各种发现接过来，然后让它们为人类服务——让它们有了生命！

“尽管发明颜料和画布的那些人无上光荣，但是更加光荣的，呃？是利用这些发现的拉斐尔们和霍尔班们！雷奈克[①]和奥斯勒[②]，他俩就

---

① 雷奈克（René Laennec，1781—1826）：法国医生，听诊器发明者。法国巴黎内克尔总医院医生，于1819年发明了听诊器。

② 见第91页注释。

是无上光荣的人！他们那种纯研究工作确实很好：探寻真理，不受商业主义的阻碍，也不受追名逐利的影响。追根究底。不顾后果，也不顾实际应用。不过，你注意到没有，如果一个人的这种想法太深，那么他只要数一数仓库大道的圆石块就可以证明自己了——嗯，为了搞清楚人们是怎样尖叫的，他就去折磨人家，以此来证明他自己——然后他就可以嘲笑一个正在让数以百万计的人们得到健康和幸福的人了！

“不，不！阿罗史密斯太太，马丁这孩子是个热情奔放的小伙子，不是一个做单调乏味工作的苦力。他这么热情一定是为了人类。他已经选择了世界上最崇高的事业，可是他却痴迷实验，没啥精神气儿。你一定要让他守住这份事业，亲爱的，不要让这个世界失去他满腔热情带来的好处。”

一番严肃的谈话之后，席尔瓦老头又带他们看了一场音乐喜剧。他坐在他俩中间，一会儿拍拍马丁的肩膀，一会儿又拍拍利奥拉的手臂。当那个喜剧演员把脚插进白色涂料桶的时候，他笑得差点断了气。在午夜卧谈的时候，马丁和利奥拉语无伦次地表达了他们对席尔瓦院长的爱戴之情，认为他们去惠西法尼亚创业是一种光荣，一种救世之举。

不过，就在马丁实习结束、准备移居北达科他州的前几天，他们在街上遇到了麦克斯·戈特利布。

马丁已经有一年多没有见过他了；利奥拉从来就没见过他。他看上去很焦虑，好像生病了一样。正当马丁为了要不要鞠个躬就走开而犯愁的时候，戈特利布却停了下来。

“马丁，一切都还好吧？”他热诚地说。但他的眼睛似乎在说：“你为啥一直不回到我这儿来呢?”

马丁结结巴巴地说了些什么，其实什么也没说。戈特利布走了过去，伛偻着腰继续往前走，好像很痛苦的样子，马丁真想跑过去追他。

利奥拉问他：“他就是你经常说起的戈特利布教授吗？”

“嗯。喂！他给你的印象咋样？”

“我不——桑迪，他是我见过的最了不起的人了！我不知道我是怎么知道的，但他就是了不起！席尔瓦博士很可爱，但这个人很了不起！我希望——我希望我们还能再次见到他。他是第一个让我看得上眼的人，如果他需要我的话，我会离开你到他那儿去的。他是如此——哎哟，他就像一把利剑——不，他就像一个活动的智囊。哎哟，桑迪，他看起来好可怜哦。我真想哭。我甘愿给他擦皮鞋！”

“啊呀！我也愿意！”

不过，由于离开泽尼斯时的忙乱，惠西法尼亚旅途的激动，各门州立考试的混乱，以及作为一名开业医生的自豪，他就把戈特利布忘掉了。六月初，在达科他的大草原上，阳光灿烂，每一根篱笆桩上都有几只百灵鸟。他就在此时此地开始了他的工作。

第十二章

一

马丁在街上遇见戈特利布的那一刻，戈特利布彻底垮了。

麦克斯·戈特利布是德国犹太人，1850年生于萨克森州。虽然他在海德堡取得了他的医学学位，但他对行医向来不感兴趣。他是亥姆霍兹[①]的追随者，物理声学方面的早期研究使他确信医学科学需要定量方法。后来，科赫的一些发现把他吸引到生物学方面去了。他工作总是一丝不苟，擅长大量的数字运算；他总能意识到各种无法控制的变量的存在；他对那些他认为是懈怠、撒谎或浮夸的行为总是给予凶恶的攻击，对那些善意的愚蠢行为一向不太友善。他在科赫的实验室里工作过，也在巴斯德的实验室工作过。在生物统计学方面，他遵循皮尔逊[②]早期的论说。他喝啤酒，书写刻薄的信件。他到意大利、英格兰和斯堪的纳维亚旅行过。而且，他在两天之内就随随便便（就像他也许买过一件上衣或雇过一个女管家一样）和一位非犹太商人任劳任怨、沉默寡言的女儿结了婚。

---

① 亥姆霍兹（Hermann Ludwig Ferdinand von Helmholtz，1821—1894）：德国生物物理学家、解剖学家、心理学家，“能量守恒定律”的创立者。
② 皮尔逊（Karl Pearson，1857—1936）：英国数学家，统计学家，公认为统计学之父。

后来，他开始了一系列的实验，非常重要，非常平凡，历时很长，很不被看好。早在 1881 年，他就在验证巴斯德在家禽霍乱免疫方面取得的成果。而且，为了放松和消遣，他还试图从酵母中分离出一种酶来。几年以后，他就靠着从他那个小银行家父亲那里继承到的一点微薄的遗产维持生活，一不小心就把它花个精光，花得非常痛快。在这段时期内，他对疾病的尸毒论进行了批判的分析，并对微生物致病力衰减的机制进行了调查研究。因此，他获得了一点小名气。或许，他过于谨慎，他痛恨那些没有准备好就匆忙发表论文的人，比痛恨魔鬼和饥饿还要厉害。

虽然他很少插手政治活动，认为各种政治活动是重复性最强、最不科学的人类活动，但他是一个非常爱国的德国人，对普鲁士贵族地主疾恶如仇。年轻的时候，他和那些狂妄自大的陆军中尉打过几次架，有一次还蹲过一个星期的大牢！他时常因为犹太人遭受歧视而感到愤怒：四十岁那年，他伤心地离开了德国，来到了永远不会变成军国主义或反犹主义的美国——先是来到布鲁克林的霍格兰实验室，后来又到皇后城大学①担任细菌学教授。

在这里，他第一次对以毒攻毒的各种反应做了调查研究。他宣称，除抗毒素之外，各种抗体都和动物的免疫状态无关。虽然他自己在这个狂热的小科学界受到猛烈的抨击，但他依旧平静而又非常严厉地对待耶尔森②和马莫雷克的血清理论。

---

① 皇后城大学：作者杜撰的大学。

② 耶尔森（Alexandre Yersin，1863—1943）：瑞士裔法国医生和细菌学家，于 1894 年发现鼠疫杆菌，1895 年制成治疗鼠疫的血清。

那个时候，以及在后来多年的痛苦研究中，他最热切的理想，就是抗毒素的人工培养——在试管内的培养。他曾经打算发表他的笔记，但他发现了一处错误，于是坚决禁止发表他的笔记。他一直都很孤单。很明显，在皇后城这个地方，大家一致认为他只不过是个胡思乱想的犹太人而已，抓着微生物的小尾巴，色眯眯地看着它们——在一个英雄们都在建造桥梁、研制不用马拉的车辆、书写第一批富有诗情画意的广告和出售几英里长的印花棉布与雪茄烟的时代，这显然不是一个大男人该干的事情。

1899年，他应聘来到温尼麦克大学，担任该校医学院细菌学教授，在这里一干就是十几年。他从来没有谈论过那些所谓“实用”的成果；他从来没有停止过对仍然占据医学知识半壁江山的那些“事后正确的结论”的抗争；他也从来没有不被他的那些同事痛恨，他们当面对他表示尊敬，对他的讽刺力量感到不安，但私下却幸灾乐祸地称他为梅菲斯特①、魔法师、令人扫兴的家伙、悲观主义者、消极的批评家、愤世嫉俗的犬儒主义者、缺乏尊严和严肃性的科学界的无赖、假知识分子、和平主义者、无政府主义者、无神论者，以及犹太佬。他们有理有据地说，他热衷于纯科学，致力于为艺术而艺术，宁肯让人们接受正确的治疗而死去，也不愿意让他们接受错误的治疗而痊愈。他已经为人类社会建起了一座圣殿，要把所有纯粹的人都踢出去。

三十年的时间，他发表的论文总数还不到二十五篇，而在活跃的科学领域中，真正聪明的人每年发表五篇论文。他的这些论文写得都

① 梅菲斯特：是歌德的代表作《浮士德》中诱惑人类的恶魔，要尽一切手段把浮士德引向了邪恶的道路。

很精湛，全都轻松通过那些持怀疑态度的批评家的复制和审核。

在摩哈利斯，他很开心，因为这里有大型的工作设施、优秀的助手、无数的玻璃器皿、很多豚鼠，还有足够多的猴子。但同时，他又很烦恼，因为这里有没完没了的教学；他情绪也很低落，因为缺乏心领神会的朋友。一直以来，他都在寻求一个能够与其交流而又不用怀疑或提防的人。他想到那些因为愚昧无知而胆大包天的医生得意扬扬的神情，想到那些不过是被夸大的补锅匠的发明家的得意忘形，他作为人类的本性就又暴露无遗，为自己在美国甚至是在摩哈利斯都没有名望而烦懑，因而难免有些不太高尚的抱怨。

他从来没有和一个公爵夫人用过餐，从来没有获得过一个奖项，从来没有被人采访过，从来没有提出过公众能够明白的任何东西，自从学生时代的青涩恋情以来再也没有经历过能被那些有教养的人看作浪漫的事。实际上，他是一个名副其实的科学家。

他属于人类的大恩人之列。在以后的任何时代，无论哪种旨在消灭大流行病或小传染病的尝试，都将受到麦克斯·戈特利布诸多研究的影响，因为他不是一个只给各种细菌和原生动物贴上标签，然后把它们加以精细分类的人。他探索它们的化学过程，它们生存和灭亡的规律，以及那些历经一代生物学家的繁忙努力之后多半仍然不为人们知晓的基本规律。然而，那些称他为“悲观主义者”的人也没有错，因为这个可能把各种传染病减少到几乎为零（也许还有别的原因）的人，也常常怀疑减少传染病到底有没有价值。

他怀疑，如果有六代人几乎没有患过传染病，可能就会衍生出一个自然免疫力极低的人种。他还怀疑，如果一种大瘟疫，突然从几乎为零的状态发展成覆盖世界的一团乌云，再次出现，它也许会把整个世界彻底毁掉，这样一来，他凭借自己的天赋创造出来、用以拯救性命的那些方法，到头来可能会把全人类的生命彻底摧毁。这是他在一次国际讨论会上的见解，在这次讨论会上，他得到了少数人的支持，遭到了多数人的攻击。

他默默地想，如果科学和公共卫生的确能够消除结核病和其他大瘟疫的话，那么这个世界绝对会变得拥挤不堪，会变成一个遍地都是奴隶的混乱的地方，这样一来，一切的美好、舒适和智慧，在人们迫于饥荒为生存奔波的情况下，都会消失殆尽。不过，这些推测并没有阻止他的工作。如果未来世界变得拥挤不堪，人类一定会用控制生育或其他办法来解决自己的问题。或许会这样做的，他想。可是，在他最后的怀疑中，就连这么一点点审慎的乐观主义都没有了。因为他怀疑理智和感情的一切进步，而且他尤其怀疑神圣的人类比那些快乐的狗优越，比那些无比优雅的猫优越，比那些没有道德观念、没有焦虑、没有宗教信仰的马优越，比那些极具冒险精神的海鸥优越。

那些江湖医生、专利药品制造商、口香糖推销员，以及大肆宣传的大祭司，住的是高楼大厦，有一群仆人伺候，他们那些神圣的亲朋坐着豪华轿车出国，而麦克斯·戈特利布却住在一个油漆已经剥落的狭窄拥挤的小屋里，就连去实验室工作时骑的都是一辆吱吱作响的破旧自行车。戈特利布本人对此很少抱怨。一般情况下，他不是那么不通情理，既要享受自由，又要享受通行奴隶制度的劳动成果。“啊哟”，他有一次对马丁说，“世人为什么要给我报酬呢？我只是做了自己想做的事，可他们并不想要我做呀。”

但愿他的屋子里有一把舒适的椅子；他的书桌上有一堆信件，长长的、亲切的、恭恭敬敬的信件，是法国、德国、意大利和丹麦的那些大人物寄来的信件，以及那些备受大不列颠重视，因而被授予和那些酿酒商、香烟制造商和淫秽报纸老板一样高的头衔的科学家寄来的信件。

他渴望，在夏天的时候，自己能够坐在莱茵河或平静的塞纳河河畔的白杨树下，坐在一张桌子旁，桌布带有方格图案，上面摆着面包、乳酪、葡萄酒、暗红色的樱桃，以及人世间古老、神圣而又朴素的其他东西。可是，贫困让他连这个愿望都无法实现。

二

麦克斯·戈特利布的妻子身材粗壮，行动缓慢，少言寡语；六十岁的时候，她还没有学会说一口流利的英语；她讲的德语就是那些债务缠身、暴饮暴食、满脸通红的小镇资产阶级所讲的德语。如果他有心里话不和她说，如果他吃饭时陷入沉思而对她有所忽略，这都不能说他不够体贴或者没有耐心，刚好相反，他还指望她打理家务，指望她烤热他那身老式的睡衣呢。近来，她身体不好。她觉得恶心和消化不良，但她仍然坚持干活。在任何时候，你都能听到她趿拉着那双旧拖鞋在屋里忙来转去的声音。

他们有三个孩子，都是在戈特利布三十八岁以后才出生的：最小的叫米里亚姆，是个热情的孩子，她有一点弹钢琴的天赋，天生就喜欢贝多芬的作品，讨厌美国流行的拉格泰姆音乐。她的姐姐倒没有什么特别的地方；他们的男孩叫罗伯特——罗伯特·科赫·戈特利布。他是个野小子，是个淘气鬼。尽管他们担心成本问题，但还是把他送进了泽尼斯附近的一所名校。在这所学校，他结交了很多制造商的儿子，养成了一种开快车和穿奇装异服的癖好，可就是没有养成学习的爱好。在家里，他叫嚣说他的父亲是个“吝啬鬼”。当戈特利布设法表明自己是个穷鬼的时候，这个孩子却顶嘴说，他穷也就算了，可还总是偷偷地拿钱去搞科研——他没有权力这样做，也没有权力让自己的儿子丢脸——让该死的温大为他提供科研资料吧。

三

在戈特利布的学生中，只有寥寥几人把戈特利布和他的学问看成是需要尽快跃过的障碍。其中就有马丁·阿罗史密斯。

不管他多么严厉地指出马丁的错误，不管他表面上多么高傲地无视马丁的忠诚，戈特利布还是会关注马丁，正如马丁会关注他一样。他有很多宏伟的规划。如果马丁真的渴望得到他的帮助（就个人来说，戈特利布可以做到谦虚恭让，就像他在竞争科学中表现出的唯我独尊、狂妄自大一样），他可以把这个孩子的事业当作他自己的事业。在马丁进行一些微不足道的原创研究的时候，戈特利布愿意为他抛弃那些传统的——同时也是方便的——免疫学理论而感到高兴，也愿意为他极其仔细地验证研究结果而感到欣喜。当马丁由于某些未知原因而变得漫不经心的时候，当他显然饮酒过度的时候，或者显然陷入某种荒诞不经的个人问题的时候，出于对知己的苦苦寻觅和对出色工作的满腔敬意，戈特利布会被迫对他咆哮如雷。至于席尔瓦要求马丁向他道歉这件事，他完全不知情。他肯定会大发雷霆——

他等待马丁回来。他自责道："傻瓜！错失了一个好苗子。你早就该知道人们不会用铂环去铲煤的呀。"当马丁在饭店帮人洗碗，或者搭乘不大可能乘坐的火车在不大可能去的城镇之间流浪的时候，只要在他能力范围之内，他都会推迟新助理的任命。随后，他殷切的期望又让他寒心，化作了满腔愤怒。他认为马丁就是个叛徒，便不再对他念念不忘。

四

麦克斯·戈特利布可能是个天才。当然，他也像任何天才一样疯狂。马丁在泽尼斯综合医院担任实习医生期间，他做了件事，比他嘲讽的任何迷信行为还要荒谬。

他想成为一名行政官员和一名改革家！他这个犬儒主义者、无政府主义者，想要创立一个社会教育事业机构，并且风风火火干了起来，就像一个老处女组织成立一个社团防止小男生学说下流话一样。

他设想，在这个世界上，不妨建一所这样的医学院，一切都要科学化，主要学科为精确的定量生物学和定量化学，无视配眼镜和多数外科手术这种事情；他还进一步设想，这样一项事业可以在温尼麦克大学进行！对于这项事业，他会尽量搞得实际一点；哎哟，他非常实际，似乎也很合理！

"我承认，我们培养医生不可能就是为了治愈乡村腹痛。其实，普通医生非常令人钦佩，也完全必要——或许吧。可是，这样的医生已经太多了。从‘实际’的方面来看，你给我一所医学院，二十年的时间，这是精确也是保守的估计，我们就能治愈糖尿病，也许还能治好结核病和癌症，或许也能治愈让那些能工巧匠摇头叹息的各类关节炎，也就是他们口中所说的‘风湿病’。就是这样！”

他并不想管理这样一所学院，也不想得到什么荣誉。他太忙了。不过，在美国科学院的一次会议上，他认识了一位名叫恩特威斯尔的博士，这个人是哈佛相当年轻的生理学家，将来可能会成为一个优秀的院长。恩特威斯尔非常钦佩他，还试探他愿不愿意应聘到哈佛去。戈特利布简单概述了一下他设想的那种新型医学院，恩特威斯尔流露出强烈的兴趣。“能有机会在那样的地方工作就好了，没有什么比这更让我开心的啦。”他激动地说。然后戈特利布就得意扬扬地回到了摩哈利斯。他现在更加自信了，因为这个时候有人表示要请他出任西齐佩瓦大学[①]的医学院院长一职，虽然他冷言拒绝了这一邀请。

他太单纯了，或者说太愚蠢了，竟然写信给席尔瓦院长，委婉地表示希望他能下台，然后把他的学院——他的工作，他的生命——交给哈佛的一位默默无闻的教师！尽管席尔瓦老头是一位彬彬有礼的绅士，是奥斯勒的一位贴心信徒，但是这封不可思议的信件还是让他失去了耐性。他回信说，虽然他能够理解基础研究的价值，但是医学院是属于全州人民的，它的使命就是为他们提供直接而又实际的医疗救助。至于他本人，他暗示说，如果他认为自己的辞职会给学院带来好

① 西齐佩瓦大学：作者杜撰的大学。

处的话，他马上就可以走，但他需要更详细的提议，而不是他自己下属的一封来信。

戈特利布进行了反驳，情绪激动，言辞不当。他诅咒温尼麦克州的全体人民。他们目前这种愚蠢状态还值得关注吗？他做出了一种无礼的举动，没有经过席尔瓦点头，就把要求提到了著名的演说家和爱国者、温大校长霍勒斯·格里利·特拉斯科特那里。

特拉斯科特校长说："实话实说，我忙得不可开交，没有时间考虑这些空想的计划，不管这些计划多么有独创性。"

"你忙得不可开交，根本没有时间考虑任何事情，只会向百万富翁兜售名誉学位换取体育馆。"戈特利布评论说。

第二天，他被叫去参加温大委员会的一次特别会议。作为细菌医学系的主任，戈特利布是这个统管机构的一个成员。他走进那间长长的会议室——金色的天花板，厚重的栗色的窗帘，还有几幅先驱者的忧郁画像——径直朝自己常坐的座位走去，完全没有觉察到那一小群窃窃私语的委员，兀自思考着那些遥不可及、引人入胜的事情。

"哦，呃，戈特利布教授，请你坐到桌子的尽头，好吗？"特拉斯科特校长大声说。

这时，戈特利布才注意到紧张的气氛。他看到，在董事会的七个成员中，住在泽尼斯城里或附近的四位全都在场。他看到，坐在特拉斯科特旁边的不是学术部的主任，而是席尔瓦院长。他还看到，不管他们说话的时候有多从容，但他们其实都在借助闲聊的迷雾注视着他。

特拉斯科特校长宣布说："先生们，这次召开校委员会和董事会联席会议，是要审议席尔瓦院长和我本人对麦克斯·戈特利布教授的指控。”

戈特利布顿时显得苍老许多。

“指控是：对院长不忠，对校长不忠，对董事不忠，对温尼麦克州不忠，对公认的医学和学术伦理不忠，狂妄自大，亵渎神灵，与同事长期不合，缺乏理解实际事务的能力，辜负了我们的信任，让这样一个人掌管重要实验室和班级是极其危险的。先生们，下面我就用戈特利布教授写给席尔瓦院长的亲笔信，逐一证实对他的各项指控。”

他逐一证实了。

董事会主席建议说：“戈特利布，我认为，如果你能向我们提交你的辞呈，让我们带着愉快的心情、而不是不愉快的心情离开，事情或许会简单一些——”

“我决不辞职！”戈特利布站了起来，火冒三丈。“因为你俩都长着一颗小男生的脑袋，高尔夫球场上的脑袋，你们都歪曲了我的意思，歪曲了我对一种健全的革命理想的精辟见解。这种革命理想对我个人来说没有任何价值或任何好处，却被你们曲解为盗取晋升的一种欲望。这样的傻瓜竟然评判荣辱是非——”他那瘦长的食指就像一个钓鱼钩一样，径直指向特拉斯科特校长的灵魂。“不！我不辞职！你们开除我好了！”

“那么，我想，我们进行表决的时候，务必请你离开会议室。”对于校长这样一个如此高大、健壮、暖心的人来说，这样说话已经算是非常客气的了。

戈特利布骑着他那辆摇摇晃晃的自行车到实验室去了。校长办公室一个粗暴的女职员打电话通知他说，他的辞呈已经被接受了。

他很痛苦。“解雇我？他们不可能那么干的！我可是这所店主学校最引以为自豪的荣耀，唯一的荣耀！”当他领会到他们显然已经解雇他的时候，他感到非常羞愧，他竟然给了他们一个机会解雇他。不过，真正令人沮丧的是，他本来想要成为一名政治家，结果却断送了这份神圣的工作。

他需要平静，需要一个实验室，现在就要。

等他们听说哈佛已经聘请他的时候，他们会发现自己有多愚蠢的！

他渴望着坎布里奇和波士顿那种比较放松的环境。他为什么在原始的摩哈利斯待这么久啊？他给恩特威斯尔博士写了封信，隐约提到他愿意听到录用的消息。他以为会有电报发来。他等了一个星期，然后收到了一封长信。恩特威斯尔在信中承认说，他上次很不成熟，不该代表哈佛教授团说那番话。恩特威斯尔向他表达了教授团的问候和期望，说将来某一天他们也许有幸欢迎他的加入，但眼下的情况是——

戈特利布又写信给西齐佩瓦大学，说他终于愿意考虑他们学校的医学院院长一职……得到的答复却是这个职位已经有人了，还说他们不太喜欢他前一封信的口气，他们不“想再深入谈论这件事了”。

在六十一岁的年纪，戈特利布才积蓄了区区几百美元——确实只有几百。就像失业的瓦匠一样，他不得不找份工作，否则就要挨饿。他再也不是一个不能忍受创造工作中断的天才，而是一个被处分的寒酸教员。

他在自己那个阴暗的小屋里踱来踱去，一会儿用手指抚弄着文件，一会儿目不转睛地看着他的妻子，一会儿凝视着那些老照片，一会儿又呆呆地在那儿出神。他还可以教一个月的书——他们在为他准备的辞职书上事先填好了日期——不过，他太沮丧了，没有心思到实验室去。他觉得自己很多余，几乎靠不住。他由来已久的自信突然变成了自怨自艾。他等待着信件的投递，等了一班又一班。肯定会有了解他的人品、了解他的价值的人给他帮助。他收到过许多关于研究工作的友好来信，但是和他通信的那类人，既不听信校际教授团的闲谈，也不了解他的需要。

经历了哈佛大学的不幸和西齐佩瓦大学的指责之后，他不能再去联系别的大学或科研机构。另外，他自尊心太强，不肯向那些尊重他的人写恳求信。不，他得务实一些！他向芝加哥教师职业介绍所提出了申请，得到一个官腔官调的答复，承诺帮他四处留意，还问他是否愿意到一所郊区中学担任物理教师和化学教师。

还没等他完全从愤怒中冷静下来给他们写封回信，他一家人就被他妻子突如其来的痛苦弄得不知所措。

她病了几个月了。他要她去找个医生看看，但她拒绝了。她一直感到莫名的恐惧，害怕自己患了胃癌。现在，她开始吐血了，这才哭着求他帮助。戈特利布一向藐视医学信条，藐视“木匠”和“药丸贩子”，早就把学过的诊断法忘得一干二净。他自己或者他的家人生病的时候，他就赶紧去请医生看病，就像那些把疾病看作未知魔鬼的催命符似的边远地区平民一样。

他简直单纯得令人难以置信，他认为，既然他和席尔瓦的争吵不是私人行为，那么他还是可以去请他的，但这次他这样做是正确的。席尔瓦来了，满怀宽厚之情，他暗笑着对自己说：“他遇到关键事的时候，不去找阿伦尼乌斯[①]，也不去找雅克·洛布，而是来找我！”这位小个子医生给这间贫寒的小屋带来了力量，戈特利布低头注视着他，满脸的信赖。

戈特利布太太很痛苦。席尔瓦给她注射了吗啡。他满意地发现戈特利布甚至不知道这种药的剂量。他给她做了检查——他那双胖乎乎的手，即使没有戈特利布骨瘦如柴的手指那么精确，也还是非常灵敏的。他眯着眼睛环视了一下这间空气不流通的卧室：深绿色的窗帘，摆放在破旧不堪的衣柜上的耶稣受难像，贞洁而又妖娆的少女的彩色照片。他总觉得自己最近来过这个房间。他记起来了。一个月之前，在一次会诊的时候，他给一个德国杂货商看过病，这个房间和那间阴郁的卧室简直如出一辙。

他没有把戈特利布看作同事或者敌人，而是把他看作病人，要他心情愉快一些。

“不要以为有什么肿瘤性肿块。当然了，你知道，博士，根据肋骨下部边缘的形状的不同，以及深呼吸时腹部的表面症状，你完全可以辨别出这种肿块。”

“啊，是的。”

“我想，你一点儿都不用担心。我们最好赶紧把她送到温大附院去，我们会给她做进食试餐检查，然后再给她拍 X 光透视，然后再做一下嗜酸乳酸病菌检查。”

她被抬走了，慢慢地，慢慢地抬下了小屋的台阶。戈特利布陪着她。

---

① 阿伦尼乌斯（Svante August Arrhenius，1859—1927）：瑞典物理化学家，电离理论的创立者，获 1903 年诺贝尔化学奖。

他是否爱她，是否能够给予她普通的亲情，就不得而知了。他向席尔瓦院长求助的需求，已经破坏了他对自己智慧的看法。这是最要命的公然羞辱，比让他教孩子们化学的提议还要微妙，还要让人萎靡不振。他坐在她的床边，他那张忧郁的脸显得很空洞，他脸上的皱纹也加深了，这也许是因为悲伤，也许是因为恐惧。……在那些无忧无虑、不受干扰的岁月里，他是如何看待他妻子的耶稣受难像的，也就是席尔瓦在他们的衣柜上看到的那个十字架——一个放在有镀金外壳的盒子上的华而不实的石膏十字架，这一点至今也还不得而知。

席尔瓦诊断她的病可能是胃溃疡，并且对她进行了治疗，让她少吃多餐。她逐渐好了起来，但却住了四个星期的院。戈特利布心想：这些医生是不是在欺骗我们呀？不会真的是癌症吧？他们不会在用神秘的伎俩隐瞒无用的我吧？

以前，他一直依靠她沉默寡言但却令人放心的陪伴，度过了一个又一个疲惫不堪的夜晚。如今，她不在家，他对他的两个女儿感到很烦恼，对她们嘈杂的钢琴练习声很绝望，对她们没有能力管理那个慵懒的女仆也很失望。她们上床睡觉之后，他一人坐在昏暗的灯光下，一动也不动，什么书都没看。他茫然不知所措。他那个高傲的自我，就像一个落在一群造反的奴隶手中的强盗式贵族，在肮脏的重任面前屈尊忍辱；傲慢的眼神因为绝望显得阴冷而又坚忍；那只拿刀的手已被砍断，几只讨厌的苍蝇在啃蚀状的手腕上爬来爬去。

就是在这个时候，他在泽尼斯的街上意外地遇到了马丁和利奥拉。

他们从他身旁走过之后，他没有回头去看。不过，整个下午他都在琢磨他们。“那个姑娘，或许就是她把马丁从我这儿——从科学世界偷走的！不！他是对的。大家都明白像我这样的傻瓜的命运！”

在马丁和利奥拉动身前往惠西法尼亚的第二天，戈特利布哼着小曲儿来到芝加哥查看教师职业介绍所。

这个介绍所是由一个生龙活虎的人经管的，这个人以前当过县学校视导员。他不是很感兴趣。戈特利布大发脾气：“你是努力帮助教师寻找工作，还是仅仅发出一些通知自娱自乐的啊？你查过我的履历吗？你知道我是谁吗？”

那个中介咆哮着说：“哎哟，我们知道你的情况，不错，不错！我第一次写信给你的时候，我不了解你的情况，不过——作为一个搞实验的人，你的履历好像还挺好的，虽然我没有看到你在医学方面提出过任何有丝毫用处的东西。我们本来希望给你提供一个你和其他任何人都没有过的机会。俄克拉荷马州石油大王约翰·埃德图思已经决定要创建一所大学，这所大学无论是在设备方面，在捐款方面，还是在特色方面，都将超过教育上已经取得的任何成就——一个世界上最大的体育馆，还有一位前纽约巨人队队员做棒球教练！我们本来以为我们也许可以把你弄进去，做一个细菌学或者生理学教师——我想，如果你专门钻研的话，你还是可以教这门课的。但是，我们做了一些调查。从我们远在温尼麦克的几个好朋友那里了解了一些情况。我们发现，你不值得信任，不能把具有真正责任的职务委任给你。啊哟，他们都把你解雇了，因为你各方面都不称职！不过，既然你已经有过教训——你觉得你能胜任埃德图思大学[①]的实用卫生学教学工作吗？”

---

① 埃德图思大学：作者杜撰的大学。

戈特利布气得都忘记说英语了。他破口大骂，用的全是学生德语，声音嘶哑生硬。在咯咯笑的簿记员和女速记员看来，整个场面非常滑稽可笑。麦克斯·戈特利布离开了那个地方，走得很慢，漫无目的，老泪纵横。

第十三章

一

在医学界，没有谁比戈特利布更严厉地指责过某些大型制药公司的商业主义，尤其是匹兹堡的道森·T. 亨齐克有限公司。亨齐克公司是一个讲究职业道德的老商号，只和那些享有信誉的医生做生意——或者说，实际上只和那些享有信誉的医生做生意。它既供应治疗白喉和破伤风用的优质抗毒素，又供应各种最纯的法定药剂，朴实无华的褐色瓶子上面贴着素净而又正统的标签。戈特利布曾经肯定地说这家公司生产了很多可疑的疫苗。然而，他从芝加哥回来后，却给道森·亨齐克写了一封信，说他对教书已经不感兴趣了，还说他愿意为他们工作，每天上半天班，条件是他可以在剩下的半天时间里，使用他们的实验室，开展一些可能很重要的研究。

这封信发出去以后，他就坐在那儿喃喃自语。他的神志肯定不太正常。“教育！世界上最大的体育馆！没有能力承担责任。教书，我是不能再干了。不过，亨齐克会嘲笑我的。我已经兜了他的老底，我以后不得不——亲爱的戈特，我该怎么办呀？”

当他那两个受宠若惊的女儿站在门口窥视他的时候，希望之神已经悄无声息地溜进了这寂静的狂乱之中。

电话响了。他没有去接。在铃声第三次急促响起的时候，他才拿起听筒，嘟囔着说：“喂，喂，你是哪位？”

一个拖着鼻音的冷漠声音说：“是 M. C. 戈特利布吗？”

“我是戈特利布博士！”

“唔，我想你就是当事人。别挂线，你有长途电话。”

过了一会儿。“戈特利布教授吗？我是道森·亨齐克。从匹兹堡打的。我亲爱的伙计，欢迎你加入我们的团队，我们会很高兴的。”

“我——可是——”

“我相信，你批评过制药厂家——哎哟，我们阅读剪报可是很有效率的啊！——但是，我们认为，如果你来到我们这里，更好地了解一下这个老商号的精神，你就会感兴趣了。顺便说一句，希望我没有打扰到你。”

就这样，相隔好几百英里的距离，亨齐克在西威克利家中金蓝相间的客厅里，和坐在满是补丁的安乐椅上的戈特利布通起了电话。戈特利布竭力保持着尊严，一字一顿地说：

“没有，没关系。”

“唔——那敢情好，刚开始的时候呀，我们一年给你五千美元，我们也不担心你每天只工作半天的安排。你需要的地方、技术人员和物资，我们都会给你配备。你只管搞你的研究，不要管我们。你觉得什么重要你就干什么。我们唯一的要求是，如果你真的发现了对世界有真正价值的血清，我们要有制造这些血清的特权。如果我们在这方面赔了钱，那也没有关系。我们当然希望赚钱，只要这钱赚得正当，但是我们的主要目的还是为人类服务。当然了，如果血清有利可图，我们也会乐意给你一大笔佣金的。现在，我们来说说从事实际工作的一些细节——”

二

戈特利布，一个对宗教仪式疾恶如仇的人，却有着一种近乎宗教的习惯。

他时常跪在他的床边，任凭他的思想自由驰骋。那个样子很像祷告，虽然肯定没有正式的祈祷，也没有在想什么上帝——想的只是麦克斯·戈特利布。这天晚上，他又跪在床边，他那张憔悴的脸上的皱纹舒展了一些，他默默地想：“我真愚蠢，竟然责骂那些商业主义者！这位推销员老兄，他倒是个脚踏实地的人。最糟糕的商店店员也比那些担惊受怕的教授可靠得多！什么优秀的实验室助手！什么自由！再也不教那些弱智了！还圣徒呢！”

不过，他并没有和道森·亨齐克签订合同。

道森·亨齐克公司在各种医学期刊上，用最正式和最讲究的字体，刊登了整版整版的广告，宣布麦克斯·戈特利布教授，也许是这个世界上最杰出的免疫学家，已经加入了他们的团队。

在芝加哥的诊所里，一位名叫朗斯菲尔德的医生咯咯地笑着说：“这就是那些自视清高的人的结局。恕我觉得可笑。”

在埃尔利希和鲁克斯，博尔代①和戴维·布鲁斯②等人的实验室

① 博尔代（Jules Bordet，1870—1961）：比利时细菌学家、免疫学家，获1919年诺贝尔生理学或医学奖。
② 戴维·布鲁斯（Sir David Bruce，1855—1931）：英国细菌学家。

中，那些替他惋惜的人悲痛地说：“麦克斯老头怎么能到那个该死的药丸贩子那里去啊？他为什么不到我们这里来呀？哎哟，唔，如果他不想——瞧[①]！他完了。”

在北达科他州的惠西法尼亚村里，一位年轻医生向他的妻子抗议说：“世界上这么多人，怎么偏偏是他啊！我简直不敢相信！麦克斯·戈特利布上了那些骗子的当了！”

“我不在乎！”他的妻子说，“如果说他已经下海经商，他肯定有他这样做的理由。我以前跟你说过，我愿意离开你到——”

“哎哟，行了，”他叹息着说，“得饶人处且饶人。我以前从戈特利布那里学到很多东西，我很感激——天哪，利奥拉，但愿他没有走错路啊！”

这时，麦克斯·戈特利布，与他的三个孩子，以及他那个面色苍白、行动缓慢的妻子，拖着一个破旧的柳条包、一个为了搬家打起来的包袱和一个在邦德街[②]购买的梳妆盒，来到了匹兹堡火车站。还在火车上的时候，他就对这个地方上下打量了一番，上面是险峻的悬崖峭壁，下面是河上轻烟缭绕的壮丽景色，他的心顿时年轻起来。这里有如火如荼的开拓精神，不同于温尼麦克平坦的土地和平和的心态。在火车站的入口处，每一辆脏兮兮的出租车似乎都在向他放射光芒，于是他像个征服者一样昂首阔步向前走去。

---

① 原文为法语 Voila。
② 邦德街：伦敦最富时尚色彩的街道，以英王查理二世的密友托马斯·邦德爵士命名。从十八世纪以来就是时尚购物者和淘宝者的天堂。

三

在道森·亨齐克大楼里，戈特利布见到了很多他想都没有想过的实验室，他的助手不是一些学生，而是一个本人曾经教过细菌学的专家，还有三个动作敏捷的技术员，其中有一个是在德国接受的训练。他在亨齐克的私人办公室里受到了热情招待。这个办公室简直就像一个小型的设有主教座位的教堂。亨齐克的头已经秃了顶，但思路有条不紊，只是戴了一副龟棕色边框的眼镜，眼里还流露出一种情意深长的神色。他从他那张黑色栎木雕花的书桌旁站了起来，递给戈特利布一支哈瓦那雪茄烟，然后告诉他说，他们一直在急切地等待着他。

在庞大的职工餐厅里，戈特利布遇到了许多年轻有为的化学家和生物学家，他们都很敬重他。他喜欢他们。即使他们开口闭口谈的都是钱——新研制的金鸡纳霜酊剂应该卖多少钱，他们的薪水要过多久才会上涨——但是他们没有大学教师那种精心摆出来的架子。年轻的时候，麦克斯是一个歪戴帽子、爱笑的人。如今，在一场场热烈的辩论中，又能听到他的笑声了。

他妻子的身体好像越来越好；他的女儿米里亚姆遇到了一个优秀的钢琴教师；他的儿子罗伯特那年秋天上了大学；他们有了一栋破旧但却很宽敞的房子；摆脱那种沉闷乏味、年复一年、循规蹈矩的课堂教学让他精神振奋；戈特利布这辈子从来没有这样好好地工作过。除了他的实验室、几个剧院和音乐厅之外，他什么都不关注。

六个月之后，他才意识到，对于那些年轻技术专家的商业主义行为，他自以为只是开开玩笑，但其实他们对此很反感。他们已经厌倦了他的数学热情，有些人甚至把他看作一个讨厌的老家伙，私下里说他是个犹太佬。他很受伤，因为他想和这些同事愉快地相处。他开始提出问题，开始探查亨齐克大楼。可是，除了他的实验室、一两个走廊、餐厅和亨齐克的办公室之外，他什么也没有发现。

不管戈特利布有多心不在焉，也不管他有多不切实际，他本来都是有可能成为一个出色的福尔摩斯的——如果本来有可能成为一个出色的福尔摩斯的人一直心甘情愿当一名侦探的话。他的头脑透过表面看到了实质。现在，他发现道森·亨齐克公司和他过去断言的一模一样。他们的确生产了很多优质的抗毒素和合乎医学伦理标准的制剂，但同时他们也在用从兰花中提炼的成分生产一种新的“抗癌药”，并大肆推荐使用，其实一点效果都没有。他们还向各个用路牌广告做宣传的美容公司兜售了数百万瓶润肤霜，承诺能把一个加拿大印第安人导游变成一个美如百合花的天仙。这种珍品的生产成本每瓶只有六美分，商店的售价却是一美元，而且道森·亨齐克的名号从未和它有过关联。

就在这个时候，在二十年的探求之后，戈特利布的代表作终于成功了。他在试管中制成了抗毒素，这意味着不用通过在动物身上接种疫苗来制造血清这一烦琐的工序就有可能使人类获得对某些疾病的免疫力。这是一次革命，一次免疫学上的革命……如果他是对的。

他在一次宴会上透露了这件事。为了这次宴会，亨齐克设法请到了一位将军、一位大学校长和一位飞行员先驱。这是一场豪华宴会，有极好的莱茵河白葡萄酒，多年来戈特利布第一次喝到正宗的德国葡萄酒。他深情地旋转着细长的绿色玻璃杯；他从美梦中醒了过来，变得兴奋、快乐、苛求起来。他们称赞他。一时间，他成了一名伟大的科学家。在所有那些人当中，亨齐克更是对他赞不绝口。戈特利布心想，要是没有人哄骗这个善良的秃头去和那些美容商勾结在一起就好了。

第二天，亨齐克召唤他去办公室。亨齐克在召唤人方面做得确实很好，除非这个被召唤的人只不过是个速记员。他派去的是一个身穿光亮的晨燕尾服的男秘书，这个男秘书向衣着远没有那么光亮的戈特利布转达了亨齐克先生的问候，然后用紫丁香蓓蕾般的优雅暗示说，如果真的很方便，如果完全不会妨碍戈特利布博士的实验，亨齐克先生会深感荣幸，想于三点一刻在办公室和他会面。

戈特利布漫步走了进来，亨齐克示意秘书出去，然后拉出一把西班牙高脚椅。

“戈特利布博士，我昨晚躺在床上大半夜都没睡着，一直在考虑你的发现。我和技术主任及销售经理都谈过了，我们觉得现在正是趁热打铁的时候。我们打算为你合成抗体的方法申请专利，然后立即大量生产抗体投入市场，再发起一个大规模的广告宣传活动——你知道——当然了，不是像马戏团那样——而是严格的合乎道德的高级广告宣传。我们打算从生产抗白喉血清开始。顺便说一句，你下次收支票的时候，会发现我们已经把你的酬金提高到了每年七千美元。”亨齐克现在就像是一只喵喵叫的大猫咪，而戈特利布则沉默不语。“我需要说一下，我亲爱的伙计，如果出现了我预期的需求量，你还会有一笔数量非常可观的酬金进账哦！”

亨齐克往后一靠，仿佛在说：“给你的荣誉怎么样啊，老兄？”

戈特利布紧张不安地说：“我不同意对血清制作法申报专利。这种方法应该向所有实验室公开。同时，我强烈反对过早投入生产，甚至过早宣布。我认为我是对的，但是我必须检查我的技术，也许还得改进我的技术——要确保无误。然后，我想我就不会反对市场生产了，但只能进行少量生产，而且要和别人进行公平竞争，是不受专利保护的那种竞争，不然好像这种东西就是为了圣诞交易而生产的一个小玩具似的！”

“我亲爱的伙计，我很有同感。就我个人来说，我最大的愿望，就是终生致力于把一个价值连城的科学发现投入生产，而丝毫不用考虑利润。但是，我们要对道森·亨齐克公司的股东负责，要帮他们赚钱。你知道吗，他们已经——他们当中很多人都是一贫如洗的孤儿寡母——把他们仅有的一点点积蓄全都拿来投资我们的股票了，所以我们必须信守诺言吧？我也无能为力，我不过是他们的一个卑微的仆人。而且，从另外一个方面来说，戈特利布博士，我觉得我们一直待你很好，我们给了你完全的自由。而且，我们还会继续善待你的！啊哟，老兄，你会发大财的；你会像我们一样有钱的！我不喜欢提出什么要求，但在这一点上，我有责任坚持，我希望你尽早开始生产——”

戈特利布六十二岁了。在温尼麦克时的挫败对他的勇气产生了一定的影响……何况，他并没有和亨齐克签订合同。

他犹犹豫豫地表示了反对。不过，当他慢吞吞地回到他的实验室的时候，他觉得，要他离开这座圣殿去面对这个喧嚷的凶残世界，这简直是不可能的，但同样不可能的，是容许别人对他的抗毒素进行廉价和无效的仿造。此时此刻，他开始采取一种卑鄙的策略，这种策略在他过去那个骄傲的自我看来是不可思议的；他开始含糊其词，说要推迟宣布和投产的时间，等他把“几个问题解决了”再说。一个星期又一个星期过去了，亨齐克也变得越来越咄咄逼人。在此期间，他已经做好了面对灾难的准备。他把家搬到了一个较小的屋子里，停止享用一切奢侈品，甚至连香烟都不抽了。

在他的节约措施中，有一项是缩减他儿子的生活费。

罗伯特是个身材魁梧、皮肤黝黑、性格暴躁的孩子，又有些莫名其妙地高傲自大，特别招那些又柔弱又温顺的女孩子的喜爱，但他看都不看她们一眼。虽然他的父亲对自己的犹太血统时而感到自豪，时而又温和地加以自嘲，但是这个孩子却对他大学里的同班同学说，他出身于纯粹的德国血统，而且可能还是德国贵族血统。在那帮开汽车、玩扑克的乡村俱乐部的人当中，他倒是很受欢迎，或者说半受欢迎，所以他必须得有更多的钱。戈特利布放在书桌上的二十美元不见了。他虽然嘲笑传统的荣誉感，但是他自己也有那种荣誉感，正如他也有未开化的老乡绅的那种自尊心一样。他不得不欺骗亨齐克，这一直让他很痛苦，现在又有了一种新的痛苦。他对着罗伯特说：“孩子，你从我的书桌上拿钱了吧？”

很少有年轻人能够正视他那个凸起的鹰钩鼻子，和他那双凹陷下去、布满红丝、充满愤怒的眼睛。罗伯特先是结结巴巴，然后大喊大叫说：

“是的，我拿了！而且我还得要更多的钱！我得买几件衣服和一些用品。这都是你的错。你把我养大，让我和这个世界上最有钱的一帮人做朋友，却指望我穿得像个流浪汉！”

“偷窃——”

“胡说八道！什么是偷窃！你老是取笑那些说教的人，说他们大谈罪恶、忠诚、正直，以及所有那些频繁使用却毫无价值的话，而且——我不在乎！道斯·亨齐克，那个老头的儿子，他告诉我，他爸说你可能会成为一个百万富翁，而你却还让我们过这样贫困的日子，而且弄得妈妈病痛缠身——我告诉你吧，以前在摩哈利斯的时候，妈妈几乎每个星期都要悄悄塞给我几美元，而且——我对这一切早就厌倦了！如果你还打算让我穿得破破烂烂的，我就不上大学了！”

戈特利布大发雷霆，但并没有什么威力。在接下来的整整两个星期里，他不知道他的儿子该怎么办，也不知道他自己该怎么办。

后来，他的妻子死了，死得如此安静，以至于直到他们从墓地回来之后，他们才意识到她已经不在人世了。又过了一个星期，他的大女儿竟然和一个靠赌博为生的卑劣可笑的家伙私奔了。

戈特利布一个人坐在那儿。他一遍又一遍地读着《约伯记》。“主确实惩罚了我和我的一家。”他喃喃地说。罗伯特走了进来，含含糊糊地说他会学好的，老头子抬起头来，对他视而不见，听而不闻。不过，他反复读着他那些祖先的传说，他并没有想到要去相信这些传说，也没有想到要战战兢兢地俯身在他们的愤怒之神的面前——更没有想到通过允许亨齐克玷污他的发明来获得内心的安宁。

他按时起床，默默地走到他的实验室。他的实验做得像往常一样认真，除了他不在餐厅里吃午饭之外，他那几个助手并没有看出他有什么变化。他走了好几个街区的路程，到了一个简陋的餐馆，在这里他一天可以节省三十美分。

四

就在黑暗让戈特利布身边的亲人黯然隐没的时候，米里亚姆突然出现了。

她十八岁，是他最小的一个孩子，胖墩墩的，除了她那张细嫩的嘴巴，一点也不漂亮。她一直以她的父亲为荣，她知道他的科学事业具有一种神秘的、不可思议的力量。不过，他现在步伐沉重，寡言少语，这让她一直心有不安。她放弃了钢琴学习，辞退了女仆，钻研烹调书籍，为他做他爱吃的油酥菜肴。她唯一的遗憾是，自己从来没有学过德语，因为他有时不知不觉地就讲起他儿时的语言来。

他端详着她，最后说："好！还有一个在我身边。如果我离开这儿——到一所中学去教化学，你能受得了那种贫困吗？"

"能。当然能。也许我可以去电影院弹钢琴。"

如果没有她的忠心，他可能不会这么做。可是，道森·亨齐克再次昂首阔步走进实验室，要求说："听着，我们已经折腾得够久的了。我们必须把你的东西投入到市场上去。"戈特利布紧接着回答说："不行。如果你能等我全部搞好，我可以——也许一年，也许三年——你就可以拿去。但我还没有十足的把握，你不能拿去投入市场。不能。"

亨齐克气冲冲地离开了，戈特利布准备接受宣判。

这时，纽约麦格克生物研究所所长A.德威特·塔布斯博士的名片，递到了他的面前。

戈特利布听说过塔布斯。他从来没有去过麦格克研究所，但他认为它是国内最完善、最自由的纯科研组织，仅次于洛克菲勒和麦考密克。假如他曾经设想过有一个天堂般的实验室，在那里优秀的科学家可以永远进行愉快而又完全不切实际的研究，那他肯定是按照麦格克的样子设计的。这个研究所的所长竟然要来拜访他，这让他稍感欣慰。

A.德威特·塔布斯博士，除了鼻子、太阳穴和手掌心以外，凡是看得见的地方，都长满了长毛，他虽然个头矮小，但长毛却很浓密，就像苏格兰的㹴犬一样。然而，他的长毛并不是那种滑稽可笑的长毛，而是那种达官显贵的长毛。他的眼睛严肃而又虔诚，他的步伐深沉而又快捷，他的声音平和而又庄严。

“戈特利布博士，很荣幸见到您。我听过您在科学院宣读的一些论文，但迄今尚未能够与您结识，这是我的损失。”

戈特利布尽量显得不那么尴尬。

塔布斯就像个政治剧中的密谋者似的，看了看那几个助手，然后委婉地说：“我们可以谈谈——”

戈特利布把他带到自己的办公室，从那里可以看到一大片车来车往的铁路侧线、蜿蜒曲折的铁道和棕色的运货车厢，塔布斯极力劝说道：

“由于一个偶然的机会，我们注意到，您即将有一个意义重大的发现。您当初离开学术工作，决定进入商业领域的时候，我们大家都很惊讶。我们当时就希望您能加入我们的团队。”

“你们当时就愿意让我加入？我根本就没有必要到这儿来？”

“当然！据我们听说，您并不关注研究的商业用途，这件事情让我们很想知道我们是否能够劝您加入我们麦格克研究所。于是，我就跳上火车，跑到这儿来了。如果您能成为我们研究所的一员，并且担任细菌学和免疫学研究室的主任，我们会很高兴的。我和麦格克先生除了促进科学发展，没有别的愿望。当然，至于您认为开展什么样的研究最好，您有绝对的自由。而且我认为，只要这个世界上能够买到的优良设备和物资，我们都能提供给您。至于薪水——请允许我开门见山，或者说请允许我直言不讳吧，因为我乘坐的火车一个小时后就要开了——我想，虽然我们比不上亨齐克的人，不能付给您那么大一笔酬金，但我们可以付您一万美元一年——”

“哎哟，我的天哪，不要谈钱！从今天算起，一个星期以后，我就在纽约和你共事了。你知道，”戈特利布说，“我在这儿没有签合同！”

第十四章

一

整个下午，他们都驾着摇摇晃晃的四轮单马马车，在绵延起伏的大草原上颠簸前行。没有湖泊，没有山川，也没有工厂林立的城市，一望无际的草原任由他们驰骋，耳边微风吹拂，头顶阳光明媚。

马丁大声对利奥拉说："我觉得呀，泽尼斯的灰尘和医院里的棉绒好像都已经从我的肺里冲洗掉了。达科他，纯爷们的地方。边疆，机遇，美国！"

从一片洼地的深处飞出了一群草原小松鸡。他看着它们掠过小麦地，他那颗被阳光浸润得沉沉欲醉的心灵，俨然变成了这片伟大的土地的一部分，他刚从惠西法尼亚动身时的那种焦躁心情也几乎完全离他而去。

"如果你们要驾车出去玩，不要忘了晚饭是六点整。"托泽太太当时这样对他们说，说话的时候微微一笑，显得语气柔和一些。

在大街上，托泽先生朝他们挥了挥手，大声喊道："六点整以前回来。晚饭是六点整。"

伯特·托泽也急忙从银行里跑出来，就像一个乡村学校的教师从只有一间教室的校舍急忙溜出来那样，咯咯地笑着说："哎呀，你们最好不要忘了六点整回来吃晚饭，要不然老头子会大发脾气的。他六点整准时等你们吃晚饭。他说六点整就是六点整，不是六点零五分！”

“嗳，”利奥拉说，“奇怪了，因为在我在惠西法尼亚的二十二年中，我记得有三次晚饭一直延迟到六点七分才开始。我们不要管这个了，桑迪……我不知道我们和家人住在一起省几个钱是不是很明智？”

他们在逃离惠西法尼亚不太广阔的边界之前，又和未来的伯特·托泽太太艾达·奎斯特擦身而过。透过懒洋洋的空气，他们听到了她尖厉的声音：“最好在六点钟以前回来。”

马丁想要逞英雄。“哎呀，我们愿意什么时候回来就什么时候回来！”他对利奥拉说。可是，他们俩都越来越害怕那些唠唠叨叨的声音。每次看到清风徐徐的美景，耳边都会响起“六点整回来”的命令。于是，他们快马加鞭，在六点差十一分就回到了家。这时，托泽先生正从乳脂制造厂回来，比平常晚了整整三十秒钟。

“很高兴看到你们回到家里，”他说，“赶紧的，把马关进马厩去吧。晚饭是六点——整！”

马丁稳稳当当地过了这一关，于是在吃晚饭的时候以自家人的口气对大家说：

“我们赶车出去玩得很痛快。我会喜欢上这儿的。唔，我已经逛了一天半了，现在得开始忙碌了。第一件事就是，我必须找个地方做我的诊所。哪里有空房，托泽爸爸？”

托泽太太兴高采烈地说：“哎哟，马丁，我有一个非常好的主意。我们为什么不能在外面的仓库里给你安排一个诊所呢？它离家这么方便，你可以按时回来吃饭，而且如果女佣有事外出，我和奥利也刚好出去探亲访友或者到绣花协会去了，你还可以照看一下房子。”

“在仓库里啊！”

“啊哟，是的，就是那个旧农具室。那个屋里没有全部安装天花板，不过我们可以再装上一些漂亮的沥青纸，或者甚至人造纤维板。”

“托泽妈妈，您究竟以为我要干什么呀？我不是马厩里的一个雇工，也不是一个找个地方放鸟蛋的小孩！我作为一个医生，是想在这里开一个诊所的啊！”

伯特轻描淡写地说：“哟，可你现在还不是一个了不起的医生嘛。你才刚刚起步哩。”

“混蛋，我就是一个好医生！请原谅我说粗话，托泽妈妈，可是——啊哟，每次在医院值夜班的时候，我手里都掌握着几百条性命！我打算——”

“喂，马特，”伯特说，“既然是我们出钱——我并不想当个守财奴，可毕竟，一美元也是钱——如果我们出这个钱，我们就得决定怎样把它花在刀刃上。”

托泽先生一副关切的样子，无可奈何地说：“就这样吧。没有必要冒险。那些该死的农民拼命借钱搞他们的小麦和乳脂，然后又故意外出干活，还不支付他们的贷款利息。我可以肯定，把钱投在抵押贷款上再也不会有利可图了。没有必要摆阔。按理说，如果你在一个布置得像穆尔黑德[①]沙龙一样的鬼地方，可以给一个人的咽喉痛进行检查或者给耳痛开处方，那你在一个既漂亮又简单的小诊所也同样可以。

① 穆尔黑德：美国明尼苏达州克莱县的一个城市，也是该县县治，西隔北红河与北达科他州的法戈相望。

妈妈一定会想办法在仓库里为你们找一个舒适的角落——”

利奥拉插话说：“听着，爸爸。我要你借给我们一千美元，现在就借，我们觉得怎么合适就怎么用。”她的话引起了轩然大波。“我们给你百分之六的利息——不，我们不干；我们给你百分之五；这已经足够了。”

“抵押贷款的利息是百分之六七八！”伯特颤声说。

“百分之五足够了。至于我们怎么用这笔钱——是用来装备一个诊所，还是用来做别的什么事，我们要自己说了算，不容置疑。”

托泽先生开始说：“这样做是愚蠢的——”

伯特抢过话茬说：“奥利，你疯了吧！我想，我们是得借给你们一些钱，但是你们得分几次来我们这里拿才行，而且你们还得听从我们的建议——”

利奥拉站起来说：“要么，你们照我说的去做，严格地照我说的去做；要么，我和马特就坐第一班火车回泽尼斯去。我说到做到！那里有许多地方向他敞开大门，薪水非常高，所以我们根本不需要依靠任何人！”

大家你一言我一语地说着，说来说去就那几句话，大意不差。有一次，利奥拉动身往楼梯走去，要上楼去打点行李；有一次，马丁和她都站了起来，一边挥舞着他们的拳头，一面晃动着手中的餐巾，那副架势简直就跟拉奥孔①一模一样。

利奥拉赢了。

---

① 拉奥孔：希腊神话中的人物，特洛伊城的阿波罗神祭师，因警告特洛伊人提防木马计而触怒天神，后与两个儿子被雅典娜派来的巨蟒缠死。

他们平静下来，说了些令人开心的琐事。

“你的大箱子从火车站搬来了没有？”托泽先生问。

“没有必要把它放在那里——一天还得付二十五美分的寄存费！”伯特生气地说。

“我今天早上就把它取回来了。”马丁说。

“哎哟，是的，马丁今天早上就把它取回来了。”托泽太太附和着说。

“你把它取回来了？你不是自己搬回来的吧？”托泽先生心痛地问。

“不是。我是请管理木材场的那个人帮我拖回来的。”马丁说。

“唔，天哪，你还不如把它放在独轮手推车上自己推回来呢，这样还可以节省二十五美分！”伯特说。

“可是，一个医生得保持他的尊严呀。”利奥拉说。

“尊严，胡说八道！他妈的推独轮手推车比整天抽劣质香烟有尊严多了！”

“唔，不管怎样——你把箱子放到哪儿了？”托泽先生问。

“就在楼上，在我们的房间里。”马丁说。

“箱子打开以后，你看我们最好把它放在哪里呀？阁楼已经满满的了。”托泽先生问托泽太太的意见。

“哎哟，我想马丁能把它塞进去的。”

“他为什么不能把它放到仓库里呀？”

“哎哟，那么漂亮的新箱子怎么能放在那种地方啊！”

“仓库怎么了？”伯特说，“好得很，又干燥。既然你们已经决定绝对不会把他的宝贝小诊所设在那里，这么好的仓库完全空着不用好像太可惜了吧！”

“伯迪，”利奥拉说，“我知道我们要做什么。你好像满脑子都是仓库。你把你的破银行搬进去吧，这样马丁就可以用银行大楼开他的诊所了。”

“那完全是两码事——”

“嗳，你们两个用不着卖弄自己，自作聪明，”托泽先生直截了当地说，“你们听过我和你妈这样吵吵嚷嚷、大惊小怪的了吗？马特，你觉得你什么时候才能把箱子打开？”托泽先生能一边考虑到仓库，一边考虑到箱子。可是，他的脑子不是那种能同时处理两件这么复杂的事情的脑子。

“如果有什么要紧的话，我今天晚上就可以把它打开——”

“唔，我想，其实也没有什么特别要紧的。不过，当你开始做一件事情的时候——”

“哎哟，他打不打开——有什么要紧的呀？”

“如果他打算去找一个诊所，而不是马上搬到仓库里去，他不会花上一个月的周末时间来打开吧，而且——”

“哎哟，我的老天爷啊！我今晚就把它打开——”

“我想，我们可以把它放到阁楼上去——”

“我告诉你，那里面已经塞得满满的了——”

“吃完晚饭我们就上去看看——”

“好吧，我告诉你吧，当我试图把那只打野鸭时用的船塞进去的时候——”

马丁大概没有放声大笑，但是他依稀听到自己在放声大笑。自由雄浑的土地离这儿还很遥远，而且已被遗忘多年。

二

找诊所花了他们两个星期的时间搞外交，而且在这段时间里，一日三餐吃饭的时候，大家都讨论得热火朝天。（找诊所并不是托泽一家人提到的唯一的事情。他们还详细谈论了马丁日常的一举一动；他们评论他的消化功能，他的信件，他走路的姿势，他那双需要修补的鞋子，他是不是还没把鞋子送到那个农民、猎户兼补鞋匠那里，补一下鞋应该会花多少钱，以及补鞋匠可能会有的宗教信仰、政治态度和婚姻关系。）

托泽先生从一开始就知道有个地方最适合做诊所。诺布洛姆夫妇住在他们家百货商店的楼上，托泽先生知道诺布洛姆夫妇正在考虑搬家。的确，对于惠西法尼亚正在发生的事情或者可能发生的事情，没有哪一件是托泽先生不知道或者解释不清的。诺布洛姆太太对料理家务感到厌烦了，她想住到毕森太太的寄宿公寓去（那是公寓正面的一个房间，你沿着楼上的过道走，它就在右手边，房间的墙壁是用灰泥粉刷的，里面还有一个漂亮的小火炉，是毕森太太花七美元三十五美分——不，是七美元二十五美分——从奥托·克拉格那里买来的）。

他们拜访了诺布洛姆夫妇，托泽先生拐弯抹角地说："要是诺布洛姆夫妇想换个地方住的话，医生就可以在百货商店的楼上开个诊所了，这样也许挺好的——"

诺布洛姆夫妇四目相对，盯着对方看了很久，眼睛都瞪得发白了，一副谨小慎微的样子，就像斯堪的纳维亚人盯着人看那样，然后咕哝着说，他们“不知道——当然，这是镇上最好的位置——”诺布洛姆先生承认，如果——万一——他们考虑搬家的话，这套房间，不带家具，他们每个月可能要收取二十五美元的租金。

托泽先生出来的时候，就像华盛顿或伦敦的某位托泽部长先生或者托泽勋爵刚开完国际会议一样，一副狡黠的高兴样子。

“好极了！好极了！我们让他表态啦！二十五美元，他说的。那就是说，一旦时机成熟，我们就可以给他出价十八美元，然后以二十一美元七十五美分成交。只要我们小心对付他，给他时间去看毕森太太，和她商量好寄宿的问题，我们就可以让他乖乖地听我们的啦！”

“哎哟，如果诺布洛姆夫妇下不了决心，那么我们就试试别的地方吧，”马丁说，“在伊格尔办公室后面有好几间空房子呢。”

“什么？我们已经向诺布洛姆夫妇说明原因，让他们认为我们是严肃认真的，现在你又四处奔走，想一辈子和他们为敌啊？嗳，那样做是开始树立生意样板的一个好办法，是吗？我必须说，如果你这样让他们失望，他们要是发起火来，我一点都不会怪他们的。这里可不是泽尼斯，在那里你可以四处嚷嚷，可以指望在两分钟之内就把事情办好！”

整整两个星期，诺布洛姆夫妇都在为了决定去做他们很久以前就已经决定要做的事情而苦恼，马丁等待着，不能开始工作。在他开办一个有许可证的、被人认可的诊所之前，大部分村民都没有把他当作一名称职的医生，而只是把他看作“安迪·托泽的那个女婿”。在这两个星期里，他只出过一次诊：给理发师亚历克·英格布莱德的姑母兼管家艾格尼丝·英格布莱德小姐治疗偏头痛。他很高兴，但伯特·托泽却解释说：

“哎哟，这么说是她请你去的喽，嗯？她总是四处求医。其实她什么病都没有，她就是喜欢试验一下最新的绝技。上一次是一个过路的伙计，兜售一个什么福特公司生产的丸药和搽剂；再上一次是一个信仰疗法术士，就住在附近荷兰铁匠店里，简直就是个疯子；后来很长一段时间，她都在利奥波利斯的一个整骨术士那里就医——不过我告诉你，这种整骨疗法倒是有点作用——他们治好了很多人，这些人究竟有什么病，你们普通医生好像都找不出来，你不这样认为吗？”

马丁说他不这样认为。

“哎哟，你们这些医生！”伯特十分开心，得意扬扬地说，因为他本来就爱开玩笑，爱耍聪明。“你们都是半斤八两，尤其是你这样刚出校门的，以为自己什么都懂。你根本不懂脊柱按摩、电腰带、正骨或者别的疗法有什么好处，因为采用这些疗法的人都把大把大把的美元从你这儿挣走了。”

这位马丁·阿罗史密斯医生曾经因为讥讽医疗标准而使安格斯·杜尔和欧文·沃特斯大为恼火，现在面对嬉皮笑脸的伯特·托泽，却坚决认为所有的医生都很仁慈，都懂得科学知识。他还宣称，没有哪个医药处方是乱开的（至少任何一个温尼麦克大学毕业的医生都不会乱开处方），也没有哪个手术是不必要做的。

现在，他经常见到伯特。他在银行里坐着无所事事，希望有人请他去看病，他的手指发痒，很想替人包扎。艾达·奎斯特隔三岔五就到银行来，然后伯特就把计算账目的工作丢在一边，和她一起调侃起来：

“艾达，医生在这里的时候，你就连脑子里面想什么都得小心。他跟我说了一大堆神经学和他熟知的那些读心术的东西。我说得对吧，马特？我吓得要死，所以把保险锁的暗码都改了。”

“嗨！”艾达说，“他能够愚弄别人，但他愚弄不了我。大家都能从书本上学到一些东西，但要学以致用——我告诉你，马特，如果你有利奥波利斯那位温特老医生十分之一精明，你就能超出我的预料在这里混久一点！”

他们一致指出，马丁自以为在泽尼斯接受的训练让他“很了不起，根本瞧不起我们这些贫穷的乡巴佬自耕农”，但他的领带打得也太难看了吧。

吃晚饭的时候，伯特把他自己的全部风趣话和艾达的部分打趣话，又说了一遍。

“你们不应该那么嘲弄这个孩子。不过，领带那段话还是挺精彩的——我觉得马特的确自以为是个了不起的人物。”托泽先生咯咯地笑着说。

晚饭后，利奥拉把马丁拉到一边，说：“亲爱的，你能受得了吗？我们得尽快有个自己的家。要不然，我们现在就离开这里？”

“哎呀，我打算忍下去！”

“嗯。也许。亲爱的，你揍伯特的时候，可千万要当心——他们会绞死你的。”

他缓步走到前面的门廊里。他决定去看一看伊格尔办公室后面的几个房间。如果没有一条可以免遭伯特威胁的退路，他不可能再忍受一个星期。他不能再等诺布洛姆夫妇下定决心了，尽管他们已经成了永远威胁他的可怕人物，他们的敌意可能会使他毁灭；不祥的众神给惠西法尼亚这个唯一可以感觉到的世界蒙上了一层阴影。

他注意到，在阴郁的夜色中，有一个人正在房前的木板人行道上徘徊，犹犹豫豫不肯上前，一个劲地盯着他看。那个人叫怀斯，是个俄国犹太人，村里的人都叫他“波兰人怀斯”。他在他那间靠近铁路的小屋里出售银器和汽车配件，还买卖农田、马匹和麝鼠毛皮。他大声叫喊道：“医生，是你吗？”

“是的！”

马丁很激动。有病人了！

“哎呀，我希望你能和我一起走走。我有几件事情想和你谈谈。或者说，到我家里来也行，尝尝我刚搞到的新雪茄。”他特别强调了“雪茄”这个词。北达科他州，像摩哈利斯一样，在理论上是禁酒的。

马丁很高兴。这段时间以来，他一直都没有喝酒，一直忙个不停！

怀斯的小屋是平房结构，盖得不算差，离大街半个街区远。小屋的旁边空荡荡的，只有一条铁路轨道，轨道那边就是开阔的小麦地。小屋里面有松木衬板，在那个老式烟斗的恶臭味中，反倒有股芳香的味道。怀斯使了个眼色——他是一个轻易听信别人，但又不值得信赖的小人物——然后小声说：“我想，你喝一点点肯塔基州的头等波本威士忌还是能受得了的吧？”

“唔，我不会发酒疯的。”

怀斯拉下那幅质地单薄的遮光窗帘，从他那张书桌的一个变了形的抽屉里掏出来一瓶酒，然后两个人用手掌擦了擦瓶口，便对着瓶口喝了起来。然后，怀斯突然说：

“听我说，医生。你跟那些乡巴佬不一样；你知道，有时候一个人会卷入他并不打算干的不正当生意中去。好吧，长话短说吧，我猜，我开矿设备卖得太多了，他们可能要来找我麻烦。我得搬走——该死的——我本来还指望这次能在这儿安安稳稳干几年呢。唔，我听说你正在找地方开诊所。我这个地方很理想。很理想！除了这一间，后面还有两间。我可以把房子租给你，包括家具和所有的东西，如果你可以提前一年支付给我的话，一个月租金只要十五美元。哎哟，这个房子可不是假冒的。关于我的所有权，你的大舅子一清二楚。”

马丁竭力显得非常认真的样子。他不就是一个马上就要投资的年轻医生吗？他不就是惠西法尼亚最富裕的公民之一吗？他回到家里，托泽夫妇围坐在客厅那盏粉红色玻璃灯罩上绘有绿色雏菊的灯台下，兴致勃勃地听他讲述，伯特也张着嘴巴，俯身倾听。

“你租一年不会有危险，但这不是问题的要害。”伯特说。

“当然不是！既然诺布洛姆夫妇几乎已经下定决心要把他们那个地方让给你，你这样做不是跟他们作对吗？我废了这么大的劲，拿我当傻子吗？”托泽先生抱怨道。

他们一遍又一遍地讨论，一直讨论到差不多十点钟，不过马丁很坚决，第二天就租下了怀斯的小屋。

他平生第一次有了一个彻底属于他自己的地方，一个属于他和利奥拉的地方。

他对这个占有物感到很自豪，这是世界上最壮丽的建筑物了，每一块石头、每一根野草、每一个门把手，都很特别，也很漂亮。日落时分，他坐在后门的门前露台上（一个非常有趣、不太破的肥皂箱），空旷的乡野从火红的天边越过那条细细的铁路线，一直延伸到他的脚下。突然，利奥拉坐到了他的身边，用手搂着他的脖子，于是他就憧憬起他们美好的未来了：

“知道我在这儿的厨房里发现了什么吗？一个很漂亮的旧螺旋钻，简直连一点铁锈都没有，这样我就可以用箱子来做试管架了——我自己的试管架！”

第十五章

一

马丁仔细地研究了泽西市新思想器械和家具公司的商品目录，他以前曾经咒骂那些“药贩子”惹得伽玛活字协会的人大动肝火，现在却连一句对他们不敬的话都没有说。商品目录做得很漂亮。在晶莹透亮的绿色封面上，用红黑两色印着公司董事长、总经理和副董事长的肖像。董事长是个身材滚圆、爱说俏皮话的人，所有的年轻医生他都喜欢；总经理形容憔悴，颇有学者风度，为了科学的进步夜以继日地辛勤工作；副董事长罗斯科·吉克博士则是马丁以前的实习指导医生，戴着一副眼镜，有一种他个人特有的生机、前瞻意识和现代气息。封面上还用很小的版面刊登了一段诗情画意、令人振奋的话：

医生，请不要再被保守思想禁锢。您没有理由不购买这些使病人印象深刻、使业务得心应手、使您扬名致富的设备。所有这些高级器械都是区分医界权威和新手的标志，均可通过新思想财务系统即刻拥有：“只需先付一小笔现金，余款暂缓交付——即可用新思想器械为您带来的日益增加的利润补付！”

封面的上方，有一个由月桂花环组成的方框，用一种粗体大写字母印着这样一段引人注目的文字：

不要歌颂战士、探险家和政治家的光荣，因为没有人能比得上医生——精明、英勇，不受世俗贪婪的影响。先生们，我们谨向您致以诚挚的敬意，并在此向你们提供任何外科器械公司所能提供的最新的商品目录。

封底是红绿两色，虽不及封面那么亮丽，但同样引人注目。封底上刊登了宾德列多夫扁桃体切除术的全套装备和电控箱的插图，附文如下：

医生，您还在把您的病人送到专科医生那里去切除扁桃体或者送到疗养院去进行电疗之类的治疗吗？如果真是这样，您就失去了在您的领地展现您自己在医学进步领域内一项卓越实力的机会，也损失了一大笔医疗费用。您就不想成为一名一流的开业医生吗？成功之门已经向您敞开。

宾德列多夫全套设备不仅实用，而且精致美观，能让一切诊室增色生辉。我们保证，配备了宾德列多夫全套设备和新思想万用电疗箱（详细介绍请见第 34 页及第 97 页），您的年收入可以从一千美元增加到一万美元，而且比最辛勤的苦干更能取悦您的病人。

医生，当上帝发出最后的召唤之际，也就是您面临因果报应之时，如果您不能给您的孩子积攒一笔钱财，不能给与您共患难的妻子留下一笔财富，而要靠共济会为您举行一场盛大的葬礼，靠感恩的病人给予捐助，您会含笑九泉吗？

为了抢救病人的生命，您可能会迎着暴风雪或者顶着八月的骄阳，驱车深入紫色暗影笼罩的忧伤溪谷，与披着黑檀斗篷的魔鬼进行搏斗。但是，如果没有现代科学技术，那种英勇品质就是不完整的。使用宾德列多夫扁桃体切除术的全套装备和新思想万用电疗箱，支付一小笔预付金，您就可以获得这种完整的英雄品质，就可以享有医学史上最优惠的照顾。

二

马丁没有理会那些充满激情的诗句，因为他对诗的看法就像他对电控箱的看法一样。不过他仍然兴奋地订购了一个铁架子、一个消毒器、几个烧瓶和一些试管。他还订购了一个白色搪瓷器械，上面装有几根漂亮的杠杆和传动装置，既可以用作一把诊察椅，又可以通过调节用作一个手术台。他目不转睛地看着一张离心机图片，利奥拉则在欣赏着那套“精妙绝伦的可供候诊室使用的一套七件套烘制栎木家具，其中坐垫是用真正的巴塞罗那人造革做成的，使您的诊所显得很有档次，拥有纽约高级专科医生的候诊室的特色”。

“呀，还是让他们坐普通椅子吧。”马丁咕哝着说。

托泽太太在阁楼里面找出了几把破旧的椅子，足够候诊室使用。她还找出了一个过时的书柜，利奥拉在里面贴上一层粉红色的缘饰纸，就变成了一个很漂亮的器械柜。在诊察椅没有运来之前，马丁只能使用怀斯那张凹凸不平的长沙发椅，于是利奥拉连忙用一张白色的油布把它罩上。在这个微小的诊所建筑的前屋的后面，有两个小隔间，原来是卧室和厨房。马丁把它们改成了诊察室和实验室。他一边吹着口哨，一边锯出了几排摆放玻璃器皿的架子，然后把一个废弃不用的煤油炉的烤箱改装成了一个干热灭菌箱，用来给玻璃器皿进行高温消毒。

“但你要明白，莉，我再也不去瞎摆弄什么科学研究了，我和那些东西已经一刀两断。”

利奥拉天真无邪地笑了。马丁干活的时候，她就坐在屋外高高的野草丛中，双手抱着两个脚踝，尽情地呼吸着草原上的微风。不过，每隔一刻钟她就会回到屋里，对马丁的工作大赞一番。

晚饭时间，托泽先生带回家一个包裹。一家人把包裹打开，叽叽喳喳地说个不停。晚饭后，马丁和利奥拉赶紧把这个新到的宝贝拿到诊所，然后把它钉在一个合适的地方。这是一块平板玻璃招牌，上面写着鎏金的大字“M. 阿罗史密斯，医学博士。”他们抱在一起，抬头仰望，发出轻轻的惊叹声。他怀着一种崇敬的心情，咕哝着说：“你瞧——天——啊！”

他们坐在后门的门前露台上，因为脱离托泽家庭而高兴不已。一列货车沿着铁路嘎噔嘎噔地驶了过来，发出悦耳的哐啷哐啷的响声。锅炉工在火车头里向他们挥手致意，一个司闸员也站在红色守车的平台上向他们招手。列车过后，除了蟋蟀和远处一只青蛙的鸣叫声，四周一片寂静。

“我从来没有这么幸福过。”他喃喃地说。

三

马丁当初就把他自己的奥克斯纳外科手术箱从泽尼斯带过来了。他把手术器械一一摆好，欣赏着那把薄薄的、锋利的、闪闪发亮的手术刀，那把坚韧的腱切断刀，以及那些精巧的弯针。在这些器械中间，还有一把拔牙钳。席尔瓦老头曾经告诫他班上的学生说："不要忘了，一个乡村医生不仅是个内科医生，而且还是个牙医，嗯，还要是个牧师、离婚律师、铁匠、汽车司机以及道路工程师。如果你的手纤长白嫩，干不了这些活，就不要到看不见电车路线和美容院的地方去。"马丁在新开的诊所接待的第一个病人是木匠尼尔斯·克拉格，他也是马丁在惠西法尼亚接待的第二个病人。他因为一颗牙齿溃烂痛得直哼哼。这是那块玻璃招牌挂起来一个星期之前的事了。马丁高兴地对利奥拉说："已经开业了！你会看到病人踏破门槛的。"

他们没有看到病人踏破门槛。整整十天，马丁不是在修理他那个干热灭菌箱，就是坐在他的办公桌旁边看书，努力装出一副忙碌的样子。他开始时的喜悦变成了焦躁，他差点就对着寂静空旷的四周叫嚷起来了。

一天傍晚，他情绪非常低落，正准备回家，一位头发斑白的瑞典农民笨重地走进了诊所，嘟囔着说："医生，一个鱼钩钩住了我的大拇指，都肿起来了。"阿罗史密斯在泽尼斯综合医院做实习医生的时候，那里的门诊每天都要治疗好几百位病人。对当时的他来说，给病人手上敷药包扎还不如借一根火柴那样算一回事，但对于惠西法尼亚的阿罗史密斯医生来说，这却变成了一台令人兴奋的手术，这位农民也变成了一位不同寻常、讨人喜欢的人了。马丁用力握着他的左手，嘟嘟囔囔地说："如果有什么问题，你直接给我打电话——你直接给我打电话。"

他觉得，既然已经有一大批怀着敬慕心情的病人来找他看病，这就足以证明他和利奥拉渴望做的一件事情是有道理的，也就是他们夜晚私下议论的一件事：买辆小汽车方便下乡出诊。

他们在弗雷泽的店里看过这样的汽车。

那是辆福特，已经开了五年了，坐垫已经磨损，发动机上满是油污，而且弹簧是一个以前从来没有做过弹簧的铁匠做的。除了乳脂制造厂内燃机的咔嚓咔嚓的声音之外，惠西法尼亚人们最熟悉的声音就是弗雷泽关他这辆福特车车门的声音了。他在店门口砰的一声把车门关上，通常在路上还得再关三次车门才能开到家。

不过，对马丁和利奥拉来说，在他们战战兢兢地买下这辆车和三个新轮胎以及一个喇叭的时候，它就是这个世界上最令人难忘的车了。这是他们自己的车，他们想去哪里就去哪里，想什么时候去就什么时候去。

早在一家加拿大旅馆干活的那年夏天，马丁就已经学会开福特旅行车了。但对利奥拉来说，这还是她第一次开车。伯特曾经对她说了太多的开车注意事项，以至于她拒绝开家里那辆奥弗兰。现在，她第一次坐在方向盘前，用她那纤细的手指扳动手刹的时候，感觉自己的双手好像充满了一股力量，一种想开多快就开多快（她的要求明显不高）的魔力。她觉得自己已经超越了凡人的力量，可以像一只大雁一样飞翔——然后，她开到了一大片沙地里，把发动机弄熄火了。

马丁成了村里的魔鬼司机。如果坐他开的车，你得撑住帽子，闭上眼睛，随时等着丧命。显然，他一到转弯就加大油门，觉得这样更有趣一些。他只要看到前面路上有什么东西，不管是一辆汽车还是一只黄毛小狗，他就像发了疯一样奋起直追，直到追上然后超过它们才肯罢休。村里人崇拜地说："这个年轻医生真是个开车的好手，毫无疑问。"可他们又饶有兴趣地等着听到他遇难的消息。在最早来他诊所看病的十来个人当中，可能有一半人是出于对他开车的敬畏……其余的人是因为没有什么大不了的病，而且他比格罗宁根的赫赛林克医生离得更近。

四

马丁有了第一批崇拜他的人，但也结下了第一批仇人。

他在街上与诺布洛姆夫妇（在惠西法尼亚镇，每天在大街上想不遇见大家都难）不期而遇，他们却瞪着眼睛。后来，他又和皮特·耶斯卡结了怨。

皮特开了一家自称为"药店"的小店，专门卖糖果、汽水、专利药品、灭蝇纸、杂志、洗衣机以及福特配件。但是，如果皮特不是同时兼任邮局局长的话，他恐怕早就饿死了。他自称是一名有营业执照的药剂师，但他总是乱改处方，因此马丁冲到他的店里，道貌岸然地把他训了一通。

"你们这些年轻医生让我感到恶心，"皮特说，"我开始配药的时候，你还躺在摇篮里呢！以前在这儿开业的老医生都是把处方送到我这里来的。我有适合我自己的做事方式，我也不会因为你或者任何其他半吊子的小青豆就考虑改变我的做事方式。”

从那以后，马丁不得不从圣保罗购买药品，把他那个小小的实验室塞得满满的，还得自己准备各种药丸和药膏。他经常惆怅地看着那些很少使用的试管，看着他那架显微镜玻璃钟罩上堆积的灰尘。而皮特·耶斯卡却和诺布洛姆夫妇一起散播流言蜚语：“这个新来的医生一点都不好。你们看病最好还是找赫赛林克医生。”

五

一个星期过去了，非常空虚，非常闲散。这天凌晨三点，他听到托泽家的电话响了，急忙冲过去接听电话，好像他正在等待爱的讯息似的。

一个嘶哑而又颤抖的声音说：“我找医生。”

“嗯——嗯——我就是医生。”

“我是亨利·诺瓦克，住在东北边四英里远的地方，就在去利奥波利斯的路上。我的小女儿，玛丽，她喉咙痛得很厉害。我想，大概得了喉头炎吧，她好像很不舒服，而且——你能马上过来吗？”

“当然可以。马上就到。”

四英里——他八分钟之内就能赶到。

他快速穿好衣服，系上他那条破旧的咖啡色领带。利奥拉为他第一次夜间出诊高兴得露出了笑容。马丁使劲地转动曲柄把汽车发动起来，砰的一声关上车门，咔嗒咔嗒地驶过火车站，开进一望无际的麦田。他从里程计上看到自己已经行驶了六英里，于是每次看到一个乡村信箱就放慢速度，寻找主人的名字。他意识到自己迷了路，他开进一个农场的车道，把车停在了柳树下。汽车的前灯照在一堆乱七八糟的东西上，有凹陷的牛奶桶、破损的收割机轮子、堆积的木材，以及一些竹制的钓鱼竿。这时，从谷仓里冲出一只古怪的狮子狗，汪汪地吠着，凶恶地叫个不停，猛地朝汽车蹿了过来。

一个肮脏的脑袋从一楼的窗户突然伸了出来。“你想干吗？”一个斯堪的纳维亚声音惊声尖叫道。

“我是医生。亨利·诺瓦克住在哪里？”

“哎哟！医生啊！赫赛林克医生吗？”

“不，阿罗史密斯医生。”

“哎哟，阿罗史密斯医生。从惠西法尼亚来的？嗯。唔，你离他住的地方不远了。你得往回走一英里，到那间砖墙校舍往右转，再往前走四十标尺就到了——就是带水泥筒仓的那个房子。亨利家里有人病了？”

“嗯——嗯——他女儿得了喉头炎——谢谢啊——”

“一直朝右走。你不会找不到的。”

也许，但凡听过“你不会找不到的”这句可怕的话的人，没有一个找不到他要去的地方的。

马丁调转车头，擦到一个刀痕累累的砧板。他咔啦咔啦地开上了大路，在校舍的那一边而不是这一边拐了个弯，然后沿着牧场中间一条沼泽小道又开了半英里路，才在一家农舍前把车停下。四周静得吓人，连牛在吃草的声音都听得见。一匹白马在黑夜里受到惊吓，仰起头来惊奇地望着他。他只好拼命地按响汽车喇叭，把屋里的人惊醒。一个愤怒的农民大吼道：“是谁啊？我可是有猎枪的！”吓得他把车退回乡村小路上。

接到电话四十分钟之后，他才闯入一条坑坑洼洼的车道。他看见路灯下的门口台阶上有一个弯腰曲背的人，那个人招呼说：“医生吗？我是诺瓦克。”

马丁看到那个孩子睡在一间新建的卧室里。卧室的墙粉得很白，松木衬板上刷了一层浅色的清漆。只因为有一张铁床、一把直靠背椅、一幅圣安妮[①]的彩色石印画，以及一盏放在摇摇晃晃的架子上的裸罩手提灯，才打破了这个农舍新扩建的房间里的刺目的亮光。一位弯腰驼背的妇女正跪在床边。她抬起头来，红红的脸上满是泪水。诺瓦克催促说：

“嗳，别哭了，他来了。”然后转向马丁说：“这个小家伙情况很不好，不过，我们对她已经尽力了。昨天夜里和今天晚上，我们都用温水给她湿润喉咙，我们还把她抱到我们这间卧室睡！”

玛丽是个七八岁的孩子。马丁发现她的嘴唇和指尖都呈青紫色，但脸上并没有潮红。她蜷缩成一团，拼命想要透过气来，样子非常吓人，然后就咳出一口痰，痰液上面带有很多灰色的斑点。马丁拿出他的体温表，熟练地甩了几下，心里却很担心。

他确定，这是喉头炎或者白喉。很可能是白喉。现在没有时间进

① 圣安妮：也译为圣安娜、圣亚纳。在《圣经》四福音书中都不曾提到她，但传统上认定这是圣母玛利亚之母，耶稣的外祖母的名字。

行细菌检查，来不及做细菌培养，做培养菌和悠闲的确诊。此时此刻，在这个房间里，席尔瓦这个治病救人者显得特别重要，完全把戈特利布那个不近人情的完美主义者挤出了门外。马丁紧张地弯下身子看着那个躺在凌乱的床上的孩子，心不在焉地摸着她的脉搏，一遍又一遍。没有泽尼斯综合医院的那些设备、护士以及安格斯·杜尔的肯定建议，他感觉很无助。他突然对独自行医的乡村医生充满了敬意。

他必须做出决定，一个不容更改的决定，也许是危险的决定。他要使用白喉抗毒素。不过，从惠西法尼亚的皮特·耶斯卡的药店，他肯定买不到白喉抗毒素。

利奥波利斯？

“赶紧的，给我联系布拉斯纳，利奥波利斯的药店老板，打电话。”他对诺瓦克说，极力装作很平静的样子。他想象着布拉斯纳连夜驱车赶来，毕恭毕敬地把抗毒素送给他这个医生。诺瓦克在餐厅里对着农场专线电话大声喊叫，马丁等待着——等待着——凝视着那个孩子；诺瓦克太太则眼巴巴地等着他能妙手回春；孩子在床上翻身打滚，直喘粗气很吓人；刺眼的白墙和浅黄色木构件刺眼的线条把他催得昏昏欲睡。除了使用抗毒素或者实施气管切开术，其他任何办法都为时已晚。他应该实施手术吗？应该把气管切开让她呼吸吗？他站在那儿干着急。他困得磕头打盹，可还是强打精神。孩子的母亲还跪在那儿，目瞪口呆地注视着他，开始露出怀疑的目光，他必须有所行动才行。

“拿点热布过来——毛巾，餐巾——把它们敷在孩子的脖子上。愿上帝保佑他能打通那个电话！”他焦躁地说。

诺瓦克太太趿拉着一双厚底拖鞋，把热毛巾拿了过来，这时诺瓦克也进来了，面无表情地说：“没有人在药店里睡，布拉斯纳家里的电话坏了。”

“那么听着，我担心这个情况可能会很严重。我必须得用抗毒素才行。我现在就开车去利奥波利斯买抗毒素。你们继续给她热敷，而且——要是有个喷雾器就好了。这个房间应该保持湿润。有酒精炉吗？烧点开水在屋里放着。用药不起作用。马上就赶回来。”

他开了二十四英里来到利奥波利斯，只用了三十七分钟。他连一个十字路口都没有减速过。他根本不在乎那些弯道和伸出路面的树根，虽然他一直都很担心轮胎会爆裂或者汽车控制不好方向。一路狂飙和提心吊胆怕被甩出车外让他狂喜。诺瓦克太太的眼神让他倍感压力。现在，一个人在凉爽的空气中驱车前行，倒是一种享受。一直以来，他的脑袋都在回想奥斯勒书中有关白喉那一页上的内容，原话依稀历历在目：“对于严重病人，初次剂量应该是8000——”不。哎哟，对了：“——是10000至15000单位。”

他重新获得了信心。他感谢科学之神发明了抗毒素和汽车。他认为，这简直就是一场和死神的比赛。

“我要和死神一较高低——赢得这场比赛，救活那个可怜的孩子！”他暗自窃喜。

他来到一个铁路交叉道口，向它猛冲过去，根本不管可能会有火车开过来。这时，他听到了一阵狼吞虎咽般的汽笛声，看到了铁轨上滑行的灯光，于是紧急刹车。一列开往西雅图的快车像喷发的火山一样从他面前呼啸而过，离他的车前轮只有十英尺远。锅炉工正在添煤。即使在这稀薄明净的曙光中，锅炉里滚滚浓烟下面的灼热火光依然令人惊愕。刹那间，这个幽灵似的怪物就消失了。马丁坐在车里颤抖，紧握小小方向盘的双手在颤抖，踩在刹车上的那只脚也在颤抖，就像得了圣维特斯舞蹈病[①]一样。“简直是件要命的事情！”他喃喃地说，于是想到了变成寡妇的利奥拉，就这么扔给了托泽家。不过，诺瓦克的孩子挣扎着进行每一次困难的呼吸的情景压倒了他心中其他的一切念头。“见鬼，我把发动机搞熄火了！”他叹息道。他纵身跳到车边，转动曲柄把汽车发动起来，随后向利奥波利斯飞速前进。

对克林森县来说，有四千多人口的利奥波利斯算得上是个大都市了。但在黎明前死一般的寂静里，它好像只是一片小小的坟场：大街就像一片广阔的沙地，低矮的商店犹如棚屋一样荒凉。马丁发现有一个地方还有动静。在达科他旅馆暗淡的办公室里，值夜班的职员正在与公共汽车司机和小镇警察打扑克牌。

他们对他风风火火的到来深感惊讶。

“我是阿罗史密斯医生，从惠西法尼亚过来的。有个小孩得了白喉，眼看就要死了。布拉斯纳住在哪里？跳上我的车，给我带个路。”

这个警察是个骨瘦如柴的老头，他的背心敞得开开的，里面穿着一件没有领子的衬衣，他的裤子皱巴巴的，但他的眼睛却很坚毅。他把马丁带到药房老板的家，踢了一下门，然后站在寒冷的晨曦中，仰起他那张瘦削而又长满胡子的脸，大声喊道：“埃德！嘿，你这个家伙，埃德！滚出来！”

从楼上的一个窗户里传来了埃德·布拉斯纳的抱怨声。对他来

---

① 圣维特斯舞蹈病：又叫西登哈姆舞蹈病，是一种快速抖动的病，主要影响脸部、手和脚。

说，死人也好，火急火燎的医生也罢，早就不是什么新鲜事了。听得见他一边穿上他的裤子和外套，一边向他那个睡得迷迷糊糊的妻子抱怨药房老板的苦恼，还说想要搬到洛杉矶去做房地产生意。不过，他的药店确实有白喉抗毒素。从马丁逃脱被火车碾压的命运算起已经过了十六分钟，他开上汽车加速朝亨利·诺瓦克的家中驶去。

六

他急匆匆地回到屋里，那个孩子还活着。

在回来的路上，他曾经想到她已经死了，尸体已经僵硬。他咕哝着说："谢天谢地！"然后生气地叫着要热水。他不再是一个局促不安、初出茅庐的医生，而是一个在与死神的比赛中获胜的智勇双全的医生。而且，从诺瓦克太太这位乡下人的眼睛里，从亨利紧张不安、恭顺服从的动作上，他看到了自己的力量。

他迅速麻利地给小孩静脉注射了抗毒素，然后满怀期待地站在一旁。

小孩的呼吸起初没有变化，因为她拼命想要呼吸的时候窒息了。接着喉咙里发出一阵咯咯声。她挣扎了一下，脸色开始发青，然后就静止不动了。马丁注视着，不敢相信。慢慢地，诺瓦克夫妇开始瞪大眼睛，用颤抖的双手捂着自己的嘴唇。慢慢地，他们意识到这个孩子已经不行了。

在医院的时候，对马丁来说，死几个人无关紧要，也很自然。他曾经对安格斯说，他听见那些护士嘻嘻哈哈地互相转告说"喂，五十七床刚刚死了”。现在，他特别渴望能有奇迹发生。她不可以死掉。他得想办法——他不停地嘟囔着说：“我应该给她做手术的——我该那样做的。”他一直在思考这个问题，过了好大一会儿他竟然都没有意识到诺瓦克太太在叫嚷“她死了吗？死了吗？”

他点了点头，不敢看这个女人一眼。

“你把她杀了，就用那根针！你甚至都不告诉我们，这样我们还可以叫牧师来！”

他慢慢地从恸哭的母亲和悲伤的父亲身边走开，驱车回了家，心里空荡荡的。

“我再也不干医生这行了。”他反省道。

“我完蛋了，”他对利奥拉说，“我真没用。我本该给她动手术的。等大家都知道这件事，我哪还有脸见他们。我完蛋了。我还是去找个实验室的工作干吧——去道森·亨齐克那里或者其他什么地方。”

她用一种尖刻但却发人深省的语气抗议说：“你真是这个世上最自命不凡的人！你以为你是唯一一个没有救活病人的医生吗？我知道，你已经尽了最大的努力。”不过，第二天他还是觉得很苦恼。更苦恼的是，晚饭时托泽先生唉声叹气地说：“亨利·诺瓦克和他的女人今天到镇上来了。他们说，你本来可以救活他们的女儿的。你为什么就不用点心，想办法把她给治好呢？你该想想办法的。影响相当不好，因为诺瓦克夫妇在波兰和匈牙利籍农民中有很大的影响力。”

那天晚上，马丁太累了，反而睡不着。第二天，他突然开车去了利奥波利斯。

从托泽一家人的口中，马丁听得出人们对利奥波利斯的亚当·温特医生简直顶礼膜拜。温特医生是个年近七十的老人，是克林森县的元老级医生。马丁现在要去向这位圣人求救。他一边开车，一边嘲弄自己竟然那么疯狂地去和死神比赛。他有气无力地把车开进那条尘土飞扬的大街。这是一条狭长的街道，有一个“街区”那么长，两边全是明亮的红砖商店，上方都有一个埃及风格的飞檐——用白铁皮做的，温特医生的诊所就在这里的一家食品杂货店的楼上。马丁经历了草原的高温和炽热，走进那条宽阔过道的阴暗处，感觉舒服极了。马丁只好等着，直到这位声音低沉、富有同情心的白发老人温特医生给三个毕恭毕敬的病人看完病之后，他才被叫到诊察室去。

那把诊察椅未必就比埃尔克米尔斯的维克森医生曾经用过的那把椅子高级，而且消毒显然是在一个洗手器里进行的。不过，在一个拐角里有一台电疗器，比马丁以前见过的电疗器多了几个电极和纱布块。

马丁讲述了诺瓦克一家的事情。温特医生大叫说：“啊哟，医生，你能做的都做了，不能做的也做了。唯一要注意的事情就是，下次遇到危急病人的时候，你最好请一位年长的医生一起会诊——这并不是说你需要他的指点，而是这样做可以赢得病人家属的欢心，可以替你分担一些责任，让他们不至于到处说你的坏话。我，呃，我就经常有幸被我的一些年轻同事请去会诊。等一下。我给《时事报》的编辑打个电话，和他说一下这个病例的新闻素材。”

温特医生打完电话之后，热情地和马丁握了握手。他指着他的电疗器说：“你还没有这种东西吧？应该买一个，年轻人。不知道吧，我并不是经常用它，只是对那些没病找病治的怪人我才用。但我跟你说，它给这儿的老百姓留下了很深的印象，惊到你了吧。喂，医生，欢迎你到克林森县来。结婚了吗？你和你太太哪个星期天中午过来和我们吃顿便饭好不好？温特太太见到你们一定会很高兴的。如果在会诊中我能为你效劳的话——我只比正常收费稍微多收一点点，而且，和一个年长的人一起讨论病情，看起来挺好的啊。”

在开车回家的路上，马丁陷入了一种自负而又邪恶的自夸：

“我一定要坚持这一条！再坏，我也不会像这个虚情假意、专想分账的老浑蛋那么坏。”

两个星期之后，《惠西法尼亚鹰报》——一份油油腻腻的四版烂报——刊登了一则报道：

我们富于创业精神的同行《利奥波利斯时事报》，于上周对我们最近才欢迎加入我们行列的一位市民，做了如下的报道：

“德高望重的当地医界老前辈亚当·温特医生告诉本报，波尼河谷的医界同行，对惠西法尼亚的马丁·阿罗史密斯医生最近表现出来的勇气、敬业精神以及医术，表示衷心的祝贺。医学界的绅士们对同行医德的无私欣赏，是其他任何行业或职业都望尘莫及的。

“代尔夫特一带众所周知的农民亨利·诺瓦克邀请阿罗史密斯医生去给他的小女儿治病，医生发现那个孩子因患有白喉已经奄奄一息。为了抢救那个孩子，他亲自驱车前往备受我们欢迎的药商布拉斯纳那里购买抗毒素。幸运的是，药店最近刚好新购了一批抗毒素。他驾驶他那辆老式汽车，来回开了四十八英里的路程，整整花了七十九分钟。

“幸运的是，我们一向警觉的乔·科尔比警官正在值班，他帮助阿罗史密斯医生找到了布拉斯纳先生位于红河大道的小屋。这位先生立刻从床上跳了起来，急忙向这位医生提供所需的药品。但不幸的是，那个孩子的病情太重，已经无法救治。然而，正是胆量、果断和学识这些小事让我们看到医生职业才是我们最伟大的职业之一。”

这则消息发表两个小时之后，艾格尼丝·英格布莱德小姐就过来了，再次商讨她那些子虚乌有的疾病。而且，两天之后，亨利·诺瓦克也来了，他自豪地说：

“唔，医生，我们都对这个可怜的孩子尽力了。不过，我想，是我耽误的时间太久了，没有早点给你打电话。我那个女人也很伤心。我和她都看到了《鹰报》上刊登的那篇报道。我们还把它拿给牧师看了。哎呀，医生，我希望你能看看我的这只脚。我这个脚踝有点风湿痛。”

第十六章

一

马丁已经在惠西法尼亚开业一年了，虽然并不引人注目，但也不是那种垂头丧气的乡村医生。夏天，他和利奥拉一起开车去波尼河晚餐野炊和游泳，他们嘻嘻哈哈，泼水嬉戏，恣意取乐。秋天的时候，他就和伯特·托泽去打野鸭。日落时分，伯特站在两片沼泽地中间的一个路口，显得柔和很多。到了冬天，村子里见不到阳光，到处都是冰雪，他们就乘雪橇，打扑克，还去各个教堂参加“社交活动”。

当那一伙人来找马丁看病的时候，他们的需求和他们作为病人的恭顺让他们显得特别可爱。有一两次，他发了火，因为那些快活的村民大大咧咧地对他说，他可能没有实际年龄那么大。还有一两次，他在合作社商店后铺打扑克的时候喝了太多的威士忌；但是大家都知道他为人可靠，医术精湛，待人诚恳——总的来说，他没有理发师亚历克·英格布莱德那么出名，没有木匠尼尔斯·克拉格那么富裕，也没有芬兰籍汽车修理工那么会逗邻居们开心。

后来，一件意外事情和一个错误，倒是让他在方圆十二英里之内出了名。

春天那会儿，他外出钓鱼。在他路过一座农舍的时候，一位妇女跑了出来，惊叫着说她的小孩吞了一根顶针，快要被卡死了。马丁用一把大折刀作为手术器械。他把大折刀在那个农民的油磨刀石上磨了一下，接着把它放在茶壶里消了消毒，然后就给那个婴儿做了喉部手术，救下了那个孩子的性命。

波尼河流域大大小小的报纸都对这件事情做了报道。而且，这件轰动一时的事情还没平息，他又治愈了艾格尼丝·英格布莱德小姐没病找病治的心病。

她双手发冷，血液循环缓慢，半夜三更请马丁过去看病。但他刚刚驱车跋涉泥泞的道路完成两次出诊，早就困得不行了，昏头昏脑地给她服用了过量的士的宁。这个药的药力把她给吓坏了，让她大受刺激，斩钉截铁地说病好了。她的变化太强烈了，比她假装生病更让人觉得有趣——近来，人们显然很少再拿她的症状寻开心了。她到处赞扬马丁，结果大家都说："我听说呀，在给艾格尼丝看过病的那些医生当中，只有这个阿罗史密斯医生对她起了一点作用。"

马丁聚拢的病人不多，生意虽然比较稳定，可也绝对称不上兴隆。他和利奥拉从托泽家搬到他们自己的一个小屋里去了。在那个集客厅和餐厅功能于一体的房间里，铺了一块色彩鲜艳、气味芳香的新油布地毯，上面放着一只镀了镍的炉子，还有一个橡木色的餐具柜，餐具柜的上面还摆着一个插放火柴盒的架子，那是明尼唐卡湖的纪念品。他买了一架小型 X 光全套装备，还被任命为托泽银行的一个理事。他太忙了，根本没有时间憧憬以后搞科学研究的日子，其实这种日子从来就没有存在过。利奥拉叹息道：

"自从结了婚，就没过过好日子。我是想过和你一起走南闯北，四处流浪，可我从没想过要成为社会栋梁。唔，我这个人太懒，不想再去找个丈夫。不过我要警告你：等你当上主日学校校长的时候，你可不要指望我去弹管风琴，也不要指望我给你编造的威利不学基督教主日学[1]的无稽之谈捧场。”

二

马丁就这样跌跌撞撞地加入到了体面人的行列之中。

1912 年秋天，德布斯先生、罗斯福先生、威尔逊先生以及塔夫脱先生正在竞选总统职位，马丁·阿罗史密斯在惠西法尼亚已经住了一年半的时间，伯特·托泽也成了一位著名的鼓动家。他从美国现代林业工人协会全州代表大会上带回来一大堆怪诞的想法。好几个小镇都向这次代表大会派出了鼓动代表团，格罗宁根村还派出了一支由五辆汽车组成的车队，每辆车上都挂着一面很大的三角旗，上面写着“格罗宁根，白人和黑鬼的家园”。

伯特一回来，就到处嚷嚷着说镇上的每一辆汽车都得挂一面写有惠西法尼亚字样的三角旗。他买回了三十面这样的旗子，就放在银行里面出售，每面售价为七十五美分。伯特对每一个来银行的人解释说，这刚好是成本价格，而事实上，每面旗的成本还不到十一美分。伯特火急火燎地来到马丁这里，要求他第一个挂上三角旗。

“我可不想让这种愚蠢的东西挂在我的车上，”马丁很不乐意地

① 基督教主日学：星期天圣经学校用的带有宗教教义的读物。

说，“这到底是什么意思呀？”

“什么意思？当然是为你自己的小镇做宣传啊！”

“有什么好宣传的呀？你以为在一辆老式汽车后面挂上一块积满灰尘的破布，就能让外地人相信惠西法尼亚是纽约或吉姆城那样的大都市了啊？”

“你从来就没有一点爱国主义！马特，我告诉你，如果你不挂上一个的话，我保证让镇上的每一个人都注意到你没挂！”

虽然村子里其他那些摇摇晃晃的汽车都挂上了旗子，向全世界或至少方圆几平方英里的世界宣称，惠西法尼亚是“中北部地区一个非凡的小镇”，但是马丁那辆咔嗒咔嗒响的福特却光秃秃的。他的冤家诺布洛姆说：“我希望一个人能有一点公德心，能对他的生财之地怀有一颗感恩的心。”老百姓都点头附和诺布洛姆，唾弃马丁。而且他们开始质疑马丁妙手回春的声誉。

三

他有几个亲密无间的朋友——理发师、《鹰报》的编辑以及汽车修理工——他无拘无束地和他们谈论打猎和庄稼，还和他们一起打扑克牌。也许，他和他们过于亲密了。格林森县有这样一种说法，如果一个年轻的专业人员偶尔喝点小酒，只要他能守口如瓶，并且经常想着当地的牧师加以弥补，那还是相当不错的。不过，马丁对牧师无话不说，对自己喝酒和打牌的事情从不隐瞒。

如果说他对联合兄弟会牧师的讲道、对电影的邪恶说教以及牧师来路不明的薪水都感到厌烦的话，这完全不是因为马丁是一个冷漠和过度敏感的年轻人，而是因为他觉得汽车修理工关于打扑克时记住下赌注的妙招的那番俏皮话更有乐趣。

整个州有很多打扑克的高手。他们全都是一些面无表情的乡巴佬，穿着衬衫，嚼着烟叶。他们至多也就说一句“该我了”，他们喜欢合伙去赢那些出手阔绰、高高在上的旅行推销员的钱。只要一听到“要玩大的了”的消息，整个县城的人——利奥波利斯的缝纫机代理商、范德海德果园的承办人、圣卢克的私酒商，以及梅洛迪那个没有具体职业的红脸胖子——就都不活动了，悄无声息地聚拢过来，准备大干一场。

有一次，他们在惠西法尼亚汽车修理行的办公室一连打了七十二个小时的牌，整个波尼河流域的人现在还在津津乐道地谈论这件事。那个汽车修理行本来是个马车出租店，地上到处扔的都是长袍和长鞭。屋里弥漫着一股马的骚味和刺鼻的汽油味。

打牌的人来来去去，有时候他们就睡在地板上，一睡就是一两个小时，但牌桌上从来就没有少过四个人。他们抽的是廉价质劣的香烟和廉价味浓的雪茄，散发出来的臭味笼罩着牌桌的上空，犹如一个邪恶的幽灵。地板上到处都是散落的烟头、火柴杆、旧牌和威士忌酒瓶子。在这些勇士中间，有马丁、理发师亚历克·英格布莱德，还有一个筑路工程师。他们全都脱得只剩一件法兰绒贴身内衣，一坐几个小时一动不动，洗着手里的纸牌，乜斜着眼睛，一副颓废的样子。

伯特·托泽听说了这件事情，他很担心惠西法尼亚的声誉。他逢人就说马丁的邪恶行径和他自己的忍让。这样一来，当马丁作为一名医生达到名利双收的顶峰的时候，波尼河流域一带也流传着关于他的闲言碎语，说他是个赌棍，是个“酒鬼”，说他从来不去教堂。而且，那些虔诚的教友还假惺惺地说：“眼瞅着这样一个体面的青年自甘堕落，实在太可惜了。”

马丁这个人既顽固又急躁。他很不喜欢那些善意的寒暄：“医生，你应该留一点点私酿酒给我们这些人尝一口。”或者：“我看呀，你打扑克忙得连回家看老婆的工夫都没有喽。”有一次，他听到诺布洛姆对邮政局长说：“他那个家伙自称为医生，只是因为他运气好，遇到了艾格尼丝·英格布莱德那个蠢女人。他真不该去酗酒，真是丢人现眼——”听到这话的时候，他很后悔自己竟然如此荒唐、幼稚、有伤风化。

马丁停了下来，问道：“诺布洛姆！你在说我吗？”

这位商店老板慢吞吞地转过身来，咯咯地笑着说：“我有很多重要的事情要做哩，哪有闲工夫说你呀。”

马丁走开了，他听到背后一阵哄笑。

他告诉自己说，这些村民其实都很宽厚，他们之所以喜欢到处探听，其中一个原因是因为他们对这种事情有浓厚的兴趣。而且，在这样的一个村子里，全年最有趣的活动只是联合兄弟会在七月四日举行的主日学校野餐而已，所以他们这样也不可避免。不过，他们对任何事情都要喋喋不休地议论一番，琐碎到令人发指的地步，这让他如坐针毡，无法释怀。他感觉，好像他在诊察室里用最低的声音说出来的话都会被广播出去似的，乡间道路上那些竖起耳朵探听的人全都能听到。

和理发师一起聊聊钓鱼，已经让他很知足了。他还没有堕落到整天和人谈论天气的地步。不过，除了利奥拉之外，他根本就没有一个可以谈论工作的对象。安格斯·杜尔这个人一向比较冷淡。不过，他对外科技术的每一次变革都很感兴趣。另外，他这个人说话尖酸刻薄，喜欢争辩。马丁明白，除非自己奋斗，否则的话，在村里人的重压之下，他不但会变得畏首畏尾，而且会陷入开开处方和包包伤口之类的俗套之中。

他也许能从格罗宁根的赫赛林克医生身上找到一种催人奋进的力量。

他只见过赫赛林克一面，但他不管在哪都能听到人们议论他，说他是波尼河流域一带最正直的执业医生。马丁一时心血来潮，便开车去拜访他了。

赫赛林克医生四十来岁，面色红润，身材高大，肩膀宽阔。你一看就知道，不管他有多缺乏想象力，但他心思细密，什么都不怕。他不冷不热地接待了马丁，他诧异的目光似乎在说："唔，你想干啥？我忙得很呢！"

"医生，"马丁唠叨起来，"您是不是觉得很难跟上医学发展的形势呀？"

"不难呀。看看医学杂志就行了。"

"唔，难道你不——天哪，我也不想多愁善感。可是，难道你不觉得，如果不和一些大人物接触的话，你在精神上就会变得懒惰——就会缺乏某种鼓舞吗？"

"我不觉得！想方设法帮助那些病人已经让我够受鼓舞的了。"

马丁心想："好吧，如果你不想做朋友的话，那就见鬼去吧！"但他还是试探着说：

"我知道。不过，就这种工作的乐趣而言，就增长医学知识的乐趣而言，如果你整天只是忙着给一大群农民看病，没有别的什么乐趣，你又怎么能保持下去呢？"

"阿罗史密斯，我可能冤枉你了。不过，在你们这群年轻执业医生中间，确实有一大批像你这样的人，自以为比那些农民优秀，其实他们的工作做得比你们好多了。你以为如果你在拥有大大小小的图书馆、各种各样的医学会议以及其他设备的城市，你就会大有长进啊。咳，我不知道有什么事情妨碍你在家里学习的！你自以为比这些乡巴佬接受的教育多得多，但我注意到你刚才也用了'天啊'和'大人物'之类的字眼。你读了多少书呀？就个人来说，我相当满意。我的病人付给我的钱足够我很好地生活，他们非常欣赏我的工作，他们都很尊敬我，还把我选进了学校董事会。我发现，与我在城里遇到的那些社会名流相比，在这些农民当中，有相当一部分人更有思想，也更光明正大。咳！我不明白你们有什么理由自我感觉良好，又有什么理由自怨自艾！"

"见鬼，我才不呢！"马丁咕哝了一声。在开车回家的路上，他对赫赛林克谈到不要自我感觉良好时呈现出来的优越感十分恼火，但他又不知不觉地陷入了一种不安的沉思之中。的确，他接受的教育有限。他应该算得上是个大学毕业生，但他对经济学一无所知，对历史也一无所知，对音乐和绘画更是一窍不通。上大学的时候，除了临时突击应付考试，他根本就没有读过诗，罗伯特·塞维斯的诗除外；而现在，除了在医学杂志上看到的散文之外，他唯一看过的散文就是明尼阿波利斯各种报纸上的棒球和谋杀案件的新闻，以及各种杂志上和西部荒原有关的冒险故事。

他回顾了一下自己在摩哈利斯说过的一些话。在惠西法尼亚这个荒凉的地方，他相信那些话都是“充满智慧的谈话”。他记得，在克利夫·克劳森看来，不管说什么话，如果不像卡车司机的话那样粗俗下流，就会被认为装腔作势；而他自己的言谈和克利夫的言谈之间的区别，主要在于他的言谈没有那么荒诞离奇，也没有那么见解独到。现在，除了麦克斯·戈特利布对知识的探究，安格斯·杜尔时不时的责骂，玛德琳·福克斯那些不着边际的话中的十分之一，以及席尔瓦老头主持的比亚历克·英格布莱德理发店会议水平略高的那些院务会议，他什么都想不起来了。

他回到了家，虽然满心厌恶赫赛林克，但一点也不喜欢自己。他倒在利奥拉的身上，表示他们“以后要好好学习，即使学习会要了我们的命”。利奥拉平静地表示赞同。他一心扑在学习上，就像他曾经一门心思钻研细菌学那样。

他对着利奥拉大声朗读欧洲历史，利奥拉一副兴味盎然的样子，或者说至少一副很宽容的样子。他还阅读一个落魄教师留在托泽家的那本小说《金碗》，反复琢磨书中的句子。他又从村里的编辑那儿借来了一卷康拉德的作品。从那以后，他驱车行驶在那些草原道路上的时候，总觉得自己好像正在长驱直入那些丛林村庄之中一样——各式各样的硬壳太阳帽，各种各样的兰花，一座座被毁坏的狗脸神像古庙，以及一条条被太阳晒干的神秘河流。他意识到自己的词汇太过贫乏。

虽然不能说他取得了立竿见影的效果，变得口若悬河起来，但是在和利奥拉一起阅读的那些漫长而又紧张的夜晚，他向麦克斯·戈特利布那个悲惨而又迷人的世界前进了一两步，这还是有可能的——戈特利布的世界，虽然有时候很令人陶醉，但始终是令人沮丧的。

可是，当他重新做回学生的时候，他并没有像赫赛林克医生那样心满意足。

四

古斯塔夫·桑德利厄斯回到了美国。

在医学院的时候，马丁曾经读过桑德利厄斯这位科学勇士的著作。他有一大串合情合理的学衔。不过，他这个人很有钱，性格也很古怪。他既不在实验室里埋头苦干，也没有一个像样的诊所、一个漂亮的家，更没有一位如花似玉的妻子。他在全球漫游，与各种流行病进行斗争，创建了很多机构，发表了很多不合时宜的演说，还品尝了各种新酒。他在瑞典出生，但在德国接受的教育，所以说话的时候两种口音都有。他在伦敦、巴黎、华盛顿和纽约都有俱乐部。从巴统到福州，从米兰到贝专纳兰，从安托法加斯塔到罗曼佐夫角，人们都听说过他的大名。曼森[①]曾在《热带疾病》一书中提到了桑德利厄斯用氢氰酸毒气杀死老鼠的好办法，就连《简报》[②]有一次都提到了他在玩巴卡拉纸牌戏时惯用的一套恶劣手段。

---

① 曼森（Sir Patrick Manson，1844—1922)：英国寄生虫学家。
② 《简报》：英国的一家周报，于1893年创立，主要关注上流社会和贵族阶级。

古斯塔夫·桑德利厄斯在上层人士和下层人士中间都大声疾呼：大多数疾病都是可以而且必须消灭的；结核病、癌症、伤寒、鼠疫以及流感是一支侵略大军，全世界必须行动起来进行斗争——真正地行动起来进行斗争；公共卫生部门必须取代将军和石油大王的地位。他在美国各地演讲，多家报刊同时刊发了他慷慨激昂的讲话。

对于和科学或健康相关的报刊文章，马丁大多都很鄙视。不过，桑德利厄斯激烈的演说却引起了他的注意。突然，他改变了原来的信仰，而这种改变，对他来说是一件很重要的事情。

他告诉自己，无论他能减少病人多少痛苦，本质上他还是一个商人，是利奥波利斯的温特医生和格罗宁根的赫赛林克医生的竞争对手；虽然他们可能都很正直，但是和赚钱相比，正直与治病只是他们的次要目的；但是对他们来说，消灭可以避免的疾病，培养出一代健康的人，却是这个世界上最糟糕的事情；必须用公共卫生官员把他们全部替换掉。

和所有狂热的不可知论者一样，马丁也是一个有坚定信仰的人。自从对戈特利布的狂热崇拜幻灭之后，他就不知不觉地追寻着一种新的激情。现在，从古斯塔夫·桑德利厄斯向疾病的宣战中，他找到了这种激情。很快，他的那些病人就不喜欢他了，就像当年伽玛活字协会的成员不喜欢他一样。

他告诉代尔夫特的农民说，他们没有权利有那么多结核病。

这种话让人非常生气，因为，作为美国公民，除了生病的特权之外，他们的权利还没有哪一项被更好地确立起来，或者说被经常使用的。他们愤怒地说："他以为他是谁呀？我们请他来是让他看病的，不是让他发号施令的。啊哟，那个该死的蠢货说，我们应该把我们的房屋都烧毁，还说如果我们反对这样就是在犯罪。哼！我是不会容忍任何人那样跟我讲话的！”

对马丁来说，一切都很清楚了——再清楚不过了。国家必须立刻让最好的医生成为独断专行的行政官员，这就是关键所在。至于怎样让这些行政官员成为尽善尽美的高级官员，怎样说服人民服从他们的领导，他并没有给出任何建议，只是有个美好的信念罢了。在吃早餐的时候，他骂骂咧咧地说：“又要白白浪费一天为那些根本不该发生的肚子痛开处方了！我要是能和桑德利厄斯那样的人一起参加他那伟大的战斗就好了！这里的工作真让人厌倦！”

利奥拉轻声细语地说：“是的，亲爱的。我保证健健康康的，不害肚子痛，不得结核病，或其他什么疾病，所以请你不要给我上课了！”

即使生气的时候，他也是很温和的，因为利奥拉怀孕了。

五

再过五个月，他们的孩子就要出生了。马丁向孩子保证要让他拥有自己不曾拥有的一切。

春天的一个黄昏，他和利奥拉坐在门廊里，他心满意足地说：“他打算去接受真正的教育！他要学习所有的文学作品，等等。我们自己学得不多——只能在这个小地方度过余生了——不过也许我们比我们的父辈强一点，所以他也会比我们强的。”

尽管他说得天花乱坠，但他内心还是很焦虑的。利奥拉的孕妇晨吐反应很强烈。从早上直到中午，她一直拖着身子在屋里忙来忙去，脸色发青，头发蓬乱，脸颊凹陷。他找了一个所谓的女佣，来家里帮帮忙，洗洗碗，打扫打扫房子前面的走道。整个晚上他都在读书给她听，现在读的不是历史和亨利·詹姆斯的作品，而是《卷心菜地里的威格斯太太》。他们俩都认为这是一个非常好的故事。他在那张破破烂烂的旧长沙发旁席地而坐，利奥拉则软塌塌地躺在沙发里。他握着利奥拉的手吹嘘说：

“天哪，我们——不，不是‘天哪’。咳，除了‘天哪’之外，你还能说什么呢？不管怎么说，总有一天，我们会攒到一大笔钱，可以到意大利和其他地方去玩几个月。把那些古老狭窄的街道和古城堡看个遍！其中许多一定有好几百年的历史，或者更长的历史。而且，我们会带着儿子……即使他生下来是个女儿，这个臭小子！……而且，他还要学会说意大利语、法语以及其他外语，要说得和当地人一样好，他的爸爸妈妈该有多骄傲啊！哎哟，我们到时可就变成一对讨人厌的老家伙喽！我们两个以前也不太讲究那些伦理道德，也许到了古稀之年，我们会坐在门前的台阶上，抽着烟斗，傻傻地嘲笑那些路过的体面人，说说他们的丑闻，说得他们恨不得开枪打死我们，而我们的孩子——他戴着一顶高顶礼帽，还有一个专车司机——他可能都不敢认我们了呢！”

如今，他已经学会了医生的那种假笑。当她被孕妇晨吐反应折磨得死去活来的时候，他就大声笑着说：“喂，没关系的，老太婆！如果你不想呕吐，你就生不出一个好孩子。大家都是这样。”其实，他在说谎，他自己也很紧张。他只要一想到她死去活来的样子，就难受得像要和她一起去死一样。如果没有了她的陪伴，他什么都不想干，哪儿都不想去。就算他拥有整个世界，如果他不能让她看看，如果她已经离开人世，那又有什么价值呢？

大自然创造了皎洁的月光、白皙的四肢和触手可及的孤寂，来引诱那些善男信女，使他们孕育新的生命，然后又想方设法让分娩过程变得痛苦、笨拙和消耗体力，他痛恨大自然这种引诱人类的方式。他对那些请他到乡下出诊的病人很不耐烦。不过，面对他们的痛苦，他却表现出前所未有的同情。因为，他的眼睛已经看到了痛苦的那种恐怖的美，只不过利奥拉需要他，他绝对不能离她太远。

利奥拉的孕妇晨吐反应变成了恶性呕吐。突然，她疼痛难忍，面无人色。马丁派人把赫赛林克医生请了过来。在那个可怕的下午，房间里弥漫着一股难闻的三碘甲烷的气味，窗外春天的草原一片生机盎然，他们为她接生了一个婴儿，死的。

如果可能的话，他当时可能就会明白赫赛林克的成功之道，就会注意到正是那份严肃和魅力、那份同情和稳健才使得人们愿意把生命托付给他。那时，赫赛林克不再是个冷漠和挑剔的医生，而是一个更加睿智的兄长，非常富有同情心。可是，马丁什么都不明白。他当时根本就不像一个医生。他就像个受到惊吓的孩子，完全帮不上赫赛林克的忙，甚至连一个最笨拙的护士都不如。

马丁确信利奥拉会康复，于是坐在她的床边，安慰她说：“我们必须得痛下决心，眼下决不能再要小孩了，所以我想……哎呀，我真没用！而且，我脾气太坏。但是对于你，我愿意做牛做马！”

她用一种微弱到几乎听不见的声音喃喃地说：

“他本该是个非常可爱的宝宝。唉，我知道！我经常能感觉到他。因为我知道，他会长得很像你，和你小时候一模一样。”她勉强露出笑容。“或许，我想要他，只是因为我可以指挥他。我还从来没有遇到过一个人愿意让我指挥他呢。所以，如果我不能有一个真正的孩子，我就只好培养你了。把你培养成为一个大家都羡慕的伟人，就像你的桑德利厄斯……亲爱的，你担心的事情，我同样也很担心——”

他吻了她一下。在那个大草原上的黄昏，他们就那么坐着，一连坐了几个小时，虽然什么都没有说，但却永远心心相印。

第十七章

一

利奥波利斯的库格林医生留着一撮红胡子，有一副热心肠。他还有一辆马克斯韦尔汽车，虽然到今年五月就开满三年了，而且车漆剥落惨不忍睹，但他却认为，无论车速还是外观，这辆车都是达科他州最好的车。

他驮着他三个孩子中最小的一个，兴高采烈地回到了家，对他的妻子说：

“泰茜，我有一个很棒的主意。”

“是哦，你还有一口很棒的气味呢。我真希望你不要再在药店里检验弗鲁门塔斯药酒！”

“真是个好老婆！不过，说真的，听着啊！”

“我不听！”她尽情地亲吻了他一下。“这个夏天开车去洛杉矶恐怕不行了。太远了，还得带上这三个淘气的小家伙。”

“肯定的。确实如此。不过，我的意思是：我们收拾收拾行李，赶紧出去玩玩，花一个星期的时间把整个州逛个遍。比如说明天或者后天就出发。除了那个产科病人，我没有别的事情缠身，何况我们可以把那个病人转给温特。”

“好吧。我们刚好可以试验一下这几个新热水瓶！”

库格林医生、他的太太和三个孩子凌晨四点就出发了。起初，汽车里的东西放得整整齐齐，并没有什么特别的趣味。不过，三天之后，当他开着车沿着那条笔直平坦的道路，穿过绿油油的小麦地，朝你开过来的时候，你却看到这个医生身上穿着一身卡其套装，鼻子上架着一副角质框架的眼镜，头上戴着一顶白色的亚麻布划船帽；而他的妻子身上则穿着一件绿色的法兰绒罩衫，头上还戴着一顶花边闺房帽。车子里其他东西就显得有点混乱。当你开车从他的车身边经过的时候，你会看到一个埃及风格的帆布水壶，车轮和挡泥板上都沾满了泥浆，还有一把铲子，两个大一点的孩子不顾危险把头伸出车外向你伸舌头，汽车后座上方的绳子上挂满了小孩尿布，一本破破烂烂的《精彩故事集》[①]，七根棒棒糖棍子，一个千斤顶，一根钓鱼竿，还有一个卷起来的帐篷。

给你印象最深的是两面大三角旗，上面写着“利奥波利斯——北达科他”和“开车起灰，敬请原谅”。

库格林一家遇到了好几次有惊无险的事情。有一次，他们的车陷进了一个泥坑。库格林医生就从一个栅栏上取下几根横木，搭了个跳板，把家人一个一个从车里接了出来。一家大小一片欢呼，对他崇拜得不得了。还有一次，点火器打不着火了，于是他们就给一个汽车修理工打了个电话请他过来。在等待汽车修理工的间隙里，他们又去参观了一家使用电动挤奶机的奶牛场。一路上，他们看到了很多东西，

---

① 《精彩故事集》：1912年开始发行的一本男性杂志，创始人是美国廉价杂志出版商威廉·克莱顿。

大开了眼界，还发现了这个伟大世界的许多奇迹：朗达普的电影院，里面的管弦乐队不仅有一架手弹的钢琴而且还有一个小提琴；梅洛迪的黑狐狸养殖场；以及据说是北达科他州中部最高的塞弗伦斯水塔。

正如库格林先生所说，他“顺便拜访了”当地所有的医生，和他们都“寒暄了几句”。在圣卢克，他有一位亲密的朋友叫特朗普医生——他们以前至少见过两次面，都是在波尼河流域医学协会的年会上见的。他告诉特朗普，他们觉得当地的旅馆简直糟糕透顶，特朗普显出一副惴惴不安和诚心诚意的样子，然后叹了口气说：“要是我妻子能有办法收拾出地方的话，我倒是愿意邀请你们全家今晚和我们一起住呢。”

“哎哟，我可不想难为你。你确定不会给你添麻烦吗？”库格林说。

特朗普太太很想把她的丈夫叫到一边，压低声音狠狠地数落他一顿，但她还是忍住了；特朗普的大儿子也被告知“把从很远很远的地方过来的小客人拒之门外，不是一个小绅士该有的行为”。这样一来，大家才皆大欢喜。库格林太太和特朗普太太先是抱怨洗衣皂和黄油价格太贵，然后又互相交流腌制桃子的方法；而这两个男人则坐在门廊的边上，跷起他们的二郎腿，眉飞色舞地挥动着他们手中的雪茄，兴高采烈地谈论起他们的老本行：

“哎呀，医生，你是怎么收回拖欠药费的？”

（可能是库格林说的——也可能是特朗普说的。）

“唔，他们都挺好。这些德国人付账倒是很爽快。从来不用给他们送账单，刚收完粮食，他们就会过来问：‘医生，我欠你多少钱啊？’”

“哟，这些德国人付账真爽快。”

“嗯，他们确实很爽快。这些德国人当中身无分文的不多。”

“是的，这倒是事实。哎呀，医生，跟我说说，你是怎么给黄疸病人看病的呢？”

“唔，医生，我跟你说：如果病情顽固的话，我通常就用氯化铵。”

“是吗？我一直在用氯化铵，但前几天我在《美国医学协会杂志》上看到一篇通讯，有个家伙声称氯化铵根本就没有效果。”

“还真是那样！唔，唔！我没有看过那篇通讯。嗯，唔。哎呀，医生，你觉得你能治好哮喘吗？”

“这个，医生，说知心话，我跟你说件事情，你可能会觉得很好笑。不过，我认为狐狸的肺对治疗哮喘效果很好，对治疗肺结核效果也很好。有一次，我跟苏城的一位肺科专家说起这事，他竟然嘲笑我——说这不科学——于是我对他说‘见鬼！’，我说‘科学！’，我说‘我不知道这是不是科学上最新的时兴疗法和妙方。’我说‘但是，我得到了结果。我追求的就是结果！’我告诉你，一个上了年纪的非专业医生可能没有很多头衔，但他见过很多自己无法解释的神秘事情。我发誓，我相信，这些所谓的科学家大多都能从普通的乡下开业医生那儿学到一大堆东西，我敢这么跟你说！”

“嗯，这倒是实话。就个人来说，我宁愿待在乡下这种地方，没事还能打打猎，放松一下心情，我可不想当一名城里的高级专家。有一次，我甚至有点儿想做一名X光专家——在纽约的一个地方，你花八周的时间就能上完整个课程了——也许会在比尤特或苏福尔斯定居。不过，我合计了一下，即使我一年能赚到八千到一万美元，也不见得就比这里的三千美元强多少，所以——何况一个人必须考虑考虑他对自己的那些老病人担负的责任。”

“这真是……哎呀，医生，话说，麦克明特恩这个人怎么样呀？离你这儿不远吧？”

“唔，我不喜欢说任何一个执业医生的坏话。而且，我认为。他的本意还是好的。不过，他看病多半靠该死的乱猜，这话只在你我之间说说就算了。喏，就拿你和我来说吧，我们看病用的是科学知识，不是靠碰运气，也不只是凭借经验，更不会仓促行事。可是，麦克明特恩，他懂得太少了。哎呀，他的那个老婆，她是个与众不同的女人——她是我们这一带最能说会道的一个人。而且，她还到处游说，为麦克[1]招揽生意。咳，我想，这就是他们做生意的招数。”

“老温特还在干着吗？”

“啊，是的，可以这么说。你知道他的医术怎么样。当然，他大概比这个时代落后二十年吧。不过，他这个人特别会缠人——硬是让一个傻女人在床上多躺了六个星期，每天过去出诊两次，和她闲扯——完全没有必要。”

“医生，我想，你最大的竞争对手是西尔泽吧？”

“医生，说了你都不信！他干这行并没有他吹的那么好。西尔泽的问题是，他太爱自我表现——总是夸夸其谈——总喜欢让别人听他自己说。啊，哎呀，顺便问一句，你有没有碰到过那个新来的小伙子？——在这儿开业已经快有两年了吧——在惠西法尼亚——叫阿罗史密斯。”

“没有。不过，他们说，他这个小伙子很不错，也很聪明。”

---

① 麦克：麦克明特恩的昵称。

“是的。他们说，他这个人很有头脑——消息也很灵通——我还听说，他老婆是个聪明可爱的小女人呢。”

“我听说阿罗史密斯工作很卖力，虽然——嗜酒如命。”

“是的，他们是这么说的。对这样一个拼命工作的小伙子来说，太可惜了。我自己也喜欢喝两口，偶尔喝喝。可是，一个嗜酒如命的人——！假如他喝醉了，又偏偏被人请去看病！他那里的一个家伙告诉我，阿罗史密斯喜欢读书学习，但却是一位自由思想家——从来不去教堂做礼拜。”

“那倒是实话！嗯，不管他信不信宗教这个东西，如果一个医生不和一个可靠的教派联手，那真是大错特错。我跟你说，一个牧师或者传教士会给你送来一大笔生意。”

“你放心吧，他肯定可以！唔，那个家伙还说，阿罗史密斯总喜欢和那些传教士争论——他还对一个牧师说，大家都应该读一点免疫学家麦克斯·戈特利布的东西，还有那个雅克·洛布的东西——你知道——就是那个人，嗯，我一时想不起来他究竟写了什么东西，不过他声称自己可以从化学药品中造出活鱼呢。”

“的确！你说对了！搞实验室工作的家伙都有这种妄想，除非他们做点实际的医务工作，才不会晕头转向的。咳，如果阿罗史密斯对那种人的话信以为真，难怪大家都不信任他呢。”

“真是这样。嗯。咳，阿罗史密斯整天酗酒，到处鬼混，对他的家人和病人不闻不问，真是太糟糕了。我看得出他要完蛋了。太可惜了。唔——现在是夜里几点钟了？”

二

伯特·托泽哀号着说："马特，你到底干什么事情得罪了利奥波利斯的库格林医生啊？有人告诉我，他到处败坏你，说你是个酒鬼。"

"是吗？这个地方的人是有点儿爱管别人的闲事，不是吗？"

"千真万确，这就是为什么我叫你不要打扑克、喝酒的原因。你以为我就不想喝口酒吗？"

马丁愈发强烈地感到全县的人都在注视他。他不是一个爱听恭维话的人，也没有因为怀才不遇而觉得自豪。不过，不管他怎么顽强地努力，他依然觉得自己不属于惠西法尼亚这个地方，不该经年累月在这个乡村艰苦行医。

突然，他忘记了对桑德利厄斯的崇拜，忘记了他引以为荣的实验室工作这场卫生战，全身心地投入到了一项科学研究之中，完全出乎自己的预料。

三

克林森县的牲畜染上了黑腿病。虽然请来了州立兽医，也注射了道森·亨齐克公司生产的疫苗，但是疫情依然蔓延开来。马丁听到那些农民号啕大哭。他注意到，那些注射过疫苗的牲畜既没有发炎症，也没有发烧。他忽然开始怀疑，亨齐克疫苗没有充足的生物体，于是他就根据自己的猜想到处嚷嚷。

他通过歪曲疫情弄到了一些疫苗，然后在自己实验室那个闷热的小密室里进行实验。他必须创造出属于他自己的一套装置来培养厌氧微生物。不过，戈特利布以前教他的时候说：“一个人如果不能用牙签做一个过滤器，又非买不可的话，那他或许最好还是连同他的精良设备和研究结果一起买下来吧。”马丁用一个大水果杯和一截焊接的管子做出了他的仪器。

他完全肯定，这种疫苗的确没有包含黑腿病的生物体。这个时候，他高兴极了，简直比他发现那位本事强大的道森·亨齐克先生生产的是真正的疫苗还要高兴。

在既没有得到宽恕，也没有得到鼓励的情况下，他从已经发病的牲畜身上分离出了黑腿病生物体，然后研制了一种属于他自己的减毒疫苗。这项工作花费了很多时间。他没有对他的那些病人不闻不问。不过，他肯定抽不开身去商店闲聊或者去打扑克牌。每天晚上，他和利奥拉只吃一个三明治，就匆忙去实验室了，然后用一个临时准备的水浴器给培养菌加温。这个水浴器是用一个煮燕麦粥的烂锅做成的，靠酒精灯加热。马丁以前对赫赛林克很不耐烦，现在观察实验结果却特别有耐心。他一会儿吹吹口哨，一会儿又哼哼小曲儿，这样从七点一晃就到了半夜，好像只有一眨眼的工夫似的。利奥拉平静地皱着眉头，舌尖舔着嘴角，监视着温度的变化，就像一只乖巧的小看门狗似的。

历经三番努力，遭受两次荒谬的失败，他终于研制出一种让自己满意的疫苗，于是就给一群感染疫病的牲畜进行了注射。黑腿病停止了。对马丁来说，这就是他要的结果和奖赏，然后他就把自己记下的笔记和培育的一批疫苗交给了那个州立兽医。对于其他人来说，事情并没有到此结束。县级兽医痛斥马丁，说他侵犯了他们拯救或宰杀牲畜的权力；那些内科医生也含沙射影地说：“这简直就是瞎胡闹，把这个行业的尊严都给毁了。我跟你说，阿罗史密斯就是医学界的一个虚无主义者，一个自毁声誉的家伙，他就是这种人。你记住我的话，很快你就会听说他开了一家骗人的疗养院，不再干这种体面正当的生意了，总有那么一天！”

他对利奥拉评论说：

“尊严，见鬼去吧！如果由着我的性子来，我就去搞研究——哎呀，肯定不搞戈特利布那种虚无缥缈、不着边际的东西，而是要搞讲究实效的工作——然后我就去找一个像桑德利厄斯那样的家伙，让他把我研究出来的东西塞到人们的喉咙里去，而且我要让他们、他们的牲畜和他们的虎斑猫都健健康康的，不管他们喜不喜欢，这就是我要做的事情！”

正当他沉浸在这种心情之中的时候，他在明尼阿波利斯的报纸上看到了一则通告和两条启事，其中一条启事有半个专栏那么长，写的是一位轻中量级举重冠军的婚事，另一条启事只有三行文字那么长，写的是一个世界产业工人组织煽动家处以私刑的事情。这则通告就夹在两条启事中间，内容如下：

著名的霍乱预防权威古斯塔夫·桑德利厄斯将下周五晚上在大学暑期班发表题为“卫生英雄”的演说。

他跑回家里，兴高采烈地说：“莉，桑德利厄斯就要来明尼阿波利斯讲学了。我要去听听！一起去吧！我们去听他讲课，然后痛痛快快地玩一玩，玩什么都行！”

“不，你自己去吧。你离开这个小镇，离开这个家，离开我，自己到外面过一段时间挺好的。到了秋天，我再和你一起去。说实在的，如果我不在场的话，或许你可以和桑德利厄斯好好聊一会呢。”

“机会不大！大城市的那些医生和州里的那些卫生权威肯定会把他围得水泄不通。不过，我还是要去！”

四

大草原酷热难当，小麦在懒洋洋的微风中沙沙作响，硬座车厢里到处都是煤渣。马丁坐了几个小时的慢车，浑身酸痛。他一会儿打瞌睡，一会儿抽烟，一会儿又陷入沉思。“我要把医学知识和其他一切知识全都忘掉，”他发誓说，“我索性去吸烟车厢找个人聊聊天，就说自己是个皮鞋推销员。”

他说到做到。但不幸的是，他的聊天对象碰巧是一位真正的皮鞋推销员。那个人特别好奇，很想知道马丁代理的是哪家公司。然后，他回到硬座车厢，又有了一种受伤的感觉。下午三点左右，他刚到明尼阿波利斯，还没来得及去找旅社，甚至还没来得及去喝一大杯早在车上就想喝的啤酒，就匆匆忙忙去了温大，要了一张桑德利厄斯讲座的入场券。

他有一个很随便却又很惬意的想法，就是在第一个自由的夜晚痛饮一番。也许，在某个地方，他会遇到一群知名人物，他们会邀他一起放声大笑，谈天说地，开怀痛饮——当然，不能喝太多——然后开车一路狂奔，来到明尼唐卡湖，在月光下游游泳。他开始去寻找这样的弟兄。他故意在一家酒店的酒吧里喝了一杯鸡尾酒，又在亨内平大道的一家餐馆吃了晚餐。可是，没有人看他一眼，没有人貌似渴望寻找伙伴的样子。他感到很孤单，开始想念利奥拉。他所有的雅兴，他一心想要狂饮一番的念头，顿时烟消云散，他只想睡觉。

他在旅馆的床上翻来覆去，懊恼地说："也许桑德利厄斯的演讲很糟糕。也许他只是另一个罗斯科·吉克而已。"

五

在这个酷热难耐的夜晚，一拨一拨的学生溜达到了演讲大厅的门口，扫了一眼措辞谦逊的桑德利厄斯海报，又优哉游哉地走开了。马丁犹犹豫豫地想跟他们一起离开，但还是闷闷不乐地走了进去。演讲厅里三分之二的座位还空着，来的大都是暑期班的学生和老师，还有一些人可能是医生或者中学校长。他在后面找个空位坐了下来，用草帽当扇子扇个不停。他讨厌和他坐在同排的一个满脸络腮胡子的家伙，那个人并不赞同古斯塔夫·桑德利厄斯的观点，可他自己又没有什么好的见解。

随后，大厅里一阵骚动。在一个忙前忙后的小个子的陪同下，中间过道里响起了一个男人洪亮的声音。他满脸堆笑，浓眉大眼，一头乱蓬蓬的淡黄色卷发——酷似一只纽芬兰犬。马丁坐得笔直。当桑德利厄斯开口演讲的时候，他似乎拥有了一种力量，可以忍受那个令人沮丧的络腮胡子了。桑德利厄斯说话带有一点瑞典口音和瑞典人的单调音调，但声音却很洪亮动听：

“医学界只有一个愿望：摧毁医生这个职业。至于那些门外汉，他们只有一件事情可以肯定：他们所了解的卫生情况，十分之九并不是实情，而对于剩下的十分之一，他们却不闻不问。正如勃特勒在《埃瑞洪》中说明的那样——这个下流坯子也是从我这儿剽窃了这个想法，或许，他有这个想法比我早了三十年吧——我们应该实施绞刑的唯一罪犯就是肺结核患者。”

“嗨！”那些洗耳恭听的听众嘟哝了一声，不知道他们这样是因为高兴、生气、厌恶，还是受到了启发。

桑德利厄斯是个大嗓门的花花公子，但他懂得魔法。跟随着他，马丁看到了里德、艾格拉蒙特、卡罗尔以及拉齐尔等与黄热病做斗争的英雄；跟随着他，马丁来到了烈日暴晒下的一个墨西哥海港，那儿瘟疫流行，饿殍遍野；跟随着他，马丁骑着马沿着山间小道，奔向那个因斑疹伤寒肆虐而荒芜了的山野小镇；跟随着他，马丁在婴儿都被晒成骷髅的漫长的八月里，用那把外表光鲜、内在迟钝的法律之剑同洲际交易所[①]进行了一场斗争。

“这正是我想做的！不但要修补那些衰竭的身体，而且要创造一个全新的世界！”马丁迫不及待地说，“天哪，我愿意为他赴汤蹈火！他对那些批评公共卫生成果的悲观论者的斥责多带劲啊！我要是能设法和他见个面聊几分钟就好了——”

---

① 洲际交易所：一家全球领军的金融和商品期货的交易所和结算中心集团，包括美国、加拿大和欧洲境内的23个交易所和交易中心。

演讲结束之后，他逗留了一会儿。十几个人把桑德利厄斯围在了讲台上，有的和他握手，有的向他提问，还有一位医生忧心忡忡地说：“您对免费诊所和有社会主义倾向的那些做法怎么看？”马丁在一旁站着，直到只剩下桑德利厄斯一个人。一个看门人正在挨个关窗户，关得砰砰作响，暗示大家赶紧离场。桑德利厄斯环顾了一下四周，马丁断定这位大人物现在很孤单。他上前和桑德利厄斯握了握手，颤抖着声音说：

“先生，如果您没有约定的地方要去，我不知道您是否愿意出去和我喝一……一……”

桑德利厄斯容光焕发地望着马丁，用低沉的声音说：“喝一杯？唔，我想，也许我会去的。我今晚讲的那个狗和跳蚤的笑话怎么样呀？你觉得他们喜欢这个笑话吗？”

“嗬，当然，肯定喜欢。”

刚才，这位勇士一直在讲述自己如何给五千名鞑靼人提供食物，如何接受一所中国大学授予的学位，又如何拒绝一位和蔼的巴尔干国王授予的一枚勋章。现在，他深情地望着这个只有一个追随者的队伍，问道：“我讲得还好吧——是吗？他们都挺喜欢的吧？今天晚上太热了。我一个星期做了九场演讲：得梅因，道奇堡，拉克罗斯，埃尔金，乔利埃特（不过，他说成了佐里耶），还有——我忘了。我讲得还好吧？他们都挺喜欢的吧？”

“简直好极了！嗬，他们喜欢得不得了！我这辈子从来没有听过这么精彩的演讲哩！”

这位预言家兴高采烈地说：“走！我请你喝酒。作为一名保健专家，我反对喝酒。饮酒过量的害处几乎不亚于咖啡甚至冰激凌汽水。不过，作为一个喜欢聊天的人，我觉得喝一大杯美味的威士忌和汽水能大大地削减人类的愚蠢行为。在底特律这个地方有没有卖比尔森啤酒的凉快地儿？——不对；今天晚上我是在什么地方来着？——明尼阿波利斯吗？”

“我知道这儿有一家很好的露天啤酒店。我们可以从这附近坐电车过去。”

桑德利厄斯睁大眼睛看着马丁，说：“啊，我叫了辆出租车等我哩。”

马丁被他的奢华弄得很尴尬。他坐在出租车里，试图找些合适的话和这位名人说。

“博士，请问，欧洲有城市卫生局吗？”

桑德利厄斯没有搭理他。“您看到刚刚过去的那个女孩了吗？脚踝真好看！肩膀真匀称！露天啤酒店的啤酒好不好喝呀？他们有像样点儿的法国白兰地吗？你知道1865年出产的拿破仑白兰地吗？喔！演讲！我发誓再也不干了。像今晚这样的天气还得穿正装！你知道，我是说我以前演讲时说过的那些疯话。咱们现在不用假装正经，咱们去喝酒，咱们去唱一曲《卢森堡伯爵》[①]，咱们设法把那些漂亮的女孩和她们的同伴分开，咱们来谈谈《名歌手》[②]的乐趣，我只喜欢这些！”

---

① 《卢森堡伯爵》：原文为德语 Der Graf von Luxemburg，是匈牙利作曲家弗朗兹·莱哈尔（Franz Lehár，1870—1948）的轻歌剧。

② 《名歌手》：原文为德语 Die Meistersinger，是德国作曲家瓦格纳编剧与作曲的轻歌剧，于 1868 年 6 月 21 日在慕尼黑宫廷国家剧院首次公演。

在露天啤酒店，这位了不起的桑德利厄斯谈到了宇宙俱乐部[①]、哈雷的婴儿死亡率调查、把本尼狄克丁甜酒和苹果白兰地掺和在一起的适用性、拜尔里兹、霍尔丹勋爵、多恩－巴克利牛奶检验法、乔治·吉辛，以及热月龙虾。正如一个人想和社会名流或在异国遇到的人攀谈一样，马丁试图找个合适的话题和桑德利厄斯搭上腔。他本来可以说“我想我认识的一个人认识你”，或者“我很荣幸拜读了您所有的大作”，但他却转弯抹角地打探说：“您见过我们温尼麦克医学院的两位大人物吗——席尔瓦院长和麦克斯·戈特利布？”

“席尔瓦？我不记得了。不过，戈特利布——你认识他吗？哎呀！”桑德利厄斯挥了一下他那双强有力的手臂。“最了不起了！我曾经有幸在麦格克生物研究所和他交谈过。他不会像我一样坐在这儿大嚷大叫的！和他相比，我简直就像一个马戏团小丑！他抓住我关于流行病学的所有言论，让我觉得自己就是个傻瓜！哈，哈，哈！”他哈哈大笑，接着转变了话题，对高关税大加痛斥。

每个话题都有恰到好处的提神作用。桑德利厄斯酒量很大，而且喝酒不上脸。他把比尔森啤酒、威士忌、清咖啡和一种被侍者称为艾酒的苦酒掺和在一起。“我应该半夜就去睡觉的，”他伤心地说，“可是如果相谈甚欢却被打断的话，那也是一大罪过。你应该诱导我多说一点！我很容易被人诱惑！但我必须保证五个小时的睡眠。一分钟都不能少！明天晚上，我要在——艾奥瓦州的一个什么地方演讲。我现

① 宇宙俱乐部：一家位于华盛顿特区的私人社交俱乐部，由美国探险家约翰·威斯利·鲍威尔（John Wesley Powell，1834—1902）于1878年成立，目的是“推动俱乐部会员在科学、文学和艺术领域取得成就”。

在五十多岁了，不能再像以往那样只睡三个小时，撑不住了。不过，我又觉得有这么多新东西要谈。”

他越聊越带劲。接着，他非常恼火。隔壁桌上一个面色阴沉的男人正在探头探脑地听他们交谈，还嘲笑他们。桑德利厄斯丢开哈夫金[①]氏霍乱血清的话题，愤怒地说：

“如果那个家伙再盯着我看，我就过去宰了他！我不喜欢争吵，因为我也没那么年轻了，可是我很不喜欢被人盯着看。我要过去和他理论理论。我得揍他几拳！”

桑德利厄斯向那个人冲了过去，挥舞着大拳要揍他，侍者们急忙跑了过来，可他却停住了，握着那个人的手不放，还把他带过来见马丁。

“这是我的一个同乡，戈登堡人。他是个木匠。尼尔森，请坐，坐下喝一杯！哦嘤！服务生！”

这个木匠是一个社会主义者，一个瑞典基督复临安息日会的教友，一个激烈的辩论家，而且爱喝斯堪的纳维亚烈酒。他指责桑德利厄斯是个贵族，指责马丁对经济学一窍不通，还指责侍者拿来的白兰地不好。桑德利厄斯、马丁和侍者都狠狠地回敬了他几句。他们的谈话这才投机起来。不久，他们三个人就离开了这家露天啤酒店，挤进了那辆仍然在外面等候的出租车。出租车按照他们辩论的节奏摇晃着。马丁根本搞不清楚他们去了什么地方。他可能只是做了个梦吧。他们好像去了一条长街上的一家路边旅馆，肯定是在温大大道上。他们也去了南华盛顿大道的一家酒吧间，吧台尽头竟然睡了三个流浪汉。他们

① 哈夫金（Waldemar Haffkine，1860—1930）：犹太细菌学家，霍乱疫苗与鼠疫疫苗的研制先驱。

还去了木匠的家里，一个不知道是他什么人的人还给他们冲了咖啡。

不管他们走到哪里，他们的话题总是离不开莫斯科、库拉索岛以及穆维兰巴。木匠虚构出一些共产主义国家，而桑德利厄斯则宣称，只要他能迫使人们不要生病、消灭肺结核并且在黎明时分赶走癌症，无论是在社会主义体制下工作，还是在君主制体制下工作，他都不在乎。

他们在凌晨四点分开，眼泪汪汪地发誓下次再聚，在明尼苏达或者斯德哥尔摩，在里约或者南海。马丁动身返回惠西法尼亚，要去终止那些允许人们生病的无稽之谈。

就像席尔瓦压倒了戈特利布、戈特利布压倒了“再来一个”·爱德华兹这位爱开玩笑的化学家，爱德华兹压倒了维克森医生，维克森医生又压倒了谷仓里有一个名副其实的高架秋千的牧师的儿子那样，这位大神桑德利厄斯压倒了席尔瓦院长。

第十八章

一

范德海德果园的武斯泰纳医生在业余时间兼任克林森县的卫生监察员。不过，这份工作报酬不高，也不太能让他产生兴趣。当马丁闯进他的办公室，主动提出包揽全部工作，而且只要一半报酬的时候，武斯泰纳欣然同意，拍着胸脯向马丁保证说，这份工作会对他的私人开业产生巨大影响。

的确如此。这份工作差点葬送了他的私人诊所。

这件事一直没有正式任命。马丁在文件上签的是武斯泰纳的名字（乱写乱画，随心所欲），县委员会的委员承认马丁的有限权力，但整件事可能并不合法。

在他这个卫生官员新官上任三把火期间，没有伟大的科学探索，更没有英勇的事迹，有的只是一堆让他的同乡恼怒的事情。他挨家挨户检查院子，指责毕森太太家的灰桶臭气熏天，责备诺布洛姆先生把粪肥堆在街上，还痛斥校董事会没有搞好通风设备、缺少刷牙指南。这些市民以前只是对他没有宗教信仰、道德涣散以及缺少地方荣誉感表示不满，可现在他们那种舒适而且可能大有裨益的陈规陋习受到了触动，于是他们就爆发了。

马丁为人正直，做事一丝不苟。不过，如果说他具有鸽子的单纯，那他肯定没有蛇的智慧。他没有使镇上的人们了解他的使命，也根本没有试图使他们了解。作为武斯泰纳的全权代表，他的权威在文件上威风凛凛，在行动中却不堪一击，用来对付他引起的这些棘手问题更是毫无价值。

他从暗中检查垃圾这件事中搞出一场传染病闹剧。

代尔夫特一带斑疹伤寒流行，疫情时好时坏。村民们认为，这种病是从住在小河上游六英里处的一帮非法占用公地的人那儿传过来的。作为一种实际的抗议手段，也作为一种小麦种植间隙的趣味，他们打算私刑处死这些罪犯。马丁坚持认为，任何污物在水里流淌六英里之后都会被净化，那些非法占用公地的人可能不是致病的原因，结果被大家骂得狗血喷头。

“他倒装起好人来了，还真会装呢，到处瞎嚷嚷，说我们本该采取更多防病措施！现在可倒好，我们告诉他哪里有该被枪毙的恶魔，反正他们也只不过是一帮粗人，可他竟然屁事不干，说了一大堆空话，说什么杀菌作用之类的鬼话。”代尔夫特粮仓的小麦收购商凯斯说。

马丁在县内四处奔走，没有疏忽自己的业务，当然也没有扩大自己的业务。他在地图上标注了代尔夫特方圆五英里以内最近患有伤寒病的每一个人的住处，又调查了牛奶和食品杂货的送货路线。他发现，大多数病人都是在一位走家串户的女裁缝串门之后出现症状的。这位裁缝是个老处女，品性正直，特别讲卫生。她在四年前患过伤寒。

“她是病菌的长期携带者。她应该接受检查。”他宣布说。

他发现她正在一位上了年纪的农民牧师家里做针线活。

她不愠不火，拒绝检查。马丁离开的时候，听到她因为受到侮辱而嘤嘤啜泣，而牧师则站在台阶上对他破口大骂。不一会儿，他带着镇上的警官回来了，逮捕了女裁缝，把她关进县济贫农场的隔离室。在她的排泄物里，他发现了数以亿计的伤寒杆菌。

在这间纸板墙被粉刷成白色的隔离室里，她那孱弱而又体面的身体很不舒服。她感觉很丢脸，又很害怕。她一直深受大家的喜爱。她虽然是个衣着破旧的老处女，但她性格温和，一双眼睛炯炯有神。她经常给小孩子们带些礼物，帮助那些过度劳累的农家主妇烧饭，还用尖细的声音给孩子们唱歌听。大家都痛斥马丁迫害她。“如果她不这么穷的话，他肯定不敢欺负她。”他们说。他们甚至议论起了劫狱。

马丁很苦恼。他去济贫农场看望这个女裁缝。他试图让她明白，她没有地方可去。他给她带来了杂志和糖果。不过，他很坚定。她不能获得自由。他确信，她至少使一百人感染了伤寒，其中已有九人死亡。

县里的人都嘲笑他。她的病已经好了四年，现在还会引起伤寒吗？县委委员们和县卫生局从邻县请来了赫赛林克医生。他同意马丁的看法和他的疫情流行图。现在，县委委员们每次开会都会争吵。马丁到底是会声名狼藉，还是会平步青云，还不得而知。

利奥拉既解救了马丁，又拯救了这位女裁缝。“为什么不筹集一笔钱，把她送到一家大医院去呢？在大医院，她就可以接受治疗了。即使他们治不好她，总可以收留她吧。”她说。

于是，女裁缝被送进了一家疗养院——在她后来的有生之年，大家就都把她给淡忘了——就连马丁新近结下的仇人都议论他说：“他很精明，这件事做得对。”赫赛林克开车过来告诉他：“阿罗史密斯，你这次干得相当好。看到你业务上手，真的很高兴。”

马丁稍微有点骄傲。又出现一种新的流行病，他立刻忙碌起来。他很幸运，找到了一例天花患者和几例天花疑似患者。其中有几个疑似患者住在门肯县，属于赫赛林克的管辖范围。赫赛林克嘲笑他说：“可能只是水痘，除了你那一例。夏天得天花非常罕见。”他咯咯地笑着说。马丁像发了疯一样在两个县里东奔西走，说灾祸即将来临，恳求大家接种牛痘，并大声疾呼：“十到十五天之后，这里的局面将一发不可收拾！”

可是，在惠西法尼亚和另外两个村庄传教布道的联合兄弟会的牧师，不但自己反对接种牛痘，而且还鼓动大家不要接种牛痘。村里的人都站在他这一边。马丁挨家挨户走访，苦苦哀求他们，甚至主动提出免费给他们治疗。他从来没有教导他们来爱戴他，并把他作为一个首领来追随。所以，他们表示怀疑，整天在自家门口瞎议论，咯咯地笑着说他喝醉了。虽然几个星期以来，他喝得最凶的饮料只是乡下的苦咖啡，但他们私下都在议论，说他每天晚上都喝得烂醉如泥，还说联合兄弟会的牧师要在布道坛上揭露他。

可怕的十天过去了，十五天过去了，事实证明，除了第一例病情外，其余的人得的都是水痘。赫赛林克有点幸灾乐祸，村里人捧腹大笑，马丁成了当地人的笑柄。

对于他们说他堕落的那些闲话，他不是特别生气。只是在那些情绪低落的晚上，他才想到要远离这些人。不过，对于他们的捧腹大笑，他却气得脸色发青。

利奥拉心平气和地安慰他。她说：“这事会过去的。”可是这事并没有过去。

到了秋天，这件事情已经变成全世界的农民都喜欢的滑稽传闻了。他们兴高采烈地说，他曾经断言凡是家里养猪的人都会死于天花；他一个星期都醉醺醺的，把胆结石和胃灼热之类的病全都诊断为天花。他们偷偷笑他，但没有冒犯他的意思，和他打招呼说：“医生，我下巴上长了个疱，是什么病呀？——天花吗？”

人们的嘲笑比他们的愤怒更加可怕。如果他们的嘲笑能够粉碎暴君，那也会以同样的热情去追寻圣人和贤哲，从而玷污他们的高贵品德。

当白喉突然在社区里真正流行起来的时候，马丁却犹豫着不敢主张使用抗毒素。他们中间半数的人仍然记得他没有治好玛丽·诺瓦克这件事，另一半人则叫嚷着说：“哎呀，让我们安静一会儿！你脑子害了流行病吧！”好多小孩都白白地死掉了，但这并没有让他们停止传播他们那些滑稽可笑的传闻。

就在这个时候，马丁回到家里找利奥拉，心平气和地说：“我被打败了。我必须离开。我在这儿不会再有作为了。要过好多年他们才会再次信任我。他们真他妈的幽默！我打算去找一份真正的工作——公共卫生方面的工作。”

“我太高兴了！你在这儿给他们治病，还真有点大材小用呢。我们去找个大点儿的地方吧，那里的人会欣赏你的工作的。”

“不，这样说不公平。我也学到了一点东西。我在这儿栽了跟头。我得罪了太多的人。我不知道如何和他们相处。我们本来可以坚持干到底，要不是生命太短暂，我肯定会干到底，而且我认为自己在某些方面干得挺好。我一直担心自己是个胆小鬼，担心自己临阵脱逃，‘担心自己——’怎么说来着？——撂挑子。现在我已经不在乎了。天哪！我知道自己能干什么！戈特利布很清楚这一点！我想大展拳脚。咱们走吧，好吗？”

“当然好了！”

二

他从《美国医学协会杂志》上获悉，古斯塔夫·桑德利厄斯将在哈佛大学进行一系列的演讲。他写了一封信过去，问他是否知道哪里有公共卫生职务的空缺。桑德利厄斯回了一封信，字迹潦草，语言粗俗。他在信中说，他很高兴，依然记得他们在明尼阿波利斯共度的时光；他不认同哈佛大学恩特威斯尔关于变性凝血酶的本质的看法；还说波士顿有一家出色的意大利餐馆；他还说他要向他那些当卫生官员的朋友打听职位空缺的事情。

两天后，他又来信说，艾奥瓦州诺梯拉斯市的公共卫生局局长阿尔穆斯·皮克博医生正在物色一名副职，而且没准会愿意把详细要求邮寄给他。

利奥拉和马丁立即扑向一本年鉴。

“天哪！诺梯拉斯市的人口多达六万九千啊！我们这儿人口才三百六十六——不，等一等，现在是三百六十七，皮特·耶斯卡刚添了个孩子，那个猪猡竟然请赫赛林克接生。好多人啊！有那么多可以交谈的人啊！还有好多剧院呢！可能还有好多音乐会哩！利奥拉，我们两个到时肯定会像开笼放鸟的孩子一样！”

他打电报去询问详情，这让那位兼任报务员的站长狠赚了一笔。

邮寄给他的油印信件说，由于诊所医生和校医均由私人医生兼任，皮克博医生需要一名和他自己一样全职工作的卫生干事做他的助手。这名助手须是流行病学家、细菌学家、办公室人员主管、护士，以及那些检查奶牛场和环境卫生的非专业视察员。年薪可能是二千五百美元——马丁在惠西法尼亚一年只能挣一千五六百美元。

信中还说希望他把正式的推荐信寄去。

马丁同时写信给桑德利厄斯、席尔瓦老头和现在在纽约麦格克研究所工作的麦克斯·戈特利布。

皮克博医生通知他说：“我已经收到席尔瓦院长和桑德利厄斯医生给您写的赞誉有加的推荐信。不过，戈特利布博士的推荐信更是非同寻常。他说您具有从事研究工作的罕见才华。我很高兴给您提供这个职务。请回电。”

直到此时此刻，马丁才完全意识到他要离开惠西法尼亚了——伯特·托泽喋喋不休的唠叨——皮特·耶斯卡及诺布洛姆夫妇的暗中监视——总是转来转去的乡间小道，他每次都要沿着这条小道转弯，从两英里果园处利奥波利斯小路的南面，然后再沿着那条令人厌烦的平直的乡间小径——赫赛林克医生的盛气凌人和库格林医生的不怀好意——还有使他忙得无暇顾及他那个积满灰尘的实验室的巡回出诊——他将告别这里的一切，前往那个预示着功成名就和荣华富贵的大城市诺梯拉斯。

“利奥拉，我们要走了！我们真的要走了！”

三

伯特·托泽说：

“哎呀，你知道，我们为你付出的太多。就算你真的还清了那一千美元，可是你让别的什么医生到这儿来，夺走我们这个家的权势和影响，肯定会有人说你是个叛徒。”

艾达·奎斯特说：

“我想，如果你在这里不太受大家的欢迎，那你去诺梯拉斯那样的大城市过段时间也不错！唔，我和伯特明年就要结婚了。我想，等你们这两位大人物在外面混不下去，又灰头土脸跑回来的时候，我们这个家还是会收留你们的。你看，我们能住你们的房子吗，就按你们支付的房租付钱给你们。哎哟！伯特，我们为啥不能把马丁的诊所要过来呀？这样还可以省点钱嘛。咳，奥利，自从我们一起上学那时起，我就一直认为你不是个规规矩矩过日子的人。”

托泽先生说：

“我就闹不明白了，在这儿顺风顺水的。啊哟，只要你肯坚持干下去，你一年肯定会赚到三四千美元的呀，迟早的事儿嘛。难道说我们待你还不够好吗？我现在越来越老了，不想让我的小女儿离开，把我一个人撂在这儿。再说了，伯特对我和你妈老是耍脾气，你和奥利一直还算听我们的话。你就不能将就一下留下来吗？”

皮特·耶斯卡说：

“医生，我听说你快要走了，简直把我吓一跳！当然，你我之间因为药店生意吵过嘴。不过，对天发誓！我一直在琢磨找个时间过来和你谈谈，让你和我一起合伙经营，而且让你经管药品部分，刚好可以满足你的需要。我们还可以代销别克汽车，把这个不错的小生意逐步搞起来。没想到你要离开我们了，我真的很难过……唔，改天回来看看，咱们再一起打野鸭去，还可以拿你那番关于天花的高论开开心哩。我永远不会忘了这事！就在几天前，我老伴耳朵疼，我还对她说：‘贝丝，你不是得了天花吧！’”

赫赛林克医生说：

“医生，我没听错吧？你没打算走吧？啊哟，咱俩刚在这一带把医生这个行当干得像点样子，所以我今晚特地开车过来……嗯？我们嘲笑过你？是的，我想我们是嘲笑过你。可是，这并不意味着我们不赏识你啊。像这样的小地方，或者格罗宁根这样的小地方，你就得嘲笑邻居啊，不然没事干嘛。啊哟，医生，我可是看着你成长起来的，从一个乳臭未干的毛孩子成长为一名真正出色的医生，可现在你却要走了——你不知道我有多难过！”

亨利·诺瓦克说：

“啊哟，医生，你不是打算离开我们吧？我们又有个孩子要出生了。就在前几天我还对我女人说：‘太好了，我们终于有一个说真话的医生了，不像以前温特医生那样总是瞎扯。’”

代尔夫特的那个小麦收购商说：

“医生，我没听错吧？你没打算远走吧？有人跟我说你要走，我就这样对他说。我还说：‘天底下没有你这么蠢的人了吧。’可是，我又开始有点担心，所以就开车过来，没想到——医生，我想，我这个人总是管不住我的嘴。你以前说是那个女裁缝把伤寒传给别人，我还和你唱反调。可是后来你也让我丢尽了颜面啊。医生，如果你想当州议员，如果你愿意留下来——我还有那么一点儿影响力——相信我，我会全力以赴为你效劳的！”

亚历克·英格布莱德说：

“你这个家伙可真幸运！”

他们去诺梯拉斯那天，全村的人都来火车站送行。

在炽热的秋阳下行驶了一百英里的路程，马丁还在为那些邻居感到难过。“我现在真想下车，回到他们身边去。我们以前和弗雷泽一家打五百分[①]也很开心啊！我真不愿意去想他们可能会请一个什么样的医生。我发誓，如果在那儿开业的是个冒牌医生，或者说，如果以后武斯泰纳再对卫生工作玩忽职守的话，我就要回去，把他们俩的生意都给挤垮！其实，从某些方面来说，当个州议员还是有点小意思的。”

不过，暮色渐浓。在这个疾驶而过的世界里，除了长长的车厢顶上那些黄色的煤气灯，什么都看不见。此刻，他们仿佛看到了前方那座伟大的诺梯拉斯市，巨大的荣耀和非凡的成就，一座光芒四射的模范城市的成功之道，还有桑德利厄斯的赞扬——甚至可能还有麦克斯·戈特利布的。

---

① 五百分：20世纪上半期美国盛行的一种纸牌技巧游戏，后来因为桥牌的盛行而黯然失色，但也还有人玩这种纸牌。

第十九章

一

诺梯拉斯市位于艾奥瓦州黑土平原的正中间，只有一条很不起眼的浅浅的小河流经这里。诺梯拉斯市炙热如烤，喧哗吵闹，阳光灿烂。一排排玉米茁壮成长，高高挺立的玉米绵延数百英里。马丁这个外乡人艰难地穿过一条又一条被玉米包围的道路，累得满头大汗。他迷路了，玉米疯狂的长势让他焦虑不安。

诺梯拉斯和泽尼斯相比，正如泽尼斯和芝加哥相比一样。

诺梯拉斯拥有七万人口，可以说是个小泽尼斯，但其繁华程度一点也不比泽尼斯逊色。泽尼斯有十几家大旅馆，而诺梯拉斯只有一家大旅馆，但这家大旅馆的老板很努力，他最大限度地改善条件，使其标准化和现代化，让生意兴隆起来。在诺梯拉斯和泽尼斯，所有的街道看起来都很相似，它们之间唯一真正的区别就是，诺梯拉斯的街道没有那么长。

很难给诺梯拉斯下一个定义，因为没有人说得清它到底是一个很大的村镇还是一个很小的城市。很多家庭都有专车司机和巴卡迪鸡尾酒。不过，在八月的夜晚，除了几十个市民之外，大家都只穿着衬衣，坐在屋前的门廊里乘凉。有一个在蒙帕纳斯的咖啡厅里住过五个月的女人办了一本叫作《新散文》的小杂志，地点就设在一座十层楼高的办公大楼里。大楼的对面是一座老式结构的大宅第，院子里枫树成荫，非常舒服。里面还停了一排福特汽车，以及身穿工装裤的农民进城乘坐的那种拉木材的货车。

艾奥瓦州有全国最肥沃的土地，最低的文盲率，最多的土生土长的白人和私家车主，是最有道德风尚和进取精神的城市。诺梯拉斯是艾奥瓦州最具有本州气质的一座城市。在每三位六十岁以上的老人中间，就有一个曾经在加利福尼亚州度过冬季的。在这些人当中，有帕萨迪纳市掷蹄铁套桩游戏的冠军，还有那位在1912年圣诞节送给电影皇后玛丽·皮克弗德小姐一只火鸡令其享有一顿圣诞大餐的妇女。

诺梯拉斯的显著特点是房子很大，房前的草坪也很大，汽车修理铺和高耸入云的教堂尖塔数量多得惊人。肥沃的田野一直延伸到城市的边缘，散布的工厂、不计其数的铁路侧轨以及那些工人居住的散乱的小屋，几乎都淹没在玉米中间了。诺梯拉斯生产钢制风车，各种农业机具，其中包括名牌产品雏菊牌肥料播撒机，还有“玉米棒子”之类的玉米制品，非常著名的早餐食品。它还生产砖块，批发销售食品杂货，而且也是玉米带合作保险公司的总部所在地。

它的最小而又最古老的一个产业是默格福特基督教学院。该院有一百一十七名学生，十六名教师，其中十一名教师是基督教牧师。著名的汤姆·毕塞克斯博士既是足球教练、卫生主任，又是卫生学教授、化学教授、物理学教授、法语教授和德语教授。该院的速记系和钢琴系名扬市内外。有一次，默格福特学院棒球队以十一比五的比分击败了格林尼尔学院棒球队，不过这已经是很多年前的事了。它从来没有因为教授进化论生物学的争论丢过面子——因为它根本就没有想过要教授生物学。

二

马丁把利奥拉安置在诺梯拉斯市排名第二的老式旅馆西姆斯旅馆，就去向公共卫生局局长皮克博医生报到了。

卫生局位于一条胡同里，设在外墙由灰色岩石砌成的蘑菇形市政厅大楼后面的那个半地下室里。他走进那间单调沉闷的接待室，受到速记员和两名访视护士的热情接待。“医生，一路上还好吗？医生，皮克博医生以为你明天才会到呢。医生，阿罗史密斯太太和您一起来了吗？”正在大家兴致勃勃的时候，皮克博冲了进来，大叫：“欢迎，欢迎！”

阿尔穆斯·皮克博医生四十八岁。他先后毕业于默格福特学院和瓦索医学院。他的长相有点像罗斯福总统，身材也和总统差不多，就连胡子也是又粗又硬。而且，他也刻意装扮，使自己显得更像。他这个人向来不只是随便说两句就算了，他要么滔滔不绝地讲个不停，要么就是长篇大论地演说。

他接待马丁时一连说了四个“很好”，就像大学啦啦队似的。他带领马丁参观了一下卫生局，然后把他带到局长的私人办公室，递给他一支雪茄，紧接着就打开了男性沉默的大坝。

“医生，我很高兴有一位像你这样具有多种科学爱好的人做助手。这倒不是因为我认为自己完全没有科学爱好。实际上，我一直定期抽出一段时间进行科学研究。没有一定的科学研究，再怎么热情地进行卫生方法的改革，也不会有太大的进展。”

这话听着有点像一场冗长的研讨会才刚刚开始的味道。马丁在他的椅子上坐好。他还在犹豫要不要抽这支雪茄。但转念一想，他又觉得抽抽雪茄也许会让自己显得对谈话更感兴趣一些。

“可是对我来说，我承认，这是性格的问题。我常常希望，这绝对不是出于个人对权力的任何欲望，上帝也许会赋予我一种天赋，让我在这场日益壮大的伟大公共卫生措施运动中，摇身一变成为罗斯福和朗费罗。医生，是不是雪茄抽着不够有劲？或者说，最好变成公共卫生领域的吉卜林而不是朗费罗，因为，虽然朗费罗的诗歌中有许多音韵优美的篇章，也有‘剑桥圣贤’那种高尚的道德氛围，但却缺乏吉卜林的那种节奏和力量。

“我相信，你肯定会同意我的看法。或者说，等你有机会看到我们的工作对这个城市的影响，看到我们在宣传‘增进健康’这个理念时取得的成功，明白这个世界需要的是一位真正具有灵感的、勇敢的、卓越的领袖——比如，这场运动中的比利·森戴——他这个人懂得如何恰到好处地运用感觉主义，把人们从他们怠惰的状态中唤醒，这个时候你就会同意我的看法了。有时候，报纸把我与福音传教士和基督教牧师当中最了不起的比利·森戴相提并论，对此我只能说他们是在恭维我。有时候，他们又说我太过哗众取宠。哼！要是他们能明白这一点就好了。问题是我还不够哗众取宠啊！尽管如此，我还是一直努力，一直努力，而且……请看这儿。这有一张招贴画，是我女儿奥契德画的，画上的诗是鄙人的拙作。老实告诉你，这首诗到处被引用哩：

卫生事业不声张，

你就不会得健康；

所有卫生宣传员，

须像公鸡天天嚷。

“这还有一首——小诗一首。这首诗没有试图把一般的抽象原则讲得很透彻，但让你惊讶的是，它对那些粗心大意的家庭妇女产生了深远的影响。她们当然不会有意忽视自家小宝宝的健康，但她们需要教导，也需要一点鼓舞。像下面这条标语肯定会引发她们的思考：

奶瓶消毒不能忘，

否则准备见阎王。

“这些东西没花五分钟就涂完了，略尽绵力而已，有几首我还是非常欣赏的。你哪天有时间的话，翻翻这本剪报——医生，我只是在向你说明，如果你要用与时俱进的科学方法来开展这场运动，你可以做些什么。看看这个，这是我在得梅因禁酒会的演讲词——哎呀，我用数据证明百分之九十三的精神病都是酗酒造成的，整个大厅的人都踮起脚尖竖着耳朵听。大厅里人山人海，挤得水泄不通！再看看这个——唔，它和卫生没有任何关系，应该说没有直接关系，不过它却指出你在这里和各种民众福利运动取得联系的机会。”

他拿出一张从报上剪下来的钢笔画漫画，这幅画把他画成了一个头大身子小的大胡子。漫画的标题是：

伊万杰林县的旗帜宣传员皮克博医生在本市引领做礼拜示威大潮

皮克博看完标题，若有所思地说：“那次会议太棒啦！我们使这里上教堂做礼拜的人数增加了百分之十七哩！啊哟，医生，你是在温尼麦克上的大学，在泽尼斯做的实习医生，对吧？唔，这样的话，这首诗你就可能会感兴趣了。这首诗刊登在泽尼斯《倡导时报》上，作者是丘姆·弗林克。他和埃迪·格斯特以及沃尔特·梅森一样，都是我们最伟大的诗人。我想，你肯定会同意我的看法，因为他们绝对是最受大家欢迎的诗人，这表明你在任何时候都可以信赖美国公众的文学鉴赏能力。亲爱的老丘姆！那个时候我正在泽尼斯给公理会主日学校的全国会议做报告——我本人刚好是公理会教友——报告的题目是《论健康的美德》。所以丘姆就为我写了这首诗：

泽尼斯热烈欢迎，
朋友阿尔穆斯·皮克博，
一位双拳出击的战斗诗人兼医生，
他像直布罗陀的岩石一样坚定地支持卫生事业，
他的脑海中全是数字、事实和乐事，
一个勇敢无畏、福星高照的老——家——伙！”

一时间，这位神气活现的皮克博医生倒显得有点不好意思。

“或许，把这首诗拿出来到处给人看，显得我有点不够谦虚。不过，每次读到一首思想新颖、节奏明快的诗歌，或者发现一篇类似这样的货真价实的袖珍杰作，我都会觉得自己根本就不是一个诗人，不管我那些音韵铿锵的诗句怎样有助于促进卫生事业的繁荣。我这些创造性脑力劳动的产物虽然可以教会人们讲究卫生，并且尽它们的绵薄之力去拯救成千上万宝贵的生命，但是它们根本比不上丘姆·弗林克创作的诗篇，算不上什么文学作品。不，我想，我只不过是一个平平庸庸的坐办公室的科学工作者罢了。

“尽管如此，通过一个好笑话、一句妙语或者某种韵律，你还是会很容易看到我的某项努力起到了作用，它确实让人们觉得药丸好吃，让那些漫不经心的人不再随地吐痰，而是走进神圣的大自然，让他们的肺里充满新鲜的空气，过上一种真正雄壮的具有男子汉气概的生活。事实上，你可能很想看看我正在创办的一种小型半年刊杂志的首期是什么样的——我可以肯定的一件事是，很多报刊编辑都会从这份刊物中引用材料，这样既可以把这项有益的工作做下去，又可以增加我的发行量。”

他递给马丁一本名叫《皮克博集锦》的小册子。

《集锦》以诗歌和警句的形式，提倡身体健康、道路干净、生意兴隆以及唯一的道德标准。皮克博医生用一组统计数字来支持他的指令，这些统计数字令人印象非常深刻，正如艾拉·欣克利神父当年在伽玛活字协会用过的那些统计数字一样。让马丁深受启发的是，其中一项统计数字表明，1912 年在安大略、田纳西州和怀俄明州南部的离异家庭中，每天至少喝一杯威士忌酒的丈夫的比例竟然高达百分之五十三。

马丁还没来得及领悟这则告诫，皮克博医生就把《集锦》从他手中夺走了，用一种孩子气的口吻说：“哎哟，你不要再看我的这些烂东西啦。将来有时间你再仔细看吧。不过，第二本剪贴簿里的东西也许会让你感兴趣，它会暗示你一个人能够做些什么。”

马丁思考着剪贴本里的那些标题，忽然发现皮克博医生的名气比他想象的大多了。从这些标题上可以看出，他是艾奥瓦州第一个“扶轮国际”[①]分社的创始人；诺梯拉斯市乔纳森·爱德华兹公理会主日学校的负责人；莫卡辛滑雪与远足俱乐部、西城区保龄球俱乐部以及1912布尔·穆斯和罗斯福俱乐部的主席；伐木工社、驼鹿社、麋鹿社、共济会、独立共济会、体育俱乐部[②]、哥伦布骑士团、圣约之子会，以及基督教青年会等组织的联合野餐会的组织者和啦啦队队长；他还在乔纳森·爱德华兹成人圣经班的中秋满月节的晚会上，因为背诵的经文最多以及爱尔兰吉格舞跳得最好而得过奖。

马丁从阅读中得知，他在诺梯拉斯世纪俱乐部做过题为“一位美国医生在古欧洲的游历”的演讲，还在默格福特学院校友会上做过题为“招贤纳才：为历史悠久的默格福特引进一名身强体壮的足球教练”的演讲。不过，在诺梯拉斯以外的地区，他也到处大声疾呼，以显示自己的存在。

他在托莱多商会每周午餐会上做过关于“健康越佳——银行票据

① 扶轮国际：一个由商人和职业人员组织的国际性慈善团体，在全球范围内推销经营管理理念，并进行一些人道主义援助项目。
② 原文为德语 Turnverein。

交换额越大”的讲话。他在威奇塔举行的全国城际有轨电车理事会上做过“电车司机的健康箴言”的宣讲。七千六百名底特律汽车工人听过他的“健康第一，安全第二，绝不酗酒”的演讲。在滑铁卢市举行的一次大会上，他协助组织了艾奥瓦州第一支禁酒民兵团。

各种报纸和内部刊物以及一家橡胶制品期刊刊发了与他相关的文章和社论，同时刊登了他本人和体态丰满的妻子以及八个活蹦乱跳的女儿的照片。有穿着加拿大的冬季服装、站在冰天雪地里的照片；有穿着朴素大方但休闲舒适的运动服在后院里打网球的照片；还有穿着不知道什么名目的服装在北明尼苏达的松树林里烤咸肉的照片。

马丁有一种强烈的感觉，他想离开那里，出去喘口气。

他步行回到西姆斯旅馆。他意识到，对于一个思想开化的人来说，皮克博鼓吹改革这件事情本身就足以说明完全不用理睬这种改革。

他刚想到这里，便连忙刹车，不再想下去，并诅咒自己自以为比那些正派的正常人优秀的老毛病……失败。不忠不义。在医学院是这样，在私人开业时是这样，在他强力施行卫生管理时也是这样。难道现在还要重蹈覆辙吗?

他劝自己说：“皮克博这个废物精力充沛，热心诚实，刚好可以把麦克斯·戈特利布的科学发现介绍给人民大众。只要皮克博让我干我的实验室工作和开展牛奶检验工作，他在主日学校负责人和其他傻瓜大会上吹什么牛又与我何干呢？”

他打起精神，高高兴兴、满怀信心地走进那间破旧的高顶旅馆客房，利奥拉正在靠窗的摇椅里坐着。

“还好吧？”她说。

“还好——对我表示热烈欢迎。而且，他们明天晚上想请我们过去吃饭。”

“他这个人怎么样呀？”

“哎哟，非常乐观——他这个人能说会道——他——哎呀，利奥拉，我会不会又成为一个脾气暴躁、性情古怪、不受欢迎、令人讨厌的失败者呀？”

他把头贴在她的膝上。他需要她的爱，在这个充斥着信口雌黄的妖魔鬼怪的世界里，只有她的爱才是唯一现实的东西。

三

黄昏时分，微风轻拂，枫树在他们的窗下轻轻摆动，诺梯拉斯市和蔼可亲的市民已经开着摇摇晃晃的福特回家吃饭去了。这个时候，利奥拉才说服马丁，让他相信皮克博的夸夸其谈不会妨碍他的工作，他们无论如何不会永远留在诺梯拉斯，他有点心急了，她是很爱他的。这样他们才下楼吃晚饭。这是一顿老式的艾奥瓦晚餐，有玉米油煎饼，还有几小碟菜。这顿饭是利奥拉用充满深情但却是误传的烹饪方法做出来的，吃起来别有一番风味。晚餐后，他们手牵着手一起去看电影，并没有感到有什么不称心的地方。

第二天，皮克博医生比平日忙碌，也没有平日那么活跃。他向马丁交代了一下他的具体工作的大致情况。

马丁本来以为，他再也不用包扎割破的手指，或者治疗耳朵痛之类的小毛病，终于可以在实验室度过令他心醉神迷的时光，即或偶尔走出实验室，也只是和那些不讲卫生的工厂主过两招罢了。可他却发现，根本不可能界定自己的工作范围。所有那些鸡毛蒜皮的琐事，只要是皮克博、报界或者诺梯拉斯任何一个迷途的市民能够想到的，他都得干。

他要安抚那些口若悬河的选民，他们过来抱怨这抱怨那，有的抱怨阴沟里的臭气太难闻，有的抱怨邻居半夜三更开酒会；他要向那个易怒的速记员口述办公室函件的内容，这位速记员不是一个能干事的姑娘，而是一个在干事的漂亮姑娘；他要向报界公布消息；他要以最低的价格购买回形针、地板蜡和各种报表；他要在有需要的时候向市立医院的两位兼职医生提供援助；他要指导一群护士和两名卫生检查员的工作；他要去责骂垃圾清运公司；他要去阻止——或者至少去训斥——那些随地吐痰的人；他要跳上福特车匆忙赶到发生传染病的房子那里去贴布告；他要密切关注从符拉迪沃斯托克到巴塔哥尼亚的流行病，还要预防（还不太清楚要用什么方法）这些流行病渗透进来，残害自由民，甚至使诺梯拉斯的商业活动陷入停顿。

不过，也有一点点实验室工作：检验牛奶，为私人医生做瓦塞曼[①]反应测试，制作牛痘疫苗和对白喉疑似患者做细菌培养。

在他们收拾打扮去皮克博家吃饭的时候，利奥拉说：“我明白了，你的工作一天才占用你二十八个小时。如果没有人打扰你的话，剩下的时间你完全可以用来搞你的研究。”

---

① 瓦塞曼（August von Wassermann，1866—1925）：德国细菌学家。瓦塞曼反应亦称梅毒补体结合反应。如果测试结果呈阳性，便有患梅毒的极大可能。

四

阿尔穆斯·皮克博医生夫妇的住宅，位于尖顶房屋鳞次栉比的西城区，是一所名副其实的老式住宅。这是一栋带有塔楼的木头房子，有秋千、吊床、稀稀拉拉几棵树、一片蓬乱的草坪、一个湿气很重的凉亭，还有一个房梁上钉着一排钢钉的马车车库。前门上方的门牌上写着：尤尼达雷斯。

马丁和利奥拉刚一进门，就受到了主人的欢迎和他们一大群女儿七嘴八舌的问候。这八个女孩，从十九岁的小美女奥契德到年仅五岁的一对双胞胎，立刻拥上前来，他们都很友好，也很好奇，争相和他们说话。

他们的女主人是个丰满的女人，一副对人半信半疑的神情。她是一个很矛盾的人，一方面坚信一切事物都很美好，另一方面又深知很多事物似乎并不美好。她亲了利奥拉一下，而皮克博则使劲地握马丁的手。皮克博握手时有个习惯，总喜欢用大拇指按压别人的手背，这让你觉得他特别热情，又让你觉得特别疼痛。

他紧接着就谈起了他的安乐窝，把他那些女儿的声音全都淹没了。

“现在，你已经看到了一个健康家庭的实例。阿罗史密斯，看看身强体健的姑娘们！从小到大没有生过一天的病——事实上——虽说她们的妈妈总是头疼，但那是由于她以前不注意饮食。虽说她的父亲是个老助祭——也是位老派的健康正直的绅士，如果真有这样一个人的话。他还是纳撒尼尔·默格福特的朋友。多亏了默格福特，默格福特学院才得以创建，才有了正直与勤奋的传统，进而才有我们今天的繁荣——可是，他对饮食和卫生一窍不通。而且，我一直在想——”

他们逐一介绍了八个女儿：奥契德，韦尔贝纳，黛茜，琼奎尔，希毕丝卡，纳西莎，以及双胞胎阿布塔和格拉迪奥拉[①]。

皮克博太太叹了口气说：

“我觉得，给她们取个珠宝的名字简直俗气透顶——大家都取这样的名字，我对这些俗气的名字真的是深恶痛绝，你呢？——不过，对于他们的妈妈来说，他们其实都是宝贝。有时候，我和医生真希望——当然了，既然我们刚开始取名字的时候用的是花名，我们就得坚持下去呀。不过，如果我们开始取名字的时候用的是珠宝的话，你想想我们可能会取的那些可爱的名字吧，比如玛瑙啦、浮雕玉石啦、缠丝玛瑙啦、绿柱石啦、黄水晶啦、蛋白石啦、绿宝石啦，还有绿玉髓——是绿玉髓，对吧？不是蝶蛹？哎哟，唔，很多人都夸我们给她们取的名字哩。你知道，这些姑娘越来越出名——她们的照片会出现在好多好多报纸上。而且，我们还有一个皮克博女子棒球队呢，全是我们家的——只不过，现在医生得亲自上场了，因为我开始有点儿发胖了。”

如果不从她们的年龄来看，根本不可能把这些姑娘区分开来。她们都很活泼，都是金发碧眼，都很漂亮，都很热心，也都有音乐天赋。

---

① 八个女儿除了老六纳西莎（Narcissa）和双胞胎老七阿布塔（Arbuta）以外，其他六个女儿都是以鲜花来命名的，依次为兰花（Orchid）、马鞭草（Verbena）、雏菊（Daisy）、长寿花（Jonquil）、芙蓉花（Hibisca）和剑兰（Gladiola）。可见父母希望每一个女儿都像花儿一样美丽。

她们不但单纯，而且聒噪，心地非常纯洁。她们上的都是公理会主日学校；她们参加的不是基督教女青年会就是营火少女团；她们都喜爱野餐；除了五岁的双胞胎以外，她们全都能准确无误地引述表明饮酒的害处的最新统计数字。

“事实上，”皮克博医生说，“我们认为，她们就像一窝非常惹人喜爱的小鸡仔儿。”

“她们真的很像嗳！”马丁颤抖着说。

“不过，最棒的是，她们能够帮助我宣传‘健全的心灵寓于健全的身体’[①] 这个信条。我和皮克博太太已经开始训练她们合唱了，在家里和公共场合都唱过。作为一个合唱团，我们把她们叫作‘健康女子八重唱’。”

“真的呀？”利奥拉说。这时马丁显然已经不知道要说什么了。

“真的。不过，在我完成训练工作之前，我希望能把‘健康女子’这个词普及到这个古老的国家的每一个角落。到时候，你就会看到一个个快乐的年轻女子乐队四处巡回演出，把她们长了翅膀的信息传播到每一个黑暗的角落。健康女性乐队！她们外貌美丽，心地纯洁，满腔热情，而且还是出色的篮球运动员！我跟你说，她们肯定会让那些懒惰和任性的人立刻行动起来！她们会让那些邋里邋遢的人和那些说话不干不净的人羞愧难当，使他们变成体面的人！我已经为这些健康女子乐队写了一首诗歌。你想听吗？

---

① 原文为拉丁语 Mens Sana in the Corpus Sano。

迷人的年轻女子用一个笑容

使酒鬼、赌棍和随地吐痰的人改掉了恶习。

我们的父母和师长已经阐明了生命的起源，

但我们还是要对抗那些心地邪恶的人。

我们要使他们羞愧，使他们悔改，使他们改掉恶习，一定！

游手好闲的先生，最好小心点，我可是一名健康女子！

“不过，当然了，更重要的一个目标是——我是最早提倡这个目标的人之一——是在华盛顿的内阁里设立一名健康与优生部长——”

在这场学术演讲的大潮中，马丁和利奥拉在主人的劝说下把一顿大餐一扫而空。皮克博一边热忱地劝说：“胡说，胡说。老弟，你肯定还想再吃一点——这可是好客之家！”一边把烤鸭、拔丝土豆和碎肉馅饼硬塞给马丁和利奥拉。结果，他们差点被撑坏了，目光呆滞地坐在那儿。不过，皮克博本人似乎并未受到影响。他一边狼吞虎咽，一边高谈阔论。最后，整个餐厅，以及餐厅里的胡桃木碗橱、霍夫曼画的耶稣像和雷明顿画的牛仔像，等等，似乎都消失了，只剩下他一个人在讲台上，旁边还放着一大罐冰水。

他并不总是想入非非。“阿罗史密斯医生，我跟你说，我们尽心尽责，让如此雄壮的一个城市的人们身体健康、精力充沛，能够通过这种方式来谋生，真的是我们的造化。如果我开私人诊所，一年肯定能挣八千到一万美元。而且，大家都说，如果我去搞广告宣传，我挣的钱还不止这些哩。不过，一年能拿四千美元的薪水，我已经很高兴啦，我亲爱的家人也为我高兴。你想一想，我们干这份工作，又不是搞买卖，我们靠的是诚实、正派和友爱！”

马丁觉得，皮克博说的倒是真心话。意识到这一点，他感觉很羞愧，这才没有跳起来拉着利奥拉去赶第一班货运列车离开诺梯拉斯。

晚餐之后，他们那几个年龄小点的女儿围了过来，都想和利奥拉亲近亲近。马丁只好把一对双胞胎抱起来坐在自己的膝盖上，给她们讲了个故事。抱着这对双胞胎姐妹相当费劲，但编造一个故事情节更加费劲。“健康女子八重唱”演出团在睡觉之前，共同演唱了那首著名的“健康圣歌”（由阿尔穆斯·皮克博填词），马丁以后还会在诺梯拉斯的很多生动活泼的公开场合听到这首歌。它的曲子谱成了《共和国战歌》的调子，但由于这对双胞胎的声音既有劲又格外尖细，这支歌便有了它独特的效果。

啊，你追求幸福还是追求钱财？
你应当感谢伟大的祖国养育了你，
她陶冶心灵，清扫街道，守护你的健康。
让我们大家一起向前进。
健康的身体，健全的心灵，
健康的身体，健全的心灵，
健康的身体，健全的心灵，
这是我们举国上下的口号。

作为睡前的告别，这对双胞胎又像最近在公理会节日上那样，朗诵了一遍她们的父亲创作的一首小小的抒情诗：

黎明窗外闹喳喳，
小鸟儿说些什么话？
“为诺梯拉斯的卫生欢呼，
为爸爸、妈妈和我们大家，
好哇，好哇，好哇！”

“好啦，我的小宝贝们，咱们睡觉去喽！”皮克博太太说，“阿罗史密斯太太，你不觉得她们就是天生的演员吗？她们什么观众都不怕，你看她们尽情表演的那个样子——也许，不光是百老汇，就连纽约那些更加高雅的剧院都会喜欢她们。或许，她们投胎到我们家就是要提高戏剧水平哩。好啦，睡觉去喽。”

皮克博太太不在的时候，其他几个姑娘又简短表演了一些音乐节目。

二女儿韦尔贝纳演奏了一支查明纳德的曲子。（“当然，我们大家都喜爱音乐，而且在邻里中间普及音乐。不过，韦贝也许是我们家唯一真正的音乐天才。”）但是，奥契德的短号独奏却别有一番韵味。

马丁不敢看利奥拉。这倒不是因为他瞧不起短号独奏，而是因为在埃尔克米尔斯、在惠西法尼亚以及在泽尼斯城的大部分地区，短号独奏都是由最圣洁的女性表演的。不过，他现在觉得自己好像已经在精神病院待了几十年一样。

“我这辈子从来没有这么迷糊过。我真想喝一盅，清醒清醒。”他很痛苦。他想到了很多种疯狂而又完全不切实际的逃跑计划。这时，皮克博太太丢下还在咿呀说话的双胞胎，在竖琴旁边坐了下来。

演奏的时候，这位容华已逝而又略显迟钝的女人，俨然陷入了一种美妙的梦境。突然，马丁的脑海里浮现出一幅画面，皮克博太太变成了一位欢乐、善良、纯洁可爱的少女，深深地爱上了一位精力充沛的医学院学生，阿尔穆斯·皮克博。在八十年代末期和九十年代初期，她一定是一位名副其实的美少女。那是豪威尔斯的年代，朴素而又富有田园诗意。在那个年代，年轻男子都很纯洁，喜欢玩槌球游戏，喜欢唱《斯瓦尼河》；一个少女坐在屋前的门廊下，陶醉在紫丁香花的芬芳之中，憧憬着她和阿尔穆斯的婚后生活，期望他们能有一个镀镍的自动添煤火炉，和一个将来可能是传教士或者百万富翁的儿子。

那天晚上，马丁第一次热诚而又得体地挤出了一句“太喜欢这首曲子了”。他有一种战胜自己的感觉，似乎也来了一点精神。不过，这个夜晚的狂欢才刚刚开场。

他们玩填字游戏。马丁讨厌这种游戏，利奥拉玩得也不好。他们又玩猜字游戏，皮克博玩得特别好。他穿着他妻子的皮大衣躺在地板上，装扮成一只卧在浮冰上的海豹，那个样子真是无与伦比。接下来，马丁、奥契德和十二岁的希毕丝卡也得演示一个词语，于是就有了各种各样的画面。

奥契德非常单纯，非常喜笑，非常活泼，非常好动，和她的几个小妹妹很像。不过，她已经十九岁了，不再完全是个孩子了。毫无疑问，正如皮克博医生一再强调的那样，她心地纯洁，只看那些健康有益的小说。但是，对于年轻男子，即或是已婚的年轻男子，她并不是完全无动于衷。

她打算通过一个乞求施舍的乞丐和一个满满的玉米囤来表达“悲哀的”[①]这个单词。在他们匆忙上楼化妆时，她紧紧地抱着马丁的胳膊，在他身旁蹦蹦跳跳，并低声说：“啊，医生，我真高兴爸爸让你做他的助手——你既年轻又英俊。哎哟，我这个样子是不是有点恶心呀？可是，我的意思是：你看起来非常健壮，像运动员一样，而那个副局长——不要告诉爸爸是我说的，可他就是个老怪物！”

他留意到她那双褐色的眼睛和没有暗影的处女的嘴唇。奥契德穿上了她那件稍显宽松的乞丐服，他又注意到了她那双脚踝和少女的乳房。她像早就认识他一样，朝他嫣然一笑，真诚地说：“我们表演给他们看看！我知道，你是一个很棒的演员！”

他们匆匆忙忙下了楼。这次不是奥契德挽着他的胳臂，而是他挽着奥契德的胳臂。他轻轻地捏了一下她的胳臂，内心一阵恐慌，便猛然把手松开。

自从结婚以来，他的心思都在利奥拉一个人身上，把她当作自己的情人、伴侣和助手。直到此刻，他最大胆的行为也不过是在火车上瞟了一眼一位漂亮的姑娘。可是，奥契德身上散发出来的青春气息又让他心乱如麻。他想摆脱她，但又希望不要完全摆脱她。这么多年来，他第一次不敢看利奥拉的眼睛。

在接下来的杂技表演中，奥契德演得相当出色。她没有戴胸罩，很喜欢这个舞蹈，还对马丁在“照我做”这个游戏中的表现赞不绝口。

除了奥契德以外，其他姑娘都被陆续送去睡觉了。余下的节目内

① “悲哀的”一词的英文为doleful，“施舍”一词为dole，“满”一词为full。这就是猜字游戏的一个具体玩法。

容包括皮克博所说的“炉边科学漫谈”。话题主要是他对良好的道路、乡村卫生、政治理想以及卫生部门信件归档方法等问题的看法。在这平静的一个小时，也许是一个半小时里，马丁注意到，奥契德一直在观察他的头发、他的下巴和他的双手。他自己也在反复幻想着握住她那只友好的小手时的那种单纯而又惬意的感受。

他也看到，利奥拉在观察他们俩。他非常痛苦，根本没有听到皮克博对消毒剂的价值的评论。皮克博对诺梯拉斯进行了预测：十五年之后，一个卫生局有现在的三倍大，还会有很多全职诊所和校医，而且马丁可能当上了局长（皮克博本人可能去了一个更大的领域，在那开展一些神秘而又有趣的活动）。马丁只是用低沉沙哑的声音附和说：“是的，这很——很好。”可他心里却对自己说：“这个该死的丫头，但愿她不要再对着我乱晃。”

八点半的时候，他还把逃离这个家庭看作一生中最高兴的事情；可是到了午夜十二点，他却又不安起来，犹犹豫豫地和主人道了别。

他们走回旅馆。奥契德已经不在眼前，深夜的凉意也使他清醒了许多，于是他忘掉了那个小姑娘，再次想起他在诺梯拉斯这份工作的难题。

“天哪，我不知道自己能否胜任这份工作。在这样一个牛皮吹爆天的人手底下工作，还有他那些和酒鬼有关的蠢诗——”

“那些诗也没有那么糟糕嘛。”利奥拉反驳说。

“糟糕？啊哟，他可能是有史以来最糟糕的诗人了。而且，我敢肯定，他对流行病学的了解还不如一个自学的人多呢。不过，说到这个话题——克利夫·克劳森过去把它叫作什么来着？——顺便说一下，不知道克利夫现在咋样了？几年没有听到他的消息了——说起这个‘压倒一切的基督教家庭生活’——哎呀，咱们去找一家非法酒吧吧，和那些悠闲自在的窃贼们闲坐一会儿。”

她坚持说：“我觉得他的诗有点逗哩。”

“逗！说得好！”

“比你那些粗话好多了！不过，那个讨厌的大女儿吹的短号——哟！”

“喂，她吹得挺好啊！”

“马丁，短号是我哥哥常玩的一种乐器。你对医生的诗和我说的‘逗’就那么不可一世啊！其实你和我一样，只不过是个穷乡僻壤的乡巴佬而已，可能比我还土哪！”

“啊哟，哎呀，利奥拉，我以前从来没有见你对什么事情发过火！你难道不明白，重要的是——你看啊，皮克博这种人那么无知，搞了一套马戏班的玩意儿，把整个公共卫生工作搞得可笑至极。如果他说新鲜空气有益，可又不让我开窗，这只会让我和其他任何有理智的人把窗户关起来嘛。竟然还把‘科学’这个词用在那些乌七八糟的打油诗里，或者说随便你叫它什么的货色上——这简直就是对科学的亵渎！”

“好吧，如果你想知道原因的话，马丁·阿罗史密斯，我以后不许你和那个奥契德姑娘瞎胡闹！你下楼的时候，实际上就是搂着她。而且，整个晚上你都在看着她出神！只要你做得理智一点，你骂娘也好，发脾气也罢，甚至喝得酩酊大醉也行，我都不在乎。可是，那次午餐，你对我和那个叫福克斯的女人说：‘我希望你们两位女孩都不要介意，但我刚好想起我和你们两个都有婚约。'——自那以后，你就是我的了，我是不会让任何第三者插足的。我是个粗野的女人，你最好记住这一点。至于那个奥契德，就她那个傻笑的样子，她抚摸你胳臂的样子，还有她那双可笑的大脚——奥契德！她哪是什么兰花啊！她只不过是一朵野菊花罢了！"

"可是，老实说，我都不记得她是八个女孩当中的哪一个了！"

"哼！这么说你和她们八个都调情了啊，难怪你不记得她了。她是个骚货！咳，我不会再为这件事吵下去了。我只是要给你提个醒，就是这样。"

回到旅馆后，他本来打算三言两语、嬉皮笑脸、信誓旦旦地向她保证不再和奥契德打情骂俏的，但他打消了这个念头，结结巴巴地说："如果你不介意，我想下楼去走走。我得把卫生局这件事闹明白。"

他坐在西姆斯旅馆的办公室里——半夜过后，里边特别沉闷，特别难闻。

"皮克博这个笨蛋！我当时要是跟他说实话就好了。比方说，跟他说我们几乎对结核病的流行病学一窍不通。

"无所谓，她就是个可爱的孩子。奥契德！她就像一朵兰花——不，她太健壮了。倒是个可以一起打猎的好孩子。真是讨人喜欢。而且，看她的样子，好像我是她的同龄人，而不是一个年长的医生。我得规矩点，啊，我可不能越轨，可是——我真想亲她一口，美死了！她喜欢我。那可爱的小嘴唇，就像——就像含苞待放的玫瑰花！

"可怜的利奥拉。我这辈子从来没有这样震惊过。吓死人了。咳，她有权这样做！没有哪个女人这么支持自己的男人，就像——莉，亲爱的，你这个小傻瓜，你难道不明白，即使我和亿万个奥契德溜到旮旯里鬼混，我爱的人还是你呀，除了你之外，我从没爱过别人！

“我可不会到处去搞健康女子八重唱九重唱那玩意儿。即使它真的能教育人，我也不干，何况它教育不了人。让人们活着去听——还不如让他们死了算了。

“利奥拉说我是个‘穷乡僻壤的乡巴佬’。让我告诉你吧，年轻女人，我偏偏是个文学学士。你也许还记得这个‘穷乡僻壤的乡巴佬’去年冬天给你朗读的那类书，甚至还有亨利·詹姆斯和其他作家，以及——哎呀，她说得对。我就是个乡巴佬。我确实懂得怎样制作吸量管和琼脂培养基，不过——可是，总有一天我会像桑德利厄斯一样环游——

“桑德利厄斯！天哪！如果我是为他工作，而不是为皮克博工作，我甘愿为他做牛做马——

“话说，他也满嘴跑火车吗？

“嗯，我就是这个意思。就是这样说的。‘满嘴跑火车’！真可怕！

“见鬼！我想用什么词就用什么词！我又不是安格斯那样向上爬的人啰。比如说，虽然桑德利厄斯这个人骂骂咧咧的，但是他早就习惯那些自以为有文化修养的人了呀——

“再说了，我在诺梯拉斯这个地方会很忙的，甚至都没有时间坚持看书了。即便如此——我猜，这里的有钱人看的书不是很多吧。不过，他们当中肯定有很多人对漂亮的房子、服装以及剧院之类的东西很内行。

“混账东西！”

他信步来到一家通宵营业的便餐馆，闷闷不乐地喝着咖啡。他的旁边是一个用长搁架做成的餐桌。红色的玻璃窗非常气派，上面贴着一幅乔治·华盛顿的肖像。窗户下坐着一位警察。他一边啃着一个汉堡三明治，一边搭讪说：

“哎呀，你不就是刚来给皮克博当助手的那个新医生吗？我在市政厅里见过你。”

“是的。哎呀，嗯，哎呀，这里的人喜欢皮克博吗？你喜欢他吗？跟我说实话，因为我才刚刚开始，而且，嗯——你明白我的意思。”

警察用一根粗壮的大拇指按住咖啡杯里的汤匙，把咖啡一饮而尽，接着就开了腔。而便餐馆里那个圆滑好客的厨师则点头表示赞同。

“唔，如果你想听实话，他这个人喜欢瞎嚷嚷，不过脑瓜子相当灵活。当然，他也能说两句标准英语。你听过他写的诗吗？他的诗写得挺棒的。我跟你说：有人说皮克博整天搞那些唱歌跳舞的玩意，可是依我看，医生，当然这话可能仅限于你我之间，如果他把牛奶、垃圾和孩子们的牙齿照管好了，那就没有问题了。不过，很多粗心大意、愚昧无知的外地笨蛋确实需要敲打，这样他们才会关注卫生方面的事情。这样一来，他们才不会得那些传染病，才不会把病传染给我们这些人。相信我，皮克博老医生就是把这种思想塞到他们脑袋瓜子里的那个老兄！

“嗯，先生，他是个了不起的老笨蛋——他不像别的医生那样沉默寡言。啊哟，举个例子吧，有一天，他去参加圣帕特里克野餐会，虽然他是个龌龊的新教徒，但是他和科斯特洛神父还是一见如故。而且，他竟然还和一个比他小一半的人摔跤，差点就把那个人摔倒了。嗯，确实是这样。当然，他最后还是把那个年轻小伙子打得落荒而逃！我们警察局的同事都喜欢他。他过来检查工作的时候，不是发布那些愚蠢的命令，而是一个劲地拍我们的马屁，我们只好咧着嘴笑，干了很多卫生工作。你可能会说，根据法律，这些活实际上不该我们干。真的，他这个人真不错。”

“我明白了。”马丁说。他回到旅馆后，心里还在嘀咕：

“不过，想想戈特利布会怎样评价他。

“该死的戈特利布！除了利奥拉，其余的人都该死！

“在这个地方，我不会失败的，不会像在惠西法尼亚那样栽跟头的。

“总有一天，皮克博要做更大的事情——嘿！他就是那种讨人喜欢的吹牛大王，肯定会爬上去的啊！但不管怎样，到时候我也会得到锻炼的。或许，我会在这儿建立一个真正的卫生局呢。

“奥契德说过，我们今年冬天要去滑雪——

“该死的奥契德！”

第二十章

一

马丁发现皮克博是一位相当大方的上司。他非常渴望马丁能开创他自己的事业和运动，并为之摇旗呐喊。他的科学知识比那些访视护士还要少，但他基本没有嫉妒心。而且，他要马丁坚持一个信念——不失时机大张旗鼓地到处宣传是取得事业发展的手段（也可能就是目的）。

社交山其实不是小山，它只是平原上一个稍微凸起的土丘。山上有一栋可供两个家庭居住的房子，马丁和利奥拉租下了二楼。延绵不断的草地和枫树遮蔽的宽阔街道，都给人一种纯朴自然、舒适惬意的感觉。而且，让他们感到高兴的是，再也不像在惠西法尼亚那样有人暗中盯梢、散布流言蜚语了。

忽然之间，他们就被诺梯拉斯的社会名流捧上了天。

在他们到达之后没几天，就有人叫马丁过去接电话，只听一个男性粗声粗气地说：

“喂，马丁吗？你肯定猜不出我是谁！”

马丁正忙着，本想说“你赢了——有话直说吧”，但还是克制住了，用一种符合新上任的副局长的口吻亲切地说：

“是的，恐怕我猜不出来。”

“唔，猜猜看嘛。”

“啊——克利夫·克劳森？”

“不对。哎呀，我看你混得不错嘛。喃，我想，我这次得让你好好猜猜！赶紧的！再猜一次！”

速记员正等着记录口授信件，而马丁还没有学会在她面前控制自己的感情、装得若无其事的样子。他用一种不言自明的刻薄口气说：

“哎哟，我猜，您是威尔逊总统吧！听着——”

“唔，马特，我是欧文·沃特斯！你总该记得吧！”

显然，这个开玩笑的人以为他会喜出望外。但是，马丁过了好大一会儿才隐约记起欧文·沃特斯是谁。又过了一会儿，他才记起来是沃特斯，就是那个令人讨厌的普普通通的医学院学生。在伽玛活字协会的时候，沃特斯只相信那些好的、确实无疑和有利可图的事情，这种态度曾经让马丁很恼火。马丁尽量让自己的反应显得亲切一些：

“唔，唔，欧文，你在这儿干什么呢？”

“啊哟，我在这儿安家了呀。我自从做实习医生的时候就在这里啦，还开了个不错的小诊所哩。喂，马特，我和我太太想请你和你太太——我想，你已经结婚了，是吧？——到我们家来吃晚饭，就在明天晚上，到时候我跟你介绍一下本地的情况。”

马丁担心沃特斯会以保护人的身份自居，便断然撒谎说：

“实在抱歉——实在很抱歉——明天晚上已经有约了，后天晚上也有。”

“这样的话，明天中午在麋鹿社俱乐部和我一起吃午餐吧。你和你太太星期天中午再过来和我们一起用餐。”

马丁无可奈何地说：“我想，我明天中午真的去不了，不过——咳，我们星期天和你们一起用餐吧。”

最大的悲剧莫过于，明明不是老朋友，却硬说是老朋友，还说得那么情真意切，没有什么事情比这更令人不舒服的了吧。马丁以为在这儿被沃特斯缠上了，内心感到非常恐慌。星期天下午一点半，他和利奥拉勉强赴宴，沃特斯大叙旧情，硬是把他们拖回了伽玛活字协会的日子。不过，他恐慌的心情丝毫没有减弱。

沃特斯家的房子很新，装了做工考究的壁柜和铅条玻璃。当了三年的开业医生，他已经变得爱说教了，而且还结婚了，真是令人难以置信。他长胖了一点，一副一贯正确的样子。另外，他还学会了很多无聊的东西。因为比马丁早毕业一年，又娶了一位还算富有的妻子，所以他待客显得有些热情过度，几乎到了令人发指的地步。他的谈话简直就是一堆警世箴言：

“如果你在公共卫生局待上几年，并且留意结交一些有权有势的人，那你在这儿可就赚大发啦。这个城市相当不错——繁荣昌盛——很少有赖账不还的。

“你要参加乡村俱乐部，还要开始打高尔夫球。这是结交富人的最好机会了。我在俱乐部里遇到不止一个出身上流社会的病人呢。

“皮克博是一个非常活跃的人物，也是一位出色的鼓动家。不过，他有一种很严重的社会主义倾向。那些诊所——简直令人无法容忍——那些去诊所的人都是付得起钱的人！搜刮人民的血汗钱。嗯，这也许会让你大吃一惊——哎呀，你上学那会就有很多稀奇古怪的想法。不过，也不是只有你一个人会独立思考呀！——有时候，我觉得，如果压根就没有公共卫生局，老百姓的健康状况反倒会好很多。因为卫生局使很多人养成了不找私人医生而上免费诊所的习惯，削减了医生的收入，缩减了医生的人数，所以我们当中关注疾病的人也就减少了。

“你以前对于注重实际的人有一种很搞笑的看法——你以前称它为‘营利主义’。我猜，你现在已经忘了吧。现在你总该明白了吧，你得养活妻儿老小，如果你不养活他们，就没有人去养活他们了。

“无论何时你想了解这里的人，尽管过来找我。皮克博就是个怪物——他才不会跟你说实话呢——你要结交的是那些心地善良、家境殷实、思想保守、功成名就的商人。”

然后，轮到沃特斯太太说话了。作为一个有钱人——不是别人，正是 S.A. 皮斯利先生，雏菊牌肥料播撒机的制造商——的女儿，她的话里充斥着耐人寻味的忠告。

“你们一个孩子都没有呀？”她拖着哭腔对利奥拉说，“哎哟，你们一定要有个孩子！我和欧文有两个孩子。你不知道他们给我们带来多少乐趣哦！而且，他们还让我们永葆青春哩。”

马丁和利奥拉可怜巴巴地看着对方。

饭后，欧文坚持要他们一起回顾“我们以前在心爱的大学时共同度过的美好时光”。他不许别人拒绝。“马特，你总想让大伙认为你与众不同。你假装对学院没有一点感情，但我很清楚——我知道，你是在表现自己——你跟任何人一样，很喜欢我们的学校，也很钦佩我们的教授。也许，我比你还了解你自己哩！嗳，赶紧的。让咱们好好庆祝一下，唱一首《温尼麦克，壮汉之母》吧。”

“别傻了，你们当然要唱啦。”沃特斯太太一边说，一边快步朝钢琴走去，不容分说地弹奏起来。

出于礼貌，马丁和利奥拉好不容易吃下了油炸鸡和冰激凌砖，听了那些警世箴言、咯咯的笑声和对往事的回忆。他们离开了那里，含混不清地说道：

“如果沃特斯嘲笑皮克博，那么皮克博就肯定是个君子。我开始相信他还是有点心眼的。”

在共同的痛苦中，他们都忘记了曾经被一个叫作奥契德的女孩弄得烦躁不安。

二

在皮克博和欧文·沃特斯两个人的影响下，马丁应邀加入了诺梯拉斯市名目繁多的协会、俱乐部、分会和“运动”，还加入了商会、莫卡辛滑雪与远足俱乐部、麋鹿俱乐部、独立共济会以及伊万杰林县医学协会。马丁想拒绝，但他们用十分受伤的语气说：“啊哟，老兄，如果你想成为一名政府官员，如果你对他们为了让你在这里受到欢迎所做的努力稍微有那么一点感激之情的话——”

他和利奥拉发现邀请他们的人太多了，他们曾经因为惠西法尼亚的枯燥生活而苦恼，现在竟然也会抱怨不能安静地在家里度过一个晚上。不过，他们也慢慢地习惯了休闲的社交，习惯了穿衣打扮，习惯了无忧无虑地外出寻乐。他们土里土气的舞姿现代化了。他们学会了打桥牌，但打得相当差；也学会了打网球，而且打得相当好。马丁也不再厌恶叽叽喳喳的闲聊，这倒不是出于美德和英雄主义，而是出于习惯。

也许，他们那些女主人从未把他们看成劫掠食物的海盗，而认为他们是一对年轻有为的夫妻。这些人认为，既然他们受到皮克博的保护，他们一定待人真诚并且富有进取心；既然欧文·沃特斯夫妇也关照他们，他们一定值得尊敬。

沃特斯抓着他们的手不放。他这个人脸皮太厚，不可能明白马丁一再拒绝邀请显然意味着不想过来。他发现马丁有异端邪说的迹象，便决心去拯救马丁，言语中充满了关怀爱护、耐心细致和黑色幽默。为了取悦其他客人，他一再敦促马丁说："来吧，马特，让我们听听你的那些疯狂想法！"

和他妻子的热情相比，他那种友好的热情逊色多了。沃特斯太太一直深受父亲和丈夫的娇宠，认为自己才是时代的骄子，便主动承担起纠正阿罗史密斯夫妇野蛮行为的重任。她指责马丁说话带脏字，斥责利奥拉抽烟，批评他俩打桥牌时的叫牌理论。但她从不唠叨。唠叨就等于接受有人不承认她的最高权威。她只管发号施令。她的命令既简短又幽默，开头总要加上一句刺耳的"嗳，别傻了"，她期望用这种方式来解决问题。

马丁痛苦地说："哎哟，天哪，在皮克博和欧文的帮助下，要在社会上出头露面倒是很容易，但要继续奋斗可就没那么容易了。"

不过，沃特斯和皮克博敦促马丁去追求社会地位的压力，远没有他想看到自己在诺梯拉斯说话具有权威（因为他在惠西法尼亚说话从来没有人听）的诱惑力大，也没有他想看到自己被奥契德爱慕的诱惑力大。

三

他以前一直在探求一种诊断梅毒的沉淀测试法。这种方法可能比瓦塞曼反应测试法更快速、更简单。他双手松弛，大脑生锈，还没适应实验室的工作和充满热情的假设，就被拉去帮助皮克博沽名钓誉了。经过百般劝说，他发表了他的首次演讲，演讲主题是“实验室教给我们的流行病知识”，这其实是普救教堂希望之星礼拜天下午的免费演讲。

他在准备讲稿的时候，心里就非常慌乱。在演讲的那天上午，他一想到当天要做的那件可怕的事情，就浑身发冷。他来到希望之星教堂以后，更是尴尬得要命。

人们蜂拥而至，都是些成熟稳重、忠诚可靠的人。他哆哆嗦嗦地说：“他们是来听我演讲的，可我他妈的却没有东西对他们说！”让他感到更加可笑的是，那些兴许愿意听他演讲的人竟然没有认出他来，那位在拜占庭式入口和人们频频握手的引座员竟然气势汹汹地对他说：“小伙子，边座那边空位多得是。”

“我是下午的演讲人。”

“啊，啊，是的，啊，是的，医生。对不起，医生，请走比维斯大街的那个入口。”

在会客室里，他受到了教堂牧师和一个由三人组成的委员会的殷勤接待。他们身穿早祷服，颇有一副基督教学者的风度。

他们逐一和他握了手，然后又引荐几位衣服窸窣作响的妇女和他见面。她们在他周围站成一圈，客客气气地和他寒暄起来，期望他能讲出点有见地的东西，结果令她们大跌眼镜。接着，他被人领着穿过一道拱门，来到了大礼堂。他很痛苦，吓得魂飞魄散，一时说不出话来。无数张脸——一排排弧形靠背长凳上的脸，楼座里的一张张脸——注视着他，而他却显得畏首畏尾，一副猥琐的样子。一双双眼睛随着他转动，流露出对他的怀疑，并且注意到了他那已经磨坏了的鞋后跟。

大家为他祈祷，为他唱圣歌，他却越发痛苦。

牧师和讲座的非神职主席都说了几句适当的开场白。马丁在众目睽睽之下坐在高高的讲台上，浑身直打哆嗦，厚着脸皮望着那些正在注视他的黑压压的人群。这时，牧师宣布了星期四圣餐会和少年行军俱乐部的活动。接下来，他们唱了一两首简短欢快的圣歌——马丁不知道该坐着还是站着——接着，主席祈祷说："愿神赐予今天给我们讲经的朋友力量，向我们传递上帝的福音。"在主席祷告的时候，马丁坐在那儿，一只手拄着前额，感觉自己特别可笑。他语无伦次地对自己说："我想，这就是正确的态度——他们都在直瞪瞪地望着我——天哪，他怎么还在祷告啊——？哎呀，见鬼，熏烟消毒法我打算讲哪一点来着？——哎呀，天哪，他要祷告完了，我得开始讲了！"

不管怎样，他还是站在了读经台的旁边，双手按着它支撑自己。他的声音好像还在继续，讲出来的话还算合情合理。一张张模糊的面孔逐渐清晰起来，他也能看清听众了。他选中了一个认真听讲的老人，试图使他发笑，使他感到惊异。

他发现，利奥拉坐在后排，正向他点头示意，为他打气。他现在敢把目光从正前方那一排排面孔上移开了。他扫了一眼楼座——

此时，听众看到的是一位正在津津乐道地谈论血清和疫苗的年轻人。虽然这位虔诚的年轻人还在嗡嗡地讲个不停，但是他已经注意到了那两只穿着丝袜的脚踝，在楼座前排显得格外醒目。他发现，那双脚踝是奥契德·皮克博的，而且她正在用钦佩的眼神望着他。

讲座结束的时候，马丁赢得了史无前例的最热烈的掌声——每一位演讲者在每一次演讲结束之后都会为这种掌声而高兴——教堂主席说了一番前所未闻的最恭维的话，听众也以前所未见的最快速度离开了大厅。马丁发现自己竟然在会客室里握着奥契德的手，而她则用一种闻所未闻的最敬慕的口气婉转地对他说："嗬，阿罗史密斯医生，你实在太棒啦！那些演讲的人说的大都是老生常谈的东西，可是你这次演讲相当成功！我要马上回家告诉爸爸。他肯定高兴坏了！"

直到这时，他才发现利奥拉正在朝会客室走来，用一种妻子特有的目光看着他们。

在步行回家的路上，利奥拉故意沉默不语。

"唔，你喜欢我的高谈阔论吗？"他很愤怒，适当等了一会儿才说。

"嗯，还行。给那群蠢货演讲肯定很难为情吧。"

"蠢货？你说这话什么意思？他们完全听得懂我的意思啊。他们还好吧。"

"是吗？唔，不管怎么说，谢天谢地，你不必继续胡吹了。皮克博更喜欢听他自己演说，才不会让你经常上台亮相呢。"

"我不在乎。事实是，我只知道，时不时地公开谈谈自己的看法也是件好事。它能让你更加理智地思考问题。”

“比如说，就像那些和蔼的、高尚的、理智的政治家一样！”

“莉，你听我说啊！当然，我们都知道，你的丈夫是个笨蛋，只会做点实验，其他一无是处。但我真的认为，你可以对他的第一次演讲——他破天荒的第一次演讲——装出一点热情的样子，何况演讲相当成功。”

“啊哟，傻瓜，我刚才是很热情，掌鼓得也不少。我也觉得你相当聪明。只是——其他事情你也可以做得更好一些。今晚我们吃什么？在家吃点冷食还是下馆子？”

就这样，他从一个英雄降为了一个丈夫，满肚子都是委屈。

整整一个星期，他都在思考自己受到的那些侮辱。但是，随着冬天的来临，那种单调而又愉快的晚宴接踵而至，并且掀起了一股无害的桥牌热。一个星期五，他们第一次可以在家里度过一个晚上，第一次有机会心平气和地拌拌嘴。他们坐下来，开始他所说的“真正地读点书，比如生理学和阿诺德·本涅特这个家伙的作品——安安静静地读点好书”，但也包括看看各种医学杂志中的简讯。

他显得有些不安，扔下手中的杂志，问道：

“你明天穿什么去参加皮克博的雪地野餐？”

“啊，我还没有——我会找件衣服的。”

“莉，我想问问你，你他妈的为啥说我昨天晚上在斯特拉福德医生家话多啊？我知道自己有很多毛病，但不知道话多也是个毛病。”

“以前不是，现在才是。”

“现在！”

“桑迪·阿罗史密斯，你听着！你这一个星期一直在耍小孩子脾气。你究竟怎么回事？”

“唔，我——哎呀，我太累了！在这个鬼地方，大家对我在希望之星教堂的精彩演讲都这么热情——《边疆居民早报》上那篇报道，皮克博还说，奥契德说那次演讲太棒了——可是你连屁都不放一个！”

“我没有给你鼓掌吗？不过——我只是希望你不要老是瞎说。”

“你希望，是吧！好吧，我告诉你，我就是要瞎说！这倒不是说我要胡说八道。上个星期天，我给他们讲的都是权威科学，他们也听得津津有味。我以前没有意识到，吸引听众并不一定要煽情。关键在于你能给他们的教益！啊哟，我在四十五分钟之内让大家接受了健康教育，接受了对实验价值的一些看法，这比——我没想成为一个大人物。可是，你想说什么就说什么，有人只能听着，根本插不上嘴，完全不像在惠西法尼亚的时候，这也不错嘛。我敢肯定，我还会继续瞎说，就是你口下留情所说的我他妈的愚蠢的废话。”

“桑迪，有些人可以这样，但你不能这样。我无法告诉你——这就是我对你的演讲没有多谈的一个原因——我无法告诉你，听到你的说教我有多吃惊，你总是嘲笑你所谓的多愁善感，总是嘲笑只会对着那些可爱的小孩子流泪的做法！”

“我从来没有说过那种话——从来没有用过那个词，这你是知道的。天哪！你竟然说起嘲笑！让我告诉你吧，通过纠正小孩子早期的错误，通过关心他们的眼睛和扁桃体等等，公共卫生运动可以拯救数百万条生命，而且可以使下一代——”

“这个我懂！我比你更爱孩子！但我的意思是，那些可笑的假笑——”

“唔，天哪，这事总得有人做嘛。你不教育民众，怎么和他们一起工作啊。即使老皮克博是个笨蛋，他也有表现出色的地方嘛，比如他的诗歌，还有诸如此类的玩意儿。如果我会写诗，说不定是件好事哩——天哪，我要是学不会可咋办呀？”

“他的诗太恐怖了！”

“嗳，你说话还真是前后一致啊！前几天晚上你还说他的诗‘逗’呢。”

“我说话不用前后一致啊。我只是个女人而已。你，马丁·阿罗史密斯，你是第一个这样说我的人。对于皮克博来说，这些诗无可非议，但对你可不行。你是搞实验工作的，要去发现一些东西，而不是去宣扬一些东西。你还记得吗？在惠西法尼亚，有一次，你差点就想加入一个教派，做一个受人尊敬的公民了，犹豫了五分钟哩。难道你后半辈子还想和那些体面的人混在一起，然后再想方设法逃出来呀？你怎么就不明白你只是一个野蛮人呢？”

“天哪，我是野蛮人！还有——你还给我取了什么雅号？——我他妈的灵魂深处还是个穷乡僻壤的乡巴佬咧！你帮了好大忙呢！我现在想要安定下来，过一种体面而又有益的生活，不再到处树敌，你这个照理应该信任我的人，却第一个站出来挑刺！”

“也许，奥契德·皮克博更能帮你的忙。”

“她也许会的！相信我，她是个可爱的女孩。她非常欣赏我在教堂的精彩演讲。如果你以为我会通宵听你嘲笑我的工作和朋友——我要去洗个热水澡。晚安！”

洗澡的时候，他倒吸了一口气，自己竟然会跟利奥拉吵嘴，真是不可思议。啊哟！除了戈特利布，桑德利厄斯和克利夫·克劳森之外，她是这个世界上唯一的人——对了，克利夫在哪儿呢？还在纽约吗？有封信还没回给他吧？但是，不管怎么说——即使她固执己见，不肯改变她的看法，看不出他有影响民众的才能，他也不该发脾气，真是个笨蛋！没有人会像她这样支持他，他是爱她的——

他后悔不迭，胡乱擦干身子，冲进屋里。他们对对方说，他们都是人世中最理智的人。他们激烈地亲吻。然后，利奥拉若有所思地说：

“还是那句话，伙计，我是不会帮你自欺欺人的。你不是个鼓动家。你是个揭露谎言的人。真有意思，你总是想听到那些揭露谎言的人的消息，戈特利布教授啦、你的老伏尔泰啦，他们是不会被骗的。不过，也许他们和你一样：总想远离令人讨厌的真理，总是希望能够安居致富，总是把灵魂卖给魔鬼，然后又去出卖那个可怜的魔鬼。我认为——我认为——”她坐在床上，用手按着太阳穴，试图把意思表达清楚，“你和戈特利布教授不一样。他从没犯过错误，或者把时间浪费在——”

“他照样把时间浪费在亨齐克那种骗人的江湖药厂啊。而且，他的头衔是‘博士’，不是‘教授’，如果你非得给他一个——”

“如果他去了亨齐克的制药厂，他肯定有充足的理由。他是个天才，他不会错的。或者说，他会错吗？连他也会错？不过，无论如何：你，桑迪，你只能时常犯犯错，只能靠犯错吸取教训。我说一件事啊：你得从你那些疯狂的错误中吸取教训。不过，有时候看你伸着脖子到处乱钻——比如做一个睁眼说瞎话的演说家啦，或者朝思暮想你的奥契德啦，我真觉得有点累。”

“唔，天哪！我过来和你讲和，你还这样说！你没有做过任何错事，这真是件好事！不过，一家有一个十全十美的人足够了！”

他一头倒在床上。一声不吭。利奥拉温柔地喊道：“马特——桑迪！”他不理她。他很骄傲，自己竟然可以狠心对她。他就这样睡着了。第二天早餐时分，他觉得很惭愧，急于解释，她却不领情。

“我不想再讨论这件事。”她说。

星期六下午，他们就带着这种别别扭扭的心情参加了皮克博举办的雪地野餐。

四

皮克博医生有一个小木屋，就在诺梯拉斯北部山丘上的一片稀疏的橡树林中。他们一行十几个人乘着一个大雪橇就出发了，上面铺满了稻草和蓝色的羊毛毯。雪橇叮叮当当的铃声让人十分兴奋，孩子们跳下雪橇跟着跑。

其中有一位校医，是个单身汉，对利奥拉十分殷勤。他给利奥拉盖了两次毯子，这在诺梯拉斯简直有伤风化。马丁很嫉妒，便公开转向奥契德，完全不避讳。

他越来越关心奥契德，倒不是为了惩罚利奥拉，而是因为奥契德本人实在讨人喜欢。她身穿一件花呢短外套，头戴一顶苏格兰便帽，脖子上围着一条火红的围巾，下身穿了一条诺梯拉斯的姑娘都不敢穿的马裤。她轻轻地拍了拍马丁的膝盖。他们乘着危险的平底雪橇滑行，她紧紧地搂着他的腰。

她现在开始叫他“马丁医生”了，而他也亲热地叫她“奥契德”了。

转眼到了小木屋，大伙七嘴八舌地把东西往下搬。马丁和奥契德一起把盛食品的大盖篮抬到屋里。他们还踏着滑雪板一起滑下小山丘。他们的滑雪板绞在了一起，结果他们滚进了一个雪堆里。她紧紧地搂着他，既不害怕，也不尴尬。这时在他看来，她穿着那套粗花呢衣服反倒更加温柔，更加迷人——她那大胆的眼神；她把湿雪拂去后露出的红润的面颊；她那犹如男孩子一样敏捷的双腿，还有她那像男孩子的臂膀一样结实的迷人双肩。

可是，“我是个多情的傻瓜！利奥拉说得对！”他气愤地对自己说。“我原以为你还有点创意哩！可怜的小奥契德——如果她知道你思想这么龌龊，肯定会被吓坏的！”

不过，可怜的小奥契德却怂恿他说：“来吧，马丁医生！咱们冲下那个陡坡。只有我们俩才有这样的劲头。”

“那是因为只有我们两个人年轻。”

“那是因为你很年轻。我太老了。你在大谈特谈传染病之类的东西的时候，我只能坐在那儿发呆。”

他看到利奥拉和那个可恶的校医正在远处的一个山坡上滑雪。他竟然被允许和奥契德单独待在一起，这可能是一种赌气，也可能是一种宽慰。不过，他不再和奥契德说话，仿佛她只是个孩子，而他却是个充满智慧的圣人；他不再和她说话，装着在朝身后看什么东西似的。他们朝那个陡坡冲去。他们沿着陡坡往下滑，跌了个底朝天；他们往下俯冲，在雪地里滚作一团。

他们一起回到小木屋，发现其他人都出去了。她脱下湿漉漉的运动衫，拍了拍柔软的宽松衬衫。他们翻出了一瓶热咖啡。他看着她，一副要去吻她的样子。她也看着他，一副毫不介意的神情。他们一边摆着食物，一边哼着小曲儿，一副心有灵犀的亲密样儿。她颤动着声音说："嗳，赶紧的，小懒虫，把那些杯子放到那个破桌子上去。"听语气像是乐意永远和他在一起似的。

他们没有说什么不得体的话，也没有手拉着手。他们乘着雪橇在雪花飞舞的暮色中往家赶，虽然他们肩并肩坐在一起，但除了急转弯时雪橇发生侧滑之外，他并没有伸出手臂去搂她。如果说马丁兴奋得难以自制，那可能是一天有益健康的活动引起的。没有什么事情发生，也没有谁感到不快。道别的时候，他们都很愉快，都很高兴。

利奥拉什么也没说。虽然她有一两天很冷淡，但是马丁很忙，没去深究。

第二十一章

一

诺梯拉斯是这个国家第一批开展各种名目的“周”的地方。现在，名目越来越多，有什么“函授教学周”“基督教科学周”“正骨疗法周”以及“佐治亚松树周”。

一个“周”并不只是持续一周的时间。

如果一个积极进取、高度机警、积极活跃、有开拓精神的教堂、商会或者慈善会，想要改善自身的状况，也就是说想要赚取更多的金钱，那么它就会请来为数不多的那几位管理城市的活跃人物，然后宣布举办一个“周”。这一般包括长达一个月的委员会会议；多次撰写专栏文章在公开出版物上对该组织进行宣传；最后一两天的时间，再请来一些体操健儿在教堂或影剧院内表演，讨好那些并不懂得欣赏的观众，而且镇上那些最漂亮的女孩也有幸被允许在街头巷尾和陌生男人交谈，顺便把那些没有任何装饰的纪念标签发给他们，如果那些陌生男人想被看作绅士的话，那些女孩还可以换回他们不得不付的一小笔钱。

这些“周”唯一的不同在于，有的不是靠出售纪念标签直接捞钱，而是靠铺天盖地的大做广告，以便将来大捞特捞。

诺梯拉斯举行过一个“鼓动周”。活动期间，有一批能说会道的人——以前叫作图书代销商，但现在叫作“效率工程师”——到处游说，告诉那些店主如何才能快速从别人那里赚到钱。阿尔穆斯·皮克博医生也在一次祈祷会上做了演讲，主题是“圣保罗的活力——第一位鼓动家”。诺梯拉斯还举行过一次“热情欢迎周”。活动期间，每个人每天至少要和三个陌生人打招呼，结果弄得那些上了年纪的旅行推销员非常恼火，因为一天到晚都有一些热情友好、强健有力的陌生人拍他们的后背。另外，还举行过一个“回乡周”、一个“给母亲写信周”、一个“欢迎在诺梯拉斯办厂周”、一个“多吃玉米周”、一个“做礼拜周”、一个“救世军周”和一个“买车周”。

也许，在这些“周”当中，最好的“周”是“青年周”。它的目的是要筹集八万美元为基督教青年会建一座新大楼。

旧大楼上面挂着触目惊心的标语，每天更换一次，上面写着“你必须捐款”“年轻人，快来吧”以及“你的钱会创造‘幸福’”等等。皮克博医生在三天内发表了十九次演说。他把基督教青年会比作十字军战士、使徒以及库克博士的探险队——他认为，库克博士确实发现了北极。奥契德卖掉了三百一十九张青年会标签，其中七张卖给了同一个男人。那个男人后来对她出言不逊。幸好基督教青年会的一个秘书救了她。那位秘书久久地拉着她的手，以便使她平静下来。

在这些“周”的发明方面，没有哪个组织是阿尔穆斯·皮克博的对手。

一月份，他办了一个“健康婴儿周”。那个“周”办得确实挺好。不过，紧接着就是“废除禁酒周”“固定牙齿周”以及“禁止随地吐痰周”。那些缺乏他那种激情的人抱怨说：“我的健康正在被这种对健康的担忧摧毁。”

在“打扫卫生周”期间，皮克博又到处散布他自己创作的一首新诗：

细菌偷偷地来
把健康破坏；
朋友，你听，
只要丢一张名片
给一个为你打扫庭院的人，
就会让古老的细菌无处生存。

“灭蝇周”不仅使他尝到了把奖品发给那些屠杀苍蝇最多的孩子的欢乐，而且也激发了他创作两首小诗的灵感。海报标语告诫道：

卖了锤头买小号，
手中蝇拍握紧了。
若要疾病不进门，
得把苍蝇先灭掉。

刚巧那个星期雄鹰兄弟会正在伯灵顿市举行一个州立大会，于是皮克博就发了一份电报给他们：

敬请雄鹰大会
提醒防范苍蝇。

这份电文被九十六家报纸引用，其中包括阿拉斯加的一家报纸。皮克博挥舞着剪报向马丁解释说：“你现在看到了吧，只要一个人的努力方向没有错，他总能找到传播真理的办法。”

仲夏时分，皮克博又发明了“每日三支雪茄周”，但不太成功，部分原因是一位浅薄的幽默作家在当地一家报纸上撰文说，他很想知道，皮克博医生是否真的希望抱在怀里的婴儿每天也抽三支雪茄；部分原因是那些雪茄制造商跑到卫生局强烈抗议，说这种“周”没有常识。“除猫阉狗周”也不太令人满意。

尽管皮克博要参加这么多“周”的活动，他还是有时间主持州卫生官员及代理机构大会的计划委员会会议。

致该会全体成员的通函就是他撰写的：

男女兄弟们：

您来参加此次卫生集会吗？它将成为这个热闹的小小行星上空前的最有生气的创举。它讲求实际。我们将抛开一切华而不实的泛泛之谈，像亲人拉家常一样听取人们的意见，这样我们就可以带几个回家思考了。

著名的社区合唱的领唱卢瑟·博茨将到会为我们的节目增加智慧和青春活力。文学硕士兼医学博士以及兼有其他头衔的约翰·F. 齐塞（杰克，分一下头发，看着潇洒一些，女士们会爱上你的）届时将做多个重点发言。（小伙子们，快站起来，她走了！）如果刹车有效，我们就可以或者将时不时地从我们的所在地赶过去，在那儿美美地饱餐一顿。

听起来像个专场秀吧？确实是的！巴伯，下面该你了。盼望收到您届时莅临的消息。

这封通函引起了极大的热情和欢乐。克林顿市的费逊斯医生写信给皮克博说：

我想，此次大会到会者如此踊跃，又如此谦逊，主要是因为您生动有力的号召书。鄙人以为，此次大会可谓全球有史以来最成功的一次卫生大会。因此我不得不嘲笑那位泼妇，可能是波士顿或者别的什么地方的吧，她竟然嘲笑您的信函“不够高雅”！您不用理会！我认为，像她这种吹毛求疵而又没有幽默感的人活该受到严厉鄙视，这个该死的笨蛋！

二

在“健康婴儿周”举行期间，马丁的热情特别高。他和利奥拉给婴儿称体重，做检查，制作食谱图表。在每一个小孩身上，他们仿佛都能看到他们那个再也回不来的孩子。不过，“多子周”举行期间，马丁特别好争辩。他说，他相信计划生育。皮克博或从神学观点，或用粗暴方式或以他自己的八仙女为例，对他进行了驳斥。

马丁对“抗痨周”同样不以为然。他喜欢晚上把窗户开着，而且他很讨厌那些往人行道上吐烟沫的人。不过，听到用宗教般的狂热和伪造的统计数字提出的那些改革让他很不愉快，因为那无疑是审美层面的改革，却未必是卫生层面的改革。

只要有人对皮克博倒背如流的肺结核数据表示怀疑，或者暗示说，这种疾病减少的原因可能是免疫力的自然增强，而不是因为开展了反对随地吐痰和空气不流通的运动，皮克博就会认为是在指责他开展这些运动的诚意。像大多数宣传家一样，他个人也很敏感。他认为，因为他的心很诚，所以他的观点绝对不会有错。如果有人要求他讲话要精确，如果有人引用雷蒙德·珀尔做的论断，“客观的科学事实是，对肺结核死亡率下降的原因几乎是一无所知”——那这个人肯定就是一个真正喜欢弄脏人行道的恶棍。

马丁发现，在皮克博任职期间，虽然诺梯拉斯市肺结核病的死亡率确实下降了，但在区内多数没搞反对随地吐痰演说或者没搞“打开你的窗户”游行的村镇，结核病的死亡率也以同样的幅度下降了。马丁非常不合群，因而看到这种情况的时候，心中便产生了一种对社会的反感和也许是恶意的快感。

对于马丁来说，幸运的是，皮克博并没有指望他较多地参与他的宣传运动，只是希望他能在活动期间在办公室里做他的替身。这些活动在马丁心中激起了一直困扰他的那种复杂的愤怒想法。

每次他含沙射影地批评，皮克博都会反驳说：“即使我的数据不总是那么确切又怎么样？即使我的宣传、我和公众开的玩笑真的让一些人觉得粗俗又怎么样？这些都是有益的，都是对的。不管我们采用什么方法，如果我们能让公众呼吸更多的新鲜空气，把庭院打扫得更加干净，或者少喝一点酒，那就证明我们做得对呀。”

马丁有点儿吃惊，他对自己说："是呀，这真的很重要吗？那些真理——公正、客观、冷漠的真理，麦克斯·戈特利布的真理——很重要吗？大家都说：'哎哟，你绝对不能篡改真理。'可是，如果你暗示说是他们自己在篡改真理，他们就会大发雷霆。除了恋爱、睡觉、吃饭和受人恭维之外，还有什么重要的事情吗？

"我觉得，真理对我来说真的很重要。可是，如果真是这样，那么我对科学的精确性的渴望不就变成我的爱好了吗？就像一个人对高尔夫球的酷爱变成了他的爱好一样？不管怎样，我都要支持皮克博。"

欧文·沃特斯和其他医生害怕皮克博真的会大获成功，从而降低他们的收入，便对皮克博进行人身攻击，这更促使马丁去维护他的上司。不过，马丁始终不喜欢那些未经核实的统计数据。

他估计，单就皮克博关于蛀牙、开车不慎、肺结核和其他七种病况的统计数字来看，这个城市的人有百分之一百八十的可能都活不到十六岁。有一次皮克博大声疾呼："你们知道吗？仅仅去年一年，密西西比州的皮肯斯县就有二十九人死于雅司病。他们本来都可以治好的，是的，先生，可以治好，每天坚持洗冷水浴就行了。"马丁对这话并没有太吃惊。

因为皮克博本人就有洗冷水浴的可怕习惯，甚至在冬天也是如此，尽管他可能知道，仅密尔沃基一个地区，在二十二年当中就有十九个年龄在十七到四十二岁之间的人死于冷水浴。

对于皮克博来说，"变量"一词的存在没有任何意义。马丁现在用这个词时很生气，就像他以前用"对照物"这个词时一样。马丁认为，健康可能取决于温度、遗传、职业、土壤、自然免疫力或者其他因素，而不是卫生局开展的提倡多洗、提倡美德的那些运动，但这种说法对于皮克博来说简直不可思议。

“变量！哼！”皮克博轻蔑地说，“啊哟，公共部门的每一个有识之士对病因都很了解啊——现在的问题是要依据这一认识行动起来。”

马丁力图说明，对于校舍空气新鲜比校舍暖和的重要性，对于肮脏的街道造成的卫生危害，对于饮酒的真正危害，对于流感流行时戴口罩的重要性，以及对于他们在各种运动中大肆宣传的多数事情，这些人几乎一窍不通。皮克博对此很生气，马丁想辞职不干，就再次去找欧文·沃特斯，结果又以一种新的热情回到皮克博身边。总之，他很不安，也很苦恼，就像一位年轻的革命家发现他的领导是自命不凡的人时的感受一样。

像怀疑皮克博生物学的准确性一样，他逐渐对皮克博开展的各种运动的所谓“已被证实的实际价值”表示怀疑。他注意到，对于每两个星期就要被调动起来开展一次拯救世界的新运动，大多数新闻记者有多么厌烦；他也注意到，在二十天内，当第十九位漂亮的女孩突然出现在一个人的面前，要他买一张纪念标签来资助一个自己闻所未闻的协会时，那种厌烦情绪又是多么地无以复加。

不过，更令人沮丧的是，他发现皮克博热情洋溢的雄辩有一股恶心的铜臭味。

马丁建议，所有的牛奶都应该用巴氏法进行消毒；那些已经被确认为肺结核繁殖地的房屋应该被彻底烧毁，而不应该再使用无济于事的方法进行烟熏消毒。他暗示说，这些措施比一万次布道，比让那些小女孩拿着小旗冒雨进行十年的游行，还要能够挽救更多的生命。皮克博却忧心忡忡地说："不行，不行。马丁，不要以为我们可以那样做。我们肯定会遭到那些牛奶场场主和房主的强烈反对。我们要是惹怒了这些人，在这件事情上可就一事无成了。"

在教会或慈善团体演讲的时候，皮克博大谈特谈"健康在使生活更加欢乐方面的价值"；但在商界午餐会上讲话的时候，他却话锋一转谈起了"雇用健康、不酗酒，从而拿一样工资又能干更多活的工人所换来的美金价值"；而在家长协会上，他又启发人们说"只有及早地纠正孩子的不良习惯，才能节省医疗费用"；但对于医生，他却保证说，公共卫生活动的开展，只会使人们定期看医生的习惯更加普及。

他对马丁说，巴斯德、乔治·华盛顿、维克托·沃恩以及爱迪生都是他的主人，但在向诺梯拉斯市的商界人士——"扶轮国际"分社、商会以及批发者协会——请求准予给卫生局拨付更多资金时，他又明确表示他们才是他的主人和大地的主宰。而这些大腹便便、嘴里叼着雪茄的大亨们也就欣然接受了这顶桂冠。

渐渐地，马丁的思绪由阿尔穆斯·皮克博转到了军队的首脑、帝国的君主、大学的校长以及教会的首领身上。他发现，这些首领大都是皮克博式的人物。就像麦克斯·戈特利布曾经谆谆告诫他一样，他告诫自己说，要有秉持异议的忠诚，要有大胆怀疑的信念，要有不高喊绝对真理的信条，要有承认自己和别人都可能无知的智慧，还要有使某一进展极其缓慢的运动极具加速的作用。

三

马丁一再被琐事打断，不得不走出实验室。他被叫到局接待室去向愤怒的市民解释为什么他们隔壁的汽车修理店会有汽油味；他回到他的小房间把写给校长的有关牙科诊所的信件口述给打字员听；他驱车去瑞典窟查看食品及牛奶检查员对屠宰场给予了什么样的关注；他命令将棚户区的一家人进行隔离检疫；最后他又躲进实验室。

实验室内光线充足，设备齐全，非常方便。除了细菌培养、血液检查，以及为市内私人开业医生做瓦塞曼反应测试之外，马丁几乎没有时间做别的事情。不过，这些工作倒也让他得到了休息。他还时常致力于沉淀测试法的研究，这种方法将取代瓦塞曼反应测试法，并且可能使他名扬天下。

皮克博显然认为这项研究只需六个星期，而马丁本来是希望用两年时间完成它的。但现在他老是被打断，可能就需要两百年才能完成了。到了那个时候，皮克博式的人物恐怕早就消灭了梅毒，从而使这项实验变得毫无用处。

除了工作职责之外，马丁还得陪同利奥拉在诺梯拉斯这个陌生的城市游玩。

“你一天忙到晚受得了吗？”他怂恿她说，“今晚想上哪儿玩玩吗？”

她猜疑地望着他。她自己就像一只温顺的小猫一样很容易随遇而安，而马丁以前从来就没有关心过她的娱乐。

四

皮克博的女儿们经常窜到马丁的实验室里玩耍。那对双胞胎打烂了很多试管，还用滤纸给洋娃娃搭帐篷。奥契德经常特地过来为他父亲的那些“周”写海报。她说，实验室最安静，适合工作。马丁站在自己的工作台前，知道她就在角落的一张桌子旁哼小曲儿。他们俩你一言我一语，海阔天空地聊着。他怀着愚蠢的热情倾听她对一些问题的看法。如果这些看法是利奥拉提出来的，他可能马上就会说：“真他妈的瞎扯！”

他把一根装着已溶血液的透明的紫红色试管对着灯光观察，心里一半想着血液的颜色，一半想着奥契德的脚踝。此时，她正俯身趴在桌子上，手里拿着画笔，出奇地有耐心；两条腿也微微地弯曲着，优美地交叉在一起。

他荒谬地问她：“喂，宝贝。假如你——假如一个像你一样的小姑娘爱上了一个已婚的男人，你觉得她该怎么办呀？对他好一点呢？还是放弃他呢？”

“嗬，她应该放弃他呀。不管她心里有多苦。即使她喜欢他喜欢得要命。因为，即使她喜欢他，她也不该对不起他的妻子嘛。”

“但是，如果他的妻子永远都不知道，或者说也许她根本就不在乎呢？”他已经不再假装工作，而是站在她的面前，双手叉着腰，睁着乌溜溜的眼睛问道。

“唔，如果她不知道——不过，不会那样的。我认为，姻缘真的是由上天安排的，不是吗？总有一天，白马王子会到来的，一位完美的情人——”她如此年轻，她的双唇如此娇嫩，如此讨人喜欢！“——当然，我会为他守身如玉的。如果在我的意中人出现之前，我就自行轻薄的话，一切可就毁了。”

不过，她的笑容很甜。

他想象着他俩单独待在一个荒僻的营地里的情景。他仿佛看到她已经把那些鹦鹉学舌似的道德信条忘得一干二净。他的内心正在经历着一种明显的变化，就像一个人要改变自己的宗教信仰一样，或者在战争中表现出来的那种狂热一样；他由羞于对妻子不忠变成决心占有自己所能得到的一切。他开始对利奥拉的要求感到不满，她已经永远拥有了他最深的爱，竟然还想占有他的一切非分之想。她的确有过这种要求。她很少谈到奥契德，但如果他和这个孩子玩了一个下午，她肯定能看出来（也许是他神经过敏，他认为她能看出来）。她一声不响地审视着他，让他觉得自己像个犯人似的。他这个人虽然从来没有甜言蜜语，但也不惜口舌，总是热情地催促她说:“整天都闷在家里呀？唔，我们吃完晚饭出去遛遛吧，然后看场电影。或者，我们给谁打个电话，过去串串门呢？你想干什么都行。”

他听得出自己的声音有点做作。他讨厌这种声音，而且知道利奥拉不会上他的当。每一次他陷入沉思，想到他自己的真理比皮克博信仰的真理优越时，他都会咆哮说：“好家伙，你竟然思考真理，你这个骗子！”

实际上，为了看一眼奥契德的小嘴唇，他付出了巨大的代价。尽管这个代价让他焦虑不安，但还是未能阻止他去看看。

初夏时分，即大战在欧洲爆发前的两个月，利奥拉回惠西法尼亚去探亲，要离开两个星期。临行前，她说：

“桑迪，我回来时，什么也不会问你的。不过，我希望你不要再像最近这样愚蠢了。我觉得，你那朵野菊花、那棵豚草、那个小白痴不值得我们争吵。亲爱的桑迪，我真的想让你幸福。但是，除非我哪天死了，上了天国，否则，我是不会像顶旧帽子一样挂在一边的。我警告你。至于你要的冰，我已经给你定好了，每周一百磅。如果你有时想自己做饭吃——”

她离开以后，没有立即发生什么事情，尽管有许多事情随时都会发生。奥契德是个不受传统约束的女孩子，有一种想要了解一个男人会怎样做的好奇心。不过，只要有那么一点点小小的刺激，她就会非常满足。

六月的那个早晨，马丁信誓旦旦地说，奥契德就是个傻瓜，是个卖弄风情的姑娘，他“一点都不想和她亲近”。一点都不想！晚上他打算去欧文·沃特斯家串串门，或者看看书，或者和学校诊所的牙医一起散散步。

可是，晚上八点半的时候，他却朝奥契德的家中晃去。

如果皮克博老两口在家——马丁打算说：“医生，我来串个门儿，顺便问问你是怎么考虑——”见鬼！考虑什么呀？皮克博从来没有考虑过什么事情。

来到门前低矮的台阶，他就看见奥契德了。查理，一个年方二十的小职员，正在俯身和她说话。

“你好，你爸爸在家吗？”他漫不经心地喊道，一副扬扬自得的样子。

“很抱歉，他和妈妈要到十一点才回来。您要不要坐下来，凉快一会儿？”

“唔——”他还真坐下了，稳稳当当，还试图说点年轻人的话题，而查理也说了些在自己看来适合上了年纪的阿罗史密斯医生的话，奥契德时不时地发出一点很感兴趣的声音，这种技巧她非常擅长。

“最近，嗯，最近常看棒球比赛吗？”马丁问。

“嗬，我能看的都看了，”查理说，“市政厅里的情况咋样？是不是又发现了好多天花病人、血丝虫病人，还有其他稀奇古怪的病人呀？”

“哎哟，忙个不停。”年长的阿罗史密斯医生咕哝着说。

马丁想不出别的话说。查理和奥契德神神秘秘地说着，咯咯地笑着，把他晾在了一边，让他觉得自己像个百岁老人似的。他们谈到了玛米和厄尔，还激烈地说：“是的，没关系。不过，无论何时你看到我和她跳舞，你只管告诉我，好吧！”这时，屋角处的韦尔贝纳·皮克博对着这两个不认识的人大声喊道：“嗳，你们走吧！”

“见鬼！真不值得！我还是回家吧。”马丁叹了口气。不过，就在这时，查理尖叫说：“唔，谢谢，谢谢。好吧，我该走了。”

于是就把他留给了奥契德，寂静、沉默，相当令人尴尬。

“和一个头脑聪明而又不像查理那样总想调情的人在一起，实在太好了。”奥契德说。

他想：“好极了！她会是个规规矩矩的好姑娘。而且我也恢复了理智。我们聊一会儿我就回去。”

她似乎向他靠近了一点。她低声对他说："我都寂寞死了，特别是和那个满口脏话的讨厌鬼在一起的时候，后来听到你的脚步声才好些。我一听到那个脚步声就知道是你来了。"

他拍了拍她的手。他拍得越来越热情，超出了她父亲的助手和朋友的分寸，她便把手缩了回去，抱住双膝，和他闲聊起来。

每次晚上他逛到走廊，发现她一个人在家，都会这样和她聊天。她比那些思想最复杂的女人还要难琢磨十倍。他感觉愧对利奥拉，好不容易才没有人们所说的那种内疚的欢愉。

她在说话的时候，他就一个劲地琢磨她到底有没有脑子。很明显，她脑子不够用，甚至连中西部的一所小教会大学都考不上。韦尔贝纳今年秋季就要上大学了，但她解释说，奥契德觉得她"应该留在家里，帮助妈妈照顾妹妹。"

马丁心想："这意味着她连默格福特学院都考不上啊！"不过，听到她柔声细语的一番话，他对她智力的看法又突然改变了。她说："我好可怜哦，可能一辈子只能待在诺梯拉斯了，而你——哎哟，有知识，又有惊人的坚强意志力，我知道你将来肯定会征服这个世界的！"

"胡说，我绝不可能征服任何世界。不过，我真的希望能努力实现一些有益的健康措施。亲爱的奥契德，说老实话，你真认为我很有意志力吗？"

月亮从枫树后面露出了圆圆的脸。皮克博家那个破旧的庭院立刻充满了迷人的魔力。那缠结交错的草地俨然变成了满园的玫瑰；那歪歪倒倒的葡萄架仿佛变成了供奉狄安娜的神殿；那张旧吊床貌似变成了一块镶边的银白色锦缎；那个脾气暴躁、噼啪乱响的草地喷灌机筒直就像一口喷泉。整个大地沐浴在一片撩人的朦胧月色之中。这座小城，白天就像一群喧闹忙乱的孩子，此刻却静悄悄的，仿佛被人遗忘了一样。马丁几乎从来没有感受过这种良辰美景的魅力。他一向沉浸在易怒的沉思之中，但现在他却沉浸在心醉神迷的境界里。

他握着奥契德那只安静的手——却为利奥拉感到孤独。

这位好斗的马丁，早就赢得了利奥拉，从来就没想过浪漫，因为他那笨拙的恋爱方式本身就很浪漫。马丁此时此刻正眼巴巴地盼望着浪漫的故事，然而一点也浪漫不起来，就像一个凯旋的斗士一样，精疲力竭却还思恋着月色下的少女。

他觉得自己有责任示爱。他把她拉向自己身边，可她却叹息说：“唉，请不要这样。”而他也没有那种铁石心肠和坚持示爱的信念。他再次想到了月色，也想到了明天清早就要上班。他想，他能不能悄悄地掏出手表看看时间而又不让奥契德觉察。他做到了这一点。他俯身给她一个晚安的吻别，可不知怎么的又没有好好地吻她，就不知不觉地走回家去了。

他往回走的时候，无情地责怪自己，坚持宣判自己有罪。他愤怒地想，不管自己以前有多犹豫不决，也绝没想到竟会成为情场上的一个偷鸡摸狗之徒，一个鬼鬼祟祟、偷偷摸摸的窃贼，甚至连鬼鬼祟祟也不成功，还不如夜晚在枫树下和未婚少女吹牛摆阔的卖汽水的小伙子。他对自己说，奥契德是个没有什么智慧的年轻女人，一个只会长吁短叹的女人。可是，他刚回到自己那个寂寞的公寓，就又开始思念她了，还想到了今晚把她勾引到家里来的一些神奇而又极其愚蠢的方法，就连上床睡觉的时候都在念叨：“啊，奥契德——”

也许，他太迷恋那天的月色和柔和的夏夜，因为，有一天，奥契德突然来到他的实验室，坐在工作台上，用手拂拂长袜上的尘土，他就蹑手蹑脚地走到她的身边，巧妙地握住她的两只手腕，吻了起来，一副理所当然的样子。

他立即停止了专横的举止。他害怕了。他凝视着她，脸色苍白。她也凝视着他，非常震惊，眼睛睁得大大的，双唇微微翕动。

“啊！”她意味深长地说了一声。

接着，她用一种十分关心和几分满意的口气说：

“马丁——哎哟——亲爱的——你觉得你该那样做吗？”

他又吻了她一下。她屈服了。刹那间，天地间一切都不存在了，不管是他还是她，不管是实验室还是父母、妻子和传统观念，统统都不存在了，只有他俩紧紧地抱在一起。

突然，她语无伦次地说：“我知道，很多具有传统思想的人都会说我们这样做不对，也许我也是这样想的。有一次，不过——嗬，我真高兴，我现在想开了！当然，我不会伤害亲爱的利奥拉，也不会做任何对这个世界真正有害的事情。不过，周围有这么多贪图享受的人，如果我们可以超越他们，实现强上加强的号召，这不是很棒吗？还有——不过，我必须去参加一个基督教女青年会的会议。有一个纽约的女律师要和我们谈论‘现代女性的职业’。”

她离开之后，马丁觉得自己简直就是情场上的赢家。“我已经把她搞定啦！”他扬扬得意地说……不过，他的得意也许从来没有这样不靠谱，从来没有这样蹩脚。

那天晚上，他正在公寓里和欧文·沃特斯、学校诊所的牙医以及市卫生院的一位年轻医生打扑克，电话铃响了。他拿起听筒，一个激动而又娇滴滴的声音说：

“我是奥契德。我打电话给你，你高兴吗？”

“啊，高兴，高兴。你打电话给我，太高兴啦。”他努力装出既多情又高兴的样子，同时又假装若无其事，以便骗过那三个没穿外套、略带醉意、咧嘴大笑的医生。

“马蒂，你今晚干吗呢？”

“就，呃，几个朋友在这儿打会儿扑克。”

“啊！”话筒里的声音又尖又细，“啊，那么，你——我给你打电话太孩子气了吧。可是，爸爸不在家，韦尔贝纳和其他人也都不在家。今晚天气这么好，我就想——你是不是觉得我像个小傻瓜呀？”

“没有——没有——绝对没有。”

“你不这样认为，我好高兴哦。如果我觉得你认为我给你打电话像个小傻瓜，我会很生气的。你不觉得我傻，是吧？”

“不——不——当然不。喂，我还得——”

“我知道。我不会缠着你的。我只是想让你告诉我，你是不是觉得我是个傻瓜才——”

“没有！老实说！真没有！”

他察觉到背后的几个男人都在偷笑他，烦躁不安地聊了三分钟，终于摆脱了这个电话。然后，打扑克的人就七嘴八舌地说了一通在诺梯拉斯倒也无伤大雅的话：“哎哟，你这个小好色鬼！”“你能比得过吗——他老婆才走了一个星期哦！”“医生，她是谁呀？你这个吝啬鬼，赶紧的，把她带到这儿来！”“哎呀，我知道是谁，就是草原大道上卖帽子的那个小妞。”

第二天中午，她从一个杂货店给他打电话，说她一夜都没睡，还说经过深思熟虑之后，决定他们“千万不要再做那种事了”——还问他晚上八点能不能在克里明斯街和密苏里大道的拐角处和她见面，这样他们就能当面谈谈这件事了。

下午，她又给他打了一个电话，把幽会时间改到了八点半。

下午五点，她又打了一个电话，只是提醒他——

那天在实验室里，马丁再也没有心思移植培养菌。他根本就是个糊涂虫，完全不像一个合格的实验员；他思前想后，觉得自己就是个有罪难赎的负心汉。但与此同时，他又很向往利奥拉那份实实在在的安慰。

“今晚，我想和她走多远就能走多远。

“不过，她就是个倒追男人的货，不长脑子。

“那更好。反正我也不想再做一个无用的哲学家了。

“不知道小说和诗歌里的那些爱情幸运儿是不是也和我一样闷闷不乐?

“我再也不要中年人的谨小慎微了，再也不要信守一夫一妻制的道德信条了！这些和我的信仰都不相容。我需要的是自由的权利——

“见鬼！那些自由的家伙在自由的时候不还得拼命工作吗？比他们那些墨守成规的父辈也好不到哪儿去呀。我身上有那么多健康的道德败坏的天性，所以我还算得上是个有道德的人啊。我得保持头脑清醒，好好工作。我不能到处乱跑，整天想着亲这个亲那个，结果把自己搞得晕头转向。

“奥契德太水性杨花了。我真不想放弃做一名快乐的罪人的权利，可是我的生活方式太单调了啊，只有利奥拉和工作，不过我也不想自毁前程。愿上帝帮助那些热爱自己的工作和妻子的人吧！他从一开始就被打败了。”

他在八点半见到了奥契德，这次见面一点都不亲热。他既讨厌两天前大献殷勤的马丁，又同样讨厌今晚这个单调乏味、谨小慎微的马丁。他心无杂念地回了家，却又彻夜想念着奥契德。

一个星期之后，利奥拉从惠西法尼亚回来了。

他去车站接她。

“一切都好，”他说，“我觉得真是度日如年啊。我可是个品行端正、道德高尚的年轻人哦。天啊，要不是你和我的沉淀试验，我肯定会讨厌这种生活的，而且——你为啥老是把你的行李票搞丢啊？我想，我这么容易放弃，肯定给别人做了个坏榜样吧。不，不，亲爱的，你难道没看见啊，那个就是列车员给你的行李票啊！”

第二十二章

一

那年夏天，皮克博在艾奥瓦州、内布拉斯加州和堪萨斯州做了一次简短的肖托夸[①]式教育集会，沿途发表演讲，结交朋友。马丁意识到，虽然和古斯塔夫·桑德利厄斯相比，皮克博似乎很不幸，只不过是个巧舌如簧、宅心仁厚的乡巴佬，但他在美国的声誉注定比桑德利厄斯高出十倍，比麦克斯·戈特利布高出千倍。

皮克博和很多声名显赫的大人物都有联系。那些人的照片和醒世名言经常出现在各种杂志上。他们当中有发表过论士气与乐观的小册子的广告撰写人，有告诉职员如何通过学习函授课程和杜绝腐蚀男子气概的啤酒使自己成为歌德和斯通威尔·杰克逊之类的名人的杂志编辑，还有在金融、和平、生物、编辑、秘鲁人种学和怎样赚取讲演费等方面均为权威的圣贤。这些学界霸主承认皮克博是他们中的一员，还给他写了很多妙语双关的信。他在回信的时候，则用红色铅笔签上“皮克”两个字。

《前进杂志》是一种专门刊登成功人士的传记的刊物，曾经报道

---

① 肖托夸：19 世纪末 20 世纪早期在美国非常流行的成人教育运动，为社区提供娱乐与文化教育。

过皮克博，一位用锡罐建成一座漂亮的新哥特式教堂的牧师，一位在七年中使二千六百九十八个女工免于堕落的女士，以及俄勒冈州一位自学梵文、芬兰语和世界语的补鞋匠。

撰稿人这样歌颂皮克博：“向大家隆重介绍阿尔穆斯·皮克博医生。他是一位极具男子汉气概的人物，一位被丘姆·弗林克称为‘一位双拳出击的战斗诗人兼医生’的人物，一位把他的卓越发现置于第三垒上的科学家。不过，作为一位受教规约束的旧式主日学校的主管，他也严厉斥责那些信奉无神论的所谓科学家，指责他们用自作聪明的俏皮话攻击一切崇高和进步的事物，正在危及我们的宗教和自由的基础。”

马丁读着这篇报道，努力想象着它实际上刊登在纽约一家发行量逾百万的大型刊物上。这时，皮克博召唤他过去。

“马特，”他说，“你觉得你有能力管理这个局吗？”

“啊哟，呃——”

“你觉得你一个人能够平衡各方关系创建一个清洁的城市吗？”

“啊哟，呃——”

“因为，我好像要作为这个地区下一个国会议员到华盛顿去了！”

“真的吗？”

“好像是这样。伙计，我要把我在这儿反复传输的思想传播到全国去！”

马丁随口说了一声“祝贺你！”他太惊讶了，以至这话听起来还挺热情。他现在还是有一点儿时看法的影子，认为国会议员都是一些大有学问的重要人物。

“我刚和这个地区的共和党的一些头面人物开了个会。我自己也大吃一惊。哈，哈，哈！也许，他们挑中我是因为他们今年再也找不出别的人参加竞选了，哈，哈，哈！”

马丁也大笑起来。从皮克博的神色来看，他似乎觉得这种反应不太对劲，但他很快恢复了常态，绘声绘色地接着说道：

“我对他们说，‘先生们，我必须提醒你们，我不敢肯定自己是否具备杰出的资格，可以享有最高特权，能在华盛顿为一个拥有一亿人口的大国的各行各业制定指导性的规章制度。然而，先生们，’我说，‘毫不夸张地说，促使我考虑你们给予我的这种出乎意料，也许是受之有愧的荣誉的因素在于，我觉得，国会需要的好像是，有更多高瞻远瞩的科学家来规划我们这个发展中的联邦所要求的改革，有更多经过真正训练的商业人士去实施这些改革，以及说服华盛顿那些家伙认识到一名卫生部部长当务之急的可能性，他将完全控制——”

可是，不管马丁对这种事情有何看法，共和党的的确确提名皮克博竞选国会议员了。

二

在皮克博外出竞选期间，由马丁负责局里的工作，但他刚开始主管工作就被指责独断专横，思想激进。

在艾奥瓦州，没有比诺梯拉斯市郊的老克洛普丘克牛奶场更卫生、更高效的牛奶场了。老克洛普丘克牛奶场铺了瓷砖，修了排水道，安装了照明设备；挤奶机更是挑不出一点毛病；奶瓶全都经过煮沸消毒；

而且，克洛普丘克欢迎检查员前去检查和开展结核菌素实验。他与牛奶工人工会斗争，用付给工人高于工会规定的最低工资的办法，使他的牛奶场保住了自由雇佣企业的属性。有一次，马丁代表皮克博参加诺梯拉斯中央劳工理事会的一个会议，理事会的秘书坦言，他们特别想在克洛普丘克牛奶场成立工会，但几乎不太可能。

目前，马丁对劳工运动不是很同情。和大多数从事实验工作的人一样，他认为，工人在缝制衣服或开动机器的劳动中体验到的乐趣，远没有他从一项长期的研究中体验到的乐趣多，其原因在于他们是劣等人种，生性懒惰，品质恶劣。工会的抱怨使他相信，他已找到了完美的典型。

他经常在克洛普丘克牛奶场停留，只是因为对这个牛奶场感到满意。他只注意到一件令他不安的事：有个挤奶工喉咙一直发炎。他给这个工人进行了检查，做了细菌培养，发现了溶血性链球菌。他慌里慌张地返回牛奶场，经过细菌培养，发现三头奶牛的乳腺中也含有链球菌。

在此期间，皮克博一直在选区内的各个小镇巡回讲演如何拯救国家的健康，他回到诺梯拉斯之后，马丁坚持对那位被感染的牛奶工进行隔离，并且关闭克洛普丘克牛奶场，直至不再发现任何感染为止。

“胡说八道！啊哟，那可是市内最干净的地方，”皮克博嘲笑地说，“为啥自寻烦恼呢？根本就没有脓毒性咽喉炎流行的迹象嘛。”

“肯定会流行开的！已经有三头奶牛被感染了。看看波士顿和巴尔的摩发生的事情吧，这儿很快也会那样的。我已经叫克洛普丘克到这儿来讨论这件事了。”

“唔，你知道我有多忙，不过——”

克洛普丘克十一点钟来了。对克洛普丘克来说，这件事简直就是个灾难。他出生在波兰的一个贫民窟，曾经在纽约过着忍饥挨饿的日子，在佛蒙特州、俄亥俄州以及艾奥瓦州等地每天工作二十小时，这才创办了现在这个漂亮的东西——他的牛奶场。

克洛普丘克满脸皱纹、精神沮丧，一顶帽子在手里揉来捏去，差点就要哭出来了。他争辩说："皮克博医生，凡是医生说该做的事我都做了。我懂得牛奶场的业务！现在来了这个年轻人，他竟然说因为我的一个工人害了感冒，我就是用含菌的牛奶去杀害小孩子！我告诉你，这可是我的命根子呀！我宁愿自己去上吊，也不会把一滴坏牛奶卖给别人的。这个年轻人心怀叵测。我已经打听过了。我发现，他就是中央劳工理事会的一个很好的朋友。啊哟，他经常参加他们的会议！他们就想把我搞垮！"

马丁觉得这位浑身颤抖的老人很可怜，但还从未有人指责自己背信弃义。他严厉地说：

"皮克博医生，你以后可以慢慢对我进行人身攻击。与此同时，我建议你请一位专家检验我的结论，比如芝加哥的朗，或者明尼阿波利斯的布伦特，或者别的什么人。"

"我——我——我——"这位卫生战线上的吉卜林和比利·森戴显得和克洛普丘克一样苦恼。"马特，我相信，我们的这位朋友并非真的在指责你。当然，他紧张过度了。我们能不能只给那个受到链球菌感染的家伙治疗一下，不要搞得大家都不愉快呢？"

"如果你想在你竞选接近尾声时这儿暴发一场大流行病，那也可以啊！"

“你很清楚，我会尽一切力量避免——不过，我希望你清楚地明白，这件事和我的国会竞选没有任何关系！只是我要对这个城市尽到最大的责任，使它不受疾病的侵袭，并且毫无畏惧地执行——”

争辩结束的时候，皮克博给芝加哥的细菌学家杰·西·朗博士发了个电报。

朗博士看起来就像是在冰箱里做了一次火车旅行一样。马丁还没见过不受阿尔穆斯·皮克博的诗歌和菩萨心肠影响的人呢。朗博士个子很高，思想精细，守口如瓶，说话不重复，戴着一副眼镜，留着中分头。他冷静地听了马丁的介绍，冷淡地听了皮克博的意见，冷冰冰地听了克洛普丘克的倾诉，他自己进行了检查，然后报告说：“阿罗史密斯医生似乎非常了解自己的工作。这个地方肯定有危险，我建议关闭牛奶场。我的费用是一百美元。谢谢你。不，我不在这儿吃晚饭了，我得赶今晚的火车。”

马丁回到家，咆哮着对利奥拉说：“这个人就和黄瓜沙拉一样可爱。不过，我的天哪，莉，他这个人根本不受空话的影响，简直要把我逼疯了，真想回去继续搞研究，远离那些成天忙着叫嚷热爱民众、吵死人的人道主义者！我讨厌他，不过——不知道麦克斯·戈特利布今晚干什么呢？那个古怪的德国佬！我敢肯定——我敢打赌，他现在肯定正在和一帮可怕的高雅之士谈论音乐之类的事情呢。你不想再见见那个老笨蛋吗？你知道，就几分钟的事情。我跟你说过我做的那个漂亮的锥体虫染色观察的时间吧——喂，我说过吧？”

他以为，暂时关闭了牛奶场，这件事情就结束了。他根本不明白克洛普丘克受到了多大的伤害。他只知道，他和克洛普丘克的医生欧文·沃特斯见面时，对方很不愉快，还嘟囔着说："马特，老是这样危言耸听有什么好处呀？"不过，他并不知道诺梯拉斯有多少人得到可靠消息说，阿罗史密斯这个家伙已经被工会那帮恶棍收买了。

三

两个月之前，马丁对各个工厂进行年度检查时，遇到了钢制风车公司的（世袭）总经理克莱·特里戈尔德。他早就听说，四十五岁的特里戈尔德工作刻苦，说话随和，走起路来特像活跃在诺梯拉斯社会最高阶层中的一位显要人物。检查之后，特里戈尔德恳求说："医生，请坐。抽支雪茄，跟我说说卫生的事情。"

马丁很谨慎。特里戈尔德和蔼可亲的眼神中流露出一种讥讽的神色。

"你想了解卫生的哪个方面呢？"

"哎哟，所有方面。"

"我了解到的唯一情况就是，你的工人肯定都很喜欢你。毫无疑问，你二楼卫生间的洗脸盆不够用，但所有的工人都发誓保证说，你马上就会增添一些的。他们喜欢你到了愿意不顾自己的利益而撒谎的程度，这说明你肯定是一位好老板。我想，这次我就不追究你了——下次检查不能再这样了！喂，你得赶紧办啊。"

特里戈尔德朝他微微一笑。"我亲爱的朋友，我已经这样糊弄皮克博三年了。和你见面真是三生有幸。我想，我真的可以再添加一些脸盆——就在你下次来检查之前。再见！"

克洛普丘克事件之后，马丁和利奥拉在一家电影院门口遇到了克莱·特里戈尔德和他那个苗条的漂亮妻子。

“医生，要送你们一程吗？”特里戈尔德大叫说。

路上，他提议说：“我不知道你是否赞成禁酒，就像皮克博一样。不过，如果你愿意的话，我想请你到寒舍坐坐，我家有伊万杰琳县自禁酒以来最名贵的鸡尾酒，咱俩一起喝。这话听着合适吧？”

“我好多年都没听过这么合适的事情了。”马丁说。

特里戈尔德的住宅坐落在诺梯拉斯市高级住宅区阿什福德园林的一个最高的小山上（高出平原整整二十英尺）。房屋是殖民地时期的老式结构，有一个日光浴室，一个墙上镶着白色嵌板的门厅，还有一间蓝银两色相间的客厅。他们进屋时，特里戈尔德太太叽叽喳喳地说个不停，马丁尽量显得随意一点，但他真的没有进过这么漂亮的房子。

利奥拉坐在椅子的边沿上，一副可能会被赶回家去的样子。特里戈尔德太太坐在那儿，身体略微往前倾，很有一个女主人的样子。特里戈尔德挥动着鸡尾酒瓶，彬彬有礼地说：

“医生，你来这儿多长时间了？”

“快一年了。”

“尝尝这个。听我说，我觉得你和救世军皮克博有点儿不一样。”

马丁觉得应该对他的上司称赞一番。可是，令利奥拉既高兴又惊诧的是，他竟然一跃而起，慷慨激昂地演说起来，那个神气劲简直和皮克博一模一样。他说：

“钢制风车工业的先生们，没有哪个工业像贵行业这样对我们国家的繁荣做出过如此巨大的贡献。尽管我注意到，你们所有违反卫生法的地方都没有被检查员发现，然而，我对你们高度重视卫生，对你们的爱国热忱和你们的鸡尾酒，仍然表示崇高的敬意。如果我有一位比年轻的阿罗史密斯更认真的助手，我可能就会，如果你们允许的话，成为美国总统。”

特里戈尔德连连鼓掌。特里戈尔德太太肯定地说：“简直太像皮克博了！”利奥拉露出了骄傲的神色，她的丈夫也是满脸的骄傲。

“我很高兴，你没有皮克博那种具有社会主义倾向的哗众取宠的空话。”特里戈尔德说。

这一说法在马丁心中产生了一种坚定防御的警觉。

“啊哟，我一点都不在乎他有多少社会主义倾向——不管社会主义倾向意味着什么。我对社会主义一无所知。不过，既然我刚才模仿了他的举动——我认为，这样做可能是对上司的不忠吧——我必须说，我不是很喜欢那种慷慨激昂却没有任何事实成分的演说。不过，特里戈尔德，请你注意，这在一定程度上是像你们制造商协会这样的人的过错。你们鼓励他夸夸其谈。我是个从事实验工作的人——或者更确切地说，我有时希望自己是。我喜欢和确切的数字打交道。”

“我也是。在威廉姆斯大学时，我特别喜欢数学。”特里戈尔德说。

不一会儿，他们的话题转到了教育方面。他们指责大学培养出了像腊肠一样的毕业生。马丁发觉自己竟然推心置腹地谈到了“变量”，特里戈尔德也声明，他以前根本就不想继承祖业，而是想专门研究天文学。

利奥拉直言不讳地对热情友好的特里戈尔德太太说，作为一个副局长的妻子，她得精打细算过日子才行。特里戈尔德太太用亲切的口气安慰道："这我知道。我父亲死后，我也吃了好多苦。你在克里明斯街的瑞典小裁缝那里做过衣服吗？就在天主教堂隔壁的隔壁。她的手非常灵巧，做工也很便宜。"

自结婚以来，马丁第一次发现一个让他心情愉快的房子；利奥拉则找到了第一个可以与其谈论上帝和毛巾料价格的女人，尽管这个女人有一种总是让她畏惧和厌恶的随和机灵的性格，但是她们说的都是真心话，谁也不嘲笑谁。

半夜时分，他们对细菌学和毛巾料的兴致没有那么浓了。这时，屋外传来一阵嘟嘟的汽车喇叭声，接着一个红光满面的胖子缓慢地走了进来。特里戈尔德介绍说，他就是诺梯拉斯玉米带保险公司的总经理施莱米先生。

与克莱·特里戈尔德相比，施莱米更像是阿什福德园林上层社会中的一位头面人物。虽然施莱米像一个入侵的野蛮人一样站在这间蓝银两色相间的客厅里，但是他待人还是很热忱的。他说：

"医生，见到你很高兴。唔，哎呀，克莱，你又找到一位可以闲聊的高雅之士，我真是高兴死了。阿罗史密斯，我只不过是个可怜的老保险推销员。克莱老是说我是个没有文化的笨蛋。喂，亲爱的克莱，有没有我的鸡尾酒呀？我看到你家的灯亮了！我看到你在这儿吹嘘自己是个聪明的家伙了！赶紧的！调酒！"

特里戈尔德调了酒，各种配料都有。他还没有调好酒，小蒙特·默格福特也不请自来了，就是那位德高望重、长着连鬓胡子、创建了默格福特学院的纳撒尼尔·默格福特的曾孙。他看到马丁在场时很惊讶。他觉得马丁很有人情味，便对他说自己也很有人情味，说着就接连喝了几杯鸡尾酒。

就这样，他们一直喝到凌晨三点，面对这群赞赏他的听众，马丁唱起了他从古斯塔夫·桑德利厄斯那儿学来的一首民谣：

乌黑的眼睛滴溜溜地转，
卷曲的长发披满肩，
漂亮的姑娘，体面的姑娘，
却又是个放荡的种子。

四点钟，阿罗史密斯夫妇已经成了诺梯拉斯最时髦阶层中的一员；四点半，克莱·特里戈尔德开车把他们送回家，车速既不合法也不友善。

四

在诺梯拉斯市，有一个他们称之为“社会”中枢的乡村俱乐部。不过，在阿什福德园林地区，还有一个以十二户人家组成的小圈子，他们虽然也去乡村俱乐部打高尔夫球，但对其他打高尔夫球的人却显出一副屈尊俯就的样子，而且他们不和其他人打，认为自己与其说是诺梯拉斯人还不如说是芝加哥人。他们之间轮流请客。他们认为，只要是圈子里的人请客，他们就都是受欢迎的。而且，除了从大城市移居过来的人以及偶尔一些像马丁这样自行其是的人之外，他们从来就不邀请圈子以外的任何人参加他们的聚会。他们就是这个未开化的小镇上一支防卫森严的卫戍部队。

这个圈子里的成员都非常富有。其中有个成员叫蒙哥马利·默格福特，他对自己的曾祖父略知一二。他们住的是都铎式的庄园和意大利式的别墅，房子都很新，斑驳的草坪刚开始长草。他们都有大型轿车和更大的地窖。不过，除了杜松子酒、威士忌酒、苦艾酒以及一些人们视为珍宝的甜香槟，地窖里什么都没有。这个圈子里的每个人都很熟悉纽约——他们住在圣瑞吉斯酒店或者广场酒店。他们在市内东游西逛，购买各式衣服，寻找各种热闹的小餐馆——而且，这十二对夫妇中有五对去过欧洲，还在巴黎住过一个星期，本打算参观各种美术馆，但实际上只去了蒙马特区那些更加昂贵的专门骗取傻子钱财的地方。

在这个小圈子里，马丁和利奥拉发现自己是被当作穷亲戚那样来欢迎的。他们应邀参加各种有合唱节目的宴会，参加在乡村俱乐部举行的周日午餐会。不管什么活动，结束时都要快速开车到某个地方痛饮几杯，并且坚持要马丁再“模仿皮克博医生的样子做一次演讲”。

除了坐车、饮酒和伴着留声机的音乐跳舞之外，这个圈子的主要娱乐活动就是打牌。令人奇怪的是，在这个完全不讲道德的圈子里，却没有那种调情取乐的事情。虽然他们毫无顾忌地谈论“两性关系”，但他们似乎都严守一夫一妻制，大家的婚姻似乎都很幸福，或者说害怕显出自己的婚姻不幸福。不过，马丁对他们更加了解之后，也听到了丈夫去芝加哥“寻花问柳”、妻子在纽约酒店和年轻男人滥交的议论。他也察觉到，他们表面上对性生活无所谓，而内心里却燃烧着一股按捺不住的欲火。

马丁是否把这个致力于天文学却又不去研究它的克莱·特里戈尔

德完全看作一位有身份的学者，或者把蒙特·默格福特看作一位出身高贵的贵族，至今不得而知。但他的确羡慕这些人的汽车、淋浴间、在第五大道买的披风、花呢灯笼裤，以及那些被来自芝加哥的青年工人装饰得几乎没有个性的住宅。他发现每家都有各种各样的调味汁和古老的银器。他开始考虑利奥拉的衣着不仅要合身，而且还要尽可能表现出一种迷人的丰姿。他意识到利奥拉很不讲究，这让他非常恼火。

在诺梯拉斯市，利奥拉很孤单，很少说自己的事情，她已经养成了默默地过着自己的小日子的习惯。她参加了一个桥牌俱乐部，经常一个人神情严肃地去看电影。不过，她的志向是了解法国，而且这个志向占据了她的身心。她的这个愿望由来已久，起因也很神秘，而且长期以来一直埋在心底。不过，她突然叹息说：

“桑迪，我唯一想做的事情——或许从现在起十年之后——就是去都兰、诺曼底 和卡尔卡松看看。你觉得我们能够做到吗？”

利奥拉很少要什么东西。他看着她阅读有关布列塔尼的书，发现她捧着一本极其简单的法语语法书低声念出“J’ ay —— j’ aye——该死的，到底念什么啊！”时，他深受感动，也有些困惑不解。

他吹嘘说：“莉，亲爱的，如果你想去法国——听着！总有一天，我们会背上背包到那儿去逛逛的，到时候我们就把那个古老的国家从头看到尾！”

她既感激又怀疑地说：“桑迪，你知道，如果你感到厌倦，你可以去看看巴斯德研究所[①] 的工作啊。哎哟，仅此一次，我很想在那些

---

① 巴斯德研究所：成立于1887年，是一个公益型私人基金会，其职能是致力于对疾病的预防和治疗的科学研究、培训和其他公共卫生行为。

高高的粉墙之间到处走走，找一家很小很小的咖啡店，看看那些来来往往、系着滑稽可笑的红腰带、穿着松软的蓝色裤子的男人。说真的，你觉得我们有可能去成吗？”

奇怪的是，利奥拉在阿什福德园林圈子很受欢迎，虽然她并不具备马丁所说的那些人的“高雅”。她的衣服总是少纽扣，至少少一颗。特里戈尔德太太是女人当中最温厚、最不虚伪的，完全把利奥拉看作自己人。

诺梯拉斯的人一直不太信任克拉拉·特里戈尔德。阿尔穆斯·皮克博太太说，她“不参加任何改良这个城市的运动”。多年来，她好像一直都很满足：种种玫瑰花，制作各式各样令人吃惊的帽子，用杏仁霜保养自己那双漂亮的手，听听她丈夫讲些不成体统的故事——多年来，她一直是个孤独的女人。在利奥拉的身上，她察觉到一种对一切都感兴趣的随意性格，这一点和自己一模一样。好多个下午，这两个女人就坐在日光浴室里，看看书，修修指甲，抽抽香烟，什么也不说，却又对彼此充满信赖。

和这个圈子中的其他妇女在一起时，利奥拉从来就不像和克拉拉·特里戈尔德那么亲密，但她们还是很喜欢她，更多的是因为她是一个离经叛道的女人，她的邪恶——抽烟，懒惰，津津有味地说些脏话——都让皮克博太太和欧文·沃特斯太太感到不安。这个圈子里的人赞成一切不合常规的事情——对他们轻易获得的财富构成威胁的经济上的不合常规的事情除外。利奥拉和年轻的神经紧张的蒙特·默格福特太太单独喝过茶和鸡尾酒。四年前，蒙特·默格福特太太还是得梅因市一位步态最轻盈的社交新秀；而现在，她却埋怨自己要生第二个孩子了。尽管施莱米太太在公开场合也嬉戏喧闹，和她那个胖得像猪一样的丈夫也相安无事，但她却对利奥拉嘟囔说："要是那个臭男人不要乱摸我——亲近我——对我馋得流口水就好了！我讨厌这种事情！我要去纽约过冬——一个人去！"

单纯的马丁·阿罗史密斯与利奥拉的文静和练达极不相称，利奥拉融入这个圈子并没有让他心满意足。看到她出门没有扣好钩扣或者头发乱得像个鸡窝，他就心烦，就会数落她"邋遢"，过后却又懊悔。

"你为啥就不能花点时间把自己捯饬漂亮一点呀？鬼知道你在瞎忙什么！天知道你到底在干些什么事！天哪，你就不能把纽扣缝上吗？"

不过，克拉拉·特里戈尔德却眉开眼笑地说："利奥拉，我真的觉得你的背部最漂亮。不过，如果趁别人还没过来，我给你用针别住，你不会介意吧？"

有一次，一个舞会一直开到凌晨两点。舞会上，施莱米太太穿着那件从露西尔商店买来的新礼服，杰克·布伦迪奇（玉米棒子公司日间副总经理兼销售经理）跳着自认为是芬兰波尔卡舞的舞。舞会结束之后，马丁和利奥拉开着从卫生局借来的车回家。马丁咆哮着说："莉，你穿衣服为啥就不能花点心思啊？今天早上——也许是昨天早上——你还打算修补那件蓝裙子。我猜得出，你整天坐在那儿看书，什么破事都不干，出来的时候只能穿着那件破破烂烂的绣花——"

"请你停车！"她叫道。

他停了车，大为惊讶。车前灯照着一道铁丝网栅栏，一片乱糟糟的马利筋草，和一段荒凉的碎石路，显得非常可笑。

她劈头盖脸地问道："你想要我成为闺房美人吗？我能做到。我可以做个浪荡女人。但我不愿意费这个神。哎哟，桑迪，我不想再和你吵架。我要么就是现在这样，做你的傻乎乎的邋遢老婆，要么就不做你的老婆。你想要什么？你想要一个克拉拉·特里戈尔德那样的公主，还是想要我？只要我们互相支持，不管我们去哪里，不管我们做什么，我在乎过吗？你太让我失望了。我累了。赶紧说吧，你想要什么？"

"除了你，我什么都不要。可是，难道你不明白——我不是那种趋炎附势向上爬的人——我要的是我们俩做什么都不失身份。我就是不明白，为啥我们就比这群人矮一截，方方面面都矮。亲爱的，除了克拉拉，也许他们只不过是一群有钱的簿记员而已！不过，我们才是真正的命运战士。你那么喜欢你的法国——总有一天，我们会去那里的嘛。再说了，法国总统还会到北太平洋车站迎接我们哩！为啥我们要让别人干什么事都高我们一筹呀？技术！"

他们在那个死气沉沉的地方，在那个讨厌的铁丝网之间，谈了一个小时。

第二天，奥契德来到他的实验室，用一种青春少女思慕恋人的口气恳求道："哎哟，马丁医生，你怎么不再去我们家啦？"他吻了她一下，吻得那么强烈，那么高兴，就算是个轻佻的女子也能察觉到自己不受重视。

五

马丁意识到，自己可能会成为下一任卫生局局长。皮克博曾经对他说："你的工作非常出色。老兄，你就缺一样东西：和人们打成一片、长期坚持、团结一致的激情。不过，等你肩负更多的责任的时候，也许你就有这种激情了。"

马丁试图从长期坚持、团结一致中获得一点乐趣，可他总觉得自己就像个在露天表演中被迫穿着黄色紧身衣的杂技演员一样。

"天哪，等我当上局长的时候，我可能又要站出来反对它了，"他很苦恼，"我不知道是否有人靠这一点成为所谓的'成功人士'却又掉过头来憎恨它？咳，无论如何，在他们阻止我之前，我都要在卫生局建立一套健全的人口动态统计制度。我不会屈服的！我要努力奋斗！我一定要让自己成功！"

第二十三章

一

也许是早就渴望用一剂强劲的浓缩振奋剂使诺梯拉斯的市民再也不敢生病，也许是皮克博医生想为他的国会竞选进行适当的宣传，但不管怎样，这位大好人组织的健康博览会确实压倒了一切。

他从市参议会弄到一笔额外的经费；他威胁所有的教堂和协会同他合作；他还迫使各家报纸承诺每天以三栏的篇幅刊登赞扬的文章。

他租下了那座摇摇欲坠的木质结构的“临时教堂”。福音传教士比利·森戴牧师最近还在那儿布过道，为这一带的居民洗刷一切罪孽。他还安排了一系列新奇的活动。童子军每天都要操练。在基督教妇女禁酒联盟的摊位，有名望的牧师和其他生理学家将要演示饮酒的各种害处。在细菌学摊位，对博览会持有异议的马丁（身穿洁白的外衣）将用试管表演各种有趣的东西。一位主张禁烟的芝加哥女士主动提出每半个小时杀死一只老鼠，方法是把碾碎的卷烟纸注射到老鼠的体内。皮克博的那对六岁的双胞胎女儿阿布塔和格拉迪奥拉将向公众示范如何刷牙。事实上，她们真做了示范，直到有一天她们问了一个六十岁的老农才吓得收手。她们亲切地问：“你每天都刷牙吗？”老农却扯开嗓门回答说：“不。不过，我每天都要打你们的屁股，我现在就开始打！”

在这些新鲜玩意中，最为轰动的要数“优生家庭”了。为了每天能够挣到四十美元，他们自愿举例说明健康做法的种种益处。

这一家人包括父亲、母亲和五个孩子，个个都很漂亮，也很强健。最近，他们一直都在肖托夸运动中表演优美的杂技。他们不抽烟，不喝酒，不随地吐痰，不说粗话，也不吃肉类。皮克博把那位牧师桑戴先生曾经用来布道的讲台上的那个主要摊位划给了他们。

还有一些例行的展品：有的摊位挂着图表，有的摊位挂着旗帜，还有的摊位摆着宣传活页。皮克博健康女子八重唱举行了歌曲独唱会，而且每天还有几场演讲，其中大部分由皮克博和他的朋友默格福特学院的足球教练兼卫生学及其他大部分学科的教授毕塞克斯博士主讲。

十几位名流应邀前来参加博览会并向大会“致词”，其中包括古斯塔夫·桑德利厄斯和州长。但不幸的是，他们当中没有一个能够逃脱那个特别的一周。

健康博览会开幕当天就吸引了大批观众，相当成功。只不过这一天发生了一点小误会。因为挂在饮食摊位上的那块“馅饼吃多烂嘴”的标牌，面包名师协会向皮克博提出了强烈的抗议。不过，这块缺少考虑和绝人财路的标牌很快就被摘掉了。自那以后，镇上各家面包店都贴上了宣传博览会的广告。

显然，马丁是唯一感到不愉快的参加者。皮克博给他安装了一个展览实验室。除了没有自来水，除了消防法规严禁使用任何明火之外，这个展览实验室和真正的实验室一模一样。马丁一天到晚把红墨水溶液从一根试管倒进另一根试管，用显微镜仔细检查那些其实根本不存在的东西，而且还要回答一些人的问题，因为他们特别想知道你发现那些游来游去的细菌以后如何把它们处死。

利奥拉以马丁助手的身份出现。她穿着护士服，显得非常漂亮，非常娴静。她对马丁的低声诅咒咯咯笑时，又令人非常恼火。他们结交了一位朋友，就是在那儿值班的消防员，非常好的一个人，会讲很多和消防队里那些宠物猫有关的故事，却无意询问和细菌学有关的问题。正是他向他们演示如何抽烟才没有危险。“清洁与防火”展台由两所房子的模型组成：一个是“肮脏房子”的模型，上面画有红色的箭头，指明可能引起火灾的部位；另外一个是非常光亮的“清洁房子”的模型。在这个展台的后面，有一间凹室，窗户已经破了，刚好可以把他们香烟的烟雾带出去。马丁、利奥拉和这位百无聊赖的消防员每天都要躲到这个避难所十几次。就这样，他们总算熬过了这一周。

在博览会期间，还发生了一件不幸的事。侦缉警长来到展览会，他原本不是来侦查的，而是来观看卷烟纸致使老鼠痛苦死亡这一奇观的。他在“优生家庭”摊位前停了下来，搔了搔脑袋，便急急忙忙赶回警察局去了，然后又带着几张照片回来了。他大声对皮克博说：

“嘿！好一个‘优生家庭’。不抽烟，不喝酒，也不做其他的事？”

“完全正确！你看看他们多健康！”

“嘿。最好还是当心他们一点。医生，我不想拆你博览会的台——我们市政厅里的人都应该互相照应嘛。在博览会进行期间，我不会把他们撵出城的。不过，他们和霍尔顿是一伙的。这个男人和这个女人根本就没有结婚，而且这些小孩当中只有一个是他们自己的。他们曾经因为向印第安人出售烈酒坐过牢。不过，在他们进去接受教育之前，他们的专长可是玩美人计。我马上就派一名便衣警察过来拘留他们。医生，你们这个博览会搞得不错嘛。在最新健康方式的重要性方面，是应该让这个城市受到一次持久的教育。祝你好运！哎呀，你挑好秘书了没有，去国会工作用的？我有个侄子，非常优秀的速记员，也很聪明，而且懂得对与自己无关的事情守口如瓶。我改天送他过来和你聊聊。再见！”

不过，直到星期六之前，皮克博只抓到过“优生家庭”的父亲一次，就是为了缓解健康展出造成的疲劳，从一个瓶子里猛灌了一大口酒，除此之外，并没有发现这家人的行为有何不妥。一直到星期六，整个展出没出任何差错。

从来没有一次展览会起到这么大的教育作用，或者说起到这么大的宣传作用。国会选区内的每家报纸都大量报道了这次博览会。所有的报道，甚至包括民主党的报纸上的报道，都提到了皮克博的竞选活动。

然而，就在星期六，也就是博览会的最后一天，悲剧发生了。

那天下起了瓢泼大雨，屋顶漏个不停。健康住宅摊位也漏雨了，负责该摊位的那位妇女得了肺炎，被送回了家。中午时分，“优生家庭”正在展示一家人的完美活力，没想到他们家最小的花朵癫痫发作，引起了一阵骚动。一波未平，一波又起。那位提倡禁烟的芝加哥女士刚刚耀武扬威地杀死一只老鼠，另一位同样来自芝加哥的反对动物解剖实验的女士便对她大加指责。

这两位女士和那只不幸的老鼠被一群人围了起来。那位反对动物解剖实验的女士骂那位提倡禁烟的女士是个谋杀犯，是个坏蛋，是个无神论者。那位提倡禁烟的女士面对这些谩骂选择了容忍，只是流了几滴眼泪，然后报了警。可是，那位反对动物解剖实验的女士越骂越起劲，说："你冒充对科学无所不知，可你根本就不是科学家！"紧接着，那位提倡禁烟的妇女尖叫一声，从她的台上跳下来，一把揪住这位反对动物解剖实验的女士的头发，一字一顿地说："我倒要让你看看我懂不懂科学！"

皮克博想把她们拉开。马丁高兴地和利奥拉以及他们的那位消防队员朋友站在一边，显然不想去劝架。这两位女士又反过来把皮克博大骂一通。当这两位女士被劝开之后，皮克博就成了上千名围观者嘲笑的对象，面临着一种永远都进不了国会的终极危险。

下午两点钟，雨势已经变弱了。吃过午饭的人们又聚了过来，这两位女士吵架的事情也就越传越开。这时，那位消防队员又躲到"清洁与防火"展台的后面，抽他那每隔一个小时就要抽的烟。他只是个小小的消防员，一副昏昏沉沉、闷闷不乐的样子。他正在想消防队里那些令人愉快的事和那些没完没了的皮纳克尔[①]扑克牌游戏。他把一根没有弄熄的火柴随手丢在了"清洁房子"模型的后门廊里。这栋"清洁房子"的模型油漆刷得很漂亮，就像是浸在煤油里的引火柴一样。它突然燃烧起来了，炽热的火焰立刻使这座宽阔而阴暗的临时教堂慌乱起来。人群朝出口处冲去。

自然而然，临时教堂原来的大多数出口都被展览摊位堵住了。大家惊慌乱叫，很多小孩都被踩在了脚下。

---

① 皮纳克尔：一种纸牌游戏，共四十八张牌，两人或四人玩。

阿尔穆斯·皮克博既不是个胆小鬼，也不是个懒鬼。突然，他率领着他的八个女儿不知从什么地方冒了出来，大声唱着《迪克西》[1]，穿过这座临时教堂向前进。他高昂着头，目光令人生畏，他伸开双臂，恳求大家不要惊慌。人群慢慢停止了骚乱。他用一种快速帆船船长的声音，使混乱的人群安定下来，并把他们安全领出了教堂，然后转身冲向喷涌的火焰。

被雨水浸湿的临时教堂并没有燃起大火。那位消防队员、马丁以及“优生家庭”的家长正在扑灭火焰。除了那座“清洁房子”的模型之外，其他什么都没有烧着。好不容易跑出去的人群又惊奇地回来了。他们眼中的英雄是皮克博。

两个小时之后，诺梯拉斯的各家报纸都出了特刊，声称皮克博不仅组织了一次前所未有的最了不起的健康课，而且凭借他的勇气和指挥能力使数以百计的人免于踩踏。在成千上万篇宣传皮克博事迹的报刊文章中，后一种说法可能是唯一完全正确的事情了。

不知是为了看博览会，为了看皮克博，为了看灾难留下的可笑的残迹，还是为了看那两位女士再打一架，那天晚上，诺梯拉斯市一半的市民又挤进了临时教堂。皮克博登上讲台致闭幕词时，现场群众给予了近乎疯狂的欢呼。第二天，他匆匆忙忙步入了竞选活动的最后一周，也成了整个选区的头号人物。

---

① 《迪克西》：美国南部诸州从南北战争流行至今的战歌。

二

他的竞选对手是一位目中无人的小个子律师，他的优势在于他受过的训练。他当过州参议员、副州长以及县法官。不过，民主党竞选的口号“皮克博是个临时凑数的候选人”，完全被人们对这位健康博览会的英雄的敬慕所淹没。他乘着汽车到处奔波，宣称：“我参加竞选，不是因为我想当官，而是因为我想有个机会把我的健康理念带给整个国家。”到处都贴着这样的标语：

请支持，
双拳出击的战斗诗人兼医生，
皮克博国会竞选；

只需选他一任，
全国的细菌就会被他消灭干净。

各地都举行了规模巨大的集会。皮克博的政见很多，但都模棱两可。是的，他反对国家参加欧洲大战，但同时他又让大家相信，他确实让大家相信了，他赞成动用政府的一切力量结束这场可怕的灾难。是的，他赞成提高关税，但关税必须加以调整，以便他选区内的农民能够买到便宜的东西。是的，他赞成给每一位工人提高工资，但又极力保护工厂主、商人和房地产业主的荣华富贵，立场非常坚定，如岩石、如巨砾、如冰碛。

在这场声势浩大的竞选活动轰轰烈烈地进行的同时，诺梯拉斯正在进行一场规模稍小但却更加巧妙的竞选活动，再度选举皮克博热爱的上司皮尤先生担任市长。皮尤先生端正地坐在办公桌旁，对每一位来求见他的人不但和颜悦色而且有求必应。前来求见他的人有牧师、赌棍、共和国联邦军的退伍老战士、马戏团打前哨站的人、警察，以及品德尚可的一些女士——也许除了社会主义鼓动家之外，什么人都有。他坚决保护这个困难重重的城市不受社会主义鼓动家的影响。在演讲中，皮克博称赞皮尤“正直不阿，富有同情心。市长阁下曾经以这种美德支持过推进公共福利的每一运动”。皮克博（非常真诚地）请求道：“市长先生，如果我去国会任职，您一定要任命阿罗史密斯接替我的位置。他虽然不懂政治，但是非常廉洁。”皮尤答应了他的要求，于是和睦的气氛继续停留在这片乐土……根本没有人提及F.X. 乔丹先生。

F.X. 乔丹是一位承包商，对政治具有极为浓厚的兴趣。皮克博说他是贪污犯，还说皮尤上次当选时——那是因为他提出了一项改革纲领，虽然自那以后，这项改革逐渐变得规矩和实用——皮尤和皮克博都曾经公开指责乔丹是一种“邪恶力量”。不过，皮尤市长非常和善，在当前选举中没有说过一句可能会伤害乔丹先生感情的话。作为报答，乔丹先生除了在那些非法小酒馆和妓院宽容地谈论谈论皮尤先生，还能做些什么呢?

选举的当晚，马丁和利奥拉与大家一起在皮克博家里等待结果。他们很有信心。马丁从来没有因为政治活动这么激动过。皮克博很紧张，但却装作若无其事的样子；报社打来电话报告说：“柳林镇的结果是——皮克博得票领先，二比一！”那些经过屋外的人群高呼：“皮克博，皮克博，皮克博！”这一切都让马丁心潮澎湃。

十一点钟，皮克博的胜利已经确定无疑。马丁意识到，自己现在已经是公共卫生局的局长了，肩负着七万人的生命和健康的责任。但由于缺乏信心，他心里还是有点发虚。

他眼巴巴地望着利奥拉，从她平静的微笑中找到了信心。

整个晚上，奥契德都对马丁端着架子，也很冷淡，对利奥拉倒是异常亲切友好。现在，她把马丁拉到了后面的客厅，说：“这么看来，我就要去华盛顿了——而你却一点也不在乎！”她的眼睛开始模糊，慵懒惺忪，毫无戒备。他搂着她，喃喃地说：“亲爱的小宝贝，我不能让你走啊！”在回家的路上，他想得更多的是奥契德的那双眼睛，而不是自己要当局长的情景。

第二天早上，他抱怨说：“难道一个人就不会变得聪明一点吗？难道我就要一辈子老老实实地做个傻瓜吗？难道就没有不结束的故事了吗？”

从那以后，除了在火车站站台上送行以外，他再也没有见过奥契德。

皮克博一家走了以后，利奥拉出人意料地回忆说：“亲爱的桑迪，我知道，你失去了你的奥契德，现在心里很难过。从某种意义上说，这等于失去了你的青春。她确实是个漂亮的姑娘。老实说，我能理解你现在的感受，也很同情你——当然，我的意思是说，假如你以后再也不打算去见她。”

三

在《诺梯拉斯玉米地报》的公告上方，有一则醒目的标题：

阿尔穆斯·皮克博获胜
第一位当选国会的
科学家，

达尔文和巴斯德的密友，
增添了新的活力来驾驭，
国家之船。

皮克博的辞呈很快就会生效。他解释说，他打算在任期开始之前前往华盛顿，以便研究一些立法手续和为设立国家卫生部部长一职展开宣传活动。在任命马丁接替他的职务这件事情上，存在着相当激烈的斗争。牛奶场场主克洛普丘克坚决反对；欧文·沃特斯对医生同行们悄悄地议论说，马丁可能会壮大具有社会主义倾向的免费诊所；F.X. 乔丹则选出一位明智的年轻医生做他自己的候选人。倒是阿什福德园林圈子的人、特里戈尔德、施莱米和蒙特·默格福特成功地解决了这场纠纷。

马丁去见特里戈尔德，忧心忡忡地问："民众需要我吗？我是该和乔丹斗争呢，还是该退出呢？"

特里戈尔德温和地说：“斗争？斗什么？我是一家银行的大股东，已经贷了好几笔小款给皮尤市长了。你把这事交给我吧。”

第二天，马丁就被任命了，只不过是作为代理局长，年薪是三千五百美元，而不是四千美元。

马丁完全没有意识到，自己竟然是被他本人称之为“不正派的政治”安放在这个职位上的。

皮尤市长召见了他，咯咯地笑着说：

“医生，有相当一部分人反对任命你，因为你还比较年轻，而且了解你的人也不多。我敢保证，以后肯定会正式任命你——如果我们觉得你很称职，也很受欢迎。同时，你最好避免做出任何轻率鲁莽的事情。有什么事情只管过来征求我的意见。我比你更加了解这个城市和那些举足轻重的人物。”

四

皮克博前往华盛顿那天成了诺梯拉斯市的一个盛大节日。在军械库这个地方，从中午十二点到下午两点之间，商会招待每一位来宾一顿午饭，有牛肉熏香肠、甜甜圈面包和咖啡，妇女还有口香糖，男人则有诺梯拉斯制造的上等方头雪茄烟可抽。

火车三点五十五分开车。成千上万的人把车站挤得水泄不通，使那些从火车车窗向外张望的旅客大为惊讶。

在车尾站台，有一个摇摇晃晃的装货箱，皮尤市长就站在上面滔滔不绝地致欢送词。接着，诺梯拉斯银短号乐队演奏了三支爱国歌曲。

然后，皮克博走上站台，他的家人站在他的身边。他看着聚集的人群，眼里闪烁着泪花。

“有生第一次，”他结结巴巴地说，“我想，我说不出话来。该——死的，我都激动得说不出话来了！我本来有好多话要讲，但现在我能说的只是——我爱你们大家，我万分感谢大家，乡亲们，我会尽我最大的努力当好你们的代表！愿上帝保佑你们！”

火车徐徐离开了车站，皮克博一直向人群挥手致意，直到看不见他们为止。

马丁对利奥拉说：“哎哟，他是个很有朝气的老头。他——不，如果他是的话，我就不得好死！这个世界总是会让愚蠢的人侥幸成功，因为他们心地善良。在这个地方，我就像个胆小鬼一样袖手旁观，一句话也没有说，眼看着他们让这个家伙到全国去吹牛。哎哟，见鬼，难道世上就没有简单一些的事情吗？唔，咱们回办公室吧。我要开始认真做事了，虽然都是错事。”

第二十四章

一

不能说马丁表现出了很强的组织能力，但在他的领导下，公共卫生局却完全变了个样。他选择了温尼麦克医学院席尔瓦院长推荐的一位活跃的年轻人鲁弗斯·奥克福德博士做助手。日常工作，婴儿体检，隔离检疫以及张贴抗痨宣传画等等，都照常进行。

对管道设施和食品的检查可能就更彻底了，因为马丁不像皮克博那样轻信那些没有经验的检查员，他已经撤换了一个检查员，这使霍姆德尔区的德国移民相当不满。他还考虑要消灭老鼠和跳蚤，而且他认为人口动态统计不应只是出生和死亡登记。他对这些数据的价值有他自己的看法，这让局里的职员觉得非常可笑。他想要种族、职业以及许多其他因素对发病率影响的一份记录。

与皮克博在任时的主要区别在于，马丁和鲁弗斯·奥克福德觉得他们自己非常清闲。马丁估计，皮克博肯定一半的时间都在鼓动和演说。

他犯的第一个错误是，指派奥克福德每周花点时间在城市免费诊所上，还要协助两位兼职医生的工作。这让伊万杰琳县医学会非常愤怒。有一次，在一家餐馆里，欧文·沃特斯走到马丁的桌子旁。

“我听说你增加了诊所人员。”沃特斯医生说。

“嗯。”

“还想再增加一些？”

“这可能是个好主意。”

“嗳，马特，你听着。如你所知，为了让你和利奥拉在这里受人欢迎，我和我太太已经尽了我们最大的努力。为了温尼麦克的校友，只要力所能及的事情，我都很乐意去做。但同时，也有限度，这你是知道的！并不是说我反对你提供免费医疗设施。我知道，你免费给那些该死的、懒惰成性、卑贱下流的穷人阶层看病，使这些赖账鬼不再出现在职业医生的账本上，这是件好事。但同时，你会鼓励很多可以付得起医药费的人养成也去接受免费治疗的习惯，实际上你这是在破坏这个城市的医生的正直品德，这些医生一直都在把他们天晓得有多少时间献给了慈善事业——”

马丁回答得既不明智又不恰当：“欧文，亲爱的，见你的鬼去吧！”

从那一刻起，他们见面时就不和对方说话了。

他发现，自己在不影响日常工作的情况下，可以幸福地专心做实验了。刚开始，他只是无事瞎忙，但很快便全心投入，忘我地做起了实验。

他手里摆弄着从各个牛奶场和各色各样的人身上分离出来的培养菌，但心里想的主要还是克洛普丘克牛奶场和链球菌。出乎意料的是，和其他动物的血液相比，他发现羊血中含有丰富的溶血素。为什么链球菌溶解羊的红血球会比溶解兔子的红血球更容易呢？

诚然，一个繁忙的卫生局细菌学家没有权利浪费公众时间去猎奇，但那个没有责任感的、嗅来嗅去的密探马丁确实取代了那个忠实可靠、墨守成规的马丁。

他放松了对令人不安的日益增加的结核菌痰液的检查，却着手去弄清溶血素的问题。他想从培养了二十四小时的链球菌中分离出一种破坏血液的毒素。

他虽然失败了，但感觉很美妙，也很激动。他坐在那儿，苦思冥想了几个小时。然后他又尝试了一个培养了六小时的培养菌。他先把从培养菌中分离出来的上清液和红血球悬浮液混合在一起，然后再把混合液放入细菌培养器中。两小时后，他返回实验室，红血球已经溶解了。

他给利奥拉打了个电话，说："莉！有新发现啦！你带点三明治，晚上过来这边吃，可以吗？"

"当然可以。"利奥拉说。

利奥拉刚到实验室，马丁就对她解释说，他的发现非常偶然，大多数科学发现也都很偶然。他还说，一个研究人员，不管他有多伟大，除了看到自己不曾料想的结果之外，什么都做不了。

他听着好像很成熟，但又好像很生气。

利奥拉坐在角落里，一边搔着下巴，一边阅读一本医学杂志。她时不时地把咖啡放在一盏疑似本生灯的煤气灯火焰上加热。第二天早上，办公室的人员上班时，发现了在阿尔穆斯·皮克博任职期间几乎从未有过的事情：局长正在移植培养菌，而他的太太则躺在一张长桌子上，睡得正香。

马丁大声对奥克福德博士说："鲁弗斯，你他妈的给我出去，今天局里的事情由你负责——我累昏了——我累死了——啊，哎呀，把利奥拉送回家，再给她煎几个鸡蛋。你再从晚霞快餐店给我带一份丹佛三明治回来，可以吗？”

“当然可以，局长。”奥克福德说。

马丁反复进行实验，分别对培养两小时、四小时、六小时、八小时、十小时、十二小时、十四小时、十六小时和十八小时的溶血素的培养菌进行测试。他发现，培养四至十小时的培养菌产出的溶血素最多。他开始着手列出产生溶血素的公式——他感到很沮丧。他恼羞成怒，大发雷霆，汗流浃背。他发现，自己的数学知识很幼稚，所有的科学知识也都荒废了。他慢条斯理地进行化学实验，绞尽脑汁进行数学运算，慢慢地开始归纳他的成果。他相信，自己可以给《传染病学期刊》写一篇研究论文。

现在，阿尔穆斯·皮克博已经发表了很多科学论文——经常发表。他的文章都发表在《中西部医学季刊》上，他是那家刊物的十四位编辑之一。他发现过癫痫细菌和致癌细菌——两种迥然不同的致癌细菌。通常情况下，从发现一种细菌，到写出文章，再到文章被采用，他只需要两周时间。马丁没有这种令人钦佩的能力。

他一次又一次地进行实验，动辄就骂人，使利奥拉不能上床睡觉，还教她如何制造培养基，但利奥拉对琼脂培养基的见解却让他很不高兴。他对速记员很凶；乔纳森·爱德华兹公理教会的牧师请他给圣经班讲课，他一次也没有答应过；尽管如此，几个月过去了，他的论文依然没有完成。

第一个反对他进行实验的是市长阁下。一天晚上，皮尤市长和

F.X.乔丹一起打十一点[①]，玩得非常开心，打完牌就抄近路穿过市政厅后面那条小巷回家了，那时已经是凌晨两点。皮尤市长看到，马丁闷闷不乐地把那些试管往细菌培养器里放，利奥拉则坐在一个角落里抽烟。第二天，他召唤马丁过来，直言不讳地说：

“医生，我并不想干涉你局里的事情——我的特点就是从不插手——可是，我突然想到，你也受过皮克博这样强有力的鼓动家的训练，那你应该知道，每周只花三十美元就可以雇用一个一流的实验室助手，而你却把这么多时间花在实验室里，真他妈的愚蠢透顶。你应该做的事情是，让那些总爱批评我们的行政管理工作的狗娘养的人高兴起来。你要走出办公室，到各个教堂和俱乐部去发表演讲，帮我把我们主张的那些思想传播出去。”

“也许他说得对，”马丁心想，“我只不过是个蹩脚的细菌学家。也许我永远都完成不了这项实验。我在这里的工作是让那些嚼烟叶的家伙不要随地吐痰。我有权把纳税人的钱浪费在其他事情上吗？”

不过，那个星期，纽约麦格克生物研究所发布了一则公告，他看到上面说麦克斯·戈特利布博士已经在试管内合成了抗体。

他想象得出，那位性情乖僻的戈特利布根本不会为这样的成功感到高兴，而是把自己关在家里，辱骂那些报纸夸大报道了他的工作。马丁越想越觉得自己像个驻扎在荒岛上的少尉，此时他刚好得知他的老部队即将出发去进行一次令人愉快的边境战争。

接着，麦坎德利斯事件爆发了。

---

① 十一点：原文为法语 chemin de fer，一种纸牌游戏。

二

麦坎德利斯太太曾经做过“女佣”，后来做了体弱多病的杂货批发商和房地产老板麦坎德利斯的贴身护士，再后来就成了他的红颜知己，最后做了他的妻子。麦坎德利斯死后，她继承了所有财产。当然，她为此打了一场官司。不过，她请了一位优秀的律师。

她是一个冷酷、粗俗、阴暗、刻薄的女人，而且还是个花痴。没有人邀请她进入诺梯拉斯的上流社会。不过，在她那个密不通风的客厅里，在那个发了霉的长沙发上，她却经常招待那些衣衫褴褛、饱嗝连天、上了年纪和已有家室的男人，以及一个经常向她借钱的年轻警察，和承包商兼政客 F.X. 乔丹。

她在瑞典窟拥有一排出租公寓，可以说是诺梯拉斯最脏的房子了。马丁曾经绘了一张住在这些房子里的肺结核患者的分布图。在与奥克福德博士和利奥拉商谈时，他咒骂这些房子是杀人魔窟。他想拆毁这些房子，但又不知公共卫生局局长是否有这个治安权。皮克博曾经很享受手中的大权，只是因为他从来没有使用过罢了。

马丁试图通过法院裁决来拆除麦坎德利斯的出租公寓。她的律师也是F.X.乔丹的律师，对马丁不利的那个口若悬河的证人则是欧文·沃特斯医生。不过，碰巧的是，那位正式的法官不在，这件案子就交给一个无知但还正派的人来审理了。他撤销了麦坎德利斯太太的律师作保的禁令，并向公共卫生局说明，它可以采取城市条例规定的在紧急情况下可以采取的一些措施。

那天晚上，马丁向年轻的奥克福德嘟囔道："鲁弗斯，你认为麦坎德利斯和乔丹绝对不会对此案提出上诉的，对吧？趁这件事情相对合乎法律程序，咱们就把这些出租公寓拆了吧，怎么样？"

"当然可以，局长，"奥克福德说，"哎呀，要是我们被解雇了，就去俄勒冈州开业行医呗。咳，不管怎么说，我们还可以依靠我们的那个卫生检查员。乔丹勾引过他的妹妹，就在这个地方，大概是六年前的事了。"

黎明时分，马丁和奥克福德率领一帮人闯进了麦坎德利斯的出租公寓。他们身穿蓝色的工装裤，欢欢喜喜、吵吵闹闹地把租户都赶到街上，然后开始拆除那些劣质的楼房。中午时分，来了几名律师，租户也都被安置进了马丁征用的新公寓。于是，那些拆房子的人便放火烧了底层楼房，半个小时之后，所有的房子就都化成了灰烬。

午饭过后，F.X. 乔丹来到了现场。浑身污垢的马丁和灰头土脸的奥克福德正在喝着利奥拉送来的咖啡。

"喂，老兄，"乔丹说，"你们比我们干得强多啦。不过，下次再干这种事情的时候，要用炸药，可以省不少时间哩。你们知道，我很喜欢你们这帮老兄——很遗憾，我不得不对你们采取行动。不过，愿圣人保佑你们。因为，我知道，你们不会胡闹下去的，这只是时间的问题。"

三

克莱·特里戈尔德对他们业余纵火的行动大加赞赏，高兴地说：

“干得好！你们卫生局无论干什么，我都支持你们。”

马丁对这个承诺并不太满意，因为特里戈尔德的小圈子要求太过苛刻。他们一致认为马丁和利奥拉像自己一样，也是自由自在的人，非常有趣。不过，他们也一致认为，早在阿罗史密斯夫妇来到诺梯拉斯成为现实存在之前，他们那个圈子就已经垄断一切自由和乐趣了。他们期望，阿罗史密斯夫妇每个星期六和星期天晚上都能参加他们的鸡尾酒会，和他们打打扑克牌。他们不明白，为什么马丁愿意把时间花在实验室里，单调乏味地去试验一个叫“链球菌溶血素”的东西，而这种东西与鸡尾酒、汽车、钢制风车或者保险业务没有任何关系。

大概是在麦坎德利斯的出租公寓被烧毁两个星期之后的某天晚上，当时已是深夜，马丁还在实验室里工作。他并不是在做一些可能会使这个圈子的人不高兴的实验——把细菌菌落变成浑浊液体，或者改变什么东西的颜色。他只是坐在桌子旁边，望着对数表。利奥拉不在，他咕咕哝哝地说：“她这个人真讨厌，为啥非得今天生病呀？”

特里戈尔德、施莱米以及他们的妻子正在赶往老农舍酒馆。他们刚给马丁家里打过电话，知道他在实验室。他们来到市政厅大楼后面的小巷，从窗户往里望去，见他一个人在里面，有点闷闷不乐，又有点孤寂。

“我们把这个魔鬼叫出来吧，让他开心起来。首先，咱们先赶紧跑回家，调几瓶鸡尾酒，再带过来，给他一个惊喜。”特里戈尔德灵机一动说。

半小时后，特里戈尔德大声喧嚷着走进了实验室。

“年轻的阿罗史密斯，这可是消磨月色皎洁的春夜的好办法哦！

走吧，咱们出去跳会儿舞吧。把你的帽子拿上。”

“哎呀，克莱，我很想去，但说实话，我不能去。我得工作，非干不可。”

“胡说八道！别傻了。你工作一向都很卖力。喂——看看老子带的啥？理智一点。出去痛痛快快地喝杯鸡尾酒，你看问题的思路就会开阔了。”

在此之前，马丁一直都很理智，但他并没有新的见解。特里戈尔德好劝歹劝，马丁一再拒绝，开始还很亲切，后来就有点不耐烦了。外面，施莱米按着汽车喇叭的按钮不放，这种命令式的、令人恼火的噪音气得马丁大叫说：“看在上帝的分上，出去让他们不要按了，行吗？放过我吧！我得工作，我跟你说过了啊！”

特里戈尔德愣了一会儿，说：“我当然会的！我可不习惯把自己的好意强加给别人。打扰你了，请原谅！”

当马丁闷闷不乐地感到自己应当道歉的时候，汽车已经开走了。第二天以及以后的整个星期，他都在等特里戈尔德打电话过来，而特里戈尔德却在等他打电话过去，从此他们陷入了互相厌恶的怪圈。利奥拉和克拉拉·特里戈尔德彼此见过几面，不过她们都觉得很不自在。两个星期后，市里最有名望的医生和特里戈尔德夫妇共进晚餐时，攻击马丁是个自以为是、目光短浅的年轻人。特里戈尔德夫妇俩听了都表示赞同。

反对马丁的人忽然多了起来。

各种医生都反对他，不仅是因为他扩大了卫生院，还因为他几乎不请他们帮忙，也从不向他们求教。皮尤市长认为他不够老练。克洛普丘克和 F.X. 乔丹抨击他为人狡诈。记者们也不喜欢他的守口如瓶和偶尔表现出来的鲁莽。那个圈子的人也不再庇护他。对于这些势力，马丁或多或少知道一些。他意识到，在这些势力的背后，那些生性多疑的商人，那些出售劣质冰激凌和牛奶的店家，那些不合卫生标准的商店老板，以及那些肮脏的租住公寓的房主，还有那些一直憎恨皮克博但却慑于他的威望不敢攻击他的人，正在汇聚起来，想摧毁整个公共卫生局——在那段日子里，他很感激皮克博，也很热爱卫生局。

皮尤市长暗示他辞职以免出乱子。他不愿意辞职，也不愿意去乞求市民们的支持。他照常工作，依靠利奥拉给他信心，试图无视那些诋毁他的人。

新闻报道和编辑简短的讽刺文章都在嘲讽他的专横、他的无知和他的幼稚。有一位老太太在卫生院接受治疗以后死了，验尸官闪烁其词地说，这是“我们那位全能的卫生局局长的得宠的助手”的过错。有个地方给马丁取了一个“学童沙皇”的绰号，从此这个绰号便流传开来。

在各种午餐俱乐部的流言蜚语中，在家长和教师协会的讨论中，以及在一份递交给市长的措辞直率的联名抗议信中，人们一会儿责备他对牛奶的检查过于严格，一会儿又责备他对牛奶的检查不够严格，一会儿责备他让垃圾到处堆放，一会儿又指责他迫害那些劳累过度的清洁工人。吉卜赛人聚居区出现了一例天花病人，有人就认为马丁自己到过外地，是他把天花传过来的。

不管这些市民对他邪恶本质的认识有多模糊，一旦他们对他失去了信任，他们就完全不信任他了，而且还很开心。他们也很乐意听那个显然自发形成的谣言，说他勾引奥契德，背叛了他的恩人和他们亲爱的皮克博医生。

因为涉及这种令人感兴趣的伤风败俗行为，那些上流社会的教会都开始反对他。乔纳森·爱德华兹教堂的牧师做了一次经过精心润色的关于“高尚职务中的罪恶”的布道，其中谈到“有一个人，虽然就像沙皇一样，假装正在保卫这个城市，使它完全不受那些纯属想象的危险的侵袭，但他又对那些在见不得阳光的地方猖獗的偷鸡摸狗的行为睁一只眼闭一只眼；和那些贪污受贿以及道德败坏的势力沆瀣一气；和那些靠诚实人养肥自己而又欺骗劳工的恶棍们拉帮结派；作为这种人当中的一个真正的男人，他不能站起来说‘我有一颗纯洁的心和一双干净的手’。”

诚然，在这些兴高采烈的听众当中，有些人认为这番话指的是皮尤市长，还有些人认为这些话指的是 F.X. 乔丹。不过，那些聪明的市民都明白，这其实是对那个背信弃义的大淫棍阿罗史密斯医生明目张胆的抨击。

确切地说，在整座城市中，只有两位牧师为马丁辩护，即爱尔兰天主教的科斯特洛神父和犹太教教士罗文尼。他俩刚好是非常要好的朋友，而且和乔纳森·爱德华兹教会的牧师关系一点都不好。他们威胁各自的教堂会众，并且两个人都宣称：“人们开始偷偷摸摸地批评我们的新任卫生局局长。如果你们想指控他，就公开说出来吧！我可不听那些畏首畏尾、闪烁其词的闲言碎语。我告诉你吧，这个城市有一位正直可靠、真正有点才华的卫生官员，已经够幸运的了！”

不过，他们的教堂会众都很贫穷。

马丁意识到自己输了。他尽力分析自己不受欢迎的原因。

“这不仅仅因为乔丹的阴谋诡计和特里戈尔德的满腹牢骚，也不仅仅因为皮尤没有骨气。这是我自己的过错。我没有能够走出去，奉承讨好民众，让他们允许我帮助他们健康地活着。而且，我也不想告诉他们我的工作有多重要——我的工作救了许多人，没有让他们立即死掉。显而易见，一个民主国家的官员必须做这些事情。咳，我根本就没做！不过，我得想点办法才行，否则的话，他们非让整个卫生局瘫痪不可。”

他确实还有一个奇妙的想法。如果皮克博在这儿的话，他肯定能粉碎或者用爱抚的手段平息这场反抗。他想起了皮克博临别时说的话：“嗳，老兄，即使我身在遥远的华盛顿，我的心还是和这儿的工作紧密联系在一起的，和从前一样。如果你真的需要我帮忙，你尽管派人来叫我，我会扔下一切工作赶回来的。”

马丁写信给他，隐约提到非常需要他的帮助。

皮克博立刻回了一封信——多好的皮克博啊！——但答复却是：“我暂时还离不开华盛顿，为此我心里也很难过。不过，从你认真的样子来看，我可以肯定地说，你夸大了反对你的力量。请随时给我来信，不必顾虑。”

“最后一线希望破灭了，”马丁对利奥拉说，“我完蛋了。皮尤市长钓鱼回来之后肯定会解雇我的。亲爱的，我又一败涂地了。”

“你不是失败者。这个牛排味道不错，你一定要吃一点。现在我们该怎么办呢？——不管怎样，我们也该换个地方了——我不喜欢老待在一个地方。”利奥拉说。

“我也不知道该怎么办。也许，我可以在亨齐克的医药公司找个工作吧。或者，回达科他也行，再想办法开个诊所。其实我很想当个农民，弄一杆大猎枪，把信奉基督教的市民统统赶出这个地方。但同时我还得坚守在这里。我也许会获胜呢，不过——需要几个奇迹和一次神灵的介入。哎哟，天哪，我太累了！你今天晚上和我一起去实验室吗？说实话，我会早点结束的——也许十一点钟以前吧。”

他已经完成了链球菌溶血素研究的论文写作，于是抽出一天的时间前往芝加哥，去和《传染病期刊》的编辑商讨这件事。离开诺梯拉斯的时候，他的心绪很乱。他发现，当初离开惠西法尼亚、动身前往伟大的诺梯拉斯的时候，自己还是非常开心的。可现在，时光倒退，成就尽毁。面对自己的徒劳，他百思不得其解。

那位编辑对他的论文赞不绝口，同意发表，只是提出一个地方需要修改。马丁在等火车。他记得，安格斯·杜尔就在芝加哥，在朗斯菲尔德诊所工作——那是一个私人组织，由一群医学专家组成，共同出资，共享盈利。

诊所位于一座二十层高的大楼里，一共占用了十四个房间。大楼是由大理石、黄金和红宝石筑成的（如此富丽堂皇马丁肯定记得）。诊所候诊室里有一个很大的石材壁炉，非常醒目，就像石油大亨的客厅似的。不过，这可不是个休闲的地方。坐在门口的一位年轻女子询问了马丁的症状和住址。一个侍者随即把写有他姓名的字条交给了一名护士，而那个护士一溜烟就钻进了里间的办公室。安格斯还没出来，马丁只好在一个面积更小、外观更加富丽堂皇，但却让他更加局促不安的接待室里等着，大概等了一刻钟的时间。当时，他特别害怕，如果诊所里的那些外科医生说他有什么病，要给他动手术的话，他可能都会同意的。

在医学院和泽尼斯综合医院，安格斯·杜尔一直都很能干，现在更是比以前自信十倍。他很热情，邀请马丁出去吃茶点，好像他决意要那样做似的。不过，在他面前，马丁却觉得自己特别幼稚、特别土气、特别无能。

安格斯说服他说："欧文·沃特斯？他是伽玛活字协会的？我好像不记得他了。哎呀，是啊——那帮笨蛋简直是各行各业的祸害，他就是其中之一。"

马丁简单描述了他在诺梯拉斯的斗争，安格斯建议说："你最好到我们这儿来，在朗斯菲尔德当个病理医生。我们的病理医生再过几个星期就要走了。你可以胜任这个工作，毫无疑问。你现在的年薪是三千五吧？唔，我想，你来这里工作的起薪，我可以给到四千五。将来有一天，你会成为诊所的一名正式成员，还可以参加分红哩。如果你想过来，你就告诉我。朗斯菲尔德要我挖个人过来呢。"

带着这个资本和对安格斯的感激，马丁回到了诺梯拉斯，公开应战。市长皮尤回来之后，并没有解雇马丁，而是在他之上任命了皮克博的朋友、默格福特学院足球教练兼卫生主任毕塞克斯博士为正局长。

毕塞克斯博士首先解雇了鲁弗斯·奥克福德，这只花了他五分钟的时间；然后他就到基督教青年会大会上做了一次演讲，之后又匆匆忙忙返回办公室劝马丁辞职。

"我绝不辞职！"马丁说，"快点，毕塞克斯，有话就实说。如果你想解雇我，你就解雇吧，不过我们得把事情弄清楚。我不会辞职的，如果你真解雇我，我想，我会向法院起诉的。或许，我可以让你、市长阁下和弗兰克·乔丹明白，你们根本没有胆量在这里乱来。”

“啊哟，医生，说的什么话嘛！我肯定不会解雇你啊。”毕塞克斯说，那个样子就像一个人在跟学习困难的学生或者懒散的足球队员说话似的，“你想干多久就干多久啊。不过，为了节约起见，我得把你的薪水减到八百美元每年！”

“没问题，减就是了，该死的。”马丁说。

他说这话的时候，听着特别漂亮，特别新颖。不过，当他和利奥拉发现他们的房租是租约上定好了的，一年不到一千美元，他们无论怎样节衣缩食也过不下去的时候，这话可就没有这么潇洒了。

既然他不再担任职务，只好着手组建自己的班子，来挽救这个卫生局。他把犹太教教士罗文尼、科斯特洛神父、打算留在市里开业的奥克福德、劳工理事会的秘书、那个认为特里戈尔德“油嘴滑舌”的银行家，以及学校卫生院那个出色的牙医，全都聚在了一起。

“有这样一批人做我的后盾，我还是可以做点事的，”他沾沾自喜地对利奥拉说，“我打算坚持下去。我不会让卫生局变成基督教青年会的。虽然毕塞克斯也有皮克博那种胡说八道的本领，但却没有他那种正直和干劲。我能打败他！我虽然不是什么当官的料，但我正在设想一个基础牢固而又不是徒有虚名的卫生局——能救很多孩子，还能预防传染病。我不会放弃的。你看着吧！”

他的这个委员会向商业俱乐部进行了陈述。而且有段时间他们坚信，“只要《边疆居民早报》的首席记者能让编辑惧怕争吵”，他就肯定会支持他们。不过，马丁的斗志却被羞辱削弱了，因为他一直没有足够的钱付他的账单，他不习惯搪塞那些怒气冲冲的杂货店老板，不习惯收到催讨账款的信件，也不习惯站在门口和那些傲慢无礼的讨债人争辩。几天前，他还是一个城市高官，现在却不得不忍受这样的话："赶紧的，你这个癞皮鬼，拿出钱来，否则我就叫警察了！"正当这种羞辱达到无以复加的地步时，毕塞克斯博士突然又把他的年薪削减了两百美元。

马丁冲进市长办公室想去论说道理，发现 F.X. 乔丹正和皮尤坐在一块。显然，他们两个都知道第二次减少工资的事情，并且认为这是个精彩的笑话。

他把自己那伙人重新聚到了一起。"我打算向法院上诉。"他愤怒地说。

"好啊。"科斯特洛神父附和说。犹太教教士罗文尼也说："詹金斯是个激进派律师，他会免费受理这个案件的。"

聪明的银行家则说："除非他们无缘无故地解雇你，否则你也没有什么东西可以向法院起诉的呀。毕塞克斯拥有随意减少你的薪水的合法权力。市里只规定了局长和检查员的薪水，并没有规定其他人员的薪水。你没有什么可说的。"

马丁挥舞着手夸张地抗议说："我想，如果他们把卫生局拆了，我也没有什么可说的喽！"

"如果这个城市不在乎的话，你就没有什么可说的。"

"唔，我在乎！我还没辞职就饿死了！"

"如果你不辞职，你就会饿死，你的老婆也会饿死。嗳，我倒有个计划，"银行家说，"你在这里开个私人诊所——我提供资金给你找地方和购置设备——等时机成熟的时候，也许五年或者十年之后，我们大家再聚集起来，推举你当正局长。”

“十年的等待——在诺梯拉斯这个地方？不行。我算是失败了，彻底失败了——在三十二岁的年龄！我要辞职。我要离开这个地方。”马丁说。

“我知道，我会喜欢芝加哥的。”利奥拉说。

四

他给安格斯·杜尔写了封信。他被聘为朗斯菲尔德诊所的病理医生。不过，安格斯在信中写道：“他们目前不能付给他四千五百美元的年薪，不过他们愿意付二千五百。”

马丁接受了。

五

当诺梯拉斯的几家报纸刊登马丁辞职的消息时，善良的市民都咯咯地笑着说：“辞职？他是被赶走的，就是这么回事。”其中一家报纸刊登了这样一篇无可非议的幽默短评：

在我们这些罪孽深重的凡夫俗子身上，也许难免有些伪君子的习气。不过，有位政府官员坏事做尽，却又摆出一副圣人的样子；想利用政治关系掩盖自己十足的无知和无能，却又因为利用政治关系不到家而让自己出尽了洋相。如此一来，就连我们这些最该死的老流氓都开始为这次大刀阔斧的行动大声叫好了。

皮克博从华盛顿给马丁写了封信：

获悉你已辞去职务，深感遗憾。我费尽周折领你入行，让你熟悉我的理想，你却辞去了职务，我无法告诉你我有多么失望！毕塞克斯告诉我，由于市政财政危机，他不得不暂时减少你的薪俸。唔，就我本人而言，我宁愿无偿为卫生局工作一年，宁愿做一个守夜人来维持我的生计，也不愿意放弃为了正当和有建设性的事业而进行的斗争。我很难过。我曾经非常喜欢你，而你却背信弃义，仅仅为了商业营利就去重开私人诊所。我认为这已经是高官厚禄了，但你还是出卖了你的事业，这恐怕是我最近不得不承受的一个最大打击了。

六

他们乘车去芝加哥时，马丁自言自语地说：

“我从来没有想到自己竟然会一败涂地。我再也不想看到实验室或者公共卫生部门了。除了赚钱，我什么都不搞了。

“我想，这个朗斯菲尔德诊所也许只是个外表华丽的陷阱——吓唬吓唬那些可怜的百万富翁，使他们接二连三地去进行各种稀奇古怪的检查和治疗。我希望它就是这样的诊所！我希望后半辈子当个营利集团的医生。我希望自己能有智慧做到这一点！

“所有聪明的人都是土匪。他们忠于自己的朋友，却看不起其余的人。如果他们不是土匪，人民群众就看不起他们，他们为什么不做土匪呀？早在医学院那会儿，安格斯·杜尔从一开始就有智慧明白这一点。作为一个外科医生，他的技术也许已经炉火纯青。但他深知，抓到手的东西才是自己的。想一想，我花了这么多年才学到他早就领悟到的东西！

“知道我要做什么吗？我要坚守在朗斯菲尔德诊所，直到我可能挣到三万美元的年薪，然后我就把奥克福德雇来，开一个属于我自己的诊所，自己既当内科医生，又当所有人的顶头上司，把能捞到的每一分钱都捞到手。

“好吧，如果人们需要的只是一点点治疗和大量的花拳绣腿，他们就会如此——而且还要为此付出代价。

“我从没想过自己如此没有出息——只想赚几个小钱，别无大志。我真的不想再干别的事情了，相信我！我算完了！”

第二十五章

一

已经有一年了，每一天貌似都比不眠之夜长。然而，整整一年却又一晃而过，太平无事，四季不分，无所希求。在朗斯菲尔德诊所这样一个最完备、最干净、最兴旺，而又最盲目的医疗工厂，马丁算是一个忠诚的技工了。不过，他没有什么可抱怨的。也许，这家诊所对那些患有社会性脱臼的妇女进行的 X 光检查太多了，她们更加需要的是孩子和擦地板，而不是小巧的 X 光照片。也许，他们确实对所有的扁桃体都太悲观了。但可以肯定的是，确实没有任何一家工厂能有更好的设备，收费更贵却又令人满意；也没有哪家工厂能使被它当作原料的人如此迅速地通过那么多道工序。曾经傲慢地对待皮克博和老温特斯医生的马丁·阿罗史密斯，对朗斯菲尔德、安格斯·杜尔以及诊所里其他热心而又紧张工作的专科医生，却只有尊重，一种贫穷、多变的人对富有、精明的人的尊重。

他钦佩安格斯目标坚定和习惯持久。

安格斯每天去上一次游泳课或者击剑课；他游泳时悠闲自如，击剑时却像个铁面恶魔。他十一点半以前上床睡觉；每天喝酒从不超过一杯。至于那些对他成为一名出色的年轻外科医生没有帮助的书，他从来都不看，也不做任何评论。他的下属都知道，杜尔医生上班一向严格守时，衣着极为考究，头脑绝对清醒，表情异常冷静，而对那些做错了事情或者想讨他一个笑脸的护士，他总是很凶，令人很不愉快。

如果马丁本人非常确信有必要手术，他肯定会毫无顾虑地顺从诊所里那位阔气而又热心于摘除扁桃体的医生，也会同意安格斯的腹部手术，或者同意朗斯菲尔德的头部或颈部手术。不过，他肯定不能赞同诊所的这种看法——那些可有可无的器官都该立即切除。

马丁在芝加哥这一年的真正缺陷就是，在从上班到下班的时间内，他就没有活过。他凭借敏捷的双手和他十分之一的大脑，进行血球计数，做尿分析和瓦塞曼反应测试，偶尔也做做尸体剖检。他在做这些事情的时候，就像个死人一样，静静地躺在一口白色瓷砖棺材里。面对皮克博哇啦哇啦的乱叫和惠西法尼亚人的窥视，他曾经活过，也与环境做过斗争，而现在却没有什么可斗争的了。

工作时间一过，他又差不多活过来了。他和利奥拉发现了书店、印刷店、剧院和音乐会的新天地。他们阅读小说、历史和游记。在朗斯菲尔德或者安格斯举行的宴会上，他们和记者、工程师、银行家以及商人攀谈。他们看了一出俄国戏剧；听了米沙·埃尔曼[①]的小提琴演奏，还阅读了戈特利布钟爱的拉伯雷的作品。马丁学会了调情作乐，不再那么幼稚可笑。利奥拉第一次去发廊做了发型，去美容店修了指甲，还开始上法语课。她以前把马丁叫作“谎言的猎手”和“真理的追求者”。现在，他们在自己那个两室半的窄小套房里谈论这个话题，

---

① 米沙·埃尔曼（Mischa Elman，1891—1967）：是一位犹太血统的俄裔美国小提琴家。

得出的结论是，大多数自称是“真理的追求者”的人——那些人到处奔走，唠叨着真理，好像真理就是个有形的、可拆分的东西似的，就像房子、食盐或者面包那样——与其说很想发现真理，还不如说只是想一解心头之痒而已。在小说中，那些真理的追求者，在似乎既没有配备酒精灯又没有配备试剂的实验室中，探索着“生命的奥秘”；或者说，他们不惜巨大的花销，忍受着闷热的火车和讨厌的虫蛇带来的不适，前往喜马拉雅山脉的修道院，从那些并未脱离红尘的圣贤身上学到，如果一个人愿意花费三四十年吃斋食素和打坐参禅，他肯定能大彻大悟，也能讲经说法。

对于这类高端问题，马丁的回答是“胡扯！”他坚持认为，人世间根本就没有什么真理，只有许许多多的真相。真理不是在峭壁间追逐并抓住尾巴就能逮到的彩鸟，而是一种对生活所持的怀疑态度。他坚持认为：无论是靠不屈不挠，还是靠运气，一个人有望得到的，只不过是他喜爱的那种工作罢了，以及一种并不比普通工作者更加了解这种工作中的各种事实真相的能力而已。

他的机械论的哲学并没有使他相信自己正在取得长足的进步。他试图把自己和诊所里的专家或者他们的同行朋友进行比较，心情比受了格罗宁根的赫赛林克医生那种令人窘迫的嘲弄还要难过。在诊所的午餐会上，他遇到了各色各样的人物：有来自伦敦、纽约和波士顿的外科医生；有拥有豪华轿车和显赫社会地位的人物，他们具有社交繁忙的人物身上的那种令人讨厌的神气劲儿，或者有不屑于被比自己地位低下的人取悦的人身上的那种更加令人讨厌的缄默；也有权威的技术专家、医学会议上的论文宣读者、经理董事及部门主管人员，无论是在上百名医生的众目睽睽之下实施手术，还是在对下属下达颇有教养而又极有决定性的命令，都能做到泰然自若；此外，还有那些从不怀疑自己的医学界的头面人物，卓越的牧师和医师；以及那些成熟、聪明、细心而又和蔼可亲的人。

在这些飞黄腾达的人面前，麦克斯·戈特利布看起来就像一个爱小题大做的老糊涂，古斯塔夫·桑德利厄斯则像一个江湖郎中，而诺梯拉斯市也根本不值得去大动干戈。他们那种温文尔雅的礼仪让他透不过气来，马丁觉得自己就像个仆人一样。

马丁和利奥拉花了很长时间讨论这个问题：“马丁·阿罗史密斯究竟是谁？他要往哪里去？”他们越讨论越坦率，越讨论越明朗。他承认，一看到这些闻名的外科医生，他一向自认为优秀的信念就动摇了。利奥拉安慰他说：

“我给你那些讨厌的外科名医画了一幅可爱的画像。你知道他们多有礼貌，多么了不起，就连笑一笑都如此小心谨慎吗？唔，你难道不记得自己曾经说过戈特利布教授把这种人称为‘假装正经的人’了吗？”

马丁很喜欢这个用词，他们一起哼唱这个词儿，甚至把它编成了一首韵律优美的童谣：

“假装正经的人！假装正经的人！见鬼去吧，了不起的经理董事们，假装正经的人；见鬼去吧，似笑非笑的人们；见鬼去吧，开店的老板们。啊，该死的假正经，假装正经的人；啊，该死的假正经，该死的似笑非笑！”

二

一路上跌跌撞撞地走来，当年惠西法尼亚的那个幼稚的马丁，如今已经变成一个成熟的男人了。与此同时，他和利奥拉之间的关系，也从男女之间那种海誓山盟的任性爱情，发展成了持久的稳固结合。他们之间的那种心心相印，只有那些已婚的人才能体会，而且为数不多。虽然他们之间存在着很多分歧，但是他们就像眼睛和手一样，是整体当中不可分离的部分。他们这种融洽的关系并不意味着他们一直身处美好的天堂。因为他内心非常喜欢她，也非常信任她，因为愤怒和急躁时的过火言行只是表达信任的不同方式，所以马丁也会对利奥拉恼火，也会对她大发雷霆，正如他会容忍自己和任何其他女人、任何迷人的奥契德一起鬼混一样。

有时，争吵之后，他就大步走了，不屑于搭理她，把她一个人扔在家里几个小时。他想着自己伤了她的心；想着她一个人待着，正在等着他，或许还在哭泣，他就很开心。因为他爱她，也喜欢她，所以当她没有他在安格斯·杜尔家见到的那些女人那么阔气时髦、那么温文尔雅的时候，他就会怒火中烧。

朗斯菲尔德太太是一位可敬的胖老太婆——在她身旁，利奥拉神采奕奕，身材优美。可是，杜尔太太则面色蔫黄，性情冷漠。她是一位富裕的年轻女人，穿着考究，说起话来带着女子精修学校那种做作的悦耳音调。她有志向，也有心眼或者头脑，恬静沉着。她确实是欧文·沃特斯太太自诩的那种女人。

在诺梯拉斯市时髦圈子的简单的华丽场合，克莱·特里戈尔德太太对利奥拉表现得很亲昵。如果利奥拉的一只鞋扣掉了，或者说话语法不太通顺的话，她就对着利奥拉哈哈大笑。不过，这位从头到脚都很光鲜的杜尔太太早就习惯了对这种不修边幅的样子表示冷笑了，这种冷笑非常谦恭有礼，不太令人生气，却又如此明显。

在他们从杜尔家坐出租汽车回家的路上，马丁突然大发脾气说：

“你怎么什么都学不会啊？我记得，在诺梯拉斯的时候，有一次我们在乡村公路上停下来，一直谈到——哎哟，谈到他妈的天都快亮了，你还是那么精力充沛。可是，咱们今天晚上在这儿又碰到了这样的事——天哪！你难道就不能花点心思，留意一下你今天晚上鼻子上的黑灰吗？杜尔太太都看到了，你可真行！你为啥就这么邋遢啊？你为啥就不能注意一点呀？不管怎么说，你为啥就不能随便说点什么呢？就知道坐在那儿吃东西——坐在那儿一动不动，看起来倒是挺健康的呢！难道你就不想帮我一把？再过二十年，杜尔太太很可能就帮助安格斯当上全美医学协会的主席了。到了那个时候，我想，你肯定会要我回到达科他给赫赛林克当助手吧！”

利奥拉一直依偎在马丁的身旁，享受着乘坐出租车这难得的奢华。此刻，她霍地坐了起来，一反她平日对待生活的那种漫不经心、不受束缚的态度，开口道：

“亲爱的，十分抱歉。今天下午我出去了一趟，去做了个面部按摩，想弄漂亮一点，给你脸上增光。我知道你喜欢聊天，所以我就带着我买的那本关于现代油画的小书，认认真真地学习里面的内容。可是今天晚上，我似乎就是无法把话题引到现代绘画上来——”

利奥拉把头靠在他的肩上，他呜咽着说：“哎哟，你这个可怜的、担惊受怕的、受人欺负的孩子，难为你在那群财迷心窍的人面前装作成年人的样子！”

三

朗斯菲尔德诊所白色的瓷砖和忙而不乱的景象，最初搞得马丁眼花缭乱，过了这阵子，他就特别想搞一点链球菌溶血素的研究。

安格斯·杜尔发现马丁在搞研究，便婉转地说：“听我说，马丁，我很高兴你还在继续你的研究。不过，如果我是你的话，我想，我不会把太多的精力浪费在这种纯粹的好奇心上。朗斯菲尔德医生前几天也谈到了这件事。我们很乐于让你从事你想搞的一切研究。只是，我们希望你能搞一点切合实际的东西。比如说，如果你能制一张几百例阑尾炎的血球计数表，然后把它发表出去，那还能有点作用，而且你多多少少也会提到我们的诊所，我们大家也都能跟着沾点光——顺便说一句，也许到了那个时候，我们能把你的年薪涨到三千。”

这份浓厚的情意完全打消了马丁渴望进行任何研究的念头。

“安格斯说得对。他的意思是：作为一个科学工作者，我算是完蛋了。我完蛋了。我再也不要搞什么独创性的研究了。”

就在这个时候，即马丁在朗斯菲尔德诊所工作满一年的时候，他的一篇有关链球菌溶血素的论文在《传染病学期刊》上发表了。他把论文的复印件拿给朗斯菲尔德和安格斯看。他们讲了许多动听的恭维话。不过，从言谈中可以听出，他们其实并没有读过这篇论文。而且，他们再一次建议他做一张血球计数表。

他也寄了一份论文的复印件给麦格克生物研究所的麦克斯·戈特利布。

戈特利布给他回了封信，信件是用纯黑墨水写的，字迹如同蜘蛛网：

亲爱的马丁：

我非常愉快地拜读了你的论文。那些表示溶血素生成与菌苗培育时间之间的关系的曲线图让人大开眼界。我已经向塔布斯说过你的情况。你什么时候到我们——到我这儿来？你的实验室和助手都在这儿等你。我最不想做一个神秘主义者。不过，我看到你信笺上端有印制精美的诊所和朗斯菲尔德的字样，我觉得你可能不再想做个好公民了，随时都会回到工作当中来。如果你能过来，我们，还有塔布斯博士，都会很高兴的。

您真正的，

戈特利布先生。

“我一定会非常喜欢纽约的。”利奥拉说。

第二十六章

一

麦格克大楼墙壁陡直，是一座全部由玻璃和石灰石筑成的三十层高的大楼，坐落在一个拥挤的三角地带，纽约就在这个地带控制着全世界四分之一的地方。

马丁起初听到有可能去纽约时，并没有特别兴奋。在芝加哥闹市区住了一年之后，曼哈顿倒显得有些悠闲。可是，他从高架铁路上看见伍尔沃思大厦的那一刻，还是情不自禁地兴奋起来。在他眼里，建筑风格根本就不存在；一座座大楼只是或大或小的容器，里面装着或多或少有趣的东西而已。他对建筑物最激情的评论只不过是“那个平房很漂亮，是个住家的好地方”。可此刻，他心里却在想：“真想每天都能看看那座摩天大楼——大楼后面的风云变幻，一切的一切——很有点意思。”

他沿着柏树大街行走，满载着世界各地货物的卡车轰轰隆隆地从他身边驶过。他走到麦格克大楼的青铜大门跟前，来到那个由色彩浓艳的陶器砌成的走廊，墙上绘着各色各样的壁画：安第斯山脉的印第安人，西班牙大陆上猖獗的海盗，由卫兵护送的运载黄金的火车，以及卡塔赫纳坚固的城墙。在走廊靠近柏树大街尽头的那端，有一条僻静的街道，只有一个街区长，安第斯及安的列斯银行（罗斯·麦格克是董事长）就坐落在那儿。在金碧辉煌的银行大厅里，一些红头发的美国出口商正在提取由基多汇来的款，银行的职员操着令人喘不过气来的西班牙语，对着那些肥胖粗壮的妇女叫嚷。在自由大街的尽头，有一块招牌，上面写着："麦格克轮船公司客运办事处，每周定期开往西印度群岛和南美洲。"

马丁出生在大草原，从来没有远离过玉米地的风景，现在却被送进了这光辉灿烂的世界，置身于那些令人惊讶的企业之中。

大厅里有一排青铜栅门的电梯，其中一部电梯的上方写着"直达麦格克研究所"。他雄赳赳地走进电梯，感觉自己已经是这个神圣协会中的一员了。电梯飞速向上升起，在仅仅半秒钟的瞬间里，他瞥了一眼一楼的玻璃门，看见了各种名目的招牌，什么矿业公司，木材公司，美国中部铁路公司，等等。

麦格克研究所也许是全世界唯一一个设在办公大楼里的科学研究机构。它占据了麦格克大楼的第二十九层和第三十层，楼顶是研究所的动物饲养室，还有一条用瓷砖铺砌的走道。这条走道（高踞于速记员、簿记员以及那些想向阿根廷的达官显贵们推销精制服装的热切的先生们的世界之上），那些全神贯注地梦想着螺旋藻渗透作用的科学家常来散步。

以后，马丁还会注意到，研究所的接待室比朗斯菲尔德诊所的门厅小些，但室内的白色镶板和奇彭代尔[①]式的椅子却使它更有一种非

① 奇彭代尔（Thomas Chippendale，1718—1779）：英国家具设计师。

高雅者莫入的气派。但此时此刻，他没有留意那个接待室，也没有留意那个说起话来断断续续的女招待员。他对一切都没有留意，一心只想着马上就要见到麦克斯·戈特利布了，这是他们分别五年后第一次见面。

他雄心勃勃地凝视着实验室的大门。

戈特利布和过去一样，瘦削的面颊，黝黑的皮肤，突出的鹰钩鼻子，犀利苛求的目光。不过，他的头发已经灰白，嘴唇周围的肌肉已经凹陷进去，站起来时也显得虚弱无力，马丁看到他这个样子差点就哭了。这位老人把一只手搭在马丁的肩上，目不转睛地望着马丁。不过，他只是说：

“啊！这很好——你的实验室在大厅那边的第三个门——你邮寄给我的那篇文章很棒，但其中有一点我并不赞同。你说‘链球菌溶血素消失速度的规律表明可以找出一个方程式——’”

“但是，的确可以，先生！”

“那么，你为什么不列出方程式呢？”

“唔——我不知道怎么列。我当时数学不行。”

“这么说来，你应该先把数学弄明白才能发表啊！”

“我——喂，戈特利布博士，你真的认为我的学识能胜任这儿的工作吗？我特别渴望成功。”

“成功？我听过这个词。是英语吗？哎哟，是的，这是那些小学生在温尼麦克大学用的词。意思是考试都及格。可是，这里没有考试——马丁，我可要把话说清楚。你懂一点实验技术，也听说过一些杆菌知识，你不是个很好的化学家，而且数学也——呸！——太糟糕了！不过，你有好奇心，也很顽强。你不受各种条条框框的束缚。所以，我想，你要么成为一名非常出色的科学家，要么成为一名很蹩脚的科学家。而且，如果你足够蹩脚的话，你也会得到那些主宰纽约这个城市的阔太太的青睐。你可以靠讲课去谋生。如果你能说会道的话，甚至能当上大学校长哩。所以，不管怎么说，这里还是很有意思的。”

半个小时以后，他们就激烈地争论起来了。马丁坚决认为，全世界都应该停止战争、贸易和写作，应该立即进入实验室去观察新的现象；戈特利布则坚持说，肤浅的科学家已经够多的了，对已经观察到的现象进行数学分析（而且往往越分析越糟糕）就够了。

他们听着像是在相持不下，其实马丁自始至终都很高兴，因为他有一种终于回到家中的踏实感。

他们在其中交谈的（戈特利布踱来踱去，他那长长的手臂奇特地交叉在瘦削的背后；马丁则一会儿跳上高高的凳子，一会儿又从上面跳下来）这个实验室一点也不引人注目——里面有一个洗涤槽；一个工作台，上面放着一排排编了号码的试管架、一台显微镜、几个笔记本和几张氢离子的图表；在房间的尽头还有一张普通的餐桌，上面摆着一套用玻璃管和橡皮管连接起来的奇形怪状的瓶子——然而，马丁在激情演说的时候，却时不时地环顾一下四周，一副十分虔诚的样子。

戈特利布中断了他们之间的争论，问道：“你想在这里做什么工作？”

“啊哟，先生，如果可以的话，我想做您的助手。我猜，您正在整理抗体合成中的一些问题吧。”

“是的，我想，我能让免疫反应服从质量作用定律。不过，你不要帮我做事。你要做你自己的事。你想做什么呢？这里可不是诊所，病人排成排，坐得整整齐齐的！”

“我想找到一种溶血素，一种有抗体可以对付它的溶血素。现在还没有一种能对付链球菌溶血素的抗体。我想研究葡萄球菌溶血素。您觉得怎么样呢？”

“你研究什么我不管——你只要别从这个冰箱里偷我的葡萄球菌苗就行了。不过，如果你总是神神秘秘的话，我们的所长塔布斯博士可能就会认为你要干一番大事业。所以啊！我只有一个建议：当你被一个棘手的问题难住的时候，我办公室里可是有一套很好看的侦探小说哦。不过，这样不行。你才刚过来，我是不是应该严肃一点儿呀？

“马丁，也许我这个人脾气不好。很多人都不喜欢我。很多人都跟我作对——哎哟，你可能会觉得这是我瞎想的，但是你会明白的！我这个人经常犯错误。但是，有一件事我从来不碰——我从不玷污科学家的信念。

“要当一名科学家——这不只是一份不同的工作，所以一个人应该选择当科学家还是探险家、证券推销商、医生、国王或者农民。这是一种纠缠交错的朦胧情感，就像神秘的幻想或者诗歌创作时的激情一样；这就使得献身科学的人与普通的好人完全不同。普通的人根本不太关注自己要做什么，只在乎吃饭、睡觉和做爱。但是，科学家却有着强烈的信念——他的信念很深，他绝对不会接受极不完善的真理，因为这种真理是对他信念的一种羞辱。

“一个科学家要求一切都要遵从不可抗拒的规律。同样地，他也反对那些认为自己昧着良心赚钱是天经地义的资本家；反对那些认为人并不是一种好斗的动物的自由主义者；他既攻击美国的支持者，也攻击欧洲的贵族，无视他们的胡言乱语。无视！完全无视！他憎恨那些谈论虚构故事的牧师。不过，对待那些只会乱猜却也胆敢自诩为科学家的人类学家和历史学家，他也不会太过心慈手软！哎呀，是啊，他这个人肯定会遭到那些有教养的、本性善良的人的憎恨嘛！

“科学家鄙视那些荒唐可笑的信仰治疗师和按摩师，但他更加鄙视那些一心想把未经证实的科学方法拿来到处兜售，妄想以此给人治病，结果反而破坏了科研线索的医生；他憎恨诸如精神分析师之类的伪科学家和瞎猜乱蒙的科学家，因为这种人比肥猪还愚蠢，比那些从未听说过科学一词的白痴还无能！他憎恨那些闯入生物学这样一个圣洁的王国却只知道一本教科书上的内容和如何在课堂上愚弄傻子而大受欢迎的人，因为这种人比那些滑稽可笑的梦想科学家更恶劣！他是唯一真正的革命者，唯一可靠的科学家，因为只有他才知道自己学识不足。

“他必须铁石心肠，冷静而又清醒地看待一切。然而，有趣的是：其实，在私人生活中，他既不是冷酷无情，也不是铁石心肠——远没有那些‘职业乐观主义者’那么冷酷无情。这个世界一直在被那些‘慈善家’所支配：被那些想要使用自己根本不懂的治疗方法给人看病的医生，被那些想要驱除外辱保卫自己国家的军人，被那些渴望大家听信他们传教的牧师，被那些爱护工人的仁慈的工厂主，被那些能言善辩的政客和心慈手软的作家所支配——看看吧，他们都把这个世界糟蹋成什么样子了！也许，现在轮到科学家支配世界了。他埋头工作，从事研究，却从不到处叫嚷自己有多热爱大家。

“不过，再说一遍，你要时刻记住一点，并不是所有从事科学工作的人都是科学家。科学家实在太少了！其余的人——秘书、新闻广告员、科学的盲从者！要成为一名科学家就像要成为歌德一样：你得有天赋才行。有时，我想，你还是有一点天赋的。如果你有的话，只有一件事——不，只有两件事你必须去做：加倍努力工作，不要被别人利用。我会保护你的，让你不要‘成功’。我只能做到这样了。所以……马丁，我希望你在这里能够非常幸福。愿科赫保佑你！”

二

马丁在这个即将属于他的实验室里心旷神怡地度过了五分钟——虽然有点小，但是很实用。工作台的高度刚刚好，洗涤槽也很合适，而且还装了脚踏式水龙头。他关上门，心潮澎湃，任由自己的精神弥漫那个狭小的房间，他顿时倍感踏实。

皮克博或者朗斯菲尔德再也不能突然闯进来，拉着他到处解释、鼓吹和宣传了；他可以随心所欲地工作了，再也不会被人叫去打包裹，或者口述那些无关痛痒的信件了，尽管人们也把这些事情叫作工作。

他从工作台上方那个宽大的窗户向外眺望，发现依然可以看到那座令人垂涎欲滴的伍尔沃思大厦，真是令人心旷神怡。虽然他现在置身斗室，从事着令人愉快的精细工作，但是绝对不会和丰富的生活隔绝。房间的北面，不仅有伍尔沃思大厦，还有胜家大楼，以及那不可一世、雄伟壮观的市投资大楼。房间的西面，巨轮来来往往，拖船川流不息，整个世界近在眼前。在他的陡壁下面，街道上熙熙攘攘。突然，他爱上了人类，正如他喜爱那一排排干净漂亮的试管一样。接着，他向上帝祈祷，道出了一个科学家的心愿：

“上帝，请赐予我一双洞察一切的慧眼和从容不迫的自由。上帝，请让我内心深处痛恨一切装腔作势、自命不凡的行为，憎恨一切工作懈怠、半途而废的恶习。上帝，当我的观察结果和计算结果不符时，或者当我尚未满心欢喜地发现和批判自己的错误时，请让我惶惶不可终日，既不能安然入睡，也不能接受赞美。上帝，请赐予我力量，使我不要依靠上帝！”

三

他步行回到他们暂住的那家位于三十几街上的小旅馆。一路上，人们都瞪大眼睛看着他——这个身材修长、面色苍白、眼睛黝黑、喜不自禁的年轻男子。他在人群中穿行，连走带跑，对一切视而不见，然而一切又好像尽收眼底：雄伟的大楼，肮脏的街道，川流不息的车辆，兵痞，傻瓜，漂亮的女人，花哨的商店，以及风云变幻的天空。他一边哼着“我找到工作了，我找到工作了，我找到工作了”，一边和着这节拍匆匆地走着。

利奥拉正在等待着他——利奥拉，她的命运一向就是坐在简陋房间中咯吱作响的摇椅里等他。他飞奔进屋，她微微一笑，那瘦小娇美的身材显得格外漂亮。还没等他开口，她就大声叫了起来：

“哎哟，桑迪，我好高兴哦！”

他在房间里走来走去，对麦克斯·戈特利布，对麦格克研究所，对纽约，对葡萄球菌溶血素的魔力赞不绝口。利奥拉打断了他的话，温顺地说："亲爱的，他们打算付你多少工资呀？"

他猛地愣住了。"天哪，我忘记问了！"

"哎哟！"

"嗳，你听我说！这可不是朗斯菲尔德诊所！我讨厌那些卑鄙的小人，眼里只有钱——。"

"我知道，桑迪。老实说，我对钱也不在意。我只是在想，我们能租得起什么样的房子，这样我就可以开始找房子了呀。你接着说吧。戈特利布博士说——"

三个小时之后，他们出去吃晚饭，已经八点了。

四

对马丁来说，这座魅力四射的城市，即将变得既不是一座城市，也没有任何魅力，而只不过是一条线路罢了：公寓，地铁，研究所，一家心爱的廉价餐馆，几条有洗衣店、熟食店和电影院的街道。不过，今天晚上，这个城市却宛若一座迷宫。他们在布雷武特餐馆吃的晚饭，就是古斯塔夫·桑德利厄斯告诉他的那家餐馆。时逢 1916 年，国家还不是那么安全和卫生。布雷武特餐馆里一片喧嚷，有穿法国制服的，有吃鱼子酱的，有用法国金币的，有领带吊在外面的，有喝尼伊圣乔治葡萄酒的，有插图画家，有喝柑曼怡香橙甜酒的，有英国的情报官员，有经纪人，有闲聊的，有喝马爹利科尼亚克酒的，还有喝陈年白兰地的。

"真是一帮醉生梦死的家伙，"马丁说，"你意识到了吗？我们不用再一本正经的啦。欧文·沃特斯不再注视我们了，就连安格斯都不了！要是咱俩来一瓶香槟，会不会太疯狂了啊？”

第二天早上，他醒来的时候心情很烦躁，感觉在纽约这个地方肯定也有阴谋诡计，就像以前在诺梯拉斯和芝加哥一样。不过，他开始工作的时候，仿佛置身于一个完整无缺的世界里似的。研究所迅速为他提供了他可能需要的一切材料和设备——各种动物，细菌培养器，玻璃器皿，培养菌以及培养基——而且，还给他配备了一个训练有素的技术员——他们在研究所里都叫他“勤务员”。大家确实没有干扰他，也确实鼓励他独自开展工作。的的确确，他现在接触到的这些人，思考的是各种胶体、孢子形成、电子以及支配这些东西的各种规律和能量，而不是诗意的标语或者那些两千美元一次的手术。

他第一天上班的时候，生理学研究室主任里普顿·霍拉伯德博士来到他的实验室，向他表示了问候。

尽管马丁在各种生理学杂志中经常看到霍拉伯德的大名，但他当研究室主任似乎太年轻、太英俊了一点：个子高高，身材苗条，性格温和，蓄着一撮整齐的小胡子。马丁以前是“克利夫·克劳森学校”培养出来的，直到霍拉伯德博士简单地向他打了招呼，他才意识到，原来一个男人的声音虽然没有娇柔之气，竟也可以如此迷人。

霍拉伯德带领他参观了研究所所在的两层楼房。马丁看到了他梦寐以求的各种奇迹。虽说麦格克研究所不是那么大，但它在设备上还是可以和洛克菲勒研究所、巴斯德研究所、麦考密克研究所以及利斯特研究所媲美。马丁看了那些玻璃器皿消毒室，培养基准备室，玻璃吹制室，偏振光镜和分光镜室，以及一间钢筋混凝土墙的燃烧室。他还参观了病理学和细菌学陈列室，渴望着自己将来能增加一点陈列品。还有一个出版部，主要出版发行研究所的报告和所长塔布斯博士主编的《美国地域病理学杂志》。另外，还有一间摄影室，一个宏伟的图书馆，一个供海洋生物学研究室使用的水族馆，以及一排供国外访问科学家随便使用的实验室（这是根据塔布斯博士自己的意见修建的）。现在，一位比利时生物学家和一位葡萄牙生物化学家正在使用这种客座实验室。马丁惊讶地得知，古斯塔夫·桑德利厄斯曾经也来过这里。

接着，马丁又参观了伯克利－桑德斯离心机。

这种离心机的原理和奶酪分离器的原理相同。它把散布在液体中的固体物质，比如溶液中的细菌，作为沉淀物聚集起来。大多数离心机由手工操作——或者以水为动力，只有大的鸡尾酒调酒器那么大。不过，这台高级的分离装置有四英尺宽，靠电力进行驱动，它的中心钵密封在一层防护甲板内，用杠杆闩紧，就像潜艇的舱口那样，整个器械是安装在一个水泥柱上的。

霍拉伯德解释说："全世界只有三台这样的离心机，是由位于英格兰的伯克利－桑德斯公司制造的。你知道，离心机的正常速度，即便是质量好的离心机，每分钟大约也就四千转而已。而这种离心机每分钟转速却有两万次——是世界上转速最高的了，是吗？"

"哎呀，他们的确为你提供工作所需要的设备了啊！"马丁扬扬得意地说。（受霍拉伯德落落大方的影响，他果然只说了"哎呀"，没有说"天哪"。）

"是的，麦格克和塔布斯是科学界两位最慷慨大方的人物。我想，医生，你在这儿工作会感到非常愉快的。"

“我知道我会——应该会。哎呀，你真好，这样陪我到处看看。”

“难道你看不出来我很高兴有这个机会显示我的知识吗？没有哪种形式的自吹自擂比当向导更惬意、更安稳的了。不过，医生，我们研究所还有真正的奇迹供大家参观呢。请往这边走。”

其实，研究所的真正奇迹与科学并没有明显的关系。真正的奇迹只是个大厅而已，就是供职工用餐的那个大厅。麦格克太太作为主人，偶尔会在那儿举行晚宴，招待科学界的人士。马丁的眼睛从闪闪发光的地板扫向黑金两色相间的天花板，他的头往后仰着，都快透不过气来了。这个大厅有研究所的两层楼那么高。在紧贴着高耸的墙壁的地方，刻有一个供乐师使用的长廊，长廊的下方则是一个供所长和七位研究室主任用餐的高台。在厅内四壁镶嵌着的橡木板上，挂着一幅幅身穿深红色长袍的科学主教的画像，和一幅由麦克斯菲尔德·帕里什[①]所作的大型壁画，更为壮观的是一盏由一百个灯泡构成的枝形大吊灯。

“天哪——哎呀！”马丁说，“我竟然不知道还有这么气派的房间！”

霍拉伯德性情宽厚。他没有报之一笑。“哦，也许这个大厅是有点豪华过度。这是凯皮托拉的得意之作——凯皮托拉就是研究所创始人的妻子，也就是罗斯·麦格克太太。她是一个非常有修养的女人，但她的确喜欢参加各种各样的运动和协会。所里的一位化学家特里·威

① 麦克斯菲尔德·帕里什（Maxfield Parrish，1870—1966）：美国画家和插画家，以独特的饱和色调和理想化的新古典意象，创作了美国黄金时代插图，开创了美国的未来视觉艺术。

克特把这个大厅叫作‘鸿运厅’。不过，当你拖着疲惫的身体和满身的污垢进来用餐时，它确实可以让你精神抖擞起来。现在，咱们去见见所长吧。他跟我说过带你过去见他。”

看过这个巴比伦式的奢华大厅之后，马丁猜想，A. 德威特·塔布斯博士的办公室肯定特别时尚，就像罗马浴场似的。可没想到，除了在一端有一个实验工作台之外，他还从来没见过这么刻板的商业办公室。

塔布斯博士这个人待人热诚，留着一撮㹴犬似的小胡子，一副学者气派，他也许是科学合作呼声最高的美国人了；不过，他这个人阅历也很丰富，对皮靴和背心特别讲究。他毕业于哈佛大学，后远赴欧洲留学，曾经担任过明尼苏达大学的病理学教授、哈特福德大学的校长、美国驻委内瑞拉的公使、《政治家周刊》的编辑，以及健康联盟的主席，最后荣任麦格克研究所的所长。

他既是美国艺术暨文学学会的成员，又是美国科学院的成员。那些主教、将军、思想开明的拉比[①]以及爱好音乐的银行家都和他一起用过餐。他是经常接受报社采访、对各种问题发表权威性谈话的名人之一。

他跟你说话不到十分钟，你就会知道他是这个世界上为数不多的领袖之一，不但任何知识学科都能聊几句，而且还有能力管理实际事务，并且能够驱使铸成大错的人类走向健全而又理智的理想境界。虽然一个像麦克斯·戈特利布那样的人，可以在他的研究工作中呈现出

---

① 拉比：意为“先生”“夫子”。犹太人对师长和有学识者的尊称。

某种才华，但是他那种狭隘的心胸，他那种尖酸刻薄而又滑稽可笑的幽默，使他不可能像A.德威特·塔布斯博士那样，具有对教育、政治、商业以及其他各种高尚事物的广博见识。

不过，这位所长对马丁·阿罗史密斯这位无名小卒却很亲切，好像马丁是一位来访的参议员似的。他热情地和马丁握手，他的笑容很亲切，他的男中音也很圆润。

“阿罗史密斯博士，我相信，我们绝对不只是嘴上说说欢迎你到我们这儿来；我相信，我们会向你表明我们有多欢迎你的！戈特利布博士对我说，你有一种闭门搞研究的天赋，可是你却一直在开业行医和公共卫生这些领域观望，现在才静下心来搞实验。我无法向你说明，我认为你有多么聪明，竟然做了那么广泛的初步探索。许多想要成为科学家的人都缺乏你这种因为协调各个精神领域而获得的远见卓识。”

马丁很惊讶，这才发现原来自己一直在进行广泛的探索。

“现在，你肯定希望能有一些时间，也许一年或者更长时间，让你的工作步入正轨，阿罗史密斯博士。我不会问你要任何报告。只要戈特利布博士觉得，你对你自己的进步感到满意，我就心满意足了。不过，如果我能就某种较为长远的科学事业给你提点意见的话，请你相信，我肯定会乐于提供帮助的。我敢肯定，霍拉伯德博士也会乐于提供帮助的，尽管他其实应该感到妒忌才对，因为他算是我们所里最年轻的工作人员了——实际上，我管他叫小捣蛋虫——不过，我想，你才三十三岁，你这下可把他挤到一边去喽！”

霍拉伯德高兴地说：“哎哟，不，博士，我早就被人挤到一边了。你忘了特里·威克特呀。他还不到四十岁哩。”

“哦，他啊！”塔布斯博士喃喃地说。

马丁从来还没听过有人用这样斯文而又刻薄的方式交代一个人。他从特里·威克特的身上看到，即使在这个天堂里也可能会有毒蛇。

“现在，”塔布斯博士说，“你也许想看看我这个地方。让我感到骄傲的是，我就像个保险代理人一样，没有花心思去存放这些卡片索引和来往信件。不过，这些图表却有着一种异常迷人的魅力。”他快步走到房间的另一端，拉开一大排狭小的抽屉，里面装满了科学构想的图纸。

至于那些究竟是什么图纸，他没有说，马丁也一直不知道。

他指着房间尽头的那个工作台，笑容满面地承认说：

“你看到了吧，我其实是个工作效率非常差的人。我经常说，我放弃富有诗意乐趣的病理研究，跑来担任所长这个差使，虽然不那么令人神往，倒也十分重要，就是挺累的，好多要操心的事情。不过，这就是人类的弱点吧。有时候，我不得不处理一些日常琐事，满脑子都是一些可能很荒谬的病理概念。我简直荒谬极了，巴不得马上跑过大厅，回到我自己的正规实验室去——我身边必须有个工作台，这样才能随时进行实验。哎呀，恐怕我也不是一个很有道德的人，不像我在公开场合装作的那样！嘿，我虽然和行政事务结了婚，却仍在迷恋着我的初恋情人——科学夫人！”

“我觉得，你对科学念念不忘，这是件好事啊。”马丁冒昧地说了一句。

他心想，塔布斯博士最近到底在做什么实验呢。这个工作台好像几乎就没用过。

“嗳，医生，过来认识一下研究所的真正所长——我的秘书珀尔·罗宾斯小姐。”

马丁早就注意到了罗宾斯小姐。你不可能不注意到罗宾斯小姐。她三十五岁，气质高贵，肤如凝脂，是个绝世美女。她站起身来，和马丁握了握手——坚定有力、分寸得当的一握——然后用她那悦耳的女低音大声说：“塔布斯博士这么恭维我，只是因为他知道，如果他不恭维我的话，我就不会给他准备下午茶了。我们整天听戈特利布博士说你聪明，吓得我都不敢欢迎你了，阿罗史密斯博士，其实我还是很想向你表示欢迎的。”

然后，马丁兴高采烈地站在自己的实验室里，望着伍尔沃思大厦。他对这些奇迹——他自己的奇迹，感到头晕眼花，此时此刻！里普顿·霍拉伯德如此漂亮优雅，如此出类拔萃，他希望能和他交上朋友。他觉得，塔布斯博士有点多愁善感。不过，塔布斯的亲切和罗宾斯小姐的赏识还是让他非常感动。他沉浸在未来的荣耀中，这时他的门砰的一声被推开了，进来一个三十六七岁的男人。这个人面无表情，满头红发，身上穿着一件皱巴巴的衬衫。

“你就是阿罗史密斯吧？”这位不速之客粗声粗气地说，“我叫威克特，特里·威克特，是个化学家，和戈特利布同事。唔，我刚才看到圣鷦鷯[①]在带你参观动物园哩。”

“您是说霍拉伯德博士？”

“他……唔，如果戈特利布老爹让你过来工作，那你肯定还是有

---

① 圣鷦鷯（Holy Wren）：霍拉伯德（Holabird）的绰号。

点小聪明的。开始得怎么样啦？你打算做哪一种人？是做一只谦恭有礼的小鸟，把这个研究所当作攀高结贵的梯子，为自己找个有钱的妻子，还是做一个马戏团工人，就像我和戈特利布这样？”

特里·威克特沙哑的嗓音特别刺耳，马丁从未听过这种嗓音。他用一种酷似里普顿·霍拉伯德的声调回答说：

“我觉得，你不必担心。很不巧，我已经结过婚了！”

“哎哟，别为这事急眼，阿罗史密斯。在咱们这个男人的小镇，离婚很省事的。唔，圣鹧鸪带你见过荡女格拉迪斯了吗？”

“啊？”

“荡女格拉迪斯，或者说飞奔的离心机。”

“哦。你指的是伯克利－桑德斯离心机吗？”

“是的，当然是它啦。你觉得它咋样啊？”

“我从未见过这么好的离心机。霍拉伯德博士说——”

“见鬼，他是该说句好话！是他让塔布斯老头去买的。他就是喜欢这种离心机，圣鹧鸪真的特别喜欢。”

“为何不呢？它可是速度最快的——”

“的确。这是世界上速度最快的离心机了，而且还是用最好的剃刀钢制成的哩。唯一的缺点是，它总是把保险丝烧断，还把那些细菌喷得到处都是。这样一来，如果你想用它，你就得戴个防毒面具……你喜欢可爱的塔布斯老头吗，喜欢那个绝世美人珀尔吗？”

“喜欢！”

“很好。当然，塔布斯是个不学无术的蠢驴，但正因为如此，他才不像戈特利布那样有受迫害妄想症。”

“喂，威克特——是威克特博士吗？”

“嗯哼……医学博士，哲学博士，同时也是一流的化学家。”

“唔，威克特博士，我觉得，像你这么有才华的人却只能和戈特利布、塔布斯和霍拉伯德之类的白痴打交道，真是挺倒霉的。我刚离开芝加哥的一家诊所，那儿的人都很友好，也很有头脑。我倒是乐意推荐你去那儿工作。”

“听着不赖。至少午餐时我不用听鸿运厅里的那些夸夸其谈了。唔，对不起，惹你生气了，阿罗史密斯。不过，我觉得，你看上去还挺好的。”

“谢谢！”

威克特龇牙咧嘴地笑了——满头红发，相貌粗俗，瘦长结实——用鼻子哼着说：“顺便说说，霍拉伯德有没有跟你说过他在战争的头一个月就受了伤？他当时可能是个陆军元帅，或者医院病房杂工，或者在英国军队里干什么差事。”

“他没说过啊！他根本就没有提过战争！”

“他会说的！唔，阿罗史密斯兄弟，我期待以后和你长期愉快地合作，跟着戈特利布老爹好好干。再见！我的实验室就在你的隔壁。”

“蠢货！”马丁斩钉截铁地说，“咳，只要我能投靠在戈特利布和霍拉伯德的门下，我还是可以容忍他的。可是——这个自以为是的白痴！天哪，原来霍拉伯德打过仗啊！我想，肯定是因伤奉命退役。我肯定要拿这件事回击威克特！他要是再对我说：‘他跟你说过他在这场可恶的战争中是个大英雄吗？’我马上就回敬他说：‘对不起，让你扫兴了。不过，霍拉伯德博士根本就没提过大战。’白痴！咳，我不会让他骚扰我的。”

午餐时分，马丁见到了所里的工作人员。他发现，不管他们之间的问候有多简短，不讲礼貌的确实只有威克特一个人。他分辨不清他们谁是谁。有很长一段时间，这二十个研究人员他大都对不上号。他竟然把生物学研究室主任耶欧博士与过来安装搁架的木匠搞混了。

所里的工作人员坐在大厅的两张长桌旁吃饭，一个放在高台上面，一个放在高台下面。在高大的天花板下面，他们看起来就像两群小昆虫似的。他们从外表上看并没有什么特殊的地方，只是可能会成为达尔文、赫胥黎和巴斯德而已。他们当中并没有谁像柏拉图一样有宽大的额头。除里普顿·霍拉伯德、麦克斯·戈特利布，或许还有马丁本人以外，其余的人看起来就像一群正在吃午饭的杂货商人似的：精神饱满却毫无特色的年轻人；蓄着浓密胡子的长者；戴着眼镜、唯唯诺诺的小人物，还有一些连衬衣领扣都不扣的人。不过，他们一向都很平静。马丁相信，在他们的声音当中，既没有对金钱的忧虑，也没有因妒忌和背后的流言蜚语引起的焦躁不安。他们严肃地或者轻松地谈论着自己的工作，自从这种工作成为一系列被人发现的事实的一部分起，它就永存不朽，不管从事这项工作的人的名字怎样被人遗忘。

马丁听到特里·威克特和胡子稀疏的生物化学助理研究员威廉·T.史密斯博士正在争辩依靠 X 光的辐射剂量来增加酶的效力的可能性这个问题。威克特和以前一样，言语粗俗，滥用俚语，说自己是“少年化学家”，说什么“这个华而不实的研究所”和“我们那位轻信他人的新来的小兄弟阿罗史密斯”等等。他还听到一位副研究员开口破骂另一位副研究员对细胞化学所持的见解，并且公然抨击艾尔利希是“医学界的爱迪生”。马丁听到这些，仿佛看到了一条条令人激动的科学研究的康庄大道；他仿佛站在一座高山上，脚下是不为人知的溪谷和令人神往的崎岖小道，等着他去探索。

五

他们到达一个星期之后，里普顿·霍拉伯德博士和太太邀请他们过去吃饭。

正如霍拉伯德的粗花呢让克莱·特里戈尔德的衣冠楚楚显得有点生硬刻板和矫揉造作一样，他的家宴也让安格斯·杜尔在芝加哥的事务显得有点呆板乏味和令人焦虑不安。马丁在霍拉伯德家里见到的每一个人都是大人物，虽然可能只是个无足轻重的大人物：一位差强人意的编辑，或者一位崭露头角的人种学家。所有这些人都像霍拉伯德一样优雅随和。

土里土气的马丁夫妇准时到达，因而也就早到了十五分钟。在盛着鸡尾酒的威尼斯玻璃古董酒杯端出来之前，马丁就迫不及待地问道：“博士，您现在正在钻研生理学中的什么问题呀？”

霍拉伯德顿时变成了一个热情的孩子。他用一种略带歉意的口气说：“你真的想听听这件事吗？——你用不着这么客套，这你是知道的！”他滔滔不绝地讲起他的各种实验，一边在报刊广告栏的空白地方、在结婚请柬的背面、在作者赠送给他的小说的扉页上勾勾画画，一边略带歉意地望着马丁，一副博学而又快活的样子。

“我们正在研究大脑各种部位的功能。我认为，我们已经超过了博尔顿和弗莱西格。哎哟，研究大脑真是其乐无穷啊。听我说。”

他用铅笔迅速地勾画着一幅大脑的草图；在他的笔下，大脑仿佛是活的，不停地跳动着。

他突然扔掉手中的纸说：“哎呀，把我的爱好强加在你的身上，真是不好意思啊。而且，别的客人就要来了。跟我说说，你的工作进展怎么样啦？你在所里还挺舒服的吧？你觉得你喜欢这里的人吗？”

“都喜欢，除了……坦率地说，我不喜欢威克特。”

他宽厚地说：“我知道。他的行为是有点放肆。不过，你一定不要怪他。他真的是一位特别有才华的生物化学家。他是个单身汉——为了工作，他放弃了一切。他说话粗鲁，但他其实一点也不想那样。他很讨厌我，也讨厌其他人。他提到我了吗？”

“啊哟，没有特别——”

“我有一种感觉，他到处宣扬说，我总爱谈论自己在战争中的经历，其实一点都不是这样。”

“是的，”马丁脱口而出说，“他确实说过那种话。”

“我真希望他不要这样说。参战受伤竟然也能冒犯他，实在抱歉。我会记住的，再也不提这件事了！像我这种微不足道的战争经历竟会惹出如此轩然大波！事实情况是：1914 年战争爆发的时候，我正在英国，在谢灵顿[①] 的手下学习。我假装是加拿大人，加入了医疗队，不到三个星期就受伤了，然后就被轰了出来，我那高尚的军人生涯就这样结束了！有客人过来了。”

---

① 谢灵顿（Sir Charles Scott Sherrington，1857—1952）：英国生物学家，获 1932 年诺贝尔医学奖。

他那潇洒的风度使马丁为之倾倒。霍拉伯德太太也同样让利奥拉神魂颠倒。他们吃完晚饭回家时，内心充满了一种前所未有的喜悦之情。

就这样，他们开始了一段幸福快乐的日子。无论是对他那份不受干扰的工作，还是对实验室之外的生活，马丁几乎都一样称心如意。

在上班的第一个星期，他一直忘了问他的薪水是多少。于是，这件事情就变成了一个谜，他们只好等着，一直等到月底。很多个晚上，一到小餐馆，他和利奥拉就会琢磨他的薪水是多少。

研究所支付给他的工资，一年绝对不会少于他在朗斯菲尔德诊所拿到的二千五百美元。不过，有些晚上，他感到疲惫不堪，于是工资就降到了一千五百。有一天晚上，他们喝了点勃艮第葡萄酒，他又把工资涨到了三千五百。

他收到第一个月的工资支票，整整齐齐地装在一个密封的小信封里，吓得他看都不敢看一眼。他把信封拿回家交给利奥拉。在他们入住的那个旅馆的小房间里，他们目不转睛地盯着信封，好像里面装的可能是毒药似的。马丁双手颤抖着拆开了信封，他睁大眼睛，低声低语地说："哎哟，这些可敬的人啊！他们付给我——这上面开的是四百二十美元——他们付给我年薪五千哪！"

霍拉伯德太太是一个小白猫一般机灵的女人。她帮助利奥拉在格拉默西公园附近的一栋老房子里，租到了一套有三间卧室和一间宽敞的起居室的公寓，帮助她购置了一些旧家具，并进行了一番装饰。当利奥拉准许马丁进来看时，他大声嚷着说："但愿我们能在这里住上五十年！"

这是让他们平静的希腊之岛。不久，他们就有了朋友：霍拉伯德夫妇，比利·史密斯博士——这位胡子稀疏的生物化学家对音乐和德国啤酒颇有鉴赏力——还有一位马丁在温尼麦克校友聚餐会上遇到的解剖学家，麦克斯·戈特利布也是他们家的常客。

戈特利布已经找到了他自己的宁静。他在七十几街上有一套棕色的小公寓，室内弥漫着一股烟草和皮封面书的味道。他的儿子罗伯特已经从市立大学毕业，急急忙忙进了商界。女儿米丽娅姆一边照料父亲，一边继续学习她的音乐——她是个又矮又胖的姑娘，虚伪的外表之下隐藏着一种神圣的激情。马丁听了戈特利布一个晚上的尖刻怀疑，深受鼓舞，急忙赶到实验室，一再对各种微生物的规律进行质疑。这项任务要求他把自己最近所做的一切工作从头到尾彻底摧毁。

就连特里·威克特也变得可以容忍了。马丁发觉，威克特的咆哮，部分原因是像克里夫·克劳森那样对幽默有一个错误的概念，部分原因是对那些形态学科学家有一种愤恨，这种愤恨不亚于对戈特利布的怨恨。这些科学家给各种事物加上漂亮的标签，给它们命名，然后又给它们改名，但却从来不对它们进行分析。威克特经常通宵苦干。人们时常看见他只穿一件内衣，一头乱蓬蓬、无精打采的红头发，手里拿着一个秒表，在恒温槽前一坐就是几个小时。偶尔，马丁在埋头做实验的时候，会觉得和性格乖戾、专心致志的威克特在一起，比和风度翩翩的里普顿·霍拉伯德在一起更加舒适自在，因为霍拉伯德优雅的风度迫使自己不得不煞费苦心地装出一副优雅的风度来。

第二十七章

一

马丁开始工作的时候根本摸不着方向。尽管工作给他带来了很多欢乐，但他还是时常担心塔布斯会迈着大步进来，对他大声吼叫说："你在这儿干什么啊？你不是我要的那个阿罗史密斯！滚出去！"

他分离出了二十种葡萄球菌的病菌，然后逐一对它们进行实验，以便发现它们当中哪一种病菌在生产被称为溶血素的分解血球的毒素时活性最大。这样一来，他就有可能生产出一种抗毒素。

有机物经过离心分离之后，就变成了盘旋状的浑浊物，在试管的底部沉淀下来；或者红血球全部溶解，不透明的砖红色液体变成了淡色葡萄酒的颜色。这些时刻的确令人陶醉。不过，这种分离过程大都无比单调乏味：每隔六小时从培养菌中取一次样品，在小试管里制成血球盐悬浮液，记录结果。

他从不觉得这些实验单调乏味。

塔布斯偶尔也会过来，看到他在忙碌，便轻轻地拍拍他的肩膀，说点类似法语的话，甚至可能就是法语，给他一些模糊的鼓励。而戈特利布总是平静地告诉他继续做下去，还时不时地给他一点激励，把自己的笔记本给他看（笔记本里尽是一些数字和缩写词，像印花棉布的发货清单一样毫无趣味）或者和他谈谈自己的工作，用的词汇就像西藏人的巫术一样晦涩难懂。

“阿伦尼乌斯[①]和马德森在使免疫反应服从质量作用定律这一点上做出了一些贡献。但我想说明一下，当某些变量保持恒定时，抗原抗体的结合将按化学计量的成分比发生。”

“啊，是的，我明白。”马丁说。但内心却在说：“唔，我简直不懂他在说什么！哎哟，天哪，假如他们能够给我一点时间，不要把我送回去张贴白喉的广告就好了！”

马丁找到一种令人满意的毒素后，就开始努力寻找一种抗毒素。他进行了大量的实验，但没有任何结果。有时，他坚信自己已经发现了某种东西，但当他对实验重新检查时，他又沮丧地确信自己什么也没发现。有一次，他冲进戈特利布的实验室，宣告他获得了抗毒素。对此，戈特利布对他表示出了喜爱之情，但又提出了几个令人不愉快的问题，并且送给他一盒真正的埃及香烟，同时向他表明，他还没有考虑某些稀释物的问题。

尽管马丁很外行，一直在摸索，但他却有一个特点，没有这个特点，就不可能有科学。这个特点就是：一种涉猎广泛的、嗅嗅闻闻的、假装虔诚的、并不庄重的、从不自吹自擂的好奇心。这种好奇心驱使他前进。

---

① 阿伦尼乌斯（Svante Arrhenius，1859—1927）：瑞典物理学家及化学家，获 1903 年诺贝尔化学奖。

二

马丁默默无闻地度过了欧洲大战的头几年。在这段时间里，麦格克研究所表面异常平静，实际却非常活跃。

马丁在抗体方面学到的东西可能不多，但他的确了解到了研究所的秘密。他看到，全研究所都在默默地辛勤工作，但幕后的主宰却是凯皮托拉·麦格克，一位了不起的白人社会事业家。

罗斯·麦格克太太凯皮托拉一直反对妇女享有选举权——直到她知道妇女肯定会获得选举权为止——但她却是在妇女界道德事务中享有至高无上权威的人物。罗斯·麦格克买下这个研究所，不仅是为了给他自己脸上贴金，也是为了转移凯皮托拉的兴趣，让她不要对他海运、采矿和伐木的事业指手画脚，因为这些事业跟白人社会事业家没有太大的关系。

罗斯·麦格克现在五十四岁，父辈是加州铁路工人。他毕业于耶鲁大学，雄心勃勃，温文尔雅，庄重威严，性格开朗，肆无忌惮。即使是在1908年，在他创立研究所之初，他就已经有了住不完的房子，用不完的用人，吃不完的食物，但却没有孩子，因为凯皮托拉认为“那种东西对有重大责任的女人来说有百害而无一利”。在研究所，他感觉一年比一年满意，越来越觉得活得有劲头。

戈特利布刚到那会儿，麦格克过来看望他。麦格克时不时地欺负一下塔布斯博士；塔布斯只好逃回自己的办公室，好像自己就是个传令员小弟似的。不过，麦格克看到戈特利布那双阴沉的眼睛时，眼里却流露出对戈特利布很感兴趣的意味。于是，这两个男人——一个是体格粗壮、衣着考究、有权有势、沉默寡言的美国人；另一个则是愤世嫉俗、朴实无华、蔑视权贵的欧洲人——竟然成了知己。麦格克有时会从一个可以影响整个西印度群岛商业的会议中溜出来，跑到戈特利布的实验室里，坐在一个高脚凳上，一声不响地看着戈特利布工作。

“麦克斯，有朝一日，当我不再忙忙碌碌，当我醒悟过来的时候，我就过来给你当勤务员。”麦格克说。戈特利布回答道：“我不知道——你很有想象力，罗斯。不过，我想，你接受实际训练已经太晚了。现在，如果你不介意去蔡尔兹餐馆吃饭的话，我们就不去你那个经常引人议论的‘帝王大厅’就餐了，我请你们吃午餐吧。”

不过，凯皮托拉并没有加入他们的圣餐。

戈特利布的嚣张气焰又回来了，和凯皮托拉·麦格克打交道，他需要这种态度。她有很多非常有趣的小问题，会遭到从她丈夫那儿领取养老金的人的攻击。有一次，她兴高采烈地来到戈特利布的实验室，跟他说一大批人死于癌症，他为什么不放弃他那个抗什么素的研究，去寻找一种治疗癌症的方法，这对所有患癌症的人都有莫大的好处。

不过，她真正的不满是这样产生的：有一次，里普顿·霍拉伯德同意在研究所屋顶平台上为她举办一次高级知识界午夜聚餐会，之后她打电话给戈特利布，只是请求说：“请您下来一下，把您的实验室打开，让我们瞟一眼您的实验室，这不会太麻烦吧？”戈特利布却回答说：

“太麻烦！再见！”

凯皮托拉向她的丈夫抗议。他听着——至少他好像在听——然后评论说：

“凯普，我没有怪你愚弄那些男仆。他们不得不忍受你的愚弄。可是，如果你对戈特利布不敬的话，我就只有把整个研究所关闭，这样你在殖民地俱乐部就没有什么可吹牛的了。真是活见鬼，一个身价三千万美元的人——起码拥有那么多钱的人——却找不到一条干净的睡裤。不，我不愿意雇一个贴身男仆！哎哟，凯皮托拉，现在请你放下高傲的架子，让我上床睡觉吧，好吗？！”

不过，凯皮托拉并没有受他摆布，特别是她在研究所每月举行聚餐会这件事情上面。

三

马丁和利奥拉第一次亲眼见到的麦格克科学界宴会是一次特别重要的说明性宴会，因为宴请的贵宾是一位伦敦的外科医生、陆军少将艾萨克·马拉德爵士，他是随一个英国军事代表团来到美国的。马拉德在别人的引导下风度翩翩地参观了整个研究所；除特里·威克特以外，塔布斯博士和每个研究员都称他为艾萨克爵士；他记得在伦敦见过里普顿·霍拉伯德，或者是他说他记得有这么回事；而且他特别羡慕“格拉迪斯离心机”。

宴会刚刚开始，特里·威克特就闹出了一件大煞风景的事情。大家原以为他可能会体面地避开，没想到他竟然出现了，并且主动对一位前任大使的夫人说：“得知亲爱的艾萨克爵士大驾光临，这种盛宴我想不来都不行啊。哎呀，如果我不告诉你，你根本不会想到我这套礼服是租来的，对吧！您注意到了吗？艾萨克爵士总算知道怎样不使他马靴上的铁刺再把地毯钩破了。不知道他是不是仍然治不好那些乳突炎患者呀？”

满耳都是音乐，满眼都是美食。心神不宁的科学家们用三言两语敷衍着那些温声细语的阔太太，告诉她们自己现在正在做什么，在接下来的二十年里又希望能做些什么。这些温声细语的女士用一种嗔怪的口气说：“不过，恐怕你们压根就不想跟我们说明白吧。”还有这些温声细语的太太的丈夫——大学毕业生、石油股票或者企业法律的操纵者。他们就坐在那儿，随时准备对任何一个想要聆听他们高见的人说：虽然抗毒素可能很有意思，但是我们真正需要的其实是一种优良的橡胶替代品。

里普顿·霍拉伯德也在场，显得特别有魅力。

在音乐暂停的间隙，特里·威克特突然对一位很有身份的妇女、凯皮托拉最好的一个朋友说：“是的，他的名字拼作 G-o-t-t-l-i-e-b，但却读作戈丹姆。”

不过，像威克特这样的局外人，像马丁和利奥拉这样沉默不语的骑墙派，像麦克斯·戈特利布这样完全置身事外的人，确实不多。塔布斯博士和艾萨克·马拉德爵士互相恭维，对凯皮托拉大加赞美，并且赞扬了法国这块神圣的土地，赞扬了比利时这个小国的英勇，赞扬了美国人的热情好客，赞扬了英国人对隐私的热爱，还赞扬了具有合作观念的年轻人在现代科学中可能会做的极其有趣的事情。

主人陪同客人们参观了整个研究所。他们参观了海洋生物水族馆，病理学陈列室，以及动物饲养室。一位兴致勃勃的夫人，在看到动物室时向威克特问道："哎哟，可怜的小豚鼠，可爱的小兔子！嗳，说实在的，博士，如果你把它们都放了，只用试管做实验，你觉得这样会不会好很多呀？"

一位专给第五大道以东的阔太太看病的名医，对这位神气活现的夫人说："我觉得您说得太对了。我完全没有必要为了学到一点知识去杀死那些可怜的小动物！"

威克特突然拿起自己的帽子扬长而去，惊得大家目瞪口呆。

这位神气活现的夫人说："你看，他根本不敢和你正面争论。哎哟，阿罗史密斯博士，当然了，我知道，罗斯·麦格克和塔布斯你们这些人都非常了不起！不过，我必须说，我对你们的实验室非常失望。我原以为这儿会有很多好玩的曲颈瓶、电炉之类的东西。可是，老实说，我连一件有趣的东西都没看到。我的确认为，既然你们这些聪明人把我们哄到这里来了，你们总该造出点像样的东西给我们看看呀。你或者其他的人就不能从乌龟蛋或别的什么东西里造出生命来吗？哎哟，请造出生命来吧！拜托，拜托！或者至少，请你穿上一件你们平常穿的漂亮牙医工作服嘛。"

于是，马丁也转身扬长而去，怒气冲冲的利奥拉紧跟其后。在出租车里，利奥拉说她本想尝尝自助餐台上的香槟酒的，还说她的丈夫在宴会上简直就像傻瓜一样。

四

因此，尽管马丁对他的工作十分满意，但他开始对他这个庇护所的完美性表示怀疑。他很想知道，为什么戈特利布在午餐时总是羞辱那位勤奋刻苦的传染病学研究室主任，为什么肖尔泰斯博士能够容忍这种羞辱。他很想知道，为什么塔布斯博士不管溜达到哪个实验室都会咯咯地笑着说：“在你的一切工作中，你应该时刻牢记的一件事就是合作。”他很想知道，为什么像里普顿·霍拉伯德这样热情的一位生理学家一天到晚都在和塔布斯一起商量事情，而不是在他自己的工作台上拼命工作。

五年前，霍拉伯德做了一点研究，从而使他的名字登上了全世界的科学期刊：他做了一项实验，研究狗的大脑前叶切除以后对认路能力造成的影响。马丁在还没有打算加入麦格克研究所之前，就已经读过和这项研究相关的文章。他刚来到研究所，就激动地让所长把这篇文章载入编年史中。不过，当他听说霍拉伯德已经提议过十多次的时候，他的兴致就急剧而下了。而且他暗想，霍拉伯德是不是这辈子就只当那位“在研究狗的行路能力等方面表现出了一点绝技——或者随便说它是什么玩意儿——的那种人——你知道——那种家伙了”。

当马丁察觉到他的同事都在暗中拉帮结派时，他更是百思不得其解。

塔布斯、霍拉伯德，也许还有塔布斯的秘书珀尔·罗宾斯都是统治特权阶级。大家私下里都说，霍拉伯德希望有朝一日能担任将要为他设立的副所长这个职务。戈特利布，特里·威克特，以及那位蓄着长胡子、土里土气、马丁初次见面时以为是个木匠的生物学家尼古拉斯·耶欧，形成了他们自己独立的一派。尽管马丁很不喜欢喧闹的威克特，但他还是卷进了这一派。

不过，下巴上蓄着一撮小胡子、早在巴黎时就对菌类植物形成了自己独到见解的威廉·史密斯博士，却喜欢独来独往。肖尔泰斯博士出生于俄国的一个犹太教堂，现在却是扬克斯最狂热的高教会派圣公会教徒，他总是一副谦恭有礼的样子，想方设法让他的科研工作得到戈特利布的赏识。在生物物理研究室内，本性温厚的研究室主任却受到自己助手的谩骂与妒忌。而且，在整个研究所里，无论是谁，不管有没有喝醉，都不会说世界上任何地方的任何其他科学家的工作完全正确，也不会说他的竞争对手中有哪个没有剽窃过他的观点。这些高尚的科学家议论起同行的丑闻或者讽刺起他们的愚昧无知来，就连坐在夏日酒店门廊的摇椅上的小集团或者三五成群的演员，也望尘莫及。

不过，马丁可以关上他的大门，对这些发现视而不见。而且，他还有事情要做，从而使他对这些窃窃私语听而不闻。

五

有一次，戈特利布不是从容地来到马丁的实验室，而是粗鲁地把马丁叫到自己的办公室。戈特利布的办公室就在他自己实验室的一个小房间里。特里·威克特坐在一个角落里，手里正卷着香烟，脸上露出一副讥讽嘲笑的神情。

戈特利布说："马丁，我有幸和特里讨论过你的情况。我们得出的结论是，你一直干得很好，现在你该停止鬼混，回去工作了。"

"我觉得我在工作啊，先生！"

他在风平浪静的日子里的那种修身养性不见了，他知道自己身不由己露出了皮克博的恶习。

威克特插嘴说道：“不，你没在工作。你只是一直在表明自己是个聪明人，只要懂得一点皮毛就可以工作。”

马丁转身望着威克特，脸上的表情仿佛在说“你他妈的算老几啊？”这时，戈特利布接着说道：

“马丁，事实上，如果你不懂得一点数学知识，你就什么都干不成。如果你不愿意像他们当中大多数人那样，做一个只会照搬书本的细菌学家的话，你就必须要能够掌握一些基本科学知识。一切有生命的东西都是物理化学的机体。如果你不懂得物理化学，又怎么能够取得进步呢？如果你没有足够的数学知识，又怎么能够弄懂物理化学呢？”

“嗯，”威克特说，“你只是在修剪草坪、采摘菊花而已，根本没有深入挖掘。”

马丁望着他们。“但是，胡说，威克特，一个人不可能无所不知啊。我是细菌学家，又不是物理学家。我觉得，一个人应该运用他的洞察力去做出发现，而不只是依靠他的一箱子工具。一个好水手，即使没有仪器，在海上也能辨别航向。再说了，像‘路西塔尼亚号’[1]那样的一整船废物也不可能把一个笨蛋变成一个好水手嘛。一个人还是应该开发他的大脑，而不是依赖那些工具。”

“是的，但如果有现成的航海图和象限仪，一个水手却不带着它们出发，那他也是个笨蛋啊！”

在完美无瑕的戈特利布和冷酷无情的威克特面前，马丁为自己辩

---

① 路西塔尼亚号：英国客船，一战期间载着一船平民乘客，在由纽约开往利物浦的途中，被德国潜艇用鱼雷击沉，造成一千多名人员死亡。

解了半个小时，而且说话不是很有礼貌。一直以来，他都很清楚自己无知透顶。

他们对他的辩解不再感兴趣。戈特利布在看自己的笔记本，威克特则拖着笨重的脚步走开了。马丁瞪眼望着戈特利布。这个人说话这样认真，真恨不得像对利奥拉或对自己一样，对他大发雷霆。

“你认为我什么都不懂，这让我很难过。”他情绪激动地说，说完猛一转身便扬长而去。他怒气冲冲地冲进自己的实验室，砰的一声关上门，感觉如释重负，紧接着又觉得很痛苦。他像个醉汉一样，不由自主地冲进威克特的房间，极不乐意地说：“我想，你说得对。我的物理化学不行，我的数学也很烂。我该怎么办？——我该怎么办？”

这个粗野的人感到很尴尬，嘟囔着说：“唔，看在彼得[①]的分上，瘦猴子，不要担心。我和老头子刚才只是对你用了激将法而已。事实上，他看到你刚开始做事的认真劲儿，都要高兴死了。至于数学——也许你目前比‘圣鹪鹩’和塔布斯还要强些哩。你只是把以前学到的数学知识忘了，而他们从来就没学过。哎呀，这些沽名钓誉的人哟！科学本来的意思就是知识——这个词来源于希腊语，是善良嗜酒的古希腊人使用的一种非常优美的语言——大多数科学工作者都不愿意停止撰写他们的宝贝论文，或者付出一些茶点和汗水换取一点知识，这种情况当然会让我为了人类大声疾呼嘛。我自己的数学也不太好。不过，瘦猴子，如果你想让我晚上过去给你辅导的话——我的意思是，免费！”

---

① 彼得：耶稣十二门徒之一。

马丁和特里·威克特之间的友谊就这样开始了。马丁的生活也因此发生了变化。他每天晚上牺牲三四个小时有益于健康的睡眠时间，去钻研一些大家自以为都懂而其实几乎都不懂的问题。

他拿起代数，发现差不多都忘光了。他对那个不知疲倦的A和那个懒洋洋的B由Y点到Z点的竞走问题[①]破口大骂。他还聘请了一位哥伦比亚大学的助教。他甚至有一阵子突然对二次方程很感兴趣，只用了六个星期就把这门课程学完了……而利奥拉就在一旁听着，看着，等着，给他们做三明治，经常被这位助教的笑话逗得哈哈大笑。

到马丁在麦格克工作第九个月月尾的时候，他已经复习完了三角函数和解析几何，觉得微积分很神奇。不过，他犯了个错误，对特里·威克特说自己收获很大。

特里用沙哑的声音说："兔崽子，别太迷信数学。"接着就提到了质量作用定律的热力学来源，还提到了氧化还原电势，把马丁弄得一头雾水。马丁再次陷入了极度的自卑，再次意识到自己只不过是个冒牌货，是个小瘪三。

他看了很多物理科学方面的经典著作：有哥白尼、伽利略、拉瓦锡、牛顿、拉普拉斯、笛卡尔、法拉第等。他对牛顿的"流数术"完全不懂。他和塔布斯谈论牛顿，发现这位赫赫有名的所长竟然对牛顿一无所知。他兴高采烈地把这件事情告诉了特里，却被特里大骂一通，说他自负狂妄，是个"有文化的暴发户"，是个"典型的狂热型皈依宗教的家伙"，这让他很震惊。于是，他又开始做那些结果令人

---

① 指的是希腊勇士阿奇里斯（即A）与龟（即B）竞走的著名数学奇异问题。

满意的工作，因为那些工作从来就没有结果。

他的生活似乎既不能给人以启迪，又不能给人以任何欢乐。每次塔布斯偷偷地往他的实验室里张望，他都能看见一个毫无幽默感的年轻人正在试验溶血毒素，而且明显没有在科学上干出一番大事的资质，即没有合作精神和工作效率。塔布斯试图直截了当地对他说："你确信自己在工作中遵循一条固定而又明确的路线吗？"以便让他改变工作方法。

倒是利奥拉在承受着真正单调乏味的生活。

马丁学习那些枯燥无味、通篇都是数字的书籍，一学就学到深夜一两点钟。每当这种时候，她就静静地坐在一边（宛若一个瘦弱的、只有别人肩膀那么高的小孩，几乎和九年前结婚时一样年轻）。或者在他们租住的公寓里那个长长的起居室内不声不响地打瞌睡，然后又轻手轻脚地醒来，向他撒娇，却惹得马丁不无焦虑地说："可是，你瞧，我还得继续搞我的研究呢。天哪，累死我了！"

三月里，她拉着他去科德角玩，也没有请假，一玩就是五天。马丁坐在查塔姆的双灯塔之间，怒气冲冲地说："我打算回去，告诉特里和戈特利布，他们可以带着他们那套不切实际的物理化学去见鬼了。我学的已经够用了，而且我现在已经把数学学完了。"利奥拉附和说："是的，我肯定也会——话说回来，戈特利布似乎总是对的，这岂不是很奇怪吗？"

他完全沉浸在葡萄球菌溶血素和微积分之中，竟然没有意识到这个世界上的民主亟待保卫。美国参战之初，他不是很能理解。

六

塔布斯博士急忙赶到华盛顿，主动提出研究所愿意为陆军部效劳。

除了戈特利布和其他两位谢绝这种荣誉的人之外，研究所的全体成员都被任命为了军官，并奉命赶紧去购买漂亮的军服。

塔布斯当了上校，里普顿·霍拉伯德当了少校，马丁、威克特和比利·史密斯都当了上尉。不过，那些勤务员却没有任何军衔，也没有任何军事任务，除了擦擦这几位勇士心血来潮时才穿一下的棕色的马靴和皮绑腿。在这些人当中，最好战的是珀尔·罗宾斯小姐。她在吃茶点的时候神气活现地说，不但要屠杀德国的男人，而且要杀光他们的女人和狼崽子。不过，这个恶人却没有被授予任何军衔，只好给自己做了一套军服。

在他们当中，唯一一个离前线比离自由大街近的人，就是特里·威克特。他突然请了假，调到了炮兵部队，然后乘船去了法国。

他向马丁抱歉地说："就这样丢弃我的工作，我感到非常惭愧。我绝不是想去屠杀德国人——正如我根本就不想去屠杀大多数人一样——但是，一遇到这样的大事我就忍不住要参加。哎呀，瘦猴子，帮忙照看一下戈特利布老爹，行吗？这对他的打击太大了。他有好几个侄子之类的亲戚都在德国军队里呢。而且，像大脚珀尔这样的爱国主义者肯定会迫害他以表忠心。再见了，瘦猴子，自己多保重啊。"

马丁曾经隐隐约约地表示反对强制大家参军。对于他来说，这场战争多半会再次打断他的工作，就像当年在皮克博手下工作时一样，或者说像在惠西法尼亚谋生时一样。不过，他穿上军装高视阔步的时候，又觉得非常过瘾，在接下来的几个星期，他俨然就是一位标准的爱国者。他从来没有像穿着卡其布军服时这样潇洒，这样整洁，这样挺拔。士兵们向他敬礼的时候，他心里感到美滋滋的；他以庄重威严、屈尊俯就、“万众同心”的神态回礼时，心里也是美滋滋的。其他医生、教授、律师、经纪人、作家，以及那些先前是社会主义知识分子而现在却是他的战友的人，也和马丁的心情一样。

不过，一个月之后，这种假装英雄的乐趣就变得没有什么意思了。马丁特别渴望能穿上柔软的衬衫、轻便的鞋子，以及有合适口袋的衣服。戴着皮绑腿本身就很讨厌，打皮绑腿就更遭罪了。他的衣领既勒脖子，又戳下巴。更何况，他经常熬夜到凌晨三点，严格执行学习微积分这项危险军务，而且每一次行礼都要迅速利索。

在上校所长、A. 德威特·塔布斯博士这个严峻的军纪官的监视下，他在研究所里只能穿着军装，至少要穿着那些能认得出来的部分。但一到晚上，他就又像往常一样，偷偷摸摸地换上了便服。他和利奥拉一起去看电影的时候，心里就会有一种擅离职守的快感，就会有一种在每一个街角都有可能被宪兵抓住并在黎明时分被处决的冒险的感觉。

遗憾的是，并没有宪兵看他一眼。不过，有一天晚上，他正在查看一具被另一个枪手枪杀的枪手的尸体，突然发现里普顿·霍拉伯德少校就站在他旁边，瞪眼望着他。少校第一次令人很不愉快，他说：

“上尉，你好像觉得穿便服是件相当光明正大的事情嘛？遗憾的是，我们都是搞科学工作的，没有权利加入那些真枪实干的军人，可是我们奉命要像在前线的战壕里一样啊——我们当中有人还很想再上前线哩！上尉，我相信我再也不会看到你违反穿军装的命令了，否则的话——嗯——”

后来，马丁突然对利奥拉说：

“我一听到他受伤的事就觉得恶心。我看没有什么事情能阻止他重返前线。他的伤现在都好了。我也想爱国，但我的爱国是要追击抗毒素，做好我的工作，而不是穿上某种特殊式样的裤子，或者对德国人抱有某种特别的看法。说真的，我当然是反对德国人的——我认为，他们也许和我们一样坏。哎哟，咱们还是回去多学点微积分吧……亲爱的，我熬夜学习没惹你心烦吧，对吧？”

利奥拉很机灵。在她不能满腔热情的时候，她便会不动声色地保持沉默。

在研究所里，马丁注意到，在这场抢当英雄的争夺中，自己并不是唯一一个感觉别扭的祖国保卫者。在工作人员当中，最郁闷的是生物研究室主任尼古拉斯·耶欧博士，也就是那位蓄着沙黄色小胡子的北方佬。

耶欧身上穿着少校服，但总是感觉很别扭。（他知道自己是个少校，因为上校塔布斯博士跟他说过；而且，他也知道自己的军装是少校服，因为服装店的营业员是这样对他说的。）他闷闷不乐地走出麦格克大楼，一副不以为然的样子，一只马裤腿鼓鼓囊囊地吊在长筒靴上面；而且，不管他多么小心翼翼，他总是不记得把套在绣有紫罗兰花的衬衫外面的军服上装扣上。他常常在私下里说，这种花衬衫你在第八大道买可能非常便宜。

不过，少校耶欧博士有过一次军事上的胜利。他和马丁一起向那个已经完全军事化的餐厅走去，用沙哑的声音向马丁解释说：

“哎呀，阿罗史密斯，这样敬来敬去的是不是把你弄得稀里糊涂的呀？该死的，我真搞不清楚这些标志是什么意思。有一次，我把一个救世军的中尉当成了基督教青年会的将军，也许他是个葡萄牙人吧。不过，我现在有办法了！”耶欧把一根手指放在他的大鼻子旁边，讲起了他的门道：“只要我看到穿军装的那个人显得比我大，我就向他敬礼——我的侄子特德对我进行过训练，所以我现在敬礼可是一流的呢——如果他不回礼，唔，天哪，我就思考我的工作喽，不会大惊小怪的。如果你从科学的角度来看待的话，这种军事生活毕竟也不是那么糟糕嘛。”

七

麦克斯·戈特利布早在巴黎和波恩时，就一直把美国看作这样一个国家，它在摆脱保皇主义的传统桎梏中，在其与玉米地、暴风雪和城镇会议的现实接触中，已经坚决反对过幼稚的战争荣耀感。现在，他认为自己已经不是德国人了，而是变成了林肯的同胞。

除了从温尼麦克医学院解除职务以外，欧洲大战可以说是件大事，打破了他那种愤世嫉俗的平静生活。在这场战争中，他既没有看到壮丽的场面，也没有看到任何希望，只看到令人毛骨悚然的悲剧。他非常珍惜在法国、英国以及意大利工作和相谈甚欢的日子；他喜欢他的法国朋友、英国朋友和意大利朋友，正如他喜欢自己以前那些大学生联谊会的会友一样。诚然，他说话喜欢讽刺挖苦，但是他的确非常喜欢那些曾经和他同甘共苦的德国人。

他姐姐的几个儿子都曾于 1914 年随德国皇帝的军队出征国外。无论是在这些孩子的婴儿时期，还是在他们的少年时期，或者是在他们年轻气盛的青年时期，他都在回国探亲度假的时候见到过。而现在，他们当中的一个已经成为上校，风光无限；另一个则苟且活着，微不足道；还有一个已经死了，不到十天尸体就臭了。他痛苦地经受了这一切。后来，他又痛苦地经受了他的儿子罗伯特作为一名美国陆军中尉到国外和他的表兄弟作战。对于这个把抽象概念和科学规律看得比亲骨肉还重的人来说，真正给他致命打击的还是互相仇恨的狂热。当初，他为了反抗德国贵族地主移居美国；如今，这股狂热却在非军国主义的美国猖獗起来。

他注意到，那些妇女坚决认为所有的德国佬都是婴儿杀手，大学里禁止引用海涅的诗句，管弦乐队宣布贝多芬的音乐为禁曲，那些穿着军装的教授则对着职员大吼大叫，而职员却没有任何反抗，真是不可思议。

究竟是他对美国的感情受到了伤害，还是他的自尊心受到了伤害，尚不得而知，他没想到自己竟然会有这样荒诞的想法。令人奇怪的是，在这个国家不顾一切地转向古老的、机械式的、徒劳无益的战争的时候，他这个曾经强烈谴责美国机械式教育的人，还是感到很惊讶。

当研究所把战争奉若神明的时候，他发现，在大家的眼中，他不是一个伟大客观的免疫学家，而是一个可疑的德国犹太佬。

诚然，参加炮兵部队的特里对他并不算太过冷峻。不过，他和里普顿·霍拉伯德少校在走廊里擦肩而过时，霍拉伯德就会故意在他面前昂首挺胸。午餐时，戈特利布坚持对塔布斯说："我愿意承认法国人的一切美德——我非常喜欢那个具有个性的民族——不过，根据概率论，我认为，在六千万德国人当中，肯定会有一些好人。"紧接着，上校塔布斯博士命令似的说："戈特利布博士，在我看来，在这个世界性悲剧的时刻，企图表现自己能说会道确实不太合适！"

在商店里，在高架列车上，那些面红耳赤、满脸汗水的小青年一听到他的口音，就齐刷刷地瞪大眼睛望着他，然后愤愤不平地互相抱怨说："该死的，那儿有个心肠歹毒的野蛮德国佬！"不管他有多瞧不起他们，也不管他如何努力无视自己的自尊心，他们那些找碴的话还是把他从一个傲慢的科学家变成了一个毫无安全感、神经紧张、畏畏缩缩的老头子。

曾经，有一个房东太太一直以认识他为荣。这个房东婚前名叫斯特拉福纳布尔，后来嫁到了罗斯蒙特市一个很有名望的英国圣公会世家。有一次，戈特利布命令她说："再见[①]。"她对着他大声嚷叫说："戈特利布博士，非常抱歉，在这栋房子里禁止使用这种令人恶心的语言！"

前段时间，他好不容易才摆脱了自己在温尼麦克和亨齐克时的焦虑情绪，心胸开始开阔起来，并且开始招待客人——科学家、音乐家和空谈家。现在，他又回到了以前的状态。特里走了以后，他只信任米丽娅姆、马丁和罗斯·麦格克。他双眼深陷，眼睑全是皱纹，总是

① 再见：原文为德语 Auf Wiedersehen。

流露着忧伤的神色。

不过，他说话依旧尖酸刻薄。他建议说，凯皮托拉应该在她房子的窗口挂一面军旗，研究所有多少穿军服的人，军旗上就镶嵌多少颗星星。

她非常认真地接受了这个建议，并且真的这样做了。

八

麦格克工作人员的军事任务不完全只是穿上军服，接受军礼，以及午餐时听听上校塔布斯博士关于“美国在重建民主欧洲中必不可少的作用”的演说。

他们配制血清；生物物理研究室的助理员正在研制带电的铁丝网；比利·史密斯博士六个月前还在卢州餐馆高唱德国的大学生歌曲，现在却在研制毒气对付这些歌曲的演唱者；而马丁则被分配去制造脂制菌苗，这是一种在油中含有磨得很细的伤寒微生物和副伤寒微生物的悬浮液。这件工作油性很大，也很无趣。马丁对这件工作非常尽职，几乎每天上午都泡在上面。不过，他比往常更爱骂人了，而且很不喜欢那些认为脂制菌苗比普通盐溶液低级的科学论文。

他知道戈特利布很忧伤，总是想方设法去安慰他。

马丁最可悲的过错是，他对那些害羞的人、孤独的人和反应迟钝的老年人都不太友善。他对他们并不是残酷无情，他只是不太关注他们，或者对他们做事笨手笨脚的样子很不耐烦，因而对他们采取了回避态度。每次利奥拉因为这事责备他的时候，他都嘟囔着说：

“唔，可是——我一心只想着工作，只想着把资料弄清楚，哪有时间浪费在那些笨蛋身上啊。不过，这是件好事儿。那些比猪聪明一点的人大都把时间花在了各种各样模棱两可的善行上，什么事情也没做成——而且，你们那些该死的害羞的人大都是些精神贫困的家伙。哎哟，与做一个脚踏实地前进、专心致力于自己的工作、致力于有所建树的工作的人相比，做一个性情温厚、心情愉快、沾沾自喜、笨手笨脚的人可就容易多了。很少有人有勇气做到体面的自私自利——不给朋友回信——而只要求有干工作的权利。如果这些感情用事的人能够按照自己的想法做事的话，他们当中早就出了一个牛顿了——嗯，也许还能出一个基督呢！——放弃他们对这个世界所做的一切，到各种集会上去发表演说，或者去倾听那些性情古怪的老处女的烦恼。坚持不懈并保持头脑清醒比任何事情都更加需要勇气。”

不过，他自己也没有这种勇气。

每次利奥拉数落他之后，在接下来的一两天以内，他都会对那些惊恐的流浪汉好一些，然后又不知不觉地继续做他的工作了。只有两个人的愁苦始终让他痛心：利奥拉和戈特利布。

马丁知道自己比任何人都忙，上午研制脂制菌苗，晚上研读物理化学，而在这些紧张的时间之余，他则继续研究他的葡萄球菌溶血素。只要一有时间，他就会去找戈特利布，恭恭敬敬地听他讲话，以此慰藉自己的虚荣。

然后，他的研究工作又使他把其他一切置之度外，使他忘记了戈特利布和利奥拉，使他忘记了学习的各种快乐，使他把为战争服务的工作推给了别人。他意识到自己身上具有某种不亚于戈特利布的东西，具有某种神秘的生命之源的东西，于是用一种近乎疯狂的激情拼命工作，把自己搞得日夜不分，神魂颠倒。

第二十八章

一

麦格克研究中心的马丁·阿罗史密斯上尉回到家里，回到他忠实的妻子利奥拉的身边，哀号着说："我都累得不行了，觉得有点儿泄气了。这一整年，我在麦格克一事无成，毫无结果，毫无价值。我今天晚上要是再学微积分的话，我就不得好死！咱们去看场电影吧。不用换上平常穿的衣服了，太累了。"

"好吧，亲爱的，"利奥拉说，"不过，咱们还是在家先吃饭吧。我今天下午买了一条挺好的老鱼。"

马丁一边看电影，一边进行评论。作为上尉和医生，他认为一个母亲似乎不可能认不出离别十年的女儿。他心绪不宁，但很理智，这种心情并不适合看电影。他俩借着幽暗的荧屏映照的朦胧亮光，摸黑走出了电影院，他哼着鼻子说："我想回实验室去。我给你打辆出租车吧。"

"哎哟，就不能有一个晚上不要干那档子可恶的事吗？"

"这样说不对！我都有三四个晚上没熬夜了！"

"那带我一起去吧。"

"不行。我有个预感，我可能要干一夜呢。"

他沿着自由大街快步疾走，而街道却在高楼大厦下面酣睡。麦格克规定，研究所的电梯通宵运行。的确，在这二十个研究人员当中，经常会有三四个人深夜以后使用电梯。

那天早晨，马丁从曼哈顿下城区医院一个病人身上的臀部痈中分离出一种新的葡萄球菌，那是一种正在异常迅速愈合的痈。他把一点脓液放在细菌培养液中进行细菌培养。八小时后培养出了大量的细菌。他把烧瓶放回细菌培养器，就拖着疲倦的身子回家了。

他对这件事情并不是特别感兴趣。现在，他来到了实验室，脱去他的军用上衣，俯视着深蓝色河面上的灯光，抽了几口烟，心想自己太过薄情，应该对利奥拉温柔一些。接着，他又骂起了伯特·托泽、皮克博、塔布斯，想到谁就骂谁。然后，他才摇摇晃晃地走到细菌培养器前，一副心不在焉的样子。他发现，烧瓶里本该可以观察到云雾状的细菌增殖，但却再也看不到任何细菌的踪影——葡萄球菌的踪影。

“究竟怎么回事啊！”他大叫道，“啊哟，这个细菌培养液和我放脓液进去的时候一样清澈嘛！究竟为什么呀——真倒霉，我还打算做一个新实验呢，竟然出现这种荒谬的意外！”

他急忙离开那个放在走廊外一个小房间里的细菌培养器，来到他的实验室，拿着那个烧瓶对着强光，确保自己看得一清二楚。他焦躁地取出烧瓶里的东西，配制了一块玻璃涂片，放在显微镜下仔细观察。他什么也没有发现，只看到细菌留下的一些影子：模糊的轮廓，形状还在，不过细胞质已经消失了；还有一些遗留在微型战场上的微小残骸。

他从显微镜上抬起头来，揉揉他那双疲倦的眼睛，若有所思地揉搓着他的脖子——他的军用上衣脱下了，领带丢在地板上，衬衣领口敞开着。他心想：

“事情真怪。细菌培植本来进行得很好，现在却自杀了。以前从没听说过细菌干这种事。我肯定是遇到什么怪事了！究竟是什么造成的呢？是什么化学变化吗？是什么有机物吗？”

这时，在马丁·阿罗史密斯身上，既没有可作装饰的英雄气概，也没有拈花惹草的天赋，既没有异乎寻常的智慧，也没有先天带来的不幸。他既没有表现出与众不同的优雅，也没有呈现出道德上的启示。他经常犯下急躁草率的错误，有着倔强任性的诚实性格；他这个年轻人往往很不友好，时常不讲礼貌。不过，他有一种天赋：非常好奇，觉得什么东西都不平常。如果他是一个像里普顿·霍拉伯德少校那样易受人欢迎的英雄人物，他肯定会把烧瓶里面的东西扔进洗涤槽里，非常谦虚地公开承认说：“真傻呀！我又出差错了！”然后就径自离开了。不过，马丁毕竟是马丁，他在实验室里无聊地踱来踱去，咆哮着说：“喏，这里面肯定有原因，我一定要把它找出来。”

他确实有过一个浪漫的想法：他要打个电话给利奥拉，告诉她美妙的事情即将发生，让她不要为他担心。他沿着走廊往前摸索，划了好几根火柴，试图找到电源开关。

到了夜间，所有的走廊都会闹鬼。即使是在这幢可笑的麦格克新大楼，也有一个会计在那里自杀过。马丁在黑暗中摸索，浑身颤抖，总觉得背后有啪嗒啪嗒的脚步声；总觉得有幽灵从门口斜眼望着他，接着又倏然消失；总觉得有很多没有身体的老怪物。他找到开关的时候，灯光突然为他打开了一个世界，给他带来了幸福和安全感，心里不禁一阵欢喜。

在研究所的电话总机上，他觉得哪里合适，就在哪里插上插头。有一次，他以为自己在跟利奥拉讲话，结果却听到一个令人无法忍受的中性声音，说：“请问接几号？”像利奥拉那样慵懒的人不可能有这种紧张的警惕性。还有一次，一个口齿不清的声音说：“你是莎拉吗？”接着又说：“我要接的人不是你！请挂断吧，拜托！”还有一次，一个女孩恳求说：“哎呀，比利，我真的很想过去，可是老板五点钟过来了，他说——”

至于其余的几次，都只是一种模糊不清的声音；是七百万人渴望睡眠、爱情或者金钱的声音。

他说：“哎哟，胡说！我想，莉这时候已经睡了吧。”于是他又摸索着回到实验室来。

他，一个搜寻杀害细菌凶手的侦探，仰着头站在那儿，抓挠着自己的下巴，从记忆中搜寻着微生物自杀或被杀而原因不明的类似情况。他急忙上楼，冲进图书室，查阅美国和英国的权威著作，又吃力地查阅法国和德国的权威著作，但什么也没有找到。

不知怎么的，他很担心，也许用来培植细菌培养液的脓液中并没有活葡萄球菌——根本就没有细菌可以死。他兴奋地拔腿就跑，也不停下来开灯，一到拐角就撞到了墙上，还在非常光滑的瓷砖地面上滑倒了，紧接着又从楼梯上滑下来，急速跑过走廊回到他的房间。他找到原来剩下的脓液，涂在载玻片上制成涂片，然后染上龙胆紫，紧张地挤出一滴绚丽的染料。他跳到显微镜前，弯腰挨近铜管，调好物镜的焦距，灰紫色的圆形视野里就出现了一簇簇葡萄似的葡萄球菌，在空白的平面上形成很多紫色的小圆点。

“里面有葡萄球菌，没错！”他大声喊道。

然后，他就开始为一个实验——他的第一次伟大的实验——做各方面的准备，于是就忘记了利奥拉、战争、黑夜、疲倦和成功，忘记了一切。他激动地踱来踱去，茫然不知所措。他竭力平复自己的心情，在一张桌子跟前坐了下来，身边一片烟雾缭绕。他在小纸片上记下造成细菌自杀的一切可能的原因——记下他必须解决的所有问题，以及解决这些问题应该做的各种实验。

也许是因为清洗不干净的烧瓶里含有强碱，所以培养菌消失了。也许是因为脓液中有某种抗葡萄球菌物质，也许是因为葡萄球菌自身释放出了某种东西，也许是因为这次细菌培养液里有某种奇怪的东西。

这些可能性都得逐一检验。

他把门锁砸烂，撬开了玻璃储藏室的门。他取出几个新烧瓶，把它们洗干净，然后往里面塞上棉花，最后再把它们放进干热灭菌箱里消毒。他找来了另外几批细菌培养液——其实，这是他从戈特利布放在冰箱里的非常神圣的个人专用贮备品中偷来的。他用一个消过毒的瓷过滤器把一些澄清的培养菌过滤掉，再把它倒进他那些正常的葡萄球菌菌株里去。

但也许，最重要的是，他发现他的香烟已经抽完了。

他还不相信，把每个口袋拍了个遍，转了一圈，又把每个口袋拍了一遍。他把那件扔掉的军衣上装翻了个底朝天；又怀着一线希望，也许有个抽屉里还有香烟；可是没有找到香烟；于是他厚着脸皮径直走进挂着技术员的围裙和短上衣的房间。他一个口袋接着一个口袋疯狂地翻找，终于在一个皱巴巴的、压扁的纸盒里找到了十几支漂亮的香烟。

为了检验烧瓶里细菌培养液澄清的四种可能原因，他准备了一套情况各不相同的烧瓶，在里面植入细菌，再把它们放进温度与体温相同的细菌培养器里。他的手很稳，他疲倦的面容很平静，直到把最后一个烧瓶放好。他完全消除了焦虑，排除了一切不确定性，干净利索地干完了他的事情。

这时已是六点，八月的清晨晴朗而又广阔。他停下忙碌的工作，紧张的神经也跟着松弛下来。他凭临高窗，向外眺望，这才觉察到下面的世界：阳光灿烂的屋顶，喜气洋洋的高楼，还有一艘正在往波光粼粼的河流上游行驶的高层海湾轮船。

他一副疲惫不堪的样子，就像一名刚刚结束一场激战的外科医生，又像一名身处地震现场的新闻记者，也许都有点儿精神失常了，但他一点儿都不困。他诅咒细菌繁殖太慢，因为细菌繁殖不出来，他就无法发现各种细菌培养液和菌株的作用，但他还是抑制住了自己的急躁。

他爬上窸窣作响的石板楼梯，来到屋顶这个崇高的世界。他在研究所动物饲养房的门边侧耳倾听。那些豚鼠都很警觉，正在啃咬着食物，嘴里发出的声音酷似湿布擦拭窗户玻璃时的声响。他跺了一脚，那些豚鼠突然一惊，发出一种恐惧的怪声，便四散逃去，那怪声就跟鸽子咕咕叫时发出的声音一模一样。

他激动地走来走去，高远的天空使他神清气爽，一直到平静下来才感到饥肠辘辘。他再一次开始了掠夺。他找到了一个无知的技术员的巧克力；他甚至劫掠了所长办公室，又在狄安娜女神似的珀尔·罗宾斯的写字台里翻到了茶叶和水壶（还有一支口红和一封以“我的小伊克斯”开头的情书）。他给自己泡了一杯非常难喝的茶，喝完便拖着疲惫的身躯回到了他的工作台，在一个就快用完的旧笔记本上详细地记下了实验的每一个步骤。

七点钟之后，他搞懂了电话交换台的操作方法，于是给曼哈顿下城区医院打了个电话。阿罗史密斯医生还能从同一个痈里再弄一些脓液吗？什么？已经愈合了？见鬼！再也没有那种东西了。

他很犹豫，不知道是否应该等待戈特利布的到来，把这个发现告诉他。但他已经决定，在没有确定这是否是一个偶然现象之前，自己还是要保持沉默。他的眼睛睁得很大，他太过兴奋，在地铁里根本睡不着。他奔向住宅区去告诉利奥拉。他总得告诉一个人吧！一阵阵恐惧、疑虑和确实可靠轮番向他袭来，接着又是一阵恐惧；他的耳朵嗡嗡作响，双手抖个不停。

他急忙飞奔到公寓住处，还没打开门锁便叫嚷起来：“莉！莉！”但是，她已经走了。

他目瞪口呆地注视着。公寓里空荡荡的。他又在里面找了一遍。她曾在这儿睡过，喝过一杯咖啡，可现在却突然不见了。

他马上不安起来，生怕发生什么意外。他很恼火，在这个伟大的时刻她竟然不在这里。他闷闷不乐地给自己做了早餐……奇怪的是，那些高明的细菌学家和化学家竟然把鸡蛋炒得那么松软，竟然煮出那么苦的咖啡，对脏勺子竟然那么漫不经心……等他吃完这顿乱七八糟的早餐的时候，他差不多开始相信利奥拉已经永远离开他了。他颤抖着声音说：“我对她太不关心了。”现在，他就像一个老人，慢吞吞地往研究所走去，却在地铁入口处遇到了她。

她哀号着说：“我担心得不行！我给你打电话没打通，就一路走到研究所，想去看看你出了什么事情。”

他疯狂地亲了她一口，语无伦次地说：“天啊，老婆，我已经找到那个东西了！那个真正了不起的东西！我发现了一种东西，我说的不是人放进去的一种化学药品，而是一种吞食病菌——溶解病菌——杀死病菌的东西。这或许是治疗学上的一大进步哩。哎哟，不，胡说八道，我并没有认为真的会是这样。可能我又吹牛了吧。”

她试图打消他的疑虑，但他没有等她开口。他朝地铁飞奔而去，答应打电话给她。到了十点钟，他还在窥视他的细菌培养器。

除了有些烧瓶以外，所有的烧瓶里都有一种云雾状的细菌出现，而在他原先用来放置细菌培养液的那支吓人的烧瓶里，却没有这种现象。在这些有云雾状细菌出现的烧瓶里，那种杀害细菌的神秘东西阻止了他移植进去的新细菌的繁殖。

“真是好东西。”他说。

他把那些烧瓶重新放回细菌培养器，把他观察到的现象记录了下来，又返身跑回图书室，查找了很多资料手册、装订成册的学会记录汇编，以及用三种语言刊印的期刊。他已经掌握了一定的科技法语和德语。虽然他能否运用这两种语言来买酒喝或者询问去库尔萨尔的路还很难说，但是他能弄懂一般的希腊科学术语，而且揉揉他那双火辣辣发涩的眼睛，也能笨拙地翻弄那些沉重的书籍。

他记起自己是个陆军军官，今天早晨还有脂制菌苗要培植。他去上班了，可是他太紧张，结果把那批疫苗给毁了，他骂他那个不急不躁的勤务员是个傻瓜，在冤枉过他之后又使唤他出去买一品脱威士忌。

他必须得有个知己。他打电话给利奥拉，同她一起吃了一顿昂贵的午餐，斩钉截铁地说："看样子那里头好像还有什么名堂。"那天下午，他每隔一个小时就回到研究所，看一眼他的那些烧瓶，而在间歇的时间里，他则拖着沉重的步伐在大街上溜达，疲劳的脚步发出嘎吱嘎吱的声响，喝了太多的咖啡。

每隔五分钟，他的脑海中就会浮现出一种令人心醉神迷的想法："我为啥不去睡觉呢？"接着他又想起了一件事，哼着说："不行，我得接着做，还要观察每一个步骤呢。不能丢下它不管，否则我就得一切重新开始。可是，我实在太困了啊！我为啥不去睡觉呢？"

六点钟之前，他一直在挖掘新的力量层；到了六点钟，他的检查表明：那些装着原始细菌培养液的烧瓶仍然没有细菌繁殖出来，而那些用原始的脓液进行过移植的烧瓶，则像第一个古怪的烧瓶一样，在开始呈现出良好的细菌繁殖之后，又在不明身份的刺客慢慢加强的攻势下变澄清了。

他坐了下来，宽慰得瘫软下来。他找到了原因！他在初次观察笔记的结论中写道：

"我已经观察到了一种要素，暂时就叫它 X 素吧，它来自葡萄球菌感染的脓液，它能抑制好几种葡萄球菌的繁殖，溶解该脓液里的葡萄球菌。"

他写完的时候已经七点了，他把头放在笔记本上，便酣然入睡了。

他十点才醒，回到家里，像个野人一样狂吃一通，就又接着睡了，天还没亮就回到了实验室。那天下午，他伸开四肢在工作台上躺了一个小时，算是第二次休息，由他的勤务员替他值班；接下来，他又连续工作了一天半，才在床上睡了八个小时，从黎明一直睡到正午。

可是，他做了很多梦，梦中总是把一个试管架打翻，或者把一个烧瓶打破。他发现一种可以溶解椅子、桌子和人类的X素。他把这个东西涂在伯特·托泽夫妇和毕塞克斯博士夫妇的身上，像恶魔似的看着他们消失，但他一不小心又把那个东西滴到了利奥拉的身上，接着就看见她慢慢消失，然后他惊叫一声便醒了过来，发现真正的利奥拉双臂正搂着他，于是他呜咽着说："哎哟，如果没有你，我什么事也做不成！任何时候都不要离开我！即使这个讨厌的工作确实缠得我无法分身，我依然深深地爱着你。不要离开我啊！"

利奥拉穿着她那件鲜艳的方格花布睡衣，坐在脏兮兮的床边陪着他，他这才放心地睡去，三个小时以后才醒，接着又准备动身前往研究所，两只眼睛里面布满了血丝，呆滞无神。利奥拉已经为他煮好了一杯浓浓的咖啡，一边默默地伺候着他，一边自豪地望着他，这时他却挥舞着手臂，唠唠叨叨地说：

"戈特利布最好不要再谈什么新观察的重要性！这个X素可能不仅仅适用于葡萄球菌。也许你可以让它攻击任何细菌——用它来治疗任何由细菌引起的疾病。一种依靠蚕食细菌而生存的细菌！或者，它也许只是一种化学素，一种酶！哎呀，我不知道。不过，我一定会知道的！"

他急急忙忙跑到研究所，斩钉截铁地说，经过这么多年的摸索，终于成功了。他幻想着自己的名字出现在杂志和教科书上，幻想着在大大小小的科学会议上人们向他欢呼。他本来是研究所那些专家当中的一个无名小卒，现在却同情起他们来了。不过，他一回到自己的工作台前，那些宏伟的愿望就逐渐消失了，他依旧是那个东嗅嗅西闻闻的小猎犬，依旧是那个冷漠无情的劳动者。在他的面前，有研究人员那种至高无上的欢乐，也有工作上新打开的一个个关口。而且，在他的身上，也有了一种新的力量。

二

整整一个星期，马丁的生活都很有规律，就像一个在敌国的领土上在逃的士兵一样，怀有同样的焦虑心情和在夜间潜行的急切愿望。他不停地给那些烧瓶消毒，配制各种氢离子浓度的培养基，把他的旧笔记抄到了一本取了个可爱的名字的新书《葡萄球菌 X 素》上，又把另外一些观察资料补充进去。他用许多烧瓶和重新移植的细菌精心地进行实验，以断定 X 素是否可以无限期地永久存在；断定在把它从一个细菌试管传播到另一个新的细菌试管时，它是否会重新出现；断定这种由细胞的自动分裂而生长出来的东西是否真的是一种细菌，一种能侵染病菌的亚菌。

在这个星期的时间里，戈特利布偶尔会掠过他的肩膀往下窥视，但是马丁并没有汇报的任何意愿，除非他有了确实的证据，睡了一夜的好觉，抑或把脸刮得干干净净。

当他确信 X 素自身确实能够无限再生繁殖，因而在第十个试管里产生了与在第一个试管里完全同样的效果时，他才郑重其事地拜访了戈特利布，并把自己的结论连同进一步的研究计划放在他的面前。

这位老人用他细长的手指轻轻地敲了敲这份报告，聚精会神地读了起来，然后抬头看看，没有浪费时间去表示祝贺，而是一口气问了许多问题：

你已经把这个做完了吗？你为什么还没有把那个做完呢？这个素的活性在什么样的温度下达到它的顶点呢？它的活性在琼脂固体培养基上也能表现出来吗？

“这是我的新工作计划。我想，您会发现它包括了您的大部分建议。”

“嗯！”戈特利布匆匆看了一眼，哼了一下鼻子说，“你为什么没有计划在死葡萄球菌上面繁殖它呢？那才是最重要的。”

“为什么？”

戈特利布的心立刻飞到了马丁苦战多日的丛林深处：“因为那将证明你是否在同一种活病毒打交道。”

马丁的锐气挫了下来，戈特利布却满脸堆笑地说：

“你有了一个大发现。现在，不要让所长知道这个情况，以免过早热情起来。马丁，我很高兴！”

他的声音里有一种力量，让马丁沿着走廊昂首挺胸地走了回去，重新开始工作——废寝忘食地工作起来。

究竟这个 X 素是——化学物质，还是细菌——他还不能确定，但原来的素肯定繁殖得很兴旺。它可以无限地传播；他测定了对它最适宜的温度，并且发现它在死葡萄球菌上是不繁殖的。当他把含有那种素的东西滴了一滴到葡萄球菌生长物上，即琼脂培养基固体表面那层灰色薄膜上时，由于敌军发起了进攻，这一滴覆盖的地方就被许多秃露的斑点勾画出一个漂亮的轮廓，于是这个琼脂培养基的斜面看起来就很像虫蛀的蜂蜡。不过，还不到两个星期，戈特利布提醒过他的一件事就出现了。

他唯恐论文一旦发表出来，会有数以百计的细菌学家想要杀害他，所以力图确保自己的实验结果能够得到进一步证实。他从医院里弄到了许多胳膊上、腿上以及背上的疖子的脓液；他试图重复他的结果——可惜失败了，完全失败了。在这些新的疖子里，没有一个出现过 X 素，于是他伤心地去找戈特利布。

这位老人沉思了一会儿，问了一两个问题，弓着背坐到垫有椅垫的椅子上，询问道：

“原来的那个痈是一种什么痈？”

“臀痈。”

“啊，那么这种 X 素也许存在于肠内容物里面。分别在有疖子和没有疖子的人身上找找。”

马丁急匆匆地走了。一个星期以后，他从肠内容物和其他臀部疖子上弄到了那种素，发现该素在“自动痊愈”的疖子中的量特别大；他非常成功地移植了新的素，对戈特利布佩服得五体投地。他继续对肠内的有机体群做进一步的调查研究，发现了一种抗大肠杆菌的 X 素。同时，他把一些原来的素给了曼哈顿下城区医院的一个医生用于治疗疖子，并从他那里得到了很多令人兴奋的治愈报告，还得到了关于这种神秘物可能是什么东西的更加令人兴奋的询问。

他带着这些新的胜利昂首挺胸地去见戈特利布，突然又遭到了戈特利布严厉的呵斥：

“嗬！果真如此！干得漂亮！你还没有完成研究就让一个医生试用了啊？你想让虚假的治愈报告登上报纸，让电文到处散播，让全世界患有脓包的人挤破门槛来求治，从而让你永远不能工作吗？你想做一个神奇的人吗？你不想做一个科学家了啊？你不想把事情做完了啊？在你未完成对葡萄球菌的研究之前——在你还没有真正开始你的工作之前——在你还没有发现这个 X 素的性质是什么之前，你就拿着大肠杆菌到处游荡，耍猴戏，吹大牛吗？滚出我的办公室！你成了一个——一个——一个大学校长了！接下来，我知道，你就该跟塔布斯一起进餐了，再把你的照片登在报上，当一个精明的药贩子！”

马丁蹑手蹑脚地走了出去。他在走廊里遇到了比利·史密斯，那个小化学家喊喊喳喳地说：“忙什么大事哪？最近一直没有看见你。”马丁用他在埃尔克米尔斯村当维克森医生的助手时的腔调回答说：

“哎哟——不——哎呀——我想，我只是在做苦工吧。”

三

马丁在疯狂的过度劳累中，不知不觉地患上了神经衰弱症。正如他观察一只受了感染的豚鼠的慢性病那样，他也敏锐而又相当客观地观察着自己。他以相当浓厚的兴趣查找了神经衰弱症的症状，仿佛看到这些症状在一个接一个地拉扯他，而他则在漫不经心地冒着这种风险。

他一开始情绪非常烦躁，这使他变成了一个完全不能相处的人；接着他又进入了一种生病的紧张状态，够不着自己伸手去拿的东西，摔碎了很多试管，听到背后突然响起的脚步声吓得倒抽一口气。在他看来，耶欧博士嘶哑的声音简直就是一种热病，是一种侮辱。耶欧在他的门外停了下来，和一个人讲起了话，他在里面等着，全身都缩成了一团，小声咕哝着说："住口——住口——哎哟，住口！"

然后，他就像着了迷一样，一看见指示牌上那些醒目的字，就想把它们倒拼出来。

他伸出一只胳臂，拽着地铁里的拉手吊环，注视着那些海报，寻找着能够倒拼出来的新字。有些词倒拼出来非常惬意："No Smoking"变成了一个轻松愉快的词"gnikoms on"，而"Broadway"则变成了一个差强人意的词"yawdaorb"。不过，当他试图倒拼"Punch""Health"和"Rough"这些单词的时候，他就不高兴了；而"Strength"变成"htgnerts"的时候，可就令人作呕了。

他得返回实验室三次才能确信自己已经把窗户关上了。他坐下来，冷静地告诉自己现在很悬，并开始思考自己是否有勇气走下去。考虑的结果很不好：他展开的工作让他如此光荣，他不能太拿自己当回事。

终于，恐惧把他包围了。

刚开始是儿童时期对黑暗的恐惧。他睁眼躺在床上，害怕会有夜间入屋行窃的小偷；听到大厅里的脚步声，他就以为是入室行凶的杀手；听到太平梯上有刮擦的声音，他就以为是个手握自动手枪的凶手。他看得清清楚楚，不得不从床上一跃而起，胆怯地向外张望。他确实看到下面街道上有一个人静静地站在那里，吓得他直打哆嗦。

天空的每一片红光都犹如一团烈火。他即将被围困在他的床上，被浓烟呛得透不过气来，痛苦地扭动着身体死去。

他完全清楚自己的恐惧很荒谬，但这种认识根本就没有让他摆脱恐惧对他的控制。

起初，他还不好意思向利奥拉承认自己貌似胆小。难道要承认自己像个孩子一样蜷缩成一团吗？可是，他总觉得有个刺客在用绳索勒他的喉咙，他几乎要尖声喊叫起来，他只好直挺挺地躺着，一直躺到安全的黎明带回一个可靠的世界。他对"失眠症"抱怨不迭。从此以后，一夜又一夜，他都悄悄地钻进利奥拉的怀抱里，她也护着他免受恐惧的侵扰，保护他远离那些勒杀抢劫的强盗，远离烈火。

他列了一张自己最喜欢的神经衰弱恐惧症的核对表：广场恐惧症，幽闭恐惧症，火焰恐惧症，社交恐惧症，等等。还有一种他坚称是"所有这类名称中最愚蠢、最自命不凡的巫医术语"，亦即火车恐惧症，也就是害怕铁路旅行。第一天晚上，他就有机会检验火焰恐惧症，因为在和利奥拉观看歌舞杂耍表演时，一个舞蹈演员在舞台上点燃了一个火盆，然后便坐在那里等着剧院着火。他小心翼翼地沿着一排座位望过去（同时又为这样做而懊恼），估算着自己到达安全出口的时机，直到逃到大街上才安下心来。

当他的社交恐惧症发作时，当他因为人们靠他太近而心神不安时，他就会一本正经地查看他的核对表，看看有多少种恐惧症得到了验证，然后才能让自己安下心来。

他逃到了佛蒙特州的山里，进行了一场为期四天的徒步旅行——独自一人，这样他就可以走得更快一些。他是晚上走的，乘的是卧铺，因而能够对火车恐惧症做出最有趣的观察。

他躺在下铺的床上，小小的枕头卷成了一团。他的衣服就挂在身边的挂钩上，在绿色窗帘的开口处晃来晃去，让他非常恼火。遮光窗帘挂在他上方六英寸高的地方，透进一片模糊不清的乳白色，在黄色的灯光闪过之际，在他这个吵闹而又黑暗的小隔间里，这片乳白色非常显眼。他焦虑得发抖。他每次刚想放松一下紧张的神经，就又被恐惧包围起来。火车中途靠站停车时，火车头会发出一种令人怀疑、令人烦躁的汽笛声，他就惊呆了，以为准是出了什么岔子——也许是桥梁断了，也许是他们前面还有一列火车；又或者是他们身后另一列火车正在驶来，时速六十英里，可能就要撞到他们了——

他想象着火车失事，感觉比实际出事还要痛苦，因为他想象的失事不是一次，而是六次，遭到各式各样的苦难……那个扁铁轮就在他的下面——毫无疑问，它不该那样轰隆轰隆地行驶——为什么在上一个大站那个手拿锤子的糊涂虫没有检查出来呢？——那个扁铁轮断裂了；车厢突然倾斜，倒了下来，车身沿地拖行……车厢撞到了地上，发出一声巨响，立刻被挤成一团，惨不忍睹。他自己则被凹陷的车厢压着，卡在了座位之间。尖叫声，垂死的呻吟声，还有慢慢蔓延开来的火焰……车厢翻了个身，扑通一声，侧身坠到了一条河里；他四周都是渗漏进来的水，他试图从窗口爬出去……他站在这节七扭八歪的车厢旁边，不知道应该离开现场去保护他那份神圣的工作，还是应该回去援救他人而牺牲自己。

这些幻象如此真实，以至于他再也不能忍受就这样躺着，在那儿坐以待毙了。他伸手去开卧铺上的电灯，但是没有摸到开关。他急忙从上衣口袋里掏出一盒火柴，擦了一根，啪地打开电灯。他仿佛看见自己裹在了床单下面，在卧铺光亮的木质顶棚的映照下，就像棺材里的一具尸体一样。他急忙爬了出来，内衣穿在了裤子和上衣的外面（不知怎么的，他就是不敢对火车充满信任，所以穿上了睡衣），光着恶心的双脚吧嗒吧嗒地跑到了吸烟室。列车员正蹲在一个小凳子上，擦拭着面前的一大堆皮鞋。

马丁对这个给他壮胆的伙伴充满了期待，便冒昧地说："今晚还挺暖和的。"

"呃——嗯。"列车员说。

马丁蜷缩在吸烟室冰凉的真皮座椅上，细细地琢磨起一只铜脸盆来。他知道，那个列车员心里不太高兴。不过，他估摸着，这个人每个星期跑三趟火车，每年至少也要跑几万英里吧，显然没有丢掉性命呀，也许他们还是有机会活到明天的吧，这样一想心里也就舒服了。

他不断地抽着烟，直到把舌头都抽麻了，直到那个列车员的平静让他心安。他对那些虚构的灾难付之一笑，然后踉踉跄跄地往他的卧铺走去，一副睡眼惺忪的样子。

不一会儿，他又紧张起来，醒着躺在床上，直到黎明。

他徒步旅行了四天，在冰冷的小溪里游泳，在大树下或草堆里睡觉，回来时（可那是在白天）已经储备了很多精力，足以支撑他把实验从势不可当的光荣转入健全而又有趣的轨道上去。

第二十九章

在X素的研究工作进行了六个星期的时候，研究所的工作人员猜想，可能要有什么结果了，于是向马丁暗示说，他需要接受他们的一些帮助才行。不过，他不想向他们求助。他不想卷入任何互相吹捧的派别里去，尽管有时候他也思念仍在法国的特里·威克特，仍然思念特里对诚实的那股粗鲁的韧劲，他有时候还是很孤单。

究竟所长最初是怎样听到马丁找到金子的，人们不得而知。

塔布斯博士已经厌倦了上校的身份——因为将军在纽约比比皆是——而且，两个星期以来，他都没有找到哪怕能让这个世界一小部分发生革命性变化的主意。一天早晨，他闯进门来，胡须直竖，责备马丁说：

“阿罗史密斯，你究竟在搞什么神秘莫测的发现啊？我问过戈特利布博士，但他没有回答我。他说，你想先把情况搞确实了。我必须得弄清楚，这不仅是因为我对你很友好，对你的工作很感兴趣，而且还因为我毕竟是你的所长！”

马丁觉得，他最珍爱的东西眼看就要被抢走了，但又想不出办法来拒绝。他掏出自己的笔记本和那些带有被溶解了的杆菌斑点的琼脂斜面。塔布斯喘着粗气，捋着他的络腮胡子，认真思考了一会儿，大声叫嚷说：

“你的意思是不是说，你认为你已经发现了一种细菌传染病，只是你还没有告诉我呢？我的亲爱的兄弟，我相信，你还没有完全认识到，你或许已经发现了杀死病原菌的最好方法……可是，你竟然不告诉我！”

“唔，先生，我想弄清楚——”

“我钦佩你的谨慎态度，但是，马丁，你得明白，这个研究所的基本目的是要征服疾病，而不是做些漂亮的科学笔记！你或许已经取得了一个划时代的发现；这种东西正是我和麦格克先生正在寻找的……如果你的研究结果得到证实……我就去征求戈特利布博士的意见。”

他和马丁握了五六次手，才匆忙离开。第二天，他把马丁叫到他的办公室，又和他握了好多次手，并对珀尔·罗宾斯说，很荣幸与他认识，然后把他领到一个山顶上，把这个世界的各个领域说给他听：

“马丁，我为你做了一些规划。你工作一直都很出色，只是对更广大的人群缺乏一个全面的观察。现在，这个研究所的组织机构更加灵活，没有固定的部门，只有几个小单位，都是由特别优秀的人组成的，比如我们的好朋友戈特利布。如果任何一个新人发现真正重大的东西，我们肯定会为他提供各种方便，决不会让他一个人埋头单干。马丁，我已经非常仔细地考虑过你的研究结果；也曾经和戈特利布博士讨论过——不过，我得说清楚，我对直接的实际研究结果很感兴趣，但他对此并不完全赞同。我已经决定向理事会提出一项计划，成立一个微生物病理研究室，让你当主任！你会有一位助手——一位真正有素养的哲学博士——还会有更大的活动空间和更多的技术人员，以后你就直接向我汇报，每天和我讨论讨论情况，不用再找戈特利布。按照我的命令，免除你的一切军事任务——不过，你仍然可以穿军服，并享有一切待遇。我想，如果麦格克先生和其他理事同意的话，你的薪金将是每年一万美元，而不是五千。

“是的，最适合你的房间可能是楼上的那个大房间，就在电梯的右边。那个房间现在空着。过道对面就是你的办公室。

“还有你需要的一切援助。啊哟，老兄，你大可不必像这样熬夜，两手忙个不停，太浪费人才了，以后只要出出主意就行了，顺便抓好那些可能的工作扩展——包括一切可能的领域。我们要把这种工作扩展到各个方面！很多医院的医生都会帮助我们，证实我们的研究结果，扩大我们的成就。……我们可能每周召开一次理事会，全体医生和助手都要参加，由你和我联合主持……如果科赫和巴斯德那些人建立了这样一种体制，他们的工作范围早就不知道扩大多少倍了！高效率的通力合作——那正是当今科学需要的——这种愚蠢的、互相猜忌的、暗中摸索的个人研究的时代已经过去了。

“老兄，我们也许已经发现了真正的东西——另一种洒尔佛散[①]！我们要共同把这个发现公布出去！我们要让全世界都来谈论这件事！啊哟，我昨天一夜没合眼，一直在思考这样一个大好时机！几个月之后，我们也许不仅可以治好葡萄球菌的传染病，而且可以治好伤寒和痢疾！马丁，作为你的同事，我从没想过要去贬低属于你的那些伟大功绩，不过我必须申明，如果你以前和我合作再密切一点的话，

① 洒尔佛散：即六〇六，是一种抗梅毒的药物。

你的研究工作也许早就拓展开了，也许早就得到实践检验和研究结果了呢。”

马丁飘飘然地回到了自己的房间，想到有一个自己的研究室，有许多助手，有一个令人振奋的世界——还有每年一万美元的薪金，不禁眼花缭乱起来。不过，他的研究工作好像已经从他的手里被夺走了，他自己也已经被夺走了；他不再是马丁，也不是戈特利布的门徒，而是一个假装正经的人——微生物病理研究室的主任，阿罗史密斯博士，以后就穿着正规的硬领衣服，到处发表演讲，再也不诅咒他人了。

各种疑惑让他没了底气。也许这种 X 素只有在试管内才能生长；也许它对人类疾病的医治没有很大的价值。他想知道——想知道。

这时，里普顿·霍拉伯德突然出现在他的面前：

“马丁，老兄，所长刚刚一直在跟我说你的发现，说他为你制定的宏伟规划。我要向你表示衷心的祝贺，并以一个研究室主任同事的身份欢迎你——你这么年轻——只有三十四岁，对吧？前途无量啊！想一想，马丁，”——霍拉伯德少校放下他的官架子，叉开双腿坐在椅子上——“想想你即将拥有的一切吧！如果这项研究工作真的成功，你以后可就有数不尽的荣誉啦，你真是个幸运儿啊！科学界的赞誉，你或许刚好想要的什么教授职位和奖金，求着向你请教的那些权贵人物，还有显赫的社会地位！

“听我说吧，老兄：也许你知道，我与塔布斯博士有多亲密，我看不出你有什么理由不同我们合作，我们三个一起管理这里的事务，按照我们自己的想法做！如此热情——如此乐于助人。现在，你算真正了解他了。我们三个人——有朝一日，我们也许有能力设立一个合作科学的上层结构，不仅能控制麦格克研究所，而且能控制全国每个研究所和每个大学的科学部门，从而开展真正有成效的科学研究工作。到了塔布斯博士退休的时候，我有——我完全有信心说这个话——我有理由认为理事会将考虑我接任他的职位。那么，老兄，如果这项工作成功的话，你我就能通力合作了！

“开诚布公地说，在我们这个世界上，很少有人（想一想可怜的老耶欧吧！）既有像样的品格，又有一流的成就。如果你能改掉你那些粗鲁无理的习惯，改掉你不屑于奉承那些高级行政官员和迷人的女人的个性（因为，感谢上帝，你花点心思的时候，衣服穿得还不错！），啊哟，你我就能成为全国科学界的大佬了！”

霍拉伯德都已经走了，马丁还没有想出回答他的话。

他觉得，像这种美其名曰成功实为卑鄙下流的事情，非常恐怖。而且，还要求他放弃安静的研究工作，让他招摇过市地去接受每一个盲目的崇拜者的顶礼膜拜，去忍受每一个盲目的敌人的污蔑和诽谤。

他逃到了戈特利布那里，就像逃到了一位明智而又慈爱的父亲那里一样，请求他帮助摆脱这种成功，远离霍拉伯德和A.德威特·塔布斯之流，远离他们那一大群专做演说的科学家、追逐学位的作家、讲经布道的演说家、受欢迎的外科医生、有人伺候的新闻记者、多愁善感的富商、学究式的政客、有头衔的运动家、政治家似的将军、被采访的参议员，以及那些喜欢说教的主教。

戈特利布焦急地说：

“塔布斯咕噜咕噜和我啰嗦的时候，我就知道他又要干什么不切实际的蠢事了。不过，我真的没有想到，他竟会快到只用一天就试图把你变成一个喇叭筒！我要束装出发，去和这种宣传力量较量一番！”

他被打败了。

“戈特利布博士，我早就不管你了，”塔布斯说，“不过，岂有此理，我是所长！我必须说明，也许由于我极端愚蠢，我看不出让阿罗史密斯有能力治愈成千上万受苦的病人有什么恐怖的，也看不出让阿罗史密斯成为一个有影响、受敬重的人有什么可怕的！”

戈特利布找罗斯·麦格克谈了这件事。

“麦克斯，我像兄弟一样喜爱你，但塔布斯是所长，如果他觉得他需要阿罗史密斯这个人（他就是我在你实验室附近见到的那个瘦瘦的年轻人吧？），那我可就无权阻止他了。我得支持他，正如我要支持我们一艘船上的船长一样。”麦格克说。

要等理事会的批准，马丁才能当上一个教研室的主任。理事会的成员包括麦格克本人、威尔明顿大学校长，和几个大学里的三位理科教授。与此同时，塔布斯要求说：

“现在，马丁，你必须赶紧发表你的研究成果。立刻就发表。其实，你早就应该这样做了。尽快把你的资料凑到一起，给实验生物学及医学学会投一篇短文，以便在他们的下次会刊上发表。”

“可是，我还没准备好发表呢！无论什么事情，我在公布之前都要把每个漏洞先堵好！”

“胡说八道！那种态度已经过时了。这个时代不再是一个目光狭隘的时代，而是一个充满竞争的时代，在艺术和科学的领域如同在商业领域里一样——和自己的团队要合作，而和团队之外的人则要拼个你死我活！至于彻底堵塞漏洞，以后可以再做呀，我们可不能让别人偷偷地抢在我们前面喽。记住，你要让自己出名才行。出名的办法就是同我合作——为最多的人谋取最大的利益。”

马丁开始写论文的时候，曾经想过辞职，转念一想又放弃了，因为他觉得塔布斯至少比皮克博之流要好一点。他脑海里浮现出很多很多的小科学家，他们每个人都在一个没有屋顶的小牢房里忙碌着。而耸立在云端监视着他们的，则是那个蓄着一大把漂亮络腮胡子的非凡人物塔布斯，他随时准备激烈批评那些小人物，因为他们不再认真工作，而是浪费时间去琢磨他没有让他们去做的事情。不过，这个监护神塔布斯没有看见，在他们那些囚笼的后面，那位清瘦的巨人戈特利布却屹立在狂风暴雨的天际，冷眼讥笑。

对于马丁来说，书面表达不是易事。他的论文一拖再拖，而塔布斯却开始烦躁起来，不停地催促他。实验全部都停了；在马丁那间没有屋顶的小牢房里，只有痛苦和写字的沙沙声以及不断撕掉稿纸的声音。

这一次，他没有得到利奥拉的庇护。她大叫说：

“为啥不干？桑迪，年薪一万实在太棒了。哎呀！我们一直都是这样贫穷，你又那么喜欢漂亮的公寓和别的东西。而且，在你自己的研究室当个头头——你一样可以向戈特利布博士请教呀。他是研究室主任，不是吗！而且，他也不受塔布斯的约束呀。哎哟，我是赞成这件事的！”

渐渐地，由于在研究所午餐时大家对马丁的尊敬显著增加，他本人也开始“赞成这件事”了。

"我们可以在派克大街[1]租一套新公寓。这样的公寓每年租金应该不会超过三千吧。"他想，"在里面招待客人不会太差。这并不是说我会让它干扰我的工作……似乎挺妙的。"

更妙的是，可以得到社会的承认，不管在获得承认的过程中有多痛苦。

凯皮托拉·麦格克对他一向冷淡，把他看作一个比格拉迪斯离心机还没有趣味的东西，打电话过来说："……塔布斯博士有这样一番热情，罗斯和我也十分高兴。如果阿罗史密斯太太和您能在下星期四八点半与我们共进晚餐的话，我们会非常高兴的。"

马丁接受了这个圣旨。

他深信，在看过安格斯·杜尔和里普顿·霍拉伯德的家之后，他已经见到过豪华的场面，对时髦的晚宴也有所了解。他和利奥拉来到了罗斯·麦格克位于第五大道附近东七十几街的寓所，心情并不是特别激动。从大街上看，公寓好像确实有数不清的灰石滴水嘴、刻有图案的门楣和青铜格子窗，不过似乎不是很大。

公寓里面，拱形的石头过道向上张开，像一座大教堂一样。那些男仆让他们感到很尴尬，自动电梯也让他们感到敬畏；过道里到处都是犊皮纸对开本和意大利风格的柜橱，客厅里也挂满了各种水彩画，让他们感到特别压抑；凯皮托拉穿着王后似的白色缎子衣服，戴着珍珠项链，让他们显得非常土气。

里面有八到十个重要人物，男女都有，样子看上去都很平常，名

---

① 派克大街：美国纽约市街道，街上多大公寓，常作奢华时髦阶层的代表。

字却像象牙皂一样，都是大家耳熟能详的。

马丁不知道，他是否该让一个素不相识的女人挽着他的手臂，“领她进餐厅”。他高兴地发现，只要麦格克亲切的男低音一吆喝，大家就可以三三两两地进入餐厅了。

那个餐厅很豪华，但也很丑陋，到处都是印有图案的皮革和多到歇斯底里程度的金饰，一簇簇仆人观察着人们如何使用吃芦笋的叉子。马丁坐在凯皮托拉·麦格克和一位妇女中间，他只知道这位妇女是一位伯爵夫人的妹妹（至于他是否知道自己是贵宾，就不得而知了）。

凯皮托拉穿着她那身光彩照人的雪白衣裳，向马丁侧过身来。

“嗳，阿罗史密斯博士，您发现的这个东西究竟是什么呀？”

“啊哟，那是——呃——我想解决——”

“塔布斯博士告诉我们说，您已经找到了非常奇妙的控制疾病的新方法。”她的“L”的发音就像夏日河流里的旋律，她的“R”的发音就像丛林中鸟儿的啭鸣。“哎哟，还有什么——什么能比让这个不幸的旧世界甩掉疾病的包袱更加美好的啊！可是，您究竟干的是什么事儿呀？”

“啊哟，要有十足的把握还为时过早，可是——您知道，情况是这样的。就拿某些细菌来说吧，例如葡萄球菌——”

“哎哟，科学多有趣啊。可是，要让我这样头脑简单的人来理解，实在是太困难了！不过，我们都很恭顺。我们只是在等像您这样的科学家来让这个世界的友谊得到保障——”

然后，凯皮托拉又把心思放到她的另一个男客身上去了。马丁两眼看着前方，嘴里嚼着东西，忍受着煎熬。那位伯爵夫人的妹妹，一个面色蔫黄、身材纤细的女人，两眼直勾勾地望着他。他觉得很不舒服，但还是温顺地转过脸来（看到她比自己多了一把叉子，却不知道自己恍恍惚惚想到哪儿去了）。

她高声说道：“我听说，您是一位科学家。”

“是的。”

“科学家们的问题是，他们不明白什么是美。他们是这样冷冰冰的。”

要是换作里普顿·霍拉伯德，肯定机灵地笑出声来了，可是马丁只会颤抖地说：“不，我觉得这不是事实。”一边考虑他敢不敢再喝一杯香槟酒。

他们一起被领回了客厅。经过一番具有男子气概却又煞费苦心的做作，饮过几巡红葡萄酒之后，凯皮托拉终于张开她那像要把人吞食的白色双翼，向马丁扑过来说：

“亲爱的阿罗史密斯博士，我在宴会上确实没有机会问您究竟在做什么研究……哎哟！您见过我在查尔斯街新住宅区的那群小宝贝吗？我一直都坚信，他们当中大多数都会成为最有魅力的科学家。您一定得过来给他们讲讲。”

那天晚上，他苦恼地对利奥拉说：“这样喊喊喳喳地继续下去，以后肯定受不了。不过，我想我得学会喜欢这一套。哎哟，唔，想想当我做研究室主任的时候，我们自己举办宴会，招待一些真才实学的人、戈特利布以及别的人，那该有多好啊。”

第二天早晨，戈特利布慢吞吞地来到马丁的房间。他站在窗户的旁边，好像故意要回避马丁的目光似的。他叹了口气说：“有件坏事儿——也许不完全是坏事儿——找上门来了。”

“什么事儿，先生？我能帮上忙吗？”

“这事儿和我没有关系，和你有关系。”

马丁不耐烦地想：“他不是又要说什么成功来得太快有危险之类的话吧？真是烦死人了！”

戈特利布缓步向他走来。“真是遗憾，马丁，你不是X素的发现者了。”

“什——什么——”

“别人已经发现它了。”

“他们没有！我已经查过了所有的文献，除了图尔特之外，没有一个人暗示过要抢先——啊哟，我的老天爷啊，戈特利布博士，这就是说我这些星期所做的一切都白费了啊，我真是个笨蛋——”

“唔，不管怎样。巴斯德研究所的德赫列尔刚刚在法国科学院通报上发表了一篇学术报告——正是你的X素，千真万确。只是他称它为‘噬菌体’罢了。就是这样。”

“那么我就——”

马丁心里还在嘀咕：“这么说来，我就当不成研究室主任了，或者出不了名了，别的什么也都没有了。我只有回到贫民窟里去咯。”他一点力气也没有，意志也都消失殆尽，创造之光黯然失色，变成了脏灰色。

“嗳，当然，”戈特利布说，“你可以声称，你是共同发现者，然后在有生之年努力得到认可。或者，你也可以把这事忘了，写一封友好的信向德赫列尔表示祝贺，然后继续干你的工作。”

马丁悲伤地说："哎呀，我还是继续干我的工作吧。也没有别的事情可做。我想，塔布斯现在可能要放弃这个新研究室了吧。这样我就有时间踏踏实实地完成我的研究工作了——也许我有一些核心问题是德赫列尔没有发现的——我要把它发表出来，印证他的东西……他妈的！……他的报告放哪儿了？……我想，你也许很高兴，我没有变成霍拉伯德那样的人。"

"我应当感到高兴。如果我不高兴的话，那就违反我的信念了。可是，我越来越老了，而你又是我的朋友。我感到遗憾的是，你不会有自命不凡和获得成功的那种乐趣了——哪怕只有一小会儿……马丁，如果你能印证德赫列尔的发现，那也是不错的。那就是科学：专心工作，如果别人得到了荣誉，也不要计较——不要过分计较……德赫列尔抢占先机这件事，是我去和塔布斯说，还是你去说？"

戈特利布慢悠悠地走开了，回头望了望，有点儿难过。

塔布斯进来惋惜地说："阿罗史密斯博士，如果你能早点儿发表就好了，我跟你说过的呀！你真的让我在理事会面前非常尴尬。毫无疑问，现在不可能成立一个新的研究室了。"

"是的。"马丁茫然地说。

他把自己写的论文的开头部分仔细归档，转身走到他的工作台前。他目不转睛地望着一只闪亮的烧瓶，直到它像一个水晶球一样让自己着了迷。他反复考虑：

"如果塔布斯不管我的事情，情况也许不会这样糟糕。那些老头子都该死，那些假装正经的人都该死，那些跑来给你荣誉的大人物也都该死。金钱啦，勋章啦，头衔啦，都想让你仗着权威去自吹自擂。荣誉！如果你得到了它，你就会变得傲慢起来，然后等你对它习惯了，如果再失去它的话，你就会觉得自己很蠢。

“这样一来，我也别指望发家致富了。利奥拉，可怜的小姑娘，她也不会有新的衣服、新的寓所和新的一切了。我们——现在，住在那间小小的旧公寓里也不会有多大的乐趣。唉，不发牢骚了！

“要是特里在这儿就好了。

“我喜欢戈特利布那个人。他也许幸灾乐祸过——

“‘细菌噬菌体’，那个法国人这样给它命名。太长了，还不如只叫它‘噬菌体’好些呢。就连对我自己的X素，也得用他取的名字称呼了！唔，研究了这么多个夜晚，还是有很多乐趣的。研究——”

他慢慢地走出了恍惚的状态。他想象着那个装满了葡萄球菌液体培养基的烧瓶。他拖着沉重的脚步走进戈特利布的办公室，弄到了那本载有德赫列尔的研究报告的杂志，细致而又热情地阅读起来。

“真是个男子汉，真是个科学家！”他轻声笑了起来。

在回家的路上，他盘算着用噬菌体（此后他就这样称呼X素了）在志贺痢疾杆菌上做实验，并打算对德赫列尔提出一连串的质疑和批评，希望塔布斯暂时不要解雇自己，顿感心情舒畅，心想可以不必去写他那荒谬而又幼稚的噬菌体论文了，可以粗俗下流、无拘无束、无忧无虑了，不用再深思熟虑、暗中受监视、重负在身了。

他咧嘴笑道：“天啊，我敢打赌，塔布斯会大失所望的！他本想在我的所有论文上和我一起署名、赢得赞誉的。可现在，为了要做这个志贺实验——可怜的莉啊，我想，她势必又得适应我晚上工作才行。”

利奥拉没有表露她对这件事的看法——或者至少没有表露她对这件事的主要看法。

第三十章

一

整整一年的时间，马丁都在干一种单调乏味的苦差，只是在特里·威克特停战之后归来的时候，在他粗野而又机敏地进行嘲讽的时候，才中断一下。一个星期接着一个星期，他辛勤地做着那些复杂的噬菌体实验。他的工作——他的双手，他的技术——变得更加熟练了，他的日常生活更加稳定了，烦恼也更少了。

他恢复了晚上学习的习惯。他从数学学到物理化学。他开始懂得质量作用定律；他变得与特里一样，对塔布斯和霍拉伯德的所谓的“关怀同情的态度”进行讽刺；他阅读了大量的法文和德文书籍；星期天下午便到哈德逊河去划独木舟；而且，霍拉伯德引以为荣的东西——格拉迪斯离心机卖掉了，研究所因而变得纯洁了，为了庆祝这个日子，他还同利奥拉和特里一起举办了一次喧闹的晚会。

他猜想，只是由于戈特利布从中调停，那个现在戴着荣誉军团勋章的绶带、神气活现的塔布斯博士，才把他留在了研究所里。不过，也有可能是由于塔布斯和霍拉伯德希望他再次碰巧做出引人瞩目的奇迹来，因为他们俩午餐时对他都很客气——很客气，同时又毫不客气地指责，还夸夸其谈地说，一个人应该及早公布自己的发现，而不是磨磨蹭蹭浪费时间。

在马丁被德赫列尔抢占先机一年多之后，塔布斯忽然出现在实验室，出谋划策。

“阿罗史密斯，我一直在想。”塔布斯说。

马丁注意听着。

“德赫列尔的发现并没有像我想象的那样引起公众的兴趣。要是他在我们这儿的话，我保证他得到应有的关注。事实上，没有一家报纸评论过他。或许，我们还是可以搞点名堂出来的。据我了解，你一直都在进行戈特利布所说的‘基础研究’。我想，现在或许正是你把噬菌体用于实际治疗的时候。我想让你用噬菌体对肺炎、鼠疫或者伤寒进行实验。而且，你在做这些实验的时候，要与各家医院合作，做一些实际的实验。够了，别再干这些只是浪费时间、徒劳无益的事情了。咱们还是脚踏实地地给人治病吧！”

马丁还在担心，如果拒不服从，可能会被解雇。可是，塔布斯接下来的讲话却让他很感动：

“阿罗史密斯，我猜想，在我坚持搞出实际成果的时候，你有时会觉得我缺乏一种科学的精确性。我——不知怎么的，我总觉得，就我们的设备来说，这个研究所还没有取得我们应得的真正具有改革性的辉煌成果。老兄，我想在交班之前做点大事，对可怜的人类大有裨益的大事。你难道不能做出来给我看看吗？去消除鼠疫吧！”

只有这一次，塔布斯那把连鬓胡子不是十分严肃，而是带着一种疲倦的笑容。

那天，马丁瞒着戈特利布，放弃了对噬菌体基本性质的探寻，在向黑死病发起进攻之前，先着手与肺炎展开了搏斗。当戈特利布得知这事的时候，他已经在全神贯注地解决自己的几个难题了。

马丁用注射噬菌体的方法治愈了兔子的胸膜肺炎，还用噬菌体喂养兔子的办法阻止了肺炎的蔓延。他发现，由噬菌体产生的免疫力可与疾病一样具有传染性。

他为自己感到高兴，并希望塔布斯也为他高兴，可是这几个星期以来，塔布斯并没有注意到他。塔布斯去做一件新热衷的事情了，一件他这一生中最居心叵测的事情：他在筹办一个文化机构联盟。

他打算创建一个办事处，把美国的一切智力活动都统一和协调起来。这个办事处应该既能提供指导，又能给予鼓励；既能温和地指责，又能广泛地提倡化学与蜡染的制作、诗歌与北极探险、畜牧业与《圣经》研究、黑人灵歌与商业信函的写作。他突然同一些交响乐团的指挥、艺术学校的董事、肖托夸夏季教育集会巡回演讲的主办人、主张改革的州长，以及为报业辛迪加撰写高雅哲学文章的前教士进行商谈。实际上，他同美国知识界的一切主管人物都进行了商谈——特别是一位最近一直在致力于提高电影艺术水平、名叫明尼根的百万富翁。

塔布斯在研究所里到处邀请研究人员加入他的文化机构联盟，邀请他们参加那些令人神往的委员会会议和宴会。他们当中大多数人只是嘀咕着“这个老头子又抖起来了”，就把他忘到了九霄云外。不过，有个前少校每天傍晚都会出去，会见一些身穿高贵礼服、模样庄重的女士。那些女士为“缺乏协调造成的精神和知识动力的丧失”抹了几滴眼泪，便坐着高级轿车回家了。

谣言四起。比利·史密斯博士私下说，他去见塔布斯的时候，听到麦格克对塔布斯嚷嚷说："你的工作是管理这个研究所，不是为那个掠夺土地、招摇撞骗、编制剧本的混蛋皮特·明尼根做事！"

第二天早晨，马丁缓步来到他的实验室，发现走廊里有一种气息微弱、含混不清、颤颤巍巍的声音，他简直不敢相信听到的话：

"塔布斯辞职了！"

"不会吧！"

"他们说，他已经去他的文化机构联盟了。明尼根那个家伙给了联盟一大笔钱，塔布斯的薪水可能是这儿的两倍呢！"

二

除了几个狂热分子之外，比如戈特利布、特里、马丁和那个生物物理学助手，所有人的研究工作都立刻停了下来。派系斗争一时间闹得波涛汹涌，那些一心想当研究所新任所长的科学家们发出了一阵和蔼亲切、胜利在望的嗡嗡声。

里普顿·霍拉伯德，那个貌似木匠的生物学家耶欧，那个爱开玩笑的生物物理学主任吉林厄姆，那个圆滑的俄国籍犹太人高教会派圣公会教徒阿伦·肖尔泰斯，他们全都带着一副谦虚而又乐意的表情到处奔走。他们对在走廊里碰见的每个人都很热情，尽管他们在私下讨论时异常粗暴。除了他们这些人之外，还有不少局外人，以及其他研究所的教授和研究人员，也都认为有必要参加进来，有必要和罗斯·麦格克讨论一些没有明确界限的问题。

特里对马丁说："也许，珀尔·罗宾斯和你的勤务员正在为所长这个职务较劲呢。我的勤务员却没有——不过，唯一的原因是，由于我刚刚狠狠地教训了他一番。干这种事，我认为珀尔是最好的人选。她做了塔布斯很长时间的秘书，所以早就学会了他在科技方面的愚昧无知。”

在那些谋求官职的人当中，里普顿·霍拉伯德最会虚情假意，也最急不可耐。既然战争结束了，他也就失去了他的军装和权力。他怂恿马丁说：

“马丁，你知道，我一向有多相信你的才华，而且我知道亲爱的戈特利布老头有多相信你。如果你能说服戈特利布支持我，让他去和麦格克谈谈——当然，在担任所长这个事情上，我肯定会做出牺牲，因为我势必要放弃我的研究工作，但我乐意这样，因为我真的觉得应该由一个心怀传统的人掌权。塔布斯是支持我的，如果戈特利布也支持——我保证情况会对戈特利布有利。我会给他更大的办公空间！”

在整个研究所里，人们隐约听说凯皮托拉正在鼓吹选举霍拉伯德，认为他是“这里唯一的一个具有绅士派头的科学家”。人们看见凯皮托拉步态优雅地穿过一道道走廊，就像一艘快速帆船似的，霍拉伯德则像一支小帆船一样紧紧地跟在她的身后。

不过，在霍拉伯德眉开眼笑的时候，尼古拉斯·耶欧却显得有些神秘，又有些心满意足。

那天下午，为了选举一个所长，理事会成员在大厅里开了个会，整个研究所里闹哄哄的。他们仿佛都从研究人员变成了寄宿学校里叽叽喳喳的女生。理事会争辩不休，或者做些烦人的事情，只是为了消磨时间。

四点钟时，特里·威克特急匆匆地过来对马丁说：“哎呀，瘦猴子，我听到一个内幕消息说，他们已经选出了席尔瓦，就是温尼麦克医学院的院长。那是你的地盘，不是吗？他这个人怎么样啊？”

“他是个很好的老——不！他和戈特利布是死对头。天哪！戈特利布要是辞职的话，我就只好滚蛋了。我的工作才刚有起色！”

五点钟时，理事会的成员昂首阔步地经过一个个密切关注的门口，向麦克斯·戈特利布的实验室走去。

只听到霍拉伯德大言不惭地说：“当然，要是我的话，不管担任什么行政职位，我都不会放弃研究工作的。”又听到珀尔·罗宾斯告诉特里说：“是的，真的——麦格克先生刚才亲口对我说——理事会已经选出戈特利布博士担任新所长了。”

“这么说，他们只是一群蠢货，”特里说，“他会拒绝的，毫无疑问。他准会说‘他们竟然要我围着各种委员会会议团团转！’门都没有！”

理事会的人刚离开，马丁和特里就冲进了戈特利布的实验室。他们看到这位老人正站在他的工作台旁边，这么多年以来他们从来没有见他站得这么笔直过。

“真的吗——他们要你当所长吗？”马丁气喘吁吁地问。

“是的，他们已经跟我说过了。”

“可是，你会拒绝吧？你不会让他们搞乱你的工作吧！”

“唔……我对他们说，我的正事必须继续下去。他们一致认为，我可以任命一位副所长干那些琐碎活儿。你是知道的——当然了，也不得妨碍我研究免疫学。不过，这个职位倒是给我一个做大事的机会，为你们这些年轻人营造一个自由的科学研究所。至于温尼麦克那些蠢货，他们以前嘲笑我创建一所名副其实的医学院的设想，现在他们也许会明白——你知道谁在和我争当所长吗——马丁，你知道那个人是谁吗？就是席尔瓦那个老东西！哈！”

特里在走廊里叹息道：“愿灵安息。”

三

来参加戈特利布就职宴会的（这是在戈特利布有生以来为他举行的唯一的一次庆宴），不但有经常出席各种庆宴、干着引人注目却又轻松悠闲事务的人，而且有戈特利布钦佩的几位科学家。

戈特利布到得比较迟，身子抖得厉害，由马丁陪同着。他走到主席台前，来宾们起身向他欢呼。他凝视着他们，想要说点什么，然后伸出他的长臂，像要抱着他们似的，接着又坐下哭了起来。

有从欧洲发来的海底电报；有来自塔布斯和席尔瓦院长的热情洋溢的信件，为他们不能前来参加表示惋惜；还有许多大学校长发来的电报；所有这些电报和信件都在赞美的掌声中读了一遍。

不过，凯皮托拉却嘀咕说：“尽管如此，我们还是会怀念亲爱的塔布斯博士。他那么有远见。罗斯，不要摆弄你的叉子。”

就这样，麦克斯·戈特利布掌管了麦格克生物研究所。不过，一个月之后，那个研究所就变成一堆废墟了。

四

戈特利布打算每天只用一个小时处理公务。他任命扬克斯市的国教教徒兼大丽花迷、流行病学家阿伦·肖尔泰斯博士为副所长。戈特利布向马丁解释说，虽然肖尔泰斯是个蠢货，可是眼前只有他这个人至少还有点科学研究能力，同时又愿意忍受行政工作特有的例行公事、浮夸气息和妥协方案。

戈特利布对那些喧闹的管理人员一如既往地蔑视，但又明显感觉到他因为当上了管理人员而对自己网开一面。

他没有办法把自己的办公时间控制在每天一个小时之内。因为有太多的会议要参加，太多的名人来访，太多的文件要签署。他被拖去参加各种宴会；而必须有所长参加的、时间漫长、意义模糊、废话连篇的午餐，以及为了弄清楚各种折磨人的约会时间而打的电话，也耗费了他很多时间，让他寝食难安。每一天，他的行政事务都要延长两个小时，三个小时，甚至四个小时。于是，他有点神经错乱，整天被那些人事纠纷和经济纠纷弄得晕头转向。他比以前任何时候都更加独断专行，性情也更加暴躁。研究所那些亲爱的同事们，以前因为塔布斯的软硬兼施只是面和心不和，现在却公开争吵起来。

人们本来以为戈特利布会在那间不久前被 A. 德威特·塔布斯占用的办公室里施行仁政，没想到戈特利布却紧守在他自己的实验室和那间窄小的办公室里，就像一只小猫紧紧地依偎在桌子下面的垫子上一样。偶尔，他也会坐在那间所长办公室里，极力摆出一本正经的样子，可不一会儿，他就逃开了那个又大又空虚的处所，逃离了罗宾斯小姐噼里啪啦打字的声音，回到他自己那间闻不到远见卓识的气息而只能闻到香烟和旧报纸气味的斗室里去了。

同每一个研究所一样，麦格克研究所也有数以百计的农民、经验丰富的护士和郊区的屠夫来访，他们花了很多车费从俄克拉荷马州或者俄勒冈州来到这里，为他们发现的毫无疑问的治疗方法取得认证，例如曾经治好每一例肺结核病的密西西比河鲶鱼油，以及保证可以治好一切癌症的砷糊剂。他们来的时候带着一堆信件和照片，裹在破旧但却干净的亚麻布中间，放在他们破烂不堪的手提箱里——只要一有机会，他们就会弯下腰来，满怀希望地从手提箱里掏出他们的牧师开具的证明，恳求有个机会为人类治病，也乞求自己有足够的钱把姑娘送到音乐学校去。他们如此有把握，又如此苦苦哀求，根本没有接待员能把他们全都拒之门外。

戈特利布发现他们慢慢地溜进他的办公室。他为他们感到难过。他们的确占用了他的工作时间，他们的确使他相信自己铁石心肠，但是他们一个劲地恳求他，一副可怜巴巴、怯生生的样子，他要是不答应他们的话，根本就无法摆脱他们。他后来也承认，当时如果再狠心一些的话，可能就不会这么痛苦了。

对于那些重要人物，他反倒粗鲁一些。

所长这个职务耗费了戈特利布很多时间，破坏了他平静的心绪，使他不能继续探寻越来越深奥的问题，从而不能深入到专一性的本质方面，而他对问题的探究又使他不能充分关注研究所的事务，使研究所不至于支离破碎。他完全依靠肖尔泰斯，把决定权推给了他，而肖尔泰斯呢，却由于认为成功的领导所得到的一切荣誉终究是戈特利布的，因而继续专注于自己的科研工作，又把决定权推给了珀尔·罗宾斯小姐。这样一来，实际上的所长就是那位端庄健美而又妒忌成性的珀尔了。

但凡有人类居住的地方，没有哪个“所长”比她更狡猾或者更不正经的了。珀尔很喜欢搞这一套。她十分热诚而又谦虚地向罗斯·麦格克保证，说戈特利布品性纯良，说她一定小心翼翼地效忠于他。她既乐滋滋地接受里普顿·霍拉伯德的阿谀奉承；又温和地回应特里·威克特声嘶力竭的敌意，不让他得到研究工作所需的材料。这样一来，这个研究所也就被阴谋诡计搞得摇摇欲坠了。

耶欧没有跟肖尔泰斯说话。特里恐吓霍拉伯德要“把他揍扁”。戈特利布经常征询马丁的意见，却从未采纳过。乔斯特，这位行为粗俗但很有能力的生物物理学家，因为缺乏爱心，并没有阻止马丁和特里责备这个老人。他对戈特利布说，他是个“令人讨厌的所长，应当离职”。他说了这话之后立刻就被免职了，取代他的是个草包。

麦克斯·戈特利布以前曾经跟马丁开过一些“上帝的笑话”。在这些笑话当中，马丁还从未见过这样尖刻的：塔布斯身上那种令人厌恶的自命不凡、小题大做和空想主义，竟然使他成了一个不错的管理人，而戈特利布的才华竟然把他变成了一个软弱无能的暴君；还有一个笑话说，比过度管理和规范的机构更加糟糕的恰恰是毫无管理和规范的机构。要是在以前，他肯定会极力否认；但现在，他却在夜里祈祷，盼望塔布斯的归来。

古斯塔夫·桑德利厄斯刚从非洲研究昏睡病回国，吵嚷着占用了一间客座实验室，即使这个研究所的事务没有因此而变得更加复杂，但他的出现肯定也搅扰了这里的平静。

古斯塔夫·桑德利厄斯，这个研究预防医学的老战士，他的讲演曾经把马丁从惠西法尼亚吸引到诺梯拉斯，从那以后他的形象就一直停留在马丁的英雄谱中，因为他有一点儿戈特利布的洞察力，有几分席尔瓦老头沉着的亲切，又有几分特里的冷酷的诚实，但又不像特里那样蔑视礼仪。除此以外，他还有一种完全属于他自己的奢华和阔气。诚然，桑德利厄斯已经记不起马丁了。自从他俩在明尼阿波利斯相遇的那个晚上以来，他又和太多的人一起喝过酒，辩过论，还神气活现地驱车去过许多偏僻而又有酒的地方。不过，马丁还是让他回忆起来了。一个星期之后，人们看见桑德利厄斯、特里和马丁一起散步，一起用餐，或者在马丁的公寓里喝杜松子酒，有讲不完的话题。

桑德利厄斯乱蓬蓬、淡黄色的头发都快灰白了，但他的肩膀依然那么健壮，他的前额依然那么宽阔。他依然有着层出不穷的设想，要使这个世界成为无菌的世界，同时也没有忘记在这些脓毒性病菌消亡之前对其中几种欣赏一番。

他的意图是，在完成他的昏睡病报告之后，就在纽约创办一个热带医学学院。

他对麦格克和塔布斯的新恩主、富有的明尼根先生纠缠不休，而且不问时间是否适宜，对戈特利布死缠烂打。

他崇拜戈特利布，而且大肆宣扬。戈特利布也赞赏他的勇气和他对营利主义的憎恶，可是只要有他在场，戈特利布就忍受不了。桑德利厄斯欢闹的性格，他对戈特利布的赞扬，他那活跃的乐观精神，他那不缜密的思维，他的自吹自擂，以及他那盛气凌人的傲慢态度，都让戈特利布紧张不安。也许，戈特利布憎恶这样一个事实：虽然桑德利厄斯只比他年轻十一岁——他五十八岁，戈特利布六十九岁——但他看上去像是年轻三十岁似的，而那股快活劲儿则像是差了半个世纪一样。

桑德利厄斯感觉到这种妒忌心理以后，变得比以前更加喧闹，更加恭维，更加热情，试图用这种办法来克服这种妒忌心理。在戈特利布生日那天，他送给戈特利布一件樱桃红和淡紫色相间的天鹅绒吸烟服，看着特别恶心。他每次到戈特利布公寓看望他的时候——这是常有的事儿，戈特利布就得披上那件糟糕的衣服，坐在那里一边嗯嗯呃呃地应和着，一边听桑德利厄斯大声指责汤味平常，乐师平常……戈特利布绝不知道，桑德利厄斯为了进行这种访问，竟然放弃了很多异彩纷呈的宴会。

马丁向桑德利厄斯学习他的勇气，如同他向特里学习他专心致志的精神一样。在一个疯狂的研究所的这些日子里，如果一个人想要干好他的工作，就必须得有勇气和专心致志的精神。

马丁正在干他的工作。

五

在与戈特利布商议了一番之后，又焦虑不安地与利奥拉讨论了一番处理病菌的危险性，接着他又继续研究他的淋巴腺鼠疫，探索用噬菌体来预防和医治这种病的可能性。

你要是听过马丁向桑德利厄斯询问他在鼠疫传染病领域的经验，你肯定会以为马丁觉得黑死病非常有趣。你要是见过他一边用那种可怕的东西感染那些瘦小的、像蛇一样的老鼠，一边还不断地对着它们咯咯地叫，用亲昵的名字称呼它们，你肯定会以为他疯了。

他发现，喂了噬菌体的老鼠并没有受到鼠疫的感染；他发现，在喂过噬菌体之后，那些带菌的老鼠虽未因此死亡，却带有并传播慢性瘟疫，它们身上的鼠疫杆菌也消失了；他还发现，他终于能治愈这种病了。他一心一意研究，愉快而又激动，如同刚研究X素那段时间一样。他通宵工作……在显微镜前，在孤寂的灯光下，用一根拉得细如发丝的玻璃吸管把一个单独的鼠疫杆菌取出来。

为了保护他自己不受鼠蚤的传染，他在和这些动物打交道的时候，戴着橡胶手套，穿着深筒真皮靴子，袖口系着带子。这些预防措施使他感到紧张，而在麦格克研究所其他人看来，这些措施却有点儿像炼金术士的深奥魔法。他变得有点儿像个英雄人物，但多数时候只是个笑柄。搞科学研究的人，和办公室里那些精神饱满的商人或者村子里那些过分挑剔的老人一样，也免不了有那种逗人取乐、令人生厌的恶习。那些化学家和生物学家称他是“瘟神”，拒绝到他的房间里来，就连在走廊里也假装没看见他。

他顺利地进行一个又一个实验，富有戏剧性的科学让他神魂颠倒，他认为自己的工作相当不错，而且发现别人也都认真对待他。他发表了一篇谨小慎微的学术论文，论述了噬菌体在鼠疫中的作用，许多科学期刊都提到了这篇论文。就连疲惫不堪的戈特利布都赞不绝口，虽然他只能稍微给予关注，而不能给予任何帮助。不过，特里·威克特依旧冷若冰霜。对于马丁比较出色的工作，他表现出来的热情只能说明他不嫉妒罢了；他还是那么爱管闲事，询问马丁在做新实验的同时，是否还在继续探索所有噬菌体的基本性质，是否还在继续物理化学的学习。

后来，马丁就有了这样一位迄今仍然几乎不为人们所知的助手，这位助手就是古斯塔夫·桑德利厄斯。

桑德利厄斯在成立热带医学学院这方面有些气馁。他正在寻找新的麻烦。他经历过几种流行性传染病，因而对鼠疫又爱又恨。他了解了马丁的工作之后，扬扬得意地说："嗨，耶稣！也许你发现的东西更好哩，比耶尔森或者哈夫金或者任何人发现的东西都好！也许你会治好全世界的鼠疫——印度那些可怜虫——数以百万的可怜虫。让我也参加吧！"

他就这样成了马丁的合作者；不求报酬，孜孜不倦，虽然工作不太熟练，但轻松愉快的精神还是很可贵的。如同马丁一样，他也喜欢不规律的生活；原则上来说，他从来没有连续两天在同一时间就过餐；出于自己的选择，他总是通宵工作，并在黎明时分作诗，相当拙劣的诗。

马丁一向独来独往。或许他最喜欢利奥拉的地方，就是她具有一种独特的能力，即使当她在场的时候，她也能表现得像根本就没有她这个人一样。刚开始的时候，桑德利厄斯在他跟前晃来晃去，他很恼火，不管他觉得桑德利厄斯对带菌的老鼠的热情有多有趣（桑德利厄斯一点儿也不厌恶这些老鼠，他劲头十足地屠杀了数以百万计的老鼠，对捕鼠机和毒气特别迷恋）。不过，这个讲话时吵吵嚷嚷的桑德利厄斯一旦工作起来便几乎鸦雀无声了。马丁在做胸膜腔内注射的时候，对于如何控制住那些动物了然于胸；他对鼠疫杆菌进行细菌培养；马丁的技术员在午夜刚过就回了家（这个勤务员喜欢马丁，也非常重视科学，可是他偏执地认为，每天要有六个小时的睡眠，而且有时还得去看望他在哈莱姆区的妻子和孩子），之后桑德利厄斯便愉快地给玻璃器皿和注射针消起了毒，然后慢吞吞地走到动物室，把那些牺牲品取下来。

桑德利厄斯从马丁的主人变成了马丁的奴隶，他完全没有意识到这种地位上的变化，尽管他像皮克博一样喜爱哗众取宠，但他对地位和名誉并不太在乎，所以他们两个都没有觉得地位上有了变化。他们相互借烟抽；他们深更半夜外出，到一家通宵营业的小餐馆里吃烙饼，喝咖啡；还一起对着亮光检查那些满载死亡的试管。

第三十一章

一

从中国的云南，从那些喧闹活跃的市场上，一种在阳光下看不见、在黑暗中却非常警觉的东西爬了出来，令人毛骨悚然，非常凶险。它不停地往前爬，爬过喜马拉雅山，穿过有围墙的市场，越过一片沙漠，爬过一条条炎热的、暗黄色的江河，进入一个美国的传教区——它爬呀爬呀，悄无声息，真的爬过来了；它一路爬过的地方，到处都有人染上鼠疫，变成黑色，静止不动了。

在孟买，有一个新来的船坞守卫，不明白事情的原委，叫嚷着说他家的大米有一批外来老鼠的光顾。

那些阴沟里的王子，狼奔豕突，已然发狂。它们冲到仓库地面，完全无视守卫的存在，从地上一跃而起，好像（那个船坞守卫兴高采烈地说）想要飞起来似的，紧接着就猝死在地。他戳戳它们，可它们一动也不动。

三天之后，那个船坞守卫因患鼠疫而死。

在他死去之前，有一条装载着小麦的轮船刚好从他那个码头驶往马赛。一路上，这条船上并未发现疾病，所以马赛港没有理由不让它和一条不定期货船停在一起。那条不定期货船开到了蒙得维的亚，它也没有发生什么了不起的事情，除了押运员与助手之间因为掷骰子掷了个五点发生了点口角，因而也没有理由不让它挨近彭当·卡斯尔号轮船停泊。彭当·卡斯尔号现在载着木料，准备开往圣休伯特岛去加载可可粉。

在驶往圣休伯特的途中，彭当·卡斯尔号轮船上有一个衣着破旧的果阿[1]男孩死了，在他之后还有一个食堂服务生也死了，船长说死因都是流行性感冒。更大的问题是老鼠数量很多。它们不满足于以木料为食，仓皇跑到食品仓里，然后又跑到船头的船楼里，后来不知什么原因死在了露天甲板上。它们在死去以前跳了一番滑稽舞，接着便躺在了甲板排水孔里，浑身僵硬，毛发直竖。

就这样，彭当·卡斯尔号轮船来到了圣休伯特首府的港口布莱克沃特。

圣休伯特虽然是西印度群岛南部的一个小岛，但是它维持着十万人口的生计——英国的种植园主和职员，印度的筑路工人，甘蔗田里的黑人雇工，以及中国的商人。这里的一个个沙滩和一座座山峰都有一段往事。在这里，那些海盗曾经把他们的船身倾侧检修；在这里，温斯伯利侯爵疯了之后喜欢上了修理闹钟，还命令他的那些奴隶把所有的甘蔗统统烧毁。

那个农民花花公子——加斯顿·洛波——把默尔莱蒙夫人带到了这里，过着骄奢淫逸的日子，直到那些常常遭他随意鞭打的奴隶趁他刮胡子的时候袭击他，肥皂泡沫立刻就染上了斑斑血迹，滑稽至极。

① 果阿：印度西南部一地区。

今天，圣休伯特到处都是甘蔗和福特汽车，橘子树、大芭蕉树和赤橙色的可可豆荚，香蕉树、橡胶树和竹林，还有英国圣公会教堂和铁皮小小教堂，在木棉树根的空洞中忙碌的黑人洗衣妇，水汽蒸人的高温、皇家棕榈，以及满山谷红艳艳的不凋花；今天，圣休伯特一片壮丽，游人罕至，烈日当空，随处可见用海底电报发来的甘蔗行情。

布莱克沃特是一个单调的小镇，没有一丝生机，铁皮屋顶的灰泥房屋，炽热的骨白色道路，橙红色的木槿花，有阳台的商店，商店黑洞洞的深处直接通往令人窒息的街道，中间没有栅栏。小镇的一边是港湾，另一边则是沼泽地。不过，小镇的后面就是彭里斯山，棕榈掩映、环境宜人的山顶便是总督府，俯瞰着那些波光闪烁的帆船。

这里住着圣休伯特的总督阁下、身躯笨重行动迟缓的上校罗伯特·费尔兰姆爵士。

罗伯特·费尔兰姆爵士人品极好，还喜欢讲一些餐厅里的奇闻逸事。他在异教徒日从不吸烟，直到这个港口轮了七遍才会开戒；但他又是个十分可恶的总督，是个忧心忡忡的总督。有一个社会地位比他低一点的人——尊贵的塞西尔·埃里克·乔治·特怀福德，一个身材瘦削、鼻梁高高、生龙活虎的恶霸。他在圣斯威森教区拥有大约一万英亩甘蔗田，经营手段极其残酷——特怀福德说，总督就是个“微不足道，鼾声隆隆的蠢货”，他这种言论很快就传到了费尔兰姆那里。于是，为了彻底把他整垮，造成了议院——圣休伯特的立法机关——的分裂，因为红腿子凯利特与乔治·威廉·弗迪甘之间素有怨仇。

这些红腿子原是一群穷苦的苏格兰——爱尔兰白人，两百年前作为契约仆役[1]来到了圣休伯特。他们当中的大多数人依旧是渔民和种植园的工头。不过，其中有个名叫凯利特的小嘴巴男人却发了迹。他这个人虽然脾气暴躁，但是吃苦耐劳，从办公室的勤杂工变成一家船舶公司的老板。当他的父亲仍然在加勒比海岬的沙滩上摊晒渔网的时候，凯利特已经是议院里的一霸了，他还是个理财能手——特别是能惹恼他的议员同事乔治·威廉·弗迪甘的任何节约措施。

乔治·威廉出生在兰开夏郡的一个非英国国教的礼拜堂里，人们有时称他“老乔·威姆”，有时称他“冰屋之王”（那个既诱人又毁人的酒吧间）。他拥有布卢商场，那是圣休伯特最大的一家商店；他把烟草私运到委内瑞拉；他放声高歌，开怀痛饮，鲁莽不慎，而红腿子凯利特则满肚子都是数字，嫉妒成性却又彬彬有礼。

在议院里，凯利特与乔治·威廉两人平分秋色。说起他们两个人的品质，在一个正派的人看来，应该不可能有什么问题：凯利特是个正直而又真诚的居家男人，他的发迹对于青年人来说是个鼓舞；而乔治·威廉则是一个赌徒，一个酒鬼，一个走私者，一个说谎话的人，一个卖黑心棉的人，他唯一的优点就是他那低三下四的好脾气。

凯利特在节约措施上的首次胜利就是通过一项法令，把那个忧郁的伦敦佬（一个吹双簧管的老人）开除，这个人也是圣休伯特的官方捕鼠人。

乔治·威廉·弗迪甘在辩论中以及后来私下见到罗伯特·费尔兰姆爵士时都坚持认为，老鼠毁坏粮食，也许还传播疾病，总督阁下必

---

① 契约仆役：17—19世纪，前往美洲以为人充当若干年仆役为条件而订立契约的人。

须否决该议案。罗伯特爵士为此深感不安。他请来了公共卫生局局长R.E. 英奇卡普·琼斯博士（不过，他宁愿别人称他为先生而不是博士）。

英奇卡普·琼斯博士身材瘦削，体形高大，性情焦躁，年纪轻轻，没心没肺。他在两年前才离开老家来到这里，他总想回到老家去，回到萨里那个以网球茶点为特色的家乡去。他对罗伯特爵士说，老鼠和那些永远忠于它们的跳蚤确实携带疾病——鼠疫，传染性黄疸，鼠咬热，也许还有麻风病——但是这些疾病在圣休伯特并没有发生过，因而也就不可能存在，除了麻风病之外，这是对稀奇古怪的土著民族的一种天然惩罚。英奇卡普·琼斯指出，事实上，在圣休伯特，除了疟疾、登革热和一种普遍令人厌恶的沉闷之外，确实没有发生过什么疾病，如果凯利特之流的红腿子巴不得死于鼠疫和鼠咬热的话，那些正派的人为什么要反对呢？为什么正派的人们要反对呢？

于是，根据圣休伯特议院和总督阁下的最高权力，那个伦敦佬捕鼠人和他那个总爱摇晃的年轻黑人助手被免职。那个捕鼠人做了一名汽车司机。他为来自加拿大和美国的游客开车，这些人来往于巴巴多斯与特立尼达之间，常常在圣休伯特停留一两天。他开着一辆二手汽车，沿着他认为是最容易走的山路行驶，跟他们说一些和花有关的错误知识。这个捕鼠人的助手成了一个令人敬重的走私犯和卫理公会派唱诗班的头儿。至于那些老鼠，它们兴旺起来了，它们在这块土地上很快乐，每只母老鼠每年要生出十至两百只后代。

白天往往看不到它们。红腿子凯利特说：“老鼠并没有增多呀；有猫在捕杀它们呢。”不过，天黑以后，它们便在仓库里嬉戏起来，在码头停泊的纵帆船上跑进跑出。它们下乡去游历，把身上的跳蚤传到一种地松鼠身上。这种地松鼠在加勒比村一带数量相当多。

在那个捕鼠人被免职一年半以后，彭当·卡斯尔号轮船从蒙得维的亚驶来，停泊在康斯勒尔码头，引起了躲藏在一群建筑物中的一万只亮晶晶的小眼睛的注意。

作为一种惯例，当然不是因为船长说流行性感冒可以致人死亡，彭当·卡斯尔号的船员把防鼠挡装在了系锚的曳船索上，但他们在夜晚并没有把跳板抽起来，因而时不时会有一个老鼠溜上岸，溜到它在布莱克沃特的亲属中间，去寻找比坚硬的木料油脂更多的食物。彭当号愉快地启程返航了，可公共卫生局局长英奇卡普·琼斯却收到了一份由埃汶默思发来的海底电报，宣告说该船只已被扣留，其他船员也都已死亡……死于鼠疫。

在这份简短的电报里，一字一句就像是在灼骨的烈火中写成的一样。

在这份电报来到的前两天，有个名叫布莱克沃特的驳船船户突然得了一种不知名的疾病，神志不清， 淋巴腺发炎，心烦意乱。英奇卡普·琼斯说这不可能是鼠疫，因为在圣休伯特从来没有过鼠疫。他的同事斯托克斯反驳说，或许这不可能是鼠疫，可它偏偏就是鼠疫。

斯托克斯医生长得瘦长而又结实，没有什么幽默感，是圣斯威辛教区的医疗官员。他没有把自己限定在他所属的圣斯威辛乡村地区的范围内，而是在整个岛上到处瞎管闲事，这让英奇卡普·琼斯十分恼火。他是爱丁堡大学的一个医学学士，在非洲丛林地带服过役，曾经患过黑尿热和霍乱，还尝过大部分其他可想而知的苦头；他到圣休伯特来，只是想要恢复他的红血球，想要干扰一下那个倒霉的英奇卡普·琼斯。

他不是个好人；他打网球的时候，打败过英奇卡普·琼斯，只是手段比较卑劣，发球不讲运动道德——这种发球方式只有美国人使用。

而且，这个斯托克斯，是一个相当粗鲁的人，一个非常讨厌的人，他还以为自己是个业余的细菌学家呢！如果让他去船坞附近爬来爬去，让他去捉老鼠，然后用老鼠身上的跳蚤内脏来培养细菌，让他这个头发沙黄、脸色红润、身材瘦削、令人厌恶的家伙坚持说它们才是鼠疫的源头，那还真有点让人受不了呢。

“我亲爱的伙计，老鼠身上难免会有一些鼠疫杆菌嘛。”英奇卡普·琼斯用一种友好却又做作的腔调说。

那个驳船工人死去的时候，斯托克斯非常恼火地要求大家公开承认鼠疫已经传到了圣休伯特。

“就算是鼠疫，也还没确定呢，”英奇卡普·琼斯说，“也没有理由大叫大嚷，害得大家胆战心惊的吧。这只是个特例而已。不会再有这样的病例发生了。”

转眼之间，就有了更多的病例。一个星期之后，又有住在滨水区的另外三个工人和住在加勒比海岬的一个渔民倒下了，这时就连英奇卡普·琼斯都不得不承认说，很不幸的是，这种东西确实与《曼森氏热带疾病》中关于鼠疫的描述很像：“前驱症状是精神沮丧，食欲减退，四肢疼痛。”然后就是发烧，眩晕，形容枯槁，眼睛充血，眼窝凹陷，以及腹股沟淋巴结肿胀。这可不是小毛病。英奇卡普·琼斯不再像以往那样夸夸其谈，也不再兴高采烈地谈论野餐，他变得几乎和斯托克斯一样冷酷。可是，在公开场合，他仍然满怀希望，并且矢口否认，所以圣休伯特仍旧蒙在鼓里……浑然不知。

二

在布莱克沃特这个了无生机、铁皮屋顶的小镇上，对于那些酒鬼和流浪汉来说，最惬意的地方就是那家叫作“冰屋”的酒吧餐厅了。

这个酒吧餐厅坐落在凯利特船舶代理公司和一家商店的楼上，有个据说毕业于牛津大学的中国人在那家商店卖雕刻的乌龟和椰子，椰子的形状看起来非常可怕，就像是被野蛮人砍下来的一个已经干瘪的人头。除了在阳台上，人们可以一边用午餐，一边俯视那些系着腰带、蹲在地上的印度乞丐，俯视那些皮肤白得出奇的英国孩子在热带草原上玩游戏之外，整个冰屋就是一大片朦胧昏暗的世界，在那里你只能隐约看到摩尔人的烤肉，白漆墙壁上的一抹金辉，笨重而又长得惊人的桃木吧台，投币自动售货机，以及你桌子前面的几张大理石面餐桌。

在喝鸡尾酒的时候，这里全是圣休伯特那些冷酷无情、头戴硬壳太阳帽的白人统治者，他们还没有足够的社会地位加入德文郡俱乐部：他们是船运公司的职员，没有祖籍的商人，英奇卡普·琼斯等人的秘书，以及往委内瑞拉走私的意大利人和葡萄牙人。

在狂饮几杯朗姆碎冰鸡尾酒之后，这些背井离乡的人便平静了下来，安静了许多。这种开胃酒有点酸，后劲很大，是冰屋酒吧餐厅的招牌酒，是黑人用调酒棒调制而成的。再喝一杯之后，他们想要明年回老家的念头就又坚定了（自从上一次喝完鸡尾酒之后，他们已经彷徨了二十四个小时了）。是的，他们以后要少喝一点，大清早就在凉爽的空气里锻炼身体，还要彻底戒酒，让自己强壮起来，成为一个成功的人，然后衣锦还乡……这些贪图安逸的人，坐在阴暗的冰屋里，眼里噙着泪，想起了皮卡迪利大街或者魁北克的高地，想起了印第安纳州、加泰罗尼亚或者兰开夏郡的木屐舞……他们从没回过老家。不过，在这个冰屋里，他们只要一喝起鸡尾酒，总是能找到一丝新的安慰，一直到他们离开人世，于是其他流落他乡的人便过来参加他们的葬礼，唧唧哝哝地说他们很快就要回老家去了。

现在，在这个冰屋里，布鲁商场的老板乔治·威廉·弗迪甘可以说是大家公认的君主。他这个人身材魁梧，面色红润，这种类型的英国人在英格兰中部地区很常见，他们不太信奉国教，嗜酒成性，但乔治·威廉可不是不信奉国教的人。每天五点到七点，他都歪靠着柜台，虽然从没喝醉过，但也从没完全清醒，一直哼着小调，一副和善的样子。他是唯一一个不想回老家的人，因为除了这个冰屋，他不记得哪里还有他的家。

人们私下悄悄议论说，有个人死了，死因可能是鼠疫，可乔治·威廉却对他的臣属宣称，如果事实果真如此，那也是红腿子凯利特活该。不过，众所周知，西印度群岛的气候是不可能有鼠疫的。

于是，这群恐慌得快要发抖的人又安下心来了。

过了两夜之后，冰屋里传来小道消息说，乔治·威廉·弗迪甘死了。

三

不管是在德文郡俱乐部，还是在冰屋，抑或是在黑人们下班后聚集的微风轻拂、海浪翻滚的公园里，都没有人敢谈论这件事情。不过，他们都听说过，或者几乎没有听说过，这种噩耗——这个人死了——又有一个人死了。没有一个人愿意与他最好的老朋友握手；大家四处逃窜，彼此躲着对方，可那些老鼠还是紧紧地跟着他们；整个小岛都弥漫着恐慌的气氛，这种与鼠疫相伴而来的恐慌比鼠疫本身更有杀伤性。

尽管如此，还是没有任何隔离措施，官方也不承认。英奇卡普·琼斯只是微弱无力地宣告说，不建议太大范围的公共集会，然后便写信去伦敦，询问哈夫金氏的预防方法。不过，对于罗伯特·费尔兰姆爵士，他却严肃地保证说："老实说，只不过死了几个人而已，我想这一切都过去了吧。至于斯托克斯只是因为几起病例就要我们烧毁加勒比村的建议——啊哟，太野蛮了！而且，有人曾经转告我说，如果我们要建立一个隔离区，那些商人肯定会采取最强硬的措施，极力反对行政当局。这样就会葬送旅游业和出口业。"

不过，圣斯威辛的斯托克斯悄悄地写信给麦格克研究所所长麦克斯·戈特利布博士说，鼠疫即将猖獗起来，吞噬整个西印度群岛，还问戈特利布博士是否愿意为这件事情尽点力。

第三十二章

一

在麦克斯·戈特利布朦胧的内心，也许只有一种恶魔似的麻木不仁，完全没有神圣的同情，对痛苦的人类也无动于衷；也许只有对那些医生的满腔愤慨，因为他们认为他的科学的价值在于可以用它替他们的医病职业做宣传；也许他有那种朦胧而又热切的需求，肆无忌惮地想要隐藏自己的天赋。不可否认，他一生都在研究使人类不受疾病侵害的免疫方法，对这些方法的实际应用并不太感兴趣。他就像一位传奇般的画师，完全看不起大众的欣赏品位，搞了一辈子的创作，却又把所有作品全都销毁，以免遭到那些俗眼凡夫的玷污和嘲弄。

斯托克斯医生来信说，鼠疫正在整个圣休伯特岛迅速蔓延开来，明天就有可能蔓延到巴巴多斯，到维尔京群岛……到纽约。他在信中还说，罗斯·麦格克才是这个新时代的君主，比古代任何一位与世隔绝的总督都享有更好的服务。他的商船船长访问过上百个港口；他的铁路横穿丛林地带；他的新闻通讯人员悄悄地向他传递各种信息，比如哥伦比亚下一届选举情况，古巴的甘蔗作物情况，以及罗伯特·费尔兰姆爵士在他那个别墅的走廊里对 R. E. 英奇卡普·琼斯博士说过的话，等等。罗斯·麦格克，其次就是麦克斯·戈特利布，比冰屋里那些贪图安逸的人还要了解圣休伯特的鼠疫情况。

不过，戈特利布毫无行动，只是思考抗菌体里那个未知的化学结构，时不时地被一些问题打断，如珀尔·罗宾斯是否有足够多的铅笔，霍拉伯德博士今天下午接待拉脱维亚科学代表团是否没有问题，以便肖尔泰斯博士可以参加英国圣公会的会议，讨论圣体的保留问题。

询问事情的人纷至沓来：主管公共卫生的官员，一个叫作阿尔穆斯·皮克博的博士，一个据说在华盛顿很受欢迎的国会议员，古斯塔夫·桑德利厄斯，还有一个无法（不管是因为他太了不起，还是因为他太渺小）受到戈特利布极端冷遇的马丁·阿罗史密斯。

有传言说，麦格克研究所的阿罗史密斯已经发现了某种可以根除鼠疫的东西。还有许多来信向戈特利布质问道："你手里拥有拯救人类的东西，你能袖手旁观，眼睁睁地看着成千上万不幸的人在圣休伯特死去吗？更重要的是，你打算让那些可怕的鼠疫在西半球站稳脚跟吗？我亲爱的老兄，你该走出科学幻想，付出实际行动了啊！"

接着，罗斯·麦格克一边舒舒服服地吃着牛排，一边犹犹豫豫地向戈特利布暗示说，这可是本研究所得以扬名世界的大好时机呢。

不知是因为麦格克的强迫，还是因为热心公益者的要求，抑或是因为戈特利布自己的想象力被激发了起来，足以想象到远方甘蔗田里黑人的惨状，他把马丁叫来，说道：

"我得到消息说，满洲有肺炎型鼠疫，西印度群岛的圣休伯特有淋巴腺鼠疫。马丁，如果我可以信任你的话，你只在你的一半病人身上使用噬菌体，把其他病人都作为对照病例，让他们处于一般的卫生条件下，而不使用噬菌体，这样一来，你就可以完全确认噬菌体的价值了，如同我们当初完全确认蚊子传播黄热病的情况一样，这样我就派你去圣休伯特。你觉得咋样呀？”

马丁以雅克·洛布的名义发誓说，他会遵守实验条件；他会根据受治疗的病人与未受治疗的病人的对比，把噬菌体的价值永远确定下来，或许能彻底消灭一切鼠疫；他也会硬下心肠，擦亮眼睛做好这件事。

“我们打算派桑德利厄斯和你一起去，”戈特利布说，“他会在各大报纸上大肆宣传一番，这样就能为我们带来很多美誉。眼下有人对我说，一个所长必须得到这种美誉。”

桑德利厄斯不仅同意去——而且他还坚持要去。

马丁从未见过外国的样子——他曾经在加拿大度过假，做过旅馆服务生，不可能把加拿大看作外国。他还不能理解自己真的就要去一个只有棕榈树、棕色的面孔和冷冷清清的圣诞节前夜的地方去。在桑德利厄斯出去订制亚麻布套装和寻找一顶合适的硬壳太阳帽的时候，马丁就忙着大批培养抗鼠疫的噬菌体：足足有一百升，装在一个个密封的小安瓿里。他觉得自己还是平常的那个马丁，但是各大会议和大人物已经对他刮目相看了。

理事会召开了一次会议，向马丁和桑德利厄斯建议具体的做法。为了参加这次会议，威尔明顿大学的校长放弃了和一位百万富翁校友的大有希望的会见，罗斯·麦格克放弃了一场高尔夫球活动，而那三位大学科学家中的一位则乘飞机赶了过来。马丁被人从实验室里请了出来。他相当年轻，穿着一件皱巴巴的软领衣服，由于惦记着埃伦迈尔氏烧杯、硅藻土和除菌过滤器，他的头还有点昏乱。他与那些假装正经的人碰了面，发现他自己已经不再是一个人微言轻的人，而是被看成了一个领袖人物，人们不仅指望他能创造出一系列的奇迹，而且还期望他事先表明他是一个重要、成熟而又非凡的人。

五位戴着眼镜的理事神态严肃地坐在鸿运厅的高台前，就像最高法院的法官一样。马丁在他们面前有点羞怯——戈特利布坐得稍远一点，也竭力显出一种至高无上的庄重样子。不过，桑德利厄斯大摇大摆地走了进来，一副满腔热情、了不起的样子。突然，马丁不再羞怯，对这个曾经的公共卫生大师也不再毕恭毕敬。

桑德利厄斯想要把圣休伯特的所有啮齿动物都消灭干净，成立一个隔离区，使用耶尔森氏血清和哈夫金氏预防药，并且把马丁的噬菌体用在圣休伯特的每个人身上，同时使用，一个都不漏。

马丁表示反对。一时间，整个会场就像戈特利布的演讲专场一样。

他对他们发起了猛烈的抨击，他说他知道，从人道主义的感受来看，把那些受苦受难的可怜虫仅仅用作实验的对象是不可能的。但是，他至少得有几个真正的实验病例才行。如果说他让多种治疗方法把他的实验弄得一团糟，以至于他们永远都搞不清把病治好是因为耶尔森，还是因为哈夫金，还是因为噬菌体，抑或说与这些都没有关系，他是死也不会同意的，即使在理事们面前也是死也不会同意的。

理事们采纳了他的方案。毕竟，在他们想要拯救人类的时候，既不依靠耶尔森或者哈夫金，也不依靠那个外来的桑德利厄斯，而是依靠麦格克的代表，岂不是更好吗？

大家一致认为，如果马丁在圣休伯特能够找到一个相对没有受到鼠疫感染的地区的话，他就应该去那里，努力去搞实验病例，给一半的病例注射噬菌体，一半的病例不做治疗。在受到严重感染的地区，他可以对每个人都使用噬菌体，如果这种病显著减少，那便是一个间接证据。

因为圣休伯特政府没有请求过援助，他们是否会授予马丁进行实验的权力，是否会赋予桑德利厄斯警察的权威，理事会尚不得而知。那个卫生局局长，就是那个叫作英奇卡普·琼斯的家伙，曾经给他们回电文说："无大疫情，无须援助。"不过，麦格克却承诺说，他会动用他的一切势力，让麦格克委员会（主席，文学学士、医学博士马丁·阿罗史密斯）受到当局的欢迎。

桑德利厄斯仍然坚持认为，在这种危急关头，只是做做实验未免太过无情。不过，对于马丁理由十足的愤怒之词，他这个脖子粗短、性格永远幼稚的人依旧能够做到饶有兴致地倾听，因为对于听来新鲜而又相对真实的东西，他向来都能听得进去。他跟阿尔穆斯·皮克博一样，不会把科学上的意见分歧看成对他品格的攻击。

他说自己会接着搞下去，不会依赖马丁和麦格克。不过，理事们窃窃私语地说，虽然他们真的很不希望这个可爱的人拿血清瞎摆弄，但是他们会给他提供器械去消灭他想要消灭的所有老鼠，这时他终于被说服了。

于是，桑德利厄斯便高兴起来：

"你们就瞧我的吧！我现在可是灭鼠总司令！我只要走进仓库里去，那些老鼠肯定会说：'那个该死的古斯塔夫老大叔在这儿哩——那又有啥用呀？'但紧接着，它们就四脚朝天地死了！有你们这些人在身后支持我，我真的很高兴，因为我已经破产了——我前段时间去买了一些石油股票，现在看来行情不太好——我可能会需要很多氢氰酸气体。嗬，那些老鼠！你们就瞧我的吧！我现在就去发电报，告诉他们我下周不能如约做演讲——哼！我还去女子学院做演讲干什么呀，我可是会说鼠语的，还精通七种漂亮的致命捕鼠器哩！”

二

马丁做实习医生的时候在洪水里游过泳，除此之外他不知道还有什么更危险的事情。从清早醒来直到半夜，他一直都在忙着做噬菌体和接受研究所同事主动提出的忠告，根本无暇顾及鼠疫流行的危险。可是，当他上了床、那些方案依然在他脑海里翻腾的时候，他马上就想象出死亡的可能性，心里很不痛快。

每次利奥拉想到马丁即将离开，到一个死神出没的小岛上去，到一个道路陌生、树木陌生、面孔也陌生的地方去（那个地方可能讲着古怪的语言，没有电影院，也没有牙膏），她都暗暗地把这种想法藏在自己的心里，慢慢地考虑它、琢磨它，就像她经常从餐桌上偷偷拿些零碎食物藏起来，留着晚上空闲时边想边吃，脸上还带着一个坏孩子似的那种得意的神情一样。让马丁感到高兴的是，她并没有流露出焦虑的神情增加他的不安。不过，三天之后，她开口了：

“我要和你一起去。”

“你不要去！”

“唔——我就要去！”

“那里不安全。”

“傻瓜！当然安全了。你可以给我注射你那个宝贝噬菌体嘛，这样我就绝对没事了。哎哟，我有一个包治百病的丈夫呢，我有！我准备花一大笔钱买薄薄的裙子，不过我敢打赌，到了八月份，圣休伯特不会比达科他更热。”

“听我说！莉，亲爱的！听我说！我确实认为噬菌体对鼠疫具有免疫力——当然，我自己注射它肯定不会有事！——可我没有这种体验，而且即使这种东西再完美，它也不可能对所有人都有用。你就是不能去，亲爱的。行了，我快困死了——”

利奥拉抓住他西服上衣的翻领，动作滑稽而又凶猛，像一只打拳击的小猫一样，可是她的一双眼睛一点都不滑稽，她哭泣的声音也不滑稽，简直就像古代出征战士的妻子的哀号一样：

“桑迪，除了你之外，我没有任何生命，难道你不知道吗？我以前可能有生命，可是说真的，我一直很乐意让你把我变成你的一部分。我这个人很懒，没啥用，很无知，也很单调，只不过可能让你生活上舒服一点罢了。如果你去了那么远的地方，我也不知道你是否平安无事，或者说，如果你死了，你的尸体却让别人来料理，我那么爱它——亲爱的，难道我不爱它吗？——我会发疯的。我是说真的——你难道看不出来我是说真的吗？——我会发疯的！那只是——我就是你，我非得和你在一起不可。而且，我对你肯定有用！帮你制造培养基，做什么都行。我经常能帮到你，这你是知道的。哎哟，我在麦格克研究所没啥用处，那是因为你那些小玩意儿太复杂了嘛。可是，在诺梯拉斯的时候，我的确帮助过你呀——我真的帮助过你，不是吗？——也许，在圣休伯特，也能，”——她的声音就像一个在深更半夜受到惊吓的女人的声音一样——“也许，你在那儿根本找不到一个能够帮你的人，哪怕给你的帮助只有我给你的一丁点儿那么多，我可以给你做饭呀，干什么都行——”

“亲爱的，别再让我为难了。不管怎样，这也让我太为难了吧——”

“该死的，桑迪·阿罗史密斯，你说话还是那么自视清高，做丈夫的总是对妻子胡言乱语。我算不上是个妻子，你也算不上是个丈夫。你是个令人讨厌的丈夫！你完全无视我的存在。你只有一次知道我穿的是什么衣服，那还是因为衣服上掉了一颗该死的纽扣——我已经仔细检查过了呀，而且又都重新钉了一遍，怎么还会脱线，这我哪里知道呀！——可你却对我大吼大叫。不过，我并不介意。我宁愿有你这样的丈夫，也不愿意有个文雅的丈夫……而且，我就要去。”

戈特利布不同意，桑德利厄斯为此大吼大叫，马丁也为此烦恼不堪，但利奥拉还是去了，而且戈特利布——这是他担任研究所所长以来唯一的一次妙招——任命她为“麦格克鼠疫及噬菌体调查委员会派驻小安的列斯群岛的秘书兼技术助理”，并且殷勤地给了她一份薪水。

三

在调查委员会启程的前一天，马丁坚持让桑德利厄斯首先注射噬菌体。他拒绝了。

“不，马丁，我不会碰这种东西的，除非你把它变成人道主义行为，给圣休伯特的每个人都注射。你会这样做的！等到你看见他们遭罪。你还没见过这种情景。到了那个时候，你就会忘记科学，想方设法拯救每一个人。除非你给我那里的黑人朋友都注射，否则你就不要给我注射了。”

当天下午，戈特利布把马丁叫来。他支支吾吾地说：

“你明天就要动身去布莱克沃特了。”

“是的，先生。”

“嗯。你可能要去一段时间。我——马丁，你们是我在纽约最好的老朋友，你和善良的米丽娅姆。说说看：当初，你和特里都认为我不应该担任所长这个职务。你不觉得我那时很明智吗？”

马丁目不转睛地看着他，接着慌忙撒谎说，那是令人鼓舞的事情，也是意料之中的事情。

“你这样想，我很高兴。这么长时间以来，你一直都很清楚我在努力做什么。我这个人有很多缺点，但在追名逐利的塔布斯和霍拉伯德之后，我想，我终于就要看到这个研究所迎来一种真正的科学名望了……我在想，我怎样才能解雇霍拉伯德这个科学烫衣板呢？要是他和凯皮托拉没有那么熟悉就好咯——就是人们说的那种社交关系！但无论如何——

“有那么一些人说，管理研究所这种工作，小孩都能干，唯独麦克斯·戈特利布不能干。嗬！买笔记本啦！雇用扫地的女工啦！哦，不——扫地女工是楼管雇的，对吗[1]？但无论如何——

“你和特里表示怀疑的时候，我并没有非常恼火。我这个人气量很大，容许每个人有他自己的看法。不过，这件事倒让我很高兴呢——我非常喜欢你们这两个小年轻——你们才是我真正的孩子——”戈特

① 对吗：原文为德语 nicht wahr。

利布把他那只干枯的手搭在马丁的手臂上。“你们现在也看到了，我正在创建一个名副其实的科学研究所，这可把我高兴坏了呢。不过，我也有很多对手。马丁，如果我告诉你他们密谋跟我作对，你不会以为我在开玩笑吧——

“就连耶欧也是。我原以为他是我的朋友。我原以为他是一个真正的生物学家。但就在今天，他来到这里跟我说，他没有足够的海胆，做不了实验。好像我可以从稀薄的空气里制造出海胆似的！他说我使他缺少一切材料。我！这就代表着——虽然我不关心他们给科学家多少薪水，但我自始至终都反对席尔瓦那个傻瓜和他们所有的人，以及我的一切对手——

“马丁，你不知道我有多少对手！他们不敢公开出面。他们当面对我微笑，背地里却悄悄议论——我要揭露霍拉伯德——他总是密谋跟我作对，拼命拉拢珀尔·罗宾斯，但她是个好姑娘，她知道我在做什么，不过——”

他神色茫然，凝视着马丁，好像不太认识他一样，接着恳求说：

“马丁，我渐渐老了——这不是指年纪——要说我七十多岁，那是撒谎——不过，我有我的苦恼。如果我像往常一样，像这么多年以来一样，给你忠告，你会介意吗？虽然你现在不是皇后城大学的一个学生——不，你以前是温尼麦克大学的。你现在是个男子汉喽，也是个名副其实的工作人员。可是——

“切记，不要让任何事情破坏你在圣休伯特的实验，就算是你自己善良的恻隐之心也不行。我不再像以前那样拿人道主义开玩笑了。现在，我有时候觉得，庸俗而又好斗的人类也可以温文尔雅，就像小猫那样。不过，如果真是这样的话，那就一定得有知识才行。马丁，善良和友好的人有很多很多；但能把友善与知识有机结合的人却少之又少。你有这个可能！也许你就是那个消灭一切鼠疫的人，可能麦克斯·戈特利布老汉也能帮上忙哩，嗯[①]，可能吗？

“你在圣休伯特一定不只是个好医生。哎哟，你一定得好好同情咱们的千秋万代，这样你就不必让自己一味地同情你可能会看到的那些奄奄一息的人了。

“奄奄一息……那将会是一种安息呀。

“不要让任何事物，不要让美好的同情心，也不要让你对自己死亡的恐惧，阻止你圆满完成这次鼠疫实验。而且，作为我的朋友——如果你做到这一点，我这个所长也算是有点成绩了。哪怕只有一种好东西出现，来证明我的正确——”

马丁伤心地回到他自己的实验室，发现特里·威克特正在等他。

“哎呀，瘦猴子，”特里脱口而出说，“我只是过来看看，给你提个建议。嗳，看在圣戈特利布的分上，把你的噬菌体笔记记完整一些，记上最新的资料，而且要用钢笔记啊！”

“特里，我觉得，你好像以为我回来的时候很可能不带笔记似的。”

“呀，什么事惹你生气啦！”特里有气无力地说。

① 嗯：原文为法语 hein。

四

圣休伯特的疫情肯定日益严峻，因为在麦格克调查委员会启程的前一天，英奇卡普·琼斯医生宣布说，该岛实行检疫隔离。人们可以进入，但不准离岛。他说到做到，不顾总督罗伯特·费尔兰姆爵士的烦恼，不管那些靠游客为生的旅馆经营者的抗议，不管为游客开汽车的前捕鼠人的反对，不管那个卖船票给他们的红腿子凯利特的反对，也不管圣休伯特所有殷实商号的代表们的抗议。

五

除了噬菌体安瓿瓶和路厄氏注射器之外，马丁还准备了热带地区所需的个人用品。他用十七分钟买下了一套棕榈滩的套装和两件新衬衫。而且，因为圣休伯特是英属领地，他听说那里所有的英国人都拄手杖，就又买了一根手杖，店主向他担保那根手杖与真正的马六甲手杖一样好。

六

在一个冬天的早晨，马丁、利奥拉和古斯塔夫·桑德利厄斯一行三人，乘坐麦格克轮船公司的六千吨大轮圣伯里扬号出发了，这艘轮船把机器、面粉、鳕鱼和汽车运去小安的列斯群岛，然后带回糖蜜、可可、鳄梨，以及特立尼达沥青。有二十个冬季往返旅游的游客，只有二十个，而且挥着手帕送行的人寥寥无几。

麦格克轮船码头位于南布鲁克林，那儿的房屋全是棕色。天空灰蒙蒙的，地面上到处都是脏雪。桑德利厄斯看上去一副心甘情愿的样子。他们乘车上了一个码头，码头上散乱地堆放着兽皮和箱子，还有一些闷闷不乐的统舱乘客。桑德利厄斯从塞得满满当当的出租车里往外张望，说圣伯里扬号的船首——他们只能看到圣伯里扬号的船首——让他想起了以前去佛得角群岛[①]时乘坐的那艘西班牙轮船。但在马丁和利奥拉看来，这艘圣伯里扬号没有他们在书上看到的那种离别的戏剧画面，没有抛掷一束束鲜花的乘务员，没有接受记者采访的公爵先生和离异人士，也没有演奏《星条旗之歌》的乐队，一点儿都不浪漫，它那像渡船一样的随意也很令人气馁。

只有特里来为他们送行，还带了一盒糖果给利奥拉。

马丁从未坐过比摩托艇更大的船。他抬头凝视着这艘轮船舷侧的黑色围墙。当他们踏上跳板的时候，他才意识到自己就要离开这块安全而又熟悉的土地。那些貌似阅历更深的旅客凭栏俯视，一副无动于衷的样子，则让他有些局促不安。到了船上之后，他觉得那个前甲板简直就像一个废铁贩子的后院，圣伯里扬号往一边倾斜得非常厉害，甚至还在码头就已经晃得让人受不了了。

汽笛轻蔑地喷出一声长鸣；缆索解开了。特里在码头上站着，马丁、利奥拉和桑德利厄斯则站在船上，肚子紧贴着栏杆。直到这艘船

---

① 佛得角群岛：在非洲西部，大西洋中的一个群岛。

从特里身旁滑过，他才拖着沉重的脚步毅然离开。

马丁意识到，自己去的是凶险的海洋和危险的鼠疫地区。他们在到达那个遥远的岛屿之前是不可能下船的。这个甲板很窄，木板缝里涂满了焦油，这里就是他唯一的家了。另外，微风吹过宽广的港口，冻得他瑟瑟发抖。总之，愿上帝保佑他！

圣伯里扬号被绞船索曳进了河道，马丁向他的调查委员会提议说："下去转转咋样？看看能不能搞点喝的？"这时，码头上传来一辆疾驰而来的出租车的声音，他们看见一个瘦瘦高高的人影正在跑过来——一副气喘吁吁、虚弱不堪的样子——他们认出那个人影是麦克斯·戈特利布，他正在眯着眼睛找他们呢，他试着扬起他那只瘦弱的手臂向他们打招呼，但发现他们并不在栏杆边，于是悲伤地转身离开了。

七

作为罗斯·麦格克和他那亦正亦邪的各项工作的代表，他们在船上占用了两个豪华套间。

马丁在船舶离开雪花飘舞的桑迪岬[1]时就觉得寒冷，接着便觉得浑身无力，到了哈特勒斯角[2]时又有点恶心。利奥拉和他在一起也觉得很冷，现出一种贵妇人想要呕吐的样子，但没有一丝倦容。她之前

① 桑迪岬：美国新泽西州东部的一个半岛。
② 哈特勒斯角：美国北卡罗来纳州外滩群岛哈特拉斯岛上一个狭长、弯曲的沙洲形成的岬角。

兴致勃勃地买了一本西印度群岛旅行指南，不停地向他转述书中的内容。

桑德利厄斯在整个船上十分引人注目。他和船长一起喝茶，和水手舱里的人一起吃炖杂烩，和统舱里的黑人传教士理性对话。人们都能听见他在说话——人们总能听到他在说话：他在散步的甲板上引吭高歌，当着水手长的面为布尔什维主义辩护，同大副争论燃油问题，还向酒吧间的服务员讲解怎样做甜味杜松子混调酒。他在统舱里为孩子们举行了一个聚会，还从大副那里借来了一本航海学以便在没有聚会的时候学习。

他给圣伯里扬号平常而又必须小心谨慎的航行增添了不少乐趣，但是他也犯了一个错误。他对格威廉小姐大献殷勤，想方设法让她在这次貌似寂寞的历险中高兴起来。

格威廉小姐来自新泽西州她所在的那个区的一个上等家庭；她的父亲是个律师兼教会执行专员，她的祖父以前是个殷实的农场主。她之所以到三十三岁还没结婚，完全是由于现代的年轻小伙偏爱跳爵士舞的轻佻女郎；她不但是一位娴雅沉静的年轻女士，而且也是一位歌唱家；实际上，她去西印度群岛是想为虔诚的后代人保存当地民歌中的原始艺术瑰宝，她想搜集起来唱给欣赏它们的公众听——只要她能学会唱法。

她仔细端详着古斯塔夫·桑德利厄斯。她觉得，他简直就是个傻瓜，一点儿也不像她在乡村俱乐部常见的那种有绅士风度的保险代理人和业务经理。更糟糕的是，他竟然没有询问她对艺术和礼貌的看法。他所讲的那些将军之流的故事根本不可信，因为和他来往的不正是那些满身污垢的轮机员吗？她真该娇嗔地骂他几句。

他们一起在栏杆边站着，他用他那滑稽可笑、忽高忽低的瑞典腔反复地赞叹这个黄昏的美好，她说：“喂，粗鲁先生，您今天是不是又干了什么漂亮事儿呀？或者说，你给别人机会说话了吗，哪怕只有一次？”

他嘭、嘭、嘭地走开了，完全没有顺从尊敬的样子，但这种顺从尊敬却是任何一个有教养的美国女性都有权利指望从所有的男性，甚至是外国人那里得到的。她很震惊，但没露声色。

桑德利厄斯走到马丁身边，惋惜地说：“瘦猴子——如果我可以这样叫你的话，就像特里那样——我认为，你和你的戈特利布是对的。拯救那些傻瓜毫无用处。纯朴自然是大错特错。人就该整天装模作样，就像塔布斯老头那样。这样才能得到别人的尊重，就算是新泽西州那些搞艺术的老处女也不例外……矫揉造作好奇怪啊！我这个人以前受到过许多大人物的咒骂和打击，甚至在土耳其的监狱里还被带出去准备枪决过，但这些事情都没有像这个自命不凡的婊子那样让我恼火。哎呀，自命不凡！那才是天敌啊！”

显然，他已经恢复了常态，把格威廉小姐忘到一边去了。人们又看到他和船上的医生争辩黑人头盖骨的骨缝了，而且他还发明了一种可以在甲板上打的板球游戏。不过，有一天晚上，他正坐在“社交厅”里看书，腰佝偻着，眼镜使他尽显老相，嘴巴又皱又瘪。这时，马丁刚好从窗前走过，看到桑德利厄斯日渐衰老的样子，简直不敢相信自己的眼睛。

八

马丁坐在利奥拉身边的一把甲板躺椅上，仔细地端详着她，凝视着她那苍白的侧面像。多年以来，她一直都是那个样子。他仔细琢磨着她的样子，就像他反复琢磨噬菌体一样。他心情很沉重，认为自己忽视了她，于是下定决心要立刻做个好丈夫。

“莉，现在我有机会关心你了，我这才知道你在纽约有多寂寞。”

“可是，我不寂寞呀。”

“别傻了！你肯定寂寞啊！唔，等我们回去后，我每天都要抽出一点时间，我们要——我们要散散步，看看电影，以及其他，等等。我还要送你鲜花，每天早晨都送。就这么坐在这里不也是一种消遣吗！不过，我真的开始想并且认识到，我以前可能太忽视你了——告诉我，亲爱的，日子是不是特别枯燥无味？”

“很好呀，真的。”

“不好，还是告诉我吧。”

“没啥要说的。”

“快要被你气死了，利奥拉，这可是万年不遇的事情，好不容易有个机会，而且我还坦率地说了出来，承认我一直对你太疏忽了——还打算送你鲜花——”

“你听着，桑迪·阿罗史密斯！别再欺负我了！你以为我像故事书里的主妇一样可怜兮兮、大嚷大叫、令人无法容忍呀，你别自寻烦恼了，那根本不可能。如果你不能苦中求乐的话，那你一定是在自讨苦吃……等我们回到纽约的时候，如果你真的做那种事，挖空心思哄我开心，那可就糟糕了。你会很卖命，像头公牛那样。而我呢，还得拼命地感谢你每天送给我的鲜花——这种日子你还真不会忘记哩！——你试想啊，在我只想待在家里打盹消磨时间的时候，你却把我拖去看电影——”

“咳，岂有此理，在这一切——”

“不，请不要这样！你又可爱又善良，可是你太霸道了，我只好一直迁就你，即使再寂寞也得迁就。可是——或许我有点懒吧。我宁肯到处探听一点新鲜事，也不愿意搞收拾打扮去讨人喜欢那一套。我就在那个套房里面瞎忙活——岂有此理，要是趁我们出门的时候把那间厨房重新油漆一下该有多好啊，那间小厨房实在太可爱了——我装模作样看我的那些法语书，然后出去逛逛，看看那些橱窗，吃点冰激凌，日子也就不知不觉地过去了。桑迪，我真的非常爱你；如果我可以做到的话，我真的情愿任你虐待，只要你喜欢就好，可是我却不会说些训练有素的谎话，只会说几句简单的小谎，就像我上个星期跟你说的那个小谎一样——我说，我一颗糖都没吃，肚子也不疼，可实际上我吃了半磅呢，像个小病猫似的……天啊，我是个好妻子，确实是！”

他们从灰色的海域颠簸到了银紫色的海域。黄昏时分，他们凭栏伫立，他感受到了大海的无边无际和生活的无拘无束。一直以来，他都生活在自己的想象之中。他这个不起眼的小丈夫跌跌撞撞地穿过人群，匆匆忙忙跑出去购买晚餐吃的冷烤牛肉，这时他的脑壳就像苍穹一样宽广。他看不见大街小巷，只看见丛林怪兽一般的微生物和几英里长的装满雾状细菌的烧杯，只看见他自己在对勤务员发号施令，而麦克斯·戈特利布则以一种凛然可畏的神情向他祝贺。他的梦境总是和他的工作紧密相关。现在，他以一种不亚于对待工作的热情，清醒地面对着轮船，面对着神秘的大海，面对着面前的利奥拉。在这个温暖的热带冬天的黄昏，他大声对她说：

“亲爱的，这还只是我们长途旅行的开始哩！如果我能在圣休伯特大获成功，过不了多久我就会在科学界受到重视的，然后我们就到国外去，到你想去的法国、英国和意大利去，想去哪儿就去哪儿！”

“我们可以吗，你觉得可以吗？哎哟，桑迪！有好多地方要去啊！”

九

他永远都不知道，在他们那个被远处的起居室照得半明半暗的客舱里，她一直在看他睡觉，看了整整半个小时。

他长得并不帅；他那副怪样子就像在炎热的下午打盹的小狗似的。他的头发乱蓬蓬的，两只手臂抱着皱巴巴的枕头，脸则埋在枕头里。她望着他，面露微笑，嘴角微微向两边伸展，犹如射出去的两支细箭一样。

“我就是喜欢他这副邋遢相！你不明白吗，桑迪，我来这儿是明智的！你太累了。你可能会被传染。除了我没有人能照料你。没有人了解你那套古怪的生活方式——知道你讨厌梅干之类的东西。我会没日没夜地照料你——听到一点动静我都会醒来。如果你需要冰袋和冰——就是要我溜进百万富翁的家里，从他掺了冰的威士忌高杯酒里去偷，我也会把冰给你偷来的！亲爱的！”

她转动了一下电扇的方向，让风更多地吹到他的身上。然后，她踮起脚，轻轻地走进他们那间呆板的起居室。那间起居室里东西不多，只有一张圆桌、几把椅子，和一个镶了一面奢华的镜子、用途不明的桃花心木壁柜。

“这鬼东西真有点儿——啊！卡住了。我想，也许我应该设法把它修好。”

不过，她并没有摆好椅子和挂好画给一个死气沉沉的房间带来生趣的能耐。她这辈子每次插花的时间从未超过三分钟。她犹豫了一下，微微一笑，关掉电灯，又溜到了他的身边。

她纤弱的身上穿着一件轻薄的睡衣，她带着热带气候特有的倦意，躺在她那张铺位的床罩上面。她心想：“我喜欢小小的卧室，因为桑迪会离我更近一些，我也就不会害怕了。这家伙真是个讨厌的恶霸！总有那么一天，我要走上前去对他说：‘你见鬼去吧！’我一定要这样说！亲爱的，我们还要一起徒步旅行去法国呢，就只有你和我，不是吗！”

她睡着了，面带微笑，好瘦的一个小人儿——

第三十三章

一

他们望见了雾蒙蒙的山脉，以及山脉侧面棕榈覆盖的要塞，那是古时防御海盗用的。在马提尼克岛上，散落着法国领地那种朴素的白色房屋，还有一个人声鼎沸的集市，到处都是头戴深蓝色和鲜红色方巾的黑人妇女。他们越过了炎热的圣卢西亚岛和不过是座孤立火山的萨巴岛。他们狼吞虎咽地吃着从褐色的土著人那里买来的番木瓜、面包果和鳄梨，那些土著人是驾着摇摇晃晃的小船靠近轮船的。他们切身感受到了这些岛屿引起的精神倦怠，还没到巴巴多斯岛就已经快喘不过来气了。

再前面就是圣休伯特了。

这些游客事先都不知道有隔离检疫。他们一个个勃然大怒地说，轮船公司竟然把他们带到这么危险的地方来。在温热的风中，他们感觉到了瘟疫。

船长发表了一通正式讲话，要他们安下心来。是的，他们要在圣休伯特的港口布莱克沃特停靠，但会在港口以外很远的地方抛锚停泊；前往圣休伯特的旅客准许上岸，须乘坐港口医生的汽艇；但已经在圣休伯特的人，一个也不许离开——瘟疫区的所有东西一律不许与轮船接触，官方邮件除外，船上的医生会对邮件做消毒处理。

（当时，轮船上的医生百思不得其解——想想看——在有水蒸气存在的情况下燃烧硫黄——怎么能给邮件消毒呢，不是吗？）

船长和码头老板争吵惯了，早就练就了一副好口才，因而打消了游客的疑虑。可是，马丁却向他的调查委员会嘀咕道：“我从没想过会这样。我们一旦上了岸，就等于成了囚犯，成了被鼠疫包围的囚犯，直到鼠疫过去才行——如果鼠疫真的会过去的话。”

“啊哟，肯定的！”桑德利厄斯说。

二

下午的时候，他们启程离开巴巴多斯宜人的港口布里奇顿。深夜时分，大多数游客都已经酣然入睡的时候，他们才抵达布莱克沃特。当马丁从客舱走出，来到潮湿而又空旷的甲板上时，这个地方似乎非常虚幻，让人觉得特别不友善。在汹涌的海水的那边，就是未来的战场了，他只能看见岸上的几点灯光。

对于他们的到来，大家似乎很恐慌，好像他们是非法偷渡客似的。船上的医生跑上跑下，满脸的焦虑；可以听见船长在船桥上咆哮；大副急急忙忙跑上来和他商量，紧接着又跑下去，不见了踪影；没有一个人过来迎接他们。这艘轮船只好等着，在波涛中摇晃，似乎有一股闷热的瘴气从岸上喷射过来。

“这就是我们要上岸的地方，以后就待在这儿了！”马丁咕哝着对利奥拉说。这时，他们已经走到了靠近舷梯顶部那个起伏不定、油光黑亮的甲板上，站在了自己的行李袋和装着噬菌体的箱子旁。

旅客们穿着晨衣出来，喋喋不休地说：“是的，一定是这个地方，那儿有好多灯光。疫情肯定很严重。什么？有人上岸了？哎哟，准是那两个医生。好吧，他们有胆量。我才不羡慕他们呢！”

马丁都听见了。

一束倾斜的灯光从岸上射向轮船，滑过船头，然后静悄悄地落在舷梯的底端。借着舷梯底端乘务员手中提灯的模糊灯光，马丁能看见一艘漂亮的装有顶篷的汽艇由许多黑人水手驾驶，他们身上穿着海军制服，头上戴着饰有缎带的、亮闪闪的黑色草帽，听从一个苏格兰人模样、头戴一种尖顶制服帽、身穿便衣夹克的人指挥。

船长顺着船侧边摇摇晃晃的梯级走了下来。汽艇还在晃动，潮湿的帆布顶篷闪闪发亮。他和汽艇的指挥员谈了很久，发了半天的牢骚，才接受了一袋邮件，这也是运上船来的唯一一样东西。

船上的医生很不情愿地从船长手里接过邮包，嘟囔着说：“现在让我到哪儿搞一只大桶把这些该死的信件装进去消毒啊？”

马丁、利奥拉和桑德利厄斯只好等着，别无他法。

同他们一起的还有一个身穿黑色衣服的瘦弱女人，他们一路上都没有见过这个女人——她是个神秘莫测的游客，直到他们来到甲板上才注意到她。显然，她也要上岸。她面色苍白，双手颤抖。

船长冲着他们大声嚷道：“好了——好了——好了！你们可以走了。拜托快点儿。我还得往前开呢……真他妈的讨厌。”

圣伯里扬号似乎既不巨大也不豪华，但它却像一座城堡一样，在暴风雨中岿然不动，它的船舷犹如一堵厚重的墙。马丁顺着摇摇晃晃的梯级慢慢往下爬，他猛然想道：“我们这回要倒霉了；就像要上绞刑架一样——他们牵着你往前走——根本没有机会反抗。”他还想道：“你这是在任由你的想象力带着你逃跑；现在就停住吧！”“让莉留下来，留在船上，是不是太晚了呢？”接着他又极度痛苦地想：“哎哟，老天爷，那些乘务员是在小心翼翼地搬运那些噬菌体吗？”后来，他来到了位于舷梯底端的那个小方台上，舷侧高高在上，圆形的舷窗透出一抹亮光。有人扶他上了汽艇。

那个身穿黑色衣服的陌生女人也上了汽艇。马丁借着提灯的亮光，看见她双唇紧闭，接着又看见她整个面孔茫然失色，犹如一个在绝望中等待的人。

他扶着利奥拉上了汽艇，利奥拉紧紧地握着他的手。

轮船鸣了笛，马丁却还在咕哝着说：“快点儿！你还可以回去！你必须回去！”

“离开这个漂亮的汽艇吗？啊哟，桑迪！你看这只小艇的引擎多漂亮啊！……天啊，我的脸都吓绿了！”

汽艇噗噗地响着调转船身，向着岸上透出来的灯光驶去，小船一会儿向船头栽去，一会儿又跳上浪涌，那个沙褐色头发的官员问马丁说：

“你们是麦格克调查委员会吗？”

“是的。”

“很好。”他的声音有点高兴，却又有点冷淡，是一种急促的声音，毫无幽默感。

“您是港口医生吗？”桑德利厄斯问。

“不，不完全是。我是斯托克斯医生，圣斯威辛教区的。现在，我们这所有人几乎什么事都得干。港口医生——实际上，他几天前就死了。”

马丁咕哝着。不过，他的想象力早就让他不再激动了。

“我想，您就是桑德利厄斯医生吧。我知道，您在非洲干过，在德国东部也干过——我自己也去过那儿。那么，您就是阿罗史密斯博士了？我看过您的鼠疫噬菌体论文，印象特别深刻。现在，趁我们还没上岸，我还有机会对你们说——你们俩都会遭到反对的。公共卫生局局长英奇卡普·琼斯已经丧失了理智。整天忙得团团转，忙着切腹股沟淋巴结炎——害怕烧毁加勒比村，那正是传染病最猖獗的地方。阿罗史密斯，我知道您可能需要做些实验。如果英奇卡普犹豫的话，您就到我的教区来——只要我还活着。我的名字叫，斯托克斯……他妈的，老兄，你究竟在干什么？想一直漂到委内瑞拉去呀？……英奇卡普和总督阁下胆子太小了，甚至都不肯把尸体火化——在那些黑人当中，有一种宗教偏见——巫术之类的东西。”

“我明白。”马丁说。

“你们现在有多少鼠疫病例？”桑德利厄斯说。

“天知道呀。也许有一千吧。有一万只老鼠……我真是困死了！……唔，欢迎，先生们——”他摊开手臂，干巴巴地嚷道，“欢迎来到赫斯帕里得斯[①]岛！”

在黑暗中，布莱克沃特慢慢地朝他们转过身来。在散发着恶臭的

① 赫斯帕里得斯：古希腊神话中看守金苹果树的三姊妹。

污泥气味的低洼湿地上，有一片矮小简陋的棚屋。镇上大部分地方漆黑一片，寂静到了极点。昏蒙蒙的滨水区——仓库，电车站，低级旅馆——连个人影都没有。他们在一个码头上靠了岸，他们走上岸去，根本没有海关官员的关照。他们没有见到马车，也没有见到旅馆里跑外勤拉生意的人，这些人以前总是纠缠那些从圣伯里扬号上岸的游客，现在不是死了就是躲起来了。

那个神秘的瘦小女乘客提着她的手提箱，步履蹒跚地往前走着，突然就消失不见了——她没有说过一句话，而且他们再也没有见到过她。调查委员会一行由斯托克斯和那个驾驶汽艇的港口警察陪同，带着行李（马丁提着一个装满噬菌体箱子的行李袋），穿过一条又一条车辙遍地、阳台林立的街道，往圣马里诺旅馆走去。

偶尔，巷口会出现几张面孔，像游魂一样，嘴巴惊得张着，瞪大眼睛望着他们。等他们到达旅馆，站在一辆装满行李袋和箱子的没精打采的大篷车面前时，一个眼球凸出的女经理透过窗户窥视了一番，然后她才接纳他们进去。

他们进去的时候，马丁在路灯下第一次看见了令人震撼的生活情景：一个泣不成声的妇女和一个不知所措的孩子，跟在一辆敞篷车的后面，车上堆着十几具僵硬的尸体。

“我本来可以拯救他们所有人的，就用这个噬菌体。”他悄悄地对自己说。

当他同那个女经理唠叨房间和伙食问题的时候，当他祈求但愿利奥拉没有见到那辆慢慢吞吞、嘎吱嘎吱响的马车里的东西的时候，他的前额是冰凉的，却又是汗涔涔的。

“如果早点知道的话，我早就阻止她了，不会让她来的。”他浑身颤抖。

那个女人道歉说：“我得请你们这些先生把你们的东西搬到楼上房间去。我们的勤杂工——他们早就不在这干了。”

马丁当时出于虚荣心在纽约兴致勃勃地购买的那根手杖，后来到底去了哪里，他根本就不知道。他只顾着保护那些装噬菌体的箱子了，心里又一直嘀咕着：“也许，这种东西可以拯救大家的吧。”

此时此刻，圣斯威辛的斯托克斯一言不发，一副冷酷无情的样子。不过，等他们把最后一袋东西搬上楼之后，他却把头往门上一靠，大声说道：“我的天哪，阿罗史密斯，你们来到这里，我真是太高兴啦！”说完就告别他们，一溜烟跑掉了……一个黑人港口警察，脸上没有表情，满口的安的列斯英语，略带一点皮卡迪利的口音，说：“先生，您还有啥要吩咐俺的吗？如果您允许，我们哥儿几个现在就回家了。先生，桌子上有威士忌，是斯托克斯医生吩咐俺拿过来的。”

马丁瞪大眼睛望着。还是桑德利厄斯说：“非常感谢你们，伙计们。这一镑金币你们拿去分吧。赶紧去睡一会儿吧。”

他们敬了个礼就走了。

桑德利厄斯花了半个小时的时间尽量让初来乍到的人心情愉快。

马丁和利奥拉醒了，那是一个酷热无比、阳光闪耀、红绿相映，却又死一般寂静的早晨。他们清醒地意识到周围是一块陌生的土地，以前从未见过，至于摆在他们面前的工作，如果是在遥远的纽约，那似乎还挺激动人心的，似乎也挺令人开心的，但现在却像停尸房一样恐怖。

三

一个黑人妇女给他们送来一份蹩脚的早餐，她先怯生生地从门缝里瞟了一眼，然后才走进来。

桑德利厄斯从他的房间嗵嗵地走进屋，身上穿着一件热情洋溢的丝绸睡衣。即使他以前戴着眼镜、伛偻着腰，显得十分苍老，现在他也是年轻热情的。

“嗨，呀，瘦猴子，我想咱们在这儿有事干啦！让我来对付那些老鼠吧！这个英奇卡普——竟然想用士的宁制服它们！好一个高贵的傻瓜！利奥拉，等你和马丁离了婚，你就嫁给我吧，嗯？把盐递给我。嘿，我睡得可香了。”

头一天晚上，马丁几乎没看他们的房间。现在，他倒是觉得这个房间有种异国情调：高高的木墙上涂着浅蓝色的油漆，房间很宽敞但没有家具，窗台上放着盆景九重葛，院子里酷热难忍，棕榈树的叶子响得刺耳。

在院墙的外面，是一个带有阳台的中国商店的上面几层，以及布卢商场紫罗兰色的天窗。

他觉得，在这个异乎寻常的世界，本该喧嚷一片，现在却只有一种带有指责意味的寂静，就连高兴了一阵的桑德利厄斯也闷声不响了。他摇摇摆摆地回到他的房间，套上一件他去年在非洲东海岸穿过的斜纹软绸，拿着他悄悄为马丁买的一顶硬壳太阳帽就回来了。

马丁穿着亚麻夹克衫，戴着蘑菇形的太阳帽，更像是来自热带地方的人，而不像来自他那个寒风凛冽的北方草原了。不过，他觉得自己像个外国人的愉快心情很快就被冲散了，因为卫生局局长 R. E. 英奇卡普·琼斯博士走了进来，这个人身材瘦削，但脸颊红润，一副焦虑而又匆忙的样子。

“当然，伙计们，我肯定欢迎你们。不过，说真的，尽管我们不得不尽力而为，但恐怕还是不能给予你们期望的那种关注。”他没好气地说。

马丁搜肠刮肚想给一个恰当的答复。最后还是桑德利厄斯先开了腔，他说起了一个根本不存在的表弟，说他是哈莱街的一个专科医生，还说他表弟说他们特别想给马丁搞一个实验室，至于他自己，有个屠杀老鼠的机会就行了。不知有多少次，在多少地方，古斯塔夫·桑德利厄斯奉承过殖民地总督，劝说过那些未开化的人救赎自己！

在他的手下，那个卫生局局长总算变得有点人性了。从他的神色来看，他好像真的认为利奥拉很漂亮；他答应也许可以让桑德利厄斯摆弄他的老鼠。他答应当天下午就返回，然后带他们去那个早就为他们准备好的住处——彭里斯山庄，就在布莱克沃特后面那片安全而又僻静的山上。而且（他殷勤地鞠了一躬），他认为，阿罗史密斯太太会觉得，那座山庄有三个相当不错的仆人，算是一幢上等的小别墅。那个男管家，虽然是个黑人，却是个老资格的餐厅管家。

英奇卡普·琼斯刚走，马丁就听到一阵捶门声，一开门竟然发现是他在温尼麦克大学的同班同学，艾拉·欣克利牧师兼医生。

不过，马丁已经不记得艾拉了，以前在做解剖的时候，这个粗壮的基督徒还想方设法拯救过他的灵魂呢；要是没有这种事情，解剖还是挺愉快的。他模模糊糊地记起了他。那个人走了进来，身躯庞大，行动笨拙。他把眼睛瞪得很大，简直就像个疯子一样，用干枯的声音说：

“喂，马特。嘿，我是老艾拉。我现在掌管这个地方圣兄弟会的所有小教堂。哎哟，马特，你要是知道当地人有多邪恶就好了，他们满口谎言，演唱淫秽歌曲，简直无恶不作！英格兰教会听任他们沉湎于罪恶之中！只有靠我们来拯救他们。我早就听说你要来了。马特，我一直忙个不停。我一直在护理这些身患鼠疫的可怜鬼，我曾经告诉他们，地狱之火正在他们周围熊熊燃烧。哎哟，马特，眼看这些愚昧的家伙执迷不悟，万劫不复，你知道我的心在滴血吗！这么多年过去了，我知道，你不可能仍旧是个笑柄。我两手空空向你求助，恳求你不仅要安慰这些患者，而且要从灼热的硫黄池子里抢救出他们的灵魂，耶和华永怀慈悲，判他们遭此天罚，因为他们亵渎了上帝慷慨赐予他们的福音——”

这一次，还是桑德利厄斯把艾拉·欣克利弄出去的，只是没有让他太不高兴罢了，而马丁也只能气急败坏地说：“嗳，你咋猜到那个疯子会到这儿来的呀？这也太可怕了吧！”

在英奇卡普·琼斯返回之前，调查委员会冒险出去对这个小镇进行了初次观光……虽说这只是一个科学调查委员会，但自始至终也只是有一个喧闹的古斯塔夫、一个犹豫不决的马丁和一个漫不经心的利奥拉而已。

曾经有人跟这里的居民说过，淋巴腺鼠疫和肺炎不同，只要远离这些害虫，和患者直接接触并没有危险，只是他们并不相信。他们互相害怕，尤其害怕外地人。调查委员会发现，有一条街的人怕得要命。

百叶窗紧闭，一块块条板在太阳下晒得滚热；唯一的交通工具是一辆空荡荡的有轨电车，一个担惊受怕的电车司机朝下面望了望他们，就加快速度开走了，生怕他们上车。食品杂货店和药房的大门都是开着的，只不过那些店主都从阴暗的深处胆怯地向外张望。当这个调查委员会走近一个鱼摊的时候，一个顾客赶紧侧身从他们身边逃走了。

有一次，一个身份不明的女人，披头散发地从他们身边跑了过去，边跑边尖声叫道："我的小宝贝咧——"

他们来到市场，长长的波形铁皮屋顶下面有上百个摊位，石柱上刻着很多地方行政官员的蠢名，这个建筑物就是这些官员通过发行公债修建的。这个市场本来应该熙熙攘攘，充满快活的买主和卖主。可现在，所有这些俗丽的摊位中，只有一个黑人妇女，面前摆着一排长柄细枝扫帚；还有一个身穿灰色破烂衣服的印度人，蹲在十几种蔬菜前，那可以说是他的全部家当了。其余的摊位都是空的，只有一堆腐烂的马铃薯垃圾和随风飘散的纸屑。

他们沿着煤场那条阴森的大街走，发现一个公共广场，这里一片沉寂，不是沉睡般的静寂，而是毁灭万年般的死寂。

广场四周全是幽暗的杧果树，挡住了怯懦的微风，把热气全围在了里面——那是一种死气沉沉的闷热，在这样的苦难之中，那种恶意睨视的寂静愈发令人惊慌。他们透过这些邪恶的杧果树的间隙，看见一间挂着黑色绉纱的土屋。

"天气太热，走不动了。或许，我们最好还是回旅馆去吧。"利奥拉说。

四

下午，英奇卡普·琼斯坐着一辆福特汽车过来了，然后把他们送到位于布莱克沃特后面清凉的山上的彭里斯山庄。福特汽车的熟悉形象使它在这个令人毛骨悚然的地方越发显得怪诞。

他们穿过一个人烟稠密的土著区，全是竹棚屋和没有油漆过的商店；这些小屋经过风吹雨打变成了黑色，没有门，也没有窗户，一张张黝黑的面孔从幽深处愤恨地望着他们。黑人司机忽快忽慢地开着车，他们经过一个新建的砖砌建筑物，建筑物前面有一些威严的黑人警察，他们手上戴着白色的手套，头上戴着白色的硬壳太阳帽，身上穿着鲜红色的大衣，腰上系着白色的腰带，手里持着步枪，齐步往前走。

英奇卡普·琼斯叹了口气说："那是校舍。改造成了传染病院。那里有上百个病人呢。每小时都在死人。得有人看守它——那些病人变得神经错乱，企图逃跑。"

他们身后飘着一股腐烂的气味。

马丁并不觉得自己超凡脱俗。

五

彭里斯山庄其实就是坐落在山顶上的一个别墅式的小平房，屋顶低矮，游廊宽阔，周围全是亮丽的凤凰木和欢快的西谷椰子，俯视着镇上丑陋的平房，远眺着海浪翻涌。用芦苇装饰的百叶窗时而飒飒作响，时而哐啷作响；提花加勒比桌布给又高又空的房间带来了一线生机……这栋房子本来是港口医生的，他死了才三天时间。

英奇卡普·琼斯信誓旦旦地对生性多疑的利奥拉说：她在别的地方都没有这里安全；这栋房子里面没有老鼠，那个医生是在码头染的鼠疫，死前并没有回到他这个心爱的平房。他是个老单身汉，生前在这里举行过几次圣休伯特最喧闹的晚会。

马丁随身带来了足够一个小型实验室使用的设备，他在一间装有煤气和自来水的卧室里建了一个小实验室。实验室的隔壁就是他和利奥拉的卧室，接着便是桑德利厄斯的房间。桑德利厄斯立刻就像在自己家里一样，把他的衣服和烟斗灰扔得到处都是。

两个黑人女仆和一个退伍军人男管家接待他们，为他们打开行李袋，好像瘟疫根本就不存在一样。

马丁被第一个来访的人弄得茫然不知所措。这人是个非常英俊的年轻黑人，手脚麻利，目光锐利。马丁和多数美国白人一样，说过很多黑人低下的话，却对他们一无所知。这个年轻人一边疑惑地望着，一边说道：

“我的名字叫奥利弗·马钱德。”

“嗯？”

“马钱德博士——我是霍华德大学拿的医学博士学位。”

“啊。”

“博士，我可以冒昧地欢迎您吗？在我匆忙离开之前，我可以问——我把三个官员家的病人隔离在山脚下了——哎呀，是这样的，在这样紧急的关头，他们竟然允许一个黑人医生给白人治病！不过——斯托克斯医生坚持认为，您和德赫列尔都认为噬菌体是生物体，这是对的。可是，包尔蒂却认为那是一种酶，这又怎么解释呢？”

接下来，阿罗史密斯博士和马钱德博士画了半个小时的图，忘掉了瘟疫，忘掉了更为残酷的瘟疫——种族恐惧。

马钱德叹了口气说：“博士，我得走了。有什么我可以为您效劳的吗？认识您实在荣幸。”

他文静地敬了个礼就离开了，俨如一个漂亮的“小动物”。

“我从来就没想过会有黑人博士——但愿人们不要继续对我说我懂得太少！”马丁说。

六

在马丁张罗他的实验室的时候，桑德利厄斯已经兴高采烈地工作起来了，试图找出英奇卡普·琼斯的管理纰漏，结果证明在可能出纰漏的地方几乎都有纰漏。

现在，在一个文明的国家，鼠疫传染病已经不再是这样的事了：老百姓死在街头，司机们大声叫着“把尸体抬出来”。与鼠疫做斗争就像进行现代战争一样，要用电话联系，而不是靠口吐白沫的战马。那种由来已久的恐惧已经蒙上了一层效率的面纱。新建了很多办公室和卡片索引，还对病人和老鼠进行细菌检验。还有或者说应该还有一个具有最高法权的单身主管。有庞大的基金，有对公众进行教育的海报和报纸，有众多的灭鼠分队，有消毒大军，还要对患者进行隔离，以防害虫把病菌传给别人。

在这些细节方面，英奇卡普·琼斯大都没有做到。他要是想使鼠疫的存在首先得到承认，就得和控制议院的商人做斗争。那些人怒吼说，实行检疫隔离会毁灭他们，他们现在拒绝给他全部权力，企图由一个卫生局来消灭瘟疫，这种做法在某种程度上比在刮台风时让一个委员会驾驶一艘船还要糟糕。

英奇卡普·琼斯足够勇敢，但他不会讨人欢心。报界称他是暴君，不愿帮助他说服公众对老鼠和地松鼠采取预防措施。他曾试图用二氧化硫给几个仓库进行烟熏消毒，但是那些老板却投诉说，烟熏污染了纤维织物和涂料；卫生局就命令他等待——稍微等待一段时间——等着瞧。他曾经想对老鼠进行检验，以便发现传染的中心地带，可是他仅有的两位细菌学家就是工作过度的斯托克斯和奥利弗·马钱德；而英奇卡普·琼斯则屡次在高级宴会上声明，他不信任黑人的聪明才智。

他几乎精神错乱，每天工作二十个小时，自我安慰说他不害怕，还提醒自己是光明正大拿到的演讲术博士学位。他渴望，除了红腿子商人委员会以外，还能有人对他发号施令。在头脑缺乏睡眠的混沌状态中，他仿佛总是能看到萨里的小山，看到他的姐妹们在玫瑰花人行道上散步，看到他爸爸的网球场旁边放着的柳条椅和茶几。

于是，桑德利厄斯这个爱耍诡计和喜爱撒谎的说客，这个没有道德观念的上帝的战士，便闯了进来，成了独裁者。

他恐吓卫生局。他拿自己在蒙古和印度的经验做证。他向他们保证，如果他们不改正官僚作风，鼠疫可能会在圣休伯特永远扎根，这样他们就再也不能从游客身上捞到快活钱了，也享受不到非法偷运的乐趣了。

他一边威胁，一边奉承，讲了一个他们就连在冰屋酒吧也没听过的故事。而且，他还使英奇卡普·琼斯被任命为圣休伯特的独裁者。

古斯塔夫·桑德利厄斯仅次于这位独裁者。

他立即展开灭鼠行动。他拿着带有英奇卡普·琼斯签名的逮捕证，逮捕了一个仓库的老板，因为这个老板公开宣称不准备让他成堆成堆的可可被毁坏。他把他的那些警察，也就是在第一次世界大战中受过训练的健壮黑人，开到这间仓库，让他们担任警戒，并且把氢氰酸气体喷进仓库。

人群聚集在警戒线的外边，又惊奇，又怀疑。他们简直不敢相信会有事情发生，因为这个仓库连墙缝都塞得非常严实，根本没有毒气的味道。不过，屋顶有漏洞。毒气就是从那里悄悄冒出来的，没有颜色，像个恶魔似的。忽然，在屋顶上方盘旋的一只秃鹰往前一栽，身子斜着掉落下来，躺在围观者的中间，死了。

一个人把这只秃鹰拾了起来，瞪大眼睛看着。

“死了，死透了。”大家喃喃自语地说。他们敬畏地望着桑德利厄斯，他正在检阅他的士兵。

在喷进毒气之前，他的灭鼠队员都要把每个仓库搜查一遍，以防有人落在了里面。不过，在第三间仓库里面，有个流浪汉已经睡着了。等到烟熏之后连忙把门打开的时候，发现不仅有几千只死鼠，而且还有一个身体僵硬的死流浪汉。

“可怜的家伙——把他埋了吧。”桑德利厄斯说。

根本没有验尸。

在冰屋里喝朗姆碎冰鸡尾酒的时候，桑德利厄斯回忆说：“马丁，你说我杀了多少人啊？我在安托法加斯塔给轮船消毒那会，事后总会发现两三个偷渡客。他们藏得太好了。那些可怜的家伙。”

桑德利厄斯独断专行，硬把那些簿记员和勤杂工从他们的工作中拖了出去，然后用毒药、捕鼠器和毒气捕杀老鼠，或者把马厩和仓库用水泥密封饿死老鼠。他用色彩鲜明的红绿两色画了一张城镇鼠情分布图。他到商店劫掠供应物资，无视一切物权法。他对议院的领导软硬兼施。他拜访了凯利特，给他的孩子讲故事，在解释自己是个善良的路德派教徒时，差点儿就哭出来了——他经常喝多（但在凯利特家里没有过）。

在所有的酒吧中间，那个冰屋是最昏暗、最安静的，里面有冰凉的大理石桌子和金光闪闪的白墙，到现在还没有关闭。不过，里面只有一些年老的酒鬼和年轻的亡命之徒。他们都是刚从老家出来，苦闷寂寞，特别想念佩卡姆或者沃尔瑟姆斯托，想念皮尔公园或者赛伦塞斯特大街，绝望之极才来的冰屋。在所有的酒吧招待中间，只剩下一个大个子牙买加酒保了。巧的是，他是所有酒吧招待中最棒的调酒师，不管是种植园主喝的潘趣酒，新奥尔良的香槟酒，还是朗姆碎冰鸡尾酒，都调得很神奇。桑德利厄斯对他的杰作赞不绝口，他在目瞪口呆的顾客中间显得异常平静。他们现在进来不再像过去那样做白日梦了，而是猛灌几口就逃开了。桑德利厄斯捕杀老鼠，给屋子消毒，忙活了一整天，他同马丁、同马丁和利奥拉，或者随便同哪个他能劝说得动的人，一起坐下来闲谈慢饮。

在古斯塔夫·桑德利厄斯看来，公爵和补鞋匠同样出色。不过，马丁看到桑德利厄斯用对他同样的笑脸对待一个可可经纪人的职员时，有时则会非常嫉妒。桑德利厄斯一聊就是几个小时，一会儿谈到上海，一会儿谈到认识论，一会儿又谈到尼尔森的绘画。这一带的下流民歌他一唱就是几个小时，还用低沉洪亮的声音说："嗨，今天在凯利特的码头上灭鼠可真过瘾啊！我想，喝点碎冰鸡尾酒对一个老实人的肾小球不会有太大损伤吧。"

他心情很愉快，但绝对不是像艾拉·欣克利那样一味地责备别人、激怒别人的愉快。他嘲笑自己，嘲笑马丁，嘲笑利奥拉，嘲笑他们的工作。在家吃晚餐的时候，他从不在意吃的是什么东西（不过他对于喝的东西倒是很在意），虽然没有每天送来的新鲜东西，但由于利奥拉努力把惠西法尼亚人的口味和西印度群岛仆人的标准结合起来，精心烹调，在彭里斯山庄吃的东西已经令人很满意了。他又叫又唱——为了在老鼠和敏捷的跳蚤中间干好工作，他采取了预防措施：穿长筒靴，系紧袖口，还戴上他自己发明的橡皮领圈，这种领圈现在在每一家热带生活用品商店里都有，名字就叫桑德利厄斯防虫护颈。

巧合的是，他就是这个世界上众所周知的最才华横溢而又最不自大浮夸、因而也是最不受重视的流行病防治勇士。对此，马丁或者戈特利布一直不理解。

桑德利厄斯的情况就是这样。不过，对于马丁来说，只有尴尬、徒劳和恐惧。

第三十四章

一

在一次实验中，圣休伯特的半数商店老板都要死去，这样所有的鼠疫可能——或许——会永远终结，要说服他们接受这样的实验是不可能的。马丁同英奇卡普·琼斯争论，同桑德利厄斯争论，但都没有得到支持，于是他就像策划一个实验一样，开始策划一场政治运动。

他已经见过鼠疫造成的苦难，而且有人诱惑他（尽管他仍然不肯）去忘记实验，为了即刻拯救几千人的性命而放弃拯救数百万人的可能。英奇卡普·琼斯，在桑德利厄斯言过其实的恫吓下，现在才稍微安静一些，从而能够慢慢进入头脑清醒的日常工作。他开车把马丁带到加勒比村，由于这个村子有受到传染的地松鼠，比布莱克沃特的疫情要糟糕很多倍。

他们沿着太阳毒辣刺眼、令人痛苦的白色贝壳路行进，迅速驶出了这个首府；他们驶离了亚姆镇郊区那些灰蒙蒙的简陋棚屋，往一块竹林和棕榈遮蔽、甘蔗密布的地方驶去。他们从一个小山顶沿着一条弯曲的道路蜿蜒而下，来到一个巨浪拍击石灰岩洞发出轰隆巨响的海滨。这个充满欢乐的海岸竟然遭到鼠疫的威胁，遭到来自黑暗巷道里的令人讨厌的动物的威胁，这似乎根本就不可能。

汽车穿过信风向前疾驶，风在歌唱，讲述着漂亮的帆船和倨傲的人的故事。他们飞快地驶向目的地。在那里，泡沫在加勒比岬下冲出羽状的回波；在那里，欢快的风绕着海岬上那颗孤傲的棕榈树吟唱。他们慢慢地驶入一个炎热的山谷，来到了加勒比村，一个令人毛骨悚然的地方。

在布莱克沃特，鼠疫一直让人惊慌；而在加勒比，鼠疫却毁灭了一切。在这个村子周围的每个园子里，都有地松鼠挖洞穴居，那些鼠疫跳蚤就在地松鼠身上找到了肥美的滋生地。在布莱克沃特，从一开始就对病人实行隔离；而在加勒比，家家户户都在死人。整个村庄被身带刺刀的军事警察重重包围，除了医生以外，他们不准任何人进出。

马丁由人引导沿着令人作呕的街道往前走，两旁的村舍全是用棕榈叶子铺成的屋顶，在竹板条上涂抹牛粪灰泥做成的外墙，公鸡和山羊也关在屋里。他听见精神错乱的病人尖声叫喊；有十几次，他看见那种异常恐怖的面孔——凹陷充血的眼睛，形容枯槁的面庞，张开的嘴巴——这些都是黑死病的标志；还有一次，他见到一个漂亮的女孩处于昏迷状态，濒于死亡，她的舌头乌黑，坟墓的气息笼罩着她。

他们逃走了，逃到了加勒比岬，逃到了有信风的地方。英奇卡普·琼斯问道：“你看过那种东西真的还能谈论进行实验的事啊？”紧接着，马丁摇了摇头，不过他又竭力回忆起戈特利布的幻想，回忆起他们的小小计划：“让一半人获得噬菌体，而坚决剥夺另一半人的机会。”

他突然想到，戈特利布幽居斗室，闭目塞听，没有认识到在流行病已经失控的情况下，还要得到做实验的许可有什么意义。

他去了冰屋，同德比郡一个惊慌失措的职员一起喝酒。他又回想起戈特利布那双凹陷苛责的眼睛。他发誓决不屈服于那种最终会让一切怜悯化为泡影的怜悯。

既然英奇卡普·琼斯不能理解做实验的必要，他就打算去拜访当地总督，即上校罗伯特·费尔兰姆爵士。

二

虽然总督官邸是圣休伯特的官方办公场所，也不过是一所用茅草盖的平房罢了，比马丁住的彭里斯山庄稍微大一点而已。马丁看见这所茅草屋的时候，心里感觉舒服自在多了，晚上九点钟的时候，他缓步走上宽阔的台阶，好像是要顺道看望惠西法尼亚的一位邻居似的。

他被一个彬彬有礼的牙买加男仆挡住了去路。

他哼着鼻子说，他是阿罗史密斯博士，麦格克调查委员会的主席，然后又略带歉意地说，他必须立刻见到罗伯特爵士。

那个仆人极其镇定，但又非常恼火。这时，阳台的栏杆上方突然出现一张宽阔的红脸，同时传来了一个浓重的英国口音，喃喃地说："杰克逊，让他上来吧，别在那儿犯傻了啊！"那个仆人才建议说："真的，博士——呃——您最好还是去见见公共卫生局局长吧。"

罗伯特爵士和费尔兰姆夫人刚在阳台上用完晚餐，一张小圆桌上散乱地摆着咖啡杯和甜露酒，烛光闪烁。她身材纤弱，神情紧张，一副卑微怯懦的样子；而他则大腹便便，满面红光，勇气十足，却又全然没有精神；在连洗衣妇都不敢出门的时刻，他那件衬衫式的长睡衣显得异常光亮。

此时，马丁身上穿着他那套心爱的亚麻布西装，里面穿着那件利奥拉一直打算帮他洗但却没洗的皱巴巴的软料衬衣。

马丁阐明了他想做的事情——如果这个世界真的想要结束瘟疫盛行的荒谬现象的话，他必须要做的事情。

罗伯特爵士愉快地听着，马丁还以为他听明白了，没想到最后他却咆哮着说：

“年轻人，如果我正在前线指挥一个师，进行着一场哑弹表演，一场非常可怕的表演，而陆军部的一个小职员却要求我承担全部风险，去试验一种他自己研发的小宝贝疙瘩，你能想象得出我会怎样答复他吗？现在我已经不能起到多大作用了——那些当医生的家伙从我的手里夺走了一切——不过，我肯定会竭尽全力阻止你们这些用活体解剖的美国佬进来，把我们当作一堆血淋淋的——对不起，伊夫林——血迹斑斑的尸体。晚安，先生！”

三

多亏了桑德利厄斯巧妙的威吓，马丁才得以把他的计划提交给一个由总督、暂时停止行使职权的卫生委员会、英奇卡普·琼斯、议会的几个热心议员以及桑德利厄斯本人组成的专门委员会。桑德利厄斯是以非官方的身份加入专门委员会的，他走遍世界各地之后发现，以这种身份掩饰他那种令人愉快的暴行非常有效。桑德利厄斯甚至还把那个黑人医生奥利弗·马钱德也带进会场，但这并不是因为马钱德是岛上最聪明的人（恰巧桑德利厄斯以此为理由），而是因为他“代表着种植园的雇工”。

桑德利厄斯本人和费尔兰姆一样，也极力反对马丁那些冷漠的实验；他认为，所有的实验都应该——尽管他不太了解实验设备——在实验室里进行，不得妨碍令人愉快的流行病的处理，但对于戏剧性的会议他向来无法抗拒，比如专门委员会召开的这次幼稚的会议。

这次会议在一个星期以前就定下来了……每天都有几十人死亡。马丁在等待这次会议召开的期间，制造了更多的噬菌体，并且帮助桑德利厄斯杀死了很多老鼠。这两个男人一直争辩到半夜，利奥拉就在一旁听着，并且试图使他们承认让她一起过来是明智的行为。英奇卡普·琼斯给予马丁一个政府细菌学家的位置，但他拒绝接受，生怕自己偏离了主业。

专门委员会会议在议会大厦召开，所有出席会议的人都竭力使自己看起来不像他们家那些头脑简单的家伙，而是像法官一样。同他们一起出席会议的还有岛上那些能抽出时间的医生。

利奥拉在会场的后面听着，马丁则在对他们发表演讲。这个从埃尔克米尔斯来的小人物马特·阿罗史密斯，得到了这个热带小岛上以某爵士为首的那些统治者的重视，他对这种情景并非没有觉察。麦克斯·戈特利布仿佛就站在他的身旁，他凭借着戈特利布的力量，用恭敬的声音力图阐明，人类早就放弃了可能发生的科学真谛，因为某种危机、某场战争或者某次选举，或者在当时看来似乎至关重要的对救世主的忠诚，阻碍了对真理孜孜不倦的追求。他力图阐明他能——也许——拯救某个特定区域一半的人口，但为了一劳永逸地试验出噬菌体的价值，必须让另一半人不接受噬菌体……不过，他诡诈地告诉他们说，无论如何，那些不幸的一半仍将像现在一样受到关怀。

委员会的大多数人都听说，他有一种能治愈鼠疫的灵丹妙药，但由于某种未知原因，也可能是因为一些不光彩的原因，他不肯把这种药物拿出来，而他们是不会让他不拿出来的。会上的很多讨论都与他的讲话内容几乎没有任何关系。讨论的结果也不过就是，除了斯托克斯和奥利弗·马钱德以外，大家都一致反对他。凯利特对这个美国人很生气，罗伯特·费尔兰姆爵士极力反对他。就连桑德利厄斯也承认，虽然马丁是个相当不错的年轻人，但他同时也是个狂热分子。

在他们的争论中，那个名叫艾拉·欣克利的圣兄弟会传教士简直暴跳如雷。

马丁自从在布莱克沃特的第一个早晨与他见了一面之后，就一直没有见过他。他惊得目瞪口呆，竟然听到艾拉这样抗辩：

“先生们，我知道你们这帮人几乎全都是英国圣公会的，但我作为一个合格的医学博士，而不是作为一个牧师，恳请你们听我说几句。哎哟，上帝的惩罚已经降临到你们身上了——但我的意思是：我在美国是阿罗史密斯的同班同学。我对他了如指掌！他这个人特别失败，还被医学院勒令退过学哩。什么科学家啊！至于他的老板，也就是戈特利布那个家伙，他是因为不称职才被温尼麦克大学辞退的！我知道他们！一群骗子和呆子！没有一个看得起正义的！除了阿罗史密斯本人以外，有人跟你们说过他是个合格的科学家吗？”

桑德利厄斯的面部表情先是好奇，尔后转为冷漠的斯堪的那维亚人的那种狂怒。他霍地站了起来，大声嚷嚷着说：

“罗伯特爵士，这个人简直疯了！戈特利布博士是当今七大著名科学家之一，而阿罗史密斯博士正是他的代表！我宣布我同意他的观点，完全同意。你们肯定也能从我的工作中看到，我这个人根本就不受他的控制，而是全心全意在为你们服务，不过我也清楚他的身份，我很尊重他的意见，毕恭毕敬。”

专门委员会把艾拉·欣克利轰出去了，理由非常微不足道——在圣休伯特这个地方，白人不太尊重黑人对圣兄弟会小教堂的心醉神迷——然而，他们仅仅投票表示“对此予以考虑”。不过，每天仍然有几十个人死亡。而且，在中国满洲里时也和在圣休伯特一样，他们祈求冥福，以免遭受这漫长而又揪心的痛苦。

专门委员会的人步履艰难地走开了。出来后，桑德利厄斯对着马丁和愤愤不平的利奥拉吼叫道：“耶，吵得真过瘾！”

马丁答话说：“古斯塔夫，你现在和我站在一起了。你他妈的要干的第一件事就是，过来给你打一针噬菌体。”

“不。瘦猴子，我说过，我不会接受你的噬菌体注射，除非你先给每个人都注射一遍。我说真的，不管我怎样愚弄你们的委员会。”

他们站在议会大厦的门口，一辆小汽车摇摇晃晃地向他们开了过来，车上一应俱全，只是舒适性不够好，动力也不足，这时从车里跳下来一个人，和戈特利布一样瘦弱，和英奇卡普· 琼斯一样英国化。

“您是阿罗史密斯博士吗？我叫特怀福德，圣斯威辛教区的塞西尔·特怀福德。我本来也想来这儿参加专门委员会的会议，但我那个可恶的监工下午非得请假，结果得了鼠疫，死了。斯托克斯跟我说过您的计划。完全正确。让鼠疫继续传播，完全是一派胡言。委员会拒绝了吗？真是遗憾。或许，我们在圣斯威辛教区可以有所作为。再见。”

整个晚上，马丁和桑德利厄斯谈个没完。马丁上床睡觉时还念念不忘要像往常一样通宵达旦地工作，天刚麻麻亮时还在到处找烟抽。他无法安然入睡，因为艾拉·欣克利的幻影总是在他的脑海中闪现。

四天之后，他听说艾拉死了。

艾拉在陷入昏迷之前，一直在照料他的病人，为他们祈福。现在，那个闷热的铁皮小教堂已经被他改为隔离病院了。他摇摇晃晃地从一张病床挪到另一张病床，头顶上方就是他曾经用印刷体在白灰墙上写的福音教义，随后他大叫了一声，便倒在了他曾经兴致勃勃地布讲福音的松木讲坛旁。

四

马丁确实得到了一个机会。在加勒比，每三个人之中就有一个染上鼠疫病倒的，而且只有一个医生照料这些病人。现在，马丁给整个村子的人都注射了噬菌体。长时间的注射让他极其劳累，就算他知道任何一个病人身上活蹦乱跳的跳蚤都有可能把鼠疫带给他，他也没有丝毫的松懈。

他发现疫情开始有所缓解，精确地做了记录，这情况除了在加勒比这个地方以外，其他地方都没有出现过，于是他也就忘掉了恐惧造成的沉闷。

他回到家中，语无伦次地对利奥拉说："我要让他们看看！现在，他们同意让我按实验条件去做了，等瘟疫一结束，咱们就赶紧回家去。再次过过冷天感觉应该很棒！不知道霍拉伯德和肖尔泰斯现在是不是友好一些了？能够重新看到那间小公寓实在太好了，嗯？”

“是的，可不是嘛！”利奥拉说，“我们当初离开那会儿，我要是想到把厨房油漆一下就好了……我想，我要把那把蓝色的椅子放到卧室里面去。”

虽然加勒比的疫情有所下降，但是桑德利厄斯还是放心不下，因为它是这个岛上地松鼠染病最多的地方。他很快做出了决定。有天晚上，他向英奇卡普·琼斯和马丁说明了某些情况，消除了他们的一些疑虑，然后哼哼着说：

“给这个地方消毒的唯一方法就是把它烧毁——把所有的东西全都烧毁。要在天亮之前就把它烧掉，这样就没有人能阻止我们了。”

桑德利厄斯让马丁做他的副官，统领着他的捕鼠大军——一群暴徒，脚穿深筒靴，上衣袖口紧束，海盗似的黝黑面孔。他们从商店里盗取食物，从政府军用仓库里盗取帐篷、毛毯和野营火炉，然后再把他们的战利品塞进运货卡车里。卡车轰轰隆隆地向加勒比开去，一辆接着一辆，捕鼠队员就坐在车顶上，唱着虔诚的圣歌。

他们冲进村子，把健康的人赶出去，用担架运送病人，把他们安置在山谷上方一个牧场的帐篷里，后半夜他们就把这个小镇烧了。

捕鼠大军在棚屋之间奔跑，手里拿着奇形怪状的火把，把一间间棚屋全都点燃。棕榈叶搭成的屋顶上冒起了浓浓的烟雾，和一股死气沉沉的白光，中间还夹杂着一股股可怕的黑色气流，从中突然喷射出一道道灼热的烈焰。炫目的强光映照出棕榈树的轮廓。那些看似坚不可摧的棚屋顷刻间就只剩下薄薄的竹片框架和一条条黑色的板条，棕榈叶搭成的屋顶上溅落一道道火花。火光照亮了整个山谷，惊起了厉声尖叫的鸟群，把加勒比岬的浪花染成了血红的泡沫。

桑德利厄斯的捕鼠大军同那些体力充足、神志清醒的当地人一起，在这个熊熊燃烧的村子四周围成了一个圆圈，一边疯狂地高声叫喊，一边用棒子追打四处逃窜的老鼠和地松鼠。在这毁灭性的火光下，桑德利厄斯简直就像个恶魔，挥舞着棒子猛打那些惊慌失措的老鼠，把棍棒朝那些仓皇逃窜的老鼠身上扔去，口里还不停地哼唱着《水手比尔》那支淫秽的船夫号子。不过，天刚麻麻亮，他就在阳光灿烂的新帐篷村里护理病人了，教那些妈妈如何使用他们提供的轻便火炉，还亲切地和她们一起讨论把地松鼠毒死在地洞里的方法。

桑德利厄斯回到了布莱克沃特。不过，马丁又在帐篷村里停留了两天，给他们注射噬菌体，做记录，指导业余护士。第三天下午三四点钟的时候，他才回到布莱克沃特，把公共卫生局局长的办公室找了个遍，或者说把桑德利厄斯来此接管之前曾经是公共卫生局局长的办公室找了个遍。

桑德利厄斯就在那里，在英奇卡普·琼斯的办公桌前，只是这一次他没在忙碌。他沉坐在椅子里，双眼布满血丝。

“耶！咱们在加勒比捕鼠挺过瘾的，是吧？我的新帐篷村咋样了？”他咯咯地笑着问。不过，他的声音很虚弱。而且，他站起来的时候，身子一摇一晃的。

“怎么了？怎么了？”

“我想——那个东西传染我了。有个跳蚤传染我了。是的，”桑德利厄斯一副颤抖而又兴致勃勃的样子，“我时常在想，我自己也会被隔离的。我确实得了热病，还有淋巴腺炎。我的力气——嗯！我快六十岁了，但我还能举起重东西，别的水手碰都不敢碰——而且，我还能打五轮拳击呢！哎哟，我的上帝，马丁，我一点劲都没有！不要害怕！不要！”

要不是马丁扶着他，他早就倒下去了。

他不肯回到彭里斯山庄让利奥拉照料。“我以前隔离过那么多人——现在轮到我了。”他说。

马丁和英奇卡普·琼斯为桑德利厄斯找了一间干净简陋的小屋——那家人就是死在屋里的，全都是的，不过屋里已经用烟熏消过毒了。他们弄到了一名护士，马丁也亲自照料这个病人，努力回想自己也曾当过医生，懂得冰袋和安慰的作用。只有一件东西没有找到——蚊帐——这是桑德利厄斯唯一不满意的地方。

马丁俯下身子望着他，痛苦地发现他的皮肤灼热，他的面部和舌头肿得厉害，他用虚弱的声音含糊不清地说：

“戈特利布认为上帝开了很多玩笑的想法是对的。耶！上帝的最佳杰作就是热带地区。他把这些地方设计得美轮美奂，花团锦簇，四海承风，群山环绕。他使水果挂满枝头，人们都不用劳动了——接着他放声大笑，把火山、毒蛇、湿热、早衰、鼠疫和疟疾也安插进来。不过，他对人类所做的最讨厌的恶作剧就是创造了跳蚤。”

他那肿胀的嘴唇微微张着，从他灼热的喉咙里冒出了一阵微弱无力的嘎嘎声，马丁这才意识到他想笑。

他开始变得神志不清，但在发作的间隙，他却眼里噙着泪花，无限痛苦地抱怨起自己的虚弱：

“我想要你看看一个不可知论者可能会怎样死去！

“我并不害怕，但我总想再看一眼斯德哥尔摩、初雪降临那天的第五大道，以及塞维利亚的圣周。真想在临死之前再大醉一回！瘦猴子，我现在内心非常平静。人生在世难免有些痛苦，但人生又是一场精彩的游戏。而且——我是一个虔诚的不可知论者。哎哟，马丁，要给我的病人注射噬菌体啊！拯救他们所有的人——天啊，我根本没有想到他们会把我伤成这样！”

他的心脏已经衰竭。他躺在那张低矮的小床上，一动不动。

五

虽然马丁很喜欢古斯塔夫·桑德利厄斯，但他仍然能够保持头脑冷静，仍然能够拒绝英奇卡普·琼斯要他给每个人都注射噬菌体的请求，仍然能够专注于他被派来要干的事情，对此他既难过又自豪。

“我不是一个多愁善感的人，我是一个科学家！”他自鸣得意地说。

现在，人们在大街上对他怒骂；那些小男孩也对他谩骂，还向他扔石子。他们早就听说，他是故意不去救治他们。市民们以监护人的身份过来恳求他医治他们的孩子，他实在于心不忍，只好拿戈特利布的形象激励自己。

恐慌愈演愈烈。那些最初还能保持冷静的人，现在再也不能忍受这种紧张的气氛了，他们半夜惊醒，仿佛看见他们的窗户上映照着花蝶圆丘上那堆木柴的火光，仿佛那里就是临时火葬场，古斯塔夫·桑德利厄斯和他那卷曲蓬乱的满头白发，连同一个残障黑人小孩和一个印度乞丐，都被推进了火堆。

罗伯特·费尔兰姆爵士是个笨手笨脚的人，本来想悉心照料病人，结果却使他们病情加重；斯托克斯仍旧像个基督耶稣——他每晚只睡三个小时，但醒来后从不间断他那习以为常的十五分钟体育锻炼；利奥拉则在彭里斯山庄忙前忙后，帮助马丁制备噬菌体。

反倒是那个公共卫生局局长身体垮掉了。

英奇卡普·琼斯无法再依靠那个被人看不起的桑德利厄斯，再次陷入了一种毫无头绪的疯狂状态。当他认为桑德利厄斯说话的声音太低时，他就尖声喊叫。那支总是夹在他那只枯瘦的手里的香烟不停地抖动着，飘散的烟雾呈抖动的螺旋形颤悠悠地袅袅升起。

他在夜间巡视的时候，发现了一只单桅小帆船，有十来个红腿子正要乘坐这只小船逃往巴巴多斯。他突然来到他们中间，用财物买通他们，央求他们把他带走。

当这只单桅小帆船驶出布莱克沃特港口的时候，他向他的姐妹们和萨里郡静谧的群山伸开了双臂。可是，当这个镇上几点惊惶的灯光消失以后，他却意识到自己原来是个胆小鬼，于是从疯狂的状态中醒了过来，高高地抬起他那颗瘦小的脑袋。

他要求他们掉转单桅小帆船，把他送回去。他们不肯，对他又吼又叫，还把他锁在了船舱里。他们的船因无风而停了下来；还有两天他们才能抵达巴巴多斯，到了那个时候，全世界都会知道他开过小差。

英奇卡普·琼斯面无表情，慢吞吞地下了船，徒步走到巴巴多斯的一家海滨饭店，在一间邋遢的房间里站了很久，屋子里有一股污水桶的臭味。他再也见不到他的那帮姐妹和清凉的群山了。他用那支随身携带以便把那些受到惊吓的病人赶回隔离病房的左轮手枪，用那支在阿拉斯[①]时就一直带着的左轮手枪，自杀了。

六

这样一来，马丁终于可以开展他的实验了。斯托克斯被任命为公共卫生局局长，接替了英奇卡普·琼斯的职位，他还通过非法途径委派马丁去圣斯威辛教区担任全权医官。另外，马丁还得到了塞西尔·特怀福德的协助，这才使他的实验成为可能。

他应邀住在特怀福德的家里。他唯一的苦恼就是利奥拉的人身安全问题。他不知道自己在圣斯威辛教区会遭遇什么，尽管彭里斯山庄并不比这个岛上的其他任何地方安全一些。当利奥拉坚持说，在他做实验期间，那个曾经使桑德利厄斯失去笑声、冷酷无情的东西可能会落到他的头上，因而他可能需要她的照料时，他只好尽力让她高兴，承诺一旦圣斯威辛教区有个给她住的地方，他就派人接她过去。

当然，他在撒谎。

“看到古斯塔夫离世已经够让人难受的了。无论如何也不能让她去冒险！”他发誓说。

他把她留下了，由几个女仆和那个退伍军人男管家保护她，奥利弗·马钱德医生在可能的情况下也会顺道过来看看她。

---

① 阿拉斯：法国北部城市。

七

在圣斯威辛教区，到处都是一眼望不到边的甘蔗田，完全不见圣休伯特南部的可可树、矮竹林和峻峭的群山。在这片土地上，塞西尔·特怀福德这个精瘦的糙汉掌控着每一寸土地，制定每一条法律。

他住的地方叫作赤素馨庄园，算是这片闷热平原上的一块避暑胜地。这栋古老的房子非常低矮，墙壁全是用厚厚的石头堆砌而成的，用灰泥填的墙缝。用嵌板隔成的几个房间里整齐地摆放着瓷器、画像和特怀福德家族拥有三百年历史的刀剑。两侧的厢房之间是一个带有围墙的花园，开满了艳丽的芙蓉花。

特怀福德引领马丁穿过低矮凉爽的门厅，逐一向他介绍五个身材高大的儿子和他的母亲，自从他的妻子十年前去世，他的母亲就一直是这个家里的女主人。

“喝茶吗？”特怀福德问，“咱们的美国客人一会儿就要到了。”

他本来不会想到说这句话的，但因为他曾经发过誓，既然世世代代特怀福德家在该喝茶的时间都会喝茶，那么任何恐慌都不能阻止他们在那个时间喝茶。

马丁来到花园，看到柳条桌上摆着古老的银器，听到平静的声音，鼠疫似乎已经被攻克了，他觉得虽然身处利泽德角[1]西南四千英里之外的地方，但却像在英国一样。

---

① 利泽德角：在英格兰最南端。

他们都落了座，大家都很愉快，但不是很自在，这时那位美国客人到了，还在门口便冷眼注视马丁了，马丁同样冷眼凝视。

他瞅见一个女人，看样子肯定是他的妹妹。他三十七岁，她也许只有三十岁，但因为她身材苗条，面色苍白，眉毛浓黑，头发暗淡，所以很像他的孪生妹妹，简直就是他的化身。

介绍的时候，他们朝对方点了点头，他好像听见自己用沙哑的声音说："可你是我妹妹呀！"她张了张嘴，不过两个人都没有说话。她坐了下来，马丁从来没有在一个女人面前如此忸怩。

天还没黑，他就得知她叫乔伊丝·兰扬了，是纽约市罗杰·兰扬的遗孀。她来圣休伯特是查看她的种植园的，因为检疫隔离困在这儿了。他以前好像听说过，说她的丈夫生前是个家世显赫的富人；他依稀记得在《名利场》中曾经见过一幅兰扬全家在棕榈滩的插图。

她只是谈谈天气呀、花儿呀之类的话题，不过她的兴致越来越高，就连不爱讲话的塞西尔·特怀福德都跟着兴奋起来了。就在她饶有兴味地羞辱那几个身材高大的孩子中间块头最大的孩子时，马丁转过身来对她说：

"你真是我的妹妹！"

"显然是的。唔，因为你是个科学家——你是个出色的科学家吗？"

"相当出色。"

"我见过你们的麦格克太太。还有里普顿·霍拉伯德博士。我是在黑森湾见到他们的。你知道那个地方，是不是？"

"不知道，我——哎哟，我听说过那个地方。"

“你知道。就是翻新的布鲁克林老区，在那儿，作家、经济学家，以及所有那些人，其中有些人几乎和最出色的人一样出色，时常能遇到那些几乎和最聪明的人一样聪明的人物。你知道，在那儿他们虽然穿着礼服赴宴，但是他们全都听说过詹姆斯·乔伊斯。霍拉伯德博士非常有魅力，你不觉得吗？”

“啊哟——”

“跟我直说吧，我是认真的。塞西尔一直向我解释你打算做啥实验。有什么我可以帮忙的吗？——护理啦，烧饭啦，诸如此类的事情——或者说我只会碍你的事儿？”

“我还不知道呢。如果我能用得着你，我不会跟你客气的！”

“哎哟，不要一本正经的，别像这儿的塞西尔一样，也别学斯托克斯博士！他们根本就不会开玩笑。你喜欢斯托克斯这个人吗？塞西尔非常崇拜他，我猜他肯定全身都是优点，但我觉得他这个人太枯燥了，非常浅薄，一点意思都没有。你不觉得他可以更快乐一些吗？”

马丁一点儿都不想再了解她，他愤愤地说：

“听我说！你说，你觉得霍拉伯德‘有魅力’。你竟然听信他的科学谎言，而不欣赏斯托克斯，这真让我生气。斯托克斯冷酷无情——谢天谢地！——还可能很粗鲁。为什么不啊？他正在和一个鼓吹虚假魅力的世界做斗争。没有哪个科学家能够经受折磨而不变得有点粗鲁的。而且我告诉你，斯托克斯天生是个研究员。我倒希望麦格克能有他这种人。粗鲁吗？但愿你能听到他是怎样对我粗鲁的！”

特怀福德满脸狐疑，他的母亲略显震惊，那五个健壮的儿子则毫无感觉，而马丁还是那么情绪激动，声嘶力竭地述说他对野蛮人、苦行僧以及傲慢的科学助手的看法。不过，乔伊丝·兰扬那双漂亮的眼睛显得非常亲切。而且，她在说话的时候，已经没有一个交际花无所不知的神态了。

“是的。我现在装扮成一个种植园主，我想这就是我与塞西尔之间的区别。”

晚餐后，他和她一道在花园散步，并努力为自己争辩，却又不太明白争辩什么，直到她暗示说：

“我亲爱的老兄，你怎么总在无须争辩的地方为自己争辩啊！如果你一定要做我的孪生哥哥，不管你什么时候想叫我去死，尽管对我直说。我不会介意的。现在说说你的戈特利布，他好像完全把你迷住了嘛——”

“迷住！胡说！他——”

一小时后他们分了手。

马丁一点儿都不想再有那种暗中偷看的、幼稚的、易怒的、躁动的事了，那是他以前和奥契德·皮克博之间发生过的事情。可是，当他进入那个有古色古香的版画和一张四柱大床的房间去睡觉，而又明知乔伊丝·兰扬就在他的不远处时，便不由得心烦意乱起来。

他坐立起来，被真相吓得目瞪口呆。他要爱上这个楚楚动人而又毫无用处的年轻女人了吗？（晚餐时，她那袒露在黑色绸缎外面的双肩多漂亮啊！她的肌肤天生明亮诱人，使得大多数女人的皮肤都显得又粗又厚，甚至连娇弱的利奥拉的皮肤也是那样。乔伊丝的皮肤下面有一种玫瑰色的光晕，宛若从里层映射出来的光泽。）

既然有乔伊丝·兰扬在这个屋子里，他真的还想要利奥拉过来吗？

（亲爱的利奥拉，她可是生命的源泉啊！此时此刻，远在彭里斯山庄的她正在想念他吗？为了他而辗转难眠吗？）

现在仍是瘟疫流行的危急时刻，他又怎么能请求刻板的特怀福德家人去邀请利奥拉过来呢？（他究竟有多忠实呢？那天下午，他已经察觉到特怀福德家友好却又死板的家规了，可他能因为自己是个外来人就将其束之高阁吗？）

突然，他从床上爬起来，跪在地上，向利奥拉祈祷。

第三十五章

一

鼠疫才刚刚开始侵袭圣斯威辛教区，但它来势确实凶猛。不过，马丁作为该教区的正式医官，有权制订应对方案。他把全体居民分成人数相同的两部分，一部分人在特怀福德的驱使下注射鼠疫噬菌体，另一部分人则不给注射。

他开始达到预期目的。他看到每年都有四十万人死于鼠疫的遥远的印度因为他的努力得救了。他听到麦克斯·戈特利布说：“马丁，你已经把你的实验做完了。我非常高兴！”

鼠疫侵袭了教区里没有注射噬菌体的那一半人，其侵害程度远比那些接受过治疗的人严重得多。在那些注射过噬菌体的人群中间，确实出现过一两例患者，但在那些没有注射过噬菌体的人群中间，每天都有十个、接着是二十个、然后是三十个受害者。他就在这个略显贫寒的公立救济院里治疗这些不幸的患者，给一拨接一拨的病人注射噬菌体。救济院是一间用石灰水刷白的小屋，在高大的榕树和面包树的衬托下更显简陋。

他永远都无法理解塞西尔·特怀福德。虽然特怀福德一直把他的雇工当作奴隶，虽然以他显贵的男爵身份，他只给他们修建了这么一个寒碜的救济院，但现在他却冒着自己的生命危险、冒着五个儿子的生命危险照料他们。

兰扬夫人不顾马丁的阻拦，坚持过来帮忙烧饭，没想到她竟然是个相当出色的厨师。她还整理床铺。她在给自己消毒方面比特怀福德家的人显得更有智慧。她穿着一件从一个女仆那儿借来的方格花布睡袍，在破旧的厨房里来回忙活，害得马丁心神不安，搅得他连怎么发脾气都忘了。

二

到了晚上，他们乘着特怀福德咔嗒咔嗒响的小汽车回到赤素馨庄园，兰扬夫人就像老同事一样和马丁闲谈起来。可是，在她沐浴更衣、涂脂抹粉、梳妆打扮以后，马丁同她交谈时却像很怕她似的。他们之间的纽带只是相貌很像兄妹。他们几乎不约而同地认为，他们的相貌完全相同，只是她的头发比他的更黑，而且她也没有他那傲慢昂扬的眉毛。

通常情况下，马丁晚上会回到他的病人身边；但偶尔，他和兰扬夫人也会溜到嵌进深海、岩石林立的环礁湖岸边，暂时忘掉那些高烧焦灼的病人，远离麻木古板的特怀福德一家。

他们坐在一块峭壁上，令人神清气爽的潮声不绝于耳。但他思绪很乱，脑海里全是那些挂在救济院里白色宽厚木板上的图表，墙壁上那些晒裂的泥块，以及那些黑人患者惊恐万状的浮肿脸。他忘不了特怀福德的一个儿子是怎么把一安瓿噬菌体打翻的，也忘不了病房里又是多么闷热难忍。不过，环礁湖上的清风缓解了他的紧张，使沙沙作响的潮汐平静下来。他看到兰扬夫人的白色连衣裙在她的膝上飘动；他发现她也紧张得寂然不动。他神情忧郁地转向她，这时她大声说：

“我非常害怕，非常寂寞！特怀福德一家是很英勇，但他们简直就是一堆石头。我就像被流放到孤岛一样！”

他吻了她一下，她顺势靠在了他的肩上。她那柔软的衣袖轻抚着他的手背。突然，她把头移开，说：

“不！你不是真的在乎我。只是猎奇而已。也许，这对我是件好事儿——今晚。”

他竭力向她保证，也向自己保证，他真的特别在乎，可他实在提不起兴致；尽管她香味迷人，但在他与她之间，隔着医院的病床、极度的疲劳，以及利奥拉平静的面容。他们一声不响地坐在那儿。当他的手慢慢地移到她的手上时，他们就那么平静地坐着，彼此心领神会，无拘无束地说着心里话。

他们回到住处以后，他就站在她的门外，想象着她在里面轻盈的步态。

“不行，”他愤怒地说，“不能那样做。乔伊丝——像她那样的女人——只不过是我为了工作、为了莉而放弃的沧海一粟罢了。唔，那么这事就到此为止吧。可是，如果我在这儿待上两个星期——傻瓜！如果我敲她的门，她会大发雷霆的！可是——”

他觉得她门下那道灯光就像一把匕首似的。他转过身子，拖着沉重的脚步回到自己的房间，这种感觉愈加强烈。

三

圣休伯特的电话服务是这个岛上最糟糕的一件事。彭里斯山庄没有电话——港口医生对到邻居家接听电话早就习以为常。现在，电话总机因鼠疫而瘫痪，马丁用了两个小时试图把利奥拉找来通话，最终还是放弃了。

不过，他已经取得了成功。再过三四天，他就要开车去彭里斯山庄了。特怀福德完全同意他的建议，答应把利奥拉接到这里来。如果利奥拉和乔伊丝· 兰扬成为好朋友，乔伊丝就再也不会在寂寞的时候过来找他了。他心甘情愿，他迫不及待——他简直急不可耐。

四

当马丁把利奥拉留在山庄，留在彭里斯山高处的繁叶浓荫里时，她就感觉不到他的存在了。自从她在泽尼斯擦拭病房与他相遇以来，他们很少分开。

下午格外漫长。她每次听到嘎吱声，都会异常兴奋，希望那是他的脚步声。紧接着，她又意识到他是不会来的，整个下午都很寂寥，整个夜晚都很可怕；他绝对不会过来，听不见他的声音，也感受不到他的抚摸。

晚餐也很让人悲伤。马丁在研究所时，她也经常独自进餐，但那时他在黎明前总会回到她的身边——大概如此——她时常陷入沉思，一边坐在餐桌拐角用力嚼着快餐，一边浏览晚报上的滑稽漫画。今晚，她必须对得住那个男管家，因为他伺候她，就像伺候二十个人的宴会似的。

她坐在走廊上，注视着下边布莱克沃特幽暗的屋顶，确信自己感受到了一股“瘴气”在闷热的黑暗中翻滚。

她知道圣斯威辛教区的方位——就在那些盘绕着起伏的山峦修建的、有微光闪烁的棕榈树小屋的那一边。她聚精会神地望着那个方向，她不知道是否可以凭借什么魔法获得他的信息，但她的确没有他在期盼自己的感觉。她默默地坐了很久……百无聊赖。

她一夜没有合眼。她试图借助挂在朦胧的小帐篷似的蚊帐内的电灯泡，在床上看看书。可是蚊帐上有一个破洞，钻进来好多蚊子。她关掉电灯，紧张地躺着，无法放心入睡，没有一点安全感。与此同时，她隐约看见若隐若现的蚊帐褶皱似乎滑落到了她的身上，她拼命回忆，却记不清这些蚊子是否会携带鼠疫细菌。她这才意识到，在这些小知识方面，如同在所有的哲学知识方面一样，她原来一直这么依赖马丁。她记得，他有一次很恼火，因为她记不住黄热病蚊子是 Anopheles 还是 Stegomyia——抑或是 Aedes？——突然，她在黑夜里哈哈大笑起来。

她想起了一件事，他曾经让她再给自己注射一次噬菌体。

“该死的，我忘了。唔，我明天一定注射噬菌体。”

“明天注射噬菌体——明天注射噬菌体。”这句话就像乐曲中反复出现的、令人恼火的副歌一样，在她的脑海中嗡嗡作响。她怎么也睡不着，这才意识到自己多想钻进他的怀里。

第二天早晨（她还是忘记了再给自己注射噬菌体），仆人们似乎都很不安，经她极力安慰一番之后，他们才说出他们依赖的奥利弗·马钱德医生死了的消息。

下午，那个男管家听说他的妹妹被送到了隔离病房，于是就去布莱克沃特安顿他的几个侄女去了。他没再回来，没有人知道他后来如何。

临近黄昏，利奥拉仿佛觉得有一条散兵线正在向她围拢过来，便逃到了马丁的实验室里。这个实验室似乎到处都是马丁傻乎乎的影子。她尽量不去触碰那些装有鼠疫病菌的烧瓶，但她却捡起了一个半截烟头，随手把它点燃，只因那是他抽剩下的。

现在，她的嘴唇上有一道轻微的裂痕。本来这个实验室就像一座抵御疾病的堡垒，但是那天早晨，一个女仆笨手笨脚地打扫灰尘时，碰掉了一个试管，里面的液体一滴滴流了出来。那只香烟外表看来特别干，但里面却藏有足够消灭一个团的鼠疫细菌。

过了两夜之后，她实在寂寞难耐，于是想起步行去布莱克沃特，再找一辆汽车，然后逃到马丁那里去。她醒了，发烧头痛，四肢冰凉。女仆们早晨发现她这个情况以后，就都从屋子里逃走了。她浑身疲乏无力，孤零零地躺在这间与世隔绝的屋子里，连部电话都没有。

一天一夜，她的喉咙都要渴裂了，她就那么躺着，巴望着有人过来帮她一把。有一回，她竟然爬到厨房喝水。卧室的地面就像波涛汹涌、无边无际的大海一样，过道就像一个蜿蜒曲折的黑洞似的，她倒在厨房门口，躺了一个小时，嘤嘤啜泣。

“还得——还得——记不起来是什么了。”她的声音不停地向她那颗昏昏沉沉的脑袋哭诉。

她浑身酸痛，强忍痛苦，挣扎着站了起来，把一个女仆仓皇逃跑时丢掉的破烂外衣裹在身上，踉踉跄跄地穿过黑暗寻求帮助。她刚上公路就跌倒了，躺在树篱下，一动不动，宛若一只受伤的动物。她四肢着地，爬回山庄。有时，她的头脑一片混沌，几乎忘掉了思念马丁的痛苦。

她不知所措，孤苦伶仃，没有马丁的手来抚慰她，她根本不敢开始她的长途旅行。她侧耳倾听他的声响——倾听着——越听越紧张。

“你会来的！我知道你会来帮我的！我知道。你会来的！马丁！桑迪！桑迪！”她抽噎着说。

接着，她便不省人事了。不再有痛苦的呜咽，幽暗的屋里一片寂静，只听得见她那嘶哑的、挣扎的呼吸声。

五

乔伊丝·兰扬像桑德利厄斯一样，拼命劝说马丁给每个人都注射噬菌体。

“尽管你们大家都在劝我，我还是要严格办事。十足的戈特利布。说什么我也不能这样做，就算他们用私刑处死我，我也不会干的。”他自吹自擂地说。

他曾经向乔伊丝说过利奥拉。

“我不知道你们俩会不会喜欢对方。你们完全不一样。你伶牙俐齿，还特别喜欢你时常谈到的那些‘漂亮人物’，可她一点儿都不在乎他们。她就在一旁闲坐着——哎哟，她不会听漏任何事情，但她从不多说。而且，她本性正直，我还从来没有见过像她那么正直的人哩。我希望你们两个能够相互了解。我本来不敢让她来这儿的——不知道会出现什么情况——可现在，我想要马上赶到彭里斯，今天就把她接过来。”

他借了特怀福德的汽车，往布莱克沃特开去，一直开到彭里斯，心情特别高兴。尽管到处都有瘟疫，他们在晚上还是可以尽情玩耍的。特怀福德有一个儿子不是那么古板；他和乔伊丝，还有马丁和利奥拉，大可一起溜到环礁湖去举行野外晚餐；他们还可以放声歌唱哩——

他来到彭里斯山庄，大声喊道：“莉！利奥拉！快点出来！我回来啦！”

他慌忙跑到走廊上，脚下到处都是落叶和灰尘，大门砰砰乱响。他的声音在令人绝望的寂静中回响。他慌乱起来，冲进屋里，发现客厅里连个人影都没有，厨房里也没有，于是直奔卧室。

床上，在撕破的蚊帐褶皱下面，是利奥拉的躯体，非常虚弱，一动不动。他对着她大声呼叫，不停地摇晃她，强忍着泪水。

他对她讲话，声音有点儿失常，试图使她明白他一直都很爱她，把她留在这儿只是为了她的安全——

厨房里有朗姆酒，他跑出去一口咽下满满几杯没掺水的酒。但这些酒对他没起作用。

傍晚时分，他大步走到花园。那座花园位于高处，惠风和畅，面朝大海。他挖了一个深坑，抱起她那轻盈却又僵硬的尸体，亲吻了一下，然后把它放进坑里。整晚他都神志不清。当他回到屋里，看见她那排小衣服，上面还留有她那柔软的体型轮廓时，他简直吓坏了。

接着，他的心便碎了。

他让出彭里斯山庄，离开特怀福德的家，搬进了公共卫生局局长办公室后面的一个房间。在他的帆布床旁边，一直放着一个酒瓶。

因为他初次经历亲人的死亡，他愤怒地骂道："唉，他妈的实验！"然后，他不顾斯托克斯的惊愕，给每个要求注射噬菌体的人都注射了。

只不过，在圣斯威辛教区，他的实验开端很好，残存的荣誉才让他没有普遍给大家注射噬菌体；不过他把这项实验交给斯托克斯进行了。

斯托克斯明白，他有点疯狂了，但也只有一次，那时马丁咆哮着说"你的科学关我屁事"，他曾经企图说服马丁坚持他的实验。

斯托克斯本人和特怀福德一起继续进行实验，把本该马丁做的实验记录也做了。从黎明开始，连续工作十四五个小时之后，到了傍晚，斯托克斯总会骑上摩托车赶往圣斯威辛教区——他讨厌颠簸，讨厌丢脸，而且他觉得，在这种弯弯曲曲的山路上，时速六十英里有点危险，但这是最快的办法。他和特怀福德一直商议到半夜，吩咐他第二天要做的事情，整理他那些笨拙的注解，对他那副严峻而又温顺的神情惊讶不已。

与此同时，马丁一直在给一长排惊恐不安的市民注射，在布莱克沃特公共卫生局局长的办公室里忙活了一天。斯托克斯请求他无论如何要把这项工作交给别的医生去做，尽可能关心圣斯威辛教区，而马丁却完全置自己的重要性于不顾，致力于破坏他自己的各项目标，从而得到一点痛苦的满足。

他站在光秃秃的办公室里，只有一名护士做助手。一排又一排的人——黑人，白人，印度人——焦虑不安地站成排，一共站了十排，有一个街区那么长，默默地等着，像是在等待死亡一样。他们缓缓地走到马丁身边的护士跟前，不安地把手臂露出来，让护士用香皂和清水擦净，再涂上一点酒精，这才一个个转到马丁跟前。他粗鲁地拧起上臂的皮肤，拿起注射器的针头用力一戳，谁要是猛一抽动他开口就骂，看都不看他们的脸。他们离开的时候，慌乱地说些感激的话——"哎哟，医生，愿上帝保佑您！"——但他根本就听不到。

有时候，斯托克斯也会过来，一脸焦虑不安的样子，特别是看见圣斯威辛教区那些种植园雇工也站在队列里的时候，因为他们本该留在教区里面接受严格的管控，以便检验出噬菌体的价值。有时候，罗伯特·费尔兰姆爵士也过来，满脸堆笑，咯咯地伸出手来相助……费尔兰姆夫人第一个接受了注射，紧接着是一个衣衫褴褛的厨房女仆，直呼"哈利路亚"。

过了两个星期，他厌倦了这种戏剧性场面，便让四位医生注射，自己则去制造噬菌体。

不过，到了晚上，马丁便独自坐着，头发乱蓬蓬的，一个劲地喝闷酒，用威士忌和憎恨麻醉自己，用怨恨来解脱他的灵魂，消融他的躯体，就像以前的隐士用入定来消解自我一样。他的生活如梦似幻，如同一个老酒鬼的夜晚一样迷离。他有一点比那些谨小慎微的常人强，即他不在乎自己是死是活，他坐在那些死人中间，同利奥拉和桑德利厄斯，同艾拉·欣克利和奥利弗·马钱德，同英奇卡普·琼斯和黑压压一群双手合掌求救的黑人说话。

利奥拉死后，他曾经回过特怀福德家，不过只回去过一次，去取回他自己的行李，但他没有见到乔伊丝·兰扬。他恨她。他发誓说，并非她的存在使自己没有早点回到利奥拉的身边，但他又知道，自己在和乔伊丝闲聊时，利奥拉正在垂死挣扎。

“去他妈的油腔滑调、攀龙附凤的野心家！谢天谢地，我再也不要见到她了！”

他坐在那个密不透风的小房间里，坐在他那张帆布床的床沿上，头发蓬乱，两眼通红，一只迷路街头的小猫在他的枕头上酣睡，他把它看成自己唯一的朋友。他听到一声敲门声，咕哝着说：“我现在不能和斯托克斯说话。让他做他自己的实验去吧。我对实验一点兴趣都没有了！”

他郁郁不乐地说：“哎呀，进来！”

门开了，竟然是乔伊丝·兰扬，沉静，整洁，自信。

“你想干吗？”他咕哝着说。

她凝视着他，把门关上，默默地整理凌乱的食物屑、纸片和桌子上的仪器。她把愤怒的小猫哄到垫子上，拍了拍枕头，挨着他坐在难闻的帆布床上。然后说道：

“拜托！我知道发生了什么事情。塞西尔在镇上，要待一个小时，我本想带来——要是你知道我们有多喜欢你，会不会感到一丝安慰呢？可不可以让我向你表示一下友情呢？”

“我不需要任何人的友情。我一个朋友都没有！”

他一声不吭地坐着，她的手搭在他的手上，可是等她走了以后，他却感到一阵颤抖，那是一股新的勇气。

他无法使自己放弃对威士忌的依赖，也无法不继续给那些恳求注射噬菌体的人注射噬菌体，不过他把注射噬菌体和制造噬菌体这两件事都交给别人了，自己则重新开始严密观察他在圣斯威辛教区的实验……现在，这个教区未注射过噬菌体的那部分人也前往布莱克沃特接受噬菌体注射，实在令人扫兴。

他没有再见乔伊丝。他住在救济院里，但现在大多数晚上，他并没有喝醉。

六

灭绝老鼠的福音已经传遍全岛；从五岁大的小孩到步履蹒跚的老奶奶，个个都出来消灭老鼠和地松鼠。不知是由于噬菌体，还是由于灭鼠，抑或是由于天意，鼠疫的流行中止了。在马丁到来六个月之后，西印度群岛的五月已经酷热无比，飓风季节即将来临，鼠疫几乎完全绝迹，检疫隔离也解除了。

无论是在厨房里，还是在商店里，圣休伯特都感到安全了。在这个生机盎然的春天，整个岛屿都很欢乐，就像一个刚刚解除痛苦的病人仅仅为了自己安然无恙就心花怒放一样。

人们在公共集市上讨价还价，满口脏话，喧喧闹闹；一对对情侣在街上闲逛，旁若无人；一帮游手好闲的人东拉西扯，长时间待在冰屋里喝酒；三三两两的老人蹲在杧果树荫下笑呵呵地聊着天；教堂里的会众齐声向上帝唱赞歌——在他们看来，这一切不再是平凡的活动，也不再是愚蠢的行为，而是天国的福佑。

他们欢庆第一艘轮船起航。白人和黑人，印度人和中国佬以及加勒比人，他们全都挤在码头上，高声欢呼，挥舞着头巾，听到布莱克沃特金牌乐队的幸存者吹奏出微弱的乐声时强忍泪水；当麦格克航运公司的圣艾奥瓦号轮船解缆时，船长笔直地站在驾驶台的栏杆边，向他们挥手致意，不过他的眼里都是泪水，根本看不清港口，他们觉得自己不再是被禁锢的麻风病人，而是这个自由世界的一部分。

乔伊丝·兰扬坐的就是这艘船。马丁来到码头和她道别。

她的手强健有力，个头几乎和他一样高。她平静地望着他，高兴地说："你总算脱离危险了，我也是。我们俩就那么困在这里，都快疯了。我觉得，我没有帮上你的忙，但我真的很想帮忙。你知道，其实我从来没有受过训练。这回你训练了我。再见。"

"我可不可以去纽约看你呀？"

"如果你真的想来。"

她走了。然而，当轮船消失在犹如银丝镶边的地平线外，在这个百无聊赖的时刻，他觉得她从来没有这么重要过。但当天晚上，他便慌忙逃到了彭里斯山庄，把他的脸颊埋在覆盖在利奥拉身上的湿土里。和她在一起，他从来不必设防，也无须解释，他也从来不需要对她说："我可不可以去看你呀？"

可是，利奥拉冷冰冰地躺在坟墓里，没有笑容，对他没有回答，也没有安慰。

七

马丁在离开之前，得把他的噬菌体实验笔记汇集起来，然后再把斯托克斯和特怀福德的观察结果添加到他自己的第一批精确数字里。

作为一个给几千个受到惊吓的岛民施舍噬菌体的人，他早就变成了一个显要人物。检疫隔离解除之后的第一期《布莱克沃特卫报》称他是“我们全体生命的救星”。他成了有口皆碑的英雄。如果说桑德利厄斯曾经帮助他们自我净化，那他不还是自己的副手吗？如果正如接替艾拉·欣克利在圣兄弟会教堂职位的那个诚挚的老黑人所说，这是上帝干预的结果，那他不肯定就是上帝派来的了吗？

没有人注意到有个固执己见的苏格兰医生，虽然工作很刻苦，但在瘟疫流行期间并无建树。他暗示说，大家都知道，就算没有噬菌体，瘟疫也会减缓停止的。

就在马丁即将整理完笔记的时候，他收到了麦格克研究所的一封来信，署名是里普顿·霍拉伯德。

霍拉伯德在信中说，戈特利布“感到精神欠佳”，他已经辞掉了所长职务，暂时停止了他自己的实验工作，此刻正在家中休养。霍拉伯德本人已被任命为研究所的代理所长，他说了这样一些赞扬话：

麦格克先生的代理人经检疫机构批准转发给我们很多信，信中对你的工作做了很多报道。这些报道告诉我们，你在工作中取得了很多非同一般的成就，比你那份谦逊的报告提到的多多了。你已经完成了当今很少有人能够完成的工作，既通过大规模的实验确定了噬菌体在瘟疫中的价值，又挽救了大多数不幸的百姓。你给麦格克研究所增添了很多光彩。在你的报告发表以后，它还会给麦格克研究所增添更多的光彩。对此我和董事会特别感激。既然有几个月不能请你的挂名上司戈特利布博士一起共事，我们就想成立一个独立的研究室，请你做部门主任。

“确定了价值——简直胡说八道！我的实验大概才做了一半，”马丁叹了口气，又说，“研究室！我在这里下的命令已经够多的了。我对权力不感兴趣。我想回到我的实验室去，一切重新开始。”

他忽然想到，现在他可能年薪一万了……利奥拉本来可以经常享受大餐的。

虽然他曾经注意到戈特利布日渐衰弱，但没想到他竟然病得这样厉害，甚至一连几个月都不能工作，这实在让他震惊。

当他突然想到自己放弃实验，充当了救星的角色，早就背叛了戈特利布和他主张的一切时，他仿佛忘却了自己。他一旦回到纽约，就得去拜访这位老人，并且向他承认，向那双凹陷的无情的眼睛承认，他还没有找到噬菌体价值的全部证据。

要是他能带着他的一万年薪跑到利奥拉的面前就好了——

八

在乔伊丝·兰扬走了三个星期以后，他离开了圣休伯特。

在他起航之前的那个晚上，罗伯特·费尔兰姆爵士做东道主，为他和斯托克斯举行了一场盛宴。罗伯特爵士面红耳赤地说了一通恭维话，凯利特则竭力说明一些事情的原委。他们全都站立起来，先为国王的健康干杯，再举杯向他祝酒，马丁则寂寞地坐在那里，心里盘算着明天就要离开这些充满信任的眼睛，面对戈特利布和特里·威克特的严厉查问了。

他们越是对他大声称赞他的荣耀，他就越是想到在遥远的实验室里，那些默默无闻的、思想狭隘的科学家，会对一个得到了机会却又把它抛弃的人说些什么。他们越是称他为生命的赐予者，他就越觉得自己不光彩，越觉得自己是个叛徒；当他望着斯托克斯的时候，看到他的眼神中流露出一种怜悯，那比谴责还让他难受。

第三十六章

一

碰巧的是，马丁回纽约和来的时候一样，乘坐的也是圣伯里扬号。船上到处都是幻影，有利奥拉憧憬未来时的影子，也有桑德利厄斯在船桥上呼喊的影子。

在圣伯里扬号上，还有乡村俱乐部格威廉小姐，她以前冒犯过桑德利厄斯。

她在特立尼达和加拉加斯度过了那个冬天，煞有介事地记录了当地的音乐，至少有记录下来的打算。她看见马丁在布莱克沃特上的船，粗鲁地记下了送别他的朋友——有两个英国人，一个大腹便便，一个四肢瘦长；还有一个是表情漠然的苏格兰人。

“你的朋友貌似都是英国人。”她先拉开话题，这时她已经把他当成老朋友了。

“嗯。”

“你在这里过的冬吧？”

“嗯。”

“真倒霉，竟然遇上检疫隔离。可是，我跟你说，你现在上岸太蠢了！你削尖脑袋开业行医，肯定捞了不少钱。不过，那肯定不愉快，真的。”

“是的，我想是这样。”

“我早就跟你说过会这样的！你本该在特立尼达上岸的呀。多迷人的岛啊！你告诉我，那个无赖咋样了？”

“谁呀？”

“哎哟，你知道——就是那个滑稽的瑞典人，又是跳舞，又是干什么的。”

“他死了。”

“啊，实在抱歉。你知道，不管别人说什么，我从没认为他有多坏。我相信，他没有到处撒酒疯的时候，心眼儿还是挺好的，也很有修养。你的妻子没和你一起，是吗？”

“是的——她没和我一起。我现在得下去取包裹了。”

格威廉小姐望着他的背影，脸上的表情似乎在说，做人至少可以学点礼貌呀。

二

因为天气酷热，飓风频发，圣伯里扬号上并没有很多头等舱乘客，而且这些人也大都不是什么重要人物，因为他们并不是快乐而又体面的美国佬游客，不过是些美国南方人罢了。和一般的游客一样，在借助旅游开阔了眼界、增长了见识，带着曾经在西印度群岛和南美度过了整整六个月的美誉，重新返回新泽西州或者威斯康星州的时候，这几个体面的乘客彼此也用挑剔的眼光看待对方。他们注意到，那个瘦削苍白的男人似乎特别焦躁，整天在甲板上踱来踱去，还看见他半夜以后独自站在栏杆边。

“我觉得那个家伙特别焦躁！”底特律的S.桑伯恩·希布尔先生对孟菲斯那个妩媚迷人的道森太太说道。而她则用那种无论走到哪里都大受欢迎的风趣回答说：“是呀，可不是嘛！我猜他一定在谈恋爱！”

“啊，我认识他！”格威廉小姐说，“在我来的时候，他和他的妻子也在圣伯里扬号上。她现在在纽约。他是个什么医生——不是特别成功，我相信不是。不要对别人说啊，我不怎么看得起他，对她也一样。他们上来坐了一路，一副笨头笨脑的样子。”

三

马丁手指头痒，很想摆弄他的试管。正如他从前的猜想一样，他知道自己痛恨行政管理和“大事务”。

他拖着脚步走在甲板上，神志清醒，又做回了自己。他想象得出，不管自己最终写出一份什么样的报告，批评家们都会立刻严厉批评，这让他很气愤。有段时间，他非常讨厌实验室那些苦力同事的批评，正如他讨厌他们的竞争一样。他讨厌非得老是回头提防那些研究人员。不过，有天晚上，他在栏杆边上站了几个小时，他承认自己害怕他们的批评，而他之所以害怕是因为他的实验有太多漏洞。于是，他把以前用来保护自己的所有辩词都扔进了大海：“那些人，在瘟疫流行期间，从未尝试过竭力保持镇静并保持实验条件，只是躲在安全的实验室里，根本体会不到一个人必须与之斗争的对象是什么。”

不断受到批评是有好处的，只要这种批评不是怀有恶意，猜疑妒忌，小肚鸡肠——

不，即使那样也会有好处的！有些人不得不像那些个性随和的工人所说的那样“怀有恶意”。对他们来说，整垮这种几近好处的快感比创造更加自然。一个拆房好手，本来可以清除路障，为什么非得让他绞尽脑汁去干砌砖的活儿呢？

“好吧！”他高兴地说，“让他们来吧！或许我会抢在他们前面，先发表一篇文章批评自己的工作哩。我已经从圣斯威辛的实验中收集了一点资料，尽管我确实把很多事情撂下了一段时间。我要把统计表拿给一位生物统计学家过目。他也许会把它们撕掉。好啊！剩下的东西，我照样发表。”

他上了床，觉得可以坦然面对戈特利布和特里了，几个星期以来他第一次睡了个好觉，没做噩梦。

四

在布鲁克林码头，令格威廉小姐、S.桑伯恩·希布尔先生和道森太太惊讶而又恼怒的是，竟然有那么多记者前来迎接马丁，他们虽然说话含糊其词，但其实都很想知道，在某个地方的某个小岛，他在治疗这种或那种疾病方面有何惊人之举。

还是里普顿·霍伯拉德给他解了围，他伸开双手从人群中挤了上来，大声喊道：“啊，老兄！我们都知道发生了什么事情。我们真的很为你难过，不过我们也特别为你高兴，你总算活着回到了我们身边。”

在麦克斯·戈特利布的影响下，无论马丁可能说过霍拉伯德什么坏话，现在他也只能搓着自己的双手，咕哝着说：“回家真好。”

霍拉伯德穿着一件上了浆的硬领蓝色衬衣，像个演员似的。他不能等到马丁的行李通过海关检查了。他作为研究所的代理所长，必须回去处理公务。他之所以逗留，只是为了暗示，董事会准备让他担任正式所长。当然了，老兄，这样他也能保证，马丁会得到应得的荣誉和奖赏。

霍拉伯德开着他那辆漂亮的小轿车一溜烟走了。他以前经常解释说，他和妻子雇得起汽车司机，但他们宁愿把这笔钱花在别的东西上。马丁这才注意到特里·威克特正靠在码头仓库一根腐蚀的木柱子上，好像已经靠在那里几个小时似的。

特里慢悠悠地走上前来，哼哼着鼻子说：“喂，瘦猴子。一切都还好吧？咱们赶紧把这些东西弄去安检吧。刚才看到所长和你拥抱，开心死了。”

他们驱车驶过布鲁克林夏意浓浓的街道，马丁问道：“霍拉伯德是怎么当上所长的呀？戈特利布现在咋样了？”

“哎哟，这个圣鷓鴣一点儿都不比塔布斯逊色。他甚至更加斯文，更加不学无术……喔哟，你瞧着吧！总有一天，我要投身森林——在佛蒙特州找间小屋——就在那里工作，根本不用为这个所长提供什么破成果！他们把我绊在生物化学研究室。至于戈特利布——”特里的声音听起来有点急切，“我想，他这个人已是风烛残年了——他们已经给他养老金让他退休了。嗳，瘦猴子，我听说，你就要当研究室的阔头头啦，而我呢，除了打个下手，什么都不会干的。你是打算继续同我一道，还是打算做个圣鶡鶉的爱将——英雄的科学家呀？”

“我同你一道，特里，你这个老牢骚鬼。”马丁随口说出这句讥诮话，这种话在他和特里之间从来就没有什么不妥。“我没有别人了，利奥拉和古斯塔夫都不在了，现在戈特利布可能也要离开了。你和我一定得互相支持啊！”

“一言为定！”

他们俩手握着手，粗声粗气地咳嗽，还谈到了夏季剧场。

五

马丁刚进研究所，他的同事便急忙过来和他握手，大声寒暄。他们的称赞让人慌乱，如果不是回家的时刻，谁也听不进去这么多话。

罗伯特·费尔兰姆爵士曾经给研究所写过一封颂扬他的信。这封信是随着这艘轮船与马丁同时到达的，第二天霍拉伯德就把信的内容向媒体公布了。

那些记者本来对他上岸兴趣不大，现在却蜂拥而至前来采访，因为马丁有点儿不高兴，说话也断断续续的，便由霍拉伯德接待他们了，这样一来各家报纸才得以宣告：一向拯救世界使之免遭种种不幸的美国，现在再次承担并完成了这一使命。各家报纸传播的消息大同小异：马丁·阿罗史密斯博士不仅是一位法力无穷的巫医，可能也是个实验室的能手，而且还是个凶猛的捕鼠专家、焚烧村庄的高手、专门委员会的发言人和能使人起死回生的人。当时，对于美国对它的小兄弟们——墨西哥、古巴、海地、尼加拉瓜——有多仁慈这个问题，某些地区是有怀疑的，所以报社编辑们和政客们对马丁非常感谢，因为马丁为他们的牺牲精神和亲切关注提供了证据。

他收到了公共卫生署的来信；还收到了一所富于进取的中西部大学的来信，想要授予他民法博士的学位；一些医学院和医学团体也来信恳请他去做演讲。各家医学期刊和报社纷纷发表社论评述他的工作；国会议员阿尔穆斯·皮克博从华盛顿发来贺电，电文显然是这位国会议员自以为是的金科玉律："要想超越那些从老诺梯拉斯过来的人，他们还有很长的路要走。"他再次受邀去麦格克家赴宴，但这次邀请他的不是凯皮托拉，而是罗斯·麦格克，罗斯的名字还从来没有这样粉饰过呢。

他拒绝了所有演讲邀请，那些亟待请他演讲的机构卑躬屈膝地回信说：他们知道阿罗史密斯博士忙得不可开交，倘若改日他能抽出时间，他们会感到万分荣幸——

里普顿·霍拉伯德现在已被选为正式所长，接替了戈特利布的位置，他试图把马丁当作研究所的奖品展示。他把所有来访的高官显贵和所有不相干的"假正经的人"都带过来见他，而且这些人似乎都挺满意，绞尽脑汁提问。于是，马丁就被任命为新成立的微生物研究室的主任，薪水增加一倍。

他从来就不知道微生物学与细菌学之间有何区别，但这些荣耀让他无法抗拒。他依旧困惑不解——见到麦克斯·戈特利布就更困惑了。

六

在回来的第二天早晨，他给戈特利布的公寓打了个电话，同米丽娅姆通了一会儿话，获准在下午晚些时候过去探望。

在去往住宅区的路上，他好像听到戈特利布在说："你本是我的孩子！我把我对真理和荣耀的一切看法都给了你，而你却背叛了我。别让我见到你！"

米丽娅姆在客厅里接见了他，一副愁眉苦脸的样子："博士，我不知道到底该不该让您过来。"

"为什么？他是不是病得不能会客？"

"不是那样。他不像真的有病，只是很虚弱，但又认不清人。医生说这是老年痴呆症。他的记忆力已经丧失了。而且，他刚才突然把英语全都忘了。他只能说德语，而我又不会说德语，简直一窍不通。要是我以前学的是德语就好了，偏偏学的是音乐！不过，或许让您留在这儿会对他有好处。他一直都特别喜欢您。您不知道，他经常提起您，谈论您在圣休伯特做的精彩实验。"

"唔，我——"他找不到话说。

米丽娅姆把他领到一个房间，四周墙壁黑压压的全是书。戈特利布窝在一把破旧的椅子里，一只枯瘦的手无力地搭在扶手上。

"博士，我是阿罗史密斯，刚刚回来！"马丁喃喃地说。

这位老人一副似懂非懂的样子；他注视着马丁，然后摇了摇头，呜咽着说："不懂[①]。"他的眼泪止不住地往下流，模糊了那双傲慢的眼睛。

马丁知道，他现在再也不会受到惩罚了，心灵再也得不到净化了。戈特利布已经陷入了黑暗之中，却依然那么信任自己。

七

马丁强压一股冰冷的怒火，迅速封闭了他的公寓房间——他们的公寓房间——以免他在利奥拉用过的物件中看到千百样零碎的东西，勾起对她的回忆，使自己陷入悲痛之中。例如，她为参加凯皮托拉·麦格克的宴会特意购买的那件连衣裙，她藏在一边供夜里偷吃的一块硬巧克力，以及一张写有"为桑迪买杏仁"字样的便笺。他在一家旅馆租了一间没有个人感情影响的房间，便一头扎进了工作中。除了工作和特里·威克特的粗犷友谊，他一无所有。

他的第一项工作就是核对他在圣斯威辛的医疗统计数据和斯托克斯陆续发来的新数据。有的数据不可靠，有的数据表明噬菌体的价值已经明确得到确认，但还没有最终定论。他把数据拿到生物统计学家雷蒙德·珀尔那里，可是珀尔并没有像他那样那么看重这些数据。

他给研究所的所长和董事会写过一份工作报告，但是没有给出结论，只是说"结果有待统计分析，发表之前应有此步骤"。可是，霍拉伯德却大肆宣扬出去了，各家报纸争相报道了这些奇迹，纷纷要求

① 不懂：原文为德语 Versteh' nicht。

马丁邮寄噬菌体，询问他到底有没有治疗肺结核和梅毒的噬菌体，并提议让他负责治疗这样或者那样的流行病。

珀尔指出，他最初给凯里布全村注射噬菌体取得的可喜结果应该打个问号，因为很可能在他开始实验时，这种疾病的曲线已经过了它的峰值。鉴于这种情况以及其他复杂情况，马丁尽可能冷静地估量了他在圣休伯特的热情工作，好像那就是一个他未曾谋面的人造的假一样，最后得出的结论是，他并没有掌握充分的证据，于是昂首阔步去见所长。

霍拉伯德一副温文尔雅的样子，但叹了口气说：如果把这个结论刊发出来，他势必就得收回先前对这一辉煌业绩的一切言论，而不言自明的是，他曾经鼓励过他的下属去完成这个业绩。他虽然表面温文尔雅，但态度不容改变；马丁得隐瞒（霍拉伯德没说"隐瞒"——他说"容我进一步考虑"）真正的统计结果，用模棱两可的总结来发表这篇报告。

马丁怒不可遏，霍拉伯德毫不留情。马丁急忙跑到特里那儿，宣称自己要辞职——要告发——要揭露——是的！他要这样做！反正他也不需要养活利奥拉了。他就去做个药店职员吧。他现在就要回去，告诉那个圣鹪鹩——

"嗨！瘦猴子！再等等！沉住气！"特里说，"再和霍拉伯德凑合一阵子吧，咱俩肯定能想出一个项目一起干，另立门户。与此同时，你在这儿还有个自己的实验室，而且你还有物理化学要学！另外，嗯——瘦猴子，至于你在圣休伯特干的那些事儿，我可从来没有说过什么，可是你知道，我也知道，你把事情全搞砸了。如果你去控告那个圣鸟儿，你能两手清白地上法庭吗？不过我确实同意这种看法，他除了卑鄙龌龊、信口开河、攀附权贵、鬼鬼祟祟、霸占强权、假装虔诚之外，一切都还不赖。继续干下去吧。我们要做好安排。啊哟，老兄，我们才刚学我们的科学；我们就要开始工作了啊。”

后来，霍拉伯德在马丁给董事会的原始报告上盖了研究所的印章，就拿去正式发表了，还做了一些古怪离奇的修改。例如，把“这些结果有待分析”改为“尽管做统计分析似乎会更令人满意一些，然而显而易见的是，这种新的治疗方法已经达到了预期的一切效果”。

马丁又暴跳如雷，特里再次使他冷静下来。他强忍胸中的怒火，重新学起了他的物理化学，这与他先前知道利奥拉在等待他的那些日子里的急切心情迥然不同。

他掌握了冰点测定和渗透压力测定的相关奥秘，并且试图把诺思罗普[①]关于酶的一般法则应用于噬菌体的研究上。

他专心致志地研究能够神奇预测一些自然现象的数学法则；他的世界是冷酷的、精确的、严格的唯物主义的世界，对那些从印象出发建立他们的逻辑概念的人们是严厉无情的。他日益蔑视那些数铺路石的人、给物种重新命名的人，以及汇编一些无关资料的人。就在他潜心研究之际，宜人的四季不知不觉地过去了。

有一次，他抬起头来，惊讶地发现已经是春天了；还有一次，他和特里两个人遍游宾夕法尼亚州的群山，在夏日炎炎的山路上步行两百英里；不过，好像只过了一天，就到圣诞节了，霍拉伯德从来没有这么快活过，在研究所里到处晃悠，一副悠然自得的样子。

---

① 诺思罗普（John Howard Northrop，1891—1987）：美国生化学家，1946年诺贝尔化学奖得主。

戈特利布不在研究所可能对马丁大有好处，因为他遇到棘手的疑难问题不再向这位大师求助解决方案了。他在着手研究漫散问题时，就开始研发自己的仪器设备了。而且，不知是由于天生聪明，还是仅仅由于吃苦耐劳，他特别胜任这份工作，赢得了特里几乎无法抗拒的称赞：“啊哟，瘦猴子，这玩意真他妈的不赖！”

麦克斯·戈特利布似乎天生具有一种踏实做事的品格。马丁是历经很多挫折才有这种品格的，但终究还是有了。他在探寻可经证实的绝对事实时特别渴望做到技术上的完美；他像任何一个佩特那样，特别渴望“燃烧出宝石般耀眼的光亮”，他不想在市场上名利双收，只想摆脱那些愚蠢的行为，以免这些愚行使他糊涂，使他软弱。

霍拉伯德和塔布斯一样，对马丁工作上的事情也十分困惑。他究竟认为自己是干什么的——是个细菌学家还是个生物物理学家？不过，由于马丁论述 X 射线、γ 射线和 β 射线对于抗志贺痢疾杆菌噬菌体影响的第一篇重要论文得到了科学界的承认，霍拉伯德不得不服。这篇论文在巴黎、布鲁塞尔和剑桥如同在纽约一样大获称赞，因为它有深刻的洞察力，而且正如伯克利·伍尔兹教授所说的那样，因为它“阐述透彻明晰，或许还具有非科学的激情，且表述有趣，独具风格”。这一点可通过引用这篇论文的第一段来说明：

在以前发表的一篇文章中，我曾经报道过镭放射物的射线对于抗志贺氏杆菌的噬菌体有显著的性质上的破坏作用。本文将说明 X 射线、γ 射线和 β 射线对这种噬菌体产生完全相同的钝化作用。此外，在这种钝化与造成钝化的辐射之间，经证实存在一种定量关系。从对这种定量研究所得到的结果来看，可以做出这样的论断，即钝化的百分比是毫居里数与小时数这两个变量的函数，这一钝化百分比是通过对固定毒性的悬浮液进行 γ 射线和 β 射线辐照后所保存下来的噬菌体单位进行测定而计算出来的。下面这个方程式从数量关系方面说明得到的实验结果：

$$K=\frac{\lambda \log e \frac{u_0}{u}}{E_0(\varepsilon-\lambda t_1)}$$

霍拉伯德所长看到这篇论文时——耶欧不怀好意地拿着这篇论文进来征询他的意见——说：“妙极了，嗬，我说，简直妙极了！老兄，我刚才刚好有个机会大略看了一下。不过，一旦有空，我肯定会仔细看的。”

第三十七章

一

马丁回到纽约几个星期以来一直没有见过乔伊丝·兰扬。她有一次邀请他吃晚饭，但他有事没去，之后就再也没有她的音信了。

当他独自坐在他那个古板的旅馆房间里，从阿罗史密斯博士变成一个没有人可以说话的人时，他对渗透压力测定的专注并没有让自己满足。他想起了在温热的黄昏时分和乔伊丝坐在环礁湖边上的情景，于是就打电话问乔伊丝，他是否可以去她那儿喝杯茶。

他依稀听说过乔伊丝很富有，但自从看见她穿着花格布衣在圣斯威辛救济院厨房里烧饭以后，他就摸不准她的身份了；可是当他在实验室里感到百无聊赖而来到她那富丽堂皇的家，发现她竟然是一位和众多女仆柔声细语说话的女主人时，心里却又很不舒服。她的家就像一座宫殿一样。而宫殿呢，不管是像乔伊丝那样的只有十八间房的小宫殿，还是白金汉宫，抑或巨大的枫丹白露宫，都很相似；这些宫殿里到处都是珍奇的奢侈品，应有尽有，谁也记不清有多少惹人喜爱的小饰品。这些宫殿几乎都给人一种优雅而又令人不舒服的富贵感，因此令人十分厌烦。

不过，在罗杰·兰扬聚集起来的这种矫揉造作的奢华中间，只有乔伊丝不让人厌烦。让人怀疑的是，她似乎很高兴向马丁炫耀她的真实身份；她叫出一些男仆，摆出很多样式的三明治，并且自豪地说："哎哟，我从来都不知道他们会给我预备什么茶点。"

不过，她很欢迎他的到来，大声喊道："你面色好多了。我真高兴。你还是我的哥哥吗？我在救济院里还算个不错的厨子，对吧！"

如果当时马丁幽默风趣，而且对她百般讨好的话，她也不会对他有这么浓厚的兴趣了。她见过太多风趣而又颇有教养的男人，他们非常圆滑，而且完全有能力帮她花掉她自认为是累赘的那四五百万美元。但马丁是个学者，他把渗透压力测定说得非常有趣；他又是个神经紧张、思维敏捷的男人，乔伊丝能想象得出和他追逐调情的样子；同时他又是个孤独寂寞的年轻人，他仍然天真地认为，乔伊丝在这种安稳舒适、无忧无虑的生活里，还是那个和他一起坐在环礁湖边的女孩，还是那个走进布莱克沃特一间酒气熏天的屋子里陪他的勇敢女人。

乔伊丝·兰扬知道怎样让男人开口说话。马丁之所以能把研究所、所里的成员、他们之间的纷争以及追踪某个新发现的戏剧性情节讲得活灵活现，主要是因为乔伊丝的循循善诱，而不是他自己口若悬河。

自从在圣休伯特经历各种风险以来，这里的安逸生活似乎让乔伊丝觉得特别乏味，马丁对安逸和报酬的鄙视却让她兴奋不已。

他有时过来喝茶，有时过来吃饭；他逐渐熟悉了她的家、她的仆人，以及她朋友当中那些比较聪明的人。他喜欢他们当中的一些人，那些人可能也喜欢他。但他对她的其中一位朋友，却处于一种不宣而战的状态。那个人就是莱瑟姆·艾尔兰，一个五十来岁、衣着过分考究的人。莱瑟姆是个特有能力的律师，总爱站在壁炉前，假装沉默，显出一副聪明的样子。他称赞乔伊丝敏锐，然后又说她哪里敏锐，把她迷得团团转。

马丁恨他。

仲夏时分，马丁应邀前往格林尼治村，在乔伊丝那个巨大的、花丛环绕的乡间别墅共度周末。乔伊丝为别墅的奢华找托词，这让马丁很不高兴。

他得考虑着装，本想观察恒温槽中的试管，却得跑出去买条白裤子；他得尽量使自己坐在来车站接他的豪华轿车里显得自在一些；他得决定给哪些仆人小费，给多少，什么时候给。对于一个单纯的男人来说，这些伤脑筋的事情特别令人沮丧。当他脱口说出“等一下，我去把手提箱打开”时，乔伊丝轻柔地说：“哦，会有人为你打开的。”这时，他觉得自己特别老土。

第一天晚上，他就发现，有个贴身男仆已经把他买来的所有内衣都展开等着他穿，还在他的牙刷上挤了一长条牙膏。

马丁坐在床沿上，叹息着说：“对我这种出身的人来说，这种待遇也太奢侈了吧！”

他对那个贴身男仆又恨又怕。他总是偷偷把衣服拿走，藏在找不到的地方，等马丁在那个大房间里悄悄寻找衣服的时候，他又突然进来，吓人一跳。

不过，他的主要苦恼还是无所事事。他除了会打网球，就不会别的体育运动了，然而挤在这个房子里的那些不知姓名、叽叽喳喳说个不停的男男女女，显然十分乐意打高尔夫球和桥牌，而且他的网球技艺也荒废了，也就不好意思找这些人打网球了。在他们谈及的那些朋友中间，他只见过为数不多的几个。他们问：“你认识亲爱的老R.G.吧？”他就说：“噢，认识。”可他根本就不知道亲爱的R.G.是谁。

乔伊丝很忙，但仍像他俩单独在一起喝茶时那样讨人喜欢。她甚至给马丁找了一个瘦弱的年轻女子做球伴，只是这位女子的网球打得比他还差劲。可是，乔伊丝有二十个客人——周日午餐时有四十个——马丁只好放弃美妙的想法，比如同她在空气新鲜的小路上散散步，兴奋地说这说那，或许还能和她亲吻。他只和她在一起待了一小会儿。就在马丁准备离开时，乔伊丝命令说：“马丁，过来。”随后便把他领到了一边。

“你其实不喜欢这种生活。”

“哎呀，的确。我当然——”

“你当然不喜欢！更确切地说，你鄙视我们。也许，你在一定程度上并没有错。可我真的很喜欢英俊的男人，喜欢优雅的风度和有趣的游戏。可我想，对于一个夜晚在实验室里度过的人来说，这些东西似乎也太无聊了点儿。”

“不，我也喜欢这些。可以这么说吧。我喜欢看漂亮的女人——看你！可是——哎哟，该死的，乔伊丝，我配不上这种生活。我一直一贫如洗，又忙得一塌糊涂。你们玩的游戏我都没有学过。”

“可是，马丁，你对什么事情都那么热情，你可以学会的呀。”

“甚至还在布莱克沃特酗酒！”

“我希望在纽约也是！亲爱的罗杰，他在高级宴会上也喝醉过啊，天真烂漫，高兴得很哩！但我的意思是，只要你肯干，你肯定能学会打桥牌，打高尔夫球——还有讲话——而且比他们都强。你要是知道美国大多数公爵阶层的人物有多时尚就好了！再说了，马丁，难道这种生活对你没有好处吗？你如果偶尔放下你的对数表，不是会工作得更好吗？你难道打算承认你有克服不了的困难吗？”

“不，我——”

“下周二你过来吃饭，就我们俩，咱们决一雌雄，行吗？”

“乐意奉陪。”

在开往佛蒙特山区特里·威克特度假胜地的火车上，马丁琢磨了好几个小时，确信自己深爱着乔伊丝·兰扬，于是他决心攻克风趣这门艺术，就像他以前攻克物理化学那样。他直挺挺地坐在空气污浊的卧铺车厢里，双脚翘在他的手提箱上，热情洋溢却又郑重其事地想象着自己戴上俱乐部领带（可能得先得到领带和球棒），穿着短灯笼裤打高尔夫球，拿亲爱的老 R.G. 寻开心，还对可爱的老莱瑟姆·艾尔兰的劳斯莱斯旧车发表高见。

不过，当他来到特里那间引以为荣的私人小屋，来到栎树和枫树环绕的湖边，听到特里讲述奎宁衍生物分解的实际理论时，他就把上面这些抱负忘得一干二净了。

特里作为可能是人类中最不易动感情的人，把他住的这个地方命名为“鸟巢”。他有五英亩林地，离火车站两英里远。他的小屋只有两间房，是用木头搭建的，铺板就是床，餐桌用布就是油布。

“瘦猴子，我的规划是这样。”特里说，“有朝一日，我要想办法在这里建个实验室，生产血清什么的，我要在湖边平地上再建几栋房子，把这里变成一个完全独立的科研区——每天花两个小时商业研制，六个小时左右的时间睡觉，两个小时填肚子、讲下流故事。这样还剩下——二加六再加二等于十，如果在高数方面我还算是个权威的话——这样一天还剩下十四个小时进行科研（特殊情况除外）。没有所长，不要社会资助人，也没有董事会，不用非得写一些愚蠢的报告讨好他们。当然，也不会同那些穿得花里胡哨的女士一起参加科学宴会了。但我想，我们肯定能买得起足够的咸猪肉和玉米穗轴烟斗，你的床也会铺得整整齐齐——如果你自己铺的话。嗯？咱们现在去游泳吧。”

马丁回到了纽约。他心里装着不太相容的计划：既想成为格林尼治村穿着最漂亮的高尔夫球手，又想和特里一起在“鸟巢”炖牛肉。

不过，前者对他来说更加新奇。

二

乔伊丝·兰扬正在经历一场愉快的转变。她在圣休伯特的经历和她天生易变的性格，都使得她对罗杰那帮开快车的人深有不满。

她任由她的老相识当中那些资助文艺的女士们诱骗她参见她们的几项活动。她很喜欢这些活动，就像她很喜欢在 1917 年时自己所做的那些积极但却毫无意义的战事工作一样。这是因为，从某种程度上来说，乔伊丝·兰扬就像个“筹划人”，这是特里·威克特送给凯皮托拉·麦格克的绰号。

尽管乔伊丝是个筹划人，甚至称得上是个改良家，但却不是凯皮托拉那种类型的人。她既不会挥着羽毛扇漫无边际地乱扯，也不会在谈话时流露出性的欲望。她长得很漂亮，偶尔显得有些华丽，却又暗藏凶暴。不过，她既不像凯皮托拉那样沉着冷静，也不爱涂脂抹粉，不穿黑色性感内衣。她只有扁平的白色丝绸内衣和视若珍宝的皮肤。

她之所以看重马丁，除了其他原因之外，一个事实情况就是，她一生中唯一感到自己有用和独立的时刻，正是她在救济院里当厨子的那些日子。

要不是律师兼艺术爱好者兼情人艾尔兰的介入，她也许会在那个漂泊者的世界里继续漂泊下去。

“乔伊，”他说，“阿罗史密斯博士这个人来这里的次数似乎多得惊人。作为你好心的叔叔——”

“莱瑟姆，亲爱的，我双手赞同，马丁太过积极进取，完全没有教养，自私自利，自以为是，是个地地道道的书呆子，而且他的衬衣相当糟糕。不过，我觉得我还是想嫁给他。我几乎认为自己爱他爱到不能自拔了！”

“难道氰化物不是一种更简洁的自杀方法吗？”莱瑟姆·艾尔兰说。

三

马丁对乔伊丝的感情，是任何一个三十八岁的鳏夫对一个年轻漂亮、谈吐优雅、并为自己的才智倾倒的女子所产生的那种情愫。至于她的财富，那根本就不是个问题。他绝对不是为了金钱而结婚的穷鬼！啊哟，他每年收入一万美元，除了生活所需之外，还能剩下八千美元哩！

有时，他怀疑乔伊丝只能过奢侈的生活。他绞尽脑汁，要求她不要在她那个詹姆斯一世时期风格的餐厅用餐，而是同他一起到他自己那类人去的地方吃饭。她兴致勃勃地去了。他们要么就去糟糕透顶的格林尼治村的几家饭店，里面都点着蜡烛，侍者也都很风雅，可就是没有东西吃；要么就去唐人街小饭馆，除了吃的，别的什么都没有。他甚至坚持要坐地铁——不过，吃完饭以后，他通常忘记俭省节约，从而叫了出租汽车。她对这一切坦然接受，既没有皱眉蹙额，也没有咯咯地笑个不停。

她在自家屋顶的网球场上陪他打网球；她教他打桥牌，他专心致志地学，用心地记，很快就打得比她还好，而且打得特别开心；她还使他相信，他的腿很好看，穿上高尔夫球衣会很漂亮。

一个宁静的秋夜，他过来带她出去吃饭。他叫了一辆出租车等着。

“咱们怎么不坚持坐地铁了呢？”她问。

他们正站在她家门口的台阶上，面前就是一条通往第五大道的街道，极尽奢华却又平淡无奇。

“哎哟，我和你一样讨厌那个烂地铁！胳膊肘捣在我的肚子上对我准备实验计划从来就没有什么帮助。我希望我们结婚以后，我能喜欢上你的豪华轿车。”

“这算是求婚吗？我可一点儿都不确定要不要嫁给你。说真的，我没确定！你完全不懂得放松！”

次年一月份他们结婚了。婚礼在圣乔治教堂举行。花呀，主教呀，大嗓门的亲戚呀，还有乔伊丝让他戴的高顶大圆礼帽呀，等等，都让他痛苦不堪。当里普顿·霍拉伯德紧紧地握着他的手，样子似乎在说“亲爱的孩子，你终于脱离了野蛮状态，成为我们当中一员了”的时候，他就更加痛苦了。

马丁请特里做他的伴郎，但特里拒绝了，还强调说，参加这种婚礼，只会让他痛苦。于是威廉·史密斯博士做了伴郎。他为此还把胡子修饰了一番，换上了十一年前在伦敦购买的常礼服和大礼帽。不过，在乔伊丝一位表兄的妥善照料下，他们两个都没有出什么差错，因为这位表兄担保会有上好的手绢，担保能分辨出婚礼进行曲。他原以为马丁毕业于格罗顿中学和哈佛大学，后来却发现他不过就是温尼麦克毕业的，便疑神疑鬼起来。

在特等船舱里，乔伊丝低声说："亲爱的，你很勇敢！我还不知道我那个表兄是个大傻瓜哩。吻我！"

从那以后……除了有一个可怕的瞬间，利奥拉的形象浮现在他们之间，两眼紧闭，双手交叉放在她那苍白而又冰凉的胸脯上……他俩都很愉快，都在对方身上找到了新奇的东西。

四

他们在欧洲漫游了三个月。

结婚当天，乔伊丝就说过："咱们先把该死的钱的问题解决了吧。我看你一点儿都不贪财。我在伦敦给你存了一万美元——噢，对了，还在纽约给你存了五万美元——另外，如果你想的话，在你不得不为我办事的时候，假如你支用这笔钱，我会很高兴的。不！等一等！难道你看不出来我想把这些事情办得特别合理吗？你不会为了你的自尊伤害我吧？"

五

看来，他们非得陪同普林西贝莎·苔尔·奥尔特拉乔（从前是代顿的露茜·迪米·贝西小姐）、巴塞斯·洛杰斯夫人（旧金山的布朗小姐）和玛拉齐恩·伯爵夫人（她曾经是奥尔巴尼的阿瑟·斯奈普夫人，这之前她还有过好几个称呼）不可；但乔伊丝确实也陪同马丁参观了伦敦、巴黎和哥本哈根的一些著名实验室。她特别自豪，因为她看到那些诺贝尔奖获得者都热情接待她的丈夫，都听说过他的名字，都渴望同他热烈讨论噬菌体，而且还向他展示了他们多年的工作成果。她觉得，他们当中有些人很急躁，也很粗野。她的丈夫比他们当中任何一个都帅。如果她愿意的话——不过得对他有点耐心——她肯定能让他精通马球、服饰和谈话……但同时继续搞他的科研……可惜的是，他不能像他们遇到的一两个英国科学家那样得到爵士头衔。不过，就算是在美国，也有名誉学位……

她认清了科学，马丁却认清了女人。

六

马丁只知道马德琳·福克斯和奥契德·皮克博这些漂亮的美国姑娘；只知道那些很快就会被人淡忘的人们很快就会忘记的夜总会女郎；只知道利奥拉，她好逸恶劳，既不注意修饰打扮，也不在乎名誉，既不是女人，也不是妻子，只是她自己而已。除此之外，马丁对女人一无所知。他本来以为利奥拉会等着他，顺从他的愿望，理解他想要说但却没有说出来的奉承话。他被惯坏了，乔伊丝大大方方地这样告诉他。

在他和他的科研同事整顿世界的时候，她不甘心只是面带微笑默默地坐在一边。他不止一次发现，即使是在卧室之外，他也不得不琢磨他妻子作为一个女人，有时候是作为一个富有的女人的情绪起伏和变化无常。

令他困惑不解的是，利奥拉强烈要求性忠实，但对他道早安的方式却又毫不在乎；而乔伊丝根本不管他和多少女人有过肌肤之亲（只要不当着她的面和她们调情侮辱她就行），却要求他一定要诚心诚意地说“早上好”。同样令他困惑不解的是，她把他迷恋她时的爱抚同他想上床睡觉时性急的劲头严格区别开来。她说，如果哪个男人只把她看作一件说扔就扔的家具，她会杀了他。她特别强调了“杀”字，这让马丁很不愉快。

她希望他记住她的生日，记住她爱好什么样的酒，喜欢什么样的花，不喜欢看他刮胡子。她要自己住一间房子，还坚持让他进去之前敲门。她还要求他赞美她的帽子。

如果他迷恋巴斯德研究所的工作，让办事员打电话给她，说他不能和她一起吃晚饭，她就会生闷气，什么话也不说。

“哎哟，你该料到的。”他责备道。他觉得自己很机智，很有耐心，也很有眼力。

有时，乔伊丝也让他十分恼火，因为每次喊她一起散步，她都要磨蹭一会儿。不管多短的散步，她都得先回自己的房间拿白手套——

不慌不忙地站在那儿把手套戴上……而且，在伦敦那会儿，她还让他买鞋罩……甚至还让他把鞋罩穿上。

乔伊丝不仅是个筹划人——而且还是个亲英分子。像大多数富有国际阅历的美国人一样，她尊重英国贵族，接受他们的一切准则和信仰——或者说她自认为是他们的准则和信仰——而且特别珍视同他们的会面。第一次世界大战都过去三年半了，她还说她讨厌所有的德国人。有一次，马丁特别想去看看柏林和维也纳的实验室，她便和他大吵了一顿。

尽管他们之间有很多分歧，这次远游还是十分浪漫的。他们无所畏惧地爱着；他们踏遍群山，回来以后尽情享受宽大的浴室和精致的晚餐；他们也在咖啡馆门口闲坐，向彼此倾诉心中的渴望。不过，当马丁想起以前利奥拉特别希望有朝一日能够坐在法国咖啡馆前时，他便沉默不语了。

欧洲是乔伊丝的欧洲，她一向了解它，热爱它，现在又慷慨地把它双手送给了马丁。马丁一向对温暖的色调和优雅的姿态比较敏感——在他不太迷恋工作的时候——因而对她特别感激，像个小男孩一样，对一切都很惊奇。他相信自己慢慢学会了轻松而又美好地生活，并暗自批评特里·威克特的狭隘。就这样，他们快乐逍遥地回到了美国，回到了实行禁酒令和政客们高喊要保护钢铁托拉斯不落入共产主义者手中的美国，回到了关于桥牌和摩托车的交谈之中，回到了渗透压测定的研究之中。

第三十八章

一

里普顿·霍拉伯德所长也娶了个有钱的女人。每当他的同事们暗示说，他自从在生理学方面热情研究了一阵子以后，什么都没有做，只是把精挑细选的几枝花在别人为他砍好的桌子上摆好时，他都会说这帮无赖是坐地铁到研究所来的，而他则是优雅地开着他的小轿车来的，他就特别满足。可是现在，以前他们当中最穷的阿罗史密斯，竟然乘坐豪华轿车上班，还有一个毕恭毕敬的司机伺候着，霍拉伯德的心里就不是滋味了。

马丁个性纯朴，但这并不等于说，当霍拉伯德出神地望着那个司机时，他就没有暗自得意。

他对霍拉伯德的胜利不算什么，他还有能力款待来自芝加哥的安格斯·杜尔和他的太太呢。他把他们介绍给霍拉伯德所长，介绍给外科医生之王萨拉蒙，以及一位医学准男爵；他还使安格斯热情洋溢地说：“马特，我们都特别为你自豪，你不会介意我这样说吧？几天前，朗斯菲尔德还跟我说这事呢。他说：‘这样说也许有点冒昧，但我真的觉得，或许我们在这个诊所里设法给予阿罗史密斯博士的训练，的确在某些方面对他在西印度群岛和麦格克研究所的出色工作大有帮助。’老兄，你太太可真是个漂亮的女人啊！你觉得，她会介意告诉杜尔太太那件礼服在哪买的吗？”

马丁曾经听说过贫困比奢华有很多优势。不过，他以前在摩哈利斯小饭馆里吃过午餐；帮助利奥拉检查了十二年的送洗衣服，整日担心牛排涨价；还站在烂泥里等了一辈子的电车。在经历了这样的生活之后，现在有个用人自动送上备好的衬衣让你穿就一点儿都不会失落了。而且，来到总有能引起兴趣的食品餐桌前，或者坐在自己的汽车里，把隐隐作痛的头靠在软垫上随车摇晃，想着自己是何等的聪明，就一点儿也不会觉得有失体面了。

“你瞧，让别人替你干那些粗活儿，这样你就能腾出精力干那些只有你才能干的事情了吧。”乔伊丝说。

马丁同意她的看法，随后便开车前往韦斯切斯特[①]听高尔夫球课去了。

从欧洲回来一个礼拜以后，乔伊丝和马丁一起去看望戈特利布。他猜想，戈特利布会停下思考工作，微笑着迎接他们。

“毕竟，”马丁心想，“这个老头真的很喜欢美好事物。如果他当时有机会，他可能也会喜欢大机构。”

特里异常热情。

“我跟你说，瘦猴子——如果你想知道的话。就我个人来说，我可不喜欢按照用人的要求过日子。不过，我越来越老了，也聪明起来了。我想，不同的人喜欢不同的东西，他们当中很少有人想到过来问

① 韦斯切斯特：美国纽约州的县，在纽约市北面，富人聚居区。

我他们应该喜欢什么。但老实说，瘦猴子，我想我不会过来吃饭的。我已经跑去买了一套大礼服——买下来了！就放在我的房间里——该死的房东太太总是把樟脑丸塞在里面——但我想，要是听到有人说莱瑟姆·艾尔兰聪明，我可就不能容忍了。”

然而，马丁最关心的是里普顿·霍拉伯德的态度，因为霍拉伯德不会让他忘记，除非他情愿飘然离去，只做那个幽灵似的有钱女人的丈夫，否则他就得好好地记住谁是所长。

霍拉伯德一方面保持着对罗斯·麦格克的亲切态度，一方面又养成了对重要人物的冷漠态度，表面上礼貌周到，内心却冷酷无情。而对于那些得意忘形的人，他则亲切地要他们不要越轨。当阿罗史密斯出现在高级轿车里时，他觉得有必要把那种不服气的情绪压下去。马丁回来后，霍拉伯德让他享受了一个星期的高级轿车，然后才温和地来到他的实验室探望他。

“马丁，”他叹了口气说，“我发现，我们的朋友罗斯·麦格克对研究所目前做出的实际成果有点不大满意啊。为了使他相信，我恐怕真得请你暂时不要把重点放在噬菌体上，而是要着手研究流感。洛克菲勒研究所的主意不错。他们把最优秀的人才和大笔经费都用在研究肺炎、脑膜炎和癌症之类的疑难杂症上。他们现在已经减轻了脑膜炎和肺炎的恐怖性，而且通过野口[①]的工作，黄热病也快要彻底根除了。我不怀疑，由于医院资源丰富，研究人员积极合作，他们将会首先找到能够减轻糖尿病的某种东西。现在，我知道，他们正在加紧研

① 野口英世（Noguchi Hideyo，1876—1928）：日本细菌学家。

究流感的病因。他们打算阻止流感再次大肆蔓延。唔，亲爱的伙计，在流感这个问题上，要把他们击败还得靠我们，而且我已经选中你代表我们竞赛了。”

此时此刻，马丁正在苦苦寻觅在死去的细菌上繁殖噬菌体的一种方法，但他又不能拒绝霍拉伯德，他不能去冒被解雇的风险。他太富有了！马丁这个变节的医学院学生固然可以胡乱去当个卖汽水的店员。可是，作为乔伊丝·兰扬的丈夫，他如果沉溺于这种蠢事，那些新闻记者肯定会蜂拥而至，在饮料店给他拍照。而且，要他冒险去仅仅做一个靠她供养的丈夫——一个闺房的男管家，那就更不可能了。

他同意了，但很不情愿。

他开始着手研究流感的病因，虽然没有全心投入，但也几乎无可挑剔。在各家医院里，他从病人身上取了很多培养菌，这些病人得的可能是流感，也可能是重感冒——没有人能够确定流感的症状到底是什么；根本就不存在明明白白的东西。他把大部分工作丢给了他的助手，偶尔冷嘲热讽地给他们一点指示：“再加一百管培养基 A——见鬼，再加一千管！”而当马丁发现他们做事不认真时，他既不纠正也不指责。如果说他放弃了自己的职责而不感到内疚的话，那只是因为他从来就没有担起过这份职责。以前，他自己那个小实验室异常整洁，就像新罕布什尔州的厨房一样。可现在呢，他管辖之下的那几个房间简直就是丢人现眼，里面有一长架一长架废弃不用的试管，其中有很多试管半截都长了霉，并且没有一根试管的标签贴得是对的。

后来，他有了自己的想法。他开始坚信，洛克菲勒的研究人员早就发现了流感的病因。他跑去找霍拉伯德，跟他说了这个情况。至于他自己，他打算回去继续探究噬菌体的真正本质。

霍拉伯德认为马丁一定搞错了。如果霍拉伯德想要麦格克研究所——以及麦格克研究所的所长——获得攻克流感的荣誉，那么洛克菲勒研究所根本不可能超越他们。关于噬菌体，他也说了几句有分量的话。他指出，它的本质是个学术问题。

但现在，对于霍拉伯德来说，马丁简直就是个科学辩论能手。他只好放弃，回到自己的窝里去策划折磨他的新招，或者说马丁沮丧地认为是这样。马丁暂时又能自由自在地沉湎于自己的工作了。

他通过极其复杂而又细致地运用氧气分压和二氧化碳张力，终于找到了一种在死亡细菌身上繁殖噬菌体的方法——这项工作就像雕刻浮雕玉石一样精细，就像称星星的重量一样不可能。他的报告轰动了实验界。在各个地方，如东京、阿姆斯特丹以及温尼麦克，一些热衷他的追随者都相信他早就证明了噬菌体是个生命有机体；而另外一些热衷他的追随者则用深奥的语言和数学公式说他是个骗子，是个十足的大傻瓜。

可就在这个时候，在他本来可能成为一个伟人的时候，他却抛弃了自己的大部分工作，以及作为乔伊丝丈夫的一些义务，去追随特里·威克特了。这表明他缺乏常识，因为特里还只是个助理，而他自己却是个研究室的主任。

特里发现，某些奎宁衍生品在注入动物体内以后，会逐渐分解成对细菌有剧毒而对身体只有微毒的产物。这就暗示着这里有一个崭新的疗法世界。特里把这件事情向马丁做了说明，并邀请他合作。他俩怀着对伟大事业的激情，向霍拉伯德——向乔伊丝——请了假，尽管正值寒冬，他们还是毅然去了位于佛蒙特山区的“鸟巢”。无论在他们穿上雪靴猎取野兔时，还是在漆黑的长夜趴在篝火前，他们都兴奋地谈论着、计划着。

马丁锦衣玉食的日子还不是太长，还不至于在冒了一阵西北风和大雪之后就不能尽情享受腌猪肉了。而且，不需要想出一些新的话去恭维乔伊丝，这不能不说是一件令人愉快的事情。

他们意识到，他们不得不回答一个有趣的问题：奎宁衍生物是自己附着在细菌身上起作用的，还是通过改变体液起作用的？这个问题简单、清楚、明了。想要回答这个问题，只需要化学和生物学最深奥的知识、几百只供实验用的动物，以及十年、二十年或者一百万年的尝试和失败。

他们决定着手研究肺炎球菌，并且使用能再生出最接近人类肺炎的动物。这就意味着要用猴子，而杀死猴子却是一件费钱而又残酷的事情。身为所长的霍拉伯德可以向他们提供，但是如果他们让他知道内情，他就会要求立竿见影。

特里沉思道：“瘦猴子，以前有个诺贝尔奖获得者，就是那种完全沉迷工作的人，他没有乱花诺贝尔奖奖金，而是把它全部花在了黑猩猩和其他类人猿的实验上。他和另外一个胡子拉碴的老家伙并肩作战，在大街小巷里东躲西藏，躲避那些反对活体解剖的家伙的迫害，终于解决了把梅毒转移到低级动物身上去的难题，你还记得这事吧？可是，我很遗憾地告诉你，我们可没有什么诺贝尔奖奖金，而且我看也不会——”

“特里，我来想办法，如果有必要的话！我还从来没有依赖过乔伊丝呢，但我现在要依赖她了，要是那个圣鹧鸪不给我们提供帮助的话。”

二

他们在霍拉伯德的办公室和他见了面。霍拉伯德一副闷闷不乐的样子，显得相当幼稚。他们要求至少给一万美元经费购买猴子。他们希望能够开始一项研究工作，这项工作可能会花费两年时间，而且不会有明显结果——也许没有任何结果。他们还要求把特里调到马丁的研究室去，让他们两个人共同领导研究室，而他们的薪水则合在一起平分。

接着他们便露出了一副干仗的架势。

霍拉伯德凝视着他们，捋了捋他的小胡子，放下了他那副“勤奋的所长”的架子，开口说道：

“请等一下，如果你们不介意的话。我总结了一下，你们跟我说的意思是，偶尔花些时间认真搞一项实验是有必要的。可我真得告诉你们，我以前在一个叫作麦格克研究所的所里做研究员，光我自己就听说过好几件这样的事情！真见鬼，特里，还有你，马特，可别这么自私自利！想要安心搞研究的科学家不止你们两个！你们这帮可怜虫知不知道，我有多想远离签收信件的差事，多想重新摆弄我的记纹鼓啊！花一大把时间探索真理是件多美好的事儿啊！我为了给你们两位一个自由研究的机会，在董事会那儿费了多大的劲，你们知不知道啊！好吧。你们要猴子就给你们猴子吧。就按你们的意思把联合研究室这事定下来吧。你们觉得怎么干最好就赶紧去干吧。我相信在整个科学界没有哪两个莽撞无礼的家伙能像你们两个这样赢得我的信任！”

霍拉伯德站了起来，英俊挺拔，亲切友好，还伸出了手。他俩羞怯地握了握他的手，便悄悄地溜走了。特里咕哝着说：“他把我一整天的心情都毁了！我没有抓到他任何一点东西可以反驳的！瘦猴子，这里面肯定有鬼，可是鬼在哪儿呢？——一直都有鬼！”

当然，在一年非凡的工作中，这个鬼并没有出现。他们要的猴子、他俩的实验室和勤务员都到位了，而且他们的悠闲从容没有受到任何干扰；他们开始了他们有生以来最令人兴奋的工作，无疑也是最刺激神经的工作。猴子是非理智的动物；它们在没有任何诱发因素的情况下染上了结核病，还挺高兴；它们被关在笼子里，害着传染病，还挺欢喜；它们还会大吵大闹，用七种方言咒骂它们的主人。

“他们精力可真旺盛，”特里叹息道，“我都想把它们放了，自己隐居‘鸟巢’种土豆去。我们为啥非得杀害像它们这样生龙活虎的动物，去拯救那些脸色苍白、大腹便便的人，使他们免受肺炎之苦啊？”

他们的第一个任务就是精确测定奎宁衍生物的耐受剂量，然后研究它们对听力、视力以及肾脏的影响，这些在对血糖和血尿素的无数检测中都有显示。马丁负责注射，并观察其在猴子身上的效应，完全沉醉在化学之中；而特里则辛苦地试验着合成这种奎宁衍生物的新方法（干一整夜，第二天一整天，然后喝上一杯，胡乱打个盹，接着又是一整夜）。

这是马丁一生中最艰苦的一段日子了。彻夜工作，困得东倒西歪，黎明时在一张光秃秃的工作台上打个盹儿，在沾满油污的便餐柜台旁边吃个早点，这很自然，也很有趣。但要向乔伊丝解释清楚为什么不和她一起吃晚餐，不和她一起宴请一位爷爷曾经当过南方军总司令的女雕塑家兼律师，这就不可能了。马丁暂时得到了乔伊丝的原谅。他解释说，他真的很想给她一个晚安之吻，他特别感谢她送来的那篮子三明治，还说他就快要根除人类所患的肺炎了，其实这话他自己都不太相信。

可是，当他一连四天没有在家吃晚餐，当她怒气冲冲地说“你能想到，在开饭前的最后一刻还有一个人没有到场，这对索恩太太来说有多糟糕吗？”当她哭哭啼啼地说“我对你前几个晚上的无礼行为并不是很介意，可是今天晚上，我无事可做，一个人坐在家里，等你回来”——他心里就不是滋味了。

马丁和特里开始让他们的猴子患上肺炎，然后再对它们进行治疗，结果大获成功，他们兴奋得在走廊里一本正经地跳起了华尔兹舞。当感染发生仅一天时，他们总是能把猴子从肺炎中解救出来，大多数猴子在第二天和第三天就消除了症状。

但是，有一定数量的猴子自行痊愈，这就把他们的结果变复杂了。为了用看上去很简单的数字把这一事实解释清楚，又耗用了他们很多时间和精力，他们伏案整理了几天资料，直挺挺地坐着，累得肩酸背疼……一个头发蓬乱、衣冠不整地坐在桌子跟前；另一个则在那些恶臭的笼子之间走来走去，咯咯地逗引它们，叫它们贝斯和罗弗，还平静地咕哝着说：“哎哟，你想咬我呀，是不是呀，宝贝儿！”与此同时，却给它们注射上了致命的肺炎球菌，像众神一样仁慈而又残忍。

他们已经取得一定的研究进展，但是空气中却弥漫着失败的气息。

他们在试管中研究肺炎双球菌的分解产物——但失败了。他们构筑了人造体液（小心翼翼，煞费苦心，但却不够完备），他们在这种人造血液中试验了衍生物对细菌的作用——结果又失败了。

这时，霍拉伯德听说了他们先前的成功，对他们又是称赞，又是发怒。

他说，他了解到他们有一种治愈肺炎的妙方。那很好啊！研究所刚好需要治愈这种不良疾病的荣誉，特里和马丁最好立即发表他们的研究成果（要提到麦格克）。

“我们偏不！你听着，霍拉伯德！”特里咆哮着说，“我本来还以为你不会干涉我们呢！”

“我已经这样做了啊！都快一年了！直到你们快要完成你们的研究。可现在你们已经完成研究了。是时候让全世界知道你们在干什么了。”

“我要是这样干，全世界就会比我知道的还他妈的多！头儿，这绝对不行。也许，从现在起再过一年，我们可以发表。”

“你们现在就得发表，不然的话——”

“好啊，太棒了。幸福的时刻到来了。我退出！我这个人最有绅士风度了，走就走，懒得跟你说我对你的看法！”

就这样，特里·威克特被麦格克研究所解雇了。他取得了奎宁衍生物合成法的专利权，便引退到“鸟巢”去了，准备用他的小笔积蓄建立一个实验室，靠着零星出卖血浆和他的药品换来的钱，度过他从事独立研究的一生。

对特里来说，既没有妻子，又没有贴身男仆，事情倒是好办；但对马丁来说，事情可就没那么简单了。

三

马丁假装想要辞职。他向乔伊丝解释了这件事。他该怎样把市内宅邸和格林尼治村的城堡与“鸟巢”的朴实无华结合起来呢？这个问题他还没有想好，但他打算实话实说。

“你能不要管它嘛！那个圣鹧鸪把特里开除了，可他不敢碰我！我之所以等着，就是因为我想看看霍拉伯德如何搞清楚我会怎么办。可现在——”

他坐在他们的——她的——小汽车向她解释这件事。此时此刻，他们正在赴宴归来的途中。在宴会上时，他在一位身份显赫的富孀面前显得特别潇洒迷人，以致乔伊丝轻声哼道：“莱瑟姆·艾尔兰可真是个大傻瓜，竟然说他不可能彬彬有礼！”

“我自由了，岂有此理，我终于自由了，因为我的工作已经逐步到了值得放手一搏的地步啦！”他手舞足蹈地说。

乔伊丝把纤细的手放在他的手上，恳求说：“等一下！我得想一想。请等一下！你安静一会儿。”

然后她说：“马特，如果你继续与威克特先生合作，你就得经常离开我了吧。”

“唔——”

“我真的认为那样不太好——我是说特别是现在，因为我想我可能快有宝宝了。”

他惊叫了一声。

“哎呀，我可不想做个哭哭啼啼的妈妈。我也不知道自己是高兴还是狂怒，虽说我的确相信我想有个宝宝。可是，这的确把很多事情都弄复杂了，你知道吧。就我个人来说，如果你离开研究所，到穷乡僻壤去生活，我会感到惋惜的，因为研究所毕竟给你提供了一个稳固的地位。亲爱的，我一直都是很乖的，不是吗？我真的非常喜欢你，这你知道！我可不想让你抛弃我，可你要是去了佛蒙特那个鬼地方，你就会抛弃我的。”

“咱们不能在那附近找个小房子，一年在那小住一段时间吗？”

“也——许吧。不过，我们先得把生一个亲爱的小宝宝这样一件讨厌的事了结了，然后再去考虑这个问题。”

马丁没有从研究所辞职。至于在“鸟巢”附近弄个房子，乔伊丝只是随口说说罢了，也没有着手去做这件事情。

第三十九章

一

由于特里·威克特的离开，马丁又回到了噬菌体的研究上来。他刚一开始就犯了个错，而且是这辈子最糟糕的错。他失去了以往那种可怕的平静。他深切体会到了职业社交生活的痛苦，而且他永远不可能明白宴会这种怪东西——人们为何硬着头皮去款待那些自己既不喜欢也不觉得有趣的人。

过去他可以同特里交谈，从中得到安慰，只有在这种情况下，他才不会对那批衣冠楚楚的草包过分恼怒，而且有段时间他很喜欢让那些“有教养的人”接受他的戏剧性游戏。可是现在，他却深受理智的困扰。

克利夫·克劳森使马丁明白了自己的生活已经乱成一团。

马丁刚到纽约时曾经去找过克利夫。当年在医学院同安格斯·杜尔和欧文·沃特斯在一起时，克利夫吵吵嚷嚷的性格给过他不少安慰。可现在，无论是在他以前工作过的汽车经销店，还是在汽车行业的其他企业，都没有找到克利夫。马丁已经有十四年没有见到他了。

后来，一张红底黑字的名片送到了他在麦格克的实验室：

克利福德 L. 克劳森

（克利夫）

顶级担保石油投资公司

海厄姆街区比尤特市

“克利夫！好克利夫！我的老伙计！我最好的朋友！当时就是他借钱给我去找利奥拉的！克利夫，我的老伙计！好家伙，现在特里走了，周围全是花花公子，我太需要像他这样的人了！”马丁兴高采烈地喊道。

他冲出房门，又突然停下脚步，直愣愣地盯着一个人，那个人正粗声粗气地和女接待员说话：

“唔，小妹妹，你们这些搞科学的家伙真叫人头疼。你这儿的摆设怎么花里胡哨的呀，除了在骗人的招商办公室，还真见不到这样的摆设哩——我还从未见过像你这么俊俏的美人儿，挑个美丽的夜晚和我一起吃个饭咋样呀？我希望以后能经常和你聊聊——我可是阿罗史密斯医生的死党哦。其实，我本人也是个医生——不骗你——货真价实的外科医生——读过医学院什么的。啊！老伙计来啦！”

马丁从未想过十四年会有这么大的变化。他简直惊呆了。

克利夫·克劳森，四十岁，身材臃肿。他的脸上有一股汗臭味，全是苍白的胖肉，肉嘟嘟的样子。他的声音很粗哑。他身上穿着一件流行的诺福克方格夹克，紧紧地裹着浮肿的肩膀和肥硕的屁股。

他用力拍着马丁的背，大声说道：

“唔，唔，唔，唔，唔，唔！马特老兄！啊哟，你这个老王八蛋！

啊哟，你这个老王八蛋！啊哟，你这个偷鸡摸狗的鬼东西！哎呀，你这个皮包骨的小矮子，自从上次在泽尼斯见到你，你可一点都没变啊。真的，骗你我是王八蛋！”

马丁注意到刚才还卑躬屈膝的接待员现在正得意地抛着媚眼呢。他说：“唔，天哪，见到你确实很高兴。”说完便匆忙把克利夫带进了他的私人办公室。

“你气色挺好，”马丁没有说实话，这时他们周围没有人盯着了，“你一直在干些什么哪？刚到纽约那会儿，我和利奥拉拼命找你。嗯——你是否知道，嗯，知道她的情况？”

“知道，我从报刊上得知她去世了，真不幸。还知道你们在西印度群岛工作得很漂亮——那地方在哪儿呀？我想，你现在一定成了伟人了——著名的鼠疫医生，驱赶瘟神之类的人，举世闻名的科学家。我还以为你已经不记得你的老朋友了呢。”

“哎哟，别犯傻了！见到你真——真——真好。”

“唔，马特，看到你没有沾沾自喜[①]，我真为你高兴。天哪，我心里对自己说，如果我突然来访，马特老兄却对我摆架子，我可不管上层社会贵妇人对他的赞美之词，我肯定要对他推心置腹，让他听到真心话。你能保持头脑清醒，我很高兴。我在比尤特时本来想给你写信的——我一直在那里卖一些不中用的石油股票，转眼就脱手的那种，省得麻烦检察官来检查我的账簿。‘哟，’我当时想，‘我要坐下来，给那个白净的瘦小子写封信，告诉他我对他的出色工作有多高兴，好

---

① 沾沾自喜：原文为拉丁语 capitus enlargatus。

让他也开心开心。’但你知道怎么回事——时间一晃就过去了。哟，真是太棒啦！我们现在又有机会经常见面了。我和一个伙计一起来纽约做一笔大投资买卖。利润特别大，老兄！改天我带你出去逛逛，让你看看什么叫真正的大餐。嗯，自从西印度群岛回来以后你都在忙些什么呢？说给我听听。我想，你一定在计划成为这个著名研究所的老板，或者说所长，反正他们叫它什么都一样。”

“没有——我，呃，嗯，我并不怎么想当所长。我宁愿待在我的实验室。我——或许，你想听听我对噬菌体研究的进展吧。”

马丁找到了一个可以谈论的话题，甭提有多高兴了，于是就想把他的实验情况大概介绍一下。

克利夫用一只胖乎乎的手拍了拍他的前额，大声叫道：

“等一等！哎呀，我有个好主意——你可以马上动手干起来。我特别喜欢这个主意，亲爱的老先生。老百姓刚刚听说这种细菌——叫什么来着？——细菌噬菌体破烂玩意儿。喂！你还记得贝诺尼·卡尔那个老恶棍吗？就是在那次医学界宴会上给你介绍的那个大药理学家。昨天晚上和他一起吃饭呢。他在长岛开了一家疗养院——也是个好主意——他实际上是个造私酒的，搞了一大帮挥金如土的人在那里喝私酿酒，他们想喝多少就给多少，按处方给，完全合法，无懈可击！他们还在那个下流地方搞了好多舞会，美女如云，应有尽有！相信我，克利夫大叔百病缠身，又是掉牙，又是烂脚的，痛苦死了，正打算去卡尔疗养院治病呢！不过，听我说，如果我们让他或者其他什么人琢磨出一种新的治疗方法——就叫作噬菌体疗法吧——哎哟，名字反正由你克利夫大叔来取，取个能捞大钱的名字就行！那些病人坐在蒸汽室里，吃着噬菌体做的药片，里面还加了一点士的宁，好让他们的心脏跳快一点儿！崭新的疗法！ 一本万利啊！你怎么看呀？”

马丁几乎要瘫倒了。“不，我恐怕不能接受这种做法。”

“为啥？”

“唔，我——说实话，克利夫，如果你不了解什么是科学态度的话，我还真不知道怎样向你解释呢。你知道——这就是戈特利布以前常说的——科学态度。而且，因为我是个科学家——至少我希望我是——我不能——唔，和这样的事情有关系——”

“可是，你这个可怜的家伙，你以为我就不懂科学态度吗？天啊，我亲眼见过解剖室！啊哟，你这个可怜的东西，我当然没有指望让你的名字和这件事情扯上关系！你只管待在幕后，把麻醉药偷偷塞给我们就行了，然后大张旗鼓地宣传噬菌体。这样，亲爱的人们就容易上钩了，我们就可以撸起袖子大干一场了。”

“可是——我希望你只是说笑而已，克利夫。如果你不是在说笑，那我告诉你，如果有人想干这种勾当，不管他们是谁，我都会揭露他们，把他们送去坐牢！”

“唔，天哪，如果你真这么想的话——！”

克利夫掠过眼睛下方的肥肉凝视着。他犹犹豫豫地说：

“我想，你有权阻止别的家伙抢走你自己的东西。唔，好吧，马特。我得走了。但现在要告诉你的是你可能做的事，当然，如果这件事不会再次伤害你那脆弱的良心的话：你可以邀请老克利夫到你家吃饭，见见你那位娇小的新娘子，我在社交杂志上读到过她。老兄，以前不止一回，你让可怜的老胖子克利夫给你东西吃，给你地方睡，那时你总是乐滋滋的，这你也许还记得吧！”

“哎哟，我知道。这话不假！没人比你对我更好了；谁都没你对我好。喂，你现在住哪儿呢？我要问问我的妻子，看看我们什么时候有空，明天早上给你打电话吧。”

“这么说来，你是让你老婆给你定作息时间的喽？呃？唔，我从不干涉别人的事情。我住在贝林顿饭店，617房间——记住了吧，617——你可以在明天上午十点以前给我打电话，看看我在不在。哎呀，你们门口的那个小丫头长得可真漂亮呀。你觉得呢？有没有机会把她拉出来和克利夫大叔吃吃饭、跳跳舞呀？”

马丁像研究所里资历最老、最稳重的科学家一样，一本正经地反对说：“哎哟，她的家庭出身特别好。我想我不会那样做的。真的，我劝你也不要那样做。”

克利夫的目光尽管很肥腻，却异常锐利。

克利夫说：“你最好还是回去工作，捉你的细菌去吧。”听到这话，马丁高兴坏了，满腔热忱地把他引到了接待室，小心翼翼地经过了女接待员，直到电梯。

他在办公室里坐了好长时间，心里难过极了。

多年以来，他一直把克利夫想象成另一个特里·威克特。现在他才明白，克利夫既不同于里普顿·霍拉伯德，也不同于特里。特里性情粗野，脾气乖戾，满口粗话。他鄙视很多高雅的东西，常常得罪许多高雅的人，但他这些尖酸刻薄的言行却构成了一件粗毛布法衣似的保护服，使他能够专心从事那些戴头巾的修道士谁也不懂的神圣事业。可是，克利夫——

“我要是能干掉这个家伙，就为大家办了一件大好事了！”马丁恼怒地叫道，“竟然在一个强盗似的疗养院里搞噬菌体疗法！我之所以容忍他，只是因为我这个人胆子太小，生怕他到处乱说我在成功那会儿就把老朋友抛弃了。(成功！工作搞得一塌糊涂！到处参加宴会！同白痴的女人交谈！竟然因为没有被邀请同葡萄牙的大臣共进晚餐而暴跳如雷！）不行。我要给克利夫打电话，不能让他到我们家来。”

他又回想起以往艰难的日子里克利夫对他的忠诚，那时克利夫每得到一点东西都很乐意和他分享。

“干吗非要他理解我对噬菌体的感情呢？他的方案就比那些享有盛誉的医药公司更差吗？我这样生气有多少是有道理的？我这样痛苦又有多少是因为他没有承认富有的阿罗史密斯博士的显赫社会地位呢？”

他不再想这些问题，回了家，几乎毫不掩饰地向乔伊丝说明了她可能会对克利夫有什么样的看法，并计划邀请克利夫吃顿饭，由他们两个作陪。

“我亲爱的马特，”乔伊丝说，“你为什么侮辱我，暗示说我是个势利小人，会因为猥亵的粗话恼火，会因为酷似亲爱的罗杰的祖父所持的那种商业伦理而恼火？你以为我从来没敢跨出客厅一步吗？我以为你见我出去过呢！我或许真的会非常喜欢你那位叫克劳森的人哩。”

在马丁邀请克利夫来吃饭的第二天，克利夫给乔伊丝打了个电话：

“是阿罗史密斯太太吗？唔，哎呀，我是老克利夫。”

“我可能没听清楚你的话。”

“克利夫！老克利夫！”

“非常抱歉，不过——可能接错线了吧。”

“啊哟，我是克劳森先生，就是要来和你们一起吃饭的——”

“哎哟，是这么回事呀。实在抱歉。”

“唔，你听我说。我想知道的是：这次吃饭只是一顿家常便饭呢，还是一次地地道道的社交晚宴呢？换句话说，亲爱的，我应该穿得自然一些呢，还是应该穿上晚礼服呢？哎哟，我已经弄了一套——燕尾服，他妈的全套装备都有！”

“我——你的意思是——哎哟。你要穿礼服赴宴吗？我想，或许我会穿的。”

“好啊！我会来的，打扮漂漂亮亮的，像个新沙龙一样。我要给你们看一串最漂亮的宝石饰纽，你们见都没见过。哟，就要见到马特的太太啦，真是莫大的荣幸呀。现在，我们该唱个歌结束了，唱个《来日再相会》或者《再见》吧。”

马丁回到家里时，乔伊丝劈头就说：“亲爱的，我做不到！那人一定疯了。说真的，亲爱的，你一个人照料他吧，让我睡觉去。再说了，你们俩也不需要我——你们俩想回忆回忆往事，我在场只会碍事。再过两个月宝宝就要出生了，我应该早点睡觉才对。”

“哎哟，乔伊，克利夫会很恼火的呀。再说了，他一直对我特别好，何况——何况，你也经常问我年轻时候的事嘛。难道你真不想，”马丁恳切地说，“听那些事情了呀？”

“好吧，亲爱的。我尽量对他热情点儿，可我告诉你，我不会做得特别好的。”

他们满以为克利夫会特别吵闹，会喝得酩酊大醉，会拍乔伊丝的背。可是，克利夫过来吃饭时，特别彬彬有礼，说话也特别有文采——直到他略有醉意。当马丁随口说出“他妈的”时，克利夫还指责他说：“当然，我只是个乡巴佬。但我想，这位公主般的夫人是不会喜欢你说脏话的。”

他又说：“唔，我从未料到像小马丁这样的一个土包子会和一个名副其实的社会名流结婚。”

他又说：“哎哟，布置这样一个餐厅大概没花什么钱吧。哎哟，根本不会！”

他还说：“香槟酒呀，嘿？唔，你们真让我这个可怜的老克利夫感到荣幸。陛下，叫您高贵的家臣去告诉他的仆人，让他把你们这儿私酒贩子的地址告诉我的秘书，好吗？”

在觥筹交错之际，克利夫虽然竭力使自己的言语显得正经高雅一些，但仍不忘历数他倒卖没有石油的废井继而逃脱法网的趣事；讲他如何聪明，为了把股票卖给那些教友而加入各种教会；讲他如何承诺提供来自精神世界的医疗咨询，从而协助贝诺尼·卡尔医生把一个富有但年迈的寡妇弄到他的疗养院的有益经历。

乔伊丝一直保持沉默，客气到了极点，弄得大家都很难受。

马丁努力想使他们搭上腔。他对一个人吹嘘自己不正当行为的怪异现象，并没有给予鼓舞人心的评价，但他却气得发抖，当听到克利夫信口雌黄时：

“你说老戈特利布现在有点倒霉。”

“嗯，他身体不太好。”

“可怜的老傻瓜。不过，我想，你现在已经意识到自己有多愚蠢了，你以前那么迷恋他，对他佩服得五体投地。老实说，阿罗史密斯夫人，这小子过去可认为戈特利布老爹是个了不起的人哩——请原谅我说话粗鲁啊。”

“你这话是什么意思？”马丁说。

“哎哟，我非常了解戈特利布！当然，你跟我一样了解他。他总是自吹自擂，向全世界宣称自己是个严谨的科学家，让自己成为人们的谈资；还总是摆出一副狗仗人势的架势，对哲学问题以及合格的医生有多残忍的问题谈笑风生。不过，还有比这更糟的——在圣地亚哥，我碰到一个在温尼麦克大学教过植物学的家伙，他对我说，戈特利布把发现抗体的一切功劳都据为己有，从来不提那个——唔，那个家伙是个什么俄国人，在戈特利布之前做了大部分工作，可是戈特利布老爹却偷了他的所有成果。”

马丁知道，对戈特利布的这一指控有一点道理；他也知道，他这位伟大的男神有时不够宽厚。但这些只会增加他的愤怒，使他把放在膝盖上的拳头攥得紧紧的。

要是在三年前，他早就扔东西了，但现在他已经适应了。他早就接受了乔伊丝对他的培养，即使有不同意见，也不会大叫大嚷，而会表现得心平气和。所以，他唯一的评价是：“不，克利夫，我认为你弄错了。戈特利布在抗体研究方面所做的工作‘远远超过其他人’。”

咖啡和酒还没有端进客厅，乔伊丝用无限娇媚的声音，恳切地说：“克劳森先生，如果我上床休息一会儿，你不会太介意吧？能有机会见到我丈夫的一位老朋友我特别高兴，但我现在感觉不太舒服，我觉得休息一会儿可能就好了。”

“公主夫人，我注意到您气色不太好。”

“啊！唔——晚安！”

马丁和克利夫坐在客厅里的大靠椅上，竭力装出老朋友见面格外高兴的样子。但他们并没有看着对方。

克利夫骂了一会儿，又讲了三个极其下流的故事，以表示他还是老样子，他刚才装出高雅的样子，只是为了让乔伊丝高兴。接着他又骂起来了：

“嗬！就像那些英国人说的，这种事情就那么回事儿。唔，我看得出你老婆不喜欢我。她冷得像座冰山。不过，天哪，我不介意。她要生小孩儿了嘛。当然了，女人——所有的女人——怀孕的时候脾气都很古怪。可是——”

他打了个嗝儿，摆出一副圣人的样子，然后一口灌下第五杯法国白兰地。

“可是，我怎么也弄不明白的是——说真的，我不是在说你老婆坏话。她有点自我膨胀，都是那些人惯的。不过，我不明白的是，在与情真意切的利奥拉生活过以后，你怎么还能受得了乔伊丝这种装腔作势的女人啊！”

马丁终于忍不住了。

自从特里离开这几个月以来，无法安心工作的痛苦已经把他折磨得够呛了。

“听着，克利夫。我不想听你议论我的妻子。她没能让你开心，这我非常抱歉。可我觉得，在这种特殊情况下——”

克利夫已经站起身来，虽然身体有点摇晃，但声音和目光却异常坚定。

“好啦。我早就料到你会对我摆架子。当然，我还没有找到一个有钱的老婆塞钱给我。我只是个穷酸的流浪汉。我根本就不属于这样的地方。我不够温顺，做个仆人都不够格。你够格。好啦。我祝你好运。与此同时，你可以直接下地狱了，我年轻的朋友！”

马丁没有跟他进到门厅里。

他独自一人坐着时，嘟哝着说：“谢天谢地，这个手术总算结束了！”

他告诉自己，克利夫就是个无赖，是个笨蛋，是个肥胖的废物；他又对自己说，克利夫就是个没有头脑的牢骚鬼，是个不讨人喜欢的酒鬼，是个只是为了装面子而故作大方的慈善家。不过，这些令人钦佩的事实并不能免除同克利夫断交这一手术带来的痛苦，就好像有人跟你说，你的阑尾坏了，既不雅致，也没有价值，但这并不能减轻你割除阑尾时的痛苦。

他曾经喜爱过克利夫——现在同样喜爱他，将来还会一直喜爱他。可是，他永远都不想再见到他了。永远！

那个肌肉松弛的恶棍，竟敢嘲笑戈特利布！瞧他那副土里土气的样子！生命太短暂，不能——

“可是，见他的鬼——是的，克利夫是个粗人，可我也是啊。他是个骗子，我不也是个骗子吗？还在圣休伯特伪造瘟疫数字呢——而且还因此得到了赞扬，这不是个更坏的骗子吗？”

他霍地站了起来，走到乔伊丝的房间。她正躺在那张宽大的四柱床上，看她的《彼得·惠福》呢。

“亲爱的，刚才真是一团糟，是吧！”她说，“他走了吗？”

“是的……他走了……我把自己最好的朋友赶走了——差不多吧。我让他走的，让他走时觉得他自己就是个无赖，是个失败者。这样做还不如杀了他来得体面一些呢。哎哟，你跟他在一起时为啥不能简单快乐一些呢？你也太讲礼貌了吧！他浑身不自在，一点都不自然，他其实没有他表现得那么坏。他不算粗鲁，不比——他比起那些用温文尔雅掩饰其本质的金融资本家要好多了……可怜的家伙！我敢打赌，现在克利夫正在冒雨前行，说：‘我曾经喜爱的那个人，曾经为其不惜一切的那个人，现在竟然背叛我。现在，他——现在，他有个漂亮的妻子。以前再怎么体面又有什么用呢？’他肯定在说……你为啥就不能朴实一点，收起你那骄傲的态度呀，哪怕只有一次？”

“喂！你根本就不喜欢他，跟我没啥两样，你可不许把责任推到我身上！你早就超过他了。你这个人总是夸大事实——你就不能面对事实吗？至少这一次不是我的错。你可能还记得——我的男神——我好心建议你说，我今晚不露面了，一点都不想见他。”

“哎哟——唔——嗯——天哪——可是——哎哟，我想是这样。唔，不管怎么说——这事已经过去了，没什么可说的了。”

“亲爱的，我很理解你的心情。可是，这事已经过去了，这难道还不好啊！亲我一个，晚安。”

“可是”——马丁一边自言自语，一边坐了下来。他身上穿着她在巴黎为他买的、绣有金黄色蜻蜓的黑色丝绸睡衣，心里有一种一丝不挂、怅然若失、无家可归的感觉——“可是，如果是利奥拉，而不是乔伊丝——利奥拉就会知道克利夫是个骗子，她会把这作为一个事实接受下来。（说什么你要面对事实！）她不会硬摆出一副法官的样子。她不会说：‘这个看法和我的不一样，所以它是错的。’她可能会说：‘这个看法和我的不一样，所以非常有趣。’利奥拉——”

他眼前出现了利奥拉清晰、可怕的幻影，她就躺在彭里斯山上一个花园的坟堆下面，连个棺材都没有。

他从幻觉中挣脱了出来，怒气冲冲地说：“克利夫说什么来着？‘你不是她的丈夫——你是她的贴身男仆——你太温顺了。’他说得对！就是这么回事：我不被允许见我想见的人。我真是聪明过了头，竟然使自己成了乔伊丝和圣霍拉伯德的奴隶。”

他一直都想再见克利夫·克劳森一面，但再也没有见到过他。

二

巧的是，乔伊丝的祖父和马丁的祖父都叫约翰，于是他们就把自己的儿子叫作约翰·阿罗史密斯。他们不知道的是，以前有个叫约翰·阿罗史密斯的人——一个来自比德福的水手——在西班牙无敌舰队的事件中与五个勇猛的西班牙贵族同归于尽了。

乔伊丝费了很大的劲，终于重新点燃了马丁对她的全部的爱（他对这个聪明秀丽的女子的确充满怜爱）。

“死亡是一种比桥牌更好的游戏——没有搭档帮助你！”她一边说着，一边躺在产椅上，忍受着痛苦和羞辱，样子十分难看。他们还没有给她打麻药，她的脸色已经因为极度痛苦而发青了。

约翰·阿罗史密斯后背笔直，四肢修长——生下来足足有十磅重——当他不再是个皱巴巴的小肉虫，而是长成了一个小男婴时，他的眼睛里面充满了欢乐。乔伊丝爱慕他，马丁却害怕他。因为他明白，这个小小的贵族，这个天生就有富裕印记的孩子，有朝一日会看不起他。

小孩出生三个月后，乔伊丝在轻击球和反手发球，以及谈论非法外快和俄国流亡者方面，都比以前更有劲头了。

三

对于科学，乔伊丝特别尊重，却又一窍不通。她经常让马丁说说他的工作，可当他热情洋溢地讲解，并用拇指甲在桌布上画图的时候，她却又打断他，优雅地说："亲爱的——你不见怪吧——稍等一会儿——普林德，还有没有雪利酒了呀？"

当她回过头来望着他的时候，虽然她的眼神很恳切，但是他的热情已经不在了。

她来到他的实验室，要看他的烧瓶和试管，恳求他逼迫自己了解，但她从来没有坐在一旁连看几个小时。

突然，就在他在实验室里苦苦挣扎的时候，他踏着了坚实的土地。他无意中发现了噬菌体对菌种变异的影响——太美了，太妙了——而且，经过几个月的埋头苦干，其间他曾经是个头脑清醒的公民，一个几乎完美的丈夫，一个桥牌高手，一个糟糕透顶的工作人员，现在他再次体会到了高度紧张疯狂的快乐。

他想晚上加班加点，每天晚上都干。在他缺乏灵感、胡乱摸索的那段时间，下午五点以后就没有什么东西能让他留在研究所了，而且乔伊丝早就习惯了让他飞速回到自己身边。现在，他却摆出一副无能为力的样子，无视各种约会，呵斥那些要求他解释各类科学问题的可爱的客人，甚至忘掉乔伊丝和孩子。

“我晚上也得工作了！”他说，“当我被一个大实验吸引住的时候，我的生活就不可能这么规律和轻松了，就像你怀宝宝的时候不能保持正常、轻松和彬彬有礼一样。”

“我知道，可是——亲爱的，你要是这样工作的话，那你神经也太紧张了吧。天哪，你不去赴约，得罪了很多人，这我并不在乎——唔，归根结底，我希望你不要得罪人，不过我也的确明白这可能无法避免。可是，你把自己弄得紧张兮兮的，最终赢得时间了吗？这都是为了你好。啊，我有办法了！等着瞧！你会知道我是一个多么出色的科学家的！不，我不想解释——现在还不想！”

乔伊丝很有钱，精力也很充沛。一个星期以后，吃完晚饭，她对马丁说：“我有个惊喜给你！”说话时她面色绯红，身段显得格外苗条，一副神采奕奕的样子。

她把他带到屋后车库上方的几个空房间里。在那个星期的时间里，她从全国最好、最精密的科学设备公司请来了二十位工人，为他打造了一所他从未见过的最好的细菌实验室——白色的瓷砖地面，搪瓷砖墙、冰箱、细菌培养器、玻璃器皿、各种染色剂、显微镜，还有一个完善的恒温浴缸——另外还请了一位技术员，这个技术员在利斯特研究所和洛克菲勒研究所受过训练，他把卧室安排在实验室的后面，并声称不论白天黑夜随时为阿罗史密斯博士效劳。

“瞧！”乔伊丝快活地说，“现在，既然你晚上非得工作不可，你就用不着绕那么远的路到自由大街去了。你可以再搞一套你的培养菌，随便你叫它们什么吧。如果你晚饭吃腻了——没关系！吃完饭后可以到这儿来溜达，想工作到多晚就工作到多晚。这——亲爱的，这样行吗？我做得对吗？我费了这么大的劲——我把能找到的最棒的工人都找来了——”

当他的嘴唇贴在她的唇上时，他默默地想：“已经替我做了这样的事情！还这么谦卑！……而且现在，该死的，我永远都跑不掉了！”

她兴冲冲地要他挑点毛病。为了给她一种温顺的新奇愉悦感，他就建议说离心机不够好。

“你等着吧，我的男神！”她欢快地说。

两个晚上以后，他们看完歌剧回到家里，她把他领到了新实验室下面的水泥地车库里。墙角里有一台随时可以安装的离心机，虽是二手的，但还挺好的。那是一台非常令人满意的离心机，是伯克利－桑德斯大公司的杰作——实际上就是格拉迪斯。这个格拉迪斯因为品行不端被麦格克解雇了，这事曾经让马丁和特里特别激动，专门下馆子喝了个酩酊大醉。

这次，马丁想要做出心怀感激的样子可就没那么容易了，不过他还是努力做了。

四

在乔伊丝圈子里的经济文化界朋友和劳斯莱斯车友中间，广泛流传着这样一种说法：在这个令人筋疲力尽的世界里，有一种新的消遣方式——到马丁的实验室去看他工作，大家从来没有这么安静过，从来没有这样恭敬。只是偶尔乔伊丝会低声说："瞧他教那些亲爱的细菌说'漂亮的波莉'的样子，他不也是很可爱的吗！"或者也可能是莱瑟姆·艾尔兰，他争辩说科学家都没有幽默感，惹得大家捧腹大笑；抑或是桑米·德伦伯，他突然用奇妙滑稽的爵士曲唱道：

啊，细菌先生，不要冲我咧嘴笑；
你这可恶的小东西，我已知道你的奥妙。
当阿罗史密斯博士先生把线索找到，
你只有坐在牢里唱着细菌的布鲁斯。

乔伊丝从佐治亚州来的表兄兴奋地嚷道："马特摆弄起他那些小瓶子来，还挺可爱的啊。不过，我只要跟他说，他的问题在于教堂去得太少，保准会让他恼羞成怒！"

这时，马丁一直在努力使自己思想集中。

他们从乔伊丝的家拥入马丁的实验室，每周也就一次，这当然不足以干扰一个意志坚定的人——只会让他时常等着他们罢了。

他试图平静地向她解释什么，她却说："我们今晚打搅你了吗？

不过，他们确实太钦佩你了。”

他“唔”了一声，便睡觉去了。

五

R. A. 霍普伯恩是位著名的专利权律师。他驱车离开阿罗史密斯－兰扬宅邸时，咕哝着对妻子说：

“如果主人认为你是个大笨蛋，灌你喝葡萄酒，我倒不会介意，但不论你大胆发表什么意见，他都一副不耐烦的样子，我可就介意了……他在那间愚蠢的实验室外面不也是一副傻相嘛！……你觉得乔伊丝中了什么邪，竟然会嫁给他？”

“我想象不到。”

“我想只有一个原因。当然了，她可能——”

“嗳，请不要说脏话！”

“唔，不管怎么说——她可能就是从一堆受过良好教育的、讨人喜欢的、聪明过人的小伙子当中随便选了一个吧——我说的聪明的意思是，因为这个阿罗史密斯可能对细菌无所不知，但却连交响乐和薄荷都分不清……我想，我这个人并不喜欢抱怨，可我就闹不明白了，咱们为啥要去他家呀，那个男主人显然喜欢直接顶撞你……可怜的家伙，我真为他难过；大概他还不知道自己这样做显得很粗鲁吧。”

“不知道。也许吧。让人痛心的是想起了老罗杰——他那么快活，那么强壮，可现在简直就是皮包骨——竟然还邀请这样一个唐突的外人，坐在椅子里像根干草一样，连宝禄爵香槟都不会品尝——乔伊丝到底看中他哪一点啊！尽管他的眼睛长得还可以，两只手格外有力——”

六

乔伊丝的忙碌让他心神不安。她为什么这么忙，很难说得清楚。她有一个贤惠的女管家，一个能干的男管家，还有两个照料婴儿的保姆。不过，她常挂在嘴上的一句话就是，她一直没有时间实现自己的一个愿望：坐下来读读书。

特里以前称她为“筹划人”，虽然马丁讨厌这个称呼，但当他听到电话铃响时，还是会抱怨：“哎哟，老天爷，一定是‘筹划人’打来的——又想要我去和哪个傲慢的少妇喝茶。”

他竭力向她解释，说他必须从这种纠缠不清的关系中解脱出来，她却提议说：“难道你就是这么一个软弱无能、优柔寡断的小人物，只有逃避才能集中注意力吗？难道你害怕那些既能干大事又能及时行乐的大人物吗？”

他真想开口骂人，尤其是针对她给大人物所下的定义。他发脾气说粗话的时候，她就摆出一副贵夫人的样子，这样他就觉得自己像个无礼的奴仆，变得更加粗俗了。

这时，他很怕她。他幻想着逃到了利奥拉那里，他们两个受到惊吓的小人物，相互安慰着对方，躲在温暖的角落里，避开她。

但通常情况下，乔伊丝就像他的伙伴，不断地寻找一些新鲜的娱乐活动给他惊喜。不过，对于他们的儿子，他们却有着共同的自豪感。

他坐在那儿打量着小约翰，看到他这么强壮心里高兴极了。

初冬时节，她就兴师动众地把孩子带到了南部，准备在那儿住上两个星期。马丁这才有机会逃到“鸟巢”和特里住了一个星期。

他发现，特里在完全独立工作几个月以后，显得特别疲惫不堪，脾气也有点暴躁。他在自己的小屋旁边搭了一间简陋的小木屋做实验室，还搭了一个粗糙的马厩，用拴在里面的马制备血清。与往常不同，特里没有立刻热情洋溢地说起研究的具体细节。直到晚上，他们俩在小屋里粗陋的壁炉前抽着香烟，坐在用木桶改制的、垫着鹿皮的椅子上无所事事时，马丁才哄他说出了心里话。

他不得不抽出大把时间用来做家务，用来生产血清以维持开销。“要是你和我一起干的话，我可能早就搞出名堂来了。”不过，他的奎宁衍生物研究一直在稳步前进。而且，他对离开麦格克研究所并不感到后悔。他发现，用猴子做实验是不可能的，因为猴子价格太贵，又太过脆弱，忍受不了佛蒙特州的寒冬。不过，他已经发明了一个新方法，用感染了肺炎球菌的老鼠做实验，而且——

“哎哟，瘦猴子，我跟你说这个有什么用呀？你又不感兴趣，不然你几个月前就到这里跟我一起干了。你已经在我和乔伊丝之间做了选择。这没关系，可你不能两者都要呀。”

马丁咆哮着说：“对不起，威克特，我搅扰你了。”说完便砰地关上门，走出了小屋。他在夜色笼罩的雪地里跌跌撞撞地走着，时不时地绊倒在树桩上。他感受到了最后时刻的痛苦，那是失败的时刻。

“现在，我又失去了特里（虽然我忍受不了他的粗鲁无礼！）。我失去了所有的人，而且我也从未真正得到过乔伊丝。我孤苦无依。

而且我不能全力以赴地工作！我彻底完蛋了！他们绝不会让我重新开始工作的！”

突然，他意识到自己不会就此放弃，虽然他没有明说。

他又踉踉跄跄地回到小屋，推门而入，大声叫道：“你这个老牢骚鬼，我们必须同舟共济！”

特里和他一样激动不已。两个人都差一点就落泪了。他们使劲地拍着对方的肩膀，咆哮着说：“好一对蠢货，竟然因为太累了就吵起嘴来！”

“我会过来和你一起干的，不管怎样！”马丁发誓说，“我要向研究所请六个月的假，就让乔伊丝在附近的旅馆里待着，或者找点事干。哎呀！又可以实实在在地做事了……做事！……嗳，你告诉我，等我过来这儿的时候，你会说些什么？我们——”

他们一直谈到天亮。

第四十章

一

里普顿·霍拉伯德博士和夫人只请了乔伊丝和马丁去吃晚饭。霍拉伯德博士从来没有这么热情。他先是对乔伊丝的珍珠首饰大加称赞了一番，等乳鸽这道菜端上桌后，他又神情专注地转向马丁，友好地对他说：

“嗳，你和乔伊丝能认真听我说会儿话吗？马丁，现在很多事情都在进行，我需要你——不，是科学需要你！——适当地参与到这些事情当中去。附带提一下，我不用提示你，这可是绝对机密啊。塔布斯博士和他那个文化机构联盟马上就要完成奇迹了，明尼根上校也一直格外开明。

“他们一直在忙活联盟的事情，一丝不苟，有条不紊，正如你和亲爱的老戈特利布一贯坚持的那样。四年来，他们一直在坚持制订各种方案。我碰巧听说塔布斯博士和联盟理事会举行过多次令人惊叹的会谈，其中有很多大学校长、编辑、俱乐部女会员、劳工领袖（当然是那些身体健康、明白事理的领袖）和效率专家，以及更多的高级广告商、牧师，还有其他代表公众思想的领袖人物。

“他们绘制出了很多详尽的图表，这些图表对各种脑力活动的职业和行当逐一进行了分类，还标明了方法、资料和工具，尤其是目标——各种目标、理想和道德目的——非常适合其中的每一个行业。真是妙极了！啊哟，比方说，一个音乐家或者工程师，只要看一眼他的图表，就能准确无误地判断出，在他那个年龄，他的进展是否足够快，如果不够快的话，那么他的问题是什么，补救方法又是什么。有了这个基础，联盟就可以随时开展工作了，就可以鼓励所有脑力工作者加盟了。

“麦格克研究所必须参与这个协作项目。我认为这是思想方面前所未有的一大进步。我们终于要让美国原本混乱的精神活动名副其实地符合美国理想了；我们要让这些精神活动变得既实用又高级，就像现金出纳机的制造那样！我有充足的理由相信，我能让罗斯·麦格克和明尼根团结合作，因为麦格克和明尼根的木材利益冲突已经停止了。如果这样的话，那我可能就要离开研究所了，去帮助塔布斯指导文化机构联盟的工作。这样一来，麦格克研究所就需要一位新所长，他将和我们一起努力，把科学引出修道院，使其造福人类。”

此时此刻，马丁已经对文化机构联盟有了全面了解，只是还不清楚这个联盟要干什么。

霍拉伯德接着说：

“嗳，马丁，我知道，你一向鄙视实用主义，可我对你有信心！我觉得，你受威克特的影响太深，既然他已经离开了，而且你对生活、对乔伊丝的朋友和我的朋友也有了更多的了解，我想我可以劝你再去开开眼界（哎哟！这无论如何也不会忽略你那异常严谨的实验室工作啊！）。

“我受命指定一位副所长，我想我完全可以说，他将接替我担任正所长。肖尔泰斯想要这个位子，史密斯博士和耶欧也会来抢的。不过，我还没有发现他们当中有谁很像我们自己人，所以我就把这个位子给你了！我敢说，再过一两年，你就是麦格克研究所的所长啦！”

霍拉伯德意气昂扬，像是在广布皇恩一样；霍拉伯德太太则屏气凝神，仿佛身临一个历史性的场面似的；而乔伊丝则为自己丈夫的这种荣誉欣喜若狂。

马丁结结巴巴地说：“啊哟，我得考虑考虑。有点儿出乎意料——”

在那天晚上剩下的时间里，霍拉伯德兴致勃勃地勾勒着一个崭新的时代，塔布斯、马丁以及他自己将统治、规范和充分发挥整个脑力世界的作用，从裤子的设计到诗歌的创作。他想得如痴如醉，以至于对于马丁的沉默，他都不觉得反感了。分手道别时，他还念念不忘地说：“跟乔伊丝商量商量，明天再给我答复。顺便提一下，我想我们可能会辞掉珀尔·罗宾斯，她这个人一直非常有用，但现在她竟然以为离开她就不行。不过，这只是个细节问题……哎哟，马丁，亲爱的老兄，我真的对你很有信心！过去这一年，你成熟多了，也冷静多了，而且你的兴趣也广泛多了！”

在他们的车里，在那个幕帘低垂、嵌顶水晶灯照射下的移动房间里，乔伊丝笑容满面地望着他。

“马特，这也太棒了吧！而且我觉得，里普顿肯定会说到做到的。想想看，几年前，你在所里还是个初出茅庐的无名小卒，可现在马上就要当所长了，领导那么大的一个研究所呢！不过，我不也帮你了吗？也许帮了一点忙，对吧？”

突然之间，马丁特别厌恶这辆车里的蓝色金丝绒、精巧的金箔烟盒，以及这个柔软舒适、令人窒息的监狱里的一切。他真想走出车厢，坐在那个被人忽略的司机——他自己的同类！——的身边，勇敢地面对寒冬。他极力摆出一副正在沉思的样子，一副惊讶而又感激的样子。可是，他又太过懦弱，不想扫她的兴。他慢悠悠地说：

“你真想让我当所长吗？”

“当然啦！如此一来——哎哟，你知道；我看重的不只是名声和尊重，还有成就好事的权力。”

“你真的想看我口授信函，接见访客，购置油毡，和那些有名望的傻瓜共进午餐，给那些我对他们的工作一无所知的人提供建议吗？”

“哎哟，不要这样清高嘛！总得有人做这些事呀。再说了，这只是一小部分工作而已。你想想，当了所长，你就可以鼓励那些希望有个机会好好搞科研的年轻人了啊！”

“而且还得放弃我自己的机会？”

“你何必呢？你照样可以当你自己研究室的主任呀。再说了，即使你真的放弃——你这个人可真固执！完全没有想象力。你以为你抓到了脑力活动的一个小机构，世界上就没有别的东西了呀。正如我劝你的那样，如果你走出你那个恶臭的实验室，每周一两次吧，把你的强大智慧实实在在地用在一场高尔夫球赛上，科学界也不会立刻就停滞不前啊！真没有想象力！你老是诅咒那些商人，说他们目光短浅，除了他们的肥皂厂或者银行之外，他们在生活中就看不见别的东西了。可你自己不也跟他们一模一样吗！”

“你真的想让我放弃自己的工作——”

他明白，她虽然言辞恳切，但完全不懂他的追求，也全然不懂所长职务对戈特利布的致命影响。

他再次陷入沉默。在他们到家之前，她只说了一句："你心里明白，我是最不愿意谈论金钱的人了，但实际上，倒是你一再提起这种事情，说你讨厌依赖我，而且你也知道，你要是当了所长，收入会高很多，那么——原谅我！"

她抢先冲进她的宫殿，上了自动电梯。

他一边拖着沉重的脚步慢慢地上楼，一边嘟囔着说："是啊，在这个地方，我还是第一次有机会分担家里的开支呢。千真万确！情愿花她的钱，也不愿做事报答，还美其名曰'献身科学'！唔，我现在就得做出决定——"

他没有经历决策时的惶惑，很快就做出了决定。他大步走进乔伊丝的卧室，俗不可耐的素雅色调让他十分恼火。她正坐在躺椅边沉思，一副可怜兮兮的样子，他停下脚步，可还是掷地有声地说：

"我不打算当所长，即使我不得不离开研究所——再说了，霍拉伯德马上就会逼我辞职。我不愿意让自己埋没在不懂装懂和浮夸自负的发号施令那一套里——"

"马特！听着！你难道不想让你的儿子为你自豪吗？"

"嗯。咳——不。我不想，如果他为我自豪是因为我是个道貌岸然的人，是个沿街叫卖的杂耍客串——"

"请不要这么粗俗。"

"为什么不？事实上，我近来还粗俗得不够呢。我应该立刻就到'鸟巢'去，和特里一起干。"

“我真希望能有个法子让你明白——哎哟，对于一个‘科学家’来说，你的无知真是令人难以置信！我真希望能让你明白那样做有多软弱无能。荒野探索！简朴生活！老调重弹。只有那些陈腐的知识分子才会做出这样荒谬、懦弱的事情——偷偷溜到一个神秘的聚居地，以为自己这样是在积聚力量征服生活，其实只是在逃避生活罢了。”

“不。特里把研究室建在乡下，这只是因为那儿生活成本小一些。如果我们——如果他负担得起的话，他兴许就在这儿了，就在镇上，还会有好多勤务员什么的，就像麦格克一样，不过没有霍拉伯德所长，对天发誓——而且也不会有阿罗史密斯所长！”

“只会有一个特里·威克特所长，骂骂咧咧的，没有教养，极端自私！”

“嗳，对天发誓，让我告诉你——”

“马丁，你有必要句句都说‘对天发誓’来强调你的立场吗？在你那些高度科学的词汇中就没有别的表达方式了吗？”

“唔，我有足够的词汇来表达我想跟特里一起干的想法。”

“听我说，马特。你想要一走了之，穿上一件法兰绒衬衫，标新立异，摆出一副特别纯正的样子，你以为这样就有男子汉气概了啊。如果大家都这样想，如果每个父亲可爱的小心灵一受伤就把他的孩子撂到一边，那这个世界会变成什么样子呀？如果我很穷，你又扔下我不管，那我只好靠给人家洗衣服养活约翰了——”

“这样也许对你有好处呢，只是洗衣服挺遭罪的！不！请原谅。答案显而易见。不过——我想，正是因为你这种说法，才使几个世纪以来几乎每个人都干不成大事，而成了消化、繁殖和顺从的机器。答案就是：不管在什么情况下，很少有人会为了做一个你口中的清白人，心甘情愿地离开一个舒适的安乐窝去睡一张破烂木板床，而我们的那些开拓者——哎哟，这种争论可以无休止地进行下去！我们最终会证明，我到底是个英雄，还是个傻瓜，或者是个抛妻弃子的人，又或者是个其他什么样子的人。然而事实是，我醒悟了，我非走不可！我要有工作的自由，我不想再为此唉声叹气的了，我要紧紧地抓住它。你对我一直都很慷慨。我很感激。但你从来就不属于我。再见！”

“亲爱的，亲爱的——我们天亮再说吧，那时你就没有这么激动了……一个钟头以前，我还为你自豪呢！”

“好吧。晚安。”

可是天还没亮，他就带着两只手提箱和一袋粗陋无比的衣服，留下一个他平生最难下笔却又充满柔情的便条，亲了亲他的儿子，喃喃地说了一句“小子，等你长大了，过来找我吧”，然后就到一家便宜的小街旅馆去了。他四仰八叉地躺在摇摇晃晃的铁床上，为他们的爱情伤心难过。还没到中午，他就到了研究所，辞了职，收拾了一些自己的仪器、笔记、书籍和材料，拒了乔伊丝打来的一个电话，踏上了开往佛蒙特的火车。

他挤在硬座车厢（他近来乘坐的一直都是软席包厢）的红绒布座位上，想到自己再也不用遭受宴会的折磨，乐得咧嘴笑了起来。

他乘坐雪橇来到“鸟巢”。特里正在一片溅满碎木屑的雪地上劈柴。

“嗨，特里。住这不走了。”

“好哇，瘦猴子。哎呀，小屋里还有一摞碗碟要洗呢。”

二

他变得温和些了。在寒气袭人的小屋里穿衣，在冰冷刺骨的水里洗刷，让他痛苦不堪；在松软的雪地里一连跋涉三个小时让他筋疲力尽。不过，他可以一天连续工作二十四个小时，不必在实验进行得津津有味的时候把它撂下，偷偷地溜回家去吃晚饭；他还可以恣意地和特里争论一些像神学一样玄妙的东西，争得面红耳赤，像个醉汉一样。这一切的一切都让他心醉神迷，使他得以坚持下来，让他觉得自己充满力量。他常常寻思着要向乔伊丝做出让步，好让她为他们建一个更好的实验室，盖几间文明一些的房子。

不过，也可以雇一个仆人，最多也就雇两个，再建一个简单像样的洗澡间——

她来信说："你太过无情。至于和解的余地，如果现在还有可能，我对此深表怀疑，就看你的了。"

他回了信，描述了冬天里呼啸的树林，并没有提及"和解"这个关键字眼。

三

他们要进一步研究奎宁衍生物的确切药理机制。如果不用猴子做实验，而是按特里的想法用老鼠来代替，这项研究就很难进行下去，因为老鼠个头太小。马丁带了很多鳞败血症杆菌的菌株，这种菌株在兔子身上引起了胸膜肺炎。这样一来，他们的第一道难题就是要搞清楚，他们原来的化合物对这种杆菌和肺炎球菌是否具有相同的药效。他们骂骂咧咧地发现结果居然不是；他们只好又骂骂咧咧但却孜孜不倦地开始了一场错综复杂的探索，以期能够找到一种具有药效的化合物。

他们靠制造血清来维持生活。他们很不情愿地把血清卖给了那些他们认为具有诚信的医生，而断然拒绝了那些自以为了不起的药品供应商。他们因此获得了相当可观的收入，而那些聪明人却认为他们忸怩作态、耍奸偷滑，完全没有诚意。

马丁认为自己背叛了克利夫·克劳森，又抛弃了乔伊丝和约翰，对此他深感不安。但这种不安只是在他夜不能寐时才有。一到凌晨三点钟，他就把乔伊丝和诚实的克利夫带到了“鸟巢”；然而一到六点钟，当他在炸咸肉时，就又把他们给忘了。

特里这个野蛮人，一离开虚情假意、追名逐利的霍拉伯德，就变成了一个随和的野营伙伴。对他来说，睡上铺或者下铺都一样。在马丁还未适应寒冷和疲劳之前，特里又是劈柴，又是搬运日常用品，干的活远远超过他自己的那一份，而且他还一边哼着好听的曲子，一边娴熟地把他们两个人的衣服都洗了。

他很聪明，知道他们两个朝夕相处，一年四季与外界隔绝，可能会发生口角。他和马丁一合计，觉得应该把实验站扩大，扩大到能容纳八个（但不能更多了！）像他们自己那样特立独行、桀骜不驯的研究人员。这些人员必须通过制造血清来分担实验站的开支，同时又必须独立开展各自的研究工作——不管这种研究是关于原子结构的，还是反证威克特博士和阿罗史密斯博士的实验结果的。明年秋季，还有两个离经叛道的科学家要过来，其中一位是身陷一家制药公司的化学家，另一位则是大学教授。

“有点儿回归寺院的感觉，可怜巴巴的，”特里嘟囔着说，“不过，我们不是在努力为别人解决什么问题，而是为了我们愚蠢的自我。说真的！有朝一日这个地方变成了一座神殿，肯定会有很多怪人悄悄地跑到这里来，那时你我可就得离开这儿喽，瘦猴子。我们要搬到树林深处去。如果我们觉得岁数太大，过不了那种生活，我们就再去找个教授职位，或者去找道森·亨齐克，甚至还可以去找尊敬的霍拉伯德博士。”

马丁的研究工作第一次毫无悬念地赶到了特里的前头。

现在，他的数学和物理化学和特里的一样扎实；他对名利和过眼浮华的淡漠和特里不相上下；他的勤勉和特里一样狂热；他在设计新设备上表现出的聪明才智至少不比特里差；而他的想象力却远比特里敏捷。他没有特里那么泰然自若，但有更多的激情。他提出了一个又一个假设，如同迸射的火花一样。令人难以置信的是，他开始领会他的自由的内涵了。然而，他还是决定弄清噬菌体的基本性质。而且，随着他越来越坚强，越来越自信——无疑也越来越不通人情——他也看到自己在化学疗法和免疫力方面还有数不清的探索要进行，而这些探险活动足够他忙活几十年的。

他仿佛觉得这是他平生看到和体验到的第一个春天。他学着跳入湖水，尽管第一跳让他寒彻肌骨。他们早饭前钓鱼，晚饭就在橡树林下的一张桌子上吃。他们时常一连步行二十英里。他们还有冠蓝鸦和松鼠这些有趣的动物为邻。有时，他们通宵达旦地工作一个夜晚，走出屋来就能看见，平静的曙光正缓缓地漫过沉睡的湖水。

马丁仿佛感到阳光沐浴，浸入肺腑，嘴里一直哼着曲子。

有一天，他往屋外窥视。他掠过那副差不多是中年人戴的新角质架眼镜，看见一辆大汽车正沿着林间小道爬行过来。从车上下来的正是身穿粗花呢套装、满面春风、精明干练的乔伊丝。

他真想从实验棚的后门溜掉。可他还是慢吞吞地走出屋来迎接了她，一副很不情愿的样子。

“这个地方好漂亮，真的！”她说着，还很亲昵地吻了他一下，“我们沿着湖边走走吧。”

在一处碧波荡漾、桦木环抱的清幽之地，他情不自禁地搂紧了她的肩膀。

她哭着说：“亲爱的，我一直都好想你！你做错了很多事情，可这件事你做对了——你必须好好工作，不能让那些愚蠢的人打扰你。你喜欢我这身粗花呢吗？这身衣服很有野外生活的味道，不是吗？你知道，我来就是要在这儿住下的！我要在这附近建个房子，也许就建在湖那边。嗯，那边是个好地方，就是那个有点像小高原的地方，如果我能弄到那块地的话——也许那块地的主人是个吝啬得要死的乡巴佬呢。你难道想象不出来吗：一幢宽敞的矮房子，还有很大的阳台和红色的凉篷——”

“还有来访的客人吧？”

“我想是的。偶尔吧。怎么了？”

马丁绝望地说：“乔伊丝，我确实很爱你。我现在真想好好地和你亲热亲热。可是，我不许你带一大帮人过来——那样的话，可能还会带来一个闹哄哄的烂汽艇。我们的实验站就会成为一个笑料、一个路边旅馆，就会引起新的轰动。啊哟，特里会发疯的！你的确非常可爱！可你要的是个玩伴，而我要的却是工作。恐怕你不能在这儿住下。不行。”

“那我们的儿子你就撂下不管了？”

“他——如果我死了，他还会要我来管吗？……他是个好孩子！但愿他不要做个有钱人！……也许，十年后，他会过来找我的。”

“来过这样的生活？”

“当然——除非我破产了。那样的话，他可就不会过得这么舒服了。我们现在几乎每天都有肉吃！”

“我明白。如果你的特里·威克特娶了哪个女服务员或者哪个蠢得要命的乡巴佬呢？从你说的情况来看，他还挺喜欢那种姑娘的呢！”

“唔，他要么和我一起把她撵走，要么和我一刀两断。”

“马丁，你不是有点精神失常吧？”

“哎哟，一点不错！我挺喜欢这样！尽管你——你听我说，乔伊丝！我们是有点精神失常，可我们不是怪人啊！昨天，有个‘秘传医师’来到这儿，因为他以为这儿是一块自由开放的聚居地。特里带着他转悠了二十英里，然后，我想他就把那个人扔到湖里去了。不，天哪！让我想一想。”他挠了挠下巴，接着说，“我觉得我们没有精神失常呀。我们就是农民。”

“马丁，看到你这么入迷，同时又竭力从中摆脱出来，实在是太有趣了。你已经脱离了常识。我就是常识。我相信那个人在游泳！再见！”

“嗳，你听我说。对天发誓——”

她走了，一副理直气壮、大获全胜的样子。

当司机在空地上的路桩中间左突右冲时，乔伊丝从车里往外望了一会儿，他们凝视着对方，眼里噙着泪花。他们的目光从来没有这样坦率，也从来没有这样依依不舍，这种毫不掩饰的凝视勾起了他们对在一起时每一句俏皮话、每一丝柔情蜜意和每一个黄昏蒙影的回忆。然而，汽车却毫不迟疑地向前开去了，而他也记起了自己一直在做的一项实验。

四

五月的一个晚上，阿尔穆斯·皮克博国会议员正在同美国总统共进晚餐。

“博士，竞选结束后，”总统说道，“我希望你能进入内阁——做我们国家的第一任卫生及优生部部长！”

那天晚上，里普顿·霍拉伯德博士正在一个由文化机构联盟召集、并有许多著名思想家参加的会议上发表演说。在台上那些“假装正经的人”中间，有麦格克研究所的新任所长艾伦·肖尔泰斯博士，还有杜尔诊所主任兼福特·迪尔伯恩医学院外科学教授安格斯·杜尔博士。

霍拉伯德博士划时代的演讲正在通过无线电向一百万热切聆听的科学爱好者播送。

那天晚上，北达科他州惠西法尼亚的伯特·托泽正在参加礼拜三的祈祷会。他那辆崭新的别克轿车正停在教堂外面等他。他怀着谦逊的赎罪心情，听到牧师扬扬得意地说：

“耶和华说，所有正直善良的人，乃至光明的子孙，他们都将得到极大的赏赐，他们将生活在喜悦欢乐之中；但那些冷嘲热讽的人，那些邪恶的子孙，他们会准时遭到杀戮，被抛弃在黑暗和失败之中，在繁忙的闹市里被人们遗忘。”

那天晚上，麦克斯·戈特利布正独自坐在喧闹的城市街道上的一间小黑屋里，一动也不动。不过，他的眼睛里还闪着生机。

那天晚上，热风懒洋洋地吹拂着棕榈摇曳的山岗。古斯塔夫·桑德利厄斯的骨灰就消失在那里的灰烬之中，利奥拉的坟墓给花园蒙上了一片凄凉。

那天晚上，在跟莱瑟姆·艾尔兰吃过一顿极为愉快的晚餐之后，乔伊丝说：“嗯，如果我真跟他离婚，我可能就会嫁给你吧。我知道！他总以为这个世上只有他才是一贯正确的，这也太自高自大了吧！可他永远也不会认识到这一点。”

那天晚上，马丁·阿罗史密斯和特里·威克特懒洋洋地躺在一条极不舒服的粗陋小船里，在湖面深处徜徉。

“我觉得自己好像现在才真正开始工作，”马丁说，“我们可能会证明这种新的奎宁衍生物相当不错呢。这个实验我们还得再苦干两三年，也许我们会得出某种最终结论——也许我们会以失败告终！”

辛克莱·路易斯小说年表

中文名	英文名	年份
步行与飞机	*Hike and the Aeroplane*	1912
我们的瑞恩先生	*Our Mr. Wrenn*	1914
鹰的踪迹	*The Trail of the Hawk*	1915
求职	*The Job*	1917
无辜的人	*The Innocents*	1917
自由的空气	*Free Air*	1919
大街	*Main Street*	1920
巴比特	*Babbitt*	1922
阿罗史密斯	*Arrowsmith*	1925
捕人陷阱	*Mantrap*	1926
埃尔默·甘特利	*Elmer Gantry*	1927
认识柯立芝的人	*The Man Who Knew Coolidge*	1928
多兹沃思	*Dodsworth*	1929
安·维克斯	*Ann Vickers*	1933
艺术的事业	*Work of Art*	1934
不会在这里发生	*It Can't Happen Here*	1935
挥霍无度的父母	*The Prodigal Parents*	1938
贝瑟尔·麦瑞德	*Bethel Merriday*	1940
吉顿·帕兰涅斯	*Gideon Planish*	1943
卡茜·丁伯莱	*Cass Timberlane*	1945
王孙梦	*Kingsblood Royal*	1947
追寻上帝的人	*The God-Seeker*	1949
世界这么大	*World So Wide*	1951

图书在版编目（CIP）数据

阿罗史密斯 / ［美］辛克莱 · 路易斯著；顾奎译.
— 桂林：漓江出版社，2018.11
［诺贝尔文学奖作家文集 · 路易斯卷］
ISBN 978-7-5407-8486-7

Ⅰ. ①阿… Ⅱ. ①辛… ②顾… Ⅲ. ①长篇小说 – 美国 – 现代 Ⅳ. ①I712.45

中国版本图书馆CIP数据核字（2018）第168956号

ALUOSHIMISI
阿罗史密斯
［美］辛克莱 · 路易斯 著
顾奎 译

出版人：刘迪才
出品人：张谦
策划编辑：沈东子
责任编辑：张谦
助理编辑：辛丽芳
书籍设计：石绍康
责任监印：杨东

漓江出版社有限公司出版发行
广西桂林市南环路22号 邮编：541002
发行电话：010-85893190 0773-2583322
传真：010-85890870-814 0773-2582200
邮购热线：0773-2583322
电子信箱：ljcbs@163.com
网址：http://www.lijiangbook.com
三河市西华印务有限公司
［河北省三河市泃阳镇化甲屯小学东 邮编：065299］
开本：880mm × 1230mm 1/32
印张：21 字数：450千字
2018年11月第1版 2018年11月第1次印刷
书号：ISBN 978-7-5407-8486-7
定价：78.00元

诺贝尔文学奖作家文集 ⊙ 福克纳卷·加缪卷·泰戈尔卷

寓言

［美］威廉·福克纳／著

王国平／译

定价：50.00元

水泽女神之歌

——福克纳早期散文、诗歌与插图

［美］威廉·福克纳／著

王冠 远洋／译

定价：30.00元

士兵的报酬

［美］威廉·福克纳／著

一熙／译

定价：45.00元

即将上市

押沙龙，押沙龙！

［美］威廉·福克纳／著

李文俊／译

鼠疫

［法］阿尔贝·加缪／著

李玉民／译

定价：48.00元

局外人

［法］阿尔贝·加缪／著

李玉民／译

定价：45.00元

第一人

［法］阿尔贝·加缪／著

李玉民／译

定价：48.00元

卡利古拉

［法］阿尔贝·加缪／著

李玉民/译

定价：50.00元

纠缠

［印］泰戈尔／著

倪培耕／译

定价：48.00元

沉船

［印］泰戈尔／著

杉仁／译

定价：53.00元

泡影

——泰戈尔短篇小说选

［印］泰戈尔／著

倪培耕／译

定价：58.00元

漓江的书，买了再说！

双子座文丛（第一辑）

柳燕、白鹅与山樱

丰子恺／著／译／绘　丰一吟／编

定价：38.00元

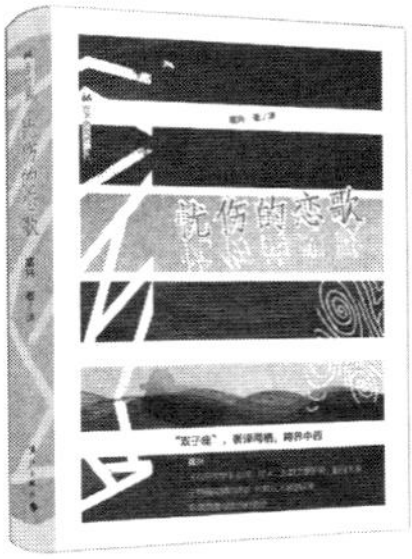

忧伤的恋歌

高兴／著／译

定价：36.00元

我的保定，你的诺丁汉

黑马／著／译

定价：35.00元

漓江的书，买了再说！

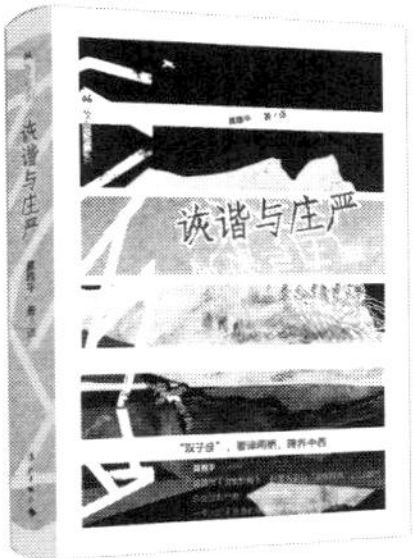

诙谐与庄严

莫雅平／著／译

定价：38.00元

灵魂的两面

树才／著／译

定价：32.00元

外国名作家文集⊙普拉斯卷·伊夫林·沃卷·泰戈尔卷

漓江的书，买了再说！

钟形罩瓶

［美］西尔维娅·普拉斯 / 著

黄健人 / 赵为 / 译

定价：32.00元

夜舞

——西尔维娅·普拉斯诗选

［美］西尔维娅·普拉斯 / 著

远洋 / 译

定价：28.00元

普拉斯书信集

［美］西尔维娅·普拉斯 / 著

谢凌岚 / 译

定价：38.00元

布园重访

——查尔斯·莱德上尉的神圣和渎神回忆

［英］伊夫林·沃 / 著

黑爪 / 译

定价：43.00元

衰亡

［英］伊夫林·沃 / 著

黑爪 / 译

定价：32.00元

泰戈尔与中国

［印］泰戈尔 / 著

白开元 / 译

定价：35.00元

泰戈尔书信集

［印］泰戈尔 / 著

白开元 / 译

定价：45.00元

心弦

——泰戈尔诗选

［印］泰戈尔 / 著

白开元 / 译

定价：28.00元